国家社科基金后期资助项目

悲剧性美学

万晓高　著

南开大学出版社

天　津

图书在版编目(CIP)数据

悲剧性美学 / 万晓高著. —天津：南开大学出版
社，2021.9
　ISBN 978-7-310-06133-4

　Ⅰ.①悲… Ⅱ.①万… Ⅲ.①悲剧艺术－戏剧美学
Ⅳ.①I053

中国版本图书馆 CIP 数据核字(2021)第 184059 号

悲剧性美学
BEIJUXING MEIXUE

南开大学出版社出版发行
出版人：陈　敬
地址：天津市南开区卫津路 94 号　　邮政编码：300071
营销部电话：(022)23508339　营销部传真：(022)23508542
https://nkup.nankai.edu.cn

天津午阳印刷股份有限公司印刷　全国各地新华书店经销
2021 年 9 月第 1 版　　2021 年 9 月第 1 次印刷
238×165 毫米　16 开本　29.875 印张　8 插页　517 千字
定价：150.00 元

如遇图书印装质量问题,请与本社营销部联系调换.电话：(022)23508339

国家社科基金后期资助项目出版说明

后期资助项目是国家社科基金设立的一类重要项目，旨在鼓励广大社科研究者潜心治学，支持基础研究多出优秀成果。它是经过严格评审，从接近完成的科研成果中遴选立项的。为扩大后期资助项目的影响，更好地推动学术发展，促进成果转化，全国哲学社会科学规划办公室按照"统一设计、统一标识、统一版式、形成系列"的总体要求，组织出版国家社科基金后期资助项目成果。

全国哲学社会科学工作办公室

内容提要

　　本书专门、系统地研究了"悲剧性"现象。在分析了人类社会生活和文艺作品中诸多悲剧性现象的基础上，经过充分论证，本书认为，现在的悲剧美学应该是"悲剧性美学"；"悲剧性美学"的研究对象、逻辑起点和核心范畴是"悲剧性"而非"悲剧"；悲剧性美学的基本问题是"悲剧性是怎样生成的"，而不是传统的悲剧美学的基本问题"悲剧是什么"。进而，本书在由文本（社会文本、文学文本）、社会历史文化语境和主体（人、作者、受众）三重维度所构成的系统、动态而具有整体性的坐标系之中描述和分析了"悲剧性"的存在、范畴、生成、特征、文学中悲剧性的显现及功能等问题，强调了"悲剧性"的生成性、多样性和层次性，纠正了传统的悲剧美学研究大多把"悲剧""悲剧性"现成化、静态化、同质化理解的认知错误；将主体体验与社会实践结合起来，走出了传统的悲剧美学研究大多在主客二分间归原"悲剧""悲剧性"的思维误区。本书把悲剧美学的研究重心从悲剧拓展到悲剧性，研究内容涵括并融通了生活与文学（广义的）。从而，本书在研究对象、研究视野、基本问题、研究方法、逻辑起点、核心范畴和解决问题的逻辑框架等七个方面实现了对传统的悲剧美学研究范式的创新性发展。最后，本书从文本、主体和语境三维综合的角度，整体性地概括批评了 21 世纪最初十来年以文学作品为中心的中国文学活动，认为部分作品具有丰富深刻的悲剧性蕴涵，这与作者独特深刻的悲剧性意识有关，与作品同娱乐化的时代社会文化语境保持了一种恰当的悲剧性适应关系即适度的张力关系有关；不少作品较少或缺失悲剧性蕴涵，这与作者悲剧性意识的淡薄或缺失有关，也与作品同娱乐化的时代社会文化语境保持妥协或认同有关，这些作品表征并助长了那一时期民族精神文化生活中的娱乐化、享乐化、情绪化和非理性倾向。因而，在大众消费文化语境中，文学艺术要高扬悲剧精神，为人类提供适应时代特点的"精神清醒剂"和普遍有效的"强心剂"。

目　录

引　言

　　悲剧性是人类的一种社会现象和精神现象，同人类发展相始终。从古至今，人类社会发生了大大小小、无以量计的悲剧事件，创作了辉煌灿烂、汗牛充栋的悲剧艺术，创造了博大精深、难以穷尽的悲剧美学思想和理论，形成了相对明确稳定、具有自我更新能力和强大解释力的传统"悲剧美学"研究范式。这一研究范式在悲剧研究中一直占有重要地位，发挥了不可替代的作用。然而，近几十年来，人类社会文化生活发生了重大变化，文学艺术与社会生活互动互渗加强，悲剧性体验深刻地影响着世道人心，广泛弥散于人类社会生活各领域的悲剧性现象愈来愈引起了人们的深切关注，而传统"悲剧美学"研究范式对此的解释力却相当有限。这就要求我们在研究对象、研究视野、基本问题、研究方法、逻辑起点、核心范畴、解决问题的逻辑框架，乃至名称等方面，对传统的"悲剧美学"研究范式予以创新性发展。

一、悲剧美学的研究对象

　　在亚里士多德（Aristotele，公元前 384—公元前 322）的时代，名为"美学"的独立科学尚未诞生，但古希腊人对"美"和"悲剧"的思考却已风生水起，《诗学》就是这一时期的代表性理论成果。全书共二十六章。其中，第一章总论艺术的本质是摹仿，指出不同艺术的区别性特征（摹仿媒介、摹仿对象和摹仿方式），认为悲剧的本质是摹仿，摹仿的媒介是节奏、歌曲和格律文，它们分别在悲剧的不同部分使用；第二章论摹仿的对象，认为悲剧和喜剧分别摹仿两类不同的人物；第三章论摹仿方式，认为悲剧采用的是表演方式；第四章论人的天性和诗的产生，悲剧的起源（兼及喜剧的起源）、发展及完善，认为悲剧摹仿好人的（高贵者的）、严肃的、有一定长度的行动；第五章论喜剧的摹仿对象及发展，悲剧与史诗在格律、长度方面的差异；第六章到第二十二章，从悲剧的定义、情节、怜悯和恐惧效果、性格、发现的种类、形象、情节的结和解、思想和言语等方面系统论述了悲剧；第二十三章和第二十四章论史诗，包括史诗与历史的差异，史诗与悲剧的异同；第二十五章论批评；第二十六章论演技不等同于诗艺，强调悲剧优于史诗，其主要原因是悲剧比史诗能更好地发挥严肃诗歌的功能，达到严肃诗歌的目的。整部《诗学》虽然不是每一章都在研究悲剧，但其主要内容毫无疑问是悲剧研究，而且内容全面、结构完整、层次明晰、逻辑严密、思想深刻，是此前人类历史上未曾出现过的全新的理论创造。因此说，亚里士多德的悲剧理论是人类历史上最早的成体系的悲剧理论。由于古希腊人把"美"理解为"感性的""感觉的"，而悲剧是人们感性认识的产物，且以感性形式显现，因此可以说，亚里士多德的悲剧理论也是人类历史上最早的成体系的"悲剧美学"理论。显然，在亚里士多德的思想中，"悲剧美学"的研究对象毫无疑问是"悲剧"，而且是古希腊悲剧戏剧。因为"悲剧"一词为古希腊人所创造，他们用它仅指称我们今天所说的"古希腊悲剧戏剧"。

1750 年，德国哲学家和美学家鲍姆嘉通（1714—1762）出版了《美学》第一卷，正式用"Aesthetica"来称呼他的研究感性认识的专著，标志着作为一门独立科学的"美学"的诞生。在该书第一章里，鲍姆嘉通提出："美学的对象就是感性认识的完善（单就它本身来看），这就是美；与此相反的就是感性认识的不完善，这就是丑。"① 朱光潜先生在引述鲍姆嘉通对美学对象的界定时，根据鲍姆嘉通《关于诗的哲学默想录》第一一五节的思想，专门注释说："'感性认识的完善'实际上指凭感官认识到的完善。"② 这样，在鲍姆嘉通那里，"美学"就是研究感性认识的科学，美学的研究对象是凭感官认识到的完善即美，依据研究传统和当时科学共同体的基本共识具体的研究对象确定为诗歌。

到了黑格尔（1770—1831），"美学"被界定为"艺术哲学"或"美的艺术的哲学"，其研究对象主要限于艺术美，是系统地研究艺术的基本理论、各种艺术类型的发展史和各门艺术体系的科学。黑格尔的悲剧学说是其美学思想的有机构成，充分体现了他的美学思想的"理念"论特点。西方的悲剧戏剧创作在古希腊时期和莎士比亚时代十分繁荣，到了 17 世纪、18 世纪以及 19 世纪初期时，悲剧戏剧创作总体上比较萧条，悲剧冲突由以外部冲突为主转向以人物内心冲突为主，具有悲剧基调的小说和诗歌不断涌现。总之，从古希腊时期到 19 世纪初期，西方悲剧作品的体裁形式与艺术生态

---

① 转引自朱光潜：《朱光潜美学文集》第四卷，上海：上海文艺出版社 1984 年版，第 313 页。

② 参见朱光潜：《朱光潜美学文集》第四卷，上海：上海文艺出版社 1984 年版，第 313 页。

等都发生了相当大的变化，但在黑格尔那里，"悲剧"确切地说是"悲剧戏剧"作为"悲剧美学"的研究对象却依然是明确和毫无争议的。

在黑格尔之后，"悲剧美学"的研究对象当然是"悲剧戏剧"这一观念，不断受到了文艺实践的挑战。这一点在西方文艺中表现得比较明显。19世纪初期后，悲剧戏剧所承担的严肃表现人在各种生存困境中勇于担当、不断超越的悲剧精神和悲剧主题的责任，逐渐被新兴起的长篇小说所分担，悲剧小说开始为人们所关注。进入19世纪下半叶以后，市民社会在西方各国蓬勃发展；现代印刷技术的革命，使知识传播和获取极为便捷，阅读成为不少普通民众日常生活的一部分；资本主义长期发展中所累积的自然生态危机、社会生态危机和精神生态危机开始显露；社会矛盾、阶级矛盾与观念分歧所导致的各类冲突频繁发生；悲剧小说和悲剧戏剧的创作迎来了一个新的繁荣时期。19世纪末，悲剧小说取代悲剧戏剧成为主导的悲剧艺术形式。进入20世纪以来，科学技术的不断进步和生产关系的适度调整，推动了西方国家生产力的发展；与此同时，西方社会问题丛生，贫富分化严重，社会阶层固化，种族矛盾加剧，极端思想盛行，生态危机加深，社会文化观念与人的精神世界呈现出更加矛盾纷乱、复杂多变的特点。人与社会、人与人、人与物、人与自然以及人与自我之间的矛盾冲突和畸形关系成了文艺的主题；人的内心世界成为作家关注的重点，被予以更充分、更深入、更丰富、更细致、更复杂、更加个性化的表现；悲剧小说相比悲剧戏剧有了更长足的发展；悲剧戏剧创作完成了由古典悲剧到现代悲剧的转型，悲剧戏剧出现了反戏剧、反传统的特点，困境、僵局、绝望、无奈、妥协、迷惘、孤独、虚无、荒诞、无谓的牺牲、虚妄的反抗等悲剧性体验成为悲剧戏剧创作的常见题旨，黑色幽默和戏仿等"冷"关怀以及"去悲剧感"乃至"反悲剧感"成为20世纪西方一些悲剧戏剧的风格。简言之，从19世纪初期至今，西方的悲剧戏剧创作尽管在19世纪下半叶、20世纪前中期出现短暂繁荣，偶尔出现了一些精品佳作，但总体上仍然处于相对萧条的状态，悲剧戏剧接受总体上也不似其在古希腊时期、莎士比亚时代那样昌盛。与之不同，悲剧小说、悲剧诗歌、悲剧影视等悲剧文艺与广泛弥散于人类社会生活各领域的悲剧性现象却越来越引起了人们的高度关注。

面对上述重大变化，欧美国家的文学理论批评界和美学界出现了不同的反应，大致可概括为三种。第一种，哀悼"悲剧的衰亡"。持此立场的学者最多，代表人物如肯尼斯·勃克、奥林·E.克拉普、乔治·斯坦纳等，他们心目中的"悲剧"仍然是"悲剧戏剧"。这种观念在19世纪末、20世纪初出现，20世纪五六十年代最为兴盛，余波延至20世纪80年代。第二种，冷静清理"悲剧戏剧"创作与悲剧理论遗产。英国教授克利福德·利奇是持此立场的学者中的杰出代表。他没有其他保守派学者们固守历史成见的伤感，而是在其 1969 年出版的名为《悲剧》的小册子中，极其精要地论析了"悲剧戏剧"的主要成分。该书堪称亚里士多德《诗学》主体部分的当代版。第三种，同等对待"悲剧小说"和"悲剧戏剧"，视"悲剧小说"为"悲剧美学"的研究对象之一。乔治·卢卡契、雷蒙·威廉斯和特雷·伊格尔顿等人是持此观点的代表性学者。20 世纪世界著名的哲学家、美学家、文艺理论家、匈牙利人乔治·卢卡契（1885—1971），在其《现代艺术的悲剧》（1948）一文中比较分析了歌德的诗剧《浮士德》和托马斯·曼的长篇小说《浮士德博士》，指出两部作品都是"真正的悲剧"①，同时还论及了司各特、巴尔扎克、福楼拜和陀思妥耶夫斯基等人的小说作品。当代英国文艺理论家雷蒙·威廉斯（1921—1988）在他 1964 年写就、1966 年出版的专著《现代悲剧》里，从悲剧经验入手，极其出色地分析了易卜生、米勒、斯特林堡、奥尼尔、田纳西、契诃夫、皮兰德娄、尤内斯库、贝克特、艾略特、加缪、萨特、布莱希特等人的"悲剧戏剧"创作，并以同样充满激情和力量的笔触极其精彩地严肃分析了托尔斯泰、劳伦斯和帕斯捷尔纳克等人的"悲剧小说"创作，力图揭示现代悲剧经验的新特点。值得一提的是，雷蒙·威廉斯将上述作家的作品统一放在了"现代悲剧文学"这个名目下予以研究。此后，悲剧美学研究在西方冷寂了将近四十年，直到进入 21 世纪后，才迎来了新的崛起。2003 年，当今世界著名的文艺理论家、美学家、英国学者特雷·伊格尔顿（1943— ）出版了专著《甜蜜的暴力》。在这部辉煌的著作中，他不落传统悲剧理论之窠臼，研究范围广及悲剧戏剧、悲剧小说和现实生活悲剧，具体研究对象包括几乎所有重要的英国小说家的作品，以及司汤达、歌德、福楼拜、托马斯·曼、霍桑、陀思妥耶夫斯基、亨利·詹姆斯、卡夫卡、曼佐尼和麦尔维尔等众多欧美作家的作品，并从欧美社会文化、悲剧艺术和悲剧观念相互融合的角度审视了历史上的主要悲剧观念。很显然，在乔治·卢卡契、雷蒙·威廉斯和特雷·伊格尔顿等人的"悲剧美学"王国里，悲剧戏剧不再是唯一的国民。

中国学界对现代科学意义上的"悲剧美学"的研究始于 19 世纪末、20世纪初。当时，中国学者的悲剧观念正由古典向现代开始转型。20 世纪 30年代初，转型完成，中国现代悲剧观念基本形成。王国维、胡适、鲁迅、

---

① [匈]卢卡契：《卢卡契文学论文选》第一卷，范大灿编选，北京：人民文学出版社 1986 年版，第566 页。

郭沫若、朱光潜等人是这一时期中国研究悲剧美学的代表性学者。此后，就主体而言，中国的悲剧美学研究进入了长达半个世纪的对马克思恩格斯悲剧理论和苏联悲剧理论的学习期和阐释期，对包括西方"资产阶级悲剧理论"在内的各种"非马克思主义"悲剧思想的批判期，以及自主探索期。20世纪五六十年代关于"悲剧"本质的探讨与"社会主义悲剧问题"的论争是这一时期最大的理论收获。从20世纪80年代初至今，中国的悲剧美学研究进入到深入发掘中华民族文化中的悲剧思想资源、科学理解马克思恩格斯悲剧理论、引进消化西方悲剧理论、自觉面对悲剧文艺和社会悲剧现象、自主创新悲剧理论的多元对话和全面发展时期。

　　迄今为止，中国学界在悲剧美学研究方面已经取得了比较丰硕的成果，但对"悲剧美学的研究对象是什么"这一问题的回答仍然充满分歧。主要有三种观点。第一种，"悲剧美学"的研究对象是"悲剧戏剧"。例如，郭富民的《插图中国话剧史》就认为，悲剧美学研究的是悲剧戏剧。① 熊元义在《中国悲剧引论》中指出，中国悲剧理论是从"中国古典戏剧的悲剧作品中总结、概括和提炼出来的"②。可见，他也认为悲剧美学以悲剧戏剧（悲剧戏曲）为研究对象。学者们之所以持有这种观点，恐怕并没有特别复杂的原因，主要就是文题相符的心理动机和相沿成习的思维定势，"悲剧美学"不研究"悲剧"研究什么？而且一提及"悲剧"人们一般首先想到的就是"悲剧戏剧"，因为在文艺史上的很长时段里，悲剧戏剧（悲剧戏曲）确实也是悲剧文艺的主角甚至唯一主角，"悲剧美学"的研究对象自然也就是"悲剧戏剧"。这种观点在中国普通观众和读者中拥有广泛而深厚的思想基础和接受传统，也被20世纪西方大多数专业的悲剧理论工作者所赞同。第二种，"悲剧美学"的研究对象是"以悲剧艺术为中心"的悲剧实践创造活动。郭玉生在其《悲剧美学：历史考察与当代阐释》中开宗明义地提出，他的研究"立足于以实践——创造的自由为基础的实践美学，以悲剧艺术为中心，从审美人类学与人生论美学统一的角度对悲剧美学进行历史考察与当代阐释"。③ 郭玉生把人类活动视为实践——创造的自由活动，悲剧活动也不例外。他承认社会人生悲剧的存在，但悲剧美学的研究对象是"以悲剧艺术为中心"的悲剧实践创造活动。很明显，在研究对象的范围上，这种观点比第一种观点要大许多，没有固守悲剧戏剧的藩篱。

① 郭富民：《插图中国话剧史》，济南：济南出版社2003年版，第49—51页。

② 熊元义：《中国悲剧引论》，北京：解放军文艺出版社2007年版，第1页。

③ 郭玉生：《悲剧美学：历史考察与当代阐释》，北京：社会科学文献出版社2006年版，"中文摘要"第1页。

但进一步的问题是，"悲剧艺术"在"悲剧实践创造活动"中的"中心"地位是现实客观存在还是人为主观设定？"社会人生悲剧"和"悲剧艺术"两者是何关系？人们凭什么说某一实践创造活动是"悲剧"？不是悲剧的艺术里一定不存在"悲剧"因素吗？郭玉生的著作并没有回答这些问题。尽管如此，他的研究工作还是对探索"悲剧美学"的研究对象提供了颇富价值的启示。第三种，"悲剧美学"的研究对象是"人类一切悲剧审美形态"。佴荣本是这一观点持有者的主要代表。他在其《悲剧美学》中指出，"悲剧美学"的研究对象是"社会生活和文艺作品中展示的人生悲剧性所构成的一切悲剧审美形态"。[①] 佴荣本在此提到了一个关键词"人生悲剧性"，这是一个极具突破意义的方向，将会使悲剧美学的研究对象范围更广；但"一切悲剧审美形态"又给"悲剧性"套上了"审美形态"的紧身衣，不合理地限制了悲剧美学的研究对象和研究范围。试问："悲剧"必然具有"审美形态"吗？显然不是。佴荣本先生自己在具体研究中也是将人生悲剧、悲剧艺术和悲剧观念作为其《悲剧美学》的三部分内容并列研究。可见，他的思想是矛盾的。这一矛盾表明，在悲剧美学研究对象这个问题上，佴荣本虽然没有完全实现理论的突破和创新，但是他毕竟敏锐地意识到了正确的方向和悲剧美学研究新的理论生长点，引发了人们对"社会人生"、"悲剧"与"审美"三者关系的重新思考。

总之，面对近几十年来发生了重大变化的人类社会文化生活，以及悲剧性广泛弥散于人类社会生活各领域并深刻影响着世道人心这一现实，中外悲剧理论家们至今尚未确定能够广泛涵盖文学艺术悲剧、社会人生悲剧等人类社会一切悲剧性现象的悲剧美学研究对象。

悲剧美学的研究对象应该满足两项要求。一是具体明确，边界比较清晰，保证研究工作可进行、可控制。二是应该足够大，能广泛、完整地涵盖悲剧美学这一科学所涉及的全部领域。传统的悲剧美学以悲剧戏剧为研究对象（部分研究对象扩展至悲剧艺术），具体研究内容主要包括悲剧的定义、题材、人物、情节结构、创作原则、悲剧成因及悲剧效果等方面。[②] 由于悲剧成因及悲剧效果研究中隐含着悲剧性研究，因而，悲剧性研究也是传统悲剧美学研究内容的一部分。然而问题在于，首先，其他领域中也广泛存在着各种各样的悲剧性，它们也需要被研究。而且，不论是悲剧戏剧还是悲剧艺术，它们引发人们所产生的悲剧性体验同社会人生悲剧引发人

---

① 佴荣本：《悲剧美学》，南京：江苏文艺出版社1994年版，第1页。
② 参见朱立元主编：《西方美学范畴史》第三卷，太原：山西教育出版社2006年版，第136页。

们所产生的悲剧性体验并无本质的不同，都是人类悲剧性体验的一部分。既然如此，以"悲剧性"作为悲剧美学的研究对象就更为合理，因为它完全涵盖了人类社会生活中一切领域的悲剧性现象。而以悲剧戏剧或悲剧艺术作为悲剧美学的研究对象则在范围上明显有点小，既无法涵盖悲剧之外其他文学艺术中的悲剧性现象，也无法涵盖社会人生中的悲剧性现象。其次，悲剧的存在、创作、接受和效应，都是通过"人在特定语境中面对某一对象所产生的悲剧性体验"，或者说"人在特定语境中与某一对象所建立的悲剧性关系"来实现的。也就是说，人们只会把与自己建立了悲剧性关系的对象称为"悲剧"。在这里，"悲剧性体验"（主体心理）、"悲剧性关系"（主体—语境—客体）与"悲剧性对象"（客体）是共在一体的。打个比方，悲剧性对象是"身体"，悲剧性关系是"生理—心理机制"，悲剧性体验是"大脑"。这样的悲剧或悲剧性才是活生生的，而不是了无生机的印刷符号或者先验理式，也不是尼采所说的"概念木乃伊"①。最后，不论悲剧的存在状态是集中还是分散，是整体还是片段，是纯粹还是杂糅，是长久还是短暂；也不论某一人物、事件、作品是否被人们看作悲剧人物、悲剧事件、悲剧作品；更不论是以文学艺术形式存在的悲剧还是以社会生活形式存在的悲剧；总之，只要某一对象或其某一点引发了人们的悲剧性体验，该对象就可以成为悲剧美学的研究对象，而毋论该悲剧性体验之情感强弱程度、认知深广程度。换言之，悲剧性存在之处都是悲剧美学研究的领域。因而，以"悲剧性"作为悲剧美学的研究对象就完全涵盖了悲剧的一切存在领域、存在方式和存在状态。

两相比较，传统的悲剧美学研究对象与本书所拟发展拓广的新的悲剧美学研究对象两者存在着交集，这个交集就是悲剧戏剧或悲剧艺术所引发的悲剧性体验。从继承和发展的角度来说，新的悲剧美学的研究对象其实就是把传统的悲剧美学研究对象中的悲剧性部分拓展至人类社会中的一切悲剧性现象。

新的悲剧美学的研究对象确定为"悲剧性"了，但"悲剧性"的范围无边无际，我们又不可能把人世间的一切悲剧性现象都一网打尽，于是，这就需要具体化，也即明确悲剧美学研究的中心对象。笔者认为，以"文学艺术中的悲剧性"作为新的悲剧美学研究的中心对象比较合理。这是因为，第一，作家的悲剧性体验物化在文学艺术作品里，也即精神性的悲剧性体验被物质化了，就比较稳定，便于保存、交流、传播与研究；第二，

---

① ［德］尼采：《偶像的黄昏》，李超杰译，北京：商务印书馆 2009 年版，第 21—22 页。

文学艺术是人类社会生活的反映，文学艺术中的悲剧性是人类社会生活中的悲剧性的典型表现；第三，结合研究传统、科学共同体基本共识以及大多数人的期待视野，新的悲剧美学的具体研究对象主要是文学中的悲剧性，同时包括影视、音乐、戏曲等艺术形态中的悲剧性。因而，本书中的"文学"是以狭义的"文学"为主的，但又不限于狭义的"文学"，若无特别说明的话，一般地讲是广义的文学艺术的概称。可见，悲剧性的物化载体是多种多样的。第四，悲剧在不少人的观念里往往被囿于艺术，而悲剧性则涵括并融通了生活与文学（广义的）。第五，传统的悲剧艺术论关注的是物化了悲剧性体验的悲剧艺术本身的起源、发展、本质、类型、创作、欣赏与批评，而悲剧性美学的认识论与实践性强调悲剧性体验是人的一种情感认知的实践活动。因而，两者也有相通之处。离开了悲剧艺术，人类的悲剧性情感认知实践活动得以开展的触媒就会减少许多；离开了作家（表演者、演唱者、演奏者）、读者（观众、听众）的悲剧性体验这一人类实践活动，悲剧艺术的"悲剧性"蕴涵也不会生成。因而，以文本为中心的文学艺术创作和接受活动中的悲剧性体验才是新的悲剧美学研究的主要内容。

不能回避的一个问题是，既然传统的悲剧美学和新的悲剧美学都研究悲剧戏剧等悲剧艺术所引发的悲剧性体验，那两者有何不同呢？具体来说，它们的不同有以下几点。第一，传统的悲剧美学主要研究的是悲剧戏剧（也有其他悲剧艺术）本身的题材选择、主旨蕴涵、人物形象、情节结构、艺术技巧、动作、语言、扮相、服饰、道具、音乐和舞美等内容；它默认悲剧戏剧本身已经蕴涵了悲剧性，默认受众必然会感发悲剧性，默认具体语境天然地服务于悲剧性体验的产生；在其绝大多数研究中，它主要甚至仅仅关注文本要素，而主体要素和语境要素几乎被忽略不计。因而，这种研究是一种相对平面的、静态的、封闭的、无条件的悲剧性研究，是把悲剧戏剧的悲剧性同主体的人和具体的语境割裂开来的解剖式研究。而以悲剧性为研究对象的新的悲剧美学研究，它是在人、语境和悲剧戏剧三者所构成的系统中来研究悲剧戏剧的悲剧性的，它认为悲剧戏剧只是存在着促使悲剧性被感发的文本结构，但并不必然会引发人们的悲剧性体验。不论是主体的人，还是具体的语境，任何一个要素的变化都会影响到悲剧性体验的发生及其具体情状。因而，新的悲剧美学研究是一种相对立体的、动态的、开放的、有条件的悲剧性研究。第二，传统的悲剧美学认为，悲剧戏剧的悲剧性是现成的、先在的，而新的悲剧美学则认为，悲剧戏剧的悲剧性也是在主体—客体—语境三者所构成的动态系统这个具体条件下现时生成的。第三，传统的悲剧美学也研究悲剧性，但它并不主要研究悲剧性，而是更多地研究情节、性格、形象、言辞、思想和歌曲等本文内部因素。新的悲剧美学专门研究悲剧性，但它并不仅限于研究悲剧戏剧的悲剧性，而是广泛研究人类文学艺术和社会生活各领域的悲剧性以及各种形态、各种特点的悲剧性，是一种内外综合的研究。第四，传统悲剧美学对悲剧戏剧之悲剧性的研究是从属于整体的悲剧戏剧艺术的研究，于是，传统的悲剧美学研究最终走向了体裁文学研究。而新的悲剧美学对悲剧戏剧之悲剧性的研究是从属于悲剧性的生成、特征、物化及功能这一多维动态系统的生成研究、效果研究和影响研究，于是，新的悲剧美学研究最终走向了社会效应美学研究。这一研究旨在发现和运用"悲剧性"规律，以便更好地丰富和深化对象的悲剧性蕴涵，保持对象同语境之间的适度张力，进而增强悲剧性的感染力，从而更好地服务社会人生。因而，以悲剧性为研究对象的新的悲剧美学与以悲剧戏剧为研究对象的传统的悲剧美学各有其问题论域、研究目的、基本任务、主要内容和具体功用，不能互相取代。

需要指出的是，将"悲剧性"或"人在特定语境中与某一对象所建立的悲剧性关系"作为新的悲剧美学的研究对象，这对传统的悲剧美学研究范式而言，则是确立了新的研究重心和研究维度，有助于理解文学艺术悲剧与日常生活悲剧的共通性及其依存关系，对近代以来悲剧艺术的日常生活化倾向可以提供更好的阐释和说明，也可以修补传统悲剧美学研究的某些盲区，例如抒情文体的悲剧性、作为艺术要素的悲剧性、日常生活中的悲剧性等方面。因而，本书提出"悲剧性"概念，并不是对"悲剧"概念的取代，而是对它的补充和发展。

二、悲剧美学的研究视野

传统悲剧美学的研究视野相对而言不是特别开阔。它主要囿限于悲剧戏剧，再拓广点是悲剧艺术；偶尔有个别研究将生活悲剧、人生悲剧纳入了研究视野，但匆匆看了一眼又马上将视线重新投射在悲剧艺术身上。显然，在遵循传统悲剧美学研究范式的不少研究者心目中，生活悲剧、人生悲剧同悲剧艺术完全没有相通之处，它们是两类本质完全不同的存在者，它们中间矗立着一道纯粹审美中心主义所夯筑的坚固的墙，那道墙将二者完全隔绝了开来。现在，由于"悲剧性"被确定为新的悲剧美学的研究对象，于是，新的悲剧美学的研究视野就广及人类社会一切领域，它涵括并融通了文学（广义的）与生活。相比传统的悲剧美学的研究视野，现在的悲剧美学的研究视野就要开阔得多了。

三、悲剧美学的基本问题

从亚里士多德的时代至今，悲剧美学的基本问题一直是"悲剧是什么"或"悲剧的本质是什么"。数千年来，无数先哲为之呕心沥血，进行了许多探索，也给出了各种各样的答案。然而直至今日，仍然没有一个答案能够为人们所普遍接受，这有多种原因。

首先，"本质"本身就很复杂。作为哲学中的一个重要问题，历史上很多人探讨过它，但很少取得共识。古希腊哲学家巴门尼德（约公元前 6 世纪末—约公元前 5 世纪中叶以后）认为"本质"是一种逻辑概念，与"存在"同一。既然是逻辑概念，那内容就很难具体化。柏拉图（公元前 427—公元前 347）认为"本质"（希腊词 ousia）即"普遍理式（eidos，理念）"，是存在于"天外"的东西。①既然如此，那人们怎么寻找本质？亚里士多德提出通过属相、种相和种差来给本质下定义，这使"本质"又成了逻辑概念。中世纪意大利基督教思想家、神学美学家托马斯·阿奎那（1226—1274）认为："本质"是"一件事物藉以被称为存在者的东西"②，并把"存在"与"存在者"的关系转换成了"创造"与"被创造"的关系。很明显，托马斯·阿奎那把"本质"归到上帝的旨意那里去了，那人间怎么寻找？此后有关"本质"的说法，大多了无新意，唯有马克思主义的本质观既有新意又科学，为不少人所接受。马克思主义认为，"本质是事物的内部联系。它由事物的内在矛盾构成，是事物的比较深刻的一贯的和稳定的方面"。③恩格斯坚持马克思主义本质观，揭示了社会历史悲剧的本质特点。

其次，这牵涉到名称和存在的关系问题。中世纪经院派学者们在"悲剧"这一问题上就发生过唯名论与唯实论之争，即把"悲剧"看成是"共名"还是"共相"。唯名论者持"共名"说，认为个别悲剧是真实存在的，没有先于个别悲剧而存在的所谓悲剧"共相"，而"悲剧"只是人们用来表示个别悲剧的名词或概念。唯实论者持"共相"说，认为"悲剧"作为"共相"是个别悲剧的本质，是独立于个别悲剧的实在，先于个别悲剧而存在，它还派生出个别悲剧。类似争论从中世纪起时断时续，直到今天也没有争

---

① ［古希腊］柏拉图《理想国》，508C、517B；《费德罗篇》247C。转引自段德智：《西方形而上学传统中的一部经典之作——对托马斯〈论存在者与本质〉的一个当代解读》，［意大利］托马斯·阿奎那：《论存在者与本质》，段德智译，北京：商务印书馆 2013 年版，第 113 页。

② ［意大利］托马斯·阿奎那：《论存在者与本质》，段德智译，北京：商务印书馆 2013 年版，第 16 页。

③ 辞海编辑委员会编：《辞海》（哲学分册），上海：上海辞书出版社 1980 年版，第 84 页。

论出个结论来，仍旧困扰着一些人。他们之所以久陷“共名”“共相”之争的困局而未能走出，是因为他们还没有清楚地认识到“共名”说和“共相”说两者都存在着认知迷误。唯名论者没有看到，“悲剧”即便作为共名，它也是建立在与其他名称的区别这个基础之上的，而区别的根据就包含着名称背后的事物的本质特点的差异。唯实论者没有看到，“悲剧”即便作为共相也不可能先在地决定了后来出现的个别悲剧作品的本质，因为“共相”不等同于“个相”，“共相”与“个相”是交叉关系，“共相”与“个相”仅有部分相同。

最后，也是最重要的原因，“悲剧是什么”这个问题本身有问题。“悲剧是什么”或“悲剧的本质是什么”是一个封闭性问题，主词是先定的、单一的、普遍的、不变的，判断又是全称判断，那宾词也只能是先定的、单一的、普遍的、不变的，而这显然与悲剧性之生成性、多样性、变化性、暂时性、条件性相矛盾，自然得不出答案。从思维方式上来讲，“悲剧是什么”或“悲剧的本质是什么”这类提问方式背后，多是一种本质主义思维方式，它基于主体、客体的二元对立，把事物的本质从事物中单独割裂出来，最后使其成为一种普遍、绝对、永恒、单一、先在、现成的无条件存在。这种致思方式长期存在，表明柏拉图式的“理式本体论”哲学观在不少人的头脑中还根深蒂固地盘踞着。那么，我们可以试着把提问方式变换为“什么是悲剧”或“什么是悲剧的本质”。这种提问方式把封闭性问题转换成了开放性问题，把没有解的问题变成了有无穷解的问题。不过这样一来，新的问题又出现了，无边无穷的答案其实又等于取消了问题。看来，现在再也不能把“悲剧是什么”或“悲剧的本质是什么”作为悲剧美学的基本问题了。退一步讲，即便把“悲剧是什么”或“悲剧的本质是什么”作为一个普通问题提出，首先也要明白两点：第一，这里的“悲剧”所指是“悲剧戏剧”“悲剧艺术”“悲剧审美风格”还是“社会生活悲剧”等义项，必须明确。否则，这个问题就无法作答。第二，解决这个问题不能再运用本质主义的思维方式了。否则，还是很难有结果。

因而，我们与其继续困扰于无“解”的“悲剧是什么”这个老问题，还不如提出新问题。这个新问题就是：悲剧性是怎样生成的？之所以如此，一是“悲剧性”所指比较明确、单一。二是这个提问方式既探寻了“悲剧性”本质，又不走进本质主义思维方式的死胡同。我们反对本质主义思维，但并不反对探寻本质，更不回避探寻本质。因为，本质是真实存在的，是无法回避的。离开了本质，无法区别事物。不研究本质，则无法认识事物。同时，我们反对不加分析地把探寻本质等同于本质主义思维。对于“悲剧性"本质的探寻，我们还是要坚持马克思主义的本质观。在马克思主义看来，本质是事物内在的、稳定的矛盾关系所组成的联系。而稳定的、内在的矛盾关系又决定了一个事物的存在。因而，事物的"本质"只能到它的"存在"中去找。悲剧性也不例外。悲剧性存在于主体、客体和语境三者相互作用的矛盾关系中，该矛盾关系是一种情感认知价值关系。这就决定了悲剧性的本质存在于主体、客体和语境三者所生成的情感认知价值关系中。可见，悲剧性不是单一、静态、孤立、机械的存在，而是具有情感认知价值倾向的关系性存在，是一种意向性客体。

　　"悲剧性是怎样生成的"这个悲剧美学的新问题相比"悲剧是什么"或"悲剧的本质是什么"这个悲剧美学的老问题，发生了几点变化。第一，在老问题中，作为客体的悲剧是与主体分开且二元对立的，还盲视了语境的作用；在新问题中，悲剧性存在于主体、客体和语境三者相互作用而生成的情感认知价值关系中。第二，在老问题中，悲剧的本质是现成的；而在新问题中，悲剧性是具有一定情感认知价值倾向的关系性存在，它的本质是生成的。第三，老问题基本上是本体论问题，新问题是情感认知论或者说体验论问题。在此，需要指出的是，鲍姆嘉通在界定"美学"的研究对象时曾明确指出：与"作为高级认识论的逻辑学"相比，美学是"低级认识论"，"是以美的方式去思维"的。① 那"美的方式"是什么方式呢？其实就是感性认识的方式。这样一来，用感性认识的方式去研究感性认识的完善就做到了正确思维。从这个角度上讲，悲剧美学的新问题是更本色的美学问题。第四，悲剧美学的新问题认为，人们把某事、某人、某作品判断为"悲剧"，是有条件的、相对的；而悲剧美学的老问题却暗含着这样一种认识，即某一事件、人物或文艺作品会被人们毫无例外地视为"悲剧"，也就是说，一个事件、人物或作品引发人们的"悲剧"判断是无条件的、绝对的。试问，面对某一对象，作为主体的人是否有过真切的悲剧性体验？如果没有，他又怎能说这个事件、人物或作品是"悲剧"？第五，在新问题中，悲剧性的本质是多样的，而在老问题中悲剧的本质是单一的。

　　简言之，"悲剧是什么"与"悲剧性是怎样生成的"，这是两个不同的基本问题；两个不同的基本问题背后所隐含的是主要倾向上的"本体论式"和"生成论式"这两种不同的提问方式。但需要强调的是，悲剧性也是有本质的，悲剧性的本质正是悲剧性生成的目标和归宿。因而，悲剧性的"生成"论是涵括了而不是取消了"本质"论。总之，在悲剧美学的基本问题

---

① 转引自朱光潜：《朱光潜美学文集》第四卷，上海：上海文艺出版社 1984 年版，第 313 页。

上，本书将由传统研究范式的"悲剧是什么"变化为新的研究范式的"悲剧性是怎样生成的"，这也是一种思维方式和思维重心的变化，由主要是封闭性、形而上性的下定义变化为主要是开放性、生成性的描述，由主要关注本质变化为主要关注生成而又兼顾本质。

四、悲剧美学的研究方法

研究方法是把握事物本质或其内在规律的手段、方式、方法、途径的总和。研究方法是分层次的，第一层次是哲学—逻辑方法，第二层次是一般理论研究模式，第三层次是具体研究方法。本书现在所讲的"悲剧美学的研究方法"是在第二层次即"理论研究模式"的意义上来说的。研究方法的选择要充分考虑研究对象、研究视角、基本问题、研究任务和研究条件等具体情况。

悲剧美学归根结底仍是美学，因而，美学的研究方法也适用于悲剧美学研究。上文已论，美学的思维方式是情感认知方式，换言之，美学的研究方法，既要有理性的理论分析，又要有感性的描述分析。传统的悲剧美学以"悲剧"为研究对象，以"悲剧是什么"或"悲剧的本质是什么"为基本问题，于是，传统的悲剧美学研究主要运用的是封闭性、形而上性的下定义这种理论分析方法，而较少地运用描述分析方法；即便运用描述分析方法，也仅仅是对悲剧文本的描述分析。因而，在思维方式上，传统的悲剧美学研究主要的还是一种平面化思维、静态化思维。而新的悲剧美学以"悲剧性"为研究对象，以"悲剧性是怎样生成的"为基本问题，于是，新的悲剧美学研究将主要运用开放性、生成性的描述分析，而且是在以文本（社会文本、文学文本）—社会历史文化语境—主体（人、作者、受众）为三重维度所构成的系统、动态而具有整体性的坐标系之中来描述和分析悲剧性的性质、内涵、生成、特征、文学中悲剧性的显现（物化）及功能等问题。同时，新的悲剧美学研究也要合理运用理论分析方法。在描述分析和理论分析中，新的悲剧美学研究将强调"悲剧性"的生成性、多样性和层次性。因而，在思维方式上，新的悲剧美学研究是一种立体化思维、系统化思维和动态化思维。可见，新的悲剧美学研究方法比传统的悲剧美学研究方法更科学、更系统、更完善、更具普适性，有效性也更高。具体的研究方法，本书后面还会详细说明。

五、悲剧美学的逻辑起点

逻辑起点是构成研究对象的最基本、最直接的单位，具有基本性和直接性；它规定了研究对象的最一般本质，具有普遍性和概括性；它奠基并肇始了研究该对象的某一思想、理论、学说、流派的逻辑体系发展全过程，具有初始性和贯穿性。

那么，悲剧美学的逻辑起点应该在哪里？这个问题的答案主要取决于悲剧美学的研究对象。不同研究范式的悲剧美学有不同的研究对象，自然也会有不同的逻辑起点。传统悲剧美学的研究对象是悲剧戏剧，当然也有部分研究对象扩展至悲剧艺术。因为"悲剧"这个词语，最初的时候就是指"悲剧戏剧"，加之西方文艺发展史上悲剧戏剧诞生在先，悲剧小说、悲剧影视等悲剧艺术诞生在后，于是，"悲剧"（悲剧戏剧）就成了传统悲剧美学的逻辑起点，继而按照悲剧艺术论（包括起源、发展、本质、类型、创作、接受和批评）、悲剧审美范畴论和悲剧观念论（包括悲剧学说、悲剧思想和悲剧理论及其历史）的逻辑顺序发展。

新的悲剧美学的研究对象确定为"悲剧性"了，如果仍然以"悲剧"作为其逻辑起点则显然不合理。因为，首先，从"源"与"流"的关系上来说，悲剧（悲剧戏剧、悲剧艺术）是"流"，而作家的悲剧性体验实践活动才是"源"。同时，某一文艺作品或社会生活现象之所以被人们视为"悲剧"也是因为其引发人们产生了悲剧性体验。因而，归根结底，人的"悲剧性"体验实践活动才是一切"悲剧"的源头活水。其次，社会生活悲剧与悲剧文艺这一人类创造物之间的精神遗传性、贯通性、普遍性的生命基因是"悲剧性"而不是"悲剧"。所以，如果把"悲剧"（悲剧戏剧、悲剧艺术）作为新的悲剧美学的逻辑起点，就既没有彻底地追寻到悲剧的生命之根和直接源头，也缺失了逻辑起点所应有的广泛涵盖性和内生发展力。

那么，新的悲剧美学的逻辑起点应该在哪里呢？恩格斯曾经指出："历史从哪里开始，思想进程也应当从哪里开始。"[①] 这是强调思想进程要正确就必须坚持逻辑起点和历史起点的统一。因而，新的悲剧美学的逻辑起点只能从悲剧（悲剧戏剧、悲剧艺术）回溯到人们的悲剧性体验或特定语境中人与对象的悲剧性关系，简言之即"悲剧性"。整体逻辑思路上，以"悲剧性"或"特定语境中人与对象的悲剧性关系"这个"存在"（指"有"，也就是各领域、各种形态的悲剧性现象）作为新的悲剧美学的逻辑起点，进而讨论悲剧性的范畴、生成、特征、物化和功能。由于思维是对现实存在的反映，而语言是思维的工具和直接现实，因而语言也反映着现实存在，

---

① [德]恩格斯：《卡尔·马克思〈政治经济学批判〉》，中共中央马克思恩格斯列宁斯大林著作编译局编：《马克思恩格斯选集》第二卷，北京：人民出版社 1972 年版，第 122 页。

通过语言可以认识现实存在。同理，由于人类社会各领域、各种形态的悲剧性现象或者说人类的各种"悲剧"情感认知判断典型地反映在了人类的"悲剧"语用中，因而，科学、合理地运用分析和综合的方法，全面、深入地研究人类的"悲剧"语用现象，我们就可以比较准确地把握"悲剧性"的"存在"状况。这里需要明确的是，"悲剧性"现象归根结底是人类的一种社会现象和精神现象；它在语用上有反映，但不能因此就说它是单纯的语用现象。总之，这一逻辑路径，从人们的悲剧性体验实践活动这一现象开始，回到社会人生，是有实践价值的逻辑发展和理论思考。

六、悲剧美学的核心范畴

核心范畴是某一思想、理论、学说、流派的范畴体系中居于核心地位的范畴，是其基本观点、基本方法、基本内容的最精炼概括，往往是其区别于其他思想、理论、学说、流派的独特性、代表性范畴，它的内涵贯穿并统摄了该思想、理论、学说、流派的全过程和各方面。传统悲剧美学以"悲剧"作为核心范畴是有其合理性的。但是现在，"悲剧"成了一种复义性概念，既包括作为艺术形态的悲剧戏剧、悲剧小说等悲剧艺术，也包括作为美学范畴和审美风格类型的悲剧，还包括作为生命哲学观念的悲剧生命意识等语义。因而，"悲剧"所指就很不明确。更根本的是，当新的悲剧美学的研究对象和逻辑起点都指向"悲剧性"，"悲剧性是怎样生成的"成为新的悲剧美学的基本问题，新的悲剧美学的主要内容是研究"悲剧性"的范畴、生成、特征、物化和功能时，将"悲剧性"作为新的悲剧美学的核心范畴来运用则显然更为科学与合理。

七、悲剧美学解决问题的逻辑框架

传统的悲剧美学解决问题的逻辑框架或理论体系大致有三种。第一种是悲剧审美范畴论、悲剧艺术论（重点）和悲剧观念论（悲剧思想和悲剧理论）三部分组合式。使用该框架的人最多。第二种是悲剧艺术论，主要包括悲剧的起源和发展、悲剧本质、悲剧种类、悲剧欣赏与批评。使用该框架的人较少。第三种是人生悲剧论、悲剧艺术论（重点）和悲剧观念史及其理论形态三部分组合式。使用该框架的人最少，目前仅见佀荣本一人。他过多地强调了人生悲剧与悲剧艺术的不同，而较少地考虑人生悲剧与悲剧艺术的相通之处。究其原因，在于他思想深处仍旧有根深蒂固的审美中心主义观念。需要指出的是，传统悲剧美学的三种理论体系落实在具体研究中，不同著作、不同研究者之间也存在着差异和相通之处。总体上讲，传统悲剧美学的理论体系大都长于解释悲剧戏剧的艺术自足性，而短于解释悲剧的社会效应性。因而，在构建新的悲剧美学理论体系时就要在充分吸取传统悲剧美学理论体系的合理之处与优长的同时，加强对文学艺术悲剧性与社会生活悲剧性之间的互渗互动关系及其效应的研究。经过研究，新的悲剧美学解决问题的逻辑框架主要包括以下几个方面：社会生活领域与文学艺术领域中的悲剧性存在、悲剧性范畴、悲剧性的生成及其机制、悲剧性的特征、悲剧性的文学（广义的）显现（物化）、文学（广义的）中悲剧性的功能。

八、新的悲剧美学的名称

当研究对象、研究视野、基本问题、逻辑起点、核心范畴和解决问题的逻辑框架等内容都与"悲剧性"直接相关时，新的悲剧美学如果仍旧称为"悲剧美学"则显然文题不符，名称有失准确。综合考虑上述因素以及全部研究内容，新的悲剧美学命名为"悲剧性美学"比较妥当。这里的"美学"取其"研究感性认识的科学"这一基本意涵，而"悲剧性"是人类的一种情感认知体验实践活动，这样，"悲剧性美学"就是研究"悲剧性"这一人类情感认知现象的科学。

九、创建"悲剧性美学"理论体系

雷蒙·威廉斯、佴荣本和特雷·伊格尔顿等人虽然已经意识到了"悲剧性"在悲剧文学和社会人生悲剧中的重要作用，但迄今为止，包括他们在内的中外悲剧理论家们并没有从根本上和整体上肇始建构新的悲剧美学理论体系。笔者将在切实体认人类社会生活和文艺作品中各种悲剧性现象的基础上，深入思考，积极探索，科学扬弃前人思想，努力创建起新的悲剧美学理论体系——"悲剧性美学"理论体系。

具体研究工作上，本书将选择以"悲剧性"作为研究对象、逻辑起点和核心范畴，以"悲剧性是怎样生成的"作为基本问题，以存在、范畴、生成、特征、文学显现及功能作为逻辑框架的"悲剧性美学"范式，系统研究人类社会生活和文艺作品中的悲剧性现象。其中，文艺作品中的悲剧性现象是中心研究对象。这里的"文艺"主要指以文学文本为中心的文学活动，强调主体（人、作者、受众）、文本与具体语境三者的相互影响。这里的"悲剧性"是一个仍有待进一步明确和深化的概念。为了论述的方便，我们姑且先遵从习惯的说法，认为"悲剧性"是使一部作品被称为"悲剧"的东西，它是古今一切被称为"悲剧"的对象的"家族相似性"。数千年来，

"悲剧"一直与时俱进、随体（体裁/文化）附神，从一种地方戏剧形式到一种文学体裁、美学范畴和审美风格类型，从一种生命哲学观念到日常生活用语，"悲剧"具有如此绵长、强劲的历史穿越力和跨文体、跨文化、跨领域的扩张力的最根本原因是什么呢？如果说是"悲剧性"，那么，如何理解"悲剧性"？"悲剧性"范畴的性质和内涵是怎样的？悲剧性是如何生成的？有哪些因素影响其生成？生成机制何在？悲剧性有哪些特征？悲剧性在不同时代、不同民族和不同体裁的文学中是如何物化的？悲剧性作为艺术要素在文学文本中有哪些表现和作用？社会革命、时代更替等历史转折期社会的悲剧性状况如何？"悲剧性"作为一种文学批评视角，它能否成为文学批评的一个尺度？能否通过考察悲剧性审美范式在时代社会文化语境中的命运变化，帮助人们更好地理解文学作品的悲剧性蕴涵与时代社会文化之间的关系？能否通过考察作家的悲剧性意识的状况，帮助人们更好地理解文学作品的悲剧性蕴涵与作家悲剧性意识之间的关系？从"悲剧性"视角如何看待 20 世纪中国文学？20 世纪中国文学在审视、拓展人性的深度、广度及其繁复性上与世界优秀文学是否有距离？这种距离与 20 世纪中国作家的悲剧性意识的状况，以及当时的社会历史文化语境是否有关系呢？文学中的悲剧性如何实现其社会文化功能？历史上的悲剧理论与权力之间有着怎样的关系？在享乐主义、娱乐主义、消费主义甚嚣尘上的当今社会里，人们还需要悲剧文学吗？需要什么样的悲剧文学？本书将回答上述问题。另外，在结语部分，本书还将运用本书所得出的基本理论观点和方法去整体性地概括批评 21 世纪最初十来年的中国文学活动。通过对此的学理分析和具体评价，以期引领正确的文学艺术和精神文化生活的价值导向，同时检验本悲剧性美学理论的基本观点和基本方法的科学性、有效性。

　　最后，需要说明的是，本书不是要取消或代替传统的悲剧美学研究范式，而是试图为解释包括文学艺术悲剧性、社会生活悲剧性在内的人类社会一切悲剧性现象增加一种更具解释力的悲剧性美学研究范式的选项。

第一章 从"悲剧"到"悲剧性"

第一节 "悲剧"的多义性与"悲剧性"存在

语言符号是人类的创造物，也是人类社会得以继续存在和发展的必要条件。语言符号与现实的关联是任意的、武断的。但是，在同一语言系统中，语言符号与现实的关联一旦建立则比较稳定，这是确保准确表达、有效交流的基础。换言之，在同一语言系统中，某一概念所关联的存在是相对稳定的，表达某一概念的语言也是相对稳定的，这就要求每一个语言符号都必须有明确和相对稳定的所指。同理，作为一种理论的核心概念，其指称也应该是明确的、相对稳定的。那么，人类文学—社会语境中的"悲剧"概念是否具有明确和相对稳定的指称呢？此外，思维反映了现实存在，而语言是思维的工具和直接现实，因而，语言也反映了现实存在。于是，通过语用分析我们也可以把握现实存在。比如，通过对"悲剧"语用情况的分析来把握"悲剧性"的存在状况。

20世纪80年代时，中国学者一般认为，在文学艺术研究中，"悲剧"是悲剧体裁、悲剧美学范畴和悲剧题材三者的总称，不包括日常用语中随意性较大的"悲剧"。[①] 笔者认为，"悲剧题材"这个说法似乎有点欠妥，最起码不太准确。因为，首先，没有哪个题材只能被表现为悲剧而不能表现为其他体式或风格。其次，"悲剧"确切地说是"悲剧性"，是文本在主体那儿作为整体的接受心理效果而言的，题材只是产生这种系统效果的一个因素而不是全部，而且部分不等同于整体的简单分解，因而不能把作品风格与题材简单关联。最后，文学中的"悲剧"与日常用语中的"悲剧"也不能截然分开，两者之间存在着互动、互渗的关系。所以说，上述看法

---

① 参见刘崇义：《社会主义悲剧概念的确立是我国文学理论的重大突破》，《上海社会科学院学术季刊》1986年第4期，第180-190页。

的前半部分固化了题材本身的情感倾向和认知视角，后半部分则割裂了文学艺术与社会之间的密切联系，有待修正。

由于"悲剧"这个概念是古希腊人创造的，因而我们可以在古希腊文学以及它所属的西方文学文化乃至更广泛的当今人类社会文化中全面扫描"悲剧"语用史、分析"悲剧"语用情况，以科学判断"悲剧"指称的明确程度和相对稳定程度，同时也准确把握"悲剧性"的存在状况。经过研究，笔者发现，"悲剧"主要有以下五种指称，"悲剧性"现象存在于人类社会生活和文学艺术的一切领域中。

一、作为戏剧体裁的"悲剧"

"悲剧"一词最早出现于古希腊。在古希腊社会中，至少在公元前五世纪的埃斯库罗斯、索福克勒斯和欧里庇德斯等古希腊悲剧大师们那里，"悲剧"概念是明确的，专指悲剧戏剧诗。但细察之，它也是多义的。它既可以是一个身份尊贵者遭遇厄运的事件，如《俄狄浦斯王》；也可以是一个结局带有劝慰意味的关于伟大人物的恐怖故事，如《被释的普罗米修斯》；或者是以和解结束的紧张故事，如《特洛亚妇女》；还可以是一种具有狂欢色彩的故事，如《带火的普罗米修斯》。亚里士多德认为，"悲剧"是摹仿"一个严肃、完整、有一定长度的行动"。[①] 情节是核心。但在西方现代悲剧中却出现了情节淡化的现象，甚至无情节，可是仍旧被称为"悲剧"。塞内加的悲剧让人感觉到生活的苦难、不幸、危险，以及令人恐惧的血腥暴力。中世纪的"悲剧"大多与舞台表演不再有必然联系，而是被用来称呼一个结局不幸的故事，悲剧成了一种叙事类型。例如，狄俄墨得斯（Diomedes，公元 4 世纪）就认为"悲剧是对处在灾难中的英雄人物（或神）的不幸的叙述"[②]。又如乔叟（Geoffrey Chaucer，约 1340—1400）在《〈僧士的故事〉开场白》中曾说："一个悲剧，就是一个故事，古书上说的，讲一个人曾经飞黄腾达，却一旦陷落在悲惨的处境中去，结果不能自拔而终。"[③] 基督教悲剧多叙述的是人的灵魂如何经历苦难考验而得到上帝的救赎。文艺复兴时期的悲剧具有极强的道德说教色彩，作品中多是具有警醒、惩戒、劝解等教化意味的故事。锡德尼（Philip Sidney，1554—1586）在《为诗辩护》中就说："高级和优秀的悲剧，揭开那最大的创伤，显示那

---

① [古希腊]亚里士多德：《诗学》，罗念生译，《罗念生全集》第一卷，上海：上海人民出版社 2004 年版，第 36 页。

② [英]克利福德·利奇：《悲剧》，尹鸿译，北京：昆仑出版社 1993 年版，"定义"辑录第 2 页。

③ [英]克利福德·利奇：《悲剧》，尹鸿译，北京：昆仑出版社 1993 年版，"定义"辑录第 3 页。

为肌肉所掩盖的脓疮；它使得帝王不敢当暴君，使得暴君不敢暴露他们的暴虐心情；它凭激动惊惧和怜悯阐明世事的无常和金光闪闪的屋顶是建筑在何等脆弱的基础上；它使我们知道，那用残酷的威力舞动着宝杖的野蛮帝王惧着怕他的人，恐惧回到造成恐惧者的头上。"① 锡德尼运用华美的语言强调了悲剧的道德教化作用，他认为对德行的赞美和对恶行的警告是悲剧作品里的固有内容。17 世纪法国戏剧中，剧作家高乃依（Pierre Corneille，1606—1684）的悲剧多歌颂王权、理性、责任与义务，弥漫着比较浓厚的喜剧色彩；而剧作家拉辛（Jean Racine，1639—1699）的悲剧戏剧则强化道德教化意图的传达，他在《费德拉》（1672）的前言中直言悲剧是进行美德教育的课堂。17 世纪后期英国剧作家托马斯·赖默、约翰·德莱顿，18 世纪法国的狄德罗、德国的莱辛等剧作家都认为悲剧是表达"诗性正义"的文学样式，但英国散文家、诗人艾迪生（Joseph Addison，1672—1719）却反对"诗性正义"说，认为它毫无根据。

19 世纪的"悲剧"作品多表现人生的悲剧性。席勒、歌德、易卜生和斯特林堡等人的悲剧创作特别善于表达这一主题，他们的艺术技巧日益精湛，达到了炉火纯青的境界。例如，易卜生的《布兰德》写出了人精神上的孤独，斯特林堡的《通向大马士革之路》写出了人内心的孤独与恐惧。但在形式上，19 世纪的悲剧与古代"悲剧"相异甚大，例如，席勒《玛丽亚·斯图亚特》中的氛围相当轻松，而歌德的《浮士德》（第二部）后半部分充斥着振奋、激动、明快的情调，以至于前半部分的悲伤气氛被稀释乃至消除，这使它完全缺失了传统悲剧所要求的肃杀清冷的意蕴，以致谢林把它称为"无与伦比的现代喜剧"②。虽然剧作的最后，幸福的气氛被突然终止了，这多少让人感到难以接受，但这种有意而为的拙劣技巧却在一定程度上也让人感到古典悲剧的恐怖意蕴并未彻底失去，作品的劝善功能还是较好地实现了，警告人们人生总有遗憾，不要刻意去追寻那根本不存在的完美。

20 世纪西方的悲剧创作在艺术形式上更加多样。现实主义的悲剧既有宏大的历史悲剧、英雄悲剧，也有普通人的日常悲剧；现代派悲剧多聚焦于人生的孤独、冷漠、空虚、无聊、无意义、荒诞、绝望，生命的悲剧性在悲观主义的基调里被予以极端化地表达；后现代主义悲剧多表现的是人及世界的不确定性，怀疑感和对不确定的焦虑感充满作品内容，剧作在情

①　[英]锡德尼：《为诗辩护》，钱学熙译，北京：人民文学出版社 1964 年版，第 37 页。
②　[德]弗·威·约·封·谢林：《艺术哲学》，魏庆征译，北京：中国社会科学出版社 2005 年版，第 341 页。

节形式上也比较松散，大多失去了传统悲剧戏剧所要求的紧凑的戏剧性，表现出明显的反传统色彩。

与历史上的戏剧家相比，20 世纪西方剧作家中很少有人在自己的剧作名称里直接使用"悲剧"这个字眼，其中一些人还特别反感别人称呼自己的作品是"悲剧"。例如契诃夫，尽管他的剧作表现的是失望的人生，而且对此满含悲悯同情。当然，也仍有一些人把古希腊悲剧的旧题材进行翻新重叙，或者将故事的场景改变得更加接近于当代生活的场景，或者用现代思想之光去照亮古老题材，使其传达出新的时代讯息。例如，法国剧作家安德烈·奥比（André Obey）的《一个走向虚无的女孩》（1953）就用了《伊费格涅亚在陶里斯》的主题，让·安劳（Jean Anouilh）创作了《美狄亚》（1946）和《安提戈涅》（1944），采用了一种"政治寓言"的方式，这使得他的文本显现出极强的社会干预色彩。前一部剧作探索了美狄亚心理活动中的政治欲望，后者发现克瑞翁和安提戈涅的对抗类似于德国占领者与法国之间的关系。让—保罗·萨特（Jean-paul Sartre，1905—1980）在《苍蝇》中，将俄瑞斯忒斯塑造成了一个存在主义者。在美国，尤金·奥尼尔（Eugene O'Neill，1888—1953）的《悲悼》三部曲与埃斯库罗斯的《俄瑞斯忒斯》三部曲的基本结构完全一致，但他是从精神分析学的角度，表达了"性欲"在人生中的错乱和粗暴作用。英国的 T. S. 艾略特的《全家重聚》（1939）也采用了《俄瑞斯忒斯》的结构线索，但他是在重新演绎基督教的罪与罚的基本教义。20 世纪前半叶的这些悲剧作家们，他们的悲剧作品都是从当代人类生活状况出发，以自己的独特眼光在古老题材中翻出了新意，而且是满怀真诚地去追寻人生的严肃感和尊严感，这里没有姿态与矫情，没有游戏与搞笑，通过与古老的优秀作品的联系来使自己的作品获得一种历史存在感和权威性。尽管这样的做法也有危险性。庆幸的是，上述作家的致敬经典之作成功了。其实，在文学史上，这并不是什么新鲜事。古希腊悲剧就取材于此前的神话传说和史诗。16 世纪英国作家乔治·盖斯科因（George Gascoigne，约 1525—1577）和弗朗西斯·金维梅尔希（Francis Kinwelmersh）的《乔卡斯塔》（1566）就改编于欧里庇得斯的《腓尼基少女》的意大利译本，德莱顿和内森尼尔·李（Nathaniel Lee，1649—1692）曾写过一部《俄狄浦斯》（1678）。雪莱（1792—1822）的悲剧诗《解放了的普罗米修斯》（1819）就对埃斯库罗斯的蓝本做了进一步的发展。布莱希特的悲剧戏剧与当时欧美其他悲剧作家的悲剧作品相比十分不同，他强调悲剧作品要打破传统戏剧得以成功演出的假定性似真幻觉,在刻意消除"间隔"中（例如，在演出中突然扔出一个脸盆，把大家从舞台所营造的虚拟世界里拉回现实生活）让人看到现实的残酷真相，因此他对传统的"悲剧"采取"否定"态度。布莱希特认为革命也会异化为悲剧。[①] 他的这一看法确实充满真知灼见。他从革命悲剧在舞台上的僵化上演，科学地预见到了现实生活中即将到来的灾难，要求人们从舞台悲剧中清醒过来，避免那本不该发生的现实悲剧的发生。

悲剧戏剧的语音体式也有变化。西方传统的悲剧戏剧主要是诗体悲剧。亚里士多德在《诗学》第六章中定义"悲剧"时，明确指出悲剧六成分之一的"言词"（即人物对话）要用"韵文"，另外"歌曲"也是悲剧六成分之一。诗体语言之所以被古希腊悲剧大师和理论家所看重，只因为韵语体好说易记。然而，现实比理论复杂得多。古希腊悲剧大师欧里庇德斯和索福克勒斯在其悲剧中就曾"用散文的对白表示悲哀"[②]，以打动观众的心。亚里士多德之后到18世纪之前，韵语诗体悲剧一直是西方悲剧的主流。18世纪西方出现了许多用无韵体写成的戏剧，剧作中的故事多发生在古希腊或罗马时代，而且大都在灾难中结束。例如，歌德的散文体悲剧《伊菲格尼亚在陶里斯》（1779），市民悲剧也不再使用韵语诗体。19世纪时，散文体悲剧的理论被阐扬。法国作家司汤达（1783—1842）在《拉辛和莎士比亚》（1823、1825）一文中反对地点整一律和亚历山大诗体（法国一种传统诗体，每行十二音节，押韵，古典悲剧几乎都是用这种诗体写的），主张书写散文体悲剧。[③] 到了19世纪末期和20世纪，散文体悲剧有了更多的理论探索和创作实践，但韵语体悲剧也被少数持古典主义悲剧观念的人所倡导。例如，爱尔兰的叶芝（William Butler Yeats，1865—1939）在《黛特》（1907）中重新提出并极力赞同贺拉斯曾经主张的悲剧舞台规则，例如，每个剧本"最好是分五幕，不多也不少。不要随便把神请下来，除非遇到难解难分的关头非请神来解救不可。也不要企图让第四个演员说话"。[④]丑恶凶杀的情节只宜通过口头叙述，"不要在舞台上演出"[⑤]，悲剧有合式的语言和格律，语言要适合人物的性别、年龄、职业、性格和社会

---

① 参见[英]雷蒙·威廉斯：《现代悲剧》，丁尔苏译，南京：译林出版社2007年版，第211页。

② 参见[古罗马]贺拉斯：《诗艺》，杨周翰译，见伍蠡甫主编：《西方文论选》上卷，上海：上海译文出版社1979年版，第102页。

③ [法]司汤达：《拉辛与莎士比亚》，王道乾译，《文汇报》1962年9月26日。

④ [古罗马]贺拉斯：《诗艺》，杨周翰译，见伍蠡甫、胡经之主编：《西方文艺理论名著选编》上卷，北京：北京大学出版社1985年版，第103页。

⑤ [古罗马]贺拉斯：《诗艺》，杨周翰译，见伍蠡甫、胡经之主编：《西方文艺理论名著选编》上卷，北京：北京大学出版社1985年版，第102页。

地位等。①而与叶芝大致同一时期的辛格（John Millington Synge，1871—1909）则在其《骑马下海的人》（1904）和《黛特的忧患》（1910）中全面使用散文体语言，这使其悲剧戏剧的语音体式从此告别了此前的韵语体式。《骑马下海的人》通过阿兰群岛老妇人莫尔耶的丈夫和六个儿子先后葬身大海的悲剧，写出了人与大海的永恒搏斗，表现了人类那不可征服的、生生不息的应战精神和日常生活的崇高悲壮。此外，法国的阿尔贝特·加缪（Albert Camus，1913—1960）的作品如《卡利古拉》（1945）也采用散文体写成。

诗体语言和散文体语言对剧作家所塑造的人物形象和作品艺术风格有一定程度的影响。韵语诗体增强了人物的高贵性（出身、地位、学识、才华、个性等）、神圣性和非凡性，使作品显现出一种贵族化的典雅之美；而散文体语言则显现了人物的平民性、生活的真实性和平凡性，使作品呈现出一种生活化的大俗之美。

可见，仅从主旨、焦点、人物、形式及语音体式等方面来粗略扫描西方"悲剧戏剧"史，我们就发现西方悲剧从古到今一直在变化。但是并不能因此就得出结论说这些"悲剧"没有相通之处。因为，既然某些作品或事件而非其他被学界及民众总是用或通常用"悲剧"这一术语来指称，那么它们就总有某些相通之处。

二、作为美学范畴的"悲剧"

作为一种美学范畴，"悲剧"是从作为戏剧类型的"悲剧"中逐渐发展而来的。亚里士多德在《诗学》中研究悲剧戏剧时，就已经奠定了西方"悲剧"美学范畴的基础。他讲悲剧是严肃地表演那些出身高贵、能力出众、地位显赫的人与故事，悲剧主人公遭遇了不应遭遇的厄运，整个情节要完整，有头有尾，成为一个有机的整体，悲剧要能激发观众的怜悯与恐惧之心，进而将他们内心中类似的情感宣泄掉，从而净化他们的心灵。这里，亚里士多德讲了"悲剧"的正义价值取向，过程的艰难复杂性，具有正向价值的主人公，主人公悲惨结局的必然性，效果上能净化人心。中世纪时，悲剧戏剧大多开始不在舞台上表演了，成了讲述结局不幸的故事的一种叙事模式。这里，"悲剧"正在逐渐从悲剧戏剧故事到叙事模式再到美学范畴的渐次演化，越来越脱离了与悲剧戏剧这一具体艺术形式的紧密关联，越

---

① ［古罗马］贺拉斯：《诗艺》，杨周翰译，见伍蠡甫、胡经之主编《西方文艺理论名著选编》上卷，北京：北京大学出版社 1985 年版，第 102 页。

来越具有一定的超越性和概括性。文艺复兴时期，卡斯特尔维屈罗强调了人物性格在悲剧戏剧中的作用。他认为，人物行动是否表现人物性格决定了悲剧戏剧的成败，他也更加看重意料之外或无意之中的人物行动所能引发的怜悯和恐惧的效果，从而为悲剧美学范畴的正义价值取向提供了进一步的理论支持。17 世纪古典主义时期，法国高乃依的《论悲剧》强调了悲剧戏剧的教育作用。他认为，悲剧戏剧所产生的怜悯和恐惧情感不必同时出现，单独出现一种就能产生悲剧效果。这一点后来启发了黑格尔在"怜悯"和"恐惧"之外增加"振奋"这一悲剧效果。在创作实践上，高乃依对悲剧戏剧中个人命运与国家命运密切相关的题旨设定，进一步明确了"悲剧"中作为功能元素的一般伦理力量的角色定位和作品的价值冲突结构。高乃依对悲剧美学范畴的形成所做的最大贡献是引入了"冲突"思想。他认为，悲剧的基础是感性和理性的冲突。这一思想进一步增强了"悲剧"范畴的抽象性和概括性。他这样的认识，已经让"悲剧"美学范畴呼之欲出了。启蒙运动时期，德国的莱辛提倡建立德国"市民悲剧"，强调要发挥悲剧的振奋民族精神的教育作用，悲剧要表现出英雄主义精神和人道主义精神，从而进一步丰富了悲剧之积极担当的精神内涵。德国古典美学时期，席勒在《论悲剧题材产生快感的原因》和《论悲剧艺术》等文章中提出，在悲剧戏剧中道德教育与审美教育要统一、感性与理性要统一，悲剧人物性格要有矛盾冲突，悲剧的情感是痛苦和快感混合的情感，这些思想进一步丰富了悲剧范畴。谢林（1775—1854）在其《艺术哲学》中，从自由与必然的矛盾斗争角度论述了悲剧的本质，标志着悲剧美学范畴的基本成熟。黑格尔在其《美学》中，从辩证法的角度，论述了矛盾是一切事物的生命力源泉，从而推出悲剧冲突是悲剧戏剧行动的根本力量，进而认为，悲剧的本质是表现两种对立的普遍的伦理力量的冲突及其和解，于是，悲剧具有振奋人心的作用。这给悲剧美学范畴注入了积极乐观的审美格调。至此，悲剧美学范畴已经完全独立和成熟了。其基本意涵大致是：两种都具有一定价值的力量相互冲突，经过一番较量后，最终，具有更大价值的一方必然失败或毁灭，或者双方都陷入失败或毁灭，带给人们一种痛苦混合着由痛苦转化而来的快感的复杂的感情。

此后，悲剧美学范畴的内涵不断丰富发展。叔本华从唯意志主义角度，论述了人生的悲剧，充满悲观主义思想。尼采从日神精神和酒神精神的相互激荡里找到了创造悲剧艺术的原动力。马克思、恩格斯对于历史必然性的论述，为悲剧美学范畴增加了社会历史悲剧的类型和历史进步的动力因素，以及悲剧背后坚实的社会现实根源。19 世纪后半叶，立普斯的移情学说为悲剧美学范畴丰富了悲剧性体认上的心理基础。19 世纪末 20 世纪初以来，弗洛伊德的精神分析学说丰富了悲剧美学范畴中的无意识因素。帕克强调了悲剧美学范畴中的英勇无畏、不屈不挠的斗争精神。克尔凯郭尔从个体生存的角度论述了具有存在主义色彩的悲剧美学范畴所蕴涵的悲剧性力量。雅斯贝尔斯将悲剧的产生归因于"罪"，从而论证了基督教文化背景里悲剧的必然性和普遍性。苏珊·朗格把悲剧看成是一种生命的节奏，找到了悲剧与人的生命力之间的内在关系。伽达默尔看到了悲剧与社会和人之间存在着的内在联系，从而为解读悲剧找到了有效应对历史制约因素的正确态度和做法。

总之，"悲剧"作为美学范畴，有其形成的过程。悲剧美学范畴形成后，其基本意涵保持大致稳定，但也在发展变化。

三、作为审美风格类型的"悲剧"

作为一种审美风格，"悲剧"有别于"喜剧""幽默""滑稽""搞笑""戏仿""美""传奇"等审美风格，其主要内涵有严肃、庄严、郑重、悲壮、崇高、尊严、悲痛等义项。它们的表现方式比较多样，可单项，可复合。

作为审美风格类型的"悲剧"，其所指也是变化的。古希腊时"悲剧"是"庄严""严肃""恢宏""遒劲"等的别名。中世纪的"悲剧"风格是"清丽"或"壮丽"，如加尔兰特的约翰（John of Garland，公元 12—13 世纪）说："悲剧是用'壮丽'的风格写成的一首诗，它表现着羞辱和邪恶的事情，以欢乐始，以悲伤终。"① 强调悲剧对于人的精神和灵魂的提升作用。文艺复兴时期西方"悲剧"的风格是"优美而节制"，如 16 世纪查普曼（Chapman）就说："题材的教化性，对美德和对滑向反面的趋势表现出的优美而节制的热情，是悲剧令人信服的灵魂、核心和界限。"② 这里的"优美而节制"是说情感适度，态度郑重，也就是说悲剧要有雅致厚重的严肃风格。这一时期的悲剧大多着力于对人们所追求和向往的美好内在真实和人生理想的倡扬，如爱、真、善、美、美德、仁慈、忠诚、善良、高贵、文雅、信任、节俭、节制、自由、和谐、安宁等人生、社会各方面的积极价值。17 世纪和 18 世纪，西方"悲剧"的风格倾向"崇高"，并在理论上有了自觉。法国悲剧诗人高乃依在《论戏剧的功用及其组成部分》（1660）中就说："喜剧和悲剧的不同之处，在于悲剧的题材需要崇高的、不平凡的和严肃的行

---

① ［英］克利福德·利奇：《悲剧》，尹鸿译，北京：昆仑出版社 1993 年版，"定义"辑录第 3 页。
② ［英］克利福德·利奇：《悲剧》，尹鸿译，北京：昆仑出版社 1993 年版，"定义"辑录第 5 页。

动；喜剧则只需要寻常的、滑稽可笑的事件。"① 法国悲剧诗人拉辛在《〈贝蕾妮斯〉前言》中也说："在悲剧中，血腥和死亡并不是必需的。它的行为是伟大的，人物具有英雄气概，激情便能由此而引起，其总的效果表现为一种构成了整个悲剧快感的崇高的悲痛，这就足够了。"② 拉辛强调的"悲剧"审美风格是"崇高的悲痛"，重在从"悲痛"向"崇高"的转化和提升。高乃依和拉辛之所以推崇悲剧的"崇高"审美风格，主要根源在于他们持有古典主义立场，认同悲剧对于人的尊严的捍卫及精神的升华。19 世纪和20 世纪，人们仍然将"悲剧"风格主要理解为"崇高"和"伟大"。别林斯基曾说："戏剧类的诗是诗底发展的最高阶段，是艺术的冠冕，而悲剧又是戏剧类的诗底最高阶段和冠冕。"③ "悲剧的内容是伟大的伦理现象的世界，它的主人公是充满人的精神天性的真实力量的个性"。④ 车尔尼雪夫斯基也曾给"悲剧"下过定义："悲剧是人的伟大的痛苦，或者是伟大人物的灭亡"，"悲剧是人类生活中的恐怖"。⑤ 显然，别林斯基和车尔尼雪夫斯基所说的"伟大"也是就"悲剧"审美风格而言的，车尔尼雪夫斯基所说的"恐怖"是强调悲剧作品在受众内心所产生的震撼、紧张、肃穆、沉重的审美效果，是悲剧审美风格的一种表现。当代美国学者祖刻尔教授在其《中国戏剧》中说："在中国戏剧中，没有悲剧。他们的戏剧虽不乏悲惨情境，但没有那种可以因为它的尊严感和崇高感而值得称为悲剧性的东西。"⑥ 可见，他认为尊严感和崇高感是悲剧审美风格的必要条件。当然，祖刻尔关于中国悲剧戏剧审美风格的具体判断是有待商榷的。因为，悲剧审美风格是多种多样的，不可能只有一两种。悲惨或凄惨的风格在中国古典悲剧戏曲中就很常见。英国新黑格尔主义者布雷德利（Andrew Cecil Bradley，1851—1935）曾说："悲剧假如不是一种痛苦的谜，它也就不成其为悲剧了。""因而悲剧必然是一种矛盾而不是最终真理"。⑦ 这里他讲"悲剧"给人以

---

① 伍蠡甫主编：《西方文论选》上卷，上海：上海译文出版社 1979 年版，第 255 页。

② ［英］克利福德·利奇：《悲剧》，尹鸿译，北京：昆仑出版社 1993 年版，"定义"辑录第 5 页。

③ ［俄］别林斯基：《诗的分类和分型》（1841），见别林斯基：《别林斯基论文学》，梁真译，上海：新文艺出版社 1958 年版，第 187 页。

④ ［俄］别林斯基：《诗的分类和分型》（1841），见别林斯基：《别林斯基论文学》，梁真译，上海：新文艺出版社 1958 年版，第 187 页。

⑤ ［俄］车尔尼雪夫斯基：《论崇高与滑稽》，见车尔尼雪夫斯基：《车尔尼雪夫斯基论文学》中卷，辛未艾译，上海：人民文学出版社上海分社 1965 年版，第 86—88 页。

⑥ 转引自［美］苏珊·朗格：《情感与形式》，刘大基、傅志强、周发祥译，北京：中国社会科学出版社 1986 年版，第 390 页注释③。

⑦ ［英］A.C.布雷德利：《莎士比亚悲剧》，张国强、朱涌协、周祖炎译，上海：上海译文出版社 1992 年版，第 33—34 页。

"痛苦"和"矛盾",自然也是从审美风格的角度而言的。

总之,严肃、庄严、郑重、悲壮、崇高、悲痛等高强度的紧张感或张力感将"悲剧"与其他审美风格类型区别开来了,并由此而确证了悲剧审美风格存在的独特价值。人们对于具有"严肃""庄严""郑重""悲壮""崇高""伟大""悲痛"等意涵的"悲剧"审美风格始终一贯的崇尚,是人们对人类精神的广度、深度、高度和强度不竭探索和不懈追求的表现,也是人类不甘平庸、追求卓越、不断超越的超强生命力的表征。藉此,人类社会才会不断地进步。

悲剧审美风格的表现形态是多样的。

首先,悲剧审美风格表现为戏剧、小说、诗歌、散文、绘画、音乐、电影、电视、舞蹈、雕塑、建筑等各种艺术形式的主导审美风格。以悲剧作为主导审美风格的艺术被人们称为"悲剧艺术"。当然,悲剧审美风格在不同文本中表现的隐显程度不同,有些比较直露,有些则比较潜隐。例如,20世纪英国作家哈罗德·品特(Harold Pinter,1930—)的《看守者》(1960)、约翰·姆格拉斯(John Mcgrath)的《保卫博福斯高射炮事件》(1966)和汤姆·斯托帕特(Tom Stoppard,1937—)的《罗森克兰茨和吉尔登斯特恩都已死去》(1966)等作品,它们既不是传统的"悲剧",作者也十分小心地避免自己的作品被贴上"悲剧"的标签,甚至刻意地背离"悲剧风格",斯托帕特在其回忆中公然开哈姆雷特的玩笑,品特作品中的许多对话产生了一种喜剧效果,姆格拉斯呈现给人们的只是零散的生活碎片。然而,如果我们用心深读的话,就会发现,这些作品表面上远离了悲剧风格,但在其深处仍旧有深沉强劲的悲剧意识,是深刻、普遍的悲剧性在作品中的成功显现。从这个意义上说,整个20世纪60年代,西方戏剧的主流依然是悲剧,只不过他们是通过表面上的远离而实现了深层次的坚守。从20世纪60年代至今,以"悲剧"为主导审美风格的悲剧小说、悲剧诗歌、悲剧影视等"悲剧艺术"在世界各地不断发展繁荣。

其次,悲剧审美风格作为一种情感肌质因素在诗歌、散文、小说、戏剧、音乐、舞蹈、绘画、电影、电视、建筑、雕塑等一切艺术形式中自然渗透浸染,在具体情境中因缘际会而被主体体认到。例如,在中国文学中,悲剧审美风格作为情感肌质因素最早表现在神话和诗歌里;后来在叙事作品和戏剧作品中也有表现。悲剧审美风格作为情感肌质因素在音乐作品里的表现最典型。它更容易让人直观地感知到作者的悲剧性体验。世界著名作曲家柴可夫斯基(Tchaikovsky,1840—1893)的音乐具有浓厚的俄罗斯民族风格。他在作品里表达了自己对所处时代和民族生活的深切的悲剧性感受。这种悲剧性感受,他是通过音乐形式的内在变化来表现的,而不是如普通艺术家那样通过直接反映生活本身的冲突来表现。他的作品不仅表现生活的悲剧性,而且表现人们追求理想生活的意义。例如,他的《第六交响曲(悲怆)》(1893)第一乐章。有评论用"悲剧性气氛""激烈的戏剧性冲突""悲剧性结局"①等文字来评价这部作品。这里的"悲剧性气氛"其实就是指悲剧审美风格。这部乐章具有悲剧戏剧的结构和主题。引子充满戏剧性,预示着动荡不安的主部主题。呈示部先后出现了两个对比性主题,动荡激越的主部主题,静谧、温柔和哀婉的副部主题,使作品呈现出独特的境界,幻想幸福生活与回忆甜蜜生活并存。展开部曲折复杂,紧张震撼,扣人心弦。再现部进一步深化和凝炼了主部主题。尾声气氛庄严肃穆,葬礼挽歌《与圣者共安息》节奏徐缓,象征性地表现了死亡的必然以及祈求早得安息的祝愿。从这部乐章中,我们也可看出,悲剧戏剧对于其他文艺形式在风格、题材、主旨、结构等方面产生了深刻的影响。

最后,悲剧审美风格在人类社会生活领域也有突出表现,往往与某一活动的伦理风格相得益彰。例如,面对人世间的生离死别、穷困贫病、失意落魄、失败挫折、苦难祸患、灾疫战乱、厄运逆境等不如意、不顺遂的负面事件、负面情境时,人们最自然、最妥当的表现是悲剧审美风格的。各种悼念活动、灾难日纪念活动、国难日纪念活动、国耻日纪念活动等有关痛苦记忆的悼念纪念活动的审美风格都以悲剧为主调。这里需要指出的是,悼念纪念类活动中自然有伦理关怀,而且合适的伦理关怀是其成为社会美的必要条件。作为一种仪式性活动,它很好地把伦理关怀与审美关怀有机地结合了起来,使仪式参与者之间的同情感更易发生,产生了更普遍、更广泛、更深入、更强大、更持久的感染力、凝聚力、吸引力和影响力。于是,这样的悼念纪念类活动在人的感性认识上是完美的。由于"美"是指感性认识的完善,所以,这样的悼念纪念类活动也是"美"的。同样,人类因应负面事件、负面情境时的妥当表现也是"美"的。于是,对于包括有关痛苦记忆的悼念纪念活动、负面事件负面情境因应活动在内的人类社会生活,人们要求其表现出适当的悲剧"审美风格"也是一种伦理关怀。这种悲剧审美风格的具体表现也是丰富多样的。例如,2008 年 5 月 19 日中国人民哀悼"5·12"汶川地震遇难同胞活动的审美风格是沉痛肃穆的,南京大屠杀死难者国家公祭仪式的审美风格是庄严肃穆的,抗日战争胜利后"七七"事变纪念活动的审美风格是悲壮肃穆的。9 月 3 日中国人民抗

---

① 柴可夫斯基《第六交响曲(悲怆)》赏析,http://www.duolaimi.com,2005-10-29.

日战争胜利日纪念活动的审美风格主调是雄壮豪迈的，而殊死搏斗、不屈抗争、艰苦卓绝、浴血奋战部分的风格却一直是悲壮的。这是因为，为了取得抗日战争的胜利，中国军民付出了巨大的代价，14 年间，超过 3500 万军民伤亡，财产损失和战争消耗 5600 余亿美元。① 此外，有关同一痛苦记忆的悼念纪念活动，也会因为时代和主题的变化而呈现出不同的悲剧审美风格。例如，"九·一八"纪念活动的审美风格主调，抗日战争期间是悲愤抗争，抗日战争胜利后是悲愤雄壮，新中国成立后是悲壮肃穆、发奋图强。

总之，"悲剧"在越出"悲剧戏剧"的形式藩篱后，作为一种审美风格进入了"悲剧艺术"等人类感性认识活动的广阔天地，广泛、深入、持久地渗透、浸润着文学艺术领域和人类社会生活各领域，在人类各种艺术形式和感性认识活动中得到了更加丰富、更加灵活、更具个性的表现。

四、作为生命哲学观念的"悲剧"

"悲剧"概念在西方文化中，有一种最初使用、后来渐次隐去、19 世纪又彻底复苏了的用法，那就是把"悲剧"作为一种对人类生命存在的深切忧虑和冷峻审思的生命悲剧意识，它认为人的生命本身就是一种悲剧性存在，人的一生就是从生到死的悲剧，而且是谁也无法逃避无可改变的悲剧；人生世界就是一个无期徒刑的囚牢或无边无际的劳改场，少时无知而快乐，但欢愉极其短暂，一眨眼人就被套上了生活生存的重轭，苦苦奔波挣扎，偶有快乐，但更多的时候总被贫、穷、病、痛、老、死的焦虑、恐惧折磨着。无独有偶，中国传统文化中的一些人生哲学也认为，人生充满悲剧乃至生命本身就是悲剧。这种生命悲剧意识还被中国人凝炼成了许多格言警句，如"人生苦短""人生无常""人生如朝露""人生一世草木一秋""世态炎凉""人生悲凉""人到世上来就是受苦的、赎罪的""人难活""人很淡"。从个体生命的角度来看，绝大多数人一生的所有努力、奋斗、成就、意义、价值、快乐、幸福、功名利禄最终都会随着自己化作一缕青烟而灰飞烟灭，随风而逝；或深埋地下，化为泥土，了无痕迹。这真是"滚滚长江东逝水，浪花淘尽英雄。是非成败转头空，青山依旧在，几度夕阳红"。②这叫人情何以堪？因而，具有生命悲剧意识的人会更多地、更容易地体认到生命中的不完美和缺憾。从对所有生命无等差关切这一角度来看，生命

---

① 裴默农：《周恩来外交学》，北京：中央党校出版社 1997 年版，第 28 页。何理：《中国人民抗日战争史》，上海：上海人民出版社 2005 年版，第 454 页。

② [明]杨慎：《廿一史弹词》第三段说秦汉开场词，见[明]罗贯中：《三国演义》，北京：人民文学出版社 2006 年第 3 版，第 1 页。

悲剧意识不是人的简单伤感，而是人拥有敏感的心灵和深广的人道主义精神的表现。这样一来，"悲剧"便成了人们体认事物的一种世界观和方法论，即悲剧生命哲学观，具有普遍性、概括性、抽象性和反思性。

作为生命哲学观念的"悲剧"，其核心意涵是生命的悲剧性尤其是人生的悲剧性。刚开始时，这种用法用得较少，多少也让大家感到有些异样。柏拉图在《理想国》中称荷马为"最高明的诗人和第一个悲剧家"①，因为荷马在其史诗中表现了对于生命的悲慨，但亚里士多德却没有坚持这一点。17 世纪英国戏剧家图尔那（Cyril Tourneur，1575—1626）的《无神论者的悲剧》（1611）表现了一个无神论者的堕落。作者使用"悲剧"这个名称，就表明在作者看来，这是一个不应当发生却发生了的事情，表现了生命在诱惑面前的脆弱。17 世纪英国剧作家博蒙特（1584—1606）和弗莱彻（1579—1625）在《少女的悲剧》（1610）中以同样的意思使用了"悲剧"名称，女孩子阿斯帕提亚不是剧中的主人公，她受到了阿朋特儿的拒绝，没有得到他的怜悯，却死于他手，引起了观众对她的怜悯。18 到 19 世纪时，英国诗人柯勒律治（Samuel Taylor Coleridge，1772—1834）曾经想到自己身上有一种"哈姆雷特味"②。所谓"哈姆雷特味"是指人的一种精神现象，它主要是说，人对世界思虑得过多，结果却导致行动乏力，表现出来的就是人的犹豫和脆弱。打个比方，人就好比花瓶中脆弱的幼苗。这是一种双重脆弱。柯勒律治作为一位浪漫主义诗人，他的自我认识难免被染上情绪情感的色彩，但真诚的人生态度却使其忠实于自己敏感的心灵，体认到个体生命中的忧虑和不满。19 世纪后，西方悲剧作品更多地表现了一种与人生联系在一起的"生命的悲剧意识"，强调我们的生存是悲剧性的。理论上，当时西方有不少学者思考了人生的悲剧性。克尔凯郭尔对人生极其绝望，他竭力要求人们逃离被人生的恐惧、绝望和颤栗所裹挟着的模式化的人类既定生活。叔本华要求人们放弃生命意志以消解人生悲剧。尼采的酒神精神表现为狂欢化的混乱和本能的自由释放，它在与日神精神的形式契合中显现出了快乐。乌纳穆诺（Miguel de Unamuno，1864—1936）的《生命的悲剧意识》和雅斯贝尔斯的《悲剧的超越》等专著是对人生充满悲剧这一思想在理论上的集中体现。可以说，19 世纪人们开始了对人生悲剧更集中、更强烈、更广泛、更持久的哲学关注。这时的"悲剧"表示的是对人类状况的一种特殊感知，与"悲剧"戏剧已经没有了必然联系。这

---

① ［古希腊］柏拉图：《理想国》，王晓朝译，见《柏拉图全集》第二卷，北京：人民出版社 2003 年版，第 630 页。

② 转引自［英］克利福德·利奇：《悲剧》，尹鸿译，北京：昆仑出版社 1993 年版，第 28 页。

种特殊感知就是乌纳穆诺所说的"生命的悲剧感"（the tragic sense of life），或者如理查德 •B. 西华尔（Richard B. Sewall）所说的"悲剧眼光"（the vision of tragedy）。西华尔曾说："每一个时代有不同的紧张与恐惧，但它们都在同一个深渊上展开。"① 西华尔所说的"深渊"，就是人们身处的困境或二难境遇、极限处境（boundary situation）。这样，"悲剧"就是人类应对时代危机和困境的一种方式。于是，这种"悲剧"就具有了普遍性，从而便有了无可逃脱的焦虑感和恐怖感。为什么这么说呢？因为，虽然每个时代都有不同的主题和关注的焦点，但人们所持有的悲剧意识的眼光是不会变的。悲剧意识的眼光投射在文艺创作中，其结果便是古今中外一切对人的生存状况给予了深切忧虑和严正关注的悲剧性作品。

生命悲剧意识在戏剧中有表现，在小说中也有表现。悲剧小说取代悲剧戏剧成为居于主导地位的悲剧艺术形式是在 19 世纪末，但在此前，已有许多小说表现了生命的悲剧意识。英国小说家理查森（Samuel Richardson，1689—1761）长达 7 卷的小说《克拉里莎》（又名《一个青年妇女的故事》，1747—1748）表现了一个历经许多事变、最后走向了耻辱和死亡的女人的命运，表达了人们对于自己虚假尊严的捍卫。英国小说家菲尔丁（Henry Fielding，1702—1754）的小说《汤姆•琼斯》（1749）的主题和结构就与传统悲剧戏剧有极高相似之处，被人们称为"悲剧小说"②。可见，当时人们在意识中一方面还在严格区分小说与戏剧，另一方面却已经把曾经给予悲剧戏剧的责任又坚决地转移给了小说。同时，这也说明曾经作为一种哲学观念的"悲剧"又重出地表了。到了 19 世纪，斯汤达的《红与黑》（1871）、福楼拜的《包法利夫人》（1856）、麦尔维尔（Herman Melville，1819—1891，美国小说家）的《白鲸》（1851）、霍桑（Nathaniel Hawthorne，1804—1864，美国小说家）的《红字》（1850）、托尔斯泰的《安娜•卡列尼娜》（1875—1876）、哈代（Thomas Hardy，1840—1928）的《德伯家的苔丝》（1891）和《无名的裘德》（1895）、康拉德（Joseph Conrad，1857—1924，英国小说家）的《吉姆老爷》（1900）等小说都具有浓厚的"生命悲剧意识"，人们因为已经适应而不用在名称上强调它们所表达的生命悲剧意识了。后来，加缪的《局外人》（1942）和《鼠疫》（1947），让当时的人们更加充分地认识到他们的时代处于一种悲剧境遇中。因而，19 世纪到 20 世纪的小说比该时期的许多戏剧在某些方面都更深刻地表现了悲剧精神，显现了作家对

---

① Richard B. Sewall: The Vision of Tragedy. New haven and London: Yale University Press, 1959. p.8.

② 参见[英]克利福德•利奇：《悲剧》，尹鸿译，北京：昆仑出版社 1993 年版，第 44 页。

于人类内外生存困境的深切忧虑和严正关注。而且，20 世纪小说家所关注的是人类当下的悲剧性境遇而不是戏剧类型的形式规范或者审美风格。因而，"悲剧"在 20 世纪成了当代人们用以表达自己理解世界的一种认知方式；同时，这种方式中蕴涵着深深的忧虑乃至绝望之情。这就走向社会文化的领域了，其主要意蕴显然还是"悲剧性"。

作为生命哲学观念的"悲剧"，不独文学艺术家、理论家具有，普通百姓也具有，只是在很多时候自己未曾意识到罢了。多年以来，笔者每次从一处曾经的大学校园外面经过时，总有一种莫名的"悲剧"感袭上心来。昔日整洁宽阔的校园，错落有致的教学楼，蓊郁挺拔的行道树，造型别致的花坛，曲直相间、时隐时现的小径，夕阳里浮光跃金的湖泊，堤岸上随风曼舞的垂柳，圆池中追逐嬉戏的彩色小鱼儿，清风中宿舍楼里泠泠作响的铃铛，青春的面孔，匆忙的脚步，求知的眼神，琅琅的书声，恶搞的欢娱、灵动的舞姿，粗犷的旋律、疯狂的球场，彻夜灯火的实验室，汗牛充栋的图书馆，拥挤而有序的自行车棚，相拥而坐的年轻情侣，年富力强的学术中坚，饱经沧桑的耄耋智者，热情似火的宿管大爷，油光满面的食堂师傅，披星戴月的清洁员，市场里南腔北调的叫卖声……这一切的美好，都在一纸"拆迁通知"下达后的一周时间里，风流云散。接着就是长达一个月的挖掘机的轰鸣声。再后来，便是两年多时间里被一圈高高的砖墙和一扇黑色的铁门封闭着的沉默。某日乘车又经过这片废院外面的立交桥时，一棵白杨树突然跃进了笔者的视线，周围全是废墟和杂草，它却自由地伸展着枝干，摇曳着碧绿的叶片，沐浴着明媚的阳光，是那么醒目。一瞬间，笔者对人的生命油然而生一种悲凉感，在自然面前，人是多么地脆弱和渺小。大地上的主人到底是谁？也许，那些在我们人类看来最卑微的生命才是最强大的生命。顷刻间，笔者又为天地间生命力的无穷而感到振奋。然而，当笔者与他人交换这一感受时，有人却提醒笔者悲剧眼光的滥情。在笔者看来，这恰恰表明，在我们的民族文化中，普遍的生命悲剧意识是多么淡薄。当然，事情还有另一面，"悲剧"一词在日常生活中被高频度、广领域地使用，这也许是人们内心深处那一缕缕普遍的生命悲剧意识和温润的生命伦理的严正显现。

五、日常用语中的"悲剧"

从古希腊人创造并运用"悲剧"这一概念以来，"悲剧"渐次突破"悲剧戏剧""悲剧艺术""审美"等的藩篱，向社会、政治、经济、军事、科技、文化以及人们日常生活等一切人类社会生活领域不断渗透扩张，20 世纪后尤其是 20 世纪五六十年代后,"悲剧"成了当代社会文化以及人们日常生活中的高频用语,形成了与始源性的"悲剧"概念既有联系、又有差异的语义指称。

以"悲剧(性)"作为定语的中心词现在就有很多。例如,事件、爱情故事、酒场、牧场、家庭、枪击、角色、人物、原理、方式、要求、法则、选择、错误、变化、因素、美、日子、一天、一生、周末、时代、命运、职业、存在、色彩、后果、结局、谢幕、尾声、历史、经历、体验、体认、感觉、视野、烙印、境遇、状况、主题、题材、构思、绘画语言、表现手段、事业、意味、表现、情境、气氛、结构、作品、空间、交替、误区、冲突、性格、情节、内容、身份、气质、相遇、毁灭、损失、牺牲、重逢、失败、激情、重复、扩张、宿命、命运、共鸣……不一而足,几乎所有事物(概念)都可以用"悲剧(性)"来修饰。这表明,人们在几乎所有事物、所有领域中都已经体认到了"悲剧性"的存在,或者说,人类一切领域中的悲剧性现象已经引起了人们的深切关注。

仔细分析,日常用语中所说的"悲剧"一般有两种义项。一是被用来形容不幸、死亡、苦难、事故、灾难、暴乱、非正常死亡、失败、错误等社会负面现象,与审美无关。二是有时又被当作悲痛、悲惨、悲哀、悲悯、悲凉、悲怆、悲愤、不满、无奈、遗憾、愧疚、失望、反对、痛苦、绝望等的同义语,表示否定性情绪情感态度。

1968 年,美国生态经济学家加勒特·哈丁(Garret Hardin,1915—2003)在《科学》杂志上发表了一篇题为《公地的悲剧》的论文,指出个体一味地单纯追求自身利益最大化将最终导致群体利益和个体利益都受损。英国曾经有一种土地制度,封建主在属于自己的、目前尚未耕种的土地中划出一片土地作为牧场,允许牧民无偿放牧牛羊。由于是无偿放牧,每个牧民都想放牧更多的牛羊,结果牛羊数量很快超越了公地牧场承载极限,导致公地牧场迅速退化,成为不毛之地,牧民的牛羊最终全部死去,所有牧民因此而破产。哈丁此处所用"悲剧"是指不受规范的行为导致的经济破产和良善制度的失败。2009 年,中国国内经济出现了泡沫问题,某些领域的泡沫破裂是否会影响中国经济增长大局成为国内外学界热议的重点话题。《经济学家》杂志对此的看法是"中国不会重演'日本泡沫悲剧'"。[1] 此

---

① 《经济学家:中国不会重演"日本泡沫悲剧"》,www.chinadaily.com.cn/hqzx/2010-01/15/content_9328522.htm,2010-01-15. 《经济学家杂志:中国不会重演"日本泡沫悲剧"》,中华人民共和国国务院新闻办公室门户网站 www.scio.gov.cn,2010-01-19.

处的"悲剧"指经济大衰退、大萧条。

　　2005 年巴金先生去世，全国文学界纷纷沉痛悼念巴老，缅怀他为中国新文学所做出的不朽贡献以及他的崇高人格。此间，广东学者林贤治撰文《巴金，一个悲剧性的存在》。在该文中，他说："回顾巴金一生，总体上是一个巨大的悲剧性的存在，从一个无政府主义的年轻的思想战士，真理的追求者，为人类幸福的写作者，成为一个纯作家、一个一度跟风的作家、一个理应保持沉默而未能保持沉默的作家，或者说成为一个无法保持沉默的人，这一点我深表遗憾。我认为对巴老的最好纪念应该是挖掘他个人身上的悲剧性——他的《随想录》也清楚地记录了这个悲剧。"[①] 这里的"悲剧""悲剧性"，强调的是作者对巴金先生那段从正向追求转为反向实践的极大反差的人生历程的深深遗憾，隐含着对巴金乃至 20 世纪中国知识分子独立人格的美好期望。2003 年余秋雨起诉《北京文学》编辑肖夏林侵犯了自己的名誉权，一审败诉后余秋雨先生向北京市第二中级人民法院提出上诉。单纯看这件事没有多大意义，但有人从文学与市场的关系角度看到了"其悲剧性的标本意义"，即"文学过度市场化的悲剧性在此表露无遗：在余秋雨以市场为工具力图打通文学创作、传播的'任督二脉'时，他也自觉不自觉地成为市场驱使的工具；没完没了地打官司与论战也许并非余秋雨个人所愿，但一种莫名的力量又促使他必须这样做，因为'余秋雨'已不仅是文学名家，而是一种可以魔术般扩展的资本"。[②] 该文的作者从余秋雨打官司这件事上解读出了市场与资本对人的异化的悲剧性。当代作家王跃文于 2005 年 7 月 23 日在湖南图书馆的长沙读者见面会上说："我个人比较偏爱有所担当的文学，我觉得好的文学作品，不是问'为什么'，而是考虑'怎么办'。出色的文学作品大多是当代性的思考。"谈及他的《国画》时，王跃文说："我的小说是想表现一种熟视无睹的人性悲剧，而不是简单地被贴上'官场小说''反腐败小说'的标签。我一直把活生生的人作为刻画对象，而恰巧我有官场生活的经历，现实的官场也正是一个上演人性悲剧的大舞台。只要作品写出了现实的复杂性，我认为就具备了天然的批判性。"[③] 这里两处"悲剧"都是指人性的丑陋方面。当代俄罗斯作家、俄罗斯作家协会主席之一的尤·波里亚科夫的长篇小说《无望的逃离》表现了苏联解体对于俄罗斯人精神世界的冲击与震撼，表现了近几十年来，

---

① 林贤治：《巴金，一个悲剧性的存在》，http://bbs.people.com.cn，2005-10-28.

② 天天议论：《余秋雨打官司的悲剧性解读》，深圳新闻网，2003-09-21.

③ 王莹、叶伟民：《当代作家王跃文：文学要挖出人生的悲剧性》，http://www.dzwww.com，2005-07-24.

俄罗斯人民在苏联时期和"市场化"转型时期的混乱、荒诞、苦涩和艰难的命运。该书作者波里亚科夫希望中国读者"在读了它之后，也许能更好地理解俄罗斯人的悲剧性命运，理解如今仍在经受艰难而又充满矛盾的时代风雨的俄罗斯国家的悲剧性命运了"。① 这里两处"悲剧性"分别指俄罗斯人充满痛苦和苦难的人生，以及复杂、混乱、荒诞、苦难的俄罗斯国家状况。

1999 年 5 月 8 日美国轰炸我国驻南斯拉夫大使馆后，时任美国总统的克林顿正式"向中国领导人和人民表示真挚的歉意和吊慰"，他说"这是一个悲剧性的错误（It was a tragic mistake）"。② 克林顿此处所说的"悲剧性"指美国轰炸中国驻南斯拉夫大使馆并造成中方人员重大伤亡和馆舍严重毁坏这一人为灾难，"错误"指该灾难不该发生。2004 年 9 月 7 日，在巴格达附近萨德尔市的战斗中，3 名美军士兵阵亡，这是伊拉克战争中美军死亡人数第一次突破 1000 人，对此，民主党的总统候选人克里把这件事称作是一个"悲剧性的里程碑"。③ 克里强调的是共和党政府的伊拉克政策把美国拖进了可怕的死亡之旅。

一位署名 ajun 的博客作者在博客中国上撰文说自己购买的某品牌的电脑主板一个月内连续几次出现问题，自己动手焊过后又能正常使用了，但后来又多次出现了类似的问题，每次开机都要费一番功夫，于是他说那个主板真是一个"悲剧性的主板"。④ 此句中的"悲剧性"表达的是博客作者 ajun 对某品牌主板故障频发的失望之情。足球天才巴西人罗纳尔多少年成名，成为人们关注的焦点，其转会费 1996 年、1997 年连续创下足球运动员转会费世界记录，当选为 1997 年"欧洲足球先生"，1998 年 1 月 12 日连续第二年当选国际足联世界足球先生。然而，1998 年以来，罗纳尔多的膝盖多次受伤，痛苦倒地的镜头在电视报纸上频频出现，他哀痛的表情和滚滚而下的泪水让全世界的球迷心碎。人们在祈祷他早日康复的同时，也在反思商业足球到底带来些什么？于是，就有人称呼罗纳尔多为"悲剧性足球天才"。⑤ 这处"悲剧性"指足球天才罗纳尔多的健康被商业足球毁

---

① 秦晓鹰：《俄罗斯人的悲剧性命运——评介波里亚科夫的长篇小说〈无望的逃离〉》，http://www.STUDYTIMES.com.cn，2005-10-28.

② 路透社记者 Steve Holland：Clinton Regrets China Embassy Hit, NATO To Persist Reuters Photo Full Coverage NATO-Serbia War, 转载自月光软件站 http://www.moon-soft.com，1999-05-28.

③ 《解放日报》记者杨立群、林环、刘旻、郭泉真：《悲剧性里程碑：美军半天丢条命 萨达姆一语成谶》，转引自 http://www.sina.com.cn，2004-09-09.

④ ajun：《悲剧性的主板和我》，http://junhere.Blogchina.com，2005-10-29.

⑤ 《罗纳尔多——悲剧性足球天才》，http://www.wyao.com.cn，2005-10-29.

了这一人生厄运。

据中新网 2004 年 8 月 26 日转载《莫斯科时报》的报道，有两架飞机从同一机场起飞，前后不到三分钟，两架飞机都坠毁了，事发前，其中一架客机还发出了警告，告诉人们飞机已被劫持。大家搞不清楚，"这一事件是有组织的恐怖袭击还是悲剧性的巧合？"① 这里的"悲剧性"是指人们不愿发生的"意外的灾难"。2003 年 1 月 16 日，美国首架航天飞机"哥伦比亚号"开始其第 28 次飞行，这也是 1981 年美国航天飞机首次发射以来的第 113 次飞行，但"因隔热泡沫塑料起飞时脱落撞坏机翼，二月一日在返航中解体，七名宇航员在胜利前夕悲剧性殉职"②。该文记者为本条消息所加的小标题是"大哥大'哥伦比亚号'悲剧性返航解体"③。这里两次出现"悲剧性"，指航天飞机解体及七名宇航员牺牲这一灾难。

现在，公共决策的科学性和民主性引人关注，于是就有人提出"防止公共政策陷入悲剧性抉择之中，以免最终导致社会整体利益的损害"④。这处"悲剧性"指非科学、非民主的公共决策。2004 年 12 月 19 日《华西都市报》报道，四川省阆中的彭城镇中心学校的教学楼后有一座坟场，传说经常"闹鬼"，吓得同学们晚上既不敢出门，也不敢上厕所。于是学校就请巫师在教学楼和公寓楼的背面贴了两个大"附"（符）字，又在学校大门旁点菜油灯驱鬼。此事一经报道，全国议论纷纷。其中网上有一份名为《学校贴"符"驱鬼的悲剧性解读》贴子说这件事"是一场悲剧，……这种现代蒙昧发生在二十一世纪的学校里，实在是教育的耻辱，文明的悲哀"⑤。此处的"悲剧"指以传播科学和文明为宗旨的学校居然贴"符"驱鬼这一本不该发生但却发生了的荒诞怪事，作者为之感到悲哀。

2005 年俄罗斯几次民意调查证明，认为苏联解体造成悲剧性后果的人数占被调查者的 77.1%。⑥ 这里的"悲剧性"指社会灾难，表达人们对苏联解体后社会现状的极度不满。在对已故巴勒斯坦民族权力机构主席阿拉法特的评论中，李寒秋写有《无本之木，失水之鱼——评阿拉法特悲剧性的政治命运》的评论。⑦ 这里的"悲剧性"表达的是对阿拉法特的敬仰，

---

① 《俄罗斯坠机分析：恐怖袭击还是悲剧性的巧合》，http://www.huaxia.com，2004-8-27.

② 《新闻背景资料：美国五架航天飞机的悲壮事业》，http://jxnews.jxcn.cn，2005-08-01.

③ 《新闻背景资料：美国五架航天飞机的悲壮事业》，http://jxnews.jxcn.cn，2005-08-01.

④ 朱四倍：《防止公共政策陷入悲剧性抉择》，http://www.chinacourt.org，2005-10-29.

⑤ 《学校贴"符"驱鬼的悲剧性解读》，http://www/ai358.com，2005-10-29.

⑥ 《关于"苏联解体原因及教训"一些流行观点的检讨》，http://news.163.com，2005-08-05.

⑦ 李寒秋：《无本之木，失水之鱼——评阿拉法特悲剧性的政治命运》，http://www.cat898.com，2005-10-29.

对他政治抱负不能实现的同情，以及对他最终谜一般离世的挽悼。关于战争与和平的关系，有人写道："在和平与战争的交替中，是创造与毁灭的悲剧性交替。"[①] 这里的"悲剧性"表达了作者反对战争、守望和平的思想。从和平转为战争是我们所不希望的；而在战争废墟上进行的任何创造却都将在下一次战争中被毁灭，也是我们所不愿看到的；但即便如此，人们还在坚持创造，以对抗毁灭。这也许就是人类命运中的悲剧性，一种明知终被毁灭而仍为之的悲剧性。它显现了人的坚韧、抗争和担当精神。

中国工农红军第一方面军（1934 年 1 月改称中央红军）在反对国民党政府第五次军事"反围剿"的斗争中失败了，遵义会议上毛泽东在分析失败的原因和应该吸取的教训时有一句震古烁今的话，他讲："中国共产党听命于共产国际真是悲剧啊！"[②] 毛泽东同志在这里使用了"悲剧"一词，是说当时的中国共产党——具体指以当时中共中央负责人博古为代表的最高领导层——放弃了自己的独立和自主权，自己不作自己的主，而是听命于远在数万里之外的、对中国具体国情、民情、中国工农红军和中国革命形势根本不了解的共产国际及其派出的军事顾问李德的错误指挥，结果导致中国革命遭受严重挫折，第五次"反围剿"失败。因而，毛泽东的这一"悲剧"性喟叹，实在是中国共产党独立意识、自主意识的一次里程碑式的大觉醒。从此，中国共产党人开始独立自主地运用马克思主义基本原理解决自己的路线、方针和政策，指导自己的革命、建设和改革开放实践。在此历史进程中，马克思主义中国化的理论成果不断产生。这个例子中，社会生活与文学艺术深度融合，二者互动互渗互通。复义"悲剧"凭借深层的、共通的"悲剧性"生命体验实现了生活的艺术化和艺术的生活化。2017 年 10 月 18 日，习近平同志在《在中国共产党第十九次全国代表大会上的报告》中郑重宣告："我们坚决维护国家主权和领土完整，绝不容忍国家分裂的历史悲剧重演。"[③] 中国历史上曾经出现过几次国家分裂，与之相伴的是骨肉分离、手足相残、受人欺凌、任人宰割、战乱频仍，人民生活漂泊不定，苦不堪言。可以说，国家分裂成了人世间几乎所有不幸的总根源和宏

---

① 肖雪慧：《为了和平》，http://www.liuwei.cn，2005-10-29.

② 参见大型史诗电视连续剧《毛泽东》第 19 集毛泽东台词，中国中央电视台 CCTV4 中文国际频道，2015-7-29.

③ 习近平：《决胜全面建成小康社会 夺取新时代中国特色社会主义伟大胜利——在中国共产党第十九次全国代表大会上的报告》，《中国共产党第十九次全国代表大会文件汇编》，北京：人民出版社 2017 年 10 月版，第 46 页。

大表征。习近平同志此处用"悲剧"就是概称此类历史大动荡、民族大动乱、人民大苦难，以警醒认识模糊者，正告图谋分裂者，坚决反对各种分裂言行，坚决维护国家主权和领土完整，表达了全体中国人民挫败任何形式的分裂图谋的坚定意志、充分信心和足够能力。

上述引证包罗万象，涉及经济、政治、知识分子、文化市场、官场、国家状况、国际外交、军事、战争、电脑、体育、交通、太空、社会管理、教育、政党、民族等人类生活的大大小小的领域，显然，这里的"悲剧（性）"与所谓的"戏剧艺术""美学范畴""审美风格""生命哲学观"已经没有多少联系。

总之，数千年来，"悲剧"一直与时俱进，不断适应不同文艺体裁、文化类型，从一种地方戏剧形式到一种文学体裁、美学范畴和审美风格类型，从一种生命哲学观念到日常生活用语，"悲剧"具有如此绵长、强劲的历史穿越力和跨文体、跨文化、跨领域的扩张力的最根本原因是什么呢？笔者以为，它就是"悲剧性"。因为，在某一具体语境中，只有某一对象引发了人们的悲剧性体验，或者说人们与某一对象建立了悲剧性关系，人们才会做出"悲剧"判断，才会视其为"悲剧"。所以，"悲剧性"是使某一对象被人们视为"悲剧"的根本原因，它是人类社会生活和文学艺术中一切"悲剧"的相通之处。换言之，本节前面归纳分析的各种"悲剧"语用情况尽管纷繁多样，但在根本上它们却是相同的，都是人类的"悲剧性"情感认知体验实践活动的反映。因而，这纷繁多样的"悲剧"语义指称，恰好全面、真实、准确地反映了"悲剧性"的"存在"状况。简言之，"悲剧性"现象存在于人类社会生活和文学艺术的一切领域中。

那么，生活中的悲剧性与文学中的悲剧性有何异同呢？面对"悲剧""悲剧性"在日常生活中被广泛使用的情况，刘崇义认为："这些同作为文学题材或美学对象的悲剧，虽说不无联系，但毕竟是有些区别的。"[1] 我承认，生活中的悲剧性与文学中的悲剧性存在着不同。一是载体形式不同。由于悲剧性是生成的结果，因此，在生成之前，严格地来说，还谈不上"悲剧性"，本书统一称呼为"文学悲剧性素材"或"生活悲剧性素材"。文学悲剧性素材存在于艺术形态即文学文本中，而生活悲剧性素材存在于生活形态即生活文本中。二者不论长短、大小、多少、隐显、完整与否。二是典型程度不同。一般而言，文学悲剧性的素材经过了作者艺术加工，更典

---

① 刘崇义：《社会主义悲剧概念的确立是我国文学理论的重大突破》，《上海社会科学院学术季刊》1986 年第 4 期，第 181 页。

型一些，更易引发受众的悲剧性体验；而生活中的悲剧性素材一般未经过艺术加工，因而典型程度稍低。当然，这也不是绝对的，更不是固定的。三是两种悲剧性素材引发人们的情感认知定势有异。文学中的悲剧性素材一般会引发人们的审美态度和审美情感，而生活中的悲剧性素材会引发人们的功利态度和伦理情感。同时，它们也存在着许多相同点。一是文学中的悲剧性和生活中的悲剧性在真正成为主体的悲剧性体验之前都是悲剧性素材。二是主体、悲剧性素材及语境三者建立悲剧性关系的过程及其心理活动机制是完全一样的。三是两类悲剧性素材所引发的主体的悲剧性体验并没有"质"的不同，它们都是人类的悲剧性情感认知活动。可见，文学悲剧性和生活悲剧性实在是形异质同、小异大同。

此外，文学艺术相较社会生活而具有的独立自足性是一种相对意义上的独立自足。如果完全割裂文学艺术与生活大系统的有机联系，文学艺术必然会失去生机与活力。今天，应该是到了彻底拆除人为设置的文学艺术中的悲剧性与日常生活中的悲剧性之间的壁垒的时候了。因为，人们的生活之心与审美之心早已彼此融通；生活中的"悲剧"与文学中的"悲剧"都因"悲剧性"而存在。

在当代，"悲剧"的日常使用与学术使用的界限也已经被打通。对于这一变化，美国当代学者海尔曼并不欢迎。他在其《悲剧和情节剧：关于体裁形式的沉思》（1960）一文中曾说，"悲剧的学术使用与社会使用混淆了"，"悲剧"不仅意味着一种戏剧，而且意味着几乎各种痛苦经验：早亡、灾难导致的意外死亡、经济失败、自杀、谋杀、汽车交通事故、火车事故、飞机空难、敌对力量发动的成功的武装运动（战斗）、悲伤的行动、政府的错误、几乎任何暴力活动。[①] 海尔曼对事实的概括是准确的，但他对事实的态度是有待商榷的。人们为何要在"悲剧"的学术使用与社会使用之间挖一道鸿沟呢？学术的社会化、普及化必然导致专业术语的社会化，以及对于该术语原本专业语义的分化和泛化现象。但是，在"悲剧"这里，这种分化和泛化不是对该术语原本专业语义的完全偏离，而是对其核心语义的具体化。因而，这样的"混淆"是有价值的，它不仅显露了社会使用"悲剧"时的真实动机，而且揭示了悲剧性体验的共享是"悲剧"的学术使用与社会使用并存的根本原因。与海尔曼的观点类似，当代英国学者利奇在其《悲剧》（1969）中指出，"对悲剧这一名词的准确使用，仍然还只是限

---

① Robert Bechtold Heilman: Tragedy and Melodrama:Speculations on Generic Form. In: Robert W. Corrigan, eds. Tragedy: vision and form. Harper & Row, New York, 1981. p.205.

于戏剧"。① 可见，利奇虽然承认"悲剧"在日常生活中被大量使用这一现象的存在，但他并不认可这一现象，因为他有根深蒂固的精英审美主义观念，比较保守。

退一步说，日常用语中的"悲剧"是一种修辞语言，意在增强说服力；但修辞效果的获得也是以人们普遍的"悲剧性"情感体验为基础的。艺术中悲剧性的生成强调逻辑力量——必然性的作用；日常生活中悲剧性的感发貌似偶然，但如果深思的话，其实也是必然的，它是人们情感认知逻辑的必然结果。此外，日常生活中的悲剧性同样具有震撼心灵的效果。日常经验（daily experience）与文学描述（literary representation）的契合，增强了"悲剧"在日常生活使用中所产生的感染力和亲和力。例如，2008 年 5 月 12 日中国四川省汶川发生 8.0 级特大地震后，中国共产党、政府、军队和人民群众积极行动，抗震救灾，谱写了一曲大爱无边的人性壮歌。对此，英国《泰晤士报》刊发了题为《中国人对人类悲剧作出迅速反应》的报道。② 这个新闻标题中的"悲剧"是指特大灾难，这里之所以采用"悲剧"而非"灾难"，就是因为"悲剧"一词更易激发起人们内心深层的悲痛、缺憾、感动、同情乃至救援意向，这样的标题更容易吸引人，同时也更易实现自己的宣传目的。又如，"90 号高速公路上的交通事故"、"90 号高速公路上的惨剧"和"90 号高速公路上的悲剧"，三者表达的是同一个事实，但第一个是一种普通表达，传递了客观信息；第二个是一种生活化表达，强调了事故后果严重；第三个是一种文学表达，强调表达者对事故发生的极度遗憾、对事故后果的极不愿意接受。三者从前到后，主观价值倾向越来越鲜明，情感色彩越来越浓，感染力不断增强。

可见，"悲剧（性）"在当代日常生活中的使用不仅范围相当广泛，而且频度也相当高。这使我们言说"悲剧"的语境和此前发生了很大变化：日常生活语境与文学语境高度互渗、互动了起来，两者的传统界限已在悄无声息中被慢慢消解，这使得"悲剧性"的外延更加宽广，或者说事实上"悲剧性"的存在边界已经大大超越了传统悲剧美学理论所划定的"悲剧"外延。于是，传统悲剧美学理论对于"悲剧"所做的仅限于文学语境中的解释，显然也无法应对"悲剧"被广泛高频使用于生活—文学语境这一新的文学文化现象。因为，语用的变化表征着概念内涵的变化，表征着该概念所指与相关概念所指的关系的变化，表征着该概念所指与其所属的更大

---

① ［英］克利福德·利奇：《悲剧》，尹鸿译，北京：昆仑出版社 1993 年版，第 44 页。
② 《中国对人类悲剧作出迅速反应》，《泰晤士报》2008 年 5 月 14 日。

系统的关系的变化。因而,"悲剧""悲剧性"的语用情况并不是单纯的语用现象,而是人类的社会现象和精神现象,它反映了"悲剧性"的真实存在状况——悲剧性存在于人类社会生活和文学艺术的一切领域中。

总之,通过对"悲剧"语用情况的全面梳理,我们准确掌握了"悲剧性"的存在状况。这为我们研究"悲剧性"奠定了坚实的基础。

第二节 "悲剧"的衰亡

"悲剧"语用史告诉我们,"悲剧"的语用情况一直在变化,愈来愈远离其最初的主要用法(严肃戏剧体裁),尤其是到了 20 世纪,变得和其最初的主要用法几乎没有多少相似之处。于是,学者们不断地表现出对于"悲剧衰亡"的担忧,并试图通过提出此问题来促使人们努力复兴"悲剧"。迄今为止,人类历史上关于悲剧戏剧衰亡的探讨(包括当前正在进行的悲剧戏剧边缘化的探讨)共有五次。这些探讨活动表明人们深切关注人类基本存在的"悲剧性"。它们对于我们研究"悲剧性"有何启发呢?

一、亚里士多德论古希腊悲剧的衰亡

历史上最先探讨悲剧衰亡的是亚里士多德。古希腊悲剧到亚里士多德时,已经走过了它的繁荣期。亚里士多德在《诗学》第四章中论及了古希腊悲剧的产生与衰落的历史。他指出,古希腊悲剧至欧里庇得斯时,"经过许多演变,悲剧才具有了它自身的性质,此后也就不再发展了"。① 亚里士多德这里所讲的"演变"是指形式的演变,例如,演员数目、合唱队、结构等因素。最初悲剧形式来自纪念酒神狄奥尼索斯的一种合唱歌曲,具有仪式性,它首先变化为一个单独演员的讲话与合唱队歌唱交替出现,然后埃斯库罗斯使用了独白,或者同时出现与合唱队的对话,这就出现了两个演员,到了索福克勒斯和欧里庇得斯那里,可以同时使用三个演员,对话的增加使合唱队拥有一个更小却仍有用的地位。亚里士多德对于古希腊"悲剧"史的概述几乎没有涉及"内容"因素,因为古希腊悲剧所用的题材几乎相同或相近,主要是古希腊神话与英雄史诗,悲剧作品艺术水平的高下主要取决于各自艺术形式的完美与精妙程度的不同。亚里士多德的意思是到欧里庇得斯时,古希腊悲剧形式已臻完善,再无进一步完善的可能,因

---

① 罗念生译:《罗念生全集》第一卷,上海:上海人民出版社 2004 年版,第 30 页。

而，古希腊悲剧自然趋于衰落。这是一种盛极必衰的自然生命论。此外，该观点暗含的是，某些题材本身就具有悲剧性，于是在悲剧创作和理论研究中，就开了题材决定论的先河。然而，题材是无穷的，老题材也不断被重写，在不同时代、不同作家的笔下，它们可以被赋予不同的思想蕴涵和情感旨趣。只要看看古罗马悲剧以及 20 世纪西方文学中对古希腊悲剧题材的大量重写就能坦然接受这一点。亚里士多德之所以提出这一悲剧观点，源于当时古希腊的文学—社会现实。创作上，古希腊悲剧经历了从公元前五世纪中叶到公元前三世纪的繁荣期，从公元前三世纪初年起由顶峰渐入式微，人们希望振兴悲剧；理论上，人们希望总结繁荣期的古希腊悲剧，以指导悲剧创作；社会现实中，充满了战争和政治经济的矛盾动荡，人们期盼社会的和谐、政治的民主和心灵的安宁，而身为贵族民主派并有社会政治理想的亚里士多德顺应历史形势和民众诉求，构建了自己以"和谐""有机整体"为核心美学价值观的悲剧—文学理论体系。这一事实所提出的问题是，面对同一对象，人们是否都会产生悲剧性认识？产生何样的悲剧性认识？悲剧性认识与主体和语境是否有必然联系？显然，这是亚里士多德《诗学》中的盲点，有待我们反思和回答。

二、十九世纪德国学者论古希腊悲剧的衰亡

历史上第二次探讨悲剧衰亡的是 19 世纪德国学者。19 世纪的德国在整个欧洲仍属于最落后国家之列，封建割据严重，军事纷争频繁，人民生活痛苦，社会死气沉沉，简直可以用一盘散沙和僵死来形容。这一特殊的政治历史文化环境，使德国出现了以知识分子思考民族复兴为特点的启蒙运动思潮，它在德国文学中表现为"狂飚突进"运动。借力于古典思想资源是他们思考的路径之一。古希腊文化及其悲剧艺术因而成为他们关注的对象，并且他们在对古希腊悲剧的论述中或隐（施莱格尔、歌德）或显（尼采）地将悲剧艺术与民族精神联系在一起。

（一）施莱格尔论古希腊悲剧的衰亡

施莱格尔（1772—1829）在《旧文学和新文学史》（1815）中指出，古希腊悲剧的合唱歌（抒情性）与情节之间是适当联系和完全一致的；但到欧里庇得斯之后，合唱歌与戏剧情节的和谐联系解体，合唱歌完全游离于情节；情节苍白贫乏，"多为喜剧范围，与悲剧的本质和尊严不符"①。施

---

① 陈洪文、水建馥选编：《古希腊三大悲剧家研究》，北京：中国社会科学出版社 1986 年版，第 136-137 页。

莱格尔的论点完全符合欧里庇得斯剧作的实际情况,它基于古希腊悲剧大师埃斯库罗斯和索福克勒斯的悲剧作品中所显现的悲剧规范。作为一种判断标准,我们认为无可厚非。现在的问题是,悲剧的艺术形态难道永恒不变吗?悲剧形式是为表现悲剧性内涵服务的。合唱歌原本就是悲剧产生初期酒神颂的形式遗存;而且,合唱歌与戏剧情节的和谐联系的解体,表明了"合唱歌"与"戏剧情节"开始独立发挥各自功能,这为"合唱歌"的抒情化也就是主观化、进一步就是戏剧叙述者的隐含存在开辟了道路;它还表明了悲剧结构的新变化,戏剧的整体有机性不再由合唱歌联系起来,而是由戏剧情节本身的整一性来实现。这就是为什么法国新古典主义之前的悲剧创作者大都看重戏剧情节的缘故。退一步讲,文艺复兴时期的悲剧中,合唱歌几乎绝迹,但那些悲剧作品同样光耀万代。例如,莎士比亚的悲剧作品中,只有《罗密欧与朱丽叶》有"开场诗"(简介剧情),本剧结尾的"和解"词也是由"亲王"而不是由合唱队歌唱。出现这一现象的原因是,随着受众的主体意识和欣赏能力的不断提高,以及新的换幕技术的成熟和舞台环境的进一步拟真化,横隔在人物与观众之间的"合唱队"变得愈来愈成了累赘和不合时宜。此外,悲剧作品的整体性是否一定需要唱歌或者戏剧情节来实现呢?当然,向施莱格尔提出这个问题显然有些过于超前,因为从古典悲剧到现代悲剧转型的明显趋势出现在19世纪后期,易卜生(1828—1906)的"社会问题剧"的出现就是一个标志。只有到此时,上述问题才真正成了一个现实问题。然而,迄今为止的悲剧研究中,尚无一位研究者对此问题进行专门的回答。

(二)歌德论古希腊悲剧的衰亡

歌德(1749—1832)在《歌德谈话录》(1825年5月1日歌德谈"希腊悲剧的衰亡")中绝对不赞成那种认为欧里庇得斯造成了古希腊悲剧衰亡的说法。他认为,希腊悲剧的衰亡缘于多种因素:三大悲剧家创作了丰富的作品,每位均创作近100部乃至100部以上的悲剧;内容材料都要用完了;后人看不到创作悲剧成功的出路,因为很难在广度、深度上超越他们,故他们难有后继者,于是悲剧就衰亡了。[①] 这是从艺术水平的高峰难以逾越而使后人畏难的角度论述悲剧的衰落。歌德的观点,我们可以用"题材写完了,技巧用尽了"来概述。他和亚里士多德一样,没有看到社会生活以及受众心理的变化对于悲剧艺术的不断创新所具有的源泉孕育和需求催生

---

① 陈洪文、水建馥选编:《古希腊三大悲剧家研究》,北京:中国社会科学出版社1986年版,第138-139页。

的根本动力作用。

　　（三）尼采论古希腊悲剧的衰亡

　　尼采（1844—1900）在《悲剧的诞生》（1872）里，将古希腊悲剧的诞生归因于酒神精神与日神精神的互相激荡、和谐共生，特别是作为生命本能意志直接显现的音乐——酒神音乐及其自由释放、自由宣泄的狂欢化本能冲动——是古希腊悲剧诞生的始基性母体。然而，作为苏格拉底"面具"的欧里庇得斯，挥动苏格拉底的"理性主义"、对科学的"乐观主义""辩证法三段论"的"鞭子"，扫荡得酒神精神荡然无存，悲剧的衰落就是必然的了。他从瓦格纳的歌剧音乐中看到了德国酒神精神再生的希望，因而，他热切地期待着在德国再生悲剧。当然，尼采后期对瓦格纳音乐也失去了希望。这里引出了一个关键性问题：导致悲剧结局的动因是什么？尼采显然将其归结为人的生命本能冲动。我们不否认人的生命本能冲动是人不屈从于已有生命样态的积极抗争，但是人的本能冲动的诱发和外化要受到理性、意识、文化、伦理、信仰、政治和经济等社会因素的规范、修饰、改造和影响。最明显的事实是，劳苦大众为求温饱而揭竿革命的"本能冲动"与动物为解决饥渴而叫嚣槽头、奋蹄圈栏的纯粹生物本能是有着本质的不同。完全将悲剧成因归结于人的本能冲动，显然是推卸掉了作为社会的人的主体责任。马克思曾说："人的本质是人的真正的社会联系，所以人在积极实现自己的本质的过程中创造、生产人的社会联系、社会本质。"① 可见，人的本能冲动是受到人的社会生活的影响的，因而人的积极行为不应该完全由本能冲动去解释。其次，尼采之论将人完全生物化了。如果强调人的本能冲动与动物本能的不同，那其实是在另一个维度上为人的社会属性在悲剧生成中所起作用的辩护。最后，仅仅强调人的"生命本能"似乎有为强力生命意志乃至权力意志张目的嫌疑。很显然，现实社会为强势群体和弱势群体提供了不同的生命本能冲动的可能空间。古希腊悲剧的题材多取自有势力的奥林匹斯家族和泰坦家族，最基本的也是英雄，或者有权势的人，而不是普通人，他们相比普通人确实有着更大的本能冲动——权力欲或者责任心。但是，悲剧创作的实践已经告诉我们，普通人也可以有自己的悲剧。还有，一些没有彰显自己生命本能冲动的人也照样可以成为悲剧人物。例如，鲁迅笔下就有很多麻木者的悲剧。因而，尼采此说显然有些偏颇。当然，尼采所反对的是苟安现状、不思进取、萎靡不振的德意志民族精神现状，他是在强调人的主体意识和生命意志。在他看来，古

---

　　① 中共中央马克思恩格斯列宁斯大林著作编译局编译：《马克思恩格斯全集》第 42 卷，北京：人民出版社 1972 年版，第 24 页。

希腊人是最具生机与活力的人，因而他们创造了光辉的古希腊悲剧。尼采把德意志精神类同于酒神精神，并将之英雄化了，他自认为看到了德国乐天精神。① 尼采这是借探讨古希腊悲剧的衰亡而探寻德意志民族精神的强壮之路。在此意义上，尼采此说作为他为振兴德意志民族精神而作的鼓与呼，那是可以理解的；但是，此论作为一个学术命题，就有些稍欠周详了。

三、二十世纪欧美学者论"悲剧衰亡"

历史上第三次探讨悲剧衰亡的是 20 世纪欧美学者。20 世纪四五十年代欧美学者谈论"悲剧衰亡"成为一种时尚。1957 年美国的戏剧理论家约翰·加斯纳在其《现代悲剧的可能和危难》一开篇就说："当前是否能写出悲剧，自从易卜生那个时代放弃浪漫主义以来是否能真正创作悲剧，这是一个不断地激动着文艺界的问题。"② 事实上，当时很多人都在谈论"悲剧的衰亡"，差异只在不同的理由。

第一种观点认为，科学精神消灭了悲剧。肯尼斯·勃克在《论悲剧》（1953）中说："有志之士曾经选择'悲剧的衰亡'这一课题，以证明科学对于最高尚的诗歌的破坏效果。他们觉得，悲剧是从一种神学和玄学的坚定性中发展而来，人是很庄严高贵的，他和宇宙各种力量有直接和间接的联系，他的问题都是世界方案中无比重大的问题。但是这种悲剧的'幻觉'却被科学观点扼杀干净，……他们说，当人和超人作用的亲身联系的这种'幻觉'丧失的时候，当人被看作只是动物中的一个偶然居住在一个行星上度过从生到死的若干岁月的时候，悲剧就被毁灭。不能创作伟大悲剧，有时甚至不能欣赏悲剧名著，这就早已明显地表现了'悲剧的衰亡'（这也是诗的精华的衰亡）。"③ 勃克在这里说的是悲剧戏剧在当代资本主义国家的衰亡。陈瘦竹对勃克的论点予以了正确而深刻的批评。他指出："虽然古希腊悲剧起源于祭神仪式，题材也多取自神话传说，但三大悲剧家所表现的是人和命运以及人与人的斗争，并不是要创造所谓人和超人作用的亲身联系的这种。至于科学，……怎么会扼杀悲剧呢？"④ 文艺复兴时代的艺术家往往通晓科学，例如达芬奇；"歌德精通各种自然科学，但又是伟大的

---

① ［德］尼采：《悲剧的诞生》，周国平译，北京：生活·读书·新知三联书店 1986 年版，第 149 页。

② John Gassner: The Possibilities And Perils of Modern Tragedy. In: Robert W. Corrigan, eds.Tragedy. Harper & Row, New York, 1981. p.297.

③ Kenneth Burke: On Tragedy. In: Robert W. Corrigan, eds.Tragedy. Harper & Row, New York, 1981. p.238.

④ 陈瘦竹、沈蔚德：《论悲剧与喜剧》，上海：上海文艺出版社 1983 年版，第 21 页。

悲剧诗人。"① 我认为，科学精神消灭悲剧这个观点是站不住脚的。因为，第一，悲剧的体裁形式起源于祭神仪式，但悲剧的内容特别是悲剧诗人的创作冲动却源于他们的悲剧性的生命感，这才是悲剧历经数千年而仍为人们所欣赏、所创作的根由。第二，艺术形式也是变化的，祭神仪式仅是解释悲剧起源的一种说法，并不是全部；而且，古希腊之后的诗人、作家们所创作的悲剧作品其内外形式均与祭神仪式没有直接或间接的联系，是诗人、作家们自己有意识的独特的艺术创造。第三，科学和文艺虽有千丝万缕的联系，但两者毕竟是两个领域的事，前者关注自然与必然律，后者关注精神与自由律。更为根本的是，科学也不能完全解决同时代人所遇到的一切问题（自然的和精神的），科学也有局限性。因而，从人类整体的、历史的角度看，人必然会遇到悲剧性境遇，或者说人不可能完全避免所有的悲剧性境遇。于是，即便科学再发达，人类社会也仍然会有悲剧的一席之地。这样讲，并不是否定"世界是可认识的"这一可知论，而是说，科学作为一种知识共同体，它是有限性与无限性的统一，无限性是说人类终将会认识全部世界，有限性是说科学在当下是有局限性的，因为当下总有科学所未涉及的领域、所未达到的程度、所未实现的目标。第四，科学的正确并不能保证运用科学的正确，于是科学伦理出现了，它是规范科学正确运用的安全红线。然而，人类社会中已经出现了一些有违科学伦理的科学事件，将来也不可能完全杜绝有违科学伦理的科学事件的出现。这样，即便科学是无限的、绝对的、万能的，人类社会中的悲剧也是难以完全避免的；而且这种假设条件在事实上就是根本不能成立的。第五，宗教信仰和科学也不是绝对地水火不容。许多科学家也都有宗教信仰。既然如此，悲剧怎能衰亡呢？第六，人与各种宇宙力量的直接或间接的作用是人的实践活动的表现，对此人在不同历史阶段有不同的解释，甚至在某些阶段，由于科学发展水平所限人们还会给出不正确的解释。例如，古希腊时期人误以为自己与超人之间有一种联系，从现在的科学立场来看这是一种"幻觉"，但并不因此就消解了古希腊悲剧在人内心中所激发的感动与震撼。勃克把悲剧的形而上性曲解为"人和超人作用的亲身联系的这种'幻觉'"，并把悲剧戏剧在西方的衰亡归罪于科学进步，完全是找错了病因，开错了处方。

　　第二种观点认为，人们的乐观主义和现实主义消解了悲剧。奥林·E. 克拉普在《悲剧和美国民意》的开头引用亚丹斯的话："美国人很轻视悲剧。他们忙于两千万马力的社会活动，无暇顾及悲剧"，那是因为"美国大

---

① 陈瘦竹、沈蔚德：《论悲剧与喜剧》，上海：上海文艺出版社1983年版，第21页。

多数人想到悲剧那是非常偶然的事。……你可以连续不断看电影和电视一个月，而不看一部悲剧"。为何呢，因为美国人有"胆量、乐观主义和现实主义"，"不是具有悲剧精神的人民"。① 克拉普从美国社会现实出发来分析悲剧在美国衰亡的问题，有现实根基，但他讲美国人民"不具有悲剧精神"就有些过了头。而且，他没有看到，"悲剧性"已经从戏剧体裁大面积地转移向了小说、诗歌等领域。

第三种观点认为，通俗心理学和精神分析学的干扰，使得人们分不清基本的是非善恶，而这恰是悲剧的基础。因而，人们不再欣赏悲剧戏剧。格莱巴涅在 1979 年新版的《戏剧创作》中曾分析了美国社会思潮对于悲剧衰败所起的影响作用："近年以来，大部分由于通俗心理学和精神分析学的干扰，悲剧创作越来越被轻视。这些学说都倾向于不从个人责任而从外界力量来解释一切邪恶行为。……不去考察一个人对自己的行为所应负的个人责任，那他就不可能成为悲剧人物。哈姆雷特这个人物，如果将他看作俄狄浦斯情结或神经病的牺牲者，那他就无法对他的行为负责，因而也就不成其为悲剧人物。""悲剧决不可能在怀疑主义或愤世嫉俗的空气中开花……要使悲剧繁荣，应该先有并不轻视崇高的人民。""除此之外，正确和错误的概念可以说是悲剧的基础"。因而美国人只有真正分清是非善恶，悲剧才能在美国繁荣，"悲剧的基础才能坚如磐石"。② 这里引出一个问题：仅有是非善恶之辨，就能繁荣悲剧吗？显然不能。因为，悲剧不同于情节剧，后者运思的基本逻辑是善恶二元对立，而悲剧其实是超越于简单的善恶对立之上的。

第四种观点认为，当代缺乏有阐释力的悲剧理论，导致了悲剧的衰亡。阿瑟·米勒曾在《悲剧和普通人》（1949）一文中指出，人们总认为，当代社会之所以缺乏悲剧，要么是我们现实生活中没有真正的英雄人物，要么是科学精神已经使信仰失去了存在的空间，所以人们也不能"向生活发动英雄式的进攻"，最后无非是心照不宣地认为，悲剧是古老的艺术形式，其主人公往往是位高权重者如帝王或高贵人物。而米勒却认为，"普通人与帝王同样适合于作为最高超的悲剧的题材" ③，因为他们对于保卫自己的尊严而敢于应战乃至牺牲生命的这种悲剧精神是相通的。阿瑟·米勒的意思

① Orrin E. Klapp: Tragedy and the American Climate of Opinion. In: Robert W. Corrigan, eds.Tragedy. Harper & Row, New York, 1981. p.252.

② Bernard Grebanier: Playwriting. Barnes & Noble Books, New York, 1979. p.276.

③ [美]罗伯特·阿·马丁编：《阿瑟·米勒论剧散文》，陈瑞兰、杨淮生选译，北京：生活·读书·新知三联书店 1987 年版，第38-44 页。

是，传统的悲剧理论必须得到修正，适应新现实的新悲剧理论应该出现。但可叹的是，直到现在为止，仍没有出现新的系统性的悲剧理论著作。早在 1929 年，约瑟夫·伍德·克鲁契在《现代倾向》（1929）一书"悲剧的谬误"一章中就宣称，现代人无道德支柱、无信仰、无价值观，导致悲剧是不可能的。他认为悲剧有两个必要条件，一是一个英雄，二是相信人生价值，如他所说："悲剧实质上不是绝望的表现，而是战胜绝望的表现，是相信人生价值的表现。"[①] 克鲁契的这个观点是有道理的，尤其是相信人生价值对于悲剧创作至关重要这点很有道理。但现有理论并没有把人的价值实现与信仰这个问题讲得令人信服。自然，就谈不上复兴悲剧了。而他开出的"英雄"这味药则有点不妥，人类社会已经进入平民时代了，平民英雄只不过是责任担当的别称，后者也许才是对症之药。

第五种观点认为，基督教的拯救诺言消解了悲剧精神。乔治·斯坦纳在《悲剧的死亡》（1961）中以古希腊悲剧为标准判断了欧洲悲剧的发展史，认为欧洲在古希腊、文艺复兴和法国新古典主义之后，"悲剧确实已经死亡，……最终，悲剧性戏剧可能回归生活"[②]。他认为悲剧死亡的原因在于悲剧精神被基督教的拯救诺言弄得萎靡不振了，因为基督教给了人们自己最终必会得救这一信仰，既然如此，那还会有什么悲剧人物呢？他认为浪漫的人生观是非悲剧的，因为它们承诺给予人类的罪责和苦难以"补偿的天国"[③]。他还认为，马娄的《浮士德博士》是悲剧，歌德的《浮士德》是"崇高的情节剧"，因为其最后出现了补偿的天国，柯勒律治的《悔恨》是"亚悲剧（Near-tragedy）"，"'亚悲剧'实际上是情节剧的另一种说法"。[④]斯坦纳的说法虽然指出了基督教的拯救诺言对于悲剧精神的消解作用，但它并不能有力地解释大量基督教悲剧存在的事实。可见，悲剧精神与基督拯救诺言之间并非简单的对立。其实，任何悲剧都是有乐观主义深蕴的，否则，谁还创作和接受悲剧呢？因而，斯坦纳的板子似乎打错了地方。

另外，直到 20 世纪 80 年代，仍有人否定现代悲剧的存在，例如阿胡加的博士论文《悲剧，现代倾向与奥尼尔》，他用文化的熵来解释悲剧的死亡。"现代人无法悲剧性地确定生活。也就是说，现代人的经验显示出悲剧性，但无法获得悲剧的升华。难怪在现代戏剧中，我们有悲剧的忧郁却没有悲剧的想象，有悲剧的反叛却没有悲剧的理想主义，有悲剧的智慧却没

① 转引自任生名：《西方现代悲剧论稿》，上海：上海外语教育出版社 1998 年版，第 230-231 页。
② George Steiner: The Death of Tragedy. Faber, London, 1961. p.351.
③ George Steiner: The Death of Tragedy. Faber, London, 1961. pp.127-129.
④ George Steiner: The Death of Tragedy. Faber, London, 1961. p.133.

有悲剧的体验"。① 阿胡加准确地描绘了现代悲剧的某些特点，却并不愿意接受这些新的悲剧特点。乔治·库尔曼在《熵与悲剧的"死亡"：关于一种戏剧理论的札记》（1984）中将悲剧的死亡归因于理性主义、哲学乐观主义等反悲剧倾向。② 理性主义和乐观主义给悲剧的创作带来了新的挑战，悲剧诗人应该去探寻适合这一时代精神的悲剧写法，而不是以此为借口宣称悲剧死亡。

20世纪欧美学者关于"悲剧衰亡"的探讨，启发我们思考这样一个问题：悲剧性的生成与文化语境之间有着怎样的关系？

四、二十世纪中叶苏联、中国学者否定社会主义社会存在悲剧

历史上第四次探讨悲剧衰亡的是20世纪中叶的苏联和中国学者。20世纪中叶，苏联和中国的文学理论界、美学理论界并没有否定悲剧的一般概念，但总体上倾向于只承认敌我矛盾冲突所导致的悲剧（中国学界承认无产阶级为人民群众利益而与敌对势力发生斗争，但由于敌强我弱，无产阶级遭遇了暂时的失败，这是悲剧；苏联学界认为为公众事业而牺牲无产阶级战士的个体生命是一种"乐观的悲剧"），或者以敌我矛盾为背景的悲剧（在强大的敌人面前，为了避免革命的更大损失，革命队伍内部出现了两种斗争策略或两种斗争方法的矛盾冲突，悲剧主人公毅然出面，个人顶"罪"），但是他们否定社会主义社会存在悲剧。

20世纪50年代初，苏联学者季摩菲耶夫的《文学原理》（中译名《文学概论》）被苏联高校语文系用作教材。该书在"悲剧"问题上的看法代表了当时苏联理论界的一般观点。该书写道："悲剧形象反映不能解决或不能缓和的生活矛盾。作为戏剧类的一个形式的悲剧，它的特征在于：它描写没有出路的矛盾。因此，情节中的基本斗争常以主人公的死亡为结束。这种由过去的艺术遗留下来的悲剧概念，对于苏维埃艺术已经不适用了。……使主人公必须死亡的冲突之所以没有出路，只是因为我们是从个人的观点去看它的缘故，个人既死，冲突就显得是不能解决的了。然而如果个人是为了公众的事业而斗争的，如果他明了个人的死亡可以促使这个事业的胜利。那么，在他死的时候，他会看见自己的胜利，这便会使他精神高昂、使他在死的时候不再有无希望、无出路的感觉。"③ 以上论述归纳为一点，苏维埃社会主义文艺中悲剧的特征是：主人公为了公众的事业，在必要时

---

① 转引自任生名：《西方现代悲剧论稿》，上海：上海外语教育出版社1998年版，第237页。
② 参见任生名：《西方现代悲剧论稿》，上海：上海外语教育出版社1998年版，第237-240页。
③ ［苏联］季摩菲耶夫：《文学概论》，查良铮译，上海：平明出版社1953年版，第402页。

自觉地牺牲自己，打开了敌我矛盾的一个缺口，从而为革命斗争的胜利开辟了道路，于是他在牺牲之时看到了事业的胜利，这是一种"乐观的悲剧"。它证明了悲剧表现"不能解决或不能缓和的生活矛盾"的传统悲剧观念过时了，进而就排除了在社会主义条件下，由于革命队伍或人民群众的内部矛盾，由于主人公自身的内心矛盾导致悲剧发生的任何可能性。因为，从无产阶级整体利益的角度来看，敌我矛盾都可以解决，例如苏维埃战士为协助进攻用自己的胸口去堵塞法西斯的机关枪口，那在苏维埃社会主义，革命队伍或人民群众的内部矛盾更是可以解决的。1954 年春，苏联学者毕达可夫在北京大学中文系给全国文艺理论教师研究生班讲授《文艺学引论》，在悲剧问题上，他沿用了季摩菲耶夫的观点。他说："在社会主义社会中，悲剧具有完全另外一种意义，即是肯定生活的意义。在苏联的悲剧中，主人公的死亡变成了他的胜利，他的精神的不朽。这样，悲剧就具有了乐观主义的性质。……这些英雄人物的死亡本身就肯定了新事物的不可战胜的力量，预言了新事物的必然最后胜利。"① 由苏联哲学和文艺理论界学者集体编著、于 1963 年出版的《简明美学辞典》"悲剧"条如此写道："在社会主义现实主义艺术中，像导致悲剧性主人公死亡的无法解决的冲突这种悲剧的本质方面，由于个人和人民的新的相互关系而获得不同的历史表现。列宁在纪念十月革命时期阵亡的战士而发表的演说中说道：'胜利的伟大幸福归于去年十月牺牲的同志们。'主人公为了共同事业的胜利而悲剧性地死去，这种死是被人们以乐观主义的态度来对待的。"② 1972 年苏联莫斯科出版的米哈依洛夫、舍斯塔科夫主编的《简明文学百科全书》"悲剧"条仍然认为，苏联社会主义文学中的悲剧结尾是"英雄原则的胜利"。③显而易见，苏联文学美学理论界在 20 世纪 50—70 年代，对社会主义文学中悲剧的界定是一贯的，即反映过去敌我斗争中无产阶级的自我牺牲的作品可以是悲剧，而且是一种乐观的悲剧，但社会主义社会题材中不存在悲剧。

　　中国学界在 20 世纪 50—70 年代，一般地倾向于认为社会主义社会题材中不存在悲剧。④ 首先，关于什么是悲剧。细言（王西彦）的回答是，

---

① ［苏联］依·萨·毕达可夫：《文艺学引论》，北京大学中文系文艺理论教研室译，北京：高等教育出版社 1958 年版，第 185-186 页。

② ［苏联］奥夫相尼科夫、拉祖姆内依主编：《简明美学词典》，冯申译，北京：知识出版社 1981 年版，第 160-161 页。

③ 转引自刘崇义：《社会主义悲剧概念的确立是我国文学理论的重大突破》，中国人民大学书报资料中心报刊资料选汇《文艺理论》1987 年第 1 期，第 86 页。

④ 参见古远清：《中国当代文学理论批评史（1949－1989 大陆部分）》，济南：山东文艺出版社 2005 年版，第 250-251 页。

悲剧"指的总是丑的战胜美的，邪恶战胜正义，因而造成悲惨的结局"。①
这一界定具有明显的伦理价值取向，缩小了"悲剧"的外延。顾仲彝认为
应将作为艺术样式的"悲剧"与生活中所讲的"悲剧"区分开来，前者指
"反映时代的重大的典型的严肃的矛盾冲突，其主人公必须为观众所同情
所景仰，其结局一般是不幸死亡，但也不一定死亡"②。这一观点相对更公
允一些。其次，社会主义社会有无悲剧。细言认为，社会主义社会产生悲
剧的社会基础已经不复存在或正在消失，因而"悲剧这种格式，在我们的
文学艺术园地里，应该是已经死亡或即将死亡的东西"。蒋守谦不同意细言
的看法，他认为"在社会主义社会中，人民群众在同阶级敌人或大自然作
斗争中所遭到的痛苦和牺牲，仍然是文学艺术造成悲剧的社会基础"。另一
方面，作家还可以用历史题材。③ 顾仲彝认为，"在社会主义社会里，悲剧
所能反映的生活面越来越小"，因为人民内部矛盾是我们社会的主要矛盾，
而敌我阶级矛盾已经成为我们社会的次要矛盾。所以悲剧"不再是戏剧的
主要的样式"，而"正剧……将取过去悲剧地位而代之"。④ 历史证明，
细言和顾仲彝把悲剧问题简单化了。第三，人民内部能否产生悲剧。细
言认为，"个别的顽固的个人主义者和集体发生冲突，引起这个人因失败
而陷入悲惨的结局，这对我们的社会来说，并不能算作悲剧。在我们的
社会里，个人主义并不能代表美和正义"。即便好心干部做了坏事也不是悲
剧题材。⑤ 而蒋守谦认为，"个人主义者的碰壁与失败并非绝对不能写成悲
剧的"⑥。如杜鹏程《在和平的日子里》就写了好心干部做了坏事的悲剧。
看来蒋守谦的讲法更符合事实。但顾仲彝支持细言的看法，认为人民内部
矛盾的题材不可能写成悲剧，因为人民内部矛盾可通过批评与自我批评的
方式解决，"除非人民内部矛盾转化为对抗性敌我矛盾，人民内部矛盾是不
可能构成悲剧的"⑦。针对社会主义社会不存在悲剧、人民内部矛盾不可能
写成悲剧的观点，至少有三人先后持反对看法。老舍于 1957 年 3 月 18 日
在《人民日报》上发表《论悲剧》一文，认为我们社会主义社会里"悲剧
事实的确减少了许多，可是不能说已经完全不见了。在我们的报纸上，我
们还看得见悲剧事例的报道"。人民也"喜欢看苦戏"，但我们在创作上对

---

① 细言：《关于悲剧》，《文汇报》1961 年 1 月 31 日。
② 顾仲彝：《漫谈悲剧问题》，《光明日报》1961 年 5 月 13 日。
③ 蒋守谦：《也谈悲剧》，《文汇报》1961 年 4 月 15 日。
④ 顾仲彝：《漫谈悲剧问题》，《光明日报》1961 年 5 月 13 日。
⑤ 细言：《关于悲剧》，《文汇报》1961 年 1 月 31 日。
⑥ 蒋守谦：《也谈悲剧》，《文汇报》1961 年 4 月 15 日。
⑦ 顾仲彝：《漫谈悲剧问题》，《光明日报》1961 年 5 月 13 日。

悲剧却特别冷淡。① 老舍没有明说作家冷淡悲剧的原因，就说明这个问题并不简单。余开伟在 1961 年 6 月 13 日《光明日报》上发表了《人民的内部矛盾不能构成悲剧冲突吗？》一文，也对人民内部矛盾不能构成悲剧的观点提出了质疑。陈毅同志于 1961 年 3 月 22 日在《在戏曲编导工作座谈会上的讲话》中就提出"悲剧还是要提倡，悲剧对我们青年人很有教育意义，并不是每一个戏都要有完美的结局，实际生活中也不都是完满的结局"。② 1962 年 3 月 6 日，陈毅在《在全国话剧、歌剧、儿童剧创作座谈会上的讲话》中再次发问："我们总是不愿意写悲剧，说是我们这个社会，没有悲剧。我看呐，我们有很多同志天天在那儿造悲剧，天天在那儿演悲剧。我们为什么不可以写悲剧呢？悲剧的效果往往比喜剧大，看悲剧最沉痛。沉痛的喜悦，是比一般的喜悦更高的喜悦。"③ 他从我们时代、从无产阶级也有局限性出发，认为社会主义社会里存在着悲剧，也可以写悲剧。然而，即便老舍、陈毅等人大声呼吁，即便到了 1981 年，仍然有相当一部分人以人民内部矛盾斗争双方在历史的必然性要求上是一致的为由，认为社会主义社会不可能产生悲剧。④

为了尽可能还原历史全貌，本书详引了上述材料。这些材料证明，在主导倾向上，苏联和中国在 20 世纪 50—70 年代否定社会主义社会存在悲剧，其根本理由是认为悲剧是由对抗性矛盾冲突导致的。尽管也有部分人认为社会主义社会存在悲剧，可以写悲剧，但并没有成为主流意见。而那些认为社会主义现实生活中已经没有了"悲剧"的观点，其理由主要是：社会主义社会虽然有矛盾，但主要是人民内部矛盾，是"非对抗性矛盾"，是根本利益一致基础上的矛盾，可以通过非对抗性形式解决，不可能激化到对抗乃至"对立冲突"的程度，自然就不会有"悲剧"的产生。仔细推敲，这个推论是难以成立的。首先，阶级利益、根本利益、长远利益的一致性，并不能必然保证个人利益、直接利益、当前利益的一致性。如果长期解决不好这个问题，就有可能导致矛盾的出现。同一阵营内部非根本利益意义上的冲突强度一点也不小。其次，非对抗性矛盾仍然是矛盾，在一定条件下，非对抗性矛盾也可以转化为对抗性矛盾。因而，高度重视并正

---

① 北京师范大学中文系文艺理论教研室编：《文学理论学习参考资料（下）》，沈阳：春风文艺出版社 1982 年版，第 132-135 页。

② 中共中央书记处研究室文化组编：《党和国家领导人论文艺》，北京：文化艺术出版社 1982 年版，第 118 页。

③ 中共中央书记处研究室文化组编：《党和国家领导人论文艺》，北京：文化艺术出版社 1982 年版，第 153 页。

④ 参见薛澍：《1981 年文艺理论与美学若干学术问题讨论综述》，《学术月刊》1982 年第 1 期。

确处理非对抗性矛盾于国于民都至关重要。事实证明，当时那些认为社会主义现实生活中已经没有了"悲剧"、也不会产生"悲剧"的观点，是把问题简单化了。后来，中苏两国社会中的现实悲剧就是对他们错误观点的极具反讽性的否定。痛定思痛，这个悲剧的代价实在是太大了。它留给我们的问题是：悲剧性一定由冲突导致吗？悲剧性冲突一定是敌对双方的对抗性冲突吗？悲剧性文本只有暴露、批判的功能吗？

五、当下悲剧戏剧的边缘化

对悲剧衰落的最近一次探讨是在当下。在当下不少人的意识中，悲剧戏剧早已是明日黄花。例如，我国当代学者王齐明确指出："悲剧并不是一株常青的植物，它只能活跃在'崇高'被广泛认同的时代。"[①] 王齐的意思是，古代人们广泛认同"崇高"，于是悲剧活跃于古代；当今世界，"崇高"不再被人们广泛认同，于是悲剧就不再活跃了。王齐对当今悲剧戏剧不再活跃这一现象的描述是准确的。但是，她的论断有两点值得商榷。一是她认为"崇高"精神是悲剧的充要条件。笔者认为，人物的崇高精神会激发人们的悲剧性体验，但能激发人们悲剧性体验的不是只有崇高精神，例如，阿 Q（出自鲁迅小说《阿 Q 正传》）身上没有崇高精神，但他在"画花押"时努力地把圈画圆的认真、郑重的滑稽和荒诞却激发了人们的悲剧性体验。二是她认为当今世界"崇高"不再被人们广泛认同。笔者认为，从古至今人类一直都面临着各种各样的挑战，而当代人类所面临的挑战在广度、深度、强度、力度、频度、复杂程度和艰巨程度上最起码不弱于，甚至超过此前人类历史上经历的各种挑战。当代人类在应对挑战中所表现出的积极作为、无畏无惧、不屈不挠、奋勇前行的担当精神、雄壮气概、生命意志，无数次激发出人们内心的崇高感，从而凝聚起了当代人类社会不断化危为机、勇毅前行的磅礴力量。因而，"崇高"依然是当代人类社会普遍崇尚的精神价值。此外，人类应对宇宙、世界包括人自身的各种挑战的具体回应方式的变化，并不会使人的悲剧意识、悲剧精神和生命的悲剧感消失，反而会随着人类所面临的各种挑战形势的进一步严峻化、复杂化，表现得更深沉、更强劲，而且会在更广泛的领域、以更多样的形式来表现。简言之，每一个时代有每一个时代的挑战，每一个时代有每一个时代的悲剧，而人类之所以能够永远巍然屹立在天地之间就因为人类胸中那与日月

---

① 王齐：《克尔凯郭尔关于悲剧的"理论"——兼论悲剧精神的现代意义》，见《外国美学》第十七辑，北京：商务印书馆 1999 年版，第 174 页。

同在的"崇高"价值追求。因此,"崇高"是人类永远认同的普世价值。

　　当然,悲剧戏剧对于当今相当一部分人来说已经成为一个模糊而且遥远的事情,主要是大学文学系戏剧(戏曲)系的师生、专业人员和戏剧戏曲爱好者还在欣赏、谈论或者演出悲剧戏剧(戏曲)。在当今中国,剧院舞台上演出和电视台戏曲频道播出的悲剧戏剧(戏曲)剧目数量相较 20 世纪七十年代末八十年代初戏剧戏曲艺术繁盛时期少多了,其中新创作的悲剧戏剧(戏曲)剧目更少,互联网平台上推送的全本的悲剧戏剧(戏曲)剧目也比较少,剧院里大舞台全本戏的悲剧戏剧(戏曲)的演出场次不论绝对数还是与同期喜剧戏剧(戏曲)、正剧戏剧(戏曲)相比的相对数相较 20 世纪七八十年代都要低,在电影、电视剧、小品、相声等大众艺术中严正的悲剧风格的作品占比也比较低。在当今西方国家,悲剧戏剧的创作和演出总体上都比较萧条,而喜剧风格的、英雄风格的、科幻风格的文艺作品则比较风靡。简言之,悲剧戏剧(戏曲)在当今人类精神文化生活格局中居于边缘地位。这就使得现在谈论悲剧似乎有些冷清,不过这也正是本论题研究的价值之一。

　　悲剧美学理论史上关于"悲剧衰亡"的五次探讨,引发我们思考下面这样一个问题。尽管不同时代的人们先后多次做出了"悲剧衰亡"或悲剧边缘化的论断,可是包括悲剧戏剧(戏曲)在内的悲剧文学仍旧在被创作、被欣赏、被研究。那么,这绵延不绝的悲剧文学的生命力到底在哪里呢?笔者以为,它只能是感发和滋润文学作品的"悲剧性"生命体验。因为悲剧性作为一种情感认知形式,是人类有意味的形式之一,它感发于人们、作者或受众的心理中就是悲剧性体验。悲剧性物化在作品中,就成为作品的有机构成,体现在题材主旨、情节结构、人物形象、审美风格、情感基调(悲剧精神)等文本要素,形成了一个召唤结构。它积淀在人们、作者和读者等主体的心理结构中,就是悲剧意识,或者生命的悲剧感、悲剧性眼光,形成了主体的期待视野。悲剧性的创造和体验(包括二次创造)又是在一定的社会历史文化语境中实现的,因而,悲剧性文化语境也是一个要素。这就是悲剧性的三要素,决定着悲剧性的生成情况以及作品的悲剧性品质。于是,我们可以说,历史上"悲剧衰亡"所引发的五次探讨提醒我们,在"悲剧衰亡"或者悲剧戏剧在人类文化生活中不断"边缘化"的现象被人们高度关注的同时,人类社会一切领域的各种悲剧性现象也普遍引起了人们的深切关注。此外,历史上"悲剧衰亡"所引发的五次探讨也启发我们,每个悲剧理论最初都是作为一个具体的历史"事件"出现的,有其具体的背景、缘由、目的、对象和所要解决的问题。

第三节　生活—文学中的"悲剧性"呼唤美学理论研究

前面的相关梳理工作给我们提出了一个重要问题：当"悲剧"不再仅仅与悲剧戏剧尤其是"审美"联系在一起时，或者悲剧戏剧不断边缘化时，"悲剧性"的存在发生了什么变化？进言之，我们如何看待日常生活与"悲剧性"之间的关系？它包括三个方面：一是日常生活本身或者说平常事能给人以深刻的启迪吗？二是普通人能成为悲剧性人物吗？三是悲剧性只有伟大、崇高的风格吗？梅特林克（1862—1949）和鲁迅初步回答了第一个问题，阿瑟·米勒（1915—2005）初步回答了第二个问题，而笔者现在主要回答第三个问题，那就是悲剧性不只有崇高、伟大、雄壮这一种风格，还有平淡、琐屑、韧忍的一面，也许后者才是常态生活中的深刻的悲剧性，其根源就是审美的日常化。要体认这一点，也许首先要明白传统悲剧戏剧是如何引发受众的崇高感的。笔者发现，传统悲剧戏剧总是将人置于极限情境中来论说人的伟大、崇高。可实际上，人们日常生活中的悲剧性才是最普遍、最直接的悲剧性，也同样深刻和令人震撼，只是麻木了的神经、情感定势、惯性思维或审美成见所致，使我们许多人看不到自己身处的日常情境这一最广大、最普遍、最恒久的常态生活中人们的悲剧性罢了。

一、日常生活审美化

既然"悲剧（性）"概念被广泛运用于日常生活中，那么，我们如何看待日常生活？日常生活能否被人予以审美观照？这从审美主义看来是完全可行的。审美主义认为，通过审美教育，使人摆脱单纯的欲望的支配，超越动物，实现感性与理性的高度统一，从而不断促进人性的完善、人的全面发展和社会全面进步。这种思想，在欧洲源远流长，最早可追溯至卢梭。他提出"回到大自然"，探索通过审美教育以实现人性由分裂而走向统一的途径。尽管他开出的处方有点历史倒退的意味。在他之后，康德先生提出通过审美教育以改造人心，促进感性与理性的统一，从而通过心理革命以实现社会革命。席勒忠实继承了康德的上述观点，并在《审美教育书简》中予以体系化表达。黑格尔对美学以及审美活动尊崇地位的设定，表明他认为审美活动对于"正义"世界秩序的建立和正常运行具有重要意义。马克思在《1844年经济学哲学手稿》中提出，"共产主义是私有财产即人的自我异化的积极的扬弃，因而是通过人并且为了人而对人的本质的真正占有；因此它是人向自身、向社会的即合乎人性的人的复归，这种复归是完全的、自觉的和在以往发展的全部财富的范围内生成的"。① 马克思看到了社会生产力的发展和审美活动对于培养"具有丰富的、全面而深刻的感觉的人"②发挥着不可替代的作用。这种从哲学美学角度认为审美活动对于促进人性和谐、社会进步具有重要意义的思想被称为广义审美主义。与此不同，狭义审美主义强调对日常生活采取审美主义态度，让精神之美在现实生活中扎根开花，追求日常生活的审美化或艺术化，其代表人物有英国的王尔德（Oscar Wilder，1854—1900）、佩特（Walter Pater，1839—1894）和法国的戈蒂耶（Theophile Gautier，1811—1872），当代法国学者杜夫海纳（Mikel Dufrenne，1910—1995）也持此看法。广义审美主义和狭义审美主义的共同思想是把审美当作解决人类日常生活问题的重要方法。审美主义在中国表现为精英审美主义与市民审美主义，过去被称为"雅"与"俗"，它们之间有渗透和交叉。经过后现代主义思潮的洗礼，曾经的雅俗分野被抹平、高下地位被拉平，文学艺术与生活之间的界限不再那么分明，日常生活的审美意义在后现代主义文学中得到了显现。审美文化与大众文化由平行不接触走向了深度融合，大众文化审美化、审美文化大众化。艺术走进了平常百姓家，艺术化生活、生活化艺术，已经成为当下许多中国人的日常生活和文化艺术实践。然而，2007 年的时候，我国当代著名学者金元浦先生在《价值危机：时尚文化与艺术本性的悖离》中却是这样担忧的："艺术是审美意味的广阔世界，……是开掘人性深度的崇高事业。而当代文化工业则以反审美的姿态力图削平艺术的深度模式，削平艺术曾赖以辉煌的崇高与悲剧意识，回到一个浅表的玩弄噱头的游戏之中。"③ 笔者认为，金元浦先生对传统审美主义的内涵概括得相当准确和完整，但他对当时文学现状的过度忧虑导致他对文学形势的评估过于悲观。怎么能说大众文化一定没有悲剧意识与崇高感呢？多年后的今天，我们更加清楚地看到了日常生活审美化的价值和影响，它不只有简单、浅显的大俗之美，也有复杂、深刻的大雅之美。其实，我们每个时代都有自己时代的艺术。我们应该寻找新的解读方式进入当下的文学文化存在，从中读出本雅明所说的独一无二的艺术"气韵"（Aura）来，也即传统审美观中艺术之为艺术的本

---

① ［德］马克思：《1844 年经济学哲学手稿》，中共中央马克思恩格斯列宁斯大林著作编译局编译，北京：人民出版社 2000 年版，第 81 页。

② ［德］马克思：《1844 年经济学哲学手稿》，中共中央马克思恩格斯列宁斯大林著作编译局编译，北京：人民出版社 2000 年版，第 88 页。

③ 金元浦：《价值危机：时尚文化与艺术本性的悖离》，http://life.bbs.bokee.com/Thread.1.132726. 175.10，2007-6-14.

性所在。金庸的武侠小说在 20 世纪 80 年代初刚进入中国内地的时候，没有几个人说自己从中读出了传统艺术所讲的"气韵"。但从 20 世纪 90 年代末开始，中国内地学界普遍承认了金庸小说的艺术蕴涵。这个例子说明，我们现在就断言当下大众文化艺术缺失了悲剧性或者悲剧意识，看来有些过于匆忙。因为，文学艺术中悲剧性效果的产生，除了作品本身的因素，还有赖于主体的悲剧意识和具有悲剧蕴涵的接受语境。因而，现在应该采用新的评判标准和方法来解读文学艺术尤其是反映日常生活的文学艺术。

"悲剧（性）"在日常生活中的高频率使用，表明悲剧性不再只倾向于精英审美主义的审美趣味。其根源在于生活与审美的传统分野在当下已经趋于消失，日常生活获得了审美观照，成了审美对象。我国当代学者滕守尧的《艺术化生存——中西审美文化比较》一书对日常生活中的审美意蕴给予了相当充分的论述。笔者认为，消除传统理论中审美与生活的严格界限有两种策略，一种是直接取消审美与生活的对立分野，二是在渗透融通中模糊二者的界限。不论采取哪种策略，日常生活本身成为人们严肃观照的具体对象却是事实。在西方，柏拉图第一个把日常生活与审美活动对立起来并认定审美活动居于神圣地位。他提出"美在理式"（其实是"美在神"的另一种说法，后来在中世纪演变为"美在上帝"），认为诗人的创作是由于神灵凭附而代神立言，开创了审美形而上主义的先河。随着人类社会的发展以及尼采等反审美形而上主义者的工作，审美形而上思想逐渐边缘化了，日常生活的审美意义也逐渐被人们重视了。与这一变化大致同步的是，在西方文艺发展史上，就主导艺术形式而言，戏剧取代史诗、小说取代戏剧，日常生活逐渐获得了在文学表现中的一席之地。在中国文学中，这一变化是与小说、戏剧取代诗歌成为文学的主导艺术形式的渐进历程同步的。

从悲剧文学史来看，日常生活的"审美化"并非始于今天。古希腊悲剧最初就是仪式化的，具有社会宗教作用，后来逐渐被审美化，也即无用之用。"悲剧"作为一种戏剧体裁对人类的情感体验所具有的规范作用也逐渐被惯例化。到了文艺复兴时期，莎士比亚在悲剧中写入了更多的日常世俗生活，"悲剧性"越出了"悲剧"的形式藩篱，深刻地感动了受众。当时，尽管莎翁还是在创作悲剧戏剧，但人们清楚，悲剧戏剧的动人之处正在悲剧性。人们的关注焦点开始从"悲剧"戏剧的形式规范和内容上的教化目的向"悲剧性"情感效果转移。经过 17 世纪、18 世纪和 19 世纪，"悲剧性"成了 20 世纪文学中主导情感基调之一，许多悲剧性作品与传统悲剧戏剧在审美（此处是狭义的"审美"，指无目的的合目的性判断，多是一种形式判断）、崇高、神圣、英雄、严肃等风格蕴涵的表达上已经有了很大不同，特别是在不少西方后现代主义作品中，悲剧性多表现为不确定性，主体非主体化、碎片化，历史主观化、碎片化，显现的是杂色生活中的忍耐与妥协。而导致这一现象发生的一个重要现实原因是，当下文学安身立命的空间是日常生活。文学要继续参与人类社会的精神文化建设就必须对日常生活采取审美主义的态度。车尔尼雪夫斯基早就说过"美是生活"，肯定和高扬日常生活中的生命活力带给人的审美快感，将日常生活审美化。这样，日常生活就具有了空前的决定性意义，是意义之源、价值之源。因为，形而上就寓于在当下的形而下之中，对当下的生存关怀其实就是最切实的形而上关怀。质言之，当今悲剧性文学已经走出了传统的审美象牙塔。而当下日常生活的审美化，表明人们面对日常生活时的功利主义认知定势和情感定势被解构了。日常生活在功利主义的惯常视野之外被予以了郑重对待，文艺与生活在双向互动互渗中冲刷出了人类生命体验的更广阔地带。

二、日常生活中的悲剧性

日常生活有悲剧性吗？在朱光潜看来，日常生活没有悲剧性。他说："蔬菜瓜果商的破产、平凡人的生离死别以及类似的许多小灾小难，也都不可能产生真正的悲剧效果。"[①] 可文学史却告诉我们，日常生活是有悲剧性的，而且日常生活在悲剧文学中的存在并不始于今日。从古希腊欧里庇得斯那里就已经出现了端倪，世俗生活进入了悲剧题材领域。后来，特别是从 15 世纪开始，这种趋向更加明显。文艺复兴时期，日常生活在莎翁的悲剧中得到了更严肃的表现。18 世纪资产阶级启蒙运动时期，欧洲悲剧的题材发生重大变化，悲剧作品的主人公由过去的帝王将相和英雄豪杰让位给普通人。第一部"普通人"悲剧是 1731 年英国乔治·李洛的《伦敦商人》五幕剧，以店员为主角，开创了所谓的家庭悲剧或市民悲剧的先河。法国启蒙理论家狄德罗曾在 1758 年所作的《论戏剧艺术》一文中提出，"悲剧也有可以以家庭的不幸事件为主题的，以及一向以大众的灾难和大人物的不幸为主题的两种"[②]。此后，关注"大众的灾难"成了许多悲剧性作品的主题，例如卢梭的《新爱洛伊斯》（1761），歌德的《少年维特之烦恼》（1774），雪莱的《暴政的假面游行》《给英格兰人的歌》，雨果的《巴黎圣母院》《悲

---

① 朱光潜：《悲剧心理学》，合肥：安徽教育出版社 1996 年版，第 119 页。

② [法]狄德罗：《论戏剧艺术》，见：文艺理论译丛编辑委员会编《文艺理论译丛》第 1 期，北京：人民文学出版社 1958 年版，第 146 页。

惨世界》，斯汤达的《红与黑》，巴尔扎克的《人间喜剧》，福楼拜的《包法利夫人》，果戈理的《死魂灵》，陀思妥耶夫斯基的《穷人》《罪与罚》，左拉的《萌芽》，莫泊桑的《羊脂球》《项链》，哈代的《还乡》《德伯家的苔丝》《无名的裘德》，易卜生的《群鬼》《人民公敌》，契诃夫的《三姊妹》《小公务员之死》，等等。到了 19 世纪末 20 世纪初，日常生活中的悲剧性已经引起了理论家的关注，代表人物是梅特林克（Maurice Maeterlinck，1862—1949）。他写《日常生活中的悲剧性》（1896）时，悲剧艺术的题材大多并不摄取于普通人的日常生活，人物大多也不是普通市民，悲剧展现的仍是普通英雄的尊严及其人生悲歌，严肃和崇高还是悲剧的主调。

日常生活具有深刻性和崇高性。对于日常生活的这个特点，人们并非都能体认到。在梅特林克那个时代，不少人总认为日常生活是原始的、枯燥的、残忍的。但在梅特林克看来，"那卑微的日复一日的存在所包含的美、崇高和真挚"正是日常生活的魅力所在。[1] 但是当时极少有人能在悲剧作品中真挚地表达日常生活的美和崇高。当时的悲剧作品大都在几乎毫无变化地反复书写"嫉妒""放毒""杀人"等人类极端的、特殊的事件而非日常题材。此外，当时人们一般认为日常生活没有传统悲剧所必需的动作（情节），因而日常生活难以进入悲剧。但在梅特林克看来，日常生活具有无形的动作。例如，一位老人，当他坐在自己的椅子里耐心等待的时候，身旁有一盏灯，他下意识地谛听与解释着灵魂、生命与永恒的法则，"像这样的人，他纵然没有动作，但是，和那些扼死了情妇的情人、打赢了战争的将领或'维护了自己荣誉的丈夫'相比，他确实经历着一种更加深邃、更加富于人性和更具有普遍性的生活"。[2] 后来，人们的认识就比较深刻了，西方一些现代派作品就比较好地表现了日常生活中的悲剧性。而在此前后，曹雪芹、鲁迅等中国作家就已经对日常生活中的悲剧性有了比较成功的表现。但他们毕竟是少数人。更多的人至今仍然并不十分清楚日常生活的深刻和崇高所在。其实，日常生活是最普遍的，囊括了我们每一个人、每一个人的每一段时间。在历史的长河里，英雄的瞬间毕竟是飞逝的浪花，而

---

① ［比利时］莫里斯·梅特林克：《日常生活中的悲剧性》，见中国社会科学院外国文学研究所外国文学研究资料丛刊编辑委员会编：《外国现代剧作家论剧作》，北京：中国社会科学出版社 1982 年版，第 35 页。

② ［比利时］莫里斯·梅特林克：《日常生活中的悲剧性》，见中国社会科学院外国文学研究所外国文学研究资料丛刊编辑委员会编：《外国现代剧作家论剧作》，北京：中国社会科学出版社 1982 年版，第 36 页。

长流不息的却是日常生活。日常生活也是深邃的。日常生活的深邃在于生活中的规律是无人能够完全把握的，更是无法超越的。任何人都无法逃脱生活的限制，任何琐碎的生活片段也都与整个生活血肉相连。日常生活也是最具矛盾性和包容性的。日常生活是我们最熟悉的，但也是我们最陌生的。虽然说，一叶知秋，一滴水里见出太阳的光辉，可我们仍然无法知道生活有多大、生活有多深、生活有多难、生活有多意外。甚至就连自己周围的生活，我们也是一知半解甚至是一无所知。一觉醒来，老太婆惊骇地发现，自己竟不认识躺在身边的丈夫，与他厮守了一辈子，竟不知从什么时候开始他已经从一位健壮英俊的小伙子变成了羸弱丑陋的老头。可见，我们就是在无边的生活之海中盲行，我们每时每刻都在与不可知、不确定性相伴，这是一种无边的恐怖。但超越这种恐怖的却是我们淡然接受生活、从不逃避生活、淡定地过着平淡的生活，而且甘愿继续生活下去的勇气，这不就是一种更摄人心魄的崇高感和庄严感吗？日常生活是迟钝而又敏感的。日常生活中无数次的重复里，我们很难发现其中的差异。但我们无意中的一个细小的动作，却被生活极端灵敏地反应到了。这日常生活真是神秘莫测啊！可见，整个日常生活将秩序与混乱、变化与停滞、灵敏与迟钝、细微与巨大、宽容与惩罚、博爱与冷酷、崇高与卑鄙、伟大与平凡、梦想与无奈，欢乐与凄楚、甘甜与苦涩、偶然与必然、个别与一般、有限与无限、神性与兽性等融为一体，成了一个没有大纲、没有范围、没有终场的人性考场。日常生活之考的可怕之处在于，永远没有"补考"或"重修"。于是，日常生活中的每一个细节都成了生命之旅上的重要节点，日常生活中的每一个小不幸都显示出丰富深刻的人性蕴涵。

日常生活中没有曲折传奇的情节，无外在动作的静剧成了现代悲剧的完美形式，心理活动取代外在的动作成为现代悲剧的主要题材。正如梅特林克所说："心理活动——和那种仅仅是表现一种实事的活动相比，它的高尚是无垠的。"① 我们设想，当一个人与宇宙面面相对时，他的心理活动不就具有了崇高的维度了吗？日常生活表面上是静默和沉缓，但其下面却是复杂紧张的心理活动，这种谨慎与严肃，正是日常生活令人敬畏的力量所在。在传统悲剧中，情节是灵魂，"言词"地位靠后；但在日常生活悲剧中，"言词"具有更高的地位。由于外在行动比较少，而如何呈现内在的心理活动就成了日常生活悲剧所必须认真对待的问题。最可行的办法是，内

---

① ［比利时］莫里斯·梅特林克：《日常生活中的悲剧性》，见中国社会科学院外国文学研究所外国文学研究资料丛刊编辑委员会编：《外国现代剧作家论剧作》，北京：中国社会科学出版社 1982 年版，第37 页。

在对话与外在对话熔铸在一起，潜对话与显对话熔铸在一起，对话取代情节成为日常生活悲剧的首要因素。因而，寻找并表现外在动作之下丰富的、普遍的、陌生的心理活动应该成为现代悲剧作品的主要题材，这会使我们的作品深刻、独特，让人心灵为之震撼，让人对最普通的日常生活产生敬畏之心。在艺术上，要把心理活动外化于或孕生在那些不说话却饱涵着丰富生活意蕴的形象里。于是，梅特林克找到了"穷乡僻壤、人迹罕至的地方的一座木屋，走廊尽头一扇开着的门，休憩中的一张脸或一双手"①；马致远找到了枯藤、老树、昏鸦、小桥、流水、人家、古道、西风、瘦马；鲁迅找到了因被拒绝准备祭品而绝望无奈地站在门外的祥林嫂那一双无神的眼睛；朱自清找到了挪移在车厢、月台之间的并不高大伟岸的"父亲"的背影；罗中立找到了四川坝上饱经沧桑却感恩生活、知足常乐的"父亲"的脸；陈忠实找到了关中地区农夫那佝偻着的背；海德格尔找到了农夫的鞋……这些貌似简单的形象实则积淀了丰富的生活蕴涵，那就是整个日常生活的普遍性、深刻性和崇高性。这为受众体验日常生活的悲剧性提供了典型的素材和绝佳的契机。

日常生活中的悲剧是一种平常的、无事的悲剧。鲁迅有一篇论述日常生活悲剧的论文《几乎无事的悲剧》，该文最初发表于1935年8月《文学》月刊第五卷第二号"文学论坛"栏。鲁迅在该文中高度肯定了果戈理的小说《死魂灵》的艺术成就，他认为《死魂灵》的"独特之处""尤其是在用平常事、平常话，深刻地显示出当时地主的无聊生活"。②他在简要分析小说第四章地主罗士特来夫夸示自己的小狗，以及乞乞科夫深通世故的圆滑应酬表现后指出，一些人在无所事事中度过了他的整个一世，"这些极平常的或者简直近于没有事情的悲剧，正如无声的言语一样，非由诗人画出它的形象来是很不容易觉察的。然而人们灭亡于英雄的特别的悲剧者少，消磨于极平常的，或者简直近于没有事情的悲剧者却多"。③可见，日常生活的悲剧性是一种人的生命力被日常生活不断销蚀的悲剧性。这种悲剧性就存在于我们的日常生活之中，但由于我们沉湎于日常生活而不知。因而，身处日常生活之中，只有保持自我精神独立，坚持自我反省，才能体验和发现日常生活中的悲剧性。

---

①［比利时］莫里斯·梅特林克：《日常生活中的悲剧性》，见中国社会科学院外国文学研究所外国文学研究资料丛刊编辑委员会编：《外国现代剧作家论剧作》，北京：中国社会科学出版社1982年版，第38-39页。

②鲁迅：《鲁迅全集》第6卷，北京：人民文学出版社1981年版，第370页。

③鲁迅：《鲁迅全集》第6卷，北京：人民文学出版社1981年版，第371页。

日常生活中的悲剧人物是普通人。美国悲剧大师阿瑟·米勒的《悲剧与普通人》（1949）关注了普通人在日常生活中的辛酸与悲伤。普通人似乎很少有任何"英雄"的影子，而他们不甘失败、不甘被抛弃的愤懑和伤感委实不少。在其内心里，不甘多于抗争。阿瑟·米勒说，"我认为普通人与帝王同样适合于作为最高超的悲剧题材"①，因为"当我们面临一个在必要时准备牺牲生命去保卫个人尊严的人物时，他会唤起我们的悲剧感"②。可见，捍卫个人尊严或自我价值是日常生活中悲剧精神产生的主观动机。而满足捍卫个人尊严与得到公正评价的人性需求则会促使普通人与周围环境抗争，进而陷入悲剧性情境之中。因此，普通人为争取个人尊严与正当权利而进行的抗争应当成为当代悲剧的主要题材。悲剧作品应该聚焦于普通人的内心和精神。因为只有普通人的命运和感受才能更普遍、更有力地表现社会的变化和时代的精神风貌，才能使作品更具有生气和真实的美学意蕴。进入后现代社会以来，日常生活已经成了人们最直接、最可信和最能把握的生存环境和意义之源了。

日常生活中的悲剧性照样可以给人以崇高感、深刻感和恐惧感。日常生活悲剧关注普通人在日常生活中的"悲哀""悲伤""痛苦""焦虑""忧愁""犹豫""苦闷""彷徨""无奈""矛盾""纠结""烦恼""失意""挫败""失望""绝望""恐惧""孤单""寂寞""悲凉""凄惨"等悲剧性体验。这类体验是普通人最真切、最普遍、最经常体验的悲剧感，它与安提戈涅、哈姆雷特所引发的悲剧性体验一样深刻和崇高。第一，它们都揭示了人们生活之下、生活之外的人性的、民族的、人类的秘密，都体现了人不甘平庸、追求卓越、渴望实现自我价值的坚毅不屈的意志美，都体现了人积极向上、敢于应战、勇于担当、不畏牺牲的大勇大义、大智大爱、大仁大美的崇高感和尊严感，都体现了人对生命精神新的高度、深度、广度、厚度和强度的不懈追求，都是对人强大的精神力量、不懈的精神追求的礼赞。第二，在人格、尊严、价值的天平上，日常生活中的普通人与搏击历史长河的英雄显贵们具有同等的重量，他们一样伟大，一样令人敬仰，一样值得人们为其扼腕顿足、悲慨怅神、感叹唏嘘。第三，普通人日常生活中的悲剧性也能折射出整个大时代的悲剧性。茅盾的《林家铺子》《春蚕》等作品以小商人、普通蚕农的破产的悲剧折射出了半封建半殖民地的中国在西

---

① ［美］罗伯特·阿·马丁编：《阿瑟·米勒论剧散文》，陈瑞兰、杨淮生选译，北京：生活·读书·新知三联书店1987年版，第38页。

② ［美］罗伯特·阿·马丁编：《阿瑟·米勒论剧散文》，陈瑞兰、杨淮生选译，北京：生活·读书·新知三联书店1987年版，第39页。

方列强侵略下的民族经济破败的悲剧。第四，对英雄显贵们而言，跌入普通人的日常生活是"遭难"和"厄运"，是偶然的；但对普通人而言，煎熬在日常生活中却是必然的，他们把自己的一生和一切都奉献给了日常生活，因此他们的日常生活就更具有恐惧感。第五，在崇高感的产生过程上，传统悲剧中主人公出身高贵、地位显赫、功绩卓著，他深陷厄运而勇于抗争的行动体现了个体生命的尊严、力量和价值，从而激发了人们内心的崇高感；日常生活悲剧中普通人从一开始就注定终生在日复一日的琐碎庸常生活中煎熬，但他仍不放弃奋斗和抗争，体现了个体生命的尊严和价值，由此而激发了人们内心的崇高感。勇担当，不苟且，不放弃，能韧忍，此乃日常生活中的悲剧精神。日常生活悲剧中的普通人不但勇敢地、达观地接受了庸常无奇的日常生活，而且日复一日地努力突破，这种崇高是精神力量的绝对崇高，是生命精神的绝对崇高。在此意义上说，日常生活悲剧中的普通人是真正的生活英雄、悲剧英雄。第六，对悲剧的崇高感的体认，在传统悲剧接受中比较容易，因为受众对悲剧英雄从始至终处于仰望状态，因此受众精神的升华、崇高感的产生是自然的顺势而上。而在日常生活悲剧的接受中体认崇高感则相对比较难，因为一开始受众平视着作为潜在的悲剧人物的普通人，两者之间价值位势差较小，随着作品的展开，受众逐渐品味出了悲剧人物超越普通人的独特价值，两者之间的价值位势差越来越大，最终引发了受众的崇高感。因而对普通人物崇高感的体认，如同对悲剧英雄崇高感的体认一样，不仅取决于人物的表现，而且还取决于受众是否具有平民意识、民主意识、生命意识、悲悯情怀和通情心理，还有具体语境的作用。套用一句老话，日常生活中的悲剧性不是没有崇高感，而是缺少体认崇高感的心灵。在一定程度上可以说，崇高感是崇高心灵的回声。因而，人们一定要不断地丰富自己的心理蕴涵、不断提升自己的心灵敏感程度，努力体认日常生活和文学艺术中的悲剧性及其所显现的生命的崇高感、尊严感。

三、"悲剧性"美学理论亟待研究

"悲剧"存在形态的更加多样化和语用环境的巨大变化，使传统的悲剧理论愈发显得捉襟见肘，小修小补已经不能满足当下阐释文学艺术与社会生活中一切悲剧性现象的需要。那么，我们应该建构什么样的理论来适应这一变化呢？

第一，"悲剧"语用史已经告诉我们，"悲剧"从来就没有唯一的恒定的语用义项，而人们在使用"悲剧"的时候却都缘于"悲剧性"情感的激发，因而，"悲剧性"才是统摄不同领域、不同语境中的"悲剧"的本源意义，是贯穿古今中外不同题材、体裁、风格的悲剧作品的红线。而且人们使用"悲剧性"这一概念时，其头脑里的意指是清晰的，那就是人们对某一对象（人、事件、生命现象）所做的一个价值判断语，表明它在使用者内心里所引发的一种特定情感认知体验。因而，"悲剧性"相比"悲剧"具有更普泛和更精准的阐释力，应该得到深入研究。

　　"悲剧"和"悲剧性"同"审美"的关系不同。这里的"悲剧"指悲剧戏剧。"审美"有广义与狭义之分，广义的"审美"指感性认识判断；狭义的"审美"指无目的的、合目的性判断，多是一种形式判断。特雷·伊格尔顿在《甜蜜的暴力》中曾经指出，在当代社会，"悲剧"基本上已经与"审美"没有任何关系。① 严格地说，伊格尔顿这个说法并不准确。此外，他并不是第一位发现这一现象的学者。在他之前，德国学者理查德·哈曼（1879—1961）和马克斯·舍勒就认为，悲剧性是一种非审美的要素，悲剧性是一种伦理的—形而上学的现象，这种现象只是从外面进入到审美问题领域内的。② 因而，无论从广义还是狭义的角度理解和运用"审美"，悲剧艺术与审美还是有关系的。而"悲剧性"作为一种情感认知判断，它是具有一定的价值属性的，这使得它与狭义的审美并不具有必然关联，但它们也不是相互绝对排斥的。如果把伊格尔顿所说的"悲剧"作"悲剧性"理解、"审美"作狭义的"审美"理解的话，则他的说法是能成立的。同时，从广义的"审美"（感性认识）或"美学"（感性认识的科学）的角度来说，"悲剧性"与"审美"或"美学"是有关系的。因而，理查德·哈曼在其《美学》中所提出的"悲剧性与美学毫不相干"③的说法则有失偏颇，难以成立。如果"悲剧性"与"美学"无关的话，人们为何要在"美学"中研究"悲剧性"？我们再上溯至 19 世纪初中期，丹麦哲学家克尔凯郭尔（深受黑格尔哲学的影响）曾经在比较古代悲剧与现代悲剧的不同时指出，前者是"悲剧"世界，后者是"悲剧性的"世界，变化的原因是人的自我反思意识的增强。显然，克尔凯郭尔的说法是符合实际的。由于反思意识的增强，人们对人性、尊严、地位、权利、个性、人格、价值等的思考不断走向深入和广博。于是，这就需要对"悲剧性"体验进行全面的、系统的研究。

---

① Terry Eagleton: Sweet Violence. Malden: Blackwell, 2003. p.14.

② 参见［德］汉斯-格奥尔格·伽达默尔：《真理与方法》上卷，洪汉鼎译，上海：上海译文出版社 2004 年版，第 168 页注释①。

③ 转引自［德］汉斯-格奥尔格·伽达默尔：《真理与方法》上卷，洪汉鼎译，上海：上海译文出版社 2004 年版，第 168 页注释①。

第二，当下悲剧戏剧的边缘化现实呼吁人们研究"悲剧性"美学理论。此前，悲剧理论史上有过四次关于"悲剧衰亡"的探讨，尽管历史文化语境各异，具体原因目的有别，持续时间长短不同，间隔周期大小不等，但它们都为适应变化了的现实而对传统悲剧理论做了一些"小修小补"。由于前现代社会及其文化的发展是渐进的，因而，此前悲剧理论的修正就是在非激烈的态势中自然而然地被人们纳入了"传统悲剧理论"中。但是，现代社会及其文化相较前现代社会及其文化发生了剧变，突出表现是整个世界观的衰落或变化，导致"传统悲剧理论"与现头存在之间出现了巨人的裂隙，这是任何"小修小补"都无济于事的。当前，悲剧戏剧的边缘化以及人类社会各领域的悲剧性现象已经引起了人们的深切关注，这给我们提供了思考和研究"悲剧性"美学理论的历史契机。

第三，从概念史的角度看，"悲剧性"基于"悲剧"而后产生，但从发生学的角度看，是先有"悲剧性"，而后才有"悲剧"。在此意义上，"悲剧性"是本原性的生命动力，而"悲剧"仅仅是人们的一种社会化、仪式化的情思与想象的交流形式，最先是作为一种地方性的戏剧形式、一种文艺体裁而存在。因而，"悲剧性"本身就具有与时俱进、随体（文体、文化）附神的永恒动力，与生命同在；而"悲剧"具有一定的规范性、稳定性和保守性。这样，"悲剧"及其理论自然就遭到了永不停息的、永无定态的"悲剧性"的挑战。最自然的悲剧性体验是生命的悲剧性体验（哀、伤、怨、冤、怒、愤、苦、惨、悲），即自然情感，受到了戏剧形式的精致化、艺术化、审美化、形式化和规范化的加工，鲜活的体验被固定化了，进而被神圣化和严肃化了。这里可见体裁形式对于深层悲剧性体验的遮蔽作用。愈到后来，人们更多看到的是体裁本身的规定性，而逐渐淡忘了体验的本源性。当前，悲剧戏剧的边缘化以及人类社会各领域的悲剧性现象普遍引起了人们的关切，正是通过正本清源给"悲剧性"美学理论以应有地位的时候。

第四，语用即价值和意义。维特根斯坦（Ludwig Wittgenstein，1889—1951）在其后期哲学研究中指出，使"哲学本身"从"问题"中走出来的平凡道路就是"正确使用日常语言"。[1] 他认为日常语言是完全正当的，根本没有必要再去创造一种人为的理想的语言，而应该仔细地回到日常语言的正确使用上。他说："一个词的意义就是它在语言中的用法。"[2] 而"只

---

[1] 参见刘放桐：《现代西方哲学》（修订本）上册，北京：人民出版社 1990 年 2 版，第 411 页。

[2] 维特根斯坦：《哲学研究》，牛津巴希尔-布拉克韦尔初版，1963 年英文版，第 43 节。另参见刘放桐：《现代西方哲学》（修订本）上册，北京：人民出版社 1990 年 2 版，第 411 页。

要我们像普通人一样在各种不同的语境中、生活形式中去按正常用法使用语言，就不会有哲学困惑。"① 这种"正常用法"其实就是大多数人的普遍的习惯用法，其后蕴涵着明确而固定的意向。当然，他也承认一个词在不同的语境中会有不同的意义，但是，在具体语境中，其意义却是固定的。同理，"悲剧性"作为当今人们生活中的高频用词，这本身就说明了"悲剧性"的意义和价值。因而，有别于"悲剧"的"悲剧性"用法，其实是打开了一扇新的窗户，延伸出了新的地平线，提供了创建新的理论平台和理论体系的要求和可能。历史发展到今天，我们需要一种能融合传统悲剧与当前文学—社会语境中的各种悲剧性现象为一体的新的理论视野。这个新的理论应该是悲剧性美学理论。它既能有效地阐释各种文学艺术中的悲剧性现象，也能有效地解释社会生活中的各种悲剧性现象。因而，与其困扰于对"悲剧"本质的界定，还不如描述和分析最根本、最普遍的"悲剧性"的存在、范畴、生成、特征、显现和功用等问题。

最后，悲剧性理论脱胎于传统的悲剧理论。其端倪显露于克尔凯郭尔对"悲剧性"概念的提出。他认为，古今悲剧既然被称为"悲剧"，那它们之间必定存在着某种"共同之处"或者"联系的纽带"，他名之曰"悲剧性"。在他看来，不管今天的悲剧和古希腊的悲剧有多少不同，而决定一部作品成为一出真正的悲剧的"悲剧性"因素其概念应是不变的。② 当然，克尔凯郭尔提出"悲剧性"概念时，他仍旧拘泥于悲剧戏剧的领域，而且他对"悲剧性"的理解还是本体论的。本书今天讲"悲剧性"是面对人类一切生活领域，然后将此视角再聚焦于文学；其次，本书现在讲的"悲剧性"是在维特根斯坦"家族相似性"的意义上的。维特根斯坦以"游戏"为例分析指出，不同种类的"游戏"之间有着"一套重叠交叉的类似性，有时是总体上的，有时是细节上的"。③ 这种交叉被他称之为"家族相似"，游戏最形象地表明了上述特征：家族成员有类似性（有形体上、有气质上、有步态上、有肤色上等）；没有一些可称为本质，没有一些大家无例外必须遵守的共同性；只能举例，不能定义。④ 维特根斯坦利用"家族相似"这一术语试图解决"一般"与"个别"的复杂关系，是极具建设性和创新性

① 刘放桐：《现代西方哲学》（修订本）上册，北京：人民出版社1990年2版，第411页。

② 王齐：《克尔凯郭尔关于悲剧的"理论"——兼论悲剧精神的现代意义》，见《外国美学》第十七辑，北京：商务印书馆1999年版，第151页。

③ 维特根斯坦：《哲学研究》，第66节。转引自刘放桐：《现代西方哲学》（修订本）上册，北京：人民出版社1990年2版，第417-418页。

④ 参见刘放桐：《现代西方哲学》（修订本）上册，北京：人民出版社1990年2版，第418页。

的思想。但他认为"游戏"或者说"存在"没有"本质"则有点矫枉过正了。简言之，本书对于"悲剧性"内涵的探讨主要是一种描述性的、生成式的解释；同时，也不放弃对"悲剧性"本质的探寻，因为，这个本质将悲剧性与其他存在区别了开来，也是悲剧性生成的目标和归宿；但本书对"悲剧性"本质的探讨不会采用本质主义式的思维方式。

不能不说的是，"悲剧性"话题是一个常谈常新的话题。上面已述，从"悲剧性"作为一个明确概念最先出现于克尔凯郭尔的研究中时，它就不是一个"时代性"命题，任何时代都可以言说它。一个不能言说"悲剧性"的时代是一个悲剧的时代。悲剧性命题永远不会过时，因为过时与否的关键是看它能否与现在对话。当下，广泛存在于人类社会一切领域的"悲剧性"现象已经引起了人们的关切，研究"悲剧性"美学理论的各种主客观条件我们已经具备。

第四节　人们此前关于"悲剧性"的研究

关于"悲剧性"，此前有很多研究者曾为之付出了大量心血。那么，他们是如何研究"悲剧性"的？这主要有"悲剧"研究中隐含的"悲剧性"研究、专门的"悲剧性"研究和"艺术中的悲剧性"研究。

一、"悲剧"研究中隐含的"悲剧性"研究

此前的悲剧学说，大多探讨的是作为戏剧类型的"悲剧"，但它们也不同程度地隐含地涉及了"悲剧性"问题的一些方面，如悲剧性的效果、产生原因、存在领域、功用和民族文化色彩等。

（一）亚里士多德：悲剧效果与悲剧性

亚里士多德在《诗学》中论及了悲剧效果。他认为悲剧能引发人的怜悯和恐惧之情，进而使这些情感得到宣泄，人的心灵也因此得到苦难的磨砺和悲伤的滋养，这使人在生活中会变得更加坚强。悲剧能"给我们一种它特别能给的快感"，即"悲剧引起我们的怜悯与恐惧之情"，"这种效果"正是"悲剧的目的"，是"诗人所应追求的"。[①] 因而他认为，悲剧诗对人是有益的，悲剧诗人不应该被逐出柏拉图的"理想国"。而为了产生悲剧效

---

① ［古希腊］亚里士多德：《诗学》，见《罗念生全集》第一卷，上海：上海人民出版社 2004 年版，第 60 页。

果，悲剧诗人需要慎重选择苦难、巧妙安排情节。亚里士多德认为，从顺境转入逆境，悲剧人物遭受厄运是悲剧情节安排的基本原则，因为它能引发人们的恐惧之情；同时，只有当亲属之间发生苦难事件时才最能引起我们的怜悯之情。[①] 而亲属之间的苦难行动有四种主要方式，其中人物知道对方是谁企图做而没有做出来，如《安提戈涅》中的海蒙欲拔剑杀父结果却自杀，是"最糟"的，"只能使人厌恶"，而且"不能产生悲剧的效果"。[②]这句话中的"悲剧效果"（ergon tragōidias）[③] 被王晓峰译为"悲剧性"。[④]因而，我们说亚里士多德虽未明确界定"悲剧性"概念，但从其关于"悲剧效果"的论述中，我们依然可以揣测其"悲剧性"的核心意涵实际就是指悲剧所唤起的怜悯和恐惧之情这种"悲剧效果"。这种以悲剧效果来意指悲剧性的方法，看到了悲剧性的主体体验性特点和个体性特点，看到了悲剧的情感效果是悲剧之为悲剧的质的规定性所在；但以悲剧效果来代替整个悲剧性过程，忽略了文本和语境因素，不仅犯了以偏概全的错误，而且也陷进了印象主义和相对主义的泥淖。

（二）黑格尔：伦理矛盾冲突与悲剧性——悲剧与精神发展

黑格尔根据他所建构的精神发展过程来推论悲剧结构，并视两种片面的伦理力量相互矛盾冲突为悲剧性。他认为世界的本质和基础是"理念"、"绝对理念"或"绝对精神"。它不同于柏拉图的"理式"。柏拉图认为"理在事外"，而黑格尔认为"理在事中"，也即理念存在于感性世界的万事万物中，并未脱离感性世界。但是，在逻辑上"理念"是先于感性世界的，因而是第一性的，这点和谢林的"绝对"相仿。不同的是，谢林的"绝对"从一开始就是一个整体，并无分裂和矛盾，只是随着运动的展开，"绝对"中才出现了差异乃至矛盾。但黑格尔的"理念"从一开始就不是一个纯粹的单质整体，而是矛盾、差异和对立的存在，一直处于辩证的发展运动之中，而且是按照正（肯定）——反（否定）——合（否定之否定）的三段式进行的，他认为这是理念自发生、自否定、自认识的过程，现实世界的发展本质上不过是理念的逻辑发展或者说是精神发展的外在显现。黑格尔将此思想用于对悲剧的

---

① [古希腊]亚里士多德：《诗学》，见《罗念生全集》第一卷，上海：上海人民出版社 2004 年版，第 60 页。

② [古希腊]亚里士多德：《诗学》，见《罗念生全集》第一卷，上海：上海人民出版社 2004 年版，第 61 页。参见陈中梅译注，亚里士多德：《诗学》，北京：商务印书馆 1996 年版，第 106 页。

③ 参见陈中梅译注，亚里士多德：《诗学》，北京：商务印书馆 1996 年版，第 71 页注释38。

④ [法]高乃依：《论悲剧——兼及按照可能性或者必然性处理悲剧的方法》，王晓峰译，见古典文艺理论译丛编辑委员会编：《古典文艺理论译丛》第六册，北京：人民文学出版社 1963 年版，第 36 页。

分析。他认为悲剧必须表现矛盾冲突。他把冲突分为三类，一是"物理的或自然的情况所产生的冲突"，二是"由自然条件产生的心灵冲突"（即社会冲突），三是"由心灵性的差异面而产生的分裂，这才是真正重要的矛盾，因为它起于人所特有的行动"。这实际就是人物的内在性格冲突，他所谓"心灵"其实就是"普遍力量"等绝对精神。① 理想的悲剧就是要表现这第三类冲突。在黑格尔那里，伦理力量属于实体性因素，是理念一类的存在，它往往要在客观世界中具体化才能被人所感知。比如，在悲剧作品里，它表现为不同的人物性格、不同的动机，进而形成不同的矛盾冲突，这种悲剧冲突是善与善的矛盾冲突，冲突双方各有其合理性，这才是悲剧性所在；同时，矛盾双方所代表的"普遍力量"，即普遍的伦理力量又各有其片面性，是片面的或者说是碎片的"普遍力量"，冲突的结局是"合"，即克服双方各自的片面性，而获致"普遍力量"的胜利，实际结局是悲剧人物的毁灭或妥协"和解"②，这是伦理精神理念按照"正（伦理理念的统一）——反（矛盾冲突）——合（伦理理念的统一）"的自然的显现。③ 黑格尔各打五十大板的泛逻辑思维，是一种抽空了具体的人的实践活动的抽象思维。他没有看到，在人类社会中人（实践主体）的行为是有着不同的价值取向的。按照黑格尔的理解，悲剧冲突是社会伦理原则的冲突，那么，对不同主体的行为中的伦理取向也就应该在人类历史进步中去判断，而不能认为各自的伦理力量具有同等合理性，否则，黑格尔的悲剧冲突在具体化中就难免遭遇尴尬。例如，强奸犯和被强奸者的伦理取向在黑格尔的逻辑中就具有了同等合理性。这种归谬推论的结果，大概是黑格尔先生所没有想到的吧！究其实，他是在客观唯心主义的平台上从概念到概念的抽象的逻辑推论，缺乏历史感，一旦遭遇现实，其荒谬性就暴露无疑了。当然，黑格尔的伦理原则冲突的合理之处在于他看到了冲突在悲剧中的作用。

　　黑格尔之后，很多学者都承认悲剧表现冲突，至于悲剧冲突的内容则有所不同。法国理论家布吕纳吉（F.Brunetiere，1849—1906）在黑格尔的影响下，在《法国戏剧新时代》（1891—1892）中提出"没有冲突，没有戏剧"的公式，并在《戏剧定律》（1894）中主张戏剧冲突就是意志冲突。在物质与精神何为第一性的问题上，马克思主义的物质观与黑格尔的绝对理念论相反，以社会存在解释社会意识，认为"观念的东西不外是移入人的

---

① ［德］黑格尔：《美学》第一卷，朱光潜译，北京：商务印书馆1979年版，第262页。
② ［德］黑格尔：《美学》第三卷下册，朱光潜译，北京：商务印书馆1981年版，第290页。
③ ［德］黑格尔：《美学》第三卷下册，朱光潜译，北京：商务印书馆1981年版，第282-290页。

头脑并在人的头脑中改造过的物质的东西而已"①。从根本上讲，人类社会的物质生产生活方式制约着人们的社会生活、政治生活以及文化精神生活的方式和过程。由于每个人都是复杂的社会关系的综合体，人与人之间发生矛盾乃至产生冲突，其背后都有社会根源，人只是表现，人的性格、观念、动机的冲突都是客观矛盾的主观反映。戏剧冲突以社会矛盾为基础，冲突是矛盾的激化形式。陈瘦竹认为："悲剧表现亚里士多德所谓'严重的'动作，在对立的斗争过程中，矛盾双方中代表进步的、合理的或善的势力遭到失败或者灭亡。在阶级社会中，悲剧性的矛盾和冲突具有对抗性质，属于阶级矛盾或者阶级内部不可调和的新旧斗争或善恶斗争。社会生活中非对抗性的矛盾，一般不会产生悲剧结局。"② 这样，在陈瘦竹看来，"《安提戈涅》所揭露的不是黑格尔所谓的'善与善的冲突'，而是善与恶的冲突，换句话说，就是安提戈涅所代表的民主精神与克瑞翁所代表的暴君专制的冲突"③。《麦克白》也是表现善与恶的冲突。一方面是邓肯王的善与麦克白的野心篡位的恶的冲突，另一方面是麦克白内心中道德观念和野心权欲的冲突，每次犯罪后他感受到良心谴责，但又控制不住自己的野心欲望，因而麦克白最终成为他自己野心的牺牲者。不过，陈瘦竹所说的"社会生活中非对抗性的矛盾，一般不会产生悲剧结局"虽未完全排除悲剧，但总体倾向上还是排除了悲剧。由于非对抗性矛盾也是发展变化的，有可能走向对抗，因而陈瘦竹此话有些不妥。笔者以为，该表述如果修正为"社会生活中的非对抗性矛盾也会产生悲剧结局"也许要更好一点。

（三）马克思主义：社会力量矛盾冲突与悲剧性——悲剧与社会发展

马克思主义将悲剧产生的原因和悲剧性的存在领域扩展到了宏观的人类社会历史中。马克思认为，人类社会在自己的历史发展中，无论国家情况有何不同，都经历过、今后还要经历多次新旧社会制度的交替时期。在这个时期，旧制度的灭亡和新制度的诞生都不是一蹴而就的。在《〈黑格尔法哲学批判〉导言》（1843 年底到 1844 年 1 月）中马克思写道："对德国政治现实的斗争就是对现代各国的过去的斗争，而过去的回音依然压抑着这些国家。这些国家如果看到，在它们那里经历过悲剧的旧制度，现在如何通过德国的幽灵在演它的喜剧，那是很有教益的。当旧制度还是有史

① [德]马克思：《〈资本论〉第一卷第二版跋》，中共中央马克思恩格斯列宁斯大林著作编译局编译：《马克思恩格斯选集》第二卷，北京：人民出版社 1972 年版，第 217 页。

② 陈瘦竹、沈蔚德：《论悲剧与喜剧》，上海：上海文艺出版社 1983 年版，第 45-46 页。

③ 陈瘦竹、沈蔚德：《论悲剧与喜剧》，上海：上海文艺出版社 1983 年版，第 47 页

以来就存在的世界权力、自由反而是个别人偶尔产生的思想的时候，换句话说，当旧制度本身还相信而且也应当相信自己的合理性的时候，它的历史是悲剧性的。当旧制度作为现存的世界制度同新生的世界进行斗争的时候，旧制度犯的就不是个人的谬误，而是世界性的历史谬误。因而旧制度的灭亡也是悲剧性的。"① 马克思承认不论个人谬误还是阶级谬误都会导致悲剧。此处马克思所说的"旧制度"指封建制度，"自由"指资本主义制度。旧制度作为一种社会历史形态有其存在的历史合理性，在它的合理性还未能由理论变为现实、由道义变为实践时（由于受到更旧的强大力量奴隶制的阻挠、打击），它的历史是悲剧性的。这里暗含着新事物的暂时弱小或旧事物过于强大而导致的两者冲突中新事物的暂时受阻或失败的悲剧。当已经逐渐失去了历史存在合理性的旧制度同充满了历史存在合理性的新制度争夺历史存在时，旧制度就有些负隅顽抗了，旧制度的这种反抗也是必然的、不自觉的，因而说它所犯的"谬误"不是个人的，而是"世界性的历史谬误"，它的失败也是不可避免的，因而，"旧制度的灭亡也是悲剧性的"。简言之，在马克思主义看来，在社会历史发展进程中，不论是新的历史力量还是旧的历史力量都拥有悲剧性的命运，因为新旧是在相互对立、相互依存中辩证地发展，过去的"新"必然转化为明天的"旧"。在《鸦片贸易史》（1858 年 8 月 31 日—1858 年 9 月 3 日）中马克思写道，中国清王朝"这样一个帝国终于要在这样一场殊死的决斗中死去，在这场决斗中，陈腐世界的代表是基于道义原则，而最现代的社会的代表却是为了获得贱买贵卖的特权——这的确是一种悲剧，甚至诗人的幻想也永远不敢创造出这种离奇的悲剧题材"②。新旧（先进与落后、革命与反动、正义与邪恶）矛盾包含着无限深广的内容，寄寓着人类社会不断向前的必然性，因而也寄寓了无限丰富和多样化的悲剧性。马克思所讲的"人"是处于一定社会关系中的人，是阶级的人，而不是纯粹孤立的生物个体。正如恩格斯在给斐迪南·拉萨尔的信中（1859 年 5 月 18 日）肯定拉萨尔的《济金根》"完全是在正路"上时所说："主要的出场人物是一定的阶级和倾向的代表，因而也是他们世代的一定思想的代表，他们的动机不是来自琐碎的个人欲望，而

---

① 中共中央马克思恩格斯列宁斯大林著作编译局编译：《马克思恩格斯选集》第一卷，北京：人民出版社 1972 年版，第 5 页。

② 中共中央马克思恩格斯列宁斯大林著作编译局编译：《马克思恩格斯选集》第二卷，北京：人民出版社 1972 年版，第 26 页。

正是来自他们所处的历史潮流。"① 并说："在我看来，这就构成了历史的必
然要求和这个要求的实际上不可能实现之间的悲剧性的冲突。"② 其实，这主
要是就拉萨尔的《济金根》而论的，"这"指代拉萨尔剧中虚构的贵族骑士与
被其压迫的农民阶级联盟，它更适合于历史剧。马克思论"悲剧"主要聚焦于
历史转折时期的阶级和集团命运的大搏斗，认为新旧交替时期充满着深广的
社会悲剧性。其中，对文学创作而言，这一时期就是各种人文主义情怀与社
会历史发展理性的冲突最充分的时期，作品人物内心和受众内心都会展开矛
盾冲突。因而，文学艺术的冲突包括两个范围的冲突，一个是文本本身所具
有的社会外部冲突和人物内部冲突，另一个是受众内心的冲突。马克思、恩
格斯在人类历史上第一次将悲剧冲突的原因探索进了广阔的社会历史发展，
并在那里寻找悲剧性的原因。马克思认为过去最大的悲剧家描写了没落阶
级、崩溃中的阶级的苦难，新时代的悲剧家要描写新世界诞生的苦难。

马克思在《路易·波拿巴的雾月十八日》（1851 年 12 月—1852 年 3 月）
中说："黑格尔在某个地方说过，一切伟大的世界历史事变和人物，可以说都
出现两次。他忘记补充一点：第一次是作为悲剧出现，第二次是作为笑剧出
现。"③ 后辈模仿前辈以获得崇敬，这是一种笑剧。马克思又说："在罗马共和
国的高度严格的传统中，资产阶级社会的斗士们找到了为了不让自己看见自
己的斗争的资产阶级狭隘内容、为了要把自己的热情保持在伟大历史悲剧的
高度上所必须的理想、艺术形式和幻想。例如，在一百年前，在另一发展阶段
上，克伦威尔和英国人民为了他们的资产阶级革命，就借用过旧约全书中的
语言、热情和幻想。"④ 马克思这里提出的"悲剧的高度"值得我们深思，
特别是对文学批评标准的确定极具启发意义。在笔者看来，马克思所谓的
"悲剧的高度"就是社会历史发展规律。他要求社会历史悲剧要有丰富深
刻的历史蕴涵，要符合社会历史发展规律，而不能任意打扮历史、剪裁历
史、拼贴历史。进言之，即历史与逻辑相统一，历史与美学相统一。因而，
马克思主义的悲剧理论为社会历史悲剧的审美品格和艺术形态提出了极具

---

① 中共中央马克思恩格斯列宁斯大林著作编译局编译：《马克思恩格斯选集》第四卷，北京：人民
出版社 2012 年版，第 440 页。

② 中共中央马克思恩格斯列宁斯大林著作编译局编译：《马克思恩格斯选集》第四卷，北京：人民
出版社 2012 年版，第 443 页。

③ 中共中央马克思恩格斯列宁斯大林著作编译局编译：《马克思恩格斯选集》第一卷，北京：人民
出版社 1972 年版，第 603 页。

④ 中共中央马克思恩格斯列宁斯大林著作编译局编译：《马克思恩格斯选集》第一卷，北京：人民
出版社 1972 年版，第 604 页。

有针对性的指导原则。

（四）叔本华、尼采、弗洛伊德：人的意志等非理性与悲剧性——悲剧与生命发展

与马克思主义不同，叔本华、尼采和弗洛伊德先后都将悲剧性的生成原因和存在领域归结于人的内在的深层生命活动中。

叔本华（1788.2.22—1860.9.21）认为，世界的本质是意志，万事万物的本质都是意志。他之所谓意志就是人的生命意志、生命欲望。意志程度从最低级的无机物到有机物、再到生物，从植物到动物，从低等动物到高等动物、再到人，人之中又有知识水平由低到高的不同。他认为，级别越高、痛苦越多，智力水平越高，痛苦越多。因此，天才最痛苦，因为级别越高，欲望越多。① 他认为，人类的生存是"一种负债契约"，一生在偿还利息，死亡偿付本金。② 换言之，叔本华认为"生活即欲望即苦痛"，"人生是在痛苦和无聊之间像钟摆一样来回摆动着；事实上痛苦和无聊两者也就是人生的两种最后成分"。③ 因为"一切欲求皆出于需要，所以也就是出于缺乏，所以也就是出于痛苦"。欲望不息，需求无穷，人永远得不到满足，得不到持久幸福和安宁。④ 因而，人生就像在布满烧得红红的热炭的圆形轨道上奔跑⑤，人生就是"一片虚无"⑥，恋爱和结婚"使所有本来应当结束的贫困和苦难又人为地遗传下去"⑦。因而"生存本身就是不息的痛苦，一面可哀，一面又可怕"⑧。"一切生命在本质上即是痛苦"。⑨ "至于个人生活，则任何一部生活史也就是一部痛苦史"⑩。而且人生的悲剧命运是无法避免的，所谓"痛苦之为痛苦是生命上本质的和不可避免的[东西]"⑪。总之，在叔本华那里，悲剧就是人的别名。正因此，叔本华

① ［德］叔本华：《爱与生的苦恼》，金玲译，北京：华龄出版社1996年版，第102页。
② ［德］叔本华：《爱与生的苦恼》，金玲译，北京：华龄出版社1996年版，第126页。
③ ［德］叔本华：《作为意志和表象的世界》，石冲白译，北京：商务印书馆1982年版，第427页。
④ ［德］叔本华：《作为意志和表象的世界》，石冲白译，北京：商务印书馆1982年版，第273页。
⑤ ［德］叔本华：《意欲与人生之间的痛苦——叔本华随笔和箴言集》，李小兵译，上海：上海三联书店1988年版，第21页。
⑥ ［德］叔本华：《意欲与人生之间的痛苦——叔本华随笔和箴言集》，李小兵译，上海：上海三联书店1988年版，第176页。
⑦ ［德］叔本华：《意欲与人生之间的痛苦——叔本华随笔和箴言集》，李小兵译，上海：上海三联书店1988年版，第201页。
⑧ ［德］叔本华：《作为意志和表象的世界》，石冲白译，北京：商务印书馆1982年版，第370页。
⑨ ［德］叔本华：《作为意志和表象的世界》，石冲白译，北京：商务印书馆1982年版，第425页。
⑩ ［德］叔本华：《作为意志和表象的世界》，石冲白译，北京：商务印书馆1982年版，第444页。
⑪ ［德］叔本华：《作为意志和表象的世界》，石冲白译，北京：商务印书馆1982年版，第432页。

认为不论从效果还是写作难度看，"悲剧都要算作文艺的最高峰"①。当然，叔本华也看到了人生的喜剧性，他说："任何个别人的生活，如果是整个的、一般的去看，并且只注重一些最重要的轮廓，那当然总是一个悲剧；但是细察个别情况则又有喜剧的性质。"② 叔本华总体上把人生物化了、唯意志化了，把人生悲剧化了，并认为悲剧性根源于生命意志，完全抹煞了人的社会性，抹煞了悲剧性的社会内容。

尼采（1844—1900）持感性本体论，力主生命意志、生命本能的审美主义。叔本华的意志和表象的二元论在尼采的酒神和日神的概念里得以继续生存，酒神类似于叔本华的生命意志，他对瓦格纳的音乐的辩护就是出于对德意志精神的辩护。他把艺术看作是生命的表达。审美经验是梦境和醉境的统一，也是对于世界上的恶、生存的苦难和生命的有限性所带来的烦恼的抵消。尼采所说的审美主义并非我们一般意义上的美学观念，而是一种世界观、人生观，尼采说："只有作为审美现象，人世的生存才有充足理由。"③ 这基于他对人的生存的悲剧性的理解。他认为人的本体是生命意志，这是一种永恒的生命冲动或本能，它具有创造、奋斗、热爱人生的精神，是对人生痛苦和悲剧性的反抗。因而，每个人的内在世界就是一个充满斗争的世界、痛苦的世界，在那里，最永恒的存在就是生命意志，而人相比生命意志则很弱小，因而，唯有顺应生命意志的吁求才会获得些许幸福。这样一来，人就注定生活得不幸福，挣扎于毁灭和绝望之中。只有相较他人有更强的生命意志，人才会获得更多的生命欢乐。尼采说："一种形而上的慰藉使我们暂时逃脱世态变迁的纷扰。"④ 因为，当我们体验到悲剧性的那一刻，我们不仅与自己，更重要的是与我们人类最原始的生存本能的狂欢化合为一体。他认为，最后的肯定性力量是感性生命的流逝与毁灭。在尼采看来，生命本身是非道德的，无善恶可言，本身就是正当的，自己证明自己，而基督教"原罪说"却视生命为罪恶，是对感性生命的压抑。尼采把人被压抑、被束缚的感性给解放了，却把人不同于普通动物的神性交给了上帝。尼采从个体权力生存意志出发所构建的解放之路，因不同个体的争斗而并没有载歌载舞，并未带给大家解放的快乐，反而破坏了人际和谐关系，让人更加痛苦。因而，尼采并没有找到一条真正的救赎之路。他认为，日神静观如合唱队，酒神冲动如角色。两者相得益彰，才有古希

---

① [德]叔本华：《作为意志和表象的世界》，石冲白译，北京：商务印书馆 1982 年版，第 350 页。

② [德]叔本华：《作为意志和表象的世界》，石冲白译，北京：商务印书馆 1982 年版，第 441—442 页。

③ [德]尼采：《悲剧的诞生》，周国平译，北京：生活·读书·新知三联书店 1986 年版，第 275 页。

④ [德]尼采：《悲剧的诞生》，周国平译，北京：生活·读书·新知三联书店 1986 年版，第 71 页。

腊悲剧。换言之，尼采在肯定人的欲望的同时，将悲剧性行动看成是生命的死亡和再生的循环仪式或者神话、故事、历史。可见，叔本华悲观，否定人的欲望，而尼采乐观，肯定人的欲望，但都把人简化为生命意志了，没有看到人与其他生命体的根本区别。这使他们所探寻的"悲剧性"在很大程度上是一种生命的寓言。他们的不同在于，叔本华放弃"生命意义的追寻"，因而是"生命哲学的悲剧"，而尼采虽肯定生命意义却又颠覆理性，因而是"悲剧的生命哲学"。

弗洛伊德认为人的悲剧性源于其生命本能特别是性本能冲动永远无法满足，人的精神结构中的"本我""自我""超我"三者之间永远存在着战争，因此人永远处于精神分裂状态，难以安宁。于是便有男、女分别受到"俄狄浦斯情结""艾列克屈拉情结"的折磨，自己独身又受到"阿西瑟斯情结"的煎熬，男女结婚只有短暂的欢愉，但孩子的出生又开始了新一轮的痛苦，也就是又将人生之罪和痛苦遗传给下一代。因而，人生难逃悲剧性。创作和接受悲剧性作品也是人的力比多的替代性满足。弗洛伊德以家庭伦理中的生命悲剧性概括普泛的人类生活，有些以偏概全，因为，人们并非都是精神病患者，精神病也并非都源于性本能能量的郁结。

（五）本雅明：悲剧与历史救赎

德国学者瓦尔特·本雅明（Walter Benjamin，1892—1940）对"悲剧性"寄寓了人类文化共识的功用。他在《德国悲剧的起源》（1928）中论述了在无神时代德国巴洛克悲剧艺术能否担当起重构整一世界价值观的任务这个问题。

救赎是本雅明批判意识的旨归，他之"救赎"指重构之意，重构起包括现在与过去的意义整体观或价值观。本雅明面对的问题是，当西方文化曾经的价值观根基——希腊的奥林匹斯众神、基督教或者犹太教的上帝——在彻底失效后，人能否以一己之力重建世界价值秩序？因此，西方的现代性问题，不是形式上的古今关系问题，而是"神在"与"神无"的关系问题，在文学艺术中表现为在"无神"的时代我们能否再创造悲剧或欣赏悲剧。因为，古希腊的悲剧基于整一世界观。本雅明认为德国悲剧起源于巴洛克文学。① 于是，本雅明研究了现代巴洛克哀悼剧。"哀悼剧"陈永国译为"悲悼剧"，指17世纪德国悼念悲剧英雄、死者、辉煌历史、大人物死亡的悲剧，这种悼念更含有展望未来的意味，是对过去废墟的重建，其"悲悼剧"是"悲剧性戏剧"，不同于古希腊"悲剧"。本雅明的"起源"不是

---

① ［德］本雅明：《德国悲剧的起源》，陈永国译，北京：文化艺术出版社2001年版，第13页。

一个发生学概念，而是一个历史概念，指与该物有联系的、共在的事物，它不仅是记忆，也是恢复和重建、构建，因而是不完善和不完整的。

本雅明试图建立起一种不同于传统的形而上学的"统一"价值观。这来源于他在悲剧——悲悼剧的研究中，对希腊文明如何对待传统之独特方式的洞见，也来自他的犹太教传统的影响。他的希腊—希伯来传统的双重视野，使他探索出异于别人的路子，那就是希腊文明与犹太文明相互拯救。本雅明认为，艺术是真理的寓言。他通过对小说与史诗的传承与断裂关系的分析，以及用小说来重建价值观的失败，批评了小说彻底割裂与过去的关系。而本雅明却寄寓巴洛克悲剧以重建价值观的使命。在他看来，巴洛克悲剧弥合了一切断裂与碎片，是一个整体。其实，巴洛克悲剧是"常用极端混乱、支离破碎的形式，表现悲剧性的沮丧"①这样一种艺术，根本不是有机的统一。然而，本雅明的弥赛亚救世主义传统深刻影响了他，他救世过于心切，以至于使他在某种程度上远离了历史的真实，对巴洛克悲剧的判断人为离开了事实，以实现他的重构世界观价值观之目的。因而，本雅明所构建的救赎之策或者说"统一"价值观根本不可能实现，而只能是一种乌托邦。

本雅明对巴洛克悲剧的研究，给予我们的启示是探索一种统摄古今人类的悲剧性认识的文化共识模式看来是有可能的，但前提是一定要遵从社会历史和现实，不能臆构。

（六）中国学者关于"悲剧"与民族文化、民族精神的研究

中国学者关于"悲剧"与民族文化、民族精神的研究，对于研究文学中悲剧性的显现与生成有很大的借鉴意义。这些研究成果大都出现在近20多年。专著有：张法的《中国文化与悲剧意识》（中国人民大学出版社1989年版），邱紫华的《悲剧精神与民族意识》（华中师范大学出版社1989年第1版，2000年第2版），两书名称准确地告诉了人们其主要研究内容。佴荣本的《文艺美学范畴研究——论悲剧与喜剧》（南京大学出版社2002年版）除了用一章内容论述悲剧精神外，其余绝大部分篇幅是从接受美学的角度研究了悲剧欣赏活动，包括悲剧的审美形态、审美情景、理性意蕴、审美痛感等方面。论文有王富仁的《悲剧意识与悲剧精神》（上篇、下篇）（《江苏社会科学》2001年第1期、第2期），该文认为："悲剧是由悲剧意识和悲剧精神两个要素组成，但是这两个要素并不总是结合在一起的。从悲剧

---

① 参见朱维之、赵澧、崔宝衡主编：《外国文学史》（欧美卷第三版），天津：南开大学出版社2004年版，第101页。

意识而言，中国文化的悲剧意识不是更少于西方文化，恰恰相反，全部中国文化几乎都是建立在人类的悲剧意识基础之上的，都是建立在人与宇宙、自然、世界的悲剧性分裂和对立的观念之上。悲哀是中国文化的底色，在此底色上，中国文化建立起了自己的乐感文化。这种乐感文化是通过抑制激情、抑制悲剧精神的方式建立起来的。正是这种悲剧意识和悲剧精神的分化以及二者之间的复杂组合，带来了中国悲剧美学的复杂特征，同时也带来了全部中国文学审美特征的复杂性”①。王富仁先生此文主要是梳理中国文化和中国文学中的悲剧意识与悲剧精神的状况，作者无意对“悲剧性”理论进行专门研究。而且，他把“悲剧精神”理解为“抗争精神”，这是对“悲剧精神”的一种不完整认识。西方悲剧也不全是抗争到底的模式。中国人的悲剧意识状况也是复杂的、变化的，既有古代的与生命同悲、同怜的忧伤哀怜的悲剧意识，也有 20 世纪 30 年代以来的乐观主义、英雄性的悲剧意识。此外，中国文学中的悲剧意识和悲剧精神并不是如王富仁所认为的那样截然分化。不过，王富仁的研究尽管存在一些有待商榷之处，但是在悲剧意识与悲剧精神之关系的研究上还是给我们提供了一种民族文化的视角。

二、“悲剧性”的专门研究

此前，中外学者们曾对“悲剧性”做过一些专门研究工作。西方学者的研究较多，主要包括以下几个方面：“悲剧性”的内涵、存在性质、接受心理、哲学意蕴和概念史。中国学者的研究较少，主要是“悲剧性”的内涵及其在文学艺术中的生成。

（一）“悲剧性”问题的出现

“悲剧性”不独存在于文学艺术中，但文学艺术却是“悲剧性”的诗意家园。“悲剧性”在文学艺术和人类社会生活中成为一个问题，首先是从“悲剧性”成为文学艺术所关注的对象开始的，进而成为文学美学理论所研究的一个问题，有一个从隐到显的过程。

首先，从概念史的角度看，从“悲剧”到“悲剧的”再到“悲剧性”，这是一个过程。“悲剧”是古希腊人的创造。Tragōidia，通译作“悲剧”，字面意思为“山羊歌”，tragos 意为“山羊”；ōidē 意这“歌”。关于名称的由来，解释很多，例如，因为比赛的奖品是山羊，演出的歌队围绕着作为祭

① 王富仁：《悲剧意识与悲剧精神》（上篇、下篇），《江苏社会科学》2001 年第 1 期、第 2 期。

品的山羊，歌队由披山羊皮的歌者扮作山羊的"萨堤洛斯"（Satyrus）组成。①
悲剧形式（而非内容）来自纪念狄奥尼索斯（Dionysus）的一种合唱歌曲，
它首先变化为一个演员讲话与合唱队交替出现。据公元六世纪拜占廷时的
文献《舒达》（*Souda*）记载，公元前 600 年左右，科林索斯诗人阿里昂（Ariōn）
在写作时用了 tragikos tropos（悲惨的方式），这可能指某种后来为悲剧所
吸收的音乐形式或处理音调的方式。很显然，古希腊人已经把握了人的情
感与乐曲音调之间的关系，不同类型的音调与不同的情感相联系，因而，
从情感体验的角度把握悲剧性的内涵是有原型根据的。据信索隆（阿里昂
的同时代人）说过，阿里昂是写作悲剧或具悲剧性质的作品（drama tēs
tragōidias）的第一人。② "悲剧性质的"这一名词的形容词化，表明公元
前六世纪的古希腊人已经对于"悲剧"的特质有了初步的自觉意识，他们
已经懂得"悲剧"中有一种相通的东西，那就是"悲剧性质的"（tēs tragōidias）
或者我们今天所说的"悲剧的"、"悲剧性的"（tragic）、"悲剧感"。将名词
的形容词化内涵固定下来的是丹麦学者克尔凯郭尔，他创造了一个名词性
术语"悲剧性"。另据希罗多德的《历史》记载，西库昂地区有一种追祭逝
者的合唱歌"Tragikoi khoroi"，内容以描述阿德拉斯托斯（Adrastos）或者
后来的酒神狄奥尼索斯遭受的苦难为主。③ 从上面所引证的材料来看，古
希腊人当时所理解的"悲剧的"或"悲剧性的"主要是指一种苦难性情感。
正如当代文学理论家乔治·斯坦纳所说："围绕着悲剧性感觉的主题与意象
在西方三千多年前的诗歌中就已经出现了：主要是英雄短命、人面临着被
杀戮和非人道、城市的陷落。"④

　　其次，从"悲剧"的世界向"悲剧性的"世界的转变，表明了人的自
我认识的提高。由于人的自我意识增强，主体性、反思性增强，人认识到
了自身的局限性，外在的动作逐渐减少。在西方文学史上，古希腊悲剧呈
现的是"悲剧"的世界，人坦然接受命运、反抗命运。到了莎翁笔下，"悲
剧"的世界正在慢慢向"悲剧性的"世界转移：渺小的人与强大的命运的
斗争逐渐转向了人内心深处个体性格诸部分的冲突，成了主体的自我斗争。
现代悲剧呈现的是一个"悲剧性的"世界，人既不能坦然接受命运、反抗
命运（古希腊悲剧），也不能逃避命运、抗争命运（莎剧），而是沉湎于内

---

① [古希腊]亚里士多德：《诗学》，陈中梅译注，北京：商务印书馆 1996 年版，"附录"第 248 页。

② [古希腊]亚里士多德：《诗学》，陈中梅译注，北京：商务印书馆 1996 年版，"附录"第 248 页。

③ [古希腊]亚里士多德：《诗学》，陈中梅译注，北京：商务印书馆 1996 年版，"附录"第 248-
249 页。

④ George Steiner: The Death of Tragedy. Faber: London, 1961. p.5.

心幻想，失却了行动的冲动，靠"梦想"麻醉自己，妥协于生活、麻木于生活。于是，内心活动、梦幻结构（打破时空、打破因果线形的时间逻辑，拼贴、断裂和碎片）、情节消解、语言的行动功能凸现，甚至语言的不可靠，就自然成了艺术的题材选择和主旨诉求。最终，人们发现：人自己是最根本的问题，或者说人是最有问题的。

最后，"悲剧"——"悲剧的"——"悲剧性"的变化，表明了"悲剧性"已经越出了作为戏剧类型的"悲剧"的边界，走向了其他文体和社会生活，成为人们普遍关注的重要对象和悲剧美学的研究对象、逻辑起点和核心范畴，表明人和社会的复杂性、多样性、深刻性、发展性，表明人们对于"悲剧性"相关问题的探讨逐渐自觉，表明弥合传统的悲剧理论与新的文学实践、社会实践之间的裂痕已经成了人们的一种认识趋向。

（二）"悲剧性"概念

1. （丹麦）克尔凯郭尔论"悲剧性"概念

克尔凯郭尔（Soren Aabye Kierkegaard，1813—1855）不仅最先确定了"悲剧性"概念，而且界定了其内涵。他在《古代戏剧中的悲剧性在现代戏剧中的反映》（《非此即彼》（1843）上卷中一篇短文）中认为悲剧的本质是"悲剧性"；"悲剧性"的关键是"罪"，"罪"在古希腊悲剧中表现为"命运"（"继承下来的罪"）和"苦难"，在现代悲剧中表现为"道德上的或决策性的失误"，也即"过失"或"错误"，这导致悲剧效果从古代极具情绪反应的"忧伤"转变为现代悲剧中极具反思性的"痛苦"情感。[①]

克尔凯郭尔的"悲剧性"指古今悲剧的联系纽带，是一出真正悲剧的决定因素和必备条件。他认为现代人患上了"反思"病，由此忘掉了作为个体的人应有的"行动"。现代悲剧艺术对此有所表现。其实，人从来就没有绝对的先验的固定本质，而是先天遗传与后天社会环境共同作用的结果。我们说人应有的本质其实是在说人类已经表现出来的良好特点以及人类理想的良好特点。在每一个时代，人类集体意识和集体无意识中对"人"都有一个大体一致的看法。人们对"人"的认识在深化、复杂化、多样化，但不论怎样变化，人区别于非人的"超越性"这一"神性"因素却总是相通的。克尔凯郭尔对"悲剧性"内涵的理解思路是有启发意义的，但他把"悲剧性"解释为"罪"则陷进了基督教"原罪"说的泥淖。

---

① 参见王齐：《克尔凯郭尔关于悲剧的"理论"——兼论悲剧精神的现代意义》，见《外国美学》第十七辑，北京：商务印书馆 1999 年版，第 148-169 页。

2. （德）舍勒论"悲剧性"：必然与价值损失

舍勒（Max Scheler，1874—1928）在《论悲剧性现象》（*On the Tragic*，1913）中，从价值情感现象学角度专门研究了悲剧性。其悲剧性思想的主要内容有两点，一是悲剧性是必然的，"即使有无数唯独人才可能做出的'自由'行动介入，依然沿着自己的轨道发展"①。二是悲剧性与价值损失有关："如果悲剧性现象出现，那么一种价值无论如何必然毁灭。"② 具体内容如下。

第一，悲剧性是宇宙的基本要素之一。舍勒说："本文不拟论述任何描写悲剧性的艺术形式。虽然观察一下现存的各种悲剧形式对了解什么是悲剧性大有裨益，但是悲剧性现象却并非首先来自艺术表现本身。确切地说，悲剧性系宇宙本身的一种基本要素。"③ 可见，舍勒认为"悲剧性"是一种客观存在。"悲剧性首先是我们在各种事件、命运和性格等本身觉察到的一种特征，这些事件、命运和性格的意义就是其存在。悲剧性特征是从上述这些存在本身散逸出来的一股浓重而清凉的气息，是辉映着它们的一株黯淡的微光。在这株微光中某种性质逐渐呈现出其轮廓，这种性质是属于世界的，而不是属于我们的自我、自我的感情及自我对怜悯和恐惧的体验的"。④ 在舍勒看来，"悲剧性"是宇宙或世界的一种固有"性质"，而不是源于人、人的感情以及人的悲剧体验。舍勒认为，"从历史的角度看，这类体验（观赏者观赏悲剧时的体验——引者注）远比悲剧本身富于变化。一出埃斯库罗斯的悲剧在作者的时代和在今天唤起的感情无疑是迥然不同的，而其中的悲剧性则是不论何年何月均可被人理解领会的"⑤。可见，舍勒认为在不断变化的悲剧体验之中有稳定的悲剧性存在。"悲剧性根本不是特别涉及人的范围，也并非仅仅局限于意志行动，而是一种无所不包的现象"。⑥ 舍勒是说，悲剧性现象广泛存在于自然、社会和艺术之中，与人并无必然联系。舍勒正确地看到了"悲剧性"并非首先出现在艺术中这一事实，但他将"悲剧性"仅仅归源为"宇宙现象"则限制和消解了"人"的因素，这一看法有着柏拉图的"理式本体论"和基督教神学的鲜明印痕，显现出舍勒的唯理主义、泛神主义色彩。舍勒认为，只有心中已知或已感

---

① ［德］舍勒：《舍勒选集》，刘小枫选编，上海：上海三联书店1999年版，第264页。
② ［德］舍勒：《舍勒选集》，刘小枫选编，上海：上海三联书店1999年版，第255页。
③ ［德］舍勒：《舍勒选集》，刘小枫选编，上海：上海三联书店1999年版，第251页。
④ ［德］舍勒：《舍勒选集》，刘小枫选编，上海：上海三联书店1999年版，第252页。
⑤ ［德］舍勒：《舍勒选集》，刘小枫选编，上海：上海三联书店1999年版，第252页。
⑥ ［德］舍勒：《舍勒选集》，刘小枫选编，上海：上海三联书店1999年版，第273页。

觉到"什么是悲剧性",才能判断某一现象是否是"悲剧性的东西",因而"要弄清什么是悲剧'性'本身,什么是悲剧性的'本质'"。① 舍勒提出通过考察"悲剧性"这个词本身的"意义方向"(即何种现象满足了这个意义,寻找、发现并描述出现该悲剧性体验的条件)来向人们"展示"而非"证明"悲剧性本身。他认为,悲剧性现象的例子"并非附有悲剧性(像附有某种性质一样)的事实;它们只是寓有悲剧性的本质上的出现条件而已,它们促使我们去寻找发现这些条件并在其中窥得悲剧性本身"。② 舍勒提出,"悲剧性并非对世界及世间万物进行'说明'的结果,而是一种固定、深刻的印象"③。这是强调悲剧性的体验性、过程性(时间性)、印象性及其稳定性,"悲剧性"印象不是理论说明的结果而是理论说明现象的前提。这个"印象"显然只能是"人"的印象,因而悲剧性与人有关,可见舍勒思想内部存在矛盾。因而,弄清"何为悲剧性"是一切工作的前提。第二,悲剧性基于价值关系。他说:"悲剧性始终是以价值和价值关系为支点和基础的。而在此领域中,又只有价值载体不断运动、相互作用的所在,才产生悲剧性。"④ 第三,悲剧性与价值毁灭相联系。舍勒认为,悲剧性发生于两个都有积极价值的载体之间,被毁灭者和毁灭者都要有价值,例如地位、声誉、力量、智慧、财富、意志、信仰、计划、健康等。他说,悲剧性"处于某一高度的积极价值遭到毁灭的方向。使其毁灭的力量不能毫无价值,它本身也必须体现一种积极价值"。⑤ 价值悬殊的载体之间的冲突不具有悲剧性,"倘若善人征服了恶徒,高贵者挫败了卑贱者,那就永远不会出现悲剧现象。这时,道德的掌声排斥了悲剧性印象"。⑥ 这种现象在文学接受中很常见,实力相当者之间的张力关系更易吸引人。他举例说:"悲剧性首先是相当高的积极价值的载体(如处于同一婚姻、同一家庭或同一国家的若干贤德高位者)之间爆发的矛盾;悲剧性是在积极价值及其载体内部起支配作用的'冲突'。所以,悲剧作家的高超艺术主要表现在将卷入斗争漩涡的每一派别的价值淋漓尽致地渲染出来,将每个人物的内在权利详尽清晰地遣上笔端。"⑦ 换言之,舍勒认为悲剧性是一种纯粹价值与另一纯粹价值之间发生的冲突。只有"悲剧性"才能给境遇、各种力量的联合、对峙

---

① [德]舍勒:《舍勒选集》,刘小枫选编,上海:上海三联书店1999年版,第253页
② [德]舍勒:《舍勒选集》,刘小枫选编,上海:上海三联书店1999年版,第253页
③ [德]舍勒:《舍勒选集》,刘小枫选编,上海:上海三联书店1999年版,第253页
④ [德]舍勒:《舍勒选集》,刘小枫选编,上海:上海三联书店1999年版,第255页
⑤ [德]舍勒:《舍勒选集》,刘小枫选编,上海:上海三联书店1999年版,第255页
⑥ [德]舍勒:《舍勒选集》,刘小枫选编,上海:上海三联书店1999年版,第255-256页。
⑦ [德]舍勒:《舍勒选集》,刘小枫选编,上海:上海三联书店1999年版,第256页。

及冲突赋予有效性。魔鬼的世界和神祇的世界会扬弃悲剧性；完全无序的世界和完全有序的世界都没有悲剧性。世界最本质的悲剧性是创造与毁灭"同一"在一个事物中，所谓"成也萧何，败也萧何"。从马克思主义角度看，这种最为本质的悲剧性就是"矛盾"双方由对立进而冲突最终导致其中一方的被毁灭或整体的分化、毁灭与革新，是矛盾的自我展开、克服与发展，是一种内在的悲剧性，与外在因素无关。舍勒认为，"所有的悲剧性也都是悲哀的"①，冷静、安宁、伟大、纯粹，但并非所有悲哀性都具有悲剧性质。第四，舍勒认为悲剧性与过程性（时间）相联系。他说："在纯粹的空间中存在着崇高性，但绝无悲剧性。""无时间的世界中谈不上悲剧。因此，就其基本意义而言，'悲剧性'始终是对行动和忍受中的一种有效性的定义"。② 由于空间和时间是物质存在和运动的两个维度，舍勒这句话显然把空间的意义简单化了。第五，舍勒认为悲剧性具有双重本质特征："一、示范性。个体的，拘囿于自身的悲剧性事件小中见大地体现了我们世界的一种本质特征。二、不可避免性。世界毁灭的'不可避免性'直接出现，囊括了一切悲剧性。"③ 舍勒认为，悲剧的载体和核心是悲剧英雄"'落入罪过之中'本身，即意志纯洁者落入罪过之中这种状况本身"④。比如，对奥赛罗来说，悲剧性是他落入罪过之中，不得不杀死最亲爱的人；而对苔丝狄蒙娜来说，悲剧性是她无辜地被最爱自己的人置于死地。"构成英雄悲剧性命运的不是死亡或者其他的不幸，而是他'落入罪过之中'这种状况"⑤。这里显现了舍勒所具有的基督教人类"原罪"思想，他说："在人类悲剧性的范畴里，不可能简单地不存在'罪过'，而只是无法确认究竟谁'负有罪责'而已。"⑥ 第六，悲剧性与人的义务和道德有关。舍勒说："不同的个人根据他们道德知识的多寡，即根据对他们来说可能的道德知识的多寡而拥有迥然不同的价值的微观宇宙。"⑦ 据此才能测定一个人可能的"义务"和义务范围。每个人都尽了自己的义务，而灾祸依然发生，那才是悲剧性的必然性。每个人的道德义务是社会约定的，因而，每个人可能都尽了义务，虽然在个体道德范围内等值，但在宇宙道德范围内并不等值。这表明了义务价值的相对性、道德价值的绝对性。君主的义务和老百姓的

---

① [德]舍勒：《舍勒选集》，刘小枫选编，上海：上海三联书店1999年版，第256页。
② [德]舍勒：《舍勒选集》，刘小枫选编，上海：上海三联书店1999年版，第255页。
③ [德]舍勒：《舍勒选集》，刘小枫选编，上海：上海三联书店1999年版，第258页。
④ [德]舍勒：《舍勒选集》，刘小枫选编，上海：上海三联书店1999年版，第273页。
⑤ [德]舍勒：《舍勒选集》，刘小枫选编，上海：上海三联书店1999年版，第274页。
⑥ [德]舍勒：《舍勒选集》，刘小枫选编，上海：上海三联书店1999年版，第267页。
⑦ [德]舍勒：《舍勒选集》，刘小枫选编，上海：上海三联书店1999年版，第268页。

义务不同，前者的价值等级高于后者，因此这是一个道德价值差别的世界。同样的行为、付出，对不同的个体具有不同的义务价值，君王杀灭生命的可能性要高于一个小店主。高贵者的义务范围较为丰富、高尚，比"卑贱"的人更易"有过失"，潜在的悲剧性也更高。在舍勒那里，人的地位、义务、道德价值与道德危害是同一的，这是神所设定的。于是，无人能单独承担"悲剧性罪过"，因为人人都有"原罪"，所以只能每人都承担"悲剧性罪过"，世界情形也就成了罪责降临于人而不是人去自找罪责。

总之，舍勒的"悲剧性"思想基于基督教"原罪说"，视"悲剧性"为一种宇宙现象；在论及悲剧艺术时，他又基于人的社会地位而谈论各自的价值和悲剧性程度。因而他的"悲剧性"思想是宗教与世俗的糅合："必然性"由上帝保证，"价值"由社会规范确定，而"人"的自由意志被放逐，显然消解了悲剧精神，"悲剧性"成了"上帝"神圣意志的别名。

（三）"悲剧性"的存在性质

1. （俄苏）艾亨鲍姆论悲剧性：艺术形式

鲍里斯·艾亨鲍姆（Boris Eikhenbaum，1886—1959）的《论悲剧和悲剧性》（1919），用俄国形式主义美学原则审视悲剧性，认为悲剧性是一种艺术形式结构。他赞成席勒的看法，认为悲剧艺术虽然描写了人的痛苦和死亡，但悲剧艺术的"目的在于享受怜悯"[1]，进一步说，观众"所享受的不是怜悯本身，而是怜悯藉以出现在悲剧观众心中的那种形式"[2]。如同席勒在《论悲剧艺术》一文中所写的："悲剧所生的痛苦与其说是其内容的结果，不如说是成功地应用悲剧形式的结果，这样的悲剧才是最完美的。"[3]这样，悲剧艺术家的目的就在于用悲剧形式消灭痛苦、死亡等内容。那怎么做到这点呢，他认为，对于艺术家来说"重要的是善于唤起观众心中的特殊形式的怜悯感"[4]。他还从观众接受心理的角度分析了艺术形式的作用："观众开始关注与其说是主人公的痛苦本身，不如说是痛苦发展和结构的过程和理由的说明，……他期待于艺术家的并不是怜悯这一情感本身，

---

① [俄]鲍里斯·艾亨鲍姆：《论悲剧和悲剧性》，见[俄]什克洛夫斯基等：《俄国形式主义文论选》，方珊等译，北京：生活·读书·新知三联书店1989年版，第34页。

② [俄]鲍里斯·艾亨鲍姆：《论悲剧和悲剧性》，见[俄]什克洛夫斯基等：《俄国形式主义文论选》，方珊等译，北京：生活·读书·新知三联书店1989年版，第35页。

③ 转引自[俄]鲍里斯·艾亨鲍姆：《论悲剧和悲剧性》，见[俄]什克洛夫斯基等：《俄国形式主义文论选》，方珊等译，北京：生活·读书·新知三联书店1989年版，第35页。

④ [俄]鲍里斯·艾亨鲍姆：《论悲剧和悲剧性》，见[俄]什克洛夫斯基等：《俄国形式主义文论选》，方珊等译，北京：生活·读书·新知三联书店1989年版，第35页。

而是用以唤起这种情感的一些特殊程序。这些程序越精巧、独特，艺术感染力也就越强烈；程序越隐蔽，骗局也就越成功，这就是艺术的成功。"[①] 在此基础上，他对悲剧的艺术形式功能做了说明："整个悲剧应当是对死亡的原因说明。"[②] 悲剧形式提供了情节发展的动力和阻力。他还论述了观众在悲剧接受中的作用，"观众几乎是阴谋的同谋者"，静坐在剧场里享受着怜悯的情感，这时，怜悯是一种感受的形式。[③] 观众不是被请来接受"内容"，即为主人公的苦难本身伤心落泪，而是注视它的发展和结构过程，从而被引向艺术享受。总之，艾亨鲍姆将悲剧性作为一种艺术形式来看待，却并未对审美情感与自然情感的关系给予说明，也未说明悲剧性所具有的特殊意味从何而来。

另外，当代德国学者彼得·斯丛狄（1929—1971）的《论悲剧性》，也从悲剧戏剧结构的角度论析了悲剧性的产生。

2. （英）威廉斯与伊格尔顿论悲剧性：经验与情感结构

雷蒙德·威廉斯（Raymond Williams，1921—1988）的《现代悲剧》（*Modern Tragedy*）和特雷·伊格尔顿的《甜蜜的暴力》（*Sweet Violence*）是一脉相传的。前者主要研究了现代"悲剧性经验"及其在现代文学中的不同表现：受难、殉难、牺牲与救赎、绝望与反抗、僵局与妥协、个体与社会、悲剧与革命、混乱与秩序。在他的思想中，"悲剧性"不论古代还是现代，都是一种"经验"，而且现代悲剧经验不同于古代悲剧经验。由于把两者的差异绝对化，导致威廉斯抹煞了现代悲剧经验与古代悲剧经验的联系，人为制造了"断裂"。

《甜蜜的暴力》继承了《现代悲剧》的"悲剧性经验"这一理论突破点。伊格尔顿通过研究"悲剧"概念本身的变化情况指出：在现代社会中，"悲剧"早已失去了它在希腊时代曾经有的神圣光芒，它也不再与普通人曾经遥不可及的高贵、英雄相联系，"悲剧""悲剧性"已经进入了日常生活中人们的口语中，"悲剧"一词给人的情感色彩或联想意义不再是"崇高"，而是"悲惨"或"不幸"，"悲剧"的存在状况与传统悲剧理论中关于"悲剧"的描述大相径庭。[④] 伊格尔顿把马克思主义理论、弗洛伊德精神分析

---

① [俄]鲍里斯·艾亨鲍姆：《论悲剧和悲剧性》，见[俄]什克洛夫斯基等：《俄国形式主义文论选》，方珊等译，北京：生活·读书·新知三联书店1989年版，第35-36页。

② [俄]鲍里斯·艾亨鲍姆：《论悲剧和悲剧性》，见[俄]什克洛夫斯基等：《俄国形式主义文论选》，方珊等译，北京：生活·读书·新知三联书店1989年版，第37页。

③ [俄]鲍里斯·艾亨鲍姆：《论悲剧和悲剧性》，见[俄]什克洛夫斯基等：《俄国形式主义文论选》，方珊等译，北京：生活·读书·新知三联书店1989年版，第40页。

④ Terry Eagleton: Sweet Violence. Malden：Blackwell，2003. p.14.

理论和社会学理论作为自己分析理论史的工具,反思和研究了悲剧理论史,而后指出:"悲剧没有死亡,而是变得更加多样化了。"① 他认为,社会人生本身的悲剧性决定了悲剧继续存在,尽管悲剧主人公从英雄贵族变成了平民百姓,但悲剧使人产生怜悯与恐惧之情的实质没有变。"因为在日常普通生活里,社会地位低下的人们表现出了空前的'严肃',这种'严肃'与悲剧中的'严肃'一样"②。伊格尔顿的意思是,与其高唱"悲剧衰亡"的挽歌,还不如低吟"悲剧性永在"的生命之音。令人欣喜的是,伊格尔顿意识到了贯穿古今悲剧、不同艺术、不同文化、不同时代、文学与生活的那根"红线",即"悲剧性"。然而,由于他当时与我们现在兴趣点不同,他更多着力于现代悲剧性经验的多样化描述,还没有从根本上和整体上建构"悲剧性"理论的明确意识。即便如此,他也为我们开创出了一条希望之路。

(四)"悲剧性"的接受心理

1.(德)立普斯论悲剧性:移情与自我价值正当化

立普斯(Theodor Lipos,1851—1914)在《悲剧性》(*Die Tragik*,《美学——美与艺术的心理学》,简称《美学》,两卷,1903—1906,上卷《美学基础》第六部分《美的方式》第六章)中探讨了悲剧性的接受心理。他认为,对悲剧性的研究是悲剧欣赏心理研究的重点。悲剧性是一种移情现象,是主体的自我价值正当化。他特别看重"灾难"对于悲剧性生成的作用。"灾难,或按普通说法,对贵重事物的持续性的干犯,加强了对它的价值的感情。它同时赋予这种感情一种奇特的性格,一种真正的余味"。这里"真正的余味"就是"悲剧性"。灾难加强价值感是根据"心里堵塞"法则实现的,愈堵塞,则愈注重它,进而有待补充或者完成它。"对异己的人的评价,无非是客观化的自我评价,对异己人格的价值感,无非是客观化的自我价值感。……所以灾难就是媒介。没有什么能比灾难在同等程度上使人的价值为我所感动。……被我看到的灾难在我身上造成的、对人的价值的感觉,叫作同感。同感就是感情移入、共同体验。"③ 立普斯看到了灾难在不同人之间产生"同感"的重要作用。因而,"灾难应当导向受难的人格。……灾难必须和受难者的人格的贵重性发生最密切的关系。"④ 简言之,灾难要能

---

① Terry Eagleton: Sweet Violence. Malden:Blackwell,2003. pp.228-229.

② Terry Eagleton: Sweet Violence. Malden:Blackwell,2003. p.189.

③ 古典文艺理论译丛编辑委员会编:《古典文艺理论译丛》第六册,北京:人民文学出版社 1963 年版,第 121 页。

④ 古典文艺理论译丛编辑委员会编:《古典文艺理论译丛》第六册,北京:人民文学出版社 1963 年版,第 122 页。

提高受难者身上的善良的感人程度，从而激发起人们更大的同情。立普斯将悲剧性与价值联系在一起是其灼见，但"价值"不只有人类共同性一面，还有个体相对性一面，因而，仅仅谈论价值似乎无法把"悲剧性"说透。

2.（德）伽达默尔论悲剧性：接受者

伽达默尔（Hans-Georg Gadamer，1900—2002）的《真理与方法》（1960），从解释学角度论述了"悲剧性"，认为"悲剧性"取决于悲剧接受者。他说，就其本质而言，"艺术是为某个人而存在的，即使没有一个只是在倾听或观看的人存在于那里。"换言之，艺术的本质就在于接受者，受众使艺术"更好地表现出来"。① 伽达默尔此说充分考虑到了受众对于悲剧性生成所具有的作用。但是并不全面。因为悲剧性文本往往不仅仅以受众的意识状况作为存在与否的根据，而且，受众的悲剧意识的产生和表现也受制于文本的特点和具体语境。

（五）"悲剧性"的哲学意蕴

1.（德）雅斯贝尔斯论悲剧性：存在与人生

雅斯贝尔斯（Karl Jaspers，1883—1969）在《悲剧的超越》[《真理论》（1947）的一部分]中，从生命哲学、存在主义角度论述了悲剧性的基本要义。第一，人的生存与超越存在。在他看来，人的存在是一种悲剧式的存在。他说："悲剧兀然出现在我们面前，展示出存在的恐怖方面，但这存在依然是人的存在。""崩溃和失败表露出事物的真实本性"。② 人的存在之所以是悲剧，就因为人总想超越过去。"没有超越就没有悲剧。……它是朝向人类内在固有本质的运动，在遭逢毁灭时，他就会懂得这个本质是他与生俱来的"。③ 第二，人生充斥着悲剧性，不论从起源、存在还是个体责任，人都有"罪"。他说："只有透过悲剧情绪，我们才能感觉到在事件中直接影响我们的，或存在于总体世界（我们经验中可知事物的总和）中的紧张不安和灾难。悲剧出现在斗争，出现在胜利和失败，出现在罪恶里。它是对于人类在溃败中的伟大的量度。悲剧呈露在人类追求真理的绝对意志里。它代表人类存在的终极不和谐。"④ 可见，雅斯贝尔斯认为，只有悲剧性体验才能让我们真正感知到悲剧的存在，人在悲剧斗争中的表现反映了人的伟大程度，悲剧表征了人对真理的追求，由于人类永远是不和谐的，

---

① ［德］汉斯-格奥尔格·伽达默尔：《真理与方法》上卷，洪汉鼎译，上海：上海译文出版社2004年版，第143页。

② ［德］雅斯贝尔斯：《悲剧的超越》，亦春译，北京：工人出版社1988年版，第25页。

③ ［德］雅斯贝尔斯：《悲剧的超越》，亦春译，北京：工人出版社1988年版，第26页。

④ ［德］雅斯贝尔斯：《悲剧的超越》，亦春译，北京：工人出版社1988年版，第30页。

因而，悲剧永远存在。悲剧的方式是多种多样的。"悲剧可以是内在固有的，譬如个体与普遍的抗争，或历史上更迭递嬗的各种生命方式之争；也可以是超越的，如人与神或诸神之间的较量"①。雅斯贝尔斯也看到了人类新旧生存方式的"过渡阶段是一个悲剧地带"②。雅斯贝尔斯将悲剧的结局归结为宇宙秩序的胜利。他说，在悲剧斗争中"获胜的是普遍宇宙、世界秩序、道德秩序、生命的普遍规律、永恒——但是对这种普遍性的认识也暗示着相反的含义：普遍的性质就是表示它必须要粉碎与它相对立的人类的伟大"③。雅斯贝尔斯的前半句话有着黑格尔主义的色彩，后半句则有着基督教"原罪说"色彩。人之所以要被粉碎，就因为人类有罪——原罪，大家既然都源于原罪，因而要一起担当。在现代社会中，"我是有罪的，因为在罪恶发生的时候我活着，并且还会继续活下去。因此在所发生的一切罪恶中，每一个人都是同谋共犯"。④ 因而，"罪"有广义的共同的"人类存在之罪"和狭义的个人责任之罪。而"从最广泛的意义上来讲，罪与存在本身是等同的"。⑤ 第三，悲剧是生存艺术的典范。他说："悲剧知识在悲剧主人公身上臻于圆满。他不仅饱受痛苦、崩溃和毁灭的折磨，而且是完全有意识地经受着折磨。"⑥ 笔者认为，雅斯贝尔斯将悲剧主人公的自觉受难意识的程度提得有点高，并非所有的悲剧人物都有自觉、明确的受难意识。他还认为，悲剧艺术的创作和欣赏有助于人们超越现实的悲剧存在。他说："在观看悲剧时，我们超越了存在的限制，也因此而获得了解脱。在悲剧知识之内，求解脱的努力不再只代表不幸和痛苦获得拯救的渴求，它还意味着我们通过超越现实而摆脱现实的悲剧结构这一热望。"⑦ 悲剧中的解脱不同于从悲剧解脱，前者是悲剧文本内的解脱，后者是受众心理中的解脱。总之，雅斯贝尔斯将人的存在与悲剧性联系了起来，要求我们每个人都应担负自己的责任，超越悲剧，这是深刻的，但他的"存在即罪"并将之"归罪于原罪"就有些基督教中心主义色彩了。而且，雅斯贝尔斯没有看到，大家一起担责，并不等同于大家平均分担。因而，对于不同的个体应有不同的担责要求，否则就走向了"等罪"论，其后果更是一种大悲剧。

---

① [德]雅斯贝尔斯：《悲剧的超越》，亦春译，北京：工人出版社1988年版，第34页。
② [德]雅斯贝尔斯：《悲剧的超越》，亦春译，北京：工人出版社1988年版，第35页。
③ [德]雅斯贝尔斯：《悲剧的超越》，亦春译，北京：工人出版社1988年版，第39页。
④ [德]雅斯贝尔斯：《悲剧的超越》，亦春译，北京：工人出版社1988年版，第41页。
⑤ [德]雅斯贝尔斯：《悲剧的超越》，亦春译，北京：工人出版社1988年版，第41-42页。
⑥ [德]雅斯贝尔斯：《悲剧的超越》，亦春译，北京：工人出版社1988年版，第75页。
⑦ [德]雅斯贝尔斯：《悲剧的超越》，亦春译，北京：工人出版社1988年版，第75页。

2.（苏联）尤·鲍列夫论悲剧性：精神永生

尤·鲍列夫（Ю·Б·Бopeв，1925—）的《论悲剧性》（1961）一文，其基本思想以原貌进入了 8 年后出版的《美学》（1969 年初版，1981 年 3 版）中。他是苏联"社会说""新审美派"的代表美学家，《美学》（1981 年第 3 版）第三章第四节用了 13 页篇幅论述了"悲剧性"，主要涉及悲剧性的实质、关于悲剧的一般哲学观点、悲剧与永生、艺术中的悲剧性等问题，他认为："悲剧是无可弥补的损失和对永生的肯定。"[①] 这种永生对人而言是一种精神永生，是从死亡到复活的过渡，也是从悲伤到欢乐的过渡，"悲剧情感是深刻的悲哀和极度的喜悦的结合"[②]。鲍列夫所研究的"悲剧性"仍局限于"审美活动范畴"之中，忽视了非审美活动中的悲剧性现象。

（六）（苏联）В·П·舍斯塔科夫论悲剧性范畴史

В·П·舍斯塔科夫的《美学范畴论——系统研究和历史研究尝试》（On Aesthetics Categories，莫斯科：苏联"科学"出版社 1983 年版）论述了作为一般美学范畴的"悲剧性"的历史。在历史的变迁中动态地把握"悲剧性"，是其优长。但他的研究目的限制了他对"悲剧性"问题的横向研究。

此前很长一段时期以来，苏联学界把悲剧性作为美学范畴和艺术价值来研究的著述还有很多。例如，Ю·斯帕斯基《悲剧性问题》（载《戏剧》杂志 1934 年第 8 期第 18—22 页），А·格列波夫《悲剧和悲剧性》（载《戏剧》杂志 1937 年第 6 期第 91—110 页），永成浩《作为美学范畴的悲剧性的几个问题》（副博士论文提要，莫斯科，1959），Н·А·雅斯特列波娃《艺术中的悲剧性》（莫斯科，1960），Д·Д·斯列德尼依《黑格尔美学中的悲剧理论》（副博士论文提要，莫斯科，1967），Л·巴比《美学中的悲剧性问题》（副博士论文提要，基辅，1972），А·Ф·洛谢夫《悲剧性》（载《哲学百科全书》第 5 卷第 251—256 页，1970），Т·В·柳比莫娃《美学中的悲剧性范畴》（莫斯科，1979），В·Г·皮萨列娃《作为社会矛盾反映的悲剧性》（副博士论文提要，莫斯科，1980）。这部分文献是舍斯塔科夫为下面一段话作注解的："马克思主义经典作家们在世界历史上留下的有关喜剧和悲剧问题的丰富遗产还有待于研究，有待于把它们应用于艺术和社会文献研究的经验。苏联美学界有相当多的著作把悲剧性作为艺术价值和美学范畴来进行研究。"[③] 根据一般的语句逻辑来看，舍斯塔科夫

---

① ［苏联］尤·鲍列夫：《美学》，冯申、高叔眉译，上海：上海译文出版社 1988 年版，第 73 页。

② ［苏联］尤·鲍列夫：《美学》，冯申、高叔眉译，上海：上海译文出版社 1988 年版，第 74 页。

③ ［苏联］舍斯塔科夫：《美学范畴论——系统研究和历史研究尝试》，理然译、涂途校，长沙：湖南文艺出版社 1990 年版，第 113 页注释③。

是想表明，注释中列出的文献正是对马克思主义丰富的悲剧问题遗产的研究所取得的成果。此外，还有 Д·Д·斯列德尼依的《美学基本范畴》（1974）。1977 年苏联《远东文学研究的理论问题》论文集发表了波兹涅耶娃的论文《悲剧性及其在中国的理论理解的最初尝试》，以"悲剧性"为线索，探讨了古代中国人对此的理解。她指出："孔子对悲剧性的要求是'哀而不伤'，而刘勰在《哀吊》篇的'赞'中则肯定哀吊类作品的重要意义在于'千载可伤'。这样一来，刘勰就反驳了孔子，……恢复了'伤'的权利。"① 需要指出的是，古代中国学者研究过"悲""伤""哀""怨"等现象，但并未使用"悲剧"或"悲剧性"术语，也从未对我们现在所说的"悲剧性"进行系统研究。

（七）中国学者论"悲剧性"的内涵及生成

中国学者近年来对"悲剧性"的专门研究，主要是关于"悲剧性"的内涵及生成的研究。

焦尚志的论文《论悲剧性》将"悲剧性"作为一个美学范畴来研究，他指出："所谓'悲剧性'是对悲剧本质的美学阐释。"也就是说，"悲剧性"即"悲剧的美学本质"。"悲剧是人生灾难与厄运的演示，悲剧主人公的遭遇是悲惨的，使人怜悯与恐惧的；但悲剧的精魂却是主人公面临灾难与厄运时表现出的那种不向命运屈服，敢于同邪恶势力抗斗的人性精神与生命活力"。② 概言之，"悲剧性"即灾难与厄运、抗争精神、怜悯与恐惧的审美感受三者的融合。由此，他提出真正悲剧的功效："真正的悲剧并不使人消沉、悲观，而是给人以精神上的振奋与鼓舞。应积极提倡、鼓励而不是限制、拒绝悲剧创作。"③ 显然，焦尚志先生把"悲剧性"局限在悲剧性文学（主要是悲剧戏剧）中，作为一种审美现象的特征来研究，而没有顾及社会生活中照样有悲剧性，非审美活动中照样有悲剧性，而且抒情性文艺中没有"主人公"。

彭吉象的论文《论悲剧性和喜剧性》，正确地指出了作为一种重要的审美类型而非戏剧类型的悲剧性所具有的审美特点，悲剧美是一种崇高之美，悲剧感能震撼人的心灵，使人的精神境界得到升华，坚定人对真善美不懈

---

① ［苏联］Л·Д·波兹涅耶娃：《悲剧性及其在中国的理论理解的最初尝试》，见《远东文学研究的理论问题》，莫斯科 1977 年，79 页。另参见李逸津：《俄罗斯翻译阐释〈文心雕龙〉的成绩与不足》，"汉学研究网"，2005-10-29.

② 焦尚志：《论悲剧性》，《天津社会科学》2003 年第 1 期。

③ 焦尚志：《论悲剧性》，《天津社会科学》2003 年第 1 期。

追求的信心，而且认为悲剧性"渗透到文学艺术的各个门类和领域"①。但是，他同样没有考虑到生活中的悲剧性、非审美活动中的悲剧性，而且崇高美只是悲剧美的一种形态，而不是全部。其实，焦尚志、彭吉象两位先生的论述中，有着根深蒂固的"审美中心主义"思想和英雄主义情结，他们也仍然没有跳出西方传统悲剧理论的窠臼。

蒋孔阳先生对于"悲剧性"的理解是有所创新的。尽管他也认为"悲剧性"是"审美范畴"，是"悲剧主要的审美特征"，但他正确地指出："悲剧性""虽然来自悲剧，但却又不限于悲剧"。② 他以小说《红楼梦》和诗歌《孔雀东南飞》中的悲剧性作为例证，指出"悲剧性的根本特点就在于悲，不悲不能成为悲剧。悲的愈深，哀的愈甚，愈能产生悲剧性的审美效果"。③ 同时，他又指出，悲剧性之"悲"表现在两个方面：一是"悲"，二是"愤与恨"，缺一不可。④ 蒋孔阳先生虽不否认人生和社会中存在"悲剧性"，但他把"悲剧性"视为"审美"范畴或悲剧艺术主要审美特征则在一定程度上桎梏了"悲剧性"的生气，逼仄了它的存在空间，也纯粹化了悲剧性情感，整体上仍未彻底走出传统"审美中心主义"的藩篱。

刘小枫的论文《悲剧性今解》是一篇具有突破意义的文章。该文章写于 1983 年，最先刊发在中国社会科学院哲学研究所美学研究室编的《美学》第六辑，由上海人民出版社 1984 年出版。后来，该文收入了他的自选文集《个体信仰与文化理论》。刘小枫认为："悲剧性是任何艺术形式都可以具有的一种审美质素（aesthetically significant quality），不唯戏剧中的悲剧种类所特有，因而是美学范畴的概念，不是戏剧理论中种类的概念。"⑤ 他认为，在诗歌、小说、音乐、绘画、戏剧和电影中，都可以渗透、弥漫着悲剧性的气氛，在作品中外化为悲怆感，在实践主体心中内化为崇高感。他从人类学美学的历史发展和实践主体自我实现的心理欲求之顽强生命力的角度，论述了"悲剧性"的实质是"反目的的合目的性"，即"主体人格自我实现的要求在人生实践中惨遭否定"，也即"主体人格的执着与现实给定性的顽固，产生的尖锐的不可缓解的冲突。这是各类艺术中悲剧性审美质素的中心内涵"。⑥ 另外，他还论述了悲剧性情感的功能是其在人的主

① 彭吉象：《论悲剧性和喜剧性》，《北京大学学报》（哲社版）2004 年第 4 期，第 126 页。

② 蒋孔阳：《美学新论》，北京：人民文学出版社 2006 年版，第 423 页。

③ 蒋孔阳：《美学新论》，北京：人民文学出版社 2006 年版，第 423 页。

④ 蒋孔阳：《美学新论》，北京：人民文学出版社 2006 年版，第 433 页。

⑤ 刘小枫：《个体信仰与文化理论》，成都：四川人民出版社 1997 年版，第 7 页。

⑥ 刘小枫：《个体信仰与文化理论》，成都：四川人民出版社 1997 年版，第 11 页。

体性诸实践感觉的历史升华进程中的功能也即悲剧性的意义等问题。刘小枫的观点很有见地，他站在历史唯物主义立场上，认为整个人类的历史生成过程是从自然人—伦理的人—审美的人的过程，同时这也是人的感性的社会审美超越的历程。上述认识基于他的人类学美学视角——美学是关于人的感性的科学。如此以来，他把人的历史审美化了。因而，刘小枫对"悲剧性"的理解，超越了传统的悲剧戏剧美学藩篱；他将实践主体与给定性的冲突视为所有悲剧艺术中悲剧性审美质素的中心内涵，使"悲剧性"具有了广泛的涵盖性；但是，他认为一切实践主体内心都会有崇高感，则简化了悲剧性体验，较少顾及其丰富性和复杂性；而且，他把"悲剧性"主要限制在"悲剧艺术"中来讨论，而较少地论及人类社会生活中的"悲剧性"，说明他对"悲剧性"的认识尚未彻底贯通人类社会实践的全部领域。

　　部分中国学者还有意识地探索了"悲剧性"的生成问题。例如，万晓高的论文《反面人物悲剧性探源》，从文本召唤结构与受众接受心理两个角度着力探讨了文学艺术中反面人物"能否"以及"如何"成为悲剧性人物的问题。[①] 伏涤修的论文《中国戏曲悲剧性内涵的充盈及其被消解》指出，中国戏曲所具有的充盈的悲剧性内涵不仅往往表现在悲惨人物的悲惨遭遇上，而且也表现在悲剧性情境和氛围上；但是大团圆结局消解了中国戏曲的悲剧性精神。[②]

　　总之，人们此前关于悲剧性的研究颇富灼见，出现了局部性的突破和创新，但总体上来说是极其零散的。因而，现在我们应该合理吸收已有研究成果的优点，专门、系统、深入地研究"悲剧性"。

三、"艺术中的悲剧性"研究

　　苏联文艺理论家艾亨鲍姆认为，"艺术中的悲剧性的问题是一个最复杂的问题"。[③] 因为"悲剧性"是人类社会生活、精神文化生活、文学艺术中各种因素的重要纽结点之一，它关联着人类社会生活、精神文化生活和文学艺术的各个方面。因而，"艺术中的悲剧性"的研究难度相当大。与当代西方不少悲剧理论著作主要聚焦于"悲剧性"概念不同，苏联学者尤·鲍列夫的论文《论悲剧性》（1961）着重探讨了"艺术中的悲剧性"现象，对我们极有启发意义。这篇论文以西方传统的悲剧理论为依据，以时间为线

---

① 万晓高：《反面人物悲剧性探源》，《南开学报》（哲学社会科学版）2000 年第 6 期。
② 伏涤修：《中国戏曲悲剧性内涵的充盈及其被消解》，《戏曲艺术》2003 年第 1 期。
③ ［俄］鲍里斯·艾亨鲍姆：《论悲剧和悲剧性》，见［俄］什克洛夫斯基等：《俄国形式主义文论选》，方珊等译，北京：生活·读书·新知三联书店 1989 年版，第 34 页。

索，概要式地描述了悲剧性在 20 世纪之前西方艺术（狭义的，不包括文学）史上不同时期作品中的表现，分析深入，断语精要。但是，该文章专注于现象描述而忽视了理论建构；它没有关注其他文化特别是中国、印度、日本等东方文化中的艺术；19 世纪中后期的西方现代派艺术也没有涉及；更没有探讨 20 世纪以来的世界艺术。其实，进入 20 世纪以来，西方社会问题丛生，矛盾重重，危机四伏，人的精神世界混乱迷茫，人与社会、人与人、人与物、人与自然以及人与自我之间的矛盾冲突导致了各种畸形关系的出现以及人性的分裂。20 世纪五六十年代后，西方社会文化、科技与经济加快融通，人的理性受到了经济利益的诱使，人的感性受到了技术工具理性和经济利益理性的双重压迫，在某种意义上讲，人不得不以让渡感性的主体性、独特性、直接性、丰富性、不可复制性为代价来获取技术与市场的支持，结果在一定程度上，人的理性畸形发展，人的感性被肢解变形，人性被扭曲、被分裂，人成了"单向度的人"、技术的奴婢和市场的仆役。这里面蕴涵着极其丰富的悲剧性思想，有待人们深入研究。20 世纪，西方社会的艺术领域也发生了许多重大变化，现实主义、现代主义、后现代主义和全球化等主要艺术思潮潮落潮起，给"悲剧性"的艺术呈现提供了日新月异的表达形式和丰富多样的审美风格。这里面蕴涵了一些悲剧性显现中的相关理论问题，有待人们深入研究。此外，这篇文章也没有关注到由于艺术媒体形式的不同而导致的悲剧性显现的差异。应该特别指出的是，"文学"并不是这篇文章的研究对象，自然它也没有对不同体裁的文学中悲剧性显现的差异进行研究。至于"悲剧性"的范畴、生成及其机制、特征、文学中悲剧性的功能等理论问题更是这篇文章所未涉及的。上面讲了这么多这篇文章的不足，但又说它极具启发意义，那它的启发意义表现在哪里呢？笔者以为，一是把艺术表现与人性的历史变化结合起来考察，二是把悲剧性的显现与人性的历史变化结合起来考察。

总之，人们此前关于"悲剧""悲剧性""日常生活中的悲剧性""艺术中的悲剧性"等的研究，充满真知灼见，为我们现在进行悲剧美学理论创新研究提供了宝贵的思想资源。

第五节　研究"悲剧性"的意义、思路与方法

研究"悲剧性"有何意义？按照怎样的思路研究？将采用哪些研究方法？本节将逐一讨论。

一、研究"悲剧性"的意义

（一）探索悲剧性美学理论体系

通过本选题的研究，我们试图弥合悲剧性体验与传统悲剧理论之间的裂隙，克服我们对传统悲剧理论的"影响的焦虑"，建立起对包括文学艺术悲剧性和日常生活悲剧性在内的人类社会一切悲剧性现象更具普适性和阐释力的"悲剧性"美学理论体系。当然，这个悲剧性美学理论研究范式是对传统的悲剧美学理论研究范式的补充而非取代。悲剧性美学将主要探讨如下问题："悲剧性"的性质、内涵，悲剧性如何生成，其机制何在，悲剧性的特征，悲剧性在社会生活、文学艺术中的显现，文学中悲剧性的功能。这一新的"悲剧性"理论体系将为不同的悲剧理论学说提供一个对话、融通和创新的平台，为日常生活中的悲剧性、悲剧性文学乃至整个文学研究提供一个更新、更广阔的思维空间，进而有益于文学艺术的创作和接受。因为，最本源性的、最普遍性的也是最具有阐释力的，最能得到历史的眷顾。英国著名的悲剧理论家安·塞·布雷德利（A. C. Bradley）曾说："我们对提出的问题所做的任何回答，都应该符合我们读悲剧时所体验到的想象中的和感情的经历，或者用可以理解的词句来描述这种经历。"①

悲剧性理论体系的建构，有助于解决文学研究中的许多难题。例如，中国、印度、日本等东方文化中是否存在"悲剧作品"，悲剧性为何会在不同历史文化语境中显现不同形态、遭遇异样命运，悲剧性在不同文学体裁中是如何表现的，悲剧性与意识形态之间有着怎样的复杂关系，作品的文学史价值与其悲剧性蕴涵有无关系，不少中国文学作品与世界优秀文学的差异及其原因何在，悲剧性能否作为文学批评的一个标准，等等。

悲剧性理论体系的建构，有助于解释社会生活悲剧性与文学艺术悲剧性之间的共通性及其相互依存关系，可以更好地阐释和说明近现代以来悲剧艺术的日常生活化倾向，对于突破传统悲剧美学的形式主义和确立日常生活审美主义的新命题，具有一定的理论和实践意义。悲剧性美学理论体系的建构也有助于解释日常生活中的悲剧性问题，比如，泰坦尼克号沉没事件是否只能表述为"灾难"而非"悲剧"？2008 年 5 月 12 日中国四川省汶川县发生 8.0 级特大地震，5 月 14 日《泰晤士报》以《中国对人类悲剧作出迅速反应》为题，报道了地震发生后中国党政军民积极科学抗震救

---

① ［英］安·塞·布雷德利：《莎士比亚悲剧》，张国强、朱涌协、周祖炎译，上海：上海译文出版社1992 年版，第 20 页。

灾一事，标题中出现的"悲剧"字眼大家能否接受？

悲剧性理论体系也是解读中国当代文艺批评理论的一把钥匙。中国当代文艺批评理论是毛泽东的《在延安文艺座谈会上的讲话》的当代表达与系统化阐释。文学本质上是社会生活的反映，文学的高下取决于文学的真实，而文学的真实取决于作品对生活反映得是否正确、全面、深刻，是否抓住了生活的本质及其规律，是否正确把握了社会历史发展的趋势。于是，文学真实与现实主义、与社会生活的主要矛盾及矛盾的主要方面等关联起来了。文学要反映人民大众的思想和意志，于是作品的思想倾向性与人民性、阶级性、与革命现实主义和革命浪漫主义相结合的创作方法，与崇高的美学追求和乐观主义风格等关联起来了。典型人物是阶级共性与人物个性的统一。于是，在对悲剧性人物的判断上，往往就以伦理判断取代了审美判断。社会主义文学应该讴歌的是为人民的利益甘愿牺牲自己的时代英雄和人民英雄，他们虽死，但他们的精神永存天地间，与我们的事业同在。于是，对歌颂与暴露的关系的把握、题材选择、冲突设定、人物塑造、结构与情节的布置，特别是结局的安排、情感基调的确立等都须服从、服务于人民的事业。坚持文艺为人民服务，坚持文艺美学为人民服务，这个出发点在任何历史时期都是正确的。现在的问题是，我们怎样才能为人民服务好？这就需要科学研究了，不能简单化对待。比如，我们曾在一个时期把"文艺为人民服务"狭窄化地理解为"文艺为政治服务"，文艺为当前的"中心任务"服务，于是，"文化大革命"中的"三突出""题材决定论"以及二元对立的思维方式等就成了必然的结果。从悲剧性美学的角度来看社会主义文学，所要解决的问题之一是歌颂与暴露的关系问题——二者以哪一方为主导？而悲剧性正好具有歌颂与暴露的双重功能。于是，社会主义社会中是否有缺点、是否有悲剧就成了人们讨论的问题。如果有，是何种性质的、如何解决，在文学中如何表现？由于此前我们对悲剧性的特点（误以为只是对立立场上的冲突）和功能（单纯强调批判功能）的片面理解，因而，在很长时期，很多人不敢创作反映社会主义社会中缺点的悲剧性作品，文艺理论研究和文艺政策制定也都否定了社会主义文学中存在悲剧的必要性。因此，可以说"悲剧性"问题贯穿了中国当代文艺批评的发展历程。而对于"悲剧性"的正确、全面、深入的理解自然有助于我们正确把握中国当代文艺批评理论，不断促进中国当代文学艺术创作的发展繁荣。

（二）深化对文学本质的认识

文学中的悲剧性是文学的有机构成，因而，对它的研究必然深化我们对文学本质的认识。

1. 文学是人学

文学作品的作者、读者和写作对象都是人，文学高扬人的尊严、人格、价值、爱心、勇敢、善良、正义、真诚等积极性情感，探索人的可能性。换言之，文学是应对人的"生"和"死"的一种精神活动。而悲剧性是关于"人"的悲剧性，只有"人"才会意识到并表现"悲剧性"。因而，"人"是"悲剧性"问题的焦点和唯一主角。于是，"人"就成了"文学艺术"和"悲剧性"的共同焦点。例如，亚里士多德对于"悲剧"的界定就建立在普遍人性（同情、大悲）的逻辑前提上。借助"悲剧性"视角，我们可以对包括文学艺术在内的人类物质生活领域和精神生活领域中的诸多现象进行分析研究。例如，卢卡契在《德国文学中的进步与反动》一文中说："人类只是由个人体现出来的，而个人的努力随时随地都是悲剧性的。因此，人类发展的非悲剧性就是由许多不间断的悲剧筑成的。"① 这是用悲剧性视角来观察人类社会发展史。当然，我们也意识到，人类发展史不能简单地使用"非悲剧性"来界定。卢卡契的论断表明他对人类社会的发展拥有坚定信念："只有类，即人类，才是不可阻挡地向前发展的。"② 问题的关键是，人生和人类发展史永远不可能是绝对完美的。这一思想在作家和作品人物的内心里就转化为悲剧性意识和内在矛盾冲突。这使得作品中的人物更有深度、复杂性和真实性。因此，文学作品对于"悲剧性"表现的深度和广度表明了人对自己认识的程度。

文学艺术是生命的诗意性言说，是生命的一种体验和表达。阿·托尔斯泰说："艺术就是从感情上去认识世界。"③ 列夫·托尔斯泰认为："艺术活动就是建立在人们能够受到别人感情的感染这一基础上的。"④ 尼采也认为文学艺术是生命的表达。悲剧性体验本身是一种诗意性体验，它是对苦难的超越性把握，在对悲剧性的体验中，通过推己及人的同情或移情，将一己之情汇通于人类之情，体悟到了人和生命的真谛，是人之为人的深刻性和灵思性之所在。悲剧性折射出了生命和人的可能性。体验悲剧性就是一种艺术化生存。

---

① ［匈牙利］卢卡契：《卢卡契文学论文选》第一卷，范大灿编选，北京：人民文学出版社 1986 年版，第 42 页。

② ［匈牙利］卢卡契：《卢卡契文学论文选》第一卷，范大灿编选，北京：人民文学出版社 1986 年版，第 42 页。

③ ［苏联］阿·托尔斯泰：《拖拉机代替了月亮》（1931），见阿·托尔斯泰：《论文学》，程代熙译，北京：人民文学出版社 1980 年版，第 31 页。

④ ［俄］列夫·托尔斯泰：《艺术论》，丰陈宝译，北京：人民文学出版社 1958 年版，第 45-46 页。

消极性、否定性、痛苦性的生命状态要比积极性、肯定性、快乐性的生命状态感发更纁挚、更深沉、更持久的情感体验。而悲剧性是人对生命的缺憾性和对人类生存不完美（unenough）现状的忧虑，因而，悲剧性不仅是人生的必然构成，而且是最浓挚、最深沉、最有力、最恒久的生命体验和人生感悟。最新的情绪理论——情绪社会结构主义综合论认为，情绪是一种感情—认知结构，是特定的情感模式与特定的认知定势长期结合而形成的心理特征。它一方面是感情性的，另一方面还包括由信仰、价值、观念、爱好、理想所制约的认识，二者之间有相互影响和相对稳定的关系。[①]该理论把情绪分为基本情绪、对象指向情绪和复合情绪三种（Oatley & Johnson-Laird, 1996）。[②] 其中，基本情绪是先天的，包括愉快和悲伤、愤怒和恐惧等。而悲剧性正好属于人类的基本情绪情感，它与社会文化有着密切的关系。孟昭兰把人的情绪分为正性情绪（愉快、兴奋、满足）和负性情绪（易怒、激惹、痛苦）。[③] 孟昭兰认为，痛苦是一种最普遍、最一般的负性情绪。人的一生中，从出生到老年，痛苦是不可避免的一种情绪感受。悲伤则是痛苦的发展和延伸。悲伤比痛苦显示更鲜明的情绪色调。[④] 痛苦、悲伤和失望等负性情绪的表现能引起他人的同情和帮助，进而有益于社会群体的联结。在当代社会，负性情绪对提高人们心理—社会生活的质量也是有意义的。对于一项名为"世界上如果没有痛苦将会如何？"的调查，多数的回答是，那将是一个没有快乐、没有爱、没有家庭、没有朋友的世界（Tomkins, 1962）。[⑤] 而悲剧性是一种缺憾感占主导的痛苦悲伤情绪；同时，它又给人以痛苦转化而来的快感，是这二者混合的复杂情感。简言之，悲剧性是人的最基本、最浓厚、最持久的情绪情感之一，因其认知因素而使它更具深刻性。如刘俐俐先生所言，"文学关注的永远是精神的深度"[⑥]。 因而，优秀的文学艺术自然应该表现人生、社会和生命的悲剧性，因为悲剧性指向了人的精神的更深处。

人类情感的最有力表现是反向表现。人类情感的表现有正向表现和反向表现之分。前者是人将自己的情感予以肯定化直接表现。后者是人通过自己的情感体认被否定、被毁灭的方式来间接肯定自己的情感，比如否定

---

① 孟昭兰主编：《情绪心理学》，北京：北京大学出版社 2005 年版，第 35 页。
② 孟昭兰主编：《情绪心理学》，北京：北京大学出版社 2005 年版，第 175 页。
③ 孟昭兰主编：《情绪心理学》，北京：北京大学出版社 2005 年版，第 122-123 页。
④ 孟昭兰主编：《情绪心理学》，北京：北京大学出版社 2005 年版，第 155-157 页。
⑤ 孟昭兰主编：《情绪心理学》，北京：北京大学出版社 2005 年版，第 159 页。
⑥ 刘俐俐：《隐秘的历史河流》，天津：天津人民出版社 2002 年版，第 103 页。

型的表达即如民间人们所说的"打是亲，骂是爱"。在文艺作品中，人生的
情感价值在被毁灭、被否定的苦难之火中涅槃永生了，而且比此前得到人
们更多、更高、更积极的认同，更易给人留下深刻久远的印象。因而，情
感反向表达技巧就成为文学创作中的一个通识。

2. 悲剧性是文学创作动力

文学艺术的创作多源于悲剧性体验。中国文学史上的诗人、作家和思
想家们大都意识到了这一点。孔子认为"诗可以怨"（《论语·阳货九》），
且"哀而不伤"（《论语·八佾二十》），这是以"怨""哀"为悲剧性内涵的
中国悲剧理论的起点，强调了"怨"和"哀"是文艺创作的动力之源。司
马迁将"悲剧性"理解为"愤"。他在《史记·太史公自序》中说："夫《诗》、
《书》隐约者，欲遂其志之思也。昔西伯拘羑里，演《周易》；孔子厄陈、
蔡，作《春秋》；屈原放逐，著《离骚》；左丘失明，厥有《国语》；孙子膑
脚，而论兵法，不韦迁蜀，世传《吕览》；韩非囚秦，《说难》、《孤愤》；《诗》
三百篇，大抵贤圣发愤之所为作也。此人皆意有所郁结，不得通其道也，
故述往事，思来者。于是率述陶唐以来，至于麟止，自黄帝始。"[1] 唯此，
才能"究天人之际，通古今之变，成一家之言。"[2] 刘勰也认为"悲剧性"
是"愤"，他在《文心雕龙·情采》中说："盖风雅之兴，志思蓄愤，而吟
咏情性，以讽其上，此为情而造文也。"[3] 李白理解"悲剧性"是"哀怨"，
所谓"哀怨起骚人"[4]。 韩愈认为"悲剧性"是人生"不平"感，所谓"物
不得其平则鸣"[5]。 白居易理解"悲剧性"是"愤忧怨伤"，他在《序洛诗》
中写道："予历览古今歌诗，自《风》《骚》之后，苏、李以还，次及鲍、
谢徒，迄于李、杜辈，其间词人，闻知者累百，诗章流传者巨万。观其所
自，多因谗冤遣逐，征戍行旅，冻馁病老，存殁别离，情发于中，文行于
外，故愤忧怨伤之作，通计古今，计八九焉。"[6] 由于他具有极强的文艺服
务于现实社会和"泄导人情，补察时政"的意识，因此在《与元九书》中，
他提出了"文章合为时而著，歌诗合为事而作"的创作主张。[7] 白居易文
学创作的出发点和落脚点都是其深厚的"为民"情怀，因此他在《新乐府

---

① 胡经之主编：《中国古典文艺学丛编（一）》，北京：北京大学出版社 2001 年版，第 387 页。
② 司马迁：《报任少卿书》，见朱东润主编：《中国历代文学作品选》上编第二册，上海：上海古籍
出版社 2002 年版，第 131 页。
③ 胡经之主编：《中国古典文艺学丛编（二）》，北京：北京大学出版社 2001 年版，第 266 页
④ 胡经之主编：《中国古典文艺学丛编（一）》，北京：北京大学出版社 2001 年版，第 389 页。
⑤ 胡经之主编：《中国古典文艺学丛编（一）》，北京：北京大学出版社 2001 年版，第 390 页。
⑥ 胡经之主编：《中国古典文艺学丛编（一）》，北京：北京大学出版社 2001 年版，第 390 页。
⑦ 胡经之主编：《中国古典文艺学丛编（三）》，北京：北京大学出版社 2001 年版，第 324 页。

序》中提出诗歌创作要"惟歌生民病"①"但伤民病痛"②。司空图《二十四诗品》中的"悲慨"即他所理解的"悲剧性",所谓"壮士拂剑,浩然弥哀,萧萧落叶,漏雨苍苔"。欧阳修理解"悲剧性"是仕途之"穷",他在《梅圣俞诗集序》中说:"盖世所传诗者,多出于古穷人之辞也。凡士之蕴其所有,而不得施于世者……内有忧思感愤之郁积,其兴于怨刺,以道羁臣寡妇之所叹,而穷人情之所难言;盖愈穷则愈工。然则非诗人之能穷人,殆穷者而后工也。"③陆游理解"悲剧性"是"悲愤",他在《澹斋居士诗序》中说:"盖人之情,悲愤积于中而无言,始发为诗。不然,无诗矣。苏武、李陵、陶潜、谢灵运、杜甫、李白,激于不能自已,故其诗为百代法。"④明代李贽认为"悲剧性"是"愤",他在《杂述·忠义水浒传序》中说:"古之圣贤,不愤则不作矣。不愤而作,譬如不寒而栗,不病而呻吟也,虽作何观乎?《水浒传》者,发愤之所作也。"⑤李贽在《杂述·杂说》中又说:"蓄极积久,势不能遏。一旦见景生情,触目兴叹;夺他人之酒杯,浇自己之垒块,诉心中之不平,感数奇于千载。"⑥清末刘鹗理解"悲剧性"是"哭",他在《老残游记·自序》(1906)中说:"婴儿堕地,其泣也呱呱;及其老死,家人环绕,其哭也号啕。然则哭泣也者,固人之所以成始终也。其间人品之高下,以其哭泣之多寡为衡。盖哭泣者,灵性之现象也,有一份灵性即有一份哭泣,而际遇之顺逆不与焉。……《离骚》为屈大夫之哭泣,《庄子》为蒙叟之哭泣,《史记》为太史公之哭泣,《草堂诗集》为杜工部之哭泣;李后主以词哭,八大山人以画哭,王实甫寄哭泣于《西厢》,曹雪芹寄哭泣于《红楼梦》。"人间千万种情感,"其感情愈深者,其哭泣愈痛。"⑦悲剧性因此而获得了神圣感。当代西班牙哲学家乌纳穆诺就说:"圣殿之所以庄严神圣,就是因为它是人们共同前往哭诉的地方。"⑧哭泣是人类情感的流露,是人对生命的普遍关怀,正因为有这份人间的关爱,才使得这个有情的世界更具有意义。

---

① 白居易:《寄唐生》诗,北京师范大学中文系文艺理论教研室编:《文学理论学习参考资料(上)》,沈阳:春风文艺出版社 1981 年版,第 538 页。

② 白居易:《伤唐衢》,见霍松林编选:《唐诗精选》(名家视角丛书),南京:凤凰出版社 2018 年版,第 267 页。

③ 胡经之主编:《中国古典文艺学丛编(一)》,北京:北京大学出版社 2001 年版,第 391 页。

④ 胡经之主编:《中国古典文艺学丛编(一)》,北京:北京大学出版社 2001 年版,第 393 页。

⑤ 胡经之主编:《中国古典文艺学丛编(一)》,北京:北京大学出版社 2001 年版,第 398 页。

⑥ 胡经之主编:《中国古典文艺学丛编(一)》,北京:北京大学出版社 2001 年版,第 397-398 页。

⑦ 陈平原、夏晓虹编:《二十世纪中国小说理论资料》(第一卷),北京:北京大学出版社 1997 年版,第 221-222 页。

⑧ [西班牙]乌纳穆诺:《生命的悲剧意识》,段继承译,广州:花城出版社 2007 年版,第 22 页。

优秀的文学作品总是寄寓着作家心灵深处更为深沉、复杂、强烈的内省体验，悲剧性就是其中之一。张竹坡在评点《金瓶梅》时就说："作者不幸，身遭其累，吐之不能，吞之不可，搔抓不得，悲号无益，借此以自泄。"[①]作者积于内心、无法排遣的痛苦"酿成奇酸，海枯石烂，其味深长"[②]。总之，具有深刻蕴涵的文学艺术发生于人的不如意、不完满的生命体验之中，是对人的生命状态的严峻关注和内外生存困境的深切忧虑。因而，从此意义上说，具有深刻人性蕴涵的文学其实也就是表现了生命的悲剧性体验的文学。有此情感体验，"定能发生各种思力深沉，意味深长，感人最烈，发人猛省的作品"[③]。钱锺书《管锥编》第三册目次"二六 全汉文卷四二 好音以悲哀为主"即表达了同样的认知。综上，在具备独特的审美艺术形态的前提下，由于蕴涵了生命的悲剧性体验，文学艺术的经典化才有实现的可能，而那些缺失了悲剧性体验的作品大都会随着时间的流逝而被人们遗忘。我们只要将"世界悲剧文学史"与各种版本的"世界文学史"做一比较，其较高的重合程度就足以证明这个观点。

快乐之情托之于文字，正好说明了欢娱难久、青春短暂、功名速朽、荣光一瞬、美人迟暮、落寞久长、韶光如朝露、年华似流水的无奈而凄凉的人生悲剧性状况，是故以文字记之，作为怀念或梦想之代用品。

3. 悲剧性与文学本质相通

文学艺术有三大要旨：情感、哲思与想象（总体即"体验"）。情感是伴随主体认识活动、意识活动和意志活动过程而出现的一种心理活动状态，是与主体对特定对象所持态度相伴而生的一种主观体验，它在文学中的主要功能是满足、释放、寄托主体的态度体验，或者享受某种态度体验，是文学艺术的灵魂和根本。正如白居易在《与元九书》中所说："诗者，根情，苗言，华声，实义。"[④] 哲思主要是对"人"的存在（各种关系：人与自然、人与社会（他人）、人与自我）的思考。想象是对人的情欲、需要、兴趣、气质、性格、能力、行为、意志等肉体和精神的限度（时间、空间、强度、程度等）的设想。悲剧性是对人的一种极限性、可能性的反思，是一种临界点上的思考。在此意义上，悲剧性与文学艺术有相通之处。悲剧性作品

---

① 张竹坡：《竹坡闲话》，见朱一玄编：《金瓶梅资料汇编》，天津：南开大学出版社1985年版，第199页。

② 张竹坡《苦孝说》，见朱一玄编：《金瓶梅资料汇编》，天津：南开大学出版社1985年版，第201页。

③ 胡适：《文学进化观念与戏剧改良》，见胡适：《胡适文存》一集，合肥：黄山书社1996年版，第113页。

④ 北京师范大学中文系文艺理论教研室编：《文学理论学习参考资料（下）》，沈阳：春风文艺出版社1982年版，第6页。

中的哲思不是为了把受众培养成哲学家，而是让人们生活得更真实、更充实、更幸福与更和谐。悲剧性作品能满足人们的各种潜意识或无意识需要，能满足人们的各种情绪（时尚、激情、应激、心境）与情感（理智感、道德感、美感）需要，满足人的各种层次的心理需要。

因而，对悲剧性的研究，将有助于我们深化对文学艺术本质和人性的认识。

（三）现实意义

研究"悲剧性"也有其现实意义，主要有以下三个方面。

1. 制衡当下流行的享乐文化

20 世纪 80 年代以来，中国随着改革开放政策的实行，人们的物质生活水平有了大幅度的提高，文化娱乐活动也日益繁荣。整个社会在呈现出一派创新、开放、改革、拼搏、进取的气象的同时，人们的精神文化生活中也不同程度地存在着一股享乐主义、娱乐至上之风。其具体表现就是躲避崇高、消解神圣、反讽伟大、戏拟庄严、游戏人生、戏说历史、搞笑一切，例如《戏说乾隆》《康熙微服私访》《宰相刘罗锅》以及各种抗战"神剧"等。这些现象的出现，其合理性在于它是对曾经的伪崇高、假神圣给予了揭露和批判，但是不应因此就放逐了人类相对于动物所具有的神性——精神超越性，以及对真正人性（尊严和人格）的追求，在怎么都行的无所谓态度后面，将人降格为普通的非自觉的生命体，在耽溺于当下感观享乐之中麻木了人的感知生命的神经，缺失了对于未来生存状态的积极应对。具体来说，现代社会中，由于个体意识（自我意识、主体意识等）明显增强，随之个体的欲望、情感、理智、意志与无意识欲念等得到了充分表达和实现的机会；同时，也进一步增加了个体间和人自身内在冲突的机会、增强了冲突的程度。而且，物质文明的提高并不意味着人们生活幸福指数的同步提高。在这点上，叔本华应该是说出了真相，现代人比古代人有了更多的痛苦和烦恼，而且，幸福层次越高，痛苦层次也越高。正是在此意义上，我们认为现代社会有了丰富多样的悲剧性现象等待着文学家去挖掘、去表现。通过对"生命之重"的表现，来感发人们内心中的爱意、责任、温暖、理性、平和、和谐，从"生命之轻"的麻醉中清醒过来，使人们的精神生态更加健康，进而去积极应对自然生态危机和社会生态危机。

2. 应对人类日益严峻的内外生存环境危机

现实世界并不是完美的，许多不利于人类健康生存和发展的因素还有很多。例如，核威胁的恐怖阴影依然存在，宗教种族纷争与流血冲突不断，环境破坏和资源枯竭逼近地球生命生存底线，人类面临着史无前例的环境和资源的巨大压力，全球南北差距进一步扩大，各种恐怖主义蔓延全球；世界政治多极化格局在艰难曲折中发展，国际政治中霸凌主义、单边主义、保守主义抬头，经济全球化并未带给不同民族国家人们同等的利益，人类的贪婪和野心在竭泽而渔中将人类不断推向危险境地，人们生活的幸福指数有待提高。简言之，现实生活仍然存在许多缺憾和不完美之处。而对悲剧性现象的研究，将会促发我们直接观照自己当下的生存现状，对人的各种内外生存困境予以深刻表现。而且人与自然、人与世界的各种紧张关系是人与自身及人内心的各种欲望之间悲剧性冲突关系的外化，这使得文学表现当今人类生活深处的悲剧性成了现实的必然要求。正视生存、生活现状中的窘迫与缺憾，是一个人具有责任感、使命感和生命感的表现。

当代人的主体性遭到了物质化和媒介化的进一步威胁，人保持自己的主体意识很难。而人唯有依靠自己不同于他人的感知力、想象力，依靠自己对于自身生命状态的鲜活独特的体验，才能将自己与他人区别开来；也只有依靠自己对于生命、人生和社会的鲜活独特的悲剧性体验，才能将自己的生命与更广泛、更久远的生命体系汇通起来，使自己的生活成为具有主体性的生活，成为真正的人的生活。在当今越来越趋于物质化和媒介化的世界里，关于悲剧性的话题就显得更加重要。我们拥有的生命是唯一的一次，因为生命是有限的，所以我们才会进行超越有限性的思考；因为生命是独特的，所以我们才会有抗拒同一化的努力；因为生命是有主体性的，所以我们才想方设法不让自己成为简单的信息符号，不让自己成为媒介机器的加工原料，不让自己的声音被媒介所伪造。同样，也只有依靠独特鲜活的对于生命的悲剧性体验，我们才可以抗拒泛消费主义、抗拒非个性化、抗拒物质主义、抗拒各种异化，有效应对信息爆炸的狂轰滥炸，在谜样的信息之海找寻到一根透气的芦苇和一叶渡海的扁舟，好让我们保有自己，去继续认识自己。

对于我们今天所处的这个世界，南怀瑾先生曾经说："今日的世界，物质文明发达，在表面上来看，是历史上最幸福的时代；但是人们为了生存的竞争而忙碌，为了战争的毁灭而惶恐，为了欲海的难填而烦恼。在精神上，也可以说是历史上最痛苦的时代。"① 南怀瑾先生的这段话虽然有些悲观，可他对于当今世界所抱的清醒的忧虑意识却实在令人感佩。

正因为我们更清醒地意识到了我们生活中已经存在的和我们将会面临的内外生存困境，这才使我们不得不焦虑满怀、慈悲满怀。这是我们应对世界的必然选择。

---

① 南怀瑾：《雨丝》，《读者》2012 年第 6 期，第 13 页。

3. 跨文化沟通意义

研究悲剧性现象有助于消解西方文化中心论。不少西方学者不是有意否定就是有意忽略中国、印度、日本等非西方文化中的悲剧性体验。例如，当今极具权威性的《大英百科全书》，其中有一个词条是"悲剧在东方戏剧中的缺席"，其理由是，中国、印度、日本三国人信奉佛教，其核心教义涅槃说泯灭了人的所有冲动；而在西方悲剧中，主人公面对任何艰难险阻都会奋起抗争，这种强烈的个人欲望在东方戏剧中不存在；西方人珍视个体生命，他们"捍卫自己个体及其价值，反对任何否定它们的因素"，"在东方戏剧中，没有如此强烈的对于个体的关注"。① 该词条的作者显然既不熟悉东方戏剧，更别说东方文学艺术，也不了解西方自身的悲剧戏剧和文学实际。当下我们研究"悲剧性"，就是要超越东方—西方这种二元对立的简单思维模式，在东西方无任何争议的"悲剧性"的平台上，以一种真正全球化的人类的眼光来审视世界文学，汲取营养。

二、研究"悲剧性"的思路

本书将从以下五个方面对"悲剧性"展开研究。

第一部分，"悲剧性"范畴的性质和内涵探讨。在对已有材料的分析中，笔者发现，制约我们进一步深入研究文学艺术中的悲剧性和日常生活中的悲剧性问题的最基本障碍不是资料的纷繁，而是对"悲剧性"范畴的性质和内涵的认识在许多人那里仍旧相当模糊，或者是不准确的，或者是不完善的，或者是不正确的。于是，解决问题的工作起点自然是概念清理。

第二部分，悲剧性的生成分析。这包括两方面，一是悲剧性的生成系统的理论分析与建构，二是悲剧性生成机制的探讨。前者是要在对以往人们关于悲剧性成因的综合分析的基础上，提出自己关于悲剧性成因的新观点。后者是提出并分析悲剧性的生成机制，在具体论述中将涉及其哲学原理和心理学原理等方面。

第三部分，悲剧性的特征探讨。本部分将主要从本源属性、生成方式（或然或必然，即引发生成过程并规定其发展趋势的根本原因的特性）、逻辑特点、心理趋向和情感类型等五个角度分析悲剧性的特征。对于每一特征，将分别论述其内涵、文本显现、艺术技巧、哲学和心理蕴涵等内容。

第四部分，悲剧性在文学中的显现（物化）描述。这包括悲剧性在不

---

① Encyclopædia Britannica, Inc. The New Encyclopædia Britannica, Volume 23, Chicago：Encyclopædia Britannica, Inc., 1993. pp.167–168.

同民族文学、不同体裁文学以及不同艺术要素中的显现。在对不同民族文学作品里悲剧性显现的描述中，笔者将把握两个原则，一是纵向发掘，揭示"悲剧性"显现中"人"的观念的变化，进一步加强印证和深化理解第一章中所说的"悲剧性"具有与人的生命同在的历史穿透力。二是横向比照，注重考察各民族文学作品中"悲剧性"显现所体现的不同民族文化色彩，这是理解不同民族文学和不同民族精神的一把钥匙。具体来说，将从体裁形式、思想内容和审美风格三个方面对中西方文学中的悲剧性进行比较，以探讨民族文化因素对于文学中"悲剧性"显现的影响。此外，每一民族的悲剧性文学也有其发展史。通过对不同体裁文学中"悲剧性"显现的描述，重点分析不同体裁文学对于"悲剧性"显现的制约和促发作用，借此进一步印证和深化理解第一章中所说的"悲剧性"所具有的随体（体裁）附神的能力。作为艺术构成要素的"悲剧性"在文学文本中主要表现为悲剧性题旨、悲剧性情节、悲剧性结构、悲剧性风格、悲剧性情感基调等方面。这一考察的目的是进一步论证"悲剧性"在文学中具有无限广阔的生存空间，进而支持第二章中对于"悲剧性"范畴的性质和内涵所给出的界说。

　　第五部分，文学中悲剧性的功能研究。这主要包括文学内部功能和文学外部功能两方面。前者主要指悲剧性作为文学批评视角和批评尺度的功能，后者主要指文学中悲剧性的社会文化功能。本部分意在通过对"悲剧性"的功能分析，将文学与社会的有机联系呈现出来，以突显悲剧性文学的文学价值和社会意义，同时也进一步彰显"悲剧性"功能与其存在、生成、特征之间存在的一体多面关系，深化人们对"悲剧性"现象的整体理解。

　　最后，结语部分。本部分对本书进行总结，主要就本书中的一些创新之处的意义进行论述，并提出进一步需要讨论的问题。此外，本部分还将运用本书的研究成果，对 21 世纪最初十来年的中国文艺做宏观评论，以期引导人们在精神文化活动中坚持正确的价值导向。

三、研究"悲剧性"的方法

　　前文已论及，在基本问题上，本书的核心主题将从传统的悲剧美学的"悲剧是什么"或"悲剧的本质是什么"，转换为新的悲剧性美学的"悲剧性是怎样生成的"。基本问题的变化，不只是提问方式的变化，更是思维方式的变化，即由本体论式的思维转变为生成论式的思维。研究方式由以往封闭性、形而上式的给出定义转变为开放性、生成性的描述和分析，而且是在以文本（社会文本、文学文本）—社会历史文化语境—主体（人、作者、受众)这三重维度所构成的系统化、动态化、整体性的坐标系中,来描述和分析悲剧性的性质、内涵、生成、特征、文学中悲剧性的显现(物化)及功能等问题。同时,在描述和分析中,本书将会充分考虑到"悲剧性"的生成性、多样性和层次性特点,合理运用不同的理论分析方法。简言之,新的悲剧性美学研究是一种立体化、系统化、动态化的研究,马克思主义哲学是新的悲剧性美学的研究方法的哲学基础;我们必须坚持运用马克思主义的立场、观点和方法,具体问题具体分析,科学、合理地选用合适的研究方法。

概括来讲,本书将主要运用如下方法研究"悲剧性"。

第一,历史和逻辑相统一的研究方法。本课题的研究对象是"悲剧性"现象,但"悲剧性"现象又不为文学艺术所独有,它最初和普遍地存在于人类社会生活中,而文学活动也是人类社会生活的一个有机构成部分。这就使得"悲剧性"的发生、发展既处于人类一般历史的深广地带中,也存在于人类的文学史之中。因而,我们就要充分考虑人类的一般历史与文学史之间的互动互渗关系。同时,历史从哪里开始,我们的逻辑起点就应该从哪里开始。于是,"悲剧性"而非"悲剧"就应该成为我们研究的逻辑起点。在此基础上,我们自然就要研究"悲剧性"到底"是什么"以及它"为什么是这样"的问题,还包括"悲剧性"在我们的社会—文学中到底可以"干什么"的问题,这就是"悲剧性"的性质和内涵、"悲剧性"的生成、特征、文学中的显现及功能等问题。其中,首先必须考虑文学语境与日常生活语境双方之间互动、互渗的关系,必须对文学—日常生活语境中的"悲剧性"语用、语义的普遍情况进行全面、仔细地梳理,同时对人们此前的相关研究进行准确辨析,运用归纳法考察悲剧性现象之间的共同点,进而提出自己对于"悲剧性"的性质和内涵的界定。这种概念的明晰是本书得以展开的前提性、基础性工作。这样一来,本书的逻辑发展过程与"悲剧性"的历史发展过程就统一起来了。

第二,历时性研究和共时性研究相结合的研究方法。例如,在对文学中悲剧性的显现(物化)研究中,本书将分别考察不同民族文学和不同体裁文学中的悲剧性的显现情况,这是共时性研究;而考察中西方各自文学中悲剧性的流变则是历时性研究;通过对中西方文学中的悲剧性进行比较,可以发现文学中悲剧性显现的民族文化色彩;通过对不同体裁文学中的悲剧性显现情况进行比较,以发现文学体裁对于悲剧性显现的影响。这些又都是共时性研究。对于作为艺术要素的悲剧性的研究,也将从悲剧性主旨、悲剧性结构、悲剧性风格、悲剧性情感基调等方面进行共时性研究;在对悲剧性的生成及特征的探讨中，本书将先从历时性的角度考察人们此前的相关研究成果，然后辩证分析，接着展开自己的研究，最后提出自己的看法。对于悲剧性的生成系统将具体分析其不同构成要素以及它们之间的关系，对于悲剧性的生成机制亦将分析其不同方面以及相互关系，对于悲剧性的特征也将逐一进行论述。这些又都是共时性研究。

第三，理论研究与文本分析相结合的研究方法。任何理论建设都不是单纯为理论而理论的，它是要解决现实问题的。悲剧性美学理论是否有效、在多大程度上有效，都需要由人们的各种悲剧性情感认知体验来检验，要看其对各种悲剧性现象的解释力。因而，为了避免研究的空疏，本书将以理论建构为主线，以对各种悲剧性现象的理论分析和描述分析来支持理论建构。其中，文本分析是重要的描述分析方法。例如，本书将选择古希腊悲剧和 20 世纪中国文学史为宏观个案，以鲁迅小说为微观个案进行文本分析，以期证明文学中悲剧性的和谐性特征，以及以"悲剧性"作为文学批评尺度的可行性。在论证笔者所界定的"悲剧性"内涵的普世性时，本书将选择中国文化、印度文化、基督教文化和伊斯兰教文化中的相关思想给予支持。文学中悲剧性的显现，将主要采用描述分析的方法。合理运用理论分析方法和以文本分析为代表的描述分析方法，以期对人们的悲剧性体验现象予以准确把握。

第四，内部研究和外部研究相结合的研究方法。文学艺术与人类社会生活之间存在着千丝万缕的互动互渗的关系，因而，"文学"不是"文学"一家的事情，单纯的内部研究和外部研究都不能把"文学"的事情完全说清楚、讲透彻。完全依靠内部研究，将会走进象牙塔式的符号编码、解码游戏之中，切断和枯竭了文学的生命源泉；也难以解释人类为何需要文学、为何需要这样的文学，以及为何会有那么多形式各样、内容丰富、不断创新的文学实践等问题。仅仅凭借外部研究，我们只能得知文学得以发生的外在环境，但这个具体环境到底是如何参与了文学过程、文学因此而发生了什么变化也即其效果怎样，我们都不得而知；单纯的外部研究并不能发掘出具体文学现象的独特性，因为同样的社会历史文化背景是诸多社会共生现象共同的生长根基；单纯的外部研究还会因其过于宏大和不与具体文本实际相结合而显得十分的"隔"，走向了空疏。基于此，本书将把"悲剧性"范畴还原回鲜活的社会文化生活和文学作品之中，从其具体存在中抽绎出"悲剧性"的性质和内涵。在研究悲剧性的生成及其机制、特征、文学中悲剧性的显现及功能时，都要把内部研究和外部研究结合起来。

第五，综合使用社会历史文化研究方法、传记研究方法、原型批评方法、结构主义方法、接受美学方法、细读法等传统的文艺学美学方法。同时，本书还将借鉴社会学、哲学、心理学、传播学、伦理学、政治学等学科的相关方法资源，例如思辨法、观察法、内省法，以提高分析的精准度、深度、广度和厚度，增强论析的力量。因为，"悲剧性"现象广泛存在于人类生活的一切领域，只有借助各学术领域的相关研究方法，我们才会比较准确地把握与各领域有关的内容，进而才能更加深入地理解各自的存在形态。例如，心理学研究中有一个方法叫内省法，也叫自我观察法，它要求研究者以一种代入心态进行研究，也即研究者也是一个实验者，尽管他不是现场实验者。其理论基础是，人同此心，心同此理，心同此情。因而，研究者本人的心理体验活动也是被试者心理活动的当然组成部分，是可以作为论据予以采信的。文学是人学，文学也是心理学。对于文学中的悲剧性现象的研究,研究者本人的心理体验活动恰好是体验法的具体适用对象。运用投射法，我们又可以从文艺作品中人与物、人与事的关系上比较精准地把握人的内心世界。又如，传播学中的各种受众理论，可以帮助我们正确理解"悲剧性"得以生成的社会历史文化语境以及作者与世界、受众与文本之间的复杂关系。哲学思辨法是任何理论研究都必须具备的，本书也不例外。政治学中的阶级分析方法、阶层分析方法有助于我们比较准确地把握作者或受众的行为动机、预存立场、价值观念及其对他们的悲剧性体验的影响。话语分析方法又可以帮助我们较好地把握悲剧理论、悲剧创作与权力三者之间的复杂关系。

　　总之，本书将坚持博采众长、务实有效的原则，平等对待各种研究方法，针对具体研究对象，合理选择并正确运用相关研究方法，努力进行深入的悲剧性美学探索。

第二章 "悲剧性"范畴的性质与内涵

一个研究领域或一门科学中的基本范畴，体现着人类对该领域认识的水平。"范畴是人们在实践基础上概括起来的科学成果，转过来成为进一步认识世界和指导实践的方法。范畴是人类认识发展的历史的产物，一定的范畴标志着人类对客观世界的认识的一定阶段。它必然随着社会实践和科学研究的发展而逐步丰富和更加精确"。[①] 同时，它也将随着社会实践和科学研究的发展而逐步更新。悲剧理论的范畴便是如此。在西方悲剧理论史中，亚里士多德最先定义了原始性的"悲剧"概念，此后一直到黑格尔，西方学者的悲剧研究多涉及悲剧的情节、结构、主人公，以及悲剧引起的效果等论题。19 世纪后期，尼采突破了传统西方悲剧理论研究的模式，从悲剧精神出发来探讨悲剧的产生。20 世纪初年至 60 年代初期，乌纳穆诺从"生命悲剧意识"的角度，立普斯、帕克特别是伽达默尔从接受主体的角度探讨了悲剧的产生。20 世纪 60 年代中期至今，雷蒙德·威廉斯、曼费雷德·普菲斯特和特雷·伊格尔顿，以及 20 世纪 80 年代后期以来中国的邱紫华、张法、周安华等中外学者从悲剧性作品的特征、审美效果和艺术感染力出发，探寻悲剧性作品如何通过多种艺术手段，揭示人的生存和追求无法得到圆满解决的生存悲怆性。

此前的悲剧理论研究呈现出如下变化趋势：在研究的具体对象上，从悲剧戏剧扩展到所有文艺类悲剧性作品，但尚未涉及各类社会文本；研究路径上，从仅仅囿于艺术文本走向文本与创作主体、接受主体的多向并举，但较少涉及具体语境；研究目的上，从对"悲剧本质"的探寻转变为对"悲剧性"如何产生的探讨，但系统性差。当今现实生活中，"悲剧性"愈来愈明显地脱离了与戏剧、文学艺术、审美（狭义的）和高贵的联系，频频被用来表达人们在日常生活、文学艺术生活等一切人类生活中的各种悲剧感。同时，传统的悲剧理论在实践中也遇到了挑战，主要表现是，以"情节"

---

① 辞海编辑委员会编：《辞海》（哲学分册），上海：上海辞书出版社 1980 年版，第 82-83 页。

"性格"为核心的传统悲剧理论难以对日常生活化的、以"情绪氛围""意象"为核心的"悲剧性"现象做出令人满意的解释，传统悲剧理论亟待创新。总之，无论是悲剧理论研究的历史趋势、现实要求，还是不断变化的社会现实都表明，现代悲剧美学研究的主要关注点，已经逐渐由"悲剧"转向"悲剧性"，"悲剧性"应该成为新的悲剧美学理论的基本范畴。

"悲剧性"作为悲剧美学理论的基本范畴，统摄着诸多基本问题的研究。虽然相对于"悲剧"，人们对"悲剧性"的理解比较接近，但也存在不少分歧。例如，1912 年 4 月 14 日午夜，英国"泰坦尼克"号巨轮在纽芬兰大浅滩南 150 公里处与 46000 吨重的巨大浮冰相撞，导致巨船沉没，1500多人丧生。对于"泰坦尼克"号沉没事件，不少人视其为极富"悲剧性"之"悲剧"，可董学文先生却认为"从美学观点看"，它"不具备严格的悲剧意义"，"并不是悲剧性的"。[①] 上述两种迥然不同的观点，缘于在理论上对"悲剧性"范畴的不同界定。而要厘清"悲剧性"范畴，至少需要解决两个问题：一是"悲剧性"范畴的性质，即"悲剧性"是关于什么或在何种情形中被使用的一个概念。二是"悲剧性"范畴的内涵，即"悲剧性"的所指。这两个问题密切相关，但并不相同。本章将分别具体探讨"悲剧性"范畴的性质和内涵。

第一节　"悲剧性"范畴的性质

本节将基于"存在"立场，采用语境还原法，具体探讨"悲剧性"范畴的性质。

一、"悲剧性"范畴的性质诸旧说分析

关于"悲剧性"范畴的性质，此前人们的认识比较驳杂而模糊。相当多的学者把"悲剧性"作为一个"范畴"来研究和使用，但也有学者否认"悲剧性"是一个"范畴"。何谓"范畴"？《现代汉语词典》（第 7 版）解释为："人的思维对客观事物的普遍本质的概括和反映。"[②]《辞海》（哲学分册）对"范畴"的解释是："范畴是反映客观事物的本质联系的思维形

---

① 董学文：《马克思与美学问题》，北京：北京大学出版社 1983 年版，第 185 页。
② 中国社会科学院语言研究所词典编辑室编：《现代汉语词典》（第 7 版），北京：商务印书馆 2016年，第 365 页。

式,是各个知识领域中的基本概念。"① 我以为,它们的说法是一致的,指出了"范畴"是人的思维对于客观事物的普遍本质的概括,它是一门科学的基本概念。

关于"悲剧性"范畴的性质,前人研究成果颇为丰硕,出现多种观点,根据侧重点的不同,可大致归为两类,一类是基于"悲剧性"的存在领域,另一类是基于"悲剧性"的存在方式。

（一）基于存在领域的"悲剧性"范畴性质界定

从存在领域的角度界定"悲剧性"性质的说法,主要有以下三种。

第一种,"艺术现象"说。该说视"悲剧性"为一种艺术现象,认为"悲剧性"只存在于艺术领域中。它主要表现为"艺术范畴"说、"激情（或情致）类型"说和"艺术形式"说。

"艺术范畴"说认为"悲剧性"是个"艺术范畴"。如克尔凯郭尔在《古代戏剧中的悲剧性在现代戏剧中的反映》一文里提出的,"悲剧性"是介于"动作"和"苦难"之间的"艺术范畴",是悲剧戏剧的本质。② 他强调"悲剧性"是使悲剧显现出悲剧感的艺术手法,是悲剧的艺术要素。然而,"过失""冲突""罪"等所谓"悲剧性"要素却并非只存在于艺术中。苏联学者卡冈·波斯彼洛夫也认为"悲剧性"是"艺术范畴"③,但他强调"悲剧性"是一种艺术效果,只有在比较狭窄的艺术范围内才能创造出来。卡冈该说显然不妥,因为除艺术外,现实生活中的许多现象也能产生"悲剧性"效果。

"激情（或情致）类型"说是"艺术现象"说的第二种具体形态。该说认为,"悲剧性"是文学作品激情的种类。如苏联学者格·尼·波斯彼洛夫在其《文学原理》（1978）中提出,"悲剧性""喜剧性""崇高""卑贱""英雄精神"和"戏剧性"等"所有这些都是文学作品激情的种类",而不是传统观点中的"审美范畴"或"美学范畴"。④ "激情"（παφοс）一词来源于希腊文 πάθos,英文为 pathos,本意有"忍受"和"怜悯"的意思,俄语中有"强烈感情""热情""激情"的意思。朱光潜先生将之译为"情致",

① 辞海编辑委员会编:《辞海》（哲学分册）,上海:上海辞书出版社 1980 年版,第 82 页。

② [丹麦]克尔凯郭尔:《非此即彼》（上卷）,京不特译,北京:中国社会科学出版社 2009 年版,第 165-193 页。京不特译为"悲剧元素"或"那悲剧的"。另参见王齐:《克尔凯郭尔关于悲剧的"理论"——兼论悲剧精神的现代意义》,《外国美学》编委会编《外国美学》第十七辑,北京:商务印书馆 1999 年版,第 160-164 页,王齐译为"悲剧性"。

③ [苏联]尤·鲍列夫:《美学》,冯申、高叔眉译,上海:上海译文出版社 1988 年版,第 21 页。

④ [苏联]格·尼·波斯彼洛夫:《文学原理》（1978）,王忠琪、徐京安、张秉真译,北京:生活·读书·新知三联书店 1985 年版,第 244 页。

波斯彼洛夫《文学原理》中译本将之译为"激情"。其实，作为一个文艺学美学概念，"情致"或者"激情"源自黑格尔，他说：情致"不是本身独立出现的而是活跃在人心中，使人的心情在最深刻处受到感动的普遍力量"。① 黑格尔的"情致""只限用于人的行动"，指的是"存在于人的自我中而充塞渗透到全部心情的那种基本的理性的内容（意蕴）"。② 它为数很少，主要是"恋爱、名誉、光荣、英雄气质、友谊、母爱、子爱之类的成败所引起的哀乐"③。有意味的是，黑格尔将普遍力量的心理效果归结为"哀乐"，哀居首，这是否暗含着黑格尔无意识深处对于生命的悲剧性体验呢？他说："情致是艺术的真正中心和适当领域，对于作品和对于观众来说，情致的表现都是效果的主要的来源。……情致能感动人，因为它自在自为地是人类生存中的强大的力量。"④ 可见，黑格尔很看重情致对于催生悲剧效果的重要作用。

波斯彼洛夫认为"悲剧性"是文学作品激情的种类而非传统的"审美范畴"的理由是，一方面，从鲍姆嘉通对于"美学"的解释（凭感观认识到的完善的科学）来看，"'崇高'和'卑贱'、'悲剧性'和'喜剧性'都不是'美'的种类。"因为"悲剧性的人或者事可以在作品中得到完美或者不完美地表现，因而，'悲剧性'和'喜剧性'，如同'崇高'和'卑贱'一样，本身不能称为'审美的'范畴。"⑤ 简言之，"悲剧性""喜剧性"和"崇高"等不是"美"统摄之下的种类，而是和"美"并列的、同属于艺术作品的不同方面。另一方面，波斯彼洛夫认为，"审美范畴""自从在19世纪前半期唯心主义哲学的抽象体系中出现以来，没有在一些艺术理论，特别是文学理论中逐渐形成的概念的基础上得到进一步发展"。⑥ 波斯彼洛夫这里所说的19世纪前半期的唯心主义哲学，指的是源自黑格尔尤其是来自弗·费肖尔（1807—1887）的美学哲学传统。波斯彼洛夫的意思是，"审美范畴"与艺术特别是文学太隔膜。笔者认为，波斯彼洛夫将"悲剧性"看作激情特别是文学作品激情的种类，正确地看到了"悲剧性"作为文艺的创作动力和感染力这一重要事实，应该肯定；然而，"悲剧性"激情

① [德]黑格尔：《美学》第一卷，朱光潜译，北京：商务印书馆1979年版，第295页。
② [德]黑格尔：《美学》第一卷，朱光潜译，北京：商务印书馆1979年版，第296页。
③ [德]黑格尔：《美学》第一卷，朱光潜译，北京：商务印书馆1979年版，第298页。
④ [德]黑格尔：《美学》第一卷，朱光潜译，北京：商务印书馆1979年版，第296页。
⑤ [苏联]格·尼·波斯彼洛夫：《文学原理》（1978），王忠琪、徐京安、张秉真译，北京：生活·读书·新知三联书店1985年版，第244页。
⑥ [苏联]格·尼·波斯彼洛夫：《文学原理》（1978），王忠琪、徐京安、张秉真译，北京：生活·读书·新知三联书店1985年版，第245页。

作为人的生命激情的重要表现，它是人类得以生存延续的强大的生命力量之一，广泛存在于人类各种生活中，不独表现在艺术活动中。因而，波斯彼洛夫对于悲剧性性质的界定还有待完善。

"艺术形式"说是"艺术现象"说的第三种具体形态。艾亨鲍姆认为悲剧性是一种艺术形式或艺术结构。受众从悲剧中并不是去体验怜悯，而是享受悲剧形式是如何产生怜悯这种情感的。受众能体验到怜悯，正是由于艺术家正确使用"悲剧性"这种艺术形式或艺术结构的结果。这一说法解答了悲剧艺术是如何引发受众的悲剧性情感这个问题，但它没有看到，"悲剧性"在悲剧艺术之外的广阔时空里依然存在。

可见，"艺术现象"说的各种不同形态，其关注点不论是"悲剧性"作为悲剧的艺术要素、艺术效果、文艺活动（创作和欣赏）的动力还是艺术形式或结构，它们都认为"悲剧性"只存在于艺术领域中。可事实上，除了存在于艺术中，"悲剧性"还存在于人类社会生活的广泛领域中。例如，加拿大魁北克大桥垮塌、英国泰坦尼克号客轮沉没、德国兴登堡号氢气飞艇燃烧爆炸、美国"长尾鲨"号核潜艇沉没、意大利维昂特坝周边山体滑坡导致的泄洪、土耳其 DC-10 客机失事、美国宾夕法尼亚核反应堆事故、美国堪萨斯城凯悦酒店坍塌事故、印度博帕尔毒气泄漏事件、苏联乌克兰切尔诺贝利核电站事故被人们视为 20 世纪由于技术原因所造成的"10 次悲剧性失误"。[①]这些失误都造成了严重的灾难。

第二种，"审美现象"说。该说将"悲剧性"定性为一种审美现象。这里的"审美"主要是在狭义的"审美"意义上使用的。如伽达默尔（1900—2002）认为："悲剧性事实上就是一种基本的'审美'现象。"[②] 这要从悲剧游戏的理论来看悲剧性的本质。在伽达默尔那里，审美即游戏和表现，游戏具有非主体性、非目的性、非意向性、非意图性、非紧张性的特点。伽达默尔认为："如果我们就与艺术经验的关系而谈论游戏，那么游戏并不指态度，甚而不指创造活动或鉴赏活动的情绪状态，更不是指在游戏活动中所实现的某种主体性的自由，而是指艺术作品本身的存在方式。"[③] "游戏的真正主体……是游戏本身"。[④] "游戏的存在方式就是自我表现"。[⑤]

---

① 世阶：《本世纪全球十大技术悲剧》，《城市技术监督》，1999 年第 10 期，第 57 页。
② ［德］汉斯-格奥尔格·伽达默尔：《真理与方法》上卷，洪汉鼎译，上海：上海译文出版社 2004 年版，第 169 页。
③ ［德］汉斯-格奥尔格·伽达默尔：《真理与方法》上卷，洪汉鼎译，上海：上海译文出版社 2004 年版，第 131 页。
④ ［德］汉斯-格奥尔格·伽达默尔：《真理与方法》上卷，洪汉鼎译，上海：上海译文出版社 2004 年版，第 135 页。
⑤ ［德］汉斯-格奥尔格·伽达默尔：《真理与方法》上卷，洪汉鼎译，上海：上海译文出版社 2004 年版，第 140 页。

"戏剧也总是游戏"，是演员与观众的共同游戏，但演员的游戏是工作，而观众的游戏才是这一游戏得以实现的根本。因而，只有在观赏者那里戏剧才能赢得它们的完全意义。[1] 因而"观赏者就是我们称为审美游戏的那一类游戏的本质要素"。[2] 伽达默尔不仅看到了观众对于戏剧意义实现的决定性，而且看到了戏剧中的"悲剧性"具有一定的形而上性，那就是它对于人的游戏活动所具有的整体性意义，这个形而上意义是演员和观众共享的，这种形而上意义的自我完整性使得"悲剧性"超越了生活事件的表象，而成为"基本的'审美'现象"[3]。因而，伽达默尔将生活审美化了，或者说，他消弭了生活与审美之间的分界线，他是用审美方式把握世界。笔者以为，我们无须绕如此远，只要不再拘泥于审美与生活的二元对立的思维方式，生活与审美同属于人类生活的内容，悲剧性弥漫于审美与非审美的生活之中。因而，悲剧性不独是审美现象，而是普遍、基本的人类社会现象和精神现象。

基于"审美现象"而界定"悲剧性"的性质的，主要有苏联学者尤·鲍列夫的"审美活动范畴"说，程孟辉的"审美范畴"说，彭吉象的"审美类型"说，以及伽达默尔、苏联学者舍斯塔科夫和我国学者刘小枫、佴荣本等学者所持的"美学范畴"说。

鲍列夫认为"悲剧性"是一个"审美活动"范畴。[4] 鲍列夫界定的审美活动比艺术活动广泛，先于艺术活动而存在，在艺术活动中达到其最高成就。鲍列夫所谓审美活动有多种形式，包括美、悲剧性、喜剧性和崇高等，悲剧性只是审美活动形式之一。值得注意的是，鲍列夫将"美"与"悲剧性"作为审美活动形式并列起来。鲍列夫认为，生活与艺术中都有悲剧性，而且"艺术在其对世界的哲学思考中内在地倾向于悲剧性主题"。[5] 由于人是要死的，因而他认为人类历史全是悲剧性的。鲍列夫把"悲剧性"理解为"审美活动"形式之一，是在强调人的超越性。看来，他还是难以彻底摆脱审美中心主义的桎梏。

程孟辉认为"悲剧性"是一个基本的审美范畴，从亚里士多德到现在，

---

[1] ［德］汉斯-格奥尔格·伽达默尔：《真理与方法》上卷，洪汉鼎译，上海：上海译文出版社 2004 年版，第 159 页。

[2] ［德］汉斯-格奥尔格·伽达默尔：《真理与方法》上卷，洪汉鼎译，上海：上海译文出版社 2004 年版，第 167 页。

[3] ［德］汉斯-格奥尔格·伽达默尔：《真理与方法》上卷，洪汉鼎译，上海：上海译文出版社 2004 年版，第 169 页。

[4] ［苏联］尤·鲍列夫：《美学》，冯申、高叔眉译，上海：上海译文出版社 1988 年版，第 18 页。

[5] ［苏联］尤·鲍列夫：《美学》，冯申、高叔眉译，上海：上海译文出版社 1988 年版，第 73 页。

大家都给予了充分的研究，并做出了自己的界定。① 显然，此说对悲剧性存在领域的认定有点狭窄化，事实上悲剧性不独是对审美现象的概括。

彭吉象视悲剧性为一种审美类型，与喜剧性相并列。② 克尔凯郭尔认为，"悲剧性"是建立在发源于公元前六世纪的希腊文学艺术体裁的"悲剧"之上，而非建立在一些现代学者所说的一种通常的人类经验上，也不同于日常语义中的"悲剧"（苦难、悲惨），是一种审美类型，是一部"悲剧"戏剧之所以为"悲剧"的决定性因素。这都有些狭窄化了，因为悲剧性不独存在于审美艺术中。

舍斯塔科夫把"悲剧性"视为美学范畴。③ 伽达默尔也认为悲剧性是一个基本的美学概念。他说："只要观看者的存在间距属于悲剧的本质，悲剧性在此就是一个基本的美学概念。"④ 刘小枫认为，"悲剧性"不是戏剧理论中种类的概念，而是美学范畴的概念，因为悲剧性是任何艺术形式都可以具有的一种审美质素。⑤ 由于刘小枫的"美学"是一种人类学美学，而他对"悲剧性""审美质素"的讨论又一直囿于艺术之中，并未彻底贯通人类一切实践领域，这就缩减了"悲剧性"作为"美学范畴"的抽象性；同时，也说明他把"悲剧性"界定为"美学范畴"还存在一定的空疏。偅荣本把悲剧性作为一种文艺美学范畴来研究。⑥ 尽管文学艺术中的悲剧性得到了充分的关注，但悲剧性不独存在于文学艺术中，因而，此定性也有些狭窄。上述学者都将"悲剧性"作为美学的基本概念。但现在的问题是，悲剧性不独出现在美学领域中，它已经出现在日常生活用语中。如果仍将"悲剧性"仅仅局限于美学领域，那显然是对已经变化了的现实无动于衷。

上述这些基于"审美现象"而界定"悲剧性"性质的说法大同小异。"审美"是一种"活动"，因而"审美活动范畴"说与"审美范畴"说实为一说，即认为"悲剧性"是"审美活动"形式之一。"审美类型"说认为"悲剧性"是人的审美活动的一种类型，"形式"与"类型"表面上不同，但在

---

① 程孟辉：《西方悲剧学说史》，北京：中国人民大学出版社 1994 年版，第 438 页。

② 彭吉象：《论悲剧性和喜剧性》，《北京大学学报（哲学社会科学版）》，2004 年第 4 期，第 126-131 页。

③ [苏联] 舍斯塔科夫：《美学范畴论——系统研究和历史研究尝试》，理然译，长沙：湖南文艺出版社 1990 年版，第 104 页。

④ [德] 汉斯-格奥尔格·伽达默尔：《真理与方法》上卷，洪汉鼎译，上海：上海译文出版社 2004 年版，第 173 页。

⑤ 刘小枫：《悲剧性今解》，见《个体信仰与文化理论》，成都：四川人民出版社 1997 年版，第 7 页。

⑥ 偅荣本：《悲剧美学》，南京：江苏文艺出版社 1994 年版，第 1 页。

这里它们是合二为一的，是一枚硬币的两个面。"美学范畴"说将"悲剧性"定性为"美学"的基本概念，基于审美现象中有一种悲剧性现象。可见，这四种说法都将"悲剧性"归属为"审美现象"，这符合长期以来悲剧现象作为中外审美研究的重要对象这一实际。然而，从"审美现象"的角度来界定"悲剧性"的上述四种说法，都没有正确地回答下面两个问题：（1）"悲剧性现象"与"审美现象"在外延上是何关系？（2）"审美现象学"能否取代"悲剧理论"的存在？我们认为，"悲剧性现象"与"审美现象"在外延上是一种"交叉关系"，而非上述四说所认为的"悲剧性现象"从属于""审美现象"的关系，因为悲剧性现象既可出现在审美现象中，也可以出现在非审美现象中；故"审美现象学"也不能取代专门以各种悲剧性现象为研究对象的"悲剧理论"。总之，基于"审美现象"而界定"悲剧性"性质的各种学说，一方面以偏概全地用审美形态的悲剧性现象代替了所有悲剧性现象，另一方面又忽视了人类生活中存在的大量非审美活动中的悲剧性现象，囿于审美中心主义的藩篱而难以自救。

第三种，"伦理的—形而上学的现象"说。该说如理查德·哈曼和马克斯·舍勒所认为的，悲剧性是一种伦理的—形而上学的现象。[①] 由于悲剧性根本就不是一种特殊的艺术现象，生活中同样存在悲剧性，于是，理查德·哈曼和马克斯·舍勒认为，悲剧性是一种非审美的要素，这种现象只是从外面进入到审美问题领域内的。[②] 理查德·哈曼在其《美学》中说："因此悲剧性与美学毫不相干。"[③] 马克斯·舍勒在《论价值的转变》中说，"悲剧性是否主要是一种'审美'现象，也是大可怀疑的。我们在生活历史中不是三天两头地、不持任何审美观点地议论悲剧性事件和悲剧性命运吗？"[④] 理查德·哈曼和马克斯·舍勒从去审美中心主义出发，正确地看到了悲剧性根本不是一种特殊的艺术现象或者审美要素，日常生活中同样存在悲剧性，但他们却错误地以"伦理的—形而上学的现象"来代表整个人类生存活动现象，陷入了以偏概全的泥淖。

总之，此前从存在领域的角度来界定"悲剧性"的各种学说，其不足之处都在于分别以艺术、审美、伦理—形而上学等部分人类生存现象代表

---

① 参见[德]汉斯-格奥尔格·伽达默尔：《真理与方法》上卷，洪汉鼎译，上海：上海译文出版社2004年版，第168页注释①。

② 参见[德]汉斯-格奥尔格·伽达默尔：《真理与方法》上卷，洪汉鼎译，上海：上海译文出版社2004年版，第168页注释①。

③ 转引自[德]汉斯-格奥尔格·伽达默尔：《真理与方法》上卷，洪汉鼎译，上海：上海译文出版社2004年版，第168页注释①。

④ [德]舍勒：《舍勒选集》，刘小枫选编，上海：上海三联书店1999年版，第251页。

全部的人类生存现象。

（二）基于存在方式的"悲剧性"范畴性质界定

从存在方式的角度界定"悲剧性"性质的说法，主要有三种。

第一种，"经验"说。该说以美国艺术理论家柯列根（1927—）、我国已故著名戏剧理论家陈瘦竹、当代英国文艺理论家雷蒙德·威廉斯等人为代表，认为"悲剧性"是人的一种"经验"。柯列根将"悲剧"归入"美学领域"，把"悲剧性"归入"经验领域"。他说："当我们探讨悲剧时，我们进入美学领域；当我们谈论悲剧性时，我们是在进入经验领域。简言之，悲剧和悲剧性的区别如同艺术和生活的区别，这并不意味着它们没有联系，有时它们是不可分开的，但其区别却是事实。"① 陈瘦竹也同意柯列根所说的悲剧性和悲剧的区别如同"生活和艺术的区别"②。雷蒙德·威廉斯也视"悲剧性"为一种"经验"（experience）③。该定性是正确的，但抽象有余，而具体化不足。它肯定了"悲剧性"的属人的社会历史文化特点，却忽略了其当下的生成性特点。

第二种，"情感结构"说。如雷蒙德·威廉斯④ 和特雷·伊格尔顿⑤ 认为，"悲剧性"是人的一种"情感结构"（structure of feeling）。该定性虽正确地看到了"悲剧性"的"情感"属性，却忽视了它的"认知"因素乃至意志、气韵。

第三种，"价值"说。苏联学者佐佐娜娃不是把"悲剧性"看作"范畴"，而是称为"价值"。⑥ 此外，苏联一些学者将"悲剧性"作为"艺术价值"来研究。⑦ 还有，伽达默尔认为，在亚里士多德的理论中，悲剧性作为一种基本现象，是一种"意义结构"（Sinnfigur）⑧，也即价值系统。这和苏联学者佐佐娜娃对悲剧性的"价值"定性相近，她认为"审美"本身就是"价值"，因而"悲剧性"就是一个价值概念。我们认为，价值是人类生活中一种普遍的主客体关系，是客体的存在、属性和变化同主体需要之间的关系。

---

① Robert W. Corrigan: Tragedy and the Tragic Spirt. In: Robert W. Corrigan, eds. Tragedy: Vision and Form. New York: Harper & Row, 1981. p.8.

② 陈瘦竹、沈蔚德：《论悲剧与喜剧》，上海：上海文艺出版社 1983 年版，第 39 页。

③ Raymond Williams: Modern Tragedy. Stanford: Stanford University Press, 1966. p.13.

④ Raymond Williams: Modern Tragedy. Stanford: Stanford University Press, 1966. p.21.

⑤ Terry Eagleton: Sweet Violence. Malden: Blackwell, 2003. p.9.

⑥ [苏联]舍斯塔科夫：《美学范畴论——系统研究和历史研究尝试》，理然译，长沙：湖南文艺出版社 1990 年版，第 3 页。

⑦ [苏联]舍斯塔科夫：《美学范畴论——系统研究和历史研究尝试》，理然译，长沙：湖南文艺出版社 1990 年版，第 113 页。

⑧ 转引自[德]汉斯-格奥尔格·伽达默尔：《真理与方法》上卷，洪汉鼎译，上海：上海译文出版社 2004 年版，第 168 页。

因而，价值具有评估性、主观性和相对性。这种定性正确地看到了"悲剧性"所包含的价值因素，即悲剧性与主、客体之间的价值关系有关，主观评价因素在悲剧感的生成中具有重要的意义。但是，悲剧性不只与主、客体之间的价值关系有关，它还与主客体相遇的具体社会历史文化语境有关系；另外，主、客体之间不只有价值关系，还有认识关系，而且认识关系乃价值关系之基础。因而，把"悲剧性"仅仅简化为"价值"并将后者视为"悲剧性"的全部的做法则有些不妥，它会忽略其他因素特别是认识因素在悲剧性生成中的意义。

可见，基于存在方式而界定"悲剧性"的上述各说，都敏锐地察觉到了"悲剧性"与主体心理密不可分，但上述各定义的完整性和准确性却都有待提高。

总之，前人关于"悲剧性"范畴的性质的诸种说法都有一定合理之处，闪耀着部分真理的光芒；但它们也各有不足，或者因视野偏狭而外延过窄，或者因过分强调部分属性、因素而忽略了其他属性、因素，导致系统性不足。因而，它们都有待完善。

二、"悲剧性"范畴的性质新探

要完整、准确地定性"悲剧性"，就要弄清楚"悲剧性"的"存在"性质与"概念类属"这两个维度。"存在"性质是指"悲剧性"的存在领域和存在方式；"概念类属"是指该范畴是属于"事物范畴"还是"关系范畴"。"存在"性质与"概念类属"两者密切相关却并不等同，准确掌握前者是后者得以被正确研究的基础。

首先，从词源学的角度看，是先有"悲剧"，专指古希腊这一地方的悲剧戏剧艺术，而后泛指一切悲剧戏剧，再后来泛指一切具有"悲剧"审美风格的文学艺术，更后来到现在则泛指一切能引发人们"悲剧性"体验的事件、人物、物体、对象等悲剧性现象。"悲剧性"是后来衍生的术语，克尔凯郭尔将其界定为古今一切悲剧戏剧的本质。但从历史发生学的角度看，是先有"悲剧性"这一人类独特的体验方式、过程和效果，而后才有将其程式化、文本化的艺术形式——"悲剧"戏剧等。因而，"悲剧"的词源学演变过程，既是"悲剧"不断穿越不同文体、文化、时代和领域的过程，同时，更是最具生命力的"悲剧性"一步步地从人类生活中不断跃入不同研究领域和学术视野的过程。现在，"悲剧性"已被广泛使用于人类生活的各个领域中，也即，人类生活各领域中的"悲剧性"现象的存在事实被普遍认可，或者说，人类生活各领域中的事件、人物、物体等都可能在具体语境中引发人的悲剧性体验。因而，从存在领域的角度来看，"悲剧性"是一种人类现象，人类的生活、生存现象。这就要求我们的理论研究者要从真切的生命体验出发，面向整个人类生活生存世界，对自己、作家以及普通大众的各类悲剧性体验始终保持一种最敏感、最开放、最包容的接受心态，努力弥合悲剧理论知识同人们的悲剧创作实践和各种悲剧性体验之间的差距，让悲剧理论研究充分覆盖人类生存中的各种悲剧性现象，而不是用已有的任何悲剧理论去粗暴剪裁、人为取舍丰富鲜活的悲剧性现象和悲剧性体验。据特雷·伊格尔顿考证，最早在 12 世纪时，弗雷辛的奥图（Otto of Freising）就用"悲剧"这个术语来记述现实灾难。[1] 然而至今，我们仍有不少悲剧理论家固执地拒绝承认除艺术和审美现象之外的其他人类生活中的各种悲剧性现象的"合法"地位。因而，切实加强以"悲剧性"为基本范畴的现代形态的悲剧美学理论的研究就极为必要和迫切。

其次，从"悲剧性"的存在方式来看，当人们使用"悲剧性"这一术语时，表明"悲剧性"正以体验的形式存在于人们的意向中，是主体（作者、受众、日常生活中的人们）、客体（受众面对的文本，作者和日常生活中的人们所面对的世界）和具体社会历史文化语境这三者耦合的格式塔质，它不单独存在于上述三者中的任何一方。在存在方式上，"悲剧性"和"艺术"有相似之处。当代西方分析美学家莫里斯·韦兹在《美学问题》一书中认为，"艺术"一词在大多数情况下仅仅表示对某事物的一种赞叹而已。[2] 然而，在人们的习惯思维里或习惯用法中，"悲剧性"常常被视为"悲剧"对象（事件、物体）的一种属性，物化为悲剧作品的本质特征，而主体心理因素以及社会历史文化状况等具体情境在人的心理活动过程及其结果中所起的作用却往往被忽略了，这表明"客体"中心主义和"本体"思维定式在人们的意识中是何其根深蒂固。要解决好这个问题，首要的是人们必须彻底走出"客体主义"和"本体思维"的窠臼，回到悲剧性现象属于人类的生活生存"活动"现象这个根本上来。

再次，从"悲剧性"得以生成的各种基本要素的系统化角度来看，"悲剧性"是一种关系范畴或关系概念，而不是事物范畴，它表现的是处于具体语境中主、客体之间的一种相互契合的关系，而不是某一具体事物的属性。在同一社会历史文化语境中，面对同一对象，不同的人有不同的体验和认知，即缘于他们各自的心理意识不同。例如，电视剧《刘老根》被很

---

① Terry Eagleton: Sweet Violence. Malden: Blackwell, 2003. p.13.
② 《外国美学》编委会编:《外国美学》第十七辑，北京：商务印书馆 1999 年版，第 332 页。

多人当作生活喜剧来看，但笔者认为《刘老根》寄寓了深广的悲剧性意识，即现代化道路上的中国农民灵魂深处的痛苦蜕变及其无可奈何的生存的辛酸。广言之，该剧表现了中国人民、进而人类由传统的自然农业经济向现代化的综合经济迈进过程中，所面对的人文情怀与历史理性之间的复杂纠葛与矛盾冲突。同一主体、同一对象，在不同的语境中往往也会有不同的体验。例如，赵树理的小说《小二黑结婚》中的"三仙姑"形象，在"十七年"（1949—1966）时期，很少有人会体认出她的"悲剧性"；但在"新时期"（1976—1989）后，我们不断地体认出她的种种悲剧性。概言之，"悲剧性"联结起了主体、客体和语境。因而，在"概念类属"上我们将"悲剧性"定性为"关系范畴"，这既消除了因传统的"事物范畴"定性而导致的在"悲剧性"问题上的"客体主义"和"本体思维"的诱惑，又完善了前人的各种说法，更为重要的是它在系统性、整体性、活动性的新视野里进行了新的集成和拓展，从根本上完全契合了"悲剧性"的系统性存在的事实。

最后，从"悲剧性"作为人类理解世界、把握世界的一种方式的角度来看，"悲剧性"是人类的一种情感—认知范式或情感—认知原型。悲剧性直接关涉人类的情感体验。亚里士多德在《诗学》中就开宗明义地提出悲剧性的功用是引发人们的怜悯和恐惧之感，进而宣泄这种情感，陶冶人的意志和心灵。其实，我们每个人的"悲剧性"体验都带有程度不等的悲哀、悲惨、悲凉、哀伤、痛苦以及超越它们后淡淡的欢愉等情绪情感，我们为有价值的对象的失败、受难或毁灭而惋惜不已、怜悯不已，或者为有价值的对象难以充分表现而愤怒、而悲叹，所有这些都是情绪情感形式。因而，悲剧性是一种情感形式。从古至今，这种悲哀、悲伤、悲痛类的情绪情感一直伴随人类，成为人类在相似境遇中应对世界的一种普遍心理定式和习惯化的情绪情感反应，具有"范式"的内涵。因而，悲剧性是一种情感范式。同时，悲剧性不仅仅关涉主体的情绪情感，它还包含着主体对于对象的认知，因为悲剧性情感体验产生的心理根源，是在具体语境中主体对对象的相对价值失落或消解的心理反应，而感知到相对价值失落或消解的前提是价值比较，要进行价值比较就要对不同对象进行认知。心理学常识告诉我们，在人的心理中，知、情、意三者是融合在一起的，认知是情感和意志的基础，知之深则情之切，情之切则行之坚，而"意"关乎人的心理的外化性行动，更具伦理功利色彩。因而，就人与世界的关系而言，最基本的是情感—认知关系。悲剧性正是人与世界（广义的，包括人、人的心理在内的各种世界）之间的一种情感—认知关系，这种关系同时也是人把握世界、阐释世界的一种方式。因而，悲剧性是人类的一种情感—认知范式，是情感和认知集于一体的范式。它给支离破碎的平淡生活赋予了形式和意义，细腻地表现了人性的繁杂性和丰富性，也是人类对于不幸、痛苦、毁灭、失败、灾难、病患、恐惧、孤独、绝望、荒诞、死亡或罪恶等的一种阐释系统。因而，悲剧性理论作为一种知识系统，正如雅斯贝尔斯所说："它是普遍的，而不是特殊的；它是问询，而非接受——是控诉，而非悲悼。"① 也正是由于悲剧性是人类的一种情感—认知范式，这才保证了悲剧作品在不同时代、不同语境中得到人们不断深入的阅读和理解。

对于"悲剧性"性质的上述新界定，超越了文学与生活、审美与非审美的传统界限，使"悲剧性"范畴的理论适用范围与其现实使用领域高度统一了起来。当然，这并非意味着消弭了文学中的悲剧性与生活中的悲剧性之间的不同。文学语境与生活语境是有不同的，前者更超越一些，后者则更功利一些，而不同的语境会对主体在面对具体对象时的心理反应的过程及其结果产生不同影响。然而，只要是"悲剧性"现象，其心理活动的基本规律及其机制大体是相同的。同时，文学语境与生活语境之间还存在情感—认知上的相互渗透与相互参照的关系。因而，对"悲剧性"存在领域与存在方式的新界定，完全契合了"悲剧性"的真实存在状态。对"悲剧性"范畴的"概念类属"的新界定，揭示了其真实的概念属性。此外，上述对"悲剧性"的新定义也使人们能够尽可能多地去消除传统悲剧理论的一些"先见"，以一颗抱朴怀素的心去感知作品，体验人生，而不是让已有的理论成见充塞心灵。它还使我们更加清醒地认识到，任何悲剧理论、悲剧观念和悲剧知识，只有真正地从不断变化的丰富鲜活的各种悲剧性现象中汲取营养，并对其予以正确的概括和反映，它们才会拥有更强大的阐释力和更长久的理论生命力。

三、小结

悲剧性是人类的一种社会现象和精神现象，或者说人的视野中的现象，与人、人生和人的社会发展密切相关。因而，"悲剧性"的相关问题必然是"人"的问题。这是一个永远不会过时的问题，从来就不只属于经典人道主义时代，每一个时代、文化和种族中的人们都不断地以各种方式进行着自己的"追问与回答"。于是，对此问题的探索和推进，自然表征着"人"的社会实践和精神实践所达到的深度、高度、广度、强度、韧性和张力，

---

① [德]雅斯贝尔斯：《悲剧的超越》，亦春译，北京：工人出版社 1988 年版，第 106 页。

表征着不断生成的"人"的历史状态；对"悲剧性"现象的新的文学表达和理论探索，也自然表明人性、人情、人道和人权的终极关怀与历史理性的温情呵护又一次庇佑人间所达致的新境界。悲剧性是一种意向性存在，而不是一种实体性事物的存在；某一对象能否引发主体的"悲剧性"体验，除对象本身的特点外，还与主体及语境的具体状况有关。因而，"悲剧性"范畴是一种关系范畴，而不是事物范畴，它表现的是处于具体语境中的主、客体之间的一种相互契合的关系，而不是某一具体事物的属性。"悲剧性"还是一种人类情感—认知范式或情感—认知原型。这些认识，不仅可以帮助我们解答诸如某些文学形象的时"喜"时"悲"、抒情性文艺的悲剧性、一场煤矿灾难、悲剧文艺与时代精神状况的关系、悲剧理论与意识形态的关系等传统悲剧理论难以有效解释的问题；还会帮助人们清除掉制约悲剧理论创新研究的概念障碍，为建构新的悲剧美学理论夯实基础。

第二节　"悲剧性"范畴的内涵

　　前面，我们在综合辨析前人关于"悲剧性"范畴的性质诸说的基础上，采用语境还原法，从"存在"性质和"概念类属"两个维度对"悲剧性"范畴的性质进行了新的探索，指出了悲剧性是一种意向性存在，而不是一种实体性事物的存在；"悲剧性"范畴是一种关系范畴，而不是事物范畴；"悲剧性"是人类的一种情感—认知范式。但是，这一情感—认知范式区别于其他情感—认知范式的规定性是什么呢？我们并未明确。也即，"悲剧性"的内涵到底是什么？我们还未完整准确地揭示。本节我们就具体研究这个问题。

一、"悲剧性"范畴的内涵诸旧说分析

　　前人对于"悲剧性"内涵的界定多种多样。总括起来看，主要包含了下面两种思路。

　　（一）文本内部特质说

　　从文本内部阐释"悲剧性"是传统悲剧理论界定"悲剧性"的主要思路。这一思路认为，悲剧性就在悲剧文本内部，而且悲剧性是悲剧文本内部主要内容本身的特点。具体而言，它又有五种界定上的分野。

　　1. 悲剧主人公遭遇厄运、苦难或悲惨之事

　　这是从悲剧人物遭遇苦难的过程来界定"悲剧性"。亚里士多德在研究

"悲剧"时，认为悲剧是品德高尚而又地位显赫的人从好运转入厄运，并说悲剧人物的受难是悲剧的必要构成，这隐含地承认"悲剧性"就是指厄运或苦难（灾难）。他模糊地意识到了悲剧性的过程性特点，也为悲剧性作为"因素"参与广义上的各类文本提供了理论支持。苏联新康德主义者约纳斯·科恩在其《普通美学》（1901）中将"悲剧性"定义为"苦难中的崇高"①。他看重的是悲剧人物在遭受苦难中所表现出的崇高的精神境界。这是以"苦难"和"崇高"来定义"悲剧性"。然而，许多悲剧性与崇高并无多少关系。舍勒对"苦难"在现代人生的"悲剧性"中的意义给予了充分说明。他在《受苦的意义》中曾说："更深重的苦，形成于文明人身上，首先是由于他们对自己的生活自己负责，其次是由于孤单、寂寥和不安，与群体、传统和自然疏离。与这种疏离相伴生的忧心和生存恐惧，就像孩子脱离母亲怀抱时的感觉一样。"②所以，古代人是幸福的，现代人的幸福感越来越少。"通过对受苦根源的日益强化和更有成效的斗争,受苦有增无减,文明造成的受苦更多也更深"。③他看到了人被物化、被异化的可怕现实，苦难比幸福增长得还快，现代文明在带来新的、丰富多样的快乐的同时，又带来了更深的、更多样的痛苦。人类曾经认为的幸福会与时俱进地梦想在十八世纪时被物质进程给"残酷地毁灭了"④。舍勒认为，人的感官组织对痛苦比对快适更敏感。由于"痛苦的强度级数大于快适的强度级数"，因而"当刺激同样增长时，痛苦不仅比快适增长更快、更稳定、更难通过适应（和习惯）减轻，相对性程度也更差"。也就是说，各民族和种族对痛苦的敏感程序要比对快适的敏感更为相近。因而，同苦比同乐更容易。由此，在欧洲形成了一种对人类的文明进步（当时西方学者所指其实是西方式的文明进步和西方文化）充满悲观主义态度的文化悲观主义思想情感流派，代表人物有卢梭、康德、费希特、黑格尔、叔本华、哈特曼（E. V. Hartmann）、尼采、托尔斯泰、波德莱尔、巴尔扎克以及陀思妥耶夫斯基、斯特林堡等人。⑤英国左派理论家威廉斯也说："如何看待我们或多或少经受过的苦难，是理解当代文学的钥匙。"⑥笔者认为，此话有一定道理，但牺牲、善良、苦难、同情（怜悯）都可能被人利用，苦难也不一定使我们变得崇高

---

① [苏联] 舍斯塔科夫：《美学范畴论——系统研究和历史研究尝试》，理然译，长沙：湖南文艺出版社 1990 年版，第 29 页。

② [德] 舍勒：《舍勒选集》，刘小枫选编，上海：上海三联书店 1999 年版，第 645 页。

③ [德] 舍勒：《舍勒选集》，刘小枫选编，上海：上海三联书店 1999 年版，第 645-646 页。

④ [德] 舍勒：《舍勒选集》，刘小枫选编，上海：上海三联书店 1999 年版，第 646 页。

⑤ [德] 舍勒：《舍勒选集》，刘小枫选编，上海：上海三联书店 1999 年版，第 646-647 页。

⑥ [英] 雷蒙·威廉斯：《现代悲剧》，丁尔苏译，南京：译林出版社 2007 年版，第 197 页。

或更有尊严感。究其实，不是苦难本身具有悲剧性，而是人经受苦难并在苦难中表现出了人的尊严和价值，这才有悲剧性。至于能否从苦难中升华出尊严感和崇高感，关键还是看经受苦难的人是否表现出了生命精神和人的生命力的伟大、强大、担当和忍耐。另外，面对苦难，不同的人反应不同，有的体认到了其中的"悲剧性"，有的则没有。

2. 结局上悲剧主人公的失败或毁灭

立普斯认为"悲剧性即灾难和毁灭"。① 而且"不仅一个人肉体上的毁灭，就是他的精神上的毁灭，也可能看来是悲剧性的"。② 他所说的人的双重毁灭是有新意的。但问题是，毁灭并不必然使人感到悲剧性。苏联学者鲍里斯·托马舍夫斯基在其《诗学简明教程·主题》（1928）中认为："悲剧的显著特征是历史英雄（多数是希腊和罗马的英雄，其中又以特洛伊战争的英雄为主）、'崇高的'主题、'悲剧性的'（即不幸的——一般为英雄之死）结局。"③ 这里，立普斯和托马舍夫斯基都以结局论定人物，看到了悲剧性的整体比较性特点，但有以偏概全之嫌，因为现代悲剧和当代日常生活悲剧里往往没有失败或毁灭，只有选择的痛苦和别无选择的痛苦。

死亡是人生的最后一幕，因而它也成为人们总结人生的特殊时刻。卢梭说："人的最原始的感情就是自我生存的感情，最原始的关怀就是对自我保存的关怀。"④ 而"对死亡的认识和恐怖乃是人类脱离动物状态后最早的收获之一"。⑤ 死亡具有普遍与永恒的意义。因而，特雷·伊格尔顿正确地指出："如果说'死亡'是一个不易把握、不易捉摸的主题，这不只是因为它是人们最后经历的，而且它发生在意义和无意义、价值和事实的接合处。"⑥ 这正是"悲剧性时刻"，也就是"通过痛苦或死亡来评判生命"的那一刻。⑦ 这一刻充满了丰富的意蕴。鲍列夫说："正像日落时的光和影使对象看起来规模大一样，对死亡的意识迫使人更尖锐地感受到存在的全部美妙和苦楚，全部欢乐和复杂性。当死神站在身边的时候，在这种'边缘'

---

① 古典文艺理论译丛编辑委员会编：《古典文艺理论译丛》第六册，北京：人民文学出版社 1963 年版，第 126 页。

② 古典文艺理论译丛编辑委员会编：《古典文艺理论译丛》第六册，北京：人民文学出版社 1963 年版，第 122 页。

③ [俄]鲍里斯·艾亨鲍姆：《论悲剧和悲剧性》，见[俄]什克洛夫斯基等：《俄国形式主义文论选》，方珊等译，北京：生活·读书·新知三联书店 1989 年版，第 153 页。

④ [法]卢梭：《论人类不平等的起源和基础》，李常灿译，北京：商务印书馆 1985 年版，第 12 页。

⑤ [法]卢梭：《论人类不平等的起源和基础》，李常灿译，北京：商务印书馆 1985 年版，第 85 页。

⑥ Terry Eagleton: Sweet Violence. Malden: Blackwell, 2003. p.198.

⑦ Terry Eagleton: Sweet Violence. Malden: Blackwell, 2003. p.188.

的境地，世界的全部色彩、它的审美丰富性、它的感性的美妙、常见的事物的伟大，就显得更加鲜明清晰，真与假、善与恶、人的生存意义本身就显得更加清楚明朗。"① 鲍列夫诗意的语言，深刻地分析了死亡对于人生的重要意义。但这些重要意义与"悲剧性"有多大关系呢？

确实，死亡不一定具有悲剧性特别是高悲剧性。作为生命生理特征的完全消失，有些是寿终正寝、正常而亡，人称"善终"，能如此者也为人生一大乐事；有些是安然辞世、笑中别世，令人羡慕；或者虽不该死却又死得其所，那令人崇敬；有些是抱憾终生、死不瞑目；有些是非正常死亡、暴亡，令人撕心裂肺、痛苦欲绝；有些是死有余辜，大快人心，兼有落寞、空虚。其次，即便说死亡是悲剧性，那也不能反转定义，说悲剧性是死亡。悲剧性与死亡在外延上交叉，悲剧性不只涉及死亡，还有其他因素。因此，退一步说，即便死亡带有悲剧性，但并不是说所有的死亡都必然会产生令人震撼的高悲剧性。

伽达默尔力主"悲剧性"的本质在于悲剧结局。他认为，亚里士多德的"过失说"并不能用来解释现代悲剧。"因为凡是在过失和赎罪以一种似乎合适的程度彼此协调的地方，凡是在道德的过失账被偿还了的地方，都不存在悲剧。因此在现代悲剧里不可能而且也不允许有一种对过失和命运的完全主观化的做法。我们应当说，众多的悲剧结局乃是悲剧性本质的特征所在。"② 伽达默尔强调的是在一个行为与后果、罪与罚能够完全合理解释、且人能完全有所作为的地方不存在悲剧，因为悲剧的结局是由个体行为之外的一种类似于古希腊的命运那样的神秘的"超力"导致的，这是人所无法把握的。此外，基督教悲剧作为悲剧也是大可怀疑的。因为既然人的命运由上帝决定，那么人生结局的幸与不幸也是由上帝导致的，这样一来，悲剧的原因是如此的明晰确定，那也就谈不上悲剧性了，因而克尔凯郭尔说"改编的《安提戈涅》将不再是一出悲剧"。③ 显然，伽达默尔是以悲剧结局的必然性、不可逃避性来界定悲剧性的。至于何种原因导致悲剧结局的发生，在他看来这是一个关于神秘的不可解命题。我以为，伽达默尔的这种理解取消了研究"悲剧性"内涵的必要性。因为，只有接受、毋需思考的世界是驱逐了人的主体性的荒原，自然也放逐了"悲剧性"

---

① [苏联]尤·鲍列夫：《美学》，冯申、高叔眉译，上海：上海译文出版社1988年版，第88-89页。

② [德]汉斯-格奥尔格·伽达默尔：《真理与方法》上卷，洪汉鼎译，上海：上海译文出版社2004年版，第171页。

③ [德]汉斯-格奥尔格·伽达默尔：《真理与方法》上卷，洪汉鼎译，上海：上海译文出版社2004年版，第172页。

情怀。

显然，上述两种对于"悲剧性"的界定方法，都是基于戏剧性或叙事性文本，在缺少了人物的抒情性文本中该方法就失效了。而且，即便就戏剧性或叙事性文本而言，"悲剧性"的出现，除了悲剧主人公，还须有其他人物的共同参与，这正如同离开了丹麦王国的丹麦王子不会产生《哈姆雷特》。因此，把"悲剧性"等同于主人公的遭遇苦难、厄运、不幸、悲惨或者结局上主人公的"失败或毁灭"就有些太狭窄了。

3. 矛盾冲突

从"矛盾冲突"角度间接地定义"悲剧性"，其实是将"悲剧性"还原于故事情节冲突本身的溯源法，把"悲剧性"定义为一个行动的特点。亚里士多德讲："悲剧是对于一个严肃、完整、有一定长度的行动的模仿；它的媒介是语言，具有各种悦耳之音，分别在剧的各部分使用；模仿方式是借人物的动作来表达，而不是采用叙述方法；借引起怜悯与恐惧来使这种情感得到陶冶（朱光潜译为'净化'）。"① 这里亚里士多德讲了悲剧的六个成分：情节、性格、言词、思想、形象和歌曲。其中，韵语（言词）和歌曲是模仿媒介，动作之扮相（形象）是模仿方式，行动（情节）以及行动的承担者即人的性格与思想是模仿对象。六者中，亚里士多德认为情节最重要。因为，希腊悲剧中的人物性格虽鲜明却单纯，没有文艺复兴以后悲剧中人物性格那样复杂，亚里士多德也没有深刻理解性格与情节的辩证关系，加之古希腊悲剧的素材大多是神话传说故事和史诗，其基本内容大家都熟悉，而作品是否吸引人就主要取决于情节安排是否吸引人，因而就有了他的重情节轻性格的片面观点。他认为悲剧性结局的出现缘于悲剧主角见事不明的"过失"，而这一"过失"是"情节"的必要构成，因而，亚里士多德特别关注与其有关的"突转"与"发现"；进而，"悲剧性"结局既是"情节"的有机部分，也是该情节的主导属性。

到了近代，随着人类对自身认识的深化，人物的思想性格成为悲剧表现的重点。于是，从内心矛盾冲突的角度理解"悲剧性"成为一种趋势。道德主义者康德认为，自由创造使人快乐，而"自由的意志和服从道德法则的意志，是一回事"。② 深受康德影响的席勒，也认为悲剧快感"完全以道德条件为基础"，并说，悲剧中的痛苦和快感取决于道德目的性（即

---

① ［古希腊］亚里士多德：《诗学》，见罗念生译：《罗念生全集》第一卷，上海：上海人民出版社 2004年版，第 36 页。

② 转引自［苏联］科恩：《自我论》，佟景韩、范国恩、许宏治译，北京：生活·读书·新知三联书店 1986年版，第 406 页。

理性）与自然力量（感觉、冲动、情绪、激情以及生理上的需要等感性）
之间的冲突程度。一句话，悲剧快感产生于道德感的胜利。① 谢林认为在
自由与必然的冲突之间存在着悲剧。他说："悲剧的实质在于主体中的自
由与客观者的必然之实际的斗争；这一斗争的结局，并不是此方或彼方被
战胜，而是两方既成为战胜者，又成为被战胜者——即完全的不可区分。"②
他的"自由"指人类有意识的活动，"必然"指一种不可避免的（为人力
所无法控制的、无意识活动的）现象。如果说亚里士多德提出悲剧应该描
写人的行为，黑格尔则用辩证法进行分析，指出冲突是行为的原因。他说：
"因为冲突一般都需要解决，作为两对立面斗争的结果，所以充满冲突的
情境特别适宜于用作剧艺的对象，剧艺本是可以把美的最完满最深刻的
发展表现出来的。"③ 黑格尔关注的是人类社会中普遍力量（伦理原则）
的冲突。他认为，"只有这样各有理由来行动的一些个别人物之间的矛盾
对立才形成悲剧性。"④ 而且"如果用这种内心分裂（指矛盾冲突——引
者注）作为悲剧的杠杆，结果就会引起怜悯、苦痛甚至愤怒。"⑤ 他还认
为，"悲剧情感主要起于对冲突及其解决的认识"（实际上是对"永恒正义"
胜利的欣慰），即"在单纯的恐惧和悲剧的同情之上还有调解的感觉"。⑥
在黑格尔看来，相互对立的目的或性格被"片面孤立化了，这就必然激发
对方的对立情致，导致不可避免的冲突。这里基本的悲剧性就在于这种冲
突中对立的双方各有它那一方面的辩护理由，而同时每一方拿来作为自
己所坚持的那种目的和性格的真正内容的却只能是把同样有辩护理由的
对方否定掉或破坏掉。因此，双方都在维护伦理理想之中而且就通过实现
这种伦理理想而陷入罪过中"。⑦ 可见，在黑格尔看来，悲剧性就是普遍
伦理片段之间所必然发生的矛盾冲突。后来，布雷德利在论述悲剧结尾时
指出："正如悲剧行动描绘出精神的自我分裂或内在冲突，悲剧结尾则展
现出对这种分裂或冲突的强烈否定。"⑧ 这表明了"终极道德力量""善"

① ［德］席勒：《论悲剧题材产生快感的原因》（1792 年），见古典文艺理论译丛编辑委员会编：《古
典文艺理论译丛》第六册，北京：人民文学出版社 1963 年版，第 74-79 页。
② ［德］弗·威·约·封·谢林：《艺术哲学》，魏庆征译，北京：中国社会科学出版社 1997 年版，
第 371 页。
③ ［德］黑格尔：《美学》第一卷，朱光潜译，北京：商务印书馆 1979 年版，第 260 页。
④ ［德］黑格尔：《美学》第三卷下册，朱光潜译，北京：商务印书馆 1981 年版，第 302 页。
⑤ ［德］黑格尔：《美学》第三卷下册，朱光潜译，北京：商务印书馆 1981 年版，第 326 页。
⑥ ［德］黑格尔：《美学》第三卷下册，朱光潜译，北京：商务印书馆 1981 年版，第 289 页。
⑦ ［德］黑格尔：《美学》第三卷下册，朱光潜译，北京：商务印书馆 1981 年版，第 286 页。
⑧ 古典文艺理论译丛编辑委员会编：《古典文艺理论译丛》第八册，北京：人民文学出版社 1964 年
版，第 198 页。

的凯旋。①

黑格尔将"冲突"与"情境"联系起来研究"悲剧"的本质，为马克思、恩格斯从社会力量冲突的角度理解悲剧性开了先河。恩格斯在《致斐·拉萨尔》的信中提出，悲剧是表现"历史的必然要求和这个要求的实际上不可能实现之间的悲剧性冲突"的艺术形式。② 历史是由人创造的。而在马克思看来，人的本质"在其现实性上，它是一切社会关系的总和"。③借此，马恩把悲剧性从个人的内心世界、社会生活推及到整个人类的历史进程，在此进程中探求人的位置、命运、价值和意义，使得个人—社会—历史三者在最高、也最深刻的辩证法的真实中实现了历史与逻辑的统一、美学与历史的统一。后来的卢卡契认为悲剧解决的是形而下与形而上的冲突（《悲剧的形而上学》，见《心灵的形式》），弗洛伊德关注的是人的人格结构中的冲突——本我、自我与超我间的冲突，美国学者亨廷顿的《文明与冲突》则关注不同文明（文化）间的冲突。此外还有少数族裔文化与主流文化、男性文化与女性文化的冲突等观念。

深受黑格尔思想影响的舍勒也从矛盾冲突角度界定"悲剧性"。他说："悲剧性首先是相当高的积极价值的载体（如处于同一婚姻、同一家庭或同一国家的若干贤德高位者）之间爆发的矛盾：悲剧性是在积极价值及其载体内部起支配作用的'冲突'。"④ 换言之，舍勒认为悲剧性是一种纯粹价值与另一纯粹价值之间发生的冲突。在他看来，同样都有积极价值的载体之间是不该发生冲突的，但现在居然发生了，那这个冲突本身就是"悲剧性"的。问题是，积极价值之间的冲突并不必然都具有"悲剧性"，许多喜剧展示的也是积极价值之间的冲突。因而，积极价值之间的冲突是否有悲剧性，关键是看冲突的结局，是自相残杀还是相得益彰，前者是悲剧性的，后者则是喜剧性的。

黑格尔关于"悲剧性"是指普遍伦理片段的必然的矛盾冲突这一观点，更多适用于古希腊悲剧那种人类普遍性力量之间的冲突及其解决，它对近代性格悲剧具有一种启示意义，人物性格中不同意图、欲望各自都有其片面合理性，它们之间的对立斗争导致了悲惨结局的发生。然而，一方面，

---

① 古典文艺理论译丛编辑委员会编：《古典文艺理论译丛》第三册，北京：人民文学出版社1962年版，第61页。

② 中共中央马克思恩格斯列宁斯大林著作编译局编译：《马克思恩格斯选集》第四卷，北京：人民出版社2012年版，第443页。

③ 中共中央马克思恩格斯列宁斯大林著作编译局编译：《马克思恩格斯选集》第一卷，北京：人民出版社1972年版，第18页。

④ ［德］舍勒：《舍勒选集》，刘小枫选编，上海：上海三联书店1999年版，第256页。

悲剧性并非专与冲突关联，许多现当代悲剧性艺术就没有传统悲剧艺术中那样的冲突。例如，鲁迅所开创的中国现代文学中"近乎无事的时代的悲剧"，果戈理的悲剧性作品等。戏剧冲突除了题材本身的内在戏剧性情节外，多是作家为了增强悲剧性体验效果的强度和震撼心灵的力量而人为采用的一种艺术技巧，并不是悲剧艺术的全部。我们常讲人生如戏，但生活、人生并不完全是戏。另一方面，冲突并非专属于悲剧性艺术，喜剧性艺术中也有戏剧冲突。因而，冲突与悲剧性之间是交叉关系，以冲突来概括悲剧性内涵就有些以局部指称整体的逻辑不当。

4. 生活的混乱与苦难

这是从经验的角度界定"悲剧性"。莎士比亚的悲剧投射出了他对于"悲剧性"的理解，那就是"生活中的混乱和苦难"。别林斯基认为悲剧性是指"生活中暧昧的、阴沉的一面"[1]，这适用于古希腊悲剧艺术，但对后世的悲剧并不完全适合。车尔尼雪夫斯基曾给"悲剧"下过定义："悲剧是人的伟大的痛苦，或者是伟大人物的灭亡"，"悲剧是人类生活中的恐怖"。[2]他这里所说的"悲剧"其实是"悲剧性"，他对"悲剧"的第一个定义和前面的第一种、第二种定义并无多少区别，但他把"悲剧"定义为"人类生活中的恐怖"是有新意的，看到了生活中某些悲剧性所具有的令人"恐怖"的心灵震撼效果，但并非所有悲剧性都引发人们的"恐怖"感。例如，鲁迅的许多悲剧性小说引发了人们的心灵震撼，那是生命的悲凉感而不是恐怖感。陈子昂的《登幽州台歌》传达了人生、生命的寂寥、孤独感，也没有恐怖感。可见，以"恐怖"来定义"悲剧性"显然有些以偏概全。西华尔（Richard B. Sewall）在《悲剧形式》（*The Tragic Form*）中说，基督教悲剧（Christian tragedy）与希伯来悲剧、希腊悲剧"共同的是对待罪恶（evil）和受难（suffering）的古代悲剧处理方式，以及如果没有弥补而得到减轻的一定的价值的暗示"。[3]他认为，从古希伯来悲剧、古希腊悲剧到基督教悲剧，悲剧作家（tragedian）的"焦点在转换，但眼光是一贯的"。那就是"罪恶是悲剧的本质的核心"。[4]如果说"罪恶"是某些悲剧的情节关捩点的话，

---

① 转引自陈洪文、水建馥选编：《古希腊三大悲剧家研究》，北京：中国社会科学出版社 1986 年版，第 173 页。

② ［俄］车尔尼雪夫斯基：《论崇高与滑稽》，见车尔尼雪夫斯基：《车尔尼雪夫斯基论文学》中卷，辛未艾译，上海：人民文学出版社上海分社 1965 年版，第 86-88 页。

③ Richard B. Sewall：The Vision of Tragedy. New Haven and London: Yale University Press, 1959. pp.45-46.

④ Richard B. Sewall：The Vision of Tragedy. New Haven and London: Yale University Press, 1959. pp.46-47.

有一定道理。但是，将"悲剧性"理解为"罪恶"显然是片面的。因为，即便就基督教悲剧而言，一个能明确"归罪"的作品肯定不是真正的悲剧性作品，否则，上帝的存在就成为可疑的了。再说，现在悲剧性作品中已经缺乏西华尔所说的"罪恶"。因而，将"悲剧性"界定为"罪恶"是行不通的。

5. 价值损失

也有不少学者从对象本身价值损失的角度界定悲剧性。鲁迅在《再论雷峰塔的倒掉》（1925）中提出："悲剧将人生的有价值的东西毁灭给人看，喜剧将那无价值的撕破给人看。"① 苏联美学家鲍列夫也说："悲剧是一曲关于不可弥补的损失的悲歌。"② 可见，他们都把"悲剧性"定义为一种价值的损失。这一思想体现了悲剧性与价值损失相联系的特点。而且，鲍列夫明确且正确地指出，悲剧性的损失是一种不可弥补的损失。然而，现在的问题是，有些悲剧性载体本身并未出现价值损失，例如鲁迅笔下的孔乙己、闰土、阿 Q 等许多麻木者，他们被人们视为"悲剧性"人物，是因为他们的生命生存状态与人们普遍认可和期许的"人"的自在自为状态相差甚远，令人产生了缺憾感。可见，以"价值损失"来界定"悲剧性"，内涵上还是有些过大，进而外延有些过小。

上述五说均强调了悲剧性的客体性质，而忽略了与悲剧性相关的受众这一主体因素。然而，面对同样的经历、事件或结局，不同的人对其有不同的体验和判断，可见，主体因素是绝对不能忽略的。此外，上述五说把使人产生悲剧性体验的载体（对象）等同于悲剧性本身了。

（二）受众心理效果说

这是从悲剧性作品在受众心理中所引起的接受效果来界定悲剧性的一种思路。它区分了客体和对象，前者是客观的，后者是属主体性的，也即令人悲伤、痛苦、悲哀、恐惧和怜悯的对象是客体。尽管亚里士多德并未明确界定"悲剧性"概念，但从其关于悲剧"效果"的论述中，我们依然可以揣测其"悲剧性"的核心意涵实际就是"悲剧效果"。亚里士多德认为，"悲剧的目的"是它能"给我们一种它特别能给的快感"③，"这种快感是由悲剧引起我们的怜悯与恐惧之情"④，"这种效果"是"诗人所应追求

---

① 鲁迅：《鲁迅全集》第 1 卷，北京：人民文学出版社 1981 年版，第 297 页。

② [苏联]尤·鲍列夫：《美学》，冯申、高叔眉译，上海：上海译文出版社 1988 年版，第 76 页。

③ [古希腊]亚里士多德：《诗学》，见《罗念生全集》第一卷，上海：上海人民出版社 2004 年版，第 60 页。

④ [古希腊]亚里士多德：《诗学》，见《罗念生全集》第一卷，上海：上海人民出版社 2004 年版，第 60 页。

的"。① 而为了产生这种效果，悲剧诗人就需要慎重选择苦难、巧妙安排情节。亚里士多德认为，悲剧人物从顺境转入逆境，遭受厄运，是悲剧情节安排的基本原则，因为这极易引起观众的恐惧之情；同时，只有当亲属之间发生苦难事件时才最能引起我们的怜悯之情。② 这种苦难行动主要有四种方式③：一是人物知道对方是谁而有意做出来，如美狄亚杀子；二是人物知道对方是谁企图做而没有做出来，如《安提戈涅》中的海蒙欲拔剑杀父结果却自杀；三是人物做出了可怕的事，但当时不知而事后知道对方是谁，如俄狄浦斯；四是人物在做可怕的事时突然"发现"对方是谁而及时终止了行动，如伊菲格尼亚。在这四种方式中，亚里士多德认为第二种方式"最糟"，"只能使人厌恶"，而且"不能产生悲剧的效果"。④ 这句话中的"悲剧效果"（ergon tragōidias）被王晓峰译为"悲剧性"⑤。可见，亚里士多德所意会的"悲剧性"其核心意涵就是"唤起怜悯和恐惧之情的"悲剧效果。这种以受众心理效果来界定悲剧性的方法，看到了悲剧性的主体体验性特点、多样化特点和个体性特点；然而，以受众心理体验效果来代替整个悲剧性过程，则犯了以偏概全的错误，同时也走向了印象主义和相对主义的泥淖。舍勒认为亚里士多德的关于"悲剧"的这一著名定义是一种"心理"观察法，它"试图从调查悲剧性事件的观众或目击者的体验出发，发现并描写'客观条件'，即诱发体验的刺激因素。与其说这种方法阐明了问题，毋宁说它没有触及问题。它仅仅回答了悲剧性是如何起作用的，却没能揭示究竟什么是悲剧性"。⑥ 舍勒的论证向人们展示了生成主义和本质主义在"悲剧性"的存在状态上的悖论性立场。舍勒将"悲剧性"视为一种"实体"，尽管他也清楚"悲剧性"的作用过程。但是，在对"悲剧性"做内涵探究时，他却坚定地要求走本质主义之路。可见，在默认"悲剧性"的实体性存在这一点上，舍勒与亚里士多德并无区分。在笔者看来，亚里士多德的界定失之于窄，舍勒的反对立场是成立的，但其反对的理由则失之于

---

　　① [古希腊]亚里士多德：《诗学》，见《罗念生全集》第一卷，上海：上海人民出版社 2004 年版，第 60 页。

　　② [古希腊]亚里士多德：《诗学》，见《罗念生全集》第一卷，上海：上海人民出版社 2004 年版，第 60 页。

　　③ [古希腊]亚里士多德：《诗学》，见《罗念生全集》第一卷，上海：上海人民出版社 2004 年版，第 61 页。

　　④ [古希腊]亚里士多德：《诗学》，见《罗念生全集》第一卷，上海：上海人民出版社 2004 年版，第 61 页。参见陈中梅译注，亚里士多德：《诗学》，北京：商务印书馆 1996 年版，第 106 页。

　　⑤ [法]高乃依：《论悲剧——兼及按照可能性或者必然性处理悲剧的方法》，王晓峰译，见古典文艺理论译丛编辑委员会编：《古典文艺理论译丛》第六册，北京：人民文学出版社 1963 年版，第 36 页。

　　⑥ [德]舍勒：《舍勒选集》，刘小枫选编，上海：上海三联书店 1999 年版，第 251 页。

不当，他并没有找准亚里士多德"悲剧性"界定之不能成立的主要原因。苏联当代美学家波斯彼洛夫也反对用"怜悯和恐惧"来定义"悲剧性"。他认为，以"怜悯和恐惧"来定义"悲剧性""不能不使我们感到过于空泛了"，因为"怜悯和恐惧"的感受不仅可以由悲剧性冲突引起，也可以由戏剧性冲突产生。① 波斯彼洛夫不赞同以"怜悯和恐惧"来定义"悲剧性"，这个看法是有道理的。但是他不赞同的理由却并不能完全成立。因为，戏剧性冲突可以是也可以不是悲剧性冲突，悲剧性冲突可以是戏剧性冲突也可以没有戏剧性冲突；悲剧性冲突可以产生"怜悯和恐惧"，而戏剧性冲突既可以产生"怜悯和恐惧"，也可以产生"默许、放任、优越感和惊喜"，当其产生"怜悯和恐惧"时，它就已经转换为"悲剧性"冲突了。因此，以"怜悯和恐惧"来定义"悲剧性"之所以不能成立的原因，并不是如波斯彼洛夫所说的抽象过度、过于空泛，而是抽象不足。这是因为，人们对"悲剧性"的感受是复杂多样的、个性化的、变化的，不少西方现当代悲剧性作品主要表现的是人的虚无、空虚、沉默、孤独、无聊、无意义、绝望、无常、荒诞、怪诞、荒谬、悖论、异化等情感，因而，仅仅以古希腊时期亚里士多德所体验的"怜悯和恐惧"来定义"悲剧性"，显然既无视人类情感蕴涵无限丰富变化的事实，又严重抽象不足，导致"悲剧性"外延过小。可见，历史上从受众心理效果的角度界定悲剧性的做法，虽强调了悲剧性的主体体验性及个性化特点；但以悲剧效果来代替悲剧性过程，则属以偏概全，导致对"悲剧性"的界定涵盖面过窄，而且忽视了具体语境（情境）对于悲剧性体验的影响，因而并不能完全成立。

总之，前人关于"悲剧性"范畴的内涵的研究颇具灼见，为我们进一步的研究奠定了坚实的基础。然而，诸旧说有两个明显的不足。第一，"悲剧性"是由客体、主体和主客体相遇的具体情境这三者构成的统一整体所表现出的特点，而不是单单针对其中某一个方面。因而，已有旧说对于"悲剧性"的界定是片面的。第二，人类精神生活不可能完全缩减为一个个"故事"，"故事"并不能承载人类所有的情感，人类除了"行动"还有"思考（反省）"。换言之，"悲剧性"不独存在于有情节的戏剧性、叙事性作品中，它也存在于情节淡化或没有情节的叙事作品、戏剧作品和抒情性作品中；"悲剧性"不独存在于文学作品中，它也存在于音乐、舞蹈、绘画、雕塑、建筑、电影、电视等艺术中；"悲剧性"不独存在于文学艺术中，它还存在

---

① ［苏联］格·尼·波斯彼洛夫：《文学原理》（1978），王忠琪、徐京安、张秉真译，北京：生活·读书·新知三联书店1985年版，第259页。

于人类社会生活中。因而，前人关于"悲剧性"内涵的界定，总体上指涉范围都过于狭窄，导致概括性不足。那么，我们该如何界定"悲剧性"的内涵呢？

二、"悲剧性"范畴的内涵新探

（一）"悲剧性"范畴的内涵新释

历史上对于"悲剧性"的不同定义，主要围绕着"厄运""苦难""不幸""混乱""矛盾""失败""死亡""毁灭""损失""痛苦""悲惨""悲哀""悲伤""悲凉""悲壮""空虚"绝望""无意义""荒诞""异化"、"无常"等关键词展开，这诸多不同的表达其实是不同人对于悲剧性的不同体验的不同描述。我们如果静心深入体悟它们，就会发现，其实它们有一个共通的情感意义取向，那就是"缺憾感"。例如，"矛盾冲突"正好表明了世界的复杂性和人对世界的不可完全把握，它投射出的仍旧是人的一种缺憾性体验或缺憾感。在王国维之前，中国古代虽然尚未有"悲剧"或"悲剧性"这样的表达形式，但中国古代有"悲"字却是不争的事实。汉字"悲"充分表明了中国古人已经明确地意识到了"悲剧性"体验的核心是"缺憾感"。汉字"悲"从金文经小篆、隶书到楷书，字形一直未变，都是上"非"下"心"；字义也未变，"痛也，从心"[①]，也即"悲"是非心所愿之"痛"、违背心愿之"痛"，存在于人们"心"中。在许慎、徐铉等中国古人看来，"痛""疾"同释为"病"，"病"释为"疾加也"。[②] 可见，中国古人用"悲"字来表达一种心存缺憾时的不愉快的情感体验状态。当代英国文艺理论家雷蒙德·威廉斯认为"悲剧性经验是悲剧的核心"。[③] 他所说的"经验"确切地说应该是"体验"。

那么，我们可以把"缺憾感"定义为"悲剧性"的核心，而"悲剧性"也即历史上不同"悲剧"的"家族相似性"。为了讨论问题的方便，我们可以描述和规范一下"悲剧性"，悲剧性指人在一定语境中面对一定对象而产生的生命中不可弥补的缺憾性体验或缺憾感，也即缺憾情致。

上述对于"悲剧性"内涵的界定是一种发生定义与实质定义的复合界说。"发生定义是指出被定义概念所反映的对象如何形成的一种定义。如：

---

① ［东汉］许慎撰，［宋］徐铉校订《说文解字》，北京：中华书局 2013 年版，第 221 页。

② ［东汉］许慎撰，［宋］徐铉校订《说文解字》，北京：中华书局 2013 年版，第 151 页。

③ Raymond Williams: Modern Tragedy. Stanford: Stanford University Press, 1966. p.61.

'圆是由平面上绕一定点作等距运动而形成的封闭曲线'"。① 实质定义是指揭示对象本质属性的定义,相对于概念的词语解释而言。我们不可能运用完全归纳推理的方式来得出"悲剧性"的内涵,因为,谁也无法穷尽过去,也无法准确预测未来。很简单,在现实存在的意义上,谁都无法与绝对时间同始同终。于是,我们必然永远面临着"人类认识活动的宿命——有限与无限之间的无法解决的矛盾"。② 我们所能做的只有保持必要的谦虚和谨慎。也如鲍列夫所言:"存在的普遍问题是通过悲剧来实现的,悲剧与探索人的出路有关。悲剧这一范畴反映的不单单是个人的苦恼所造成的人的不幸,而是整个人类的灾难,存在的某些基本的缺陷。"③ 其实,人类存在的基本缺陷正是人类的"悲剧性"。悲剧性始终关注的是人类的处境——内外生存困境。可见,我们人类不仅一直都与悲剧性同在,而且也一直努力准确把握"悲剧性",明确"悲剧性"的内涵,这是一种理解自己生命生活的集体生命需求,也是本论题探讨和理论研究得以开展的前提条件和基本保障。于是,我们不得不界定"悲剧性"。"悲剧性"是情感—认知融为一体的情致,既不是纯粹的情绪情感,也不是单一的理性认知,而是情感认知合一的情感体验即情致,既是情感又是认知,既是感性又是理性,既是客观又是主观,既是客体又是主体,既是具体又是抽象,既是个别又是一般,既是有限又是无限。因而,我们对于"悲剧性"内涵的这一揭示,体现出"悲剧性"是最富于一般性和多样性的存在。

上述对于"悲剧性"本质内涵的界定,其思路和逻辑展开过程根本不是"反本质主义"者所批评的"本质主义"。因为,第一,本质是存在的,否则世界是不可知的,我们也无法认知事物。因而,一味地、绝对地、不加辨析地"反本质主义"就走向了不可知论、怀疑主义乃至虚无主义了,成了"'反本质主义'主义"了,实在不可取。第二,追寻本质、界定本质并不等同于"本质主义"。"本质主义"是把"本质"做了绝对、单一、恒定、实体的理解,本质主义者往往把自己所找寻到的那个"本质特征"绝对化、无条件化、唯一化、恒定化。而笔者认为,本质是相对的、有条件的、多样的、变化的。因为,一个事物的存在或者出现,是诸种条件因素共同作用的结果。这些条件因素应该是一个区间或者范围,而不是一个固定的点;临界线也是模糊的,有个渐变过程;这样,这类事物的存在或出

---

① 辞海编辑委员会编:《辞海》(哲学分册),上海:上海辞书出版社 1980 年版,第 433 页。
② 沈立岩主编:《当代西方文学理论名著精读》,天津:南开大学出版社 2005 年版,第 2 页。
③ [苏联]尤·鲍列夫:《美学》,冯申、高叔眉译,上海:上海译文出版社 1988 年版,第 78 页。着重号为引者所加。

现状态是否明显，在程度上就有一个变化区间。这才是一个不同类事物具有不同特点、同类事物特征又多种多样的真实的世界。这样，所谓"本质特征"也就成了"区别性"。第三，笔者上述"界定"（指描述、规范之意）的"悲剧性"的"本质特征"或"主要标志性区别特征"是"生命的缺憾感""缺憾性体验""缺憾情致"，这点把"悲剧性"与人类其他类型的情感认知体验区分了开来，它既有大致稳定的情感认知倾向的规定性（这是人类上万年以来繁衍生息生存生活所形成的情感认知定势），同时无论在情感方面还是在认知方面又有具体的丰富多样性，其产生是有条件的、相对的，也是变化的。

　　"悲剧性"内涵具有双极化合性情感—认知特点，最核心的是缺憾感与弥补感同在。从认知角度看，悲剧性是对现实世界的不完美和人性的不完美等基本存在状况的揭示。它通过完美性的被毁灭、不完美性对完美性的胜利、本身的不完美性（或者与本真状态、理想状态之间存在巨大差距）也即完美状态的不可达到等形态来显现。另一方面，悲剧性包含着人对至真、至善、至美的人生理想境界的不懈追求，是对不完美现实和人性状况的理想化弥补与超越，这也是人的一种生命本能的情感认知定势。只不过，两极中缺憾感被人们予以了中心化关注。这源于人们在形成整体性印象时，对消极性刺激会比对积极性刺激给予更多注意的认知定势。① 认知定势是认知活动中主体的心理定势、经验定势与思维定式的统一。 而且，悲剧性的缺憾感是一种不可弥补的缺憾感。因为，每个个体的生命只有一次，生活也不会重来。因而，每个人的每一次悲剧性体验都是独特的、唯一的；个体的每一次悲剧性体验都是一件个体生命事件；群体同时所产生的悲剧性体验则是一件群体生命事件。从这个意义上说，一个人的悲剧性意识及其悲剧性感知水平标志着他的生命意识状况和生命力水平。

　　从情感角度看，悲剧性是痛苦感与快乐感的化合，是痛并快乐着的化合态情感体验。一方面，痛苦、悲哀、悲伤等是受众被悲剧性对象感动之后的情绪情感体验，而人有享受自己被感动的心理欲求，享受感动、体验感动是快乐的。因而，人们在悲剧性中享受痛苦，即甜蜜的痛苦。另一方面，悲剧性的内在生成是从认知到情感再到认知的一种转化，对象的不幸遭遇获得了我们的理解，我们超越了具体的痛苦，感悟到了人生或生命的某些真谛，这时痛苦感就转化为快乐感了，而且是更深刻的快乐，这是人对自我"发现"的奖励，是人的一种自我确认和自我肯定的方式。因此，

---

① 参见程曼丽主编：《公关心理学》，北京：线装书局 2001 年版，第 129 页。

悲剧性是一种悲喜混合的情感，是一种先悲后喜、喜中有悲、悲中有喜的
过程性情绪情感，喜是认知的结果、感悟的结果。前人更多的是指出了悲
剧性情感是悲喜混合情感，但对由悲到喜的内在转变的过程及其机制并未
给予充分阐释。例如，立普斯就认为："悲剧的感情，我再说一遍，不是喜
悦和嫌恶；它是独特的合而为一的感情，这里同时包含着喜悦和嫌恶，喜
悦通过嫌恶而加深，因为它通过灾难而被导向人的最深的深处。"① 悲剧性
的这种双极化合性特点在阿瑟·米勒那里就是"一种在可能性与无可能性
之间的更为完善的平衡。"② 事实上，悲剧性文学艺术给人们制造了一个
"幻觉"、一个虚拟想象的世界，使人们进入假定性的情境，面对各种生活
的厄运、风暴的袭击，体验到"悲苦"，进而坚强人的心灵，提高人们应对
内外现实生活挑战的能力，体味到"快乐"。这就是人们要享受"甜蜜的暴
力"的原因。悲剧性体验中，缺憾性体验与弥补缺憾的完美性期望同在，
前者占主导，而后者那种不断"完美化"的努力冲动是一种不竭的动力，
因为不满足是人的本能，不满才是向上的动力，这正是"悲剧性"具有绵
长、强劲的历史穿越力的主要原因。

　　"悲剧性"基于人类对自己能够趋向完善境界所抱的乐观主义信念。
其中之一就是人总想超越肉体必死的宿命，灵魂不朽于是成了必要。在此
意义上，"灵魂"不朽是对"肉体"必死的补偿。正如乌纳穆诺所说："对
于不死的渴望，对于个人不朽的渴求……是我们最深层的本质。"③ 目的论
和末世论的秩序安排使得灵魂不朽成为必要，也是从灵魂不朽里推演出上
帝的存在，而不是相反。悲剧性人物为真理而献身，其实是在真理中追求
生命。"由于自我保存的本能使我们感知到世界的真理的真谛"④，"饥渴，
是自我保存的本能，它是人类个体生命的根本；爱，也是自我保存本能，
然而就其最原型的与生理的形式而言，它是人类社会的根本"。⑤ 这样，悲
剧性就扎根于人类的永生欲求，是对于人生、生存的缺憾性的阐释和超越。
借此，我们人生和生命中的各种缺憾才得以被理解，整个人生和生命也才
成为有意义的存在。人们通过文学艺术和宗教信仰等想象的方式，使自己
获得"永生"，体现出一种渴求无限的浮士德精神。因而，鲍列夫说："悲

---

① 古典文艺理论译丛编辑委员会编：《古典文艺理论译丛》第六册，北京：人民文学出版社 1963 年
版，第 127 页。

② [美]罗伯特·阿·马丁编：《阿瑟米勒论剧散文》，陈瑞兰、杨淮生选译，北京：生活·读书·新
知三联书店 1987 年版，第 44 页。

③ [西班牙]乌纳穆诺：《生命的悲剧意识》，段继承译，广州：花城出版社 2007 年版，第 49-50 页。

④ [西班牙]乌纳穆诺：《生命的悲剧意识》，段继承译，广州：花城出版社 2007 年版，第 35 页。

⑤ [西班牙]乌纳穆诺：《生命的悲剧意识》，段继承译，广州：花城出版社 2007 年版，第 36 页。

剧是一曲关于不可弥补的损失的悲歌，也是关于人的永生的欢乐的颂歌。"① 因而，真正的"悲剧性"根本不是一些人所误解的"悲观主义"，而是一种深刻的乐观主义、清醒的现实主义、彻底的仁爱主义、纯粹的济世情怀。

上述对于"悲剧性"的界定，可以帮助我们破解一个历史问题。在20世纪50年代到70年代的大多数时间里，中国社会文艺创作的主导倾向是要求少创作、少演出反映社会主义社会矛盾和问题的悲剧艺术，理由是担心此类悲剧作品的演出会动摇人们对于社会主义制度的信念，产生对党和政府的不信任感，涣散人们的斗志。对此，后来的研究多倾向于认为当时的人们把"悲剧"理解错了。然而，从上述对于"悲剧性"的界定来看，当年出现少创作、少演出反映社会主义社会矛盾和问题的悲剧这种认识是可以理解的。因为，当时的社会文化语境总体上具有明显的政治性，二元对立思维盛行，斗争思想深入人心，不同思想之间平等自由对话的氛围相对比较薄弱；再说受众，大多数人不具备文学艺术和美学的基本知识，缺乏科学、独立的判断力，对社会主义的认识也比较简单肤浅。这样相对不健全、相对不成熟的思想观念所充斥的大脑，在那样的社会文化语境中，如果看到"悲剧"艺术，大多数人是很难产生真正的悲剧性体验的，反而悲观主义出现的可能性更大。趋利避害，人之常性。于是，只好少写少演最好不写不演反映社会主义社会矛盾和问题的悲剧艺术了。

对于"悲剧性"内涵的上述界定，在人类文化中是否具有普世性呢？下面将对此予以探讨。

（二）界定"悲剧性"为生命缺憾感的人类文化根据

悲剧性与人生和生命相随。因为人与宇宙、自然、社会、自己的分裂（对立、物化、异己、异化）关系这一深刻危机始终存在，只是表现形式不同。人永远不可能完全把握宇宙、自然、世界、社会和自己，人是孤独的、脆弱的；但同时，人又必须不断地把握宇宙、自然、社会、自己。因而，哀情与力量同在。我们研究的是美学，而"人生意识是审美意识中的骨干内容"②。那么，人类各主要文化圈是如何看待人生、生命的呢？经过简单的梳理，笔者发现，人类各主要文化圈的人生哲学，都认为人生、生命充满着悲剧性。

中国文化总体上认可人生有"悲剧性"。中国文化的集中体现者之一是

① ［苏联］尤·鲍列夫：《美学》，冯申、高叔眉译，上海：上海译文出版社1988年版，第76页。
② 刘俐俐：《新时期小说人物论》，兰州：敦煌文艺出版社1993年版，第76页。

《周易》，著名易学大师廖名春指出："《周易》的思维模式、人生哲学、象数理论，深深地影响甚至支配了中国乃至中国文化圈内各国人的思维习惯、人生态度。"① 《周易》中的"未济"思想表明中国人认为"悲剧性"是人生的必然构成。例如，《周易》64 卦序中，"乾"为首卦，是最好的，"未济"列在最后一卦。《周易》卦序表的这种排列顺序表明，在中国人看来，万事无论如何变化，最终的结局还是"未济"。"未济"与"既济"相对。根据廖名春先生的解释，"既济是已经成功，是圆满的结局。"未济是说事情未成，但还会亨通。② 《序卦传》也指出："有过物者必济，故受之以既济。物不可穷也，故受之以未济终焉。"③ 这句话明确地表明，人不可能穷尽万事万物的本质，人的这种不可避免的局限性决定了人生最终以缺憾结束。

佛教文化认为人生是苦。人的生存、生命的本质是苦，人生的心理、生理和精神上都要受到苦难的折磨。后人把佛教所说的"苦"给予了繁简不同的阐释，有二苦（内苦、外苦）、三苦（苦苦、坏苦、行苦）、四苦（生、老、病、死）、五苦（生老死病苦、怨憎会苦、爱别离苦、求不得苦和五取蕴苦）、八苦（生、老、病、死、怨憎会苦、爱别离苦、求不得苦和五取蕴苦），乃至一百一十种苦等无量诸苦。最常见的说法是八苦。人的出生、衰老、身病和死亡都是苦，不爱的人相遇是苦，相爱的人分离是苦，要求、欲望、喜爱等得不到满足是苦，所有的痛苦汇合在一起更是苦。"五蕴"指人的五类成分："色"（物质，人的肉体）、"受"（感官生起的苦、乐、喜、忧等感情、感觉或者说情）、"想"（理性活动，即智）、"行"（意志活动，即意）、"识"（统一前四种活动的意识），五蕴与"取"（一种固执的欲望、执着贪爱）联结在一起就产生种种贪欲，称为"五取蕴"。据方立天的研究，"八苦分为两大类，前四苦是自然生理现象，这是说，人生的过程就是连续产生不同痛苦的过程。第五至第七苦，……是着重就社会现象、社会生活、人与人的关系讲的。"④ 前七苦最后归结为"五取蕴苦"，旨在说明，人的生命、生存皆是苦、苦中苦。佛教还把人生的苦在时间和空间两个维度上加以扩大化和绝对化，在时间上讲人生的过去、现在和未来是三世皆苦，在空间上讲所谓"三界无安，犹如火宅。"⑤ 所谓"三界"指欲界、色

① 廖名春：《〈周易〉经传十五讲》，北京：北京大学出版社 2004 年版，第 1 页。
② 廖名春：《〈周易〉经传十五讲》，北京：北京大学出版社 2004 年版，第 147-148 页。
③ 转引自廖名春：《〈周易〉经传十五讲》，北京：北京大学出版社 2004 年版，第 363 页。
④ 方立天：《佛教哲学》，北京：中国人民大学出版社 1986 年版，第 65 页。
⑤ 方立天：《佛教哲学》，北京：中国人民大学出版社 1986 年版，第 65 页。

界和无色界，也就是空间。佛教人生哲学对生命有一种普遍的悲悯情怀，最基本的比如说佛教讲有情"众生"。"众生"意指众多有生命的，包含天、人、阿修罗、地狱、饿鬼、畜生六种（六道）。[①] 既然一切众生有情，自然常会产生缺憾。其实，从古至今，没有人没有缺憾感。正如龚自珍《己亥杂诗》中的一首诗所说的："未济终焉心缥缈，百事翻从缺陷好。吟到夕阳山外山，古今谁免余情绕。"[②] 是啊，无论是帝王将相，还是贩夫走卒，人人都有难以避免的缺憾。这就是人生缺憾的必然性、不可逃避性。

希伯来文化和基督教文化的情感—认知基础是人生的悲剧性思想。希伯来文化集中表现在希伯来旧教上，希伯来旧教（犹太教）最初流行于下层犹太人中间，它宣扬平等、友爱、禁欲主义和来世主义，反对私有制和专制政治，主张忍耐人生的苦难。换言之，希伯来教认为人生充满苦难。基督教是基督教文化的灵魂。基督教是公元 1 世纪罗马帝国初期产生的，是罗马奴隶和贫民的宗教，最初流行于巴勒斯坦的下层犹太人中间，后来传至整个罗马帝国，是对犹太旧教的移用，因其包含有禁欲主义和来世主义的思想，一定程度上麻痹了人们的斗争意志和抗争精神，所以从公元 3 世纪开始，罗马政权开始利用它，到公元 4 世纪被定为罗马帝国国教，成为罗马帝国进行统治的精神支柱。基督教文化的基石是《圣经》（旧约），逻辑起点是"罪"，"罪性（sin）"，或者说"原罪"，认为人人生而有"罪"。基督教认为，自从人类的始祖亚当、夏娃不听从神的忠告而偷食禁果犯罪之后，人与神的关系就破裂了，而人只有坚信上帝永在，通过一生的忍耐、受苦、劳作、"奉献"，不断"赎罪"，每个人最终才会获得救赎；在人的肉体死亡之后，都会被上帝迎入"天国"，与"上帝"一起享受精神"永生"的喜乐。在此，人成了上帝的奴仆，缺乏自主性和独立性。当然，基督教文化内部是有矛盾的。一方面，四海之内皆兄弟，人人平等，恶人进地狱，善人升天堂，为富不仁者比穷人更难升入天堂；但另一方面，为富不仁者终生挥洒资财、享受现实的一切快乐，却只要在弥留之际宣称将自己的财产捐献给上帝，他照样可以升入天堂；恶人一旦宣布皈依于上帝，即便他罪恶滔天，也照样可以得救。这从西方基督教会不同时期发行赎罪券以及恶人忏悔书的广泛流播就可以看出。这样一来，为富不仁者不仅在现世可以享福，在来世也照样可以享福；恶人在现世即便作恶多端，到了来世也照样能升入天堂。结果，人的抗争就限于内心的抗争：对上帝的忠诚与自

---

① 辞海编辑委员会编：《辞海》（哲学分册），上海：上海辞书出版社 1980 年版，第 149 页。

② 龚自珍：《龚定庵全集类编》，夏天蓝编，北京：中国书店出版社 1991 年版，根据世界书局 1937 年版影印，第 388 页。

我欲望的矛盾，"忏悔"是其主要表达方式。显然，基督教给信徒们一个来世的"天国"承诺、给"不信者"一个来世的"地狱"惩戒，但在今生，人却是苦苦等待上帝救赎的"羔羊"，漫漫人生路，就是在长满荆棘的砂砾之路上怀着一颗谦卑之心赤脚前行，期间不断遭受着各种欲望折磨的痛苦和困扰，内心里"信"还是"不信"，"等待救赎"还是"放弃等待，享受今天"一直在纠结、在煎熬，换言之，人在被"上帝救赎"之前，必须在无边的苦海中煎熬，这就是人生的悲剧性。

古希腊文化中有着丰富的人生悲剧性思想。古希腊文化是欧洲最古老的爱琴文化的一部分。公元前 13—公元前 8 世纪，是希腊人从原始氏族公社向奴隶制社会过渡的时期。公元前 8—公元前 6 世纪是希腊奴隶制社会形成和确立的时期。古希腊的城邦奴隶制，特别是在雅典，相对来说较为民主。公元前 6—前 4 世纪是古希腊古典主义时期，各种文化艺术蓬勃发展，形成了自由辩论和批判的社会风习，人们积极向上，乐于创造生活并享受生活的快乐，人们热衷于宗教生活、各种文艺活动和审美生活，现世主义、世俗生活和乐观精神是其主要特点。古希腊哲学家对"人"进行过深刻的思考。例如，德尔菲太阳神庙柱子上的题词就是"认识你自己"。古希腊悲剧诗人对人生也有自己的思考。首先，生命或现实人生是最可贵的。在埃斯库罗斯《报仇神》"五、复审"中，宙斯曾将父亲克罗诺斯投入狱中，但阿波罗为宙斯辩护道："他可以脱下枷锁，他的罪还有一点救药，救济的方法还有许多，但是一个人一旦辞世，尘土把他的血流吞没，便再也不能起来生活，……"① 其次，生命（人生）是一场空。索福克勒斯在《俄狄浦斯王》中借"歌队"之口在第四合唱歌第一曲首节中说："凡人的子孙啊，我把你们的生命当作一场空！谁的幸福不是表面现象，一会儿就消失了？"② 在"退场"中，他又借克瑞翁之口说："别想占有一切；你所占有的东西没有一生跟着你。"③ 再次，人生无常。俄狄浦斯道破了那著名的谜语，"成为最伟大的人"，大家"都带着羡慕的眼光注视着他的好运"，然而"他现在却落到可怕的灾难的波浪中了！"④ 在《特赦喀斯少女》"第一场"中，利卡斯（特赦喀斯的传令官）指出，人会"从幸福的巅顶跌了下来""过苦难的生活"。⑤ 最后，人生是痛苦。《俄狄浦斯王》"退场"部分"歌

---

① 罗念生译：《罗念生全集》第二卷，上海：上海人民出版社 2004 年版，第 219 页。
② 罗念生译：《罗念生全集》第二卷，上海：上海人民出版社 2004 年版，第 378 页。
③ 罗念生译：《罗念生全集》第二卷，上海：上海人民出版社 2004 年版，第 387 页。
④ 罗念生译：《罗念生全集》第二卷，上海：上海人民出版社 2004 年版，第 387 页。
⑤ 罗念生译：《罗念生全集》第二卷，上海：上海人民出版社 2004 年版，第 454 页。

队长"说道:"当我们等着瞧那最末的日子的时候,不要说一个凡人是幸福的,在他还没有跨过生命的界限,还没有得到痛苦的解脱之前。"① 总之,古希腊悲剧诗人所看到的就是人生和生命不可躲避的缺憾性。

伊斯兰教文化认为,人生会遭遇贫困、苦难、疾病、孤独、劳顿、羁旅、役使、危险、困境、挑战、战争乃至失去人身自由等不幸,这就是人生的悲剧性;但是,人只要顺从"真宰"这个唯一的神,欣然接受"真宰"的各种考验,坦然忍受各种苦难和不幸,积极应对各种困厄和挑战,努力济困扶危,最终就会有美好的"来生",恰如《古兰经》的第二章黄牛(百格勒)第 177 节就说:"正义是信真主,信末日,信天神,信天经,信先知,并将所爱的财产施济亲戚、孤儿、贫民、旅客、乞丐和赎取奴隶,并谨守拜功,完纳天课,履行约言,忍受贫困、患难和战争。这等人,确是忠贞的;这等人,确是敬畏的。"② 反之,如果不顺从"真宰"、不坦然忍受困厄甚至为非作恶,那自然在"来生"的"审判善恶"后无法"复生"。看来,伊斯兰教在人生的悲剧性、信奉唯一神、来世、末日、善恶审判等教义思想上,与先其兴起的犹太教和基督教高度类似,王治心甚至认为伊斯兰教教义"完全以犹太教与基督教为背景"③。笔者以为,它们都把"悲剧性"考验视为人生今世"必修课",认为经受住悲剧性考验是人在来生得以复生为人的前提条件。

生命哲学认为人生有不可避免的悲剧性。生命哲学的历史大致可以分为两个时期,第一时期(18 世纪和 19 世纪之交)的生命哲学同浪漫主义很接近,以卡尔·菲力普·莫里兹的《生命哲学论文》(第二版,1781)和弗里德里希·施莱格尔的《生命哲学讲座》(1827)为代表,主导思想是反理性。生命哲学的第二个时期是以叔本华、尼采、亨利·柏格森、威廉安姆·詹姆士、威里海尔姆·狄尔泰、格奥尔格·西梅尔,两次世界大战之间的奥斯瓦尔德·施本格勒、路德维希·克拉格斯、泰奥多尔·莱辛以及马克斯·舍勒、马丁·海德格尔等人为代表的。叔本华的生命意志论表明人对现实充满怀疑,面对日益异化的现实,"人越来越不能对付自己的智力启动的发展过程"。④ 理性已经不可靠,人进入一种介乎幻觉与现实的飘忽不定的危险状态。而生命无非是斗争,人是这场斗争的输家。尼采的强力意志论形象地表达了人的不安及危险,他说人生有如"在梦中,骑在老

① 罗念生译:《罗念生全集》第二卷,上海:上海人民出版社 2004 年版,第 387 页。
② 罗竹风主编:《宗教经籍选编》,上海:华东师范大学出版社 1992 年版,第 553 页。
③ 王治心:《中国宗教思想史大纲》,北京:东方出版社 1996 年版,第 146 页。
④ [德] 费迪南·费尔曼:《生命哲学》,李健鸣译,北京:华夏出版社 2000 年版,第 25 页。

虎的背上行走"。① 法国学者柏格森在《创造进化论》中看到了"生命的爆发力"和生命的绵延及创造，但也看到了生命的衰朽。詹姆士看到了"生命的不可测定性"，承认自我的多样性（物质自我［身体］、社会自我［角色］、精神自我［内心愿望、感情、思想即内在生命］）及其矛盾性。西梅尔发现了生命的无法预料性和无法逆转性，人生无法弥补，世上没有后悔药；而生命的形式又抵制变化，这使得生命过程又有了悲剧性，表现为发展的不可避免的多变和起伏。施本格勒的《西方的没落》预言了"世界的末日"，用生命反对机械化，认为世界充满矛盾，这让人产生一种"世界恐惧"②。泰奥多尔·莱辛发现了生命的灾难。舍勒看到了生命的魔性和人生的悲苦性，认为人是苦行者。海德格尔的《存在与时间》认为人生充斥着忧虑、恐惧、死亡、罪责与烦恼。恐惧是人的生存的基本形态，人对于孤独、死亡、局限性充满恐惧。人始终忧虑自己的生存，忧虑又和恐惧相连，最终走向虚无与死亡。简言之，现代生命哲学认为人生悲苦，充满悲剧性，而且是无法逃脱的悲剧性。

总之，人类各主要文化圈以及现代生命哲学都不同程度地体认了人生的悲苦和缺憾。可见人生的悲剧性是一种普遍现象。因而，以生命的缺憾感来定义"悲剧性"，进而用之来解释人生、人性、生命、生活、社会和文学，是具有文化上的普世性的。而这一界定在文学美学理论上所具有的意义，将会在以后各章的论述中进一步加以论证。

三、小结

笔者所界定的"悲剧性"相较于传统的"悲剧"更加明确化、多样化、丰富化、完整化、普适化，涵盖了文学艺术和社会人生中的一切悲剧性现象，具有更强大的解释力。例如，一个行人从一座楼房下面经过时，突然一阵大风刮过，他被窗台上掉下的花盆砸成了重度脑震荡，或者一块石头掉下来砸死人，这样的偶然事件在传统悲剧理论看来不具有任何悲剧性，因为它是偶然的、被动的，既没有"任何普遍的社会意义"和"社会普遍的必然性"③，没有可能发生在每一个人身上，也缺乏积极主动的抗争。但从现在的悲剧性理论来看，那是具有悲剧性的。在日常生活中，这样的事情虽然发生的概率很小，小到被人们视为"意外事件"或者不可预知。但是，它对某一个体一生的影响却是直接和决定性的。对他而言，再也没有

---

① 转引自［德］费迪南·费尔曼：《生命哲学》，李健鸣译，北京：华夏出版社2000年版，第26页。
② ［德］费迪南·费尔曼：《生命哲学》，李健鸣译，北京：华夏出版社2000年版，第129页。
③ 蒋孔阳：《美学新论》，人民文学出版社2006年版，第433页。

什么比这更恐怖的了。谁也不敢保证自己不会遇上类似的遭遇。因而笔者认为，这种意外受伤事件的象征意味远远大于其对当事人造成心灵的惊惧这一具体意义，它对于整个社会和人们心理的影响将随着人们悲剧性意识的增强而加深。后现代主义作品就表现了这种偶然性对于"人"的建构作用。用"悲剧性"内涵的新界定来解释后现代主义作品就非常贴切，而传统悲剧理论对此通常无能为力。这是由于人们过多地依赖于必然性，而忘记了必然性只不过是概率较大的偶然性罢了。不能以适用于整个群体的必然性来否定个体遭遇偶然性的重大意义。

当然，将关涉文本（社会文本、文学文本）、主体（人、作者和受众）和语境三者的"悲剧性"置于新的悲剧美学理论研究的中心，并不意味着要否定或取代以"悲剧"为核心范畴的传统悲剧理论，而是要在更合适的理论平台上来研究包括文学艺术悲剧性、社会人生悲剧性在内的人类一切悲剧性现象，进而更有效地发挥悲剧性的功能，以更好地服务社会人生。

第三节 "悲剧性"周围范畴辨析

在社会文化中，"悲剧性"范畴周围的几个范畴，如"悲剧""崇高""英雄性""戏剧性"和"喜剧性"等，它们与"悲剧性"有着密切而复杂的关系。然而，它们与前者毕竟是不同的范畴。厘清二者的关系，有助于我们更加深刻地理解和准确地运用"悲剧性"及其周围范畴。

一、悲剧

"悲剧"与"悲剧性"两个范畴的关系，在许多人那里依然混淆不清。主要有下面两种看法。一是认为"悲剧性"即"悲剧"。前面提及的研究"悲剧性"的隐含的学者、研究"悲剧性"的尤·鲍列夫和舍斯塔科夫等人均持此观点。他们大都把"悲剧性"和"悲剧"看作同一种美学范畴。在此意义上，两者通用互替。不过，舍斯塔科夫看到了"悲剧"作为一种戏剧体裁与美学范畴的不同。二是认为"悲剧性"不等同于"悲剧"。具体来说，它也有两种不同观点。一种观点认为悲剧性是悲剧的本质，悲剧性内属于悲剧。这里的悲剧指悲剧戏剧。克尔凯郭尔持此观点。另一种观点认为悲剧性与悲剧是包含关系，即悲剧性包含悲剧。这里的悲剧是指悲剧戏剧和悲剧艺术。悲剧性既存在于悲剧戏剧和悲剧艺术中，也可以存在于非悲剧戏剧如喜剧、正剧中，存在于一切文学艺术、一切人类生活中，是一种人类现象。舍勒、雷蒙德·威廉斯和特雷·伊格尔顿等人持此观点。从上面引述可见，前人对"悲剧性"与"悲剧"的关系不仅歧见纷呈，而且对"悲剧"的理解也是多种多样。例如，克瑞慈（Krutch）对"悲剧"的理解就很独特。他认为"悲剧"（tragedy）包含"悲剧戏剧"(tragic drama)和"悲剧精神"（tragic spirit），他所讲的"悲剧衰亡"是指"悲剧戏剧"的衰亡，因为科学取代了神学与形而上学（玄学），但"悲剧精神"还在。① 因而，要厘清"悲剧"和"悲剧性"的关系，首先必须界定"悲剧"和"悲剧性"的内涵。

为了论述清楚，若无特别指明，本书中单用的"悲剧"专指作为戏剧形式的悲剧戏剧，即一种戏剧体裁，是一种悲剧性情感主导的戏剧文学。而"悲剧性"的内涵如前面所论，核心意向是生命的缺憾感。

在上述意义上，"悲剧"和"悲剧性"是何关系？前人主要有两种看法。一是认为它们是"艺术与生活的关系"。陈瘦竹即持此说。② 该说正确地看到了"悲剧性"对于"悲剧"的源泉作用，但又把"悲剧性"限制在了社会生活之中，难道文学艺术中没有"悲剧性"？该说也把"悲剧性"固化了，没有看到"悲剧性"的生成性和广延性。二是认为两者是语义交叉关系。张法持此说，他认为"日常用语中往往以悲剧代替悲剧性"③。该说从语用角度触及了悲剧性和悲剧的语义交叉特点，但对两者的深层关系并未论及。

笔者认为，"悲剧"与"悲剧性"是个别与一般的关系。悲剧典型地、艺术地表现了悲剧性，而悲剧性是一种普遍的人类情绪情感，不独存在于悲剧中。当然，悲剧中也不只有悲剧性，也可能有喜剧性，只是前者是整体上的、主导性的构成因素，发挥着中心因素的同化和内聚力作用，使得其他的构成要素都服从、服务于悲剧性的特点、意图和效果。《辞海》（哲学分册）对于"个别和一般"的解释是："个别指单个的、特殊的事物，又指事物的个性。一般指许多个别事物所属的一类事物，又指事物的共性。……列宁指出：'个别一定与一般相联系而存在。一般只能在个别中存在，只能通过个别而存在。任何个别（不论怎样）都是一般。任何一般都是个别的（一部分，或一方面，或本质）。任何一般只是大致地包括一切个别事物。任何个别都不能完全地包括在一般之中'（《列宁选集》第 2 卷第

① Kenneth Burke: On Tragedy. In: Robert W. Corrigan, eds. Tragedy: Vision and Form, New York: Harper & Row, 1981. p.238

② 陈瘦竹、沈蔚德：《论悲剧与喜剧》，上海：上海文艺出版社 1983 年版，第 39 页。

③ 张法：《中国文化与悲剧意识》，北京：中国人民大学出版社 1989 年版，第 2 页。

173 页)。"① 列宁这段论述极其深刻,"大致地""不能完全地"这些用语表明,列宁明确地认识到,"一般"不是完全包含"个别","个别"也不是完全包含于"一般","个别"是"家族成员","一般"是"家族相似性"。例如,作为艺术体裁形式的"悲剧"是"个别",它难以桎梏作为"一般"的"悲剧性"的生命。"悲剧性"作为一种生命之气,它总是不断突破"悲剧"这一"个别"所已有的表现形态的规范而弥散扩张到新的艺术形态和社会事件等"个别"存在者中去。悲剧性的强劲生命力和扩张力由此可见。

笔者之所以不完全赞同舍勒、威廉斯和伊格尔顿等人的悲剧性包含悲剧的观点,是因为他们虽然正确地看到了悲剧戏剧、悲剧艺术只是悲剧性载体的一部分这一事实,或者说,悲剧戏剧、悲剧艺术只是"悲剧性"这个"一般"的一部分而非全部"个别",但他们没有看到悲剧性并不能包含悲剧的全部属性这个事实。

二、崇高

刘小枫认为:"悲剧性与崇高感的关系,为大多数理论家所公认。悲剧性与崇高感成了孪生概念。"② 换言之,在刘小枫的思想中,崇高感与悲剧性必然同在。可实际情况往往很复杂。

第一,"崇高"或"崇高感"与"悲剧性"并不必然同时存在。"崇高"或"崇高感"也是一种精神现象,其特征是不平凡、伟大,给人的心理效果是震撼、神圣或超越感,令人敬畏、敬仰、神往,它提高了人的精神力量、精神品位和生命的尊严感,让人尤其是个体在意识到自己渺小卑微无力的同时,又有一种扩张感,感到自己被提升到了新的境界。因而,崇高感也是复杂的、不断变化的。大体来说,崇高感的生成经过了三个阶段:首先是震撼、恐惧、敬畏,其次是佩服、尊崇、向往、敬仰,最后是自我丰富、更新、扩大、升华和提升。西方古代美学家朗吉弩斯在《论崇高》中探讨了崇高感的来源,他强调的是"庄严伟大的思想""强烈而激动的感情""修辞格的妥当运用""高雅的措辞"和"堂皇卓越的结构",而最根本的是"伟大的心灵"。③ 可见,在朗吉弩斯看来,只有超凡脱俗、臻于伟大之心灵境界的作家,才会创造出具有崇高风格的文艺作品。崇高作品之所以能感染人,归根结底是因为它表现了伟大的心灵,它把受众的平凡心灵

---

① 辞海编辑委员会编:《辞海》(哲学分册),上海:上海辞书出版社 1980 年版,第 77 页。

② 刘小枫:《悲剧性今解》,见《个体信仰与文化里理论》,成都:四川人民出版社 1997 年版,第 50 页。

③ 参见朱光潜:《朱光潜美学文集》第四卷,上海:上海文艺出版社 1984 年版,第 113-118 页。

从卑微、琐屑、渺小、无力的生活中解放了出来，超越了惯常的凡庸，使他们神往伟大天空的浩瀚幽远，沐浴在崇高伟大的光辉里，尽享一种静穆真善的喜悦。朗吉努斯在《论崇高》中还论及，人之所以在宇宙中能够存在，源于人之伟大和不平凡，即"人的尊严"，这是一种"力量的"崇高；相比于小溪小河，人们更喜欢赞赏大河海洋等"数量的"崇高。① 可见，朗吉努斯已经涉及但未明确概括崇高的类型。简言之，"悲剧性"虽然也是一种精神现象，但它给人的心理效果更复杂，有悲伤、忧虑、恐惧、怜悯、痛苦、振奋等情绪情感，"崇高"或"崇高感"可以是其中之一，但不必然存在；"崇高"也是一种精神现象，它广泛存在于人类一切生活中，而不限于"悲剧性"。因而，"悲剧性"与"崇高"并不必然同时出现。

　　第二，崇高与理想、信念有关，通向了劝说、教导的方向。崇高感能增强悲剧性，但它并不等同于悲剧性。纯粹的空间本身可以引发人们的崇高感，但较难引发人们的悲剧感。英国经验主义美学家博克探讨了崇高的生理心理基础以及崇高事物的特点——"可恐惧性"。德国古典美学大师康德研究了"崇高"的类型——数学（体积）的崇高和力量的崇高，同样涉及"崇高""可恐惧性"的特点。无论是博克还是康德都特别强调"力量的崇高"，而他们所说的"力量"均指客观事物的"力量"。"力量的崇高"是说客观事物力量的强大，如狂风暴雨、迅雷疾电、湍流飞瀑、惊涛骇浪、火山喷发等自然现象和重大社会震荡、革命、战争等社会现象。他们都没有论及人的精神力量的崇高，即精神力量的强大、伟大、神圣。而精神力量的强大却恰恰是具有崇高精神的人物令人感动之处，也是现当代悲剧艺术中部分凡人悲剧之所以具有撼人心魄、动人心旌效果的重要原因之一。因此，在关注精神力量这一点上，博克和康德相比朗吉努斯存在重大"退步"。在中国古代，"崇""高"两字并未连用，"崇"和"高"是互释的，"崇"释"嵬高"，而"嵬"释"高不平，从山"②。可见，在中国古代文化中，"崇""高""嵬"本意都是指山高出平地很多，指自然现象。《诗经·小雅·车辖》中说："高山仰止，景行行止。"③ "止"是语助词，"景行"指"大道"，该句意思是说：高山可仰，大道可行，表达了抒情主人公对于迎接新娘季女的宽慰之心。由于中国古人多有以山水自然来比喻人之品德的比德传统，于是，后来人们就对该句做了比德式的理解和运用。例如，西

---

① 参见朱光潜：《朱光潜美学文集》第四卷，上海：上海文艺出版社 1984 年版，第 119-120 页。

② 参见［东汉］许慎撰、［宋］徐铉校定《说文解字》，北京：中华书局 2013 年版，第 189 页、105 页、186 页。

③ 《诗经》，西安：三秦出版社 2005 年版，第 267 页。

汉司马迁在《史记》中评价孔子时写道:"《诗》有之:'高山仰止,景行行止。'虽不能至,然心向往之。"① 这里就把"高山"比喻为孔子高尚的品德,"景行"比喻为孔子光明正大的行为,全句是说孔子有崇高的德行。司马迁的这一用法使"高山景行"成了崇高德行的古典表达。可见,中国古人很早就用"崇高"来意指人的德行高尚、德行齐人,德行力量之强大可见一斑。在西方,朗吉弩斯是最早论及人精神之崇高的学者。尽管学界对《论崇高》的作者朗吉弩斯到底是谁以及《论崇高》的确切成书年代仍然存在分歧,但《论崇高》成书较晚于贺拉斯(公元前 65 年—公元前 8 年)的《诗艺》却是可以确定的。② 因而,在人类美学史上,"崇高"之载体由客观事物转向人之精神品德,中国古人较早完成了这一历史性转变。

第三,悲剧性中未必包含"恐惧",悲剧性中的"恐惧"和崇高感中的"恐惧"也不尽相同。西方主流学者认为"恐惧"是崇高感的必要因素。中国学者朱光潜也赞同这一观点,他说:"在崇高感中,这样一种敬畏和惊奇的感觉的根源是崇高事物展示的巨大力量。"③ 那么,悲剧性中是否包含"恐惧"呢?在亚里士多德那里,恐惧和怜悯是悲剧性效果的必要构成。朱光潜认为,悲剧性里含有"某种压倒一切的力量那种恐惧,然后那令人恐惧的力量却又将我们带到一个新的高度,在那里我们体会到平时在现实生活中很少能体会到的活力。简言之,悲剧在征服我们和使我们生畏之后,又会使我们振奋鼓舞"。④ 叶朗也认为"恐惧是悲剧感(指悲剧性——引者注)中不可缺少的部分"。⑤ 然在笔者看来,不是所有的悲剧性中都包含有令人恐惧的内容,例如一朵寂寞开放的无主的空谷幽兰、一首悲剧性的抒情诗、一位自甘凡庸者的平淡生活等。其次,崇高感中的"恐惧"和悲剧性中的"恐惧"有无区别呢?朱光潜认为悲剧中的恐惧是"一种不可知的力量以玄妙不可解而又必然不可避免的方式在操纵着人类的命运。"⑥ 也即恐惧在悲剧性中"呈现为命运"⑦,它既强烈又难以清晰可辨。朱光潜的这一看法把悲剧性中的恐惧神秘化了。其实,悲剧性中的恐惧就是一种令人敬畏的力量。人们敬佩悲剧人物,因为他们对自己的尊严、人格和自主自由的捍卫显示出了强大的生命力,超越了受众此前对"人"所认知到的

① [西汉]司马迁:《史记》,北京:中华书局 2006 年版,第 331 页。
② 参见朱光潜:《朱光潜美学文集》第四卷,上海:上海文艺出版社 1984 年版,第 113 页。
③ 朱光潜:《悲剧心理学》,合肥:安徽教育出版社 1996 年版,第 121 页。
④ 朱光潜:《悲剧心理学》,合肥:安徽教育出版社 1996 年版,第 115 页。
⑤ 叶朗:《美学原理》,北京:北京大学出版社 2009 年版,第 347 页。
⑥ 朱光潜:《悲剧心理学》,合肥:安徽教育出版社 1996 年版,第 121 页。
⑦ 朱光潜:《悲剧心理学》,合肥:安徽教育出版社 1996 年版,第 121 页。

程度；人们害怕他，是害怕自己遭遇类似他所遭遇的厄运。而崇高中的"恐惧"是对象不直接威胁人之生命时带给人的痛苦感和危险感，往往指事物的体积或力量超越了人的感受阈限。因而，悲剧性中的恐惧主要是一种"有我"性恐惧，而崇高中的恐惧主要是一种"无我"性恐惧。

第四，悲剧性效果之一是怜悯，怜悯是关爱、同情、理解和惋惜。那么，怜悯是否存在于崇高感中呢？朱光潜曾说悲剧性"与其他各类崇高不同之处在于它用怜悯来缓和恐惧"①，即认为悲剧性中有怜悯而崇高中没有怜悯。叶朗也认为悲剧性有怜悯而崇高感中没有怜悯。② 对朱先生、叶先生这一观点笔者不能完全赞同。有些崇高感中确实没有或极少有怜悯，充溢其中的是敬佩、敬仰、崇敬之情。但是，崇高感中也可以有怜悯，例如，崇高人物的牺牲或遇难就引发了人们的同情感和惋惜感，这使其崇高精神瞬间光芒万丈，对人们产生极强的震撼力和感召力，进而产生振奋作用。正因此，席勒在继承康德的主体性思想和共同人性思想，并以之作为自己美学基础的前提下，一方面将崇高与审美教育结合起来，作为审美教育的重要部分，另一方面将悲剧性与崇高结合了起来，既拓展了崇高研究的领域，又突显了悲剧性的教化功能。他说："一切同情心都以受苦的想象为前提；同情的程度，也以受苦的想象的活泼性、真实性、完整性和持久性为转移。"③ 这里他讲的"受苦的想象"主要指受苦人物给予受众的崇高感想象，而"同情"是指悲剧性同情。可见。席勒认为"崇高"是"悲剧性"产生的前提，并决定其程度。然而在笔者看来，这只能说明"崇高"可以增强"悲剧性"的感人效果，而不能说明"崇高"与"悲剧性"存在其他关系。又如雨果在《威廉·莎士比亚》（1864）中所说："有用而同时美，就是崇高。"④ 显然，崇高更多的是被引导向了伦理教化，而"悲剧性"则不一定拘囿于此，它会关注人生的一些基本问题，例如人生的意义和价值、人生该怎样度过、人该追求什么等问题。

第五，崇高往往与形而上性、超越性相联系，是对"人"的神圣性的肯定，是对人类现实生活的超越和升华。但"悲剧性"有时并不走向形而上追求，它会潜隐在现实生活中，在缕缕忧伤哀怨中表达人们对琐屑单调生活的慨叹和微茫的新希望，与"崇高"观念相关联的"高大""伟大""神

---

① 朱光潜：《悲剧心理学》，合肥：安徽教育出版社 1996 年版，第 124 页。

② 叶朗：《美学原理》，北京：北京大学出版社 2009 年版，第 348 页。

③ ［德］席勒：《论悲剧艺术》，见古典文艺理论译丛编辑委员会编：《古典文艺理论译丛》第六册，北京：人民文学出版社 1963 年版，第 94 页。

④ ［法］维克多·雨果：《威廉·莎士比亚》，丁世忠译，北京：团结出版社 2001 年版，第 229 页。

圣"等意味在此就很微弱。因而,引发崇高感的不一定总是引发悲剧性(感);同样,引发悲剧性的也不一定总是引发崇高感。

总之,在悲剧性和崇高的关系上,朱光潜讲"崇高感并不一定总是悲剧感"是对的[1],但他讲"这两者并不是同时并存的"则过了[2],悲剧性与崇高可以同时并存,但并不必然同时并存。而他说"悲剧感是崇高感的一种形式。……悲剧感总是崇高感,……悲剧感区别于其他形式崇高感的独特属性……就是怜悯的感情"。[3] 也不能成立。因为,悲剧感并不被包含于崇高感,崇高感中也有怜悯情感。因而,"悲剧性"与"崇高"或"崇高感"是一种交叉关系,而不是孪生关系或包含关系。它们的共通之处是怜悯感、恐惧感和振奋感。它们的交集地带,正好是崇高感悲剧性的所在。简言之,悲剧性未必有崇高感,崇高感未必有悲剧性。

三、英雄性

悲剧性与英雄性的关系比较复杂。在黑格尔那里,悲剧人物具有一种英雄气概,那就是在任何困难面前,他依然勇敢地接受挑战,依然坚持独立、"自主""自决"的人格尊严和精神自由。如黑格尔所说:"人物凭自己的坚强和镇定,虽遭到毁灭也不屈服,面对一切灾难而仍尽全力去保持他的主体的自由。"[4] 这样的悲剧人物遭遇厄运乃至毁灭会让人感到悲伤、怜悯和恐惧,但很快人们就会产生一种"振奋"感。于是,悲剧性就和英雄性贯通了。然而,我们不能因此就误以为悲剧性与英雄性之间是简单的等同关系。

悲剧性与英雄性形似神异。"悲剧性"以个体生命价值遭受损失为主导始因,起而抗争或忍受。这一特质导致了悲剧性文艺作品具有下述特点:人物形象的非确定性(反类型化)、情节的非终结性(非完成性)、主题思想的对话性(复调性)。而"英雄性"以利他主义价值观为主导始因,即"为拯救大家/ 他人"起而抗争或忍受。在此意义上,英雄性是悲剧性的变体。英雄性中,是非黑白是明确的,二元对立思维比较明显,黑或白,二者必选其一;但在悲剧性中,有时是非黑白并不明晰,展现的是:黑和白、是和非。因而,英雄性更易走向道德教化,而悲剧性更易探讨一些人生基本问题。悲剧性中有一种恐惧感,进而超越恐惧走向振奋和舒慰;但英雄性

---

① 朱光潜:《悲剧心理学》,合肥:安徽教育出版社 1996 年版,第 124 页。

② 朱光潜:《悲剧心理学》,合肥:安徽教育出版社 1996 年版,第 124 页。

③ 朱光潜:《悲剧心理学》,合肥:安徽教育出版社 1996 年版,第 124 页。

④ [德]黑格尔:《美学》第三卷下册,朱光潜译,北京:商务印书馆 1981 年版,第 328 页。

在整体上没有或者极少恐惧感，更多的是振奋感和鼓舞感。在我国和苏联当代文化中，曾经将英雄主义区分为个人英雄主义与集体英雄主义。它们的区分标准在于出发点与旨归是为了彰显自己还是彰显集体，肯定前者的被界定为个人英雄主义，肯定后者的被界定为集体英雄主义，尽管从效果上来说两者都是利他主义行为。由于马克思主义认为，"人"的解放要靠集体和社会的政治行动，因而我们更看重集体英雄主义而不是个人英雄主义。

简言之，悲剧性与英雄性也是一种交叉关系。英雄性可以增强悲剧性的振奋感，但也会减弱其悲伤感。悲剧性可以增强英雄性的同情感，但也会减弱其雄壮感。悲剧性与英雄性作为两种不同的美学范畴、两种不同的人类情感认知范式，各自有其关切点和旨趣。同理，悲剧人物可以是英雄人物，也可以不是英雄人物；英雄人物可以是悲剧人物，也可以不是悲剧人物。在文艺实践中，具有英雄性的悲剧性人物更易感动人们。因而，应该根据具体情况合理表现，以产生最佳表达效果。

四、戏剧性

戏剧性的要义是矛盾对抗冲突以及必然性，具有集中性、紧张性、曲折性和巧合性的特点。悲剧性可以通过戏剧性来表现，但悲剧性不等同于戏剧性，因为有好多悲剧性就没有戏剧性情势的引发，例如悲剧性抒情诗、日常生活中的悲剧性、后现代主义的悲剧性艺术等，这些悲剧性与戏剧性根本就没有任何关系或者关系特别松散。问题的关键是，在悲剧戏剧中，悲剧性与戏剧性的关系特别微妙。苏联美学家波斯彼洛夫正确地指出："戏剧性情势可以由英雄行为来消除，但也可以深化到悲剧性高度。"[1] 很显然，波斯彼洛夫看到了在悲剧戏剧中戏剧性情势的两种可能性结局。一种是为英雄人物的出现创造条件，但随即戏剧性情势也会因英雄人物的英雄行为而被消除。另一种是戏剧性情势超出了主人公的可掌控范围，导致了主人公的悲剧性结局。之所以出现后一种情况，是因为戏剧性情势深层的矛盾冲突借助主人公释放了出来，经过一番周折，主人公无力承担这种矛盾冲突，反而被其吞噬。这就是说深层次的矛盾冲突或者说深刻的戏剧性至此才与悲剧性之间具有某种联系，而肤浅的矛盾冲突或者戏剧性情势由于很容易被克服，因而很难被导向悲剧性。是故，日常生活中戏剧性事件

---

[1] ［苏联］格·尼·波斯彼洛夫：《文学原理》（1978），王忠琪、徐京安、张秉真译，北京：生活·读书·新知三联书店1985年版，第257页。

很多，但未必都是悲剧性事件。同样，面对日常生活中的悲剧，我们也很难联想到戏剧性，因为巧合、集中、紧张、曲折、（逻辑）必然等戏剧性的内在要求不是一种日常生活的常态现象，多被视为是人们出于艺术效果的表达需要而进行的艺术经验总结，旨在集中、有效地反映对象，以取得引人入胜的表达效果。由于人们对艺术与生活二者界限的自然坚守，大家就很少在日常生活的悲剧性与戏剧性之间建立起联想关系和逻辑联系。如果我们有意提醒人们注意悲剧性与戏剧性之间的联系，那么，对人们而言，这种联系（姑且假设存在的话）的被感知并不是自发的，而悲剧性是源于生命体验的自然感发。另外，悲剧性和戏剧性的主要载体不同。波斯彼洛夫说对了一部分，他说："正剧与悲剧不同，是一种具有戏剧性激情的剧本。"[①] 其实，凡是体现出巧合、集中、紧张、曲折、必然等特点的一切人类现象都可以被视为戏剧性的载体，而悲剧性的载体是人类的一切悲剧性现象，最基本的是悲剧戏剧。最后，戏剧性也可以导致喜剧结局，所谓"好事多磨"便是对此的通俗表述。

因而，悲剧性是戏剧性所追求的深度和高度所在，而戏剧性有助于提升悲剧性表现复杂意味的程度，两者可以交叉，但不必然同时出现。

五、喜剧性

喜剧性的主要特点是可笑、幽默，其心理过程是人的思维定式遭遇突然逆转或意外落空，让人在意外中感到可笑，这是一种智慧的艺术效果。喜剧性的心理机制是人的紧张感出人意料地突然消解，走向平和与温馨。因而，喜剧性对任何一方的尊严一般不构成挑战，只是在意外一笑中让人领悟到生活的智慧与奥妙。而悲剧性的生成是人的紧张感的持续增强，最终的结局往往是前面各种情势的综合结果，有其必然性，人们一点也不感到意外，它所关注的是人生中的根本问题、严峻问题。

两者的主要载体也不同。喜剧性主要表现在喜剧戏剧等人类一切喜剧性现象中，如波斯彼洛夫所说："喜剧是一种具有喜剧性激情的剧本。"[②] 悲剧性在悲剧戏剧中有其突出表现，但并不囿于悲剧戏剧，人类一切悲剧性现象都是悲剧性的载体。

问题的关键是，喜剧性和悲剧性并非水火不容。它们共同的诉求是揭

---

① ［苏联］格·尼·波斯彼洛夫：《文学原理》（1978），王忠琪、徐京安、张秉真译，北京：生活·读书·新知三联书店 1985 年版，第 340 页。

② ［苏联］格·尼·波斯彼洛夫：《文学原理》（1978），王忠琪、徐京安、张秉真译，北京：生活·读书·新知三联书店 1985 年版，第 340 页。

示人类生活的深刻性和复杂性。悲剧性通过让人悲戚而引人思索，正视现实的严峻和危机；而喜剧性则是在让人会心一笑中领悟到惯常思维、观念、现实的荒谬与不合理之处。在此意义上，二者并无高下之别。而且，在具体的艺术创作中，往往悲喜互藏，悲中有喜，喜中有悲，特别是一些悲剧喜演更令人心碎，而喜剧悲演更令人忍俊不禁。从时间维度来看，同一主体面对同一对象，近看它是悲剧性，远看它则是喜剧性。可见，悲剧性与喜剧性可以同行，可以交叉。

总之，"悲剧性"与其周围范畴"悲剧""崇高""英雄性""戏剧性""喜剧性"之间的联系与区分是客观存在的，我们对其予以辨析也是很有必要的；但这并不意味着我们认为在精神价值、思想价值、审美价值和艺术价值上"悲剧性"要高于"崇高""英雄性""戏剧性"和"喜剧性"等周围范畴；而是想指出，"悲剧性"与其周围范畴在人类社会文化生活中都有其各自不可取代的地位和价值。当然，从宏观的社会文艺史角度来看，人类在不同历史境遇中会有不同的偏好。崇高感的文艺作品和英雄性的文艺作品在民族抗争走向胜利之时和胜利初期比较多见，这主要是一些凝聚人心、鼓舞士气、激励精神的群体诉求之作，也是释放民族解放自豪感的精神自由之作，它们往往成为国家或政党进行精神文化统合与意识形态统一的社会整合工具。而且，这些作品多以民族史诗的艺术形式呈现。崇高感和英雄性借助民族性的载体，充分实现了作品创作者、传播者的社会意图。例如，20 世纪五六十年代以"三红一创、青山保林"为代表的中国"红色经典"作品大都如此。戏剧性作品主要是一些战争、悬疑、谍战、推理、侦破、探险、灾难、恐怖类作品，也有表现日常生活中的奇巧微澜之作，它多出现在民族社会生活的和平时期。按部就班、循规蹈矩、机械重复、琐屑繁忙、平淡如水、波澜不惊的日常生活极易让人感到单调、乏味、无聊、苦闷、紧张、沉重、厌烦、焦虑，人们需要戏剧性作品或带给自己新异刺激，或排遣自己内心情绪，或缓解精神压力，以补充、丰富、活跃和调节其日常生活，人们更看重的是戏剧性作品对人的精神生活的调节功能，当然对部分追求"智趣"的人而言则主要是智力上的自我确认功能。如果说，"戏剧性"在许多作品中还都是一味"调料"的话，那么，20 世纪 80年代中国香港地区电影中的武侠片和警匪片，李碧华的小说和电影，20 世纪末的新历史主义小说，21 世纪最初 10 年里影视作品中的不少谍战片、战争片和都市恋情片，它们大都以"戏剧性"为艺术特色和审美追求，强调情节的离奇、曲折、突转、发现、意外和巧合，人物的传奇、强大、奇特和奇葩，场景上的新异、炫目、诡谲和宏大。其逻辑基础是，奇人有奇情，奇人有奇缘，奇人遇奇境，奇人干奇事，成就传奇人生。这无数的偶然性、不确定性被创作人员按照自己的旨趣通过生花妙笔，神工鬼斧般地编织在了一起，形象地呈现了他们心目中理想的人生与社会，间接地评价了现实的人生和社会，艺术地探讨了"人生和社会"这一基本命题的哲学意蕴。人生如戏，但人生毕竟不是戏；可总体上来看人生比戏还具有戏剧性。人生真是个谜啊！喜剧性作品既有批判反动、否定丑恶、针砭时弊、讽刺缺点的建设功能，也有活跃生活、缓解压力、宽慰心灵的娱乐功能，还有讥笑弱小、取乐缺陷、贬损崇高、调侃伟大、解构神圣、恶搞正经、麻木良知的愚化功能。因而，严肃的喜剧性作品多出现在旧的社会文化形态已经失去其合理性并将退出历史舞台、但仍然垂死挣扎的历史时期。例如，俄国果戈理先生的作品，它们以"含泪的微笑"批判着那个行将退场的不人道的沙皇俄国社会。轻松清正的喜剧性作品较多地出现在人民生活相对安定、社会生活相对和谐、文化氛围相对宽松的环境中。20世纪50年代到60年代初期以及20世纪八九十年代，中国文艺中的许多喜剧性作品大都属于此类。例如，马季、郭启儒的相声《打电话》（1961）辛辣讽刺了时间观念不强、废话连篇、缺乏公德的人；马季的相声《宇宙牌香烟》（1984）讽刺了一些夸大其词、言过其实、牵强附会的商品广告；姜昆、唐杰忠的相声《虎口遐想》（1987）讽刺了一些不踏踏实实工作，整天胡思乱想、异想天开，却梦想有好的生活的人。再如，赵丽蓉、侯耀文的小品《英雄母亲的一天》（1989）讽刺了文艺创作和宣传工作中脱离生活的模式化、公式化、虚假化现象。陈佩斯、朱时茂的《吃面条》（1984）、《拍电影》（1985）、《羊肉串》（1986）、《胡椒面》（1989）、《主角与配角》（1990）、《警察与小偷》（1991）、《姐夫与小舅子》（1992）、《炮打活人》（1994）、《宇宙体操选拔赛》（1997）、《王爷与邮差》（1998）等小品采用角色转换与前后对比的结构技巧，在轻松逗笑中表现了对人生和社会问题的深入思考。上述喜剧性作品，让观众在开怀一笑、会心一笑中找准了自己的位置，找到了正确的做人原则。这在经历了十年"文化大革命"后的中国人民精神文化生活中，其社会意义自然不可小觑——让中国人民重新享受幽默、体会幽默、学会幽默，我们的生活不能没有幽默。纯粹搞笑的愚乐型喜剧性作品多出现在以娱乐至上为主调的消费文化中，只求娱乐至死、沉迷当下，不问过去和未来，不问意义和责任，娱乐本身就是一切，迷醉、狂热、逃避、无所谓、没正经、无分寸、轻飘飘是其主要特征。这类作品在21世纪最初十来年的中国大众文艺中并不少见，它们往往披着"艺术"的外衣，打着"喜剧性"的旗号，以迎合人们猎奇、窥私、暴力等恶趣为市场卖点。我们应当坚决反对这种有害无益的低俗、恶俗、粗俗、庸俗之作。

综上，"崇高""英雄性""戏剧性""喜剧性"等"悲剧性"周围范畴和"悲剧性"一样，有各自所关涉和表征的精神旨趣与价值取向，人们应该具体问题具体分析，不可笼统地、简单地以高下论之。此外，虽然不同历史时期社会的主导趣味和价值取向对"悲剧性"及其周围范畴有不同偏好，但我们并不能因此就认为它们在历史上先后相续而存在，也不可将其混淆为加拿大学者诺斯罗普·弗莱在《批评的剖析》这一巨著中所提出的与一定时代相对应的、先后相续的、历时性存在的、循环往复的虚构作品的 5 种模式——神话、史诗、悲剧、喜剧和讽刺作品。① 事实上，"悲剧性"与其周围范畴是共时性存在的。此外，弗莱将他所归纳的虚构作品的 5 种模式视为历时性关系也是不妥的，他把文艺史简单化、模式化、机械化了。

通过本章的研究辨析，我们发现，悲剧性是一种人类现象，而不是一种单纯的自然现象；悲剧性是一种意向性存在，而不是一种实体性事物的存在。"悲剧性"范畴是一种关系范畴，而不是事物范畴。"悲剧性"是人类的一种情感—认知范式或情感—认知结构。在人们的"悲剧性"心理活动中，主要的成分是情感和认知，但也有意志和无意识的成分。意志成分在一定程度上影响着人们的悲剧性体验的向度（内容、蕴涵）、强度、高度、深度、广度、持久度和行为倾向性等方面。无意识成分对人们的悲剧性体验的生成及其显现因人、因对象、因语境的不同而有不同程度的影响。"悲剧性"是一切"悲剧"的"家族相似性"。悲剧性指人在一定语境中面对一定对象而产生的生命的不可弥补的缺憾性体验或缺憾感。"悲剧性"基于人类对自己能够趋向完美境界所抱的乐观主义信念。"悲剧性"的这一界说是一种发生定义与实质定义的复合界说。这一界定具有极强的普适性和普世性，普遍适用于人类社会一切领域中的各种悲剧性现象，在人类各主要文化圈和生命哲学中都拥有特别深广的认同基础。"悲剧性"与其周围范畴有着复杂而微妙的关系，人们应该在深入辨析的基础上正确使用它们。

需要指出的是，本书对于"悲剧性"范畴所做的界定，并没有将"悲剧性"泛化，也没有人为主观地、选择性地设置其边界，而是忠实地遵从人的最自然的生命体验，实事求是地勾勒出了"悲剧性"存在的真实版图，系统地描绘出了"悲剧性"的现实三维形态图。本书对于"悲剧性"范畴

---

① ［加拿大］诺斯罗普·弗莱：《批评的剖析》，陈慧、袁宪军、吴伟仁译，天津：百花文艺出版社1998 年版，第 3-7 页。

所做的界定，不是先入为主式的先验界定，不是人为地简化"悲剧性"得以存在的条件，也没有把"悲剧性"视为是一件已经完成的、等待人们去鉴赏的实体或作品，而是还原了"悲剧性"的真实存在。传统悲剧美学对"悲剧"的界定背后是先验自明的身份特权、不证自明的逻辑豁免权，以及西方特别是古希腊中心主义乃至人类中心主义的霸权话语体系。而本书对"悲剧性"的界定则摒弃了上述现成主义思维模式和霸权话语体系。从这个意义上说，本书又是在努力创建一种新的悲剧性美学理论话语体系。

悲剧性美学的基本问题是悲剧性是怎样生成的。因为悲剧性是在生成中存在的，因而，对"悲剧性"的存在从生成角度予以描述和界定就是自然和必要的。这是一种开放的、系统的描述，坚持了开放性、条件性、多维性、动态性、系统性和整体性。此外，定义式的表达方式也不一定是本质主义的，本书也不是要给"悲剧性"下一个唯一的、放之四海而皆准的实体性定义。因而，本书对于"悲剧性"的研究不存在本质主义的致思方式。

第三章　悲剧性的生成及其机制

上一章，我们从"悲剧性"的存在出发，研究了"悲剧性"的范畴。我们知道，悲剧性是在生成中存在的，也即悲剧性是通过我们体验而现身的。那么，悲剧性是如何生成的呢？其生成机制如何？本章我们将对此展开讨论。

第一节　悲剧性的生成

一、历史上悲剧性成因的"客观说"和"主观说"

在历史上有关悲剧性的研究中，也零星地涉及悲剧性的产生问题。概括来看，主要是从"客观"和"主观"两个角度讲的。

（一）客观说

所谓"客观"是指在意识之外，不依赖主体意识的存在，跟"主观"相对。关于悲剧性的成因，"客观说"认为"悲剧性"是"悲剧"事物的内在属性和客观显现，与主体的主观意识状况根本没有关系，与具体语境也没有多大关系，即便有也仅与宏大的普遍共识有关。也就是说，现实中存在着先于主体和独立于主体感知的"悲剧性"，而主体与客体相遇后，不过是主体正确地认识到了或者说确认到了作为客体的悲剧事物内在的悲剧性。这样一来，悲剧性的产生实质上就是"客体自生"。这里的"客体"指悲剧文本，认为"悲剧性"是悲剧文本的本质属性，它是一种现成、稳定、客观的绝对存在，主体的悲剧感只不过是主体认识到它，而不是主体形成了它的存在，或者并不是主体使它出现。换言之，悲剧性是悲剧文本的自产生、自显现，与主体无关，与语境无关，主体只是在毫无关系的语境中见证悲剧性的产生，主体不见证它，它也照样自行产生，所谓"花自飘零水自流"（李清照《一剪梅·红藕香残玉簟秋》）。简言之，悲在物。这一说法的美学根据是美的本质上的客观说。蔡仪先生主张美是客观的,与人没有关系。他说:"美在于客观的现实事物,现实事物的美是美感的根源,也是艺术美的根源。"① "物的形象的美也是不依赖于鉴赏的人而存在的。"② 我们承认事物是先于我们的审美体验而存在的,但在审美关系建立之前,我们还不能说它是"美的事物"。我们也承认,美的物的形象确实不依赖鉴赏的人而存在,但问题是,人们是先知道它就是"美"的物而去鉴赏的呢,还是鉴赏了或鉴赏中体验出它是"美"的才说它是美的物呢?显然,只能是后者。具体到悲剧性的生成问题上,"客观说"就认为是"悲剧"决定了、产生了"悲剧性"。至于这个"悲剧"为何会产生"悲剧性","客观说"给出的解释是"客观共识决定"的。

"客观共识"有不同的表现。古希腊早期,人们认为"命运"是一种客观存在,悲剧性的产生就缘于人们对"命运"这一神秘力量的共同体认。在悲剧戏剧中,从一开始,"命运"就已经确定了结局,不论悲剧主角如何抗争,最终的悲剧性结局都是无法逃避和改变的。显然,"命运说"更多看到的是人的脆弱,尽管它也借此烛照了人的强大,但对人的主体性特别是人的自由意志力却几乎很少肯定。正因此,亚里士多德不用"命运"解释古希腊悲剧的成因。他认为,悲剧性缘于悲剧主角的"过失",悲剧主角并非有意作恶,而是由于他的"见事不明"导致了悲剧性的出现,因而,悲剧主角的"过失"是一种"无心之过"。"事与愿违"是这一解释的通俗化理解。例如,俄狄浦斯并非有意要杀父娶母,他是为了躲避神谕的应验,在不知情的情况下犯下了弥天"过失",尽管他主观上无恶意,但客观上他的自由意志力却导致了灾难的发生,因而是有过失的,俄狄浦斯应对此承担责任。亚里士多德的悲剧主角"过失"说的前提是人们对于人的独立、自主、自为、自决和自觉存在共识,它肯定了人对其行为所负有的责任,强调了人的主体性,相较"命运说"是一大进步。到了17世纪后期英国剧作家托马斯·赖默那里,悲剧性的产生则成了"诗的正义"力量的显现。托马斯·赖默认为,文学中的悲剧性是诗人遵从了人们的"正义"观而做出的艺术安排。因而,只要是有"正义"感的人,必然对那一悲惨结局产生悲剧性体验。可是,不同的人有不同的"正义"观,甚至有时相互对立。其实,赖默的这一说法也可以理解为他对主体的主观意识在悲剧性生成中的重要作用的肯定。基督教文化往往把"正义"理解为"上帝"的"显现",

---

① 蔡仪:《新美学》,上海:群益出版社1949年版,第17页。
② 蔡仪:《唯心主义美学批判集》,北京:人民文学出版社1958年版,第56页。

而悲剧人物遭受厄运则是"上帝"对他的"考验"，悲剧人物以自己的"受苦"去赎自己的"原罪"，因而人们面对悲剧人物的悲惨遭遇乃至毁灭而产生悲剧性体验，这都是人们心向上帝的必然结果，因为"上帝"永驻基督徒心中。这种似乎自圆其说的论证，其漏洞是显然的。其一，面对同一对象，非基督教文化背景的人们与基督徒一样也产生了悲剧性体验；古希腊悲剧繁荣的时期，古希腊人信奉的是多神教而非一神教，再说当时基督教还没产生。第二，面对同一对象，同为基督徒，有的产生了悲剧性体验，有的却没有产生悲剧性体验。可见，"悲剧性"体验的产生与"上帝"根本不存在必然关系。因而，仅仅以"正义""上帝"等所谓"共识"因素来解释悲剧性的产生显然力有不逮。在黑格尔那里，"客观共识"之一是人们对"普遍伦理的整体性"存在的认同，据此他将悲剧性的发生归结为两种片面的普遍伦理力量之间的"冲突"及其"和解"，例如古希腊悲剧《安提戈涅》，在近代悲剧性作品中表现为主人公的性格冲突或内心矛盾冲突。这一说法有效地解释了促使我们产生某些悲剧性感受的关键是"悲剧冲突"所带来的紧张感。然而，并非所有的悲剧性都源于冲突。果戈理的小说《死魂灵》、鲁迅的小说《孔乙己》等表现了日常生活的悲剧性，但在情节上并没有呈现什么冲突。恩格斯认为社会发展的客观规律是人类的客观共识。据此，他认为"悲剧性"缘于"历史的必然要求和这个要求的实际上不可能实现之间的悲剧性冲突"。[①] 我们承认，社会历史悲剧的产生（仅就此事发生后或者确切地说它被具体语境中的主体认同为"悲剧"后，对其本身的事理原因的追溯这一意义上来说的，也即，仅就"历史事件"本身而非"历史悲剧"意义上来说的）是社会历史力量相互作用的客观结果。于是，恩格斯就认为，人们对社会历史的情感体认是普遍相同或相似的。然而，社会历史本身是复杂的，人们的立场、信仰、诉求和社会历史观更是复杂多样。面对同样的社会历史变迁，人们的感受并不相同。例如，1900 年八国联军入侵中国，对于清朝官民来说这是一种"悲剧性"；但是，入侵者却并不会未有此种感觉，否则，他们就不会在北京城烧杀抢掠了。苏联和我们国家曾经认为人类的"客观共识"之一是"革命阶级代表历史进步方向"，因此，悲剧性的产生是"由于敌人的过于强大，正义力量暂时失败了"。显然，这一说法已经预先确定了受众属于或倾向于"正义力量"的一方，但现实中的受众却并非全部如此。

---

① ［德］恩格斯：《恩格斯致斐迪南·拉萨尔（1859 年 5 月 18 日）》，中共中央马克思恩格斯列宁斯大林著作编译局编译：《马克思恩格斯选集》第四卷，北京：人民出版社 2012 年版，第 443 页。

　　总之，"客观说"强调悲剧性的产生是悲剧文本（现象）客体的自生成、自显现，与主体的主观意识无关。"客观说"对"悲剧"之所以能够内生"悲剧性"的原因所做的"客观共识说"解释，虽然看到了文化阐释系统的作用，但是该说把这个作用直线化、简单化了，没有考虑到文化阐释系统是极其复杂的、变化的，更没有看到文化阐释系统要发挥作用必须通过主体心理以及当时的具体语境这两个中介，而不是如该说所认为的文化阐释系统直接作用于悲剧文本，似乎只要有了文化阐释系统的灵光烛照，悲剧文本中的悲剧性就必然彰显无遗。可是，一个文本缘何被视为"悲剧文本"？"客观说"没有解释这个问题，按它的逻辑，只能是"客观共识"决定的。这样一来，"悲剧"和"悲剧性"就内在地关联了起来，"悲剧性"缘于"悲剧"的自产生、自显现，"悲剧"缘于"悲剧性"而被命名。可见，这样一种循环论证，并没有解释清悲剧性产生的问题。笔者认为，"悲剧性"是人的视野里的悲剧性，离开了主体的人，悲剧性的载体（而非悲剧）仍是客观存在的，可其情感价值也即悲剧性体验就不会产生了。质言之，离开了某一主体的主观意识，"悲剧"对这个主体（而非对其他主体）而言是不存在的。

　　（二）主观说

　　历史上关于悲剧性产生的第二种说法是"主观说"。"主观"是属于自我意识方面的，跟"客观"相对。"主观说"认为悲剧性源于主体的主观意识。简言之，悲在心，悲由心生，心外无悲。例如，立普斯认为悲剧性产生于主体"自我价值被损害"的"移情"[①]，也就是说，某一对象之所以令人产生悲剧性印象，主要原因是主体从中感受到了"自我价值被损害"，这一感觉是人的一种推己及人、推己及物的移情心理。因而，有此心理的人，必然会产生悲剧性体验；而没有推己及人、推己及物的移情心理发生的人，则很难体认到自身以外包括文学的广大领域中的悲剧性。总之，"主观说"强调的是主体的主观意识对于悲剧性的产生所具有的根本决定作用，与客体自身客观因素基本无关，与具体语境也无涉。换言之，心中有悲剧性即悲剧意识，眼中才会有悲剧性文本、悲剧性人物、悲剧性对象。然而，单纯的"主观说"仍没有解释清楚人的悲剧性体验是缘何感发的。离开了客体（刺激物）和语境（诱因或触媒），单凭主体是根本不可能说清楚悲剧性的体验（心生）和呈现（物化）机制的。

　　总之，亚里士多德、赖默、黑格尔、恩格斯以及过去苏联和我国的主

---

① 古典文艺理论译丛编辑委员会编：《古典文艺理论译丛》第六册，北京：人民文学出版社 1963 年版，第 121 页。

流悲剧理论等有关"悲剧性"成因的论述，是对"悲剧性结局"之所以出现的客观事理原因的回答，多局限于文本内事件本身的因果说明，而把这些文本之"悲剧性"的产生，视为一种不证自明的自存在与自显现，要不就是基本文化共识的作用。这一说法触及了悲剧性产生的部分条件，但它解释不了，面对同样的客观对象，有些人产生了悲剧性体验，有些人却没有产生悲剧性体验这一普遍现象。立普斯的"移情说"把悲剧性的产生归因于主体的自我价值的移情。这一"主观说"强调了主体的意识在悲剧性产生中具有决定性作用，而没有看到客观对象本身的特点以及语境对于主体移情心理的发生及结果所具有的感发和导向作用。也就是说，尽管相对"客观说"，"主观说"走进了悲剧性产生的主体内心，但它却不能解释，即便一个人的价值观念、立场、信仰、文化风俗意识、认知结构、个性心理、生活经验、审美经验和审美兴趣等主体主观因素都没有发生大的变化，但他所处的社会历史文化语境却会影响甚至支配他的悲剧性体验的发生与否以及情感反应程度和方向；而且，对象本身的价值特点也影响到悲剧性体验的发生与否以及情感反应程度。

总之，历史上关于悲剧性成因的"客观说"和"主观说"都把"悲剧性"的产生简单化了。前者把悲剧性的产生看成单纯的客观事物的自现，而且把"悲剧性"现成化了；后者把悲剧性的产生看成单纯的主观心理活动。它们都是片面的、不系统的，没有从根本上说清楚到底哪些因素影响了"悲剧性"的产生，也没有深入探讨各因素之间的关系以及悲剧性产生过程中的活动机制。因而，它们自然无法从根本上说清楚悲剧性的生成其实是一个具体语境中主客体交融的社会心理事件。

二、悲剧性生成的三维系统

悲剧性包括生活中的悲剧性与文学中的悲剧性，它们具有许多不同点。一是载体形式不同。由于悲剧性是生成的结果，因此，在生成之前，还不能称其为"悲剧性"，本书统一将其称呼为"文学悲剧性素材"或"生活悲剧性素材"。文学悲剧性素材存在于艺术形态即文学文本中，而生活悲剧性素材存在于生活形态即生活文本中。二者不论时间长短、事件大小、表现隐显、完整与否。二是典型程度不同。一般而言，文学悲剧性的素材经过了作者的艺术加工，更具典型性，更易引发受众的悲剧性体验；而生活中的悲剧性素材一般未经过艺术加工，因而典型程度稍低。当然，这也不是绝对的，更不是固定的。三是两种悲剧性素材引发人们的情感价值定势不同，文学中的悲剧性素材一般会引发人们的审美态度和审美情感，而生活中的悲剧性素材会引发人们的功利态度和伦理情感。但是，它们也存在着许多相同点。一是文学中的悲剧性和生活中的悲剧性在真正成为主体的悲剧性体验之前都是悲剧性素材。二是两类悲剧性素材所引发的主体的悲剧性体验并没有"质"的不同，它们都是人类同一种悲剧性情感认知。三是主体和悲剧性素材及语境建立悲剧性关系的过程及其心理活动机制是完全一样的。四是主体和悲剧性素材及语境的关系是相同的，在悲剧性关系中，悲剧性素材都由客体变成了对象，主体都成了体验者，语境都成了悲剧性关系建构和运行的保障。五是语境对主体和悲剧性素材的作用机制是相同的，都倾向于同化和统摄。文学艺术语境，非功利性是其基本特点，倾向于引发人的审美态度和审美情感，倾向于关注悲剧素材的审美价值；现实生活语境，功利性是其基本特点，倾向于引发人的功利态度与伦理情感，关注悲剧性素材的伦理价值。六是主体的情感态度取向对语境的影响是相同的。一个特别看重审美价值且能保持自己情感价值判断独立性的主体，他能在社会生活中秉持审美态度，也即生活艺术化；同样，一个特别看重现实功利价值或者自身情感价值判断独立性较低的人，他的艺术审美也会生活化，甚至是取消了艺术。七是语境与主体的现实关系对语境发挥作用的影响是相同的。对于社会生活中的一个悲剧事件，如果不论从利害距离、情感距离还是物理距离上与主体（听者）都很远的话，那么，听到那个事件和听到文学作品中的一个悲剧故事对他来讲并无多大差异，他就会淡化功利态度甚至倾向选择审美态度。我们甚至可以这样说，对许多人而言别人的生活就是故事。同样，不论是文学中的还是现实中的一个悲剧性素材，如果和主体自身现实生活中的情形高度相似或相关，那么主体就会出于自我价值保护的本能动机而倾向选择功利性态度。八是人的情感认知心理活动体现出的规律是一样的。人的情感心理比较复杂，但其主要内容大致可分为两方面，一方面是审美情感，倾向于对心灵、自由、情感、长远的考量；另一方面是伦理情感，倾向于对规制、利害、理智、当下的考量。现实生活中的人类情感心理，是这两者的复杂组合与斗争。在具体语境中，人们内心会做出自己的调节，决定到底是哪一方面居于主导地位。简言之，人的情感心理活动机制是相同的。可见，文学悲剧性和生活悲剧性实在是大同小异，其生成过程及其机制是完全相同的。因而，我们可以把日常生活中悲剧性的生成系统与文学中悲剧性的生成系统整合为统一的悲剧性生成系统。本书将以文学中悲剧性的生成系统为基础建构统一的悲剧性生成系统。

　　为了更好地探讨文学中悲剧性的生成，我们必须再次明确这里的"文学"是指以文学文本为中心的文学活动。人类的文学活动是一个复杂的系统，其主要构成包括文学创作活动和文学接受活动两个小系统。因而，文学中的悲剧性就包括两个方面，一方面是文学创作中作家面对现实社会生活文本所体验到的悲剧性，另一方面是文学接受中读者面对文学文本所体验到的悲剧性。这两种心理活动过程是高度同构的，都是人在具体的社会历史文化语境中面对具体文本而体验到悲剧性的一种生命活动。生活文本和文学文本都是文学活动中的"客体"。作家由生活文本所感发的悲剧性体验最终会物化在文学文本中，而读者的悲剧性体验也缘于其对文学文本的接受，因而，文学文本是文学活动的中心。同时，文学文本是物质形态的，相对稳定和有限，比较方便研究；而社会生活文本是非物质形态的、相对多变和无限，比较难以精准把握。因此，我们在研究悲剧性的生成时，更侧重于文学系统中悲剧性的生成，文学文本是基本文本类型，对具有悲剧性意识的主体的论述普遍适用于作者、受众和日常生活中的人。据此，我们也可以把文学创作中的悲剧性生成系统与文学接受中的悲剧性生成系统整合为一个系统模式，即以文本—社会历史文化语境—主体为三重维度所构成的悲剧性生成系统，悲剧性就是在这个动态的系统中生成的。悲剧性是主体、客体与语境三要素所构成的系统的"格式塔质"。具体而言，悲剧性的生成关涉到文本客体、体认主体和具体社会历史文化语境三个因素，缺一不可。没有"文本"，"主体"就无触媒以感发，有感发也无所寄寓；没有"主体"，则一无所成，"文本"之蕴涵无法敞明，致使"文本"和"语境"两不相干，无法建立起悲剧性美学关系；无语境则"文本"和"主体"之耦合无根基、无保障。只有文本、主体和语境三者和谐孕生才可有悲剧性之体验，三者不可偏废一方。下面具体分析。

（一）具有悲剧性召唤结构的文本

人们要能在社会生活和文学活动中体认到悲剧性，那首先就要求文本（包括生活文本和文学文本）具有引人感发悲剧性的召唤结构。这种召唤结构使人容易触发其悲剧性体验。之所以能如此，就在于这个文本显现出了人类价值的不可弥补的损失。这种价值不可弥补的损失必然会引发主体最终或者在整体上的缺憾性心理体验。马克思曾指出："艺术对象创造出懂得艺术和能够欣赏美的大众——任何其他产品也都是这样。因此，生产不仅为主体生产对象，而且也为对象生产主体。"[①]　显然，这句话也适用于悲

---

① ［德］马克思：《〈政治经济学批判〉导言》（1857 年），中共中央马克思恩格斯列宁斯大林著作编译局编译：《马克思恩格斯选集》第二卷，北京：人民出版社 1972 年版，第 95 页。

剧性文本。

这里的价值主要指人的情感价值。因为，同一客体在不同的主体那里会有不同的情感价值，引发人们不同的价值情感。一方面，基于普遍人性伦理基础上的价值载体的损伤、受难、毁灭或失败，更易引发人们的悲剧性体验。例如，与亲属关系、本集团成员的同志关系等伦理关系相联系的客体的遭遇厄运更易感发人的悲剧性情感，尽管其中多为伤感型悲剧性，而且也不排除伦理因素在其中的作用。这一点在启蒙主义悲剧文本中表现得很明显。作家的道德寓意和伦理说教，借助于与受众伦理价值观一致的悲剧人物的遭遇、厄运或毁灭，来唤起受众的悲剧性体认，进而认同于悲剧主人公和文本所宣扬的社会、人生理念，实现了文本作者的启蒙意图。而更超然、更普世的情感价值则是人类的基本价值与核心价值，如对人性、人情、人道、博爱、尊严、人格独立、情感自由、人生自主自决、政治自由民主、社会文明和谐、公平公正、正义法治、理性科学、真善美等的尊崇与捍卫。例如，莎士比亚认为"对爱情的向往"就是人们的普世价值，悲剧可以是爱情失败的"哀歌"。他在《凤凰和斑鸠》中说："理性唱出一首哀歌，敬献给凤凰和斑鸠，这爱情的明星和旗手，吊唁它们的悲惨结果。"① 在这里，最普泛的人伦视野与审美视野高度重合。因而，普泛的伦理学也就是广义的美学。另一方面，当价值载体的现实表现与人们对它的普遍期望之间存在比较大的差距时，或者价值载体的基本价值没有充分实现时，人们也会对其产生一种生命的缺憾感那样的悲剧性体验，例如，20世纪初鲁迅所体验到的旧中国麻木民众"不觉醒"的悲剧性。"哀其不幸，怒其不争"是鲁迅彼时矛盾纠结的真实心态。

悲剧性召唤结构在现实社会生活文本中主要表现为天灾人祸带来的苦难和不幸，如死亡、事故、暴乱、危机、大的失败、大的错误、严重失效、非正常死亡、不当的言行、不合适的政府行为、政策错误、经济衰败等社会负面现象，以及各种引发人们悲痛、悲惨、悲哀、悲伤、悲悯、悲凉、悲怆、悲愤、不满、反对、无奈、遗憾、愧疚、失望、痛苦、绝望等否定性情绪情感态度的生活现象。

文本的悲剧性召唤结构在不同文学体裁中有不同表现。在戏剧类和叙事类文学文本中，悲剧性召唤结构主要表现为拥有某种人类价值的人物在苦难遭遇中显现出了一种悲剧精神。

苦难遭遇指"生命中不能承受之重"和"生命中不能承受之轻"两个

---

① 转引自［英］克利福德·利奇：《悲剧》，尹鸿译，北京：昆仑出版社1993年版，第5页。

方面。"生命中不能承受之重"指人的苦难、厄运、失败乃至毁灭，不仅是肉体方面的，而且还包括精神方面的。"生命中不能承受之轻"指生活中的单调、重复、乏味、琐屑、无聊、空虚、庸俗、浅俗、懒散、享乐主义、消费主义、娱乐化、单向度化等消极面。传统悲剧理论只强调"生命中不能承受之重"，而无视"生命中不能承受之轻"。其实，能承受"生命中不能承受之轻"的人物同样触动人心。而且，在现代日常生活中，人们体验更多的是"生命中不能承受之轻"。要身处其中而又不丧失对生活、对生命的新鲜感、希望感、神圣感、崇高感、敬畏感、激情和斗志，以及自己的独立自主自由，保持自我的清醒，不迷失自我，不被异化，不被同化，不被单向度化，不被模式化，是一件相当难的事情。简言之，悲剧人物应对"生命中不能承受之轻"的挑战所需要的悲剧精神，丝毫不亚于应对"生命中不能承受之重"所需要的悲剧精神。正如毛泽东在《在中国共产党第七届中央委员会第二次全体会议上的报告》（1949 年 3 月 5 日）中警醒全党同志时所说的："可能有这样一些共产党人，他们是不曾被拿枪的敌人征服过的，他们在这些敌人面前不愧英雄的称号；但是经不起人们用糖衣裹着的炮弹的攻击，他们在糖弹面前要打败仗。我们必须预防这种情况。"①可见，"生命中不能承受之轻"是当今人们生活中更大的生命挑战。中国人俗话讲，吃苦不是苦，悠闲受洋罪；没有吃不了的苦，只有享不了的福。可见，要在长久稳定、和谐、安逸的生活中保持生命的活力同样不是一件容易的事。因而，要真正应对好"生命中不能承受之轻"的挑战，悲剧人物要表现出更强大的生命力量、激情、执着和意志力，也就是更强大的悲剧精神。

悲剧精神是悲剧人物的应战和挑战精神，实质上是一种担当精神，包括悲剧人物的抗争精神和忍耐精神，而不是西方传统悲剧理论所讲的仅仅是抗争精神。也就是说，面对内外生存困境，悲剧人物或者主动挑战，或者被动应战，虽然最终结局都是悲剧性的，可在这个过程中，悲剧人物显现出了直面危机、不向厄运低头的强大的生命力量和坚强不屈、勇于抗争、隐忍图强的生命精神，勇于肩扛命运闸门的自觉意识、担当意识和责任感。正是因此，悲剧人物才成为了巍然屹立于天地之间的不朽的大写的"人"，才铸就了"人"不同于"非人""生命"不同于"非生命"的神性和价值，及其在宇宙中的独一无二的自为地位。

关于悲剧人物，传统悲剧理论一般把他们分为以下类型：旧事物、旧

---

① 毛泽东：《毛泽东选集》第四卷，北京：人民出版社 1991 年版，第 1438 页。

制度的悲剧性人物；未觉醒的被压迫者的悲剧性人物；具有进步性的社会力量的悲剧性人物；体现正义的革命力量的悲剧性人物。这种以人的社会阶级属性作为分类标准的分类方法，其优点是简单方便，悲剧人物成了不同社会阶级的代表，也是不同社会历史力量的化身，于是悲剧人物与其他人物的命运和纠葛就成了大的社会历史发展的缩影。因而它在社会历史悲剧中比较适用，主要是从社会革命的角度对人类社会发展史做出阐释，进而引导悲剧创作，以图最终干预社会现实和人类社会历史发展进程。然而，这种悲剧人物分类方法的缺点也是明显的。这种模式中的悲剧人物往往缺乏个性和独立自主意识，容易成为社会阶级符号，人物塑造极易流于概念化，悲剧创作极易流于公式化，悲剧作品也极易成为一种社会发展史和革命史的传声筒。因此，一旦走出社会历史悲剧的范围，该分类方法及分类结果的指导意义就要大打折扣。我们现在应该进行新的探索。

根据悲剧性人物的自我意识的明确程度及其应对困境的策略的不同，笔者将悲剧性人物分为以下四类：第一类，正向反抗型，也叫肯定性反抗型，悲剧性人物直接、公开地对立于对方，通过否定对方以肯定自己。西方古典悲剧和革命悲剧中的悲剧人物多属此类。第二类，零点反抗型，也叫暗中反抗型，悲剧性人物表面服从（忍耐、忍受、韧性、承受力），但暗中反抗或待机反抗。这类人物在苏联社会主义文学中有所表现，主要是为了更大的、更长远的革命利益，在革命形势处于低潮时，暂时服从、忍耐统治阶级的压迫，积聚力量，待机反抗，或者为了保护更大的革命利益而主动牺牲自己。这是一种假麻木，根本不同于鲁迅笔下的旧中国民众的真麻木。这种零点反抗式的作品往往具有某种人生韬略的启示意义。例如，反映春秋时期的越王勾践的很多文学作品，其总体风格都是悲剧性的，着力表现的是勾践隐忍苟活、忍辱负重、卧薪尝胆的隐忍抗争精神。故事的结尾勾践灭了吴国复兴了越国，在故事内部实现了对勾践精神的肯定。当然，它也给我们以人生修炼的启示。第三类，反向反抗型，也叫否定性反抗型，悲剧性人物通过毁灭自己进而否定对方，例如自杀（肉体和精神的自杀）、自嘲、自贬、自毁，极力满足对方对自己的"要求"甚至远超出对方对自己的要求，以"过度满足"对方"要求"的方式来表达自己对对方的不满。西方现代派悲剧人物大多如此。例如阿瑟·米勒的《推销员之死》，其中的主人公威利通过死亡来捍卫自己生存的尊严和价值。关于第二类和第三类悲剧人物的悲剧性程度，传统的观点一般认为第三类反向反抗型要高于第二类零点反抗型。但在笔者看来，要进行程度大小的明确选择，其实并不容易。因为一个人为反抗对方而毁灭了自己，这比较容易引发人们的悲剧性体验；但一个人为了反抗对方而隐忍待机，继续活着，在悲剧性程度上，他一点也不比第三类悲剧人物要低。这里的原因，正如木心所说："以死殉道易，以不死殉道难。"① 第四类，未自觉型，也即愚昧、麻木型，该类人物对自己生命的意义、价值、地位、前途、作用以及自己和别人的区别等都缺乏明确的意识，只是如普通生物一般按照生物的需要和社会文化秩序的训诫，适应性地活着或者说存在着。他们人生的悲剧性是自己尚未意识到"自我"的悲剧性，只求活着，不求活出自我，更不求对自己负责。这类悲剧性人物在鲁迅小说中比较常见。在当今现实生活中也并未绝迹。我们时不时会听到类似的"故事"。如记者去某贫困山区采访国家扶贫计划落实情况，遇到一位放羊的小男孩，问他为什么放羊，他说放羊是为了攒钱，攒钱是为了娶媳妇，娶媳妇是为了生小孩。当记者问他生小孩又为了什么时，他说，放羊、攒钱、娶媳妇、生小孩。这种循环重复式的人生，正是几千年来芸芸众生麻木昏沉的生命活动轨迹这类悲剧人物也是受众意识里的悲剧人物，但他们自己并没有清醒明确地意识到自己所具有的深沉的悲剧性，因为他们的"自我"意识相当模糊，他们的自主自决意识也相当薄弱，几乎还没有自觉。因而，黑格尔将自主自决视为悲剧人物的必要条件大概有些过于苛刻了。未自觉型悲剧人物被表现得越单纯、越麻木，则其人生越令人心酸和悲愤，其悲剧性也越深刻、越具有社会意义。

在抒情性文本中，悲剧性召唤结构主要表现为悲剧性情感氛围、悲剧性意境和悲剧性情感基调。这主要是通过声韵、格律、节奏和意境等来建构的。由于诗歌就是抒发情感的艺术，因而，诗歌本身就表现了诗人所要抒发的情绪情感。而诗歌本身的情感内容就体现在诗歌的氛围、意境和基调上。这三者在诗歌中又是高度交融的，最终落实在诗歌的声韵、格律和意境上。总体上来说，诗歌（抒情艺术）要能引发人们的悲剧性体验，其节奏应迟缓凝滞，其音调应低沉哀怨，其风格应悲凉凄苦，其意境应清冷幽暗。例如，陈子昂的《登幽州台歌》："前不见古人，后不见来者。念天地之悠悠，独怆然而涕下。"舒缓凝滞的节奏在那一瞬间将抒情主人公与苍茫宇宙的存在关系给定格了，渺小的"我"与无限大的宇宙被并置在了一起，"我"的孤单无助天地可鉴，广袤天地中唯独抒情主人公两行清泪默默而流，更加重了孤单、凄冷、悲怆的氛围，"我"对自己在浩渺宇宙中的独特存在的慨叹，消失在了宇宙的静默中，有如大音希声。这首诗很深刻，

---

① 木心讲述、陈丹青笔录：《1989—1994 文学回忆录》，桂林：广西师范大学出版社 2013 年版，第454 页。

人生的悲剧性存在是如此的悠久，亘古而然，未来亦然。

总之，一个文本只有具备了悲剧性召唤结构，它才能引发人们的审美同情或伦理同情，进而它才有可能（并非必然）引发人们的悲剧性体认。

（二）具有悲剧性意识的主体

传播学中关于受众心理的"个人差异说"，对于我们研究主体的悲剧性意识如何影响其悲剧性体验的产生具有启发意义。该学说认为，人的心理构成是千差万别的，人对信息的接受和理解都是具有选择性的，信息源所传播的信息只有符合接受者的兴趣、态度、信仰、价值观念、立场、任务、需要、审美观念等时，才会得到他的注意与理解，否则，如果两者相互抵触，信息便会被忽视、淡忘拒绝或扭曲。当然，也会有受众不断调适自己的认知结构，以使自己顺应并接受异质信息。

因而，一个人要能体验到悲剧性，他的悲剧性意识是必不可少的，这不仅是对作者和受众，而且也是对任何人。一个缺乏悲剧性意识的人即便面对典型的悲剧性现象或悲剧性作品，他也不会体验到丝毫的生命悲剧感。一个作家要想写出优秀的作品，他就必须具有生命的悲剧性意识，能敏锐地发现社会与人生中的各种悲剧性现象。柏拉图曾经赞誉荷马是最好的诗人（《伊昂篇》530B），因为荷马"最富悲剧意识"[①]。亚里士多德称赞欧里庇德斯的悲剧作品"最能产生悲剧效果"，因为"欧里庇德斯是最富悲剧意识的诗人"。[②]

悲剧性意识人们习惯上称为"悲剧意识"，也叫悲剧性眼光（the tragic view of life / the tragic vision/ tragic consciousness），是指人的头脑对各种对象的缺憾性的反映，是感觉、知觉、思维、情感等各种心理过程和结果的总和，也是人的一种感知力、思维力、体悟力、心灵赋形力和创造力。它是在人类长期的生物—社会适应性反应所积淀而成的群体社会文化心理、思想观念和个体后天的社会、文化、心理实践活动中形成和发展的。它包括人生悲剧感、人性悲剧感、生命悲剧感（the tragic sense of life）、社会悲剧感、世界悲剧感和文化悲剧感等内容。其核心和首要的内容是人生悲剧感。西班牙哲学家乌纳穆诺在《个人与民族中的人生悲剧感》（1913）中首创悲剧人生观或人生悲剧意识的理论。在乌纳穆诺看来，人类存在的最大问题就是生命的悲剧意识。他看到了人类生命中诸多无法解决的矛盾，例如无法解决的悲愁苦难、无法消除的恶行不义、没有胜利希望的争斗，

---

①　[古希腊]柏拉图：《国家篇》10.607A，参见[古希腊]亚里士多德《诗学》，陈中梅译注，北京：商务印书馆1996年版，第270—271页注释2。

②　[古希腊]亚里士多德：《诗学》第13章，陈中梅译注，北京：商务印书馆1996年版，第98页。

直言之"生命是悲剧……是持续不断的争斗……是矛盾"。① 乌纳穆诺将人生悲剧感放在与科学精神、理性主义和一般逻辑认知主义相对立的地位，看成一种情感乃至信仰。他说："生存是一回事，而求知又是另外一回事；并且在二者之间可能有对立的一面。我们可以说，凡是属于生命的事物都是反理性的，而不只是非理性的；同样，凡是理性的事物都是反生命的。这就是生命之悲剧意识的基础。"② 因此他认为，不能停留于理性的认知思考，而要用心去体验我们的悲剧命运。表现个体的苦痛焦虑，关注"那个唯一真正的根本，那个深深震撼我们肺腑的问题，关系我们个人和人生命运的问题，即属于灵魂不朽的问题"。③ 在乌纳穆诺看来，正由于人有不朽的愿望，因此人才具有了生命的悲剧意识，而且这种生命的悲剧意识存在于宇宙、生命、哲学、个体与民族中。④ 他认为，生命的悲剧意识基于"生命本身就是缺憾"⑤。乌纳穆诺认为，生命的悲剧意识也是对生命悲剧的反思，涉及许多问题，包括理性和信仰、科学与宗教等的矛盾冲突问题。⑥ 后来，美国评论家布莱雷东（1906—）在《悲剧原理》一书中指出，人生悲剧感"可能不过是一种气质和性情，在对待生存和各种事件时并不倾向于表现出鲜明而确定的态度"。进而他归纳乌纳穆诺的观点道："所谓'悲剧感'是指一种哀愁的性情，这种悲剧感在本质上就是一种宗教心理的状态。"⑦ 确实，乌纳姆诺曾说："所有哲学与宗教的个人的与情感的研究起点就是在于人生之悲剧意识。"⑧ 当代欧美理论家在此基础上，将其发展为悲剧人生观或悲剧眼光。美国评论家西华尔（1908—）在《悲剧眼光》中基于人所面临的孤独无依、受难死亡和神秘恶魔力量，指出："悲剧眼光的根本或要义，首先在于从深处提出一切问题中最初（最后）的一个问题，这就是关于生存的问题。生存的意义在哪里？"⑨ 因而，悲剧人生观或悲剧眼光归根结底基于"存在与意义"这个人生的基本问题。而一个人的悲剧眼光与多种因素有关，例如他的人生态度是一般意义上的乐观还是悲观，

① ［西班牙］乌纳穆诺：《生命的悲剧意识》，段继承译，广州：花城出版社 2007 年版，第 18 页。
② ［西班牙］乌纳穆诺：《生命的悲剧意识》，段继承译，广州：花城出版社 2007 年版，第 47 页。
③ ［西班牙］乌纳穆诺：《生命的悲剧意识》，段继承译，广州：花城出版社 2007 年版，第 7 页。
④ ［西班牙］乌纳穆诺：《生命的悲剧意识》，段继承译，广州：花城出版社 2007 年版，第 23 页。
⑤ ［西班牙］乌纳穆诺：《生命的悲剧意识》，上海：上海文学杂志社 1986 年版，第 17 页。
⑥ ［西班牙］乌纳穆诺：《生命的悲剧意识》，段继承译，广州：花城出版社 2007 年版，第 369 页。
⑦ Geoffrey Brerton: Princles of Tragedy. Coral Gables, University of Miami Press, 1970. pp.56-58.
⑧ ［西班牙］乌纳穆诺：《生命的悲剧意识》，段继承译，广州：花城出版社 2007 年版，第 50 页。
⑨ Richard B. Sewall: The Vision of Tragedy. In: Robert W. Corrigan, eds. Tragedy. New York: Harper & Row, 1981. p. 49.

他的哲学观念是辩证的还是形而上的，他的个人气质是忧郁的还是开朗的，他的情感反应是敏锐的还是迟钝的，他的直觉能力是较强还是较弱，他是拘泥现实的还是超越现实的。一般来说，悲观的、形而上的、忧郁的、敏感的、直觉力较强的、追求超越的人，容易具有悲剧眼光；反之，则较缺乏悲剧眼光。当然，这不是绝对的。不过，一个作家的悲剧眼光较差或缺乏的话，则他很难创作出悲剧性蕴涵丰富的作品来，他的作品的深刻性和认识的独特性也必将被大大减弱。对悲剧的敏感程度影响着一个作家的悲剧艺术创作。西华尔在《悲剧眼光》中指出，莎士比亚之所以能创作出许多悲剧就因为他对悲剧敏感，而歌德虽然精通所有艺术技巧，可"他深知关于世界和人类命运的悲剧敏感非其所长，因此他就退避三舍"。① 此外，悲剧眼光还影响乃至制约着一个作家悲剧之外的其他体裁的文学创作，在西华尔看来，"没有悲剧性感觉，喜剧就失去了灵魂（heart）"。② 总之，作家的悲剧意识对于其创作悲剧艺术具有直接的影响；同样，受众的悲剧意识也直接影响其对悲剧艺术的接受。悲剧意识也影响着一个人对人生、社会、生命的理解。一个人缺乏悲剧意识或对悲剧不敏感，则他很难发现人生中、社会中的诸多悲剧性现象。

第一，悲剧意识首先表现为作家或受众具有悲剧人生观。这要求作家在艺术中写出人生的各种"临界状况"（boundary situation）、人的限度、人的苦难、焦虑及其抗争和无奈，人永远"在路上"（on the way）。为此，作家要有敏锐的悲剧眼光和深刻的悲剧感受。一方面承认人类生活中存在某些神秘、不可捉摸、无法理解之处和苦难，承认人在一定程度上的被动性和盲目性，承认人的有限性或者局限性；另一方面强调人的担当精神和主动性，要求作家在作品中着力表现人的反抗和斗争，人的应战。正如西华尔所说："悲剧创作是艺术家采取行动的一种方式，反抗命运的一种方式。"③ 社会、人生、人性和生命中充斥着诸多悲剧性现象，但只有具有生命悲剧意识的艺术家们才会将它们艺术化地呈现在世人面前，以引起人们对相关问题的深刻反思。在此意义上，他们的创作就是他们对人类陷入内外生存困境的积极应对，而根本不是陈瘦竹所言的"过分夸大悲剧家的创

---

① Richard B. Sewall: The Vision of Tragedy. In: Robert W. Corrigan, eds. Tragedy. New York: Harper & Row, 1981. p. 49.

② Richard B. Sewall: The Vision of Tragedy. In: Robert W. Corrigan, eds. Tragedy. New York: Harper & Row, 1981. p. 47.

③ Richard B. Sewall: The Vision of Tragedy. In: Robert W. Corrigan, eds. Tragedy. New York: Harper & Row, 1981. p. 50.

造力"①。同时，这也要求受众能用悲剧人生观或生命的悲剧意识去烛照文学文本，唤醒文学文本中的悲剧性召唤结构并与之对话，从而体悟到其中的悲剧性蕴涵。

那么，作家和受众如何才能具有敏锐的悲剧眼光和深刻的悲剧感受呢？笔者以为，首先要足够真诚和勇敢。有了真诚和勇敢，人才能做一个真实的人，作家才"能够顶住外界强大的压力，能够摈弃个人偏狭的观念，敢于说真话，敢于面对严酷的现实"。② 俄国作家屠格涅夫就是一个真诚、勇敢的作家。在政治上他"是一个道地的、顽强的西欧主义者"，但在文学创作上，他"却特别高兴在潘辛（《贵族之家》）身上写出了西欧派的一切可笑和庸俗的方面"，并使自己所反对的"斯拉夫主义者拉夫列茨基'在所有论点上都打败了他'"。屠格涅夫在作品中之所以做如此安排，是因为他的真诚和勇敢让他看到了真实的生活，他要"做一个忠诚老实的人"，并明确表白，"准确而有力地表现真实和生活实况是作家的最高幸福，即使这真实同他个人的喜爱并不符合"③。也正是由于同样的创作心理，屠格涅夫抛掉了自己的政治同情，在《父与子》中把父辈代表的贵族巴威尔·基尔沙诺夫写成一个可笑的守旧的知识分子，而把子辈代表的平民知识分子巴扎洛夫写成一个处处占上风的拥有远大前程的"新人"。可见，有了真诚和勇敢，作家才会有担当生活和抗争生活的勇气去写作，敢于将生活的真实状况公开在世界或者他的同胞面前。巴金先生同样是一位真诚勇敢的作家。他在《随想录》中，以真实的思想、真挚的感情、坦诚而无情的自我解剖、无畏而自觉的社会良知，深刻反思了"文化大革命"悲剧中的民族苦难和人民命运，与读者进行了深入的心灵交流。同样，有了真诚和勇敢，受众才能真切地感知到生活中的罪过、忧虑和苦难，才会保有并尊重自己独特、鲜活的悲剧性体验。其次，要有深刻、独特、具体的思想。人们的悲剧性体验源于其对人生、社会、自然、内心、乃至文学作品诸对象中的生命缺憾性的体验，这种体验不是对象自然而然地呈现出来的，需要作者或受众用自己的思想之灯去烛照、去激活、去感发。这就对人们的思想认识提出了很高的要求。那些主动放弃自己的各种偏见、而又能够独立思考的人们，往往会在心无所碍中触底思想的深谷或者登顶思想的巅峰，觅得五彩斑斓的珍珠或洗濯灵魂的雪莲。这种思想高原上的风光是无限美妙、极其独特的，它是深思熟虑后的灵机一动，它是生命悲剧性被感发的一瞬间的天光

---

① 陈瘦竹、沈蔚德：《论悲剧与喜剧》，上海：上海文艺出版社1983年版，第39页。
② 程正民：《俄国作家创作心理研究》，天津：百花文艺出版社1990年版，第62页。
③ ［俄］屠格涅夫：《屠格涅夫回忆录》，蒋路译，北京：人民文学出版社1962年版，第90页。

一闪，将整个日常生活镀上了一层曼妙的金光，氤氲在神秘的紫气中，充满着迷人的诗意。然而，这种思想却是从日常生活、人生、生命中感发到的一种具体的情感认知，而不是抽象的观念，它是温润的，而非冰冷的。它有一种感召力、吸引力和驱动力，促使作者或者受众将其表现或体认出来。因而，作者或受众要不断提高自己感受、理解和表达生活、生命与人生的能力。最后，作者或受众要有较高的修养。人们提高修养的目的不只是为了人情练达、世事洞明，更重要的是为了拥有一颗强大的心，因为内心的强大才是真正的强大。它温润、平和、理智、积极、勇敢、坚强、自觉、果断、博爱、节制。为了达到此种境界，除了要加强人生历练之外，丰富自己的知识也是一条重要途径。正确而丰富的知识会使人们思想自由独特，实事求是，勇敢无畏，直击社会、生活、人生、生命和自然的冷峻本相。这种意识状态往往会使一个人比较容易地体认到生命的悲剧性。

第二，悲剧意识是对整个生命体的悲剧意识。因此，人们应该接受下面的论断。一是在人类范围内，推己及人，承认自己和别人在生命价值上平等，没有高低贵贱之分，都是至高无上的。正如欧伯曼（Obermann）所说："对于宇宙而言，我微不足道；而对我自己而言，却是一切。"① 每个人对于自己而言就是一切，在此意义上人们是平等的。二是在整个生命体范围内，推己及人，由人及物，具有人与非人之间的移情、类比性心理模式，善待、尊重和平等对待一切生命体。这体现了人作为"万物的尺度"所具有的担当意识和责任感。其实，在人的认知心理中，人具有一种将社会内在化的能力，将一切事物人格化的想象力。而"我们之所以将'万有'人格化，为的是把我们自己从空无里解放出来；而唯一真正神秘的神秘就是苦难的神秘"。② 也就是说，通过拟人化，人增强了自己生命体生存和延续的安全感。这样，拟人就成了人类应对苦难的一种思维方式和生存哲学。从思维的心理过程来看，拟人化所表达的是人与自然（非人）的沟通和人化自然。人弱小时，拟人化表明了人的恐惧、孤单、弱小，通过与强大自然的沟通，将自己从恐惧、孤单、弱小中解放出来；人强大时，拟人化表现了人征服、改造自然的欲望；现在讲拟人，是人的自我反省，是人在经历对自然的绝对主宰地位等非人关系之后的调适、和谐化与人化欲求，是人们对人与非人的生命体之关系的重新认识，表明了人类的生态文明所达到的程度以及人之为人的神性程度。这正如法国人史怀泽曾说的："当一个

---

① 转引自[西班牙]乌纳穆诺：《生命的悲剧意识》，段继承译，广州：花城出版社 2007 年版，第15 页。

② [西班牙]乌纳穆诺：《生命的悲剧意识》，段继承译，广州：花城出版社 2007 年版，第 174 页。

人把植物和动物的生命看得与他的生命同样重要的时候，他才是一个真正有道德的人。"① 也如哲学家海德格尔所说："人不是自然和大地的主宰者，只是它的维护者，人应该和动物、植物平等相处。"② 唯此，作家和受众的悲剧意识才会是真正的生命悲剧意识；我们的悲剧文学创作和悲剧文学接受才会真正为人类文明的传承和发展做出应有的贡献。我们的日常生活和人类未来才会变得更美好。

　　第三，生命的悲剧意识要求作家和受众具有宇宙般的博大胸怀、同情心和包容心，消除个人主义、集团主义的偏狭心理，消除一般的政治信仰和宗教信仰"唯我独尊"的极端性偏执心理，大慈才能大悲、大悲才能大爱。宗教之所以感动人，主要是因为它有"悲智双修"的襟怀。智慧与慈悲同在。透过这种大襟怀，我们体悟到了人世间不幸苦难的集体性，进而领悟了人类命运的共同性，借此同情共感，人类相互结合得更加紧密，我们才有可能化解人间的不幸苦难。苏珊·朗格就说："我们的宗教感情基本上是悲剧性的。"③ "怜悯是人类精神之爱的本质，是爱自觉其所以为之爱的本质，非纯属动物之爱的本质。总之，是一个有理性人的爱的本质。有爱才有怜悯。爱之愈深，怜悯亦愈深"。④ 爱的特性就是希望，通过抗拒命运、抗拒"空无"而使自己存在。因而受苦证明了希望或价值的存在。我们知道，"每一个人并不属于他自己所有，他根本不可能只为自己而活"。⑤于是，有爱之人必有怜悯之心，也更易体认到生命的悲剧性。大爱之人必有更崇高的人生境界，因而具有崇高精神的人就极易表现出生命的悲剧意识。波斯彼洛夫指出，优秀的作家具有崇高的理想，他们内心充满矛盾，但"他们凭借自己禀性的深刻与颖慧，把民族社会生活环境造成的矛盾提升到具有重大意义的高度。在艺术作品中，现实中存在的这些可能性获得了更高程度的积极和完美的表现"。⑥ 巴尔扎克就是这样的优秀作家。恩格斯在《致玛·哈克奈斯》（1888 年 4 月初）中说："巴尔扎克在政治上是一个正统派；他的伟大的作品是对上流社会无可阻挡的衰落的一曲无尽的挽歌；他对注定要灭亡的那个阶级寄予了全部的同情。但是，尽管如此，

---

　　① 转引自唐宝民：《对生命的尊重和敬畏》，《读者》2011 年第 24 期。

　　② 转引自唐宝民：《对生命的尊重和敬畏》，《读者》2011 年第 24 期，第 33 页。

　　③ [美]苏珊·朗格：《情感与形式》，刘大基、傅志强、周发祥译，北京：中国社会科学出版社 1986 年版，第 388 页。

　　④ [西班牙]乌纳穆诺：《生命的悲剧意识》，段继承译，广州：花城出版社 2007 年版，第 170 页。

　　⑤ [西班牙]乌纳穆诺：《生命的悲剧意识》，上海：上海文学杂志社 1986 年版，第 136 页。

　　⑥ [苏联]格·尼·波斯彼洛夫：《文学原理》，王忠琪、徐京安、张秉真译，北京：生活·读书·新知三联书店 1985 年版，第 265 页。

当他让他所深切同情的那些贵族男女行动起来的时候,他的嘲笑空前尖刻,他的讽刺空前辛辣。而他经常毫不掩饰地赞赏的唯一的一批人,却正是他政治上的死对头,圣玛丽修道院的共和党英雄们,这些人在那时(1830—1836)的确是人民群众的代表。这样,巴尔扎克就不得不违背自己的阶级同情和政治偏见;他看到了他心爱的贵族们灭亡的必然性,把他们描写成不配有更好命运的人;他在当时唯一能找到未来的真正的人的地方看到了这样的人——这一切我认为是现实主义的最伟大的胜利之一,是老巴尔扎克最大的特点之一。"[1] 简言之,具有悲剧意识以及崇高精神的作家,其作品必然会具有现实主义的深刻和远见、人文精神的温情、历史理性的客观、悲剧性的感染力和启迪力。而受众也只有具有悲剧意识,才会体悟到伟大作品的深刻与博大,体悟到人类历史进程中的矛盾冲突的复杂,包括社会、人性的复杂、矛盾与多变。

第四,悲剧意识与人的自我意识有关。所谓自我意识是指一个人对自身及自身与外部环境的关系的认识、评价、态度等心理活动。一个具有自我意识的人,会对自己及其与周围环境的关系做出合理的判断,是一个对自己的生命负责的人,是一个充分发挥自己自由意志的人。不论是沉默还是反抗,都是他自由意志的表现。具有自我意识的人,能把个体生命与种族乃至人类的命运联系在一起来考虑。在此意义上,个体与群体具有同等的价值。而一个缺乏自我意识的人,则很难达到高层次的群体意识和集体意识。具有自我意识的人,他能把自己与外在对象区别开来(人与物、人与外在世界的分离,包括自己与他人、社会、自然、宇宙的区别),乃至能把自己与自己的意识区分开来,而且意识到生命的有限性、人生的有限性、超越这种有限性的努力以及彻底超越之不可能所产生的悲剧性。正是在这种以有限对抗无限的抗争中,人表现出了自己独特的自我意识,独特的超越意识,独特的存在意识,独特的生命意识,独特的生命哲学意识,独特的时间意识,独特的不朽精神。这既是个体的,也是群体的;是民族的,也是人类的。这里需要细说的是,时间是宇宙二维之一,时间也是我们存在的标志。人类所有的事物都可以用时间来表示。因而,时间意识一方面可以让人们对事物的存在及时间的流逝产生一种恐慌感、焦虑感,进而去想方设法延长存在,并对文本中有关事物和生命的价值予以特殊关照,感发其中的悲剧性;另一方面也能给人以未来发展的激励,如马克思所说:

---

[1] 中共中央马克思恩格斯列宁斯大林著作编译局编译:《马克思恩格斯选集》第四卷,北京:人民出版社 2012 年第 3 版,第 591 页。

"时间实际上是人的积极的存在，它不仅是人的生命的尺度，而且是人的发展的空间。"① 因而，在时间的场域中思考人的位置和意义将是人的自我意识和悲剧性意识的高度融合。因为时间是每一个人都必须去面对的对手。在"时间"面前，人的抗争也许是徒劳的，但却是无憾的，又是必然的（人之为人的所在）和有尊严的。此外，自我意识表现为人的自觉的责任感。一个人有自觉的责任感，他才会去承担后果，对自己也对别人负责，包容别人，善待自己，才会产生归罪意识和忏悔意识，才会有懊悔心态，才会产生救赎的诉求，才会产生一种神圣的悲剧意识。总之，一个缺乏自我意识的人，是不可能有悲剧意识的。一个对自己都不知负责的人，他怎能为他人、他物负责呢？

第五，主体、客体之间的心理距离影响着主体的悲剧意识状况。影响主、客体心理距离的主要因素是功利观和伦理观。伦理观体现在伦理关系中。伦理关系影响着人们的悲剧意识状况。这主要是说，如果文本内的相关人物的伦理行为中所显现的整体伦理观念与生活主体或文艺主体的伦理观念大致相似或接近，那么该文本中有关人物的厄运或毁灭就比较容易感发主体的悲剧意识；反之，则很难感发主体的悲剧意识。广言之，客体与主体之间的伦理关系，或者客体内不同主体之间的伦理关系都影响着客体对于主体悲剧意识的激活状况。当客体的伦理观念与主体一致时，则客体的厄运容易感发主体的悲剧意识，反之则不易感发主体的悲剧意识。一般而言，朋友、亲属之间的相亲、相爱、相助、相恨、相伤、相害、相离、相认更易引发人们的悲剧性体验。于是，通过近亲、恋爱和友谊等关系来结构悲剧性故事就成为一种常用技巧。这在人类伦理文化心理中可以找到原因。伦理关系最基本的内容之一就是亲疏远近关系。例如，中国文化特别强调亲疏远近的道德伦理层次性关系，孔子讲"仁"也是有层次的，绝不是无等差的"爱"。西方也是如此。因而，有意识地利用伦理关系来促发特定情感就成为一种必然选择。亚里士多德在《诗学》第十四章中论述了悲剧如何通过情节安排来使观众产生怜悯与恐惧的心理效果。他指出："可怕的或可怜的行动一定发生在亲属之间、仇敌之间或非亲属非仇敌的人们之间。如果是仇敌杀害仇敌，这个行动和企图，都不能引起我们的怜悯之情，只是被杀者的痛苦有些使人难受罢了；如果双方是非亲属非仇敌的人，也不行；只有当亲属之间发生苦难事件时才行，例如弟兄对弟兄、儿子对

---

① 中共中央马克思恩格斯列宁斯大林著作编译局编译：《马克思恩格斯全集》第 47 卷，北京：人民出版社 1979 年版，第 532 页。

父亲、母亲对儿子或儿子对母亲施行杀害或企图杀害，或做这类的事——
这些事件才是诗人所应追求的。"① 简言之，亲属间发生的悲剧性最易引发
人的恐惧与怜悯之情。他将其分为四类②："人物知道对方是谁而有意做出
来，这是次糟的；人物知道对方是谁而没有做出来，这使人厌恶，最糟"；③
较好的是人物不知对方与自己有亲属关系而对他做了可怕的事情，但事后
方才"发现"；最好的是人物及时"发现"对方和自己有亲属关系而放弃或
中止了可怕行动，例如在《伊菲格涅亚在陶洛人里》，是姐姐及时"发现"
了弟弟。④ 亚里士多德的这一思想是基于当时古希腊悲剧主要以希腊神话
和史诗中的显赫家族为题材的特点。文艺复兴时期的意大利学者卡斯特尔
维屈罗在《亚理斯多德〈诗学〉疏证》中再次充分论证了亚里士多德的上
述思想。他将可能引起人恐惧与怜悯的事件按发生对象不同分为三类：一
是发生在没有理智的动物和没有感觉的东西身上，二是发生在根据计划而
有意做出骇人行动的人身上，三是发生在出于偶然而无意做出骇人行动的
人们身上；最后一类还可分为两小类，一小类是为骇人的行动提供起因的
方式，是原来以为几乎不可能的，例如《俄狄浦斯王》和《阿伽门农》，后
者没想到选献祭品时第一个遇见的是自己的女儿；另一小类是当事人由于
受骗，无缘无故就做出骇人的行动，如《希波吕托斯》和《伊菲格涅亚》，
后者中姐姐伊菲格涅亚和兄弟互不相识，险些把他作为牺牲品杀死献给
神。⑤ 因而，文本内的伦理关系及其伦理观念影响着受众主体的悲剧性体
验状况。这一点，对于那些多层套叙述作品中的不同层域的伦理关系及其
相互关系的分析极具启发意义，从而可以发掘作者的悲剧意识观念。在现
实生活中，主客体伦理关系密切的，客体的厄运容易激发主体的悲剧体验；
反之，则不易激发主体的悲剧体验。总之，主客体之间的伦理关系影响了
主体的悲剧意识状况。

　　主、客体的功利观也会影响主体的悲剧意识状况。功利观体现在功利
关系中，包括物质利益关系、精神利益关系、政治利益关系和宗教信仰利
益关系等。当主体的功利观与客体的整体功利观一致时，则客体遭遇厄运
会激发主体的悲剧意识，反之，则不易激发主体的悲剧意识。各种生活场

---

① 罗念生译：《罗念生全集》第一卷，上海：上海人民出版社 2004 年版，第 60 页。
② 罗念生译：《罗念生全集》第一卷，上海：上海人民出版社 2004 年版，第 61 页
③ 罗念生译：《罗念生全集》第一卷，上海：上海人民出版社 2004 年版，第 61 页。
④ 罗念生译：《罗念生全集》第一卷，上海：上海人民出版社 2004 年版，第 61 页。
⑤ ［意］卡斯特尔维屈罗：《亚理斯多德〈诗学〉疏证》，见古典文艺理论译丛编辑委员会编：《古典
文艺理论译丛》第六册，北京：人民文学出版社 1963 年版，第 17-20 页。

域中，当主体与客体有直接功利关系时，这种关系或者增强主体的悲剧意识（利害一致时），或者减弱主体的悲剧意识（利害冲突时）。例如，哈姆雷特的朋友霍拉旭体认到了哈姆雷特的悲剧性，却很难发现克劳狄斯的悲剧性。另外，在文本内部，敌对方之间的矛盾冲突容易引发受众的英雄性、崇高性和复仇快感，而很少引发人们的恐惧体验。因为，敌对方之间的矛盾冲突结局较常见的有两种：一是正面人物牺牲生命，其精神永生，于是受众产生了英雄感和崇高感体验；二是"敌人"被消灭，受众在对正面英雄人物产生英雄感的同时又产生了向"敌人"复仇的快感，这种复仇快感是一种社会性情感，是一种仇恨的宣泄。在一定程度内，它不会阻碍人们的悲剧性体验，但如果仅仅停留于复仇本身，那就严重妨碍了悲剧性体验的产生，进而限制了人性反思的深度和厚度。原因很简单，复仇过后，生活还要继续；人生的养料不能只有仇恨，还要有爱，而且是博爱，以德报怨也许比以牙还牙、以血还血更能从根本上摧毁敌人的傲慢与偏见。在生命的悲剧性道场里，软化敌我双方内心中坚硬的仇恨，可以让生命悲剧意识成为每一个人必有的最基本、最永久的内生性的情感—认知逻辑，时刻警醒和规约着自己的言行。总之，主体的功利观与客体所体现的整体功利观一致时，那主体就会为客体中的陷落厄运者而生发悲剧意识，反之，主体则不易感发悲剧性意识。

主体与客体之间的物理距离会影响主体与客体之间的心理距离，进而影响主体的悲剧意识状况。尽管物理距离与心理距离并不成正相关，有的物理距离虽近而心理距离却远，如有些人朝夕相处却相逢对面不相识，有些同床夫妻却形如路人；有的物理距离虽远而心理距离却近，如不少手足亲情虽远隔万水千山却仍"爱恩苟不亏，在远分日亲"[1]，"共看明月应垂泪，一夜乡心五处同"[2]。 一些志同道合者之间也经常会以"海内存知己，天涯若比邻"来共勉和自我体认。[3] 可是，在完全陌生的人之间，心理学实验证明，物理距离的增大会使人们对对象的关注程度以及责任感、亲近感、关系密切程度降低，而冷漠感上升。例如，两个村子都发生了冰雹砸死人这一灾难性悲剧，其中一处与我们相距 3 公里，另一处与我们相距数

---

[1] 曹植：《赠白马王彪》，见余冠英选注：《三曹诗选》，北京：中华书局 2012 年版，第 143 页。

[2] 白居易：《自河南经乱关内阻饥兄弟离散各在一处因望月有感聊书所怀寄上浮梁大兄于潜七兄乌江十五兄兼示符离及下邽弟妹》，见[清]蘅塘退士编：《唐诗三百首》（新注本），于雯雪注，北京：中华书局 2006 年版，第 188 页。

[3] 王勃：《送杜少府之任蜀川》，见[清]蘅塘退士编：《唐诗三百首》（新注本），于雯雪注，北京：中华书局 2006 年版，第 3 页。

万公里，结果前者很容易引发我们的悲剧性体验，而后者却很难引起人们的真正关切，更遑论引发悲剧性体验了。当然，现代通信手段的普遍使用，使人们意识到了自己对于数千数万里之外的人和事所负有的责任，包括对它们的不幸产生悲剧感体验。

正因为主、客体之间的物理距离和心理距离会影响主体对悲剧性的体认，所以德国启蒙运动美学家莱辛才说："公侯们和英雄们的名字能够给一个剧本以华丽和威严，但它们不能感动人。周围环境和我们环境里最接近的人的不幸，自然会最深地打动我们的灵魂。如果我们同情国王，那么我们不是把他当作国王，而是把他当作一个人来同情。"① 因而，人们极易对同类人的悲剧性遭遇产生悲剧性同情；人性和人道主义依然是人产生悲剧性同情的基本动因和标准。

第六，主体的个性心理特点影响其悲剧意识状况。一般而言，情感丰富、多愁善感、心理敏感、感性思维和人文理性思维发达、深具危机感、忧虑情怀、宗教情怀、悲悯情怀和精英情怀，更看重社会、人生、生命中的消极方面、负面和不足方面并渴望改变现状的人，心性正直、眼光远大、有深厚历史感和反思意识的人，其悲剧意识要更强烈一些。他们在个性心理上最基本的特点是有敏感的心灵、敏锐强烈的感受力和相当强烈的责任感。因为一个人只有对社会、自然和内心保持高度敏感，他才会发现别人所未发现的东西，才会在常人熟视无睹、习以为常、习闻惯见的现象中见人所未见、醒人所未醒，变熟悉为陌生、化腐朽为神奇，才会在一般人认为的不可能之处探照出社会、自然、人生、人性的密钥。这种敏锐强烈的感受力，往往会使一个人精准地抓住时代的脉搏，率先敏锐地觉察到时代的变化、社会历史力量和思潮的争斗、社会心理和集体意识的潜移默化、不露声色的外表所严实包裹着的个体内心深处一瞬间的暗波微澜。相反，那些心理迟钝、情感贫乏、工具理性思维发达、具有肤浅的乐观主义和享乐主义情怀、满足现状、目光短浅、缺乏历史感和反思意识的人，其悲剧意识一般比较薄弱和缺乏，因为他们往往把一片花瓣看成了整个春天乃至一年四季。

第七，主体的具体心境会影响其悲剧意识的表现以及其对悲剧性的体认。一个人心情舒畅时，他一般较少表现出悲剧意识；反之，当他悲伤痛苦时，更易表现出悲剧意识。所谓"感时花溅泪，恨别鸟惊心"。"欢娱嫌

---

① ［德］莱辛：《汉堡剧评》第十四篇，转引自朱光潜：《朱光潜美学文集》第四卷，上海：上海文艺出版社 1984 年版，第 335 页。

夜短，寂寞恨更长"。① 具体心境对于主体悲剧性体验的影响的强度和持续时间取决于具体心境对于主体的意义和主体的个性心理特点。那些性格开朗、外向的人，心胸博大的人，心理调适能力强的人，心境对于其悲剧性体验的影响较弱，持续时间也较短；反之，那些性格孤僻、内向的人，心胸狭窄的人，心理调适能力弱的人，心境对于其悲剧性体验的影响则较强，持续时间也较长。

第八，主体的身体健康状况也会影响其悲剧意识的表现以及其对悲剧性的体认。一般而言，当一个人身体健康状况良好时，他对生活、对人生、对未来会有更多的极具功利主义的思考和期许，功利之心、是非之心、欲望之心、争强好胜之心很强，较少表现出悲剧意识；而当一个人的身体健康状况较差时，眼前的生命存在问题超越了其他一切利益问题，此时的人们更易体认到人生的悲剧性、生命的悲剧性，也更容易强化幻灭感、虚无感、恐惧感、无聊感、厌烦感等悲剧性体验。当然，也有不少人在身体健康状况较差时更多地体味到了担当、抗争、奋斗的宝贵，并为此而争分夺秒地、孤注一掷地扛起了命运的闸门，盼望着生命之海中喷薄而出的太阳，遥望着劈风斩浪的航船，在生命的天空中书写了自己独特而浓墨重彩的最后一笔，为自己那一曲横贯天地的人生长歌吟唱出了最末的悲壮音符，这就是各个国家、各个民族、各个时代、各个领域里那些鞠躬尽瘁、死而后已者的人生悲剧精神。

第九，主体的年龄也会影响其悲剧意识的表现以及对悲剧性的体认。一般而言，年龄较小的人，涉世较浅，对未来多会满怀幸福的遐想和美好的期待，相对更乐观一些，因而，较少有悲剧意识，其悲剧性体认也较浅。而年龄较大的人，由于阅历较深，对人生和社会中的种种兴衰顺逆悲喜苦乐有了更多、更深刻的体验，因而其悲剧意识一般比较强烈、也比较深刻。曹操、陆游等人所体味并切实践行的便是这种"暮年"的"不已""壮心"。其次，人的心理年龄相比其自然年龄，对于主体悲剧意识的表现及其对悲剧性的体认的影响要更直接和根本一些。这就解释了下面的现象。有一些少年老成者，在其很小时候就体味到了不少人生的悲哀、社会的悲凉；而一些老年幼稚者，虽年寿很高，却阅历不多，人生体验不但比较少而且还浅，他们的意识中较少有悲剧性体认。因而，对于具体的人，我们还需具体分析。最后，一些人自然年龄很大，人生阅历又极其丰富，他们虽不至

---

① 此语出自明代罗贯中的杂剧《赵太祖龙虎风云会》第三折中一句"须不是欢娱嫌夜短，早难道寂寞恨更长"。

于身在红尘中、心在三界外，但其对于人生世事已是洞若观火，在他们的心中，早已没有了悲、喜之分，而是不悲不喜、亦悲亦喜，对于生命的通透理解使淡泊、达观成为其主要心境。这些所谓"得道"之人，要么被人景仰，要么被人侧目。前者是看重其超脱，后者是怨怼其无情。可有谁能体味他们了悟生命本相之后的那种冷清、寡淡和孤寂的悲凉呢？这是一种与天地同在的大悲剧性体验。因此，悲剧性到极致时就成了喜剧性，反之亦然。乐极生悲、否极泰来，这是人世的大道。

第十，主体的性别状况和性别观念会影响其悲剧意识的表现以及对悲剧性的体认。一般而言，女性比男性更易感发悲剧性体验。而固守男性中心主义的黑格尔却把女性的悲剧性体验贬低为"有限的消极的平凡的感情"①，乃至进而遮蔽了面对某一对象时女性相较男性一般更易感发悲剧性体验这一事实。此外，一般而言，在一个男女社会地位相对悬殊、男女社会参与程度和社会实践的丰富深刻程度都存在明显差异的社会中，男性比女性对悲剧性体验得更深刻一些。而在一个男女平等、性别观念开化程度较高的社会中，主体性别状况及其性别观念对于主体悲剧意识的影响极小。因而，我们可以说，女性与男性平等的程度是衡量一个社会文明进步程度的历史尺度。

第十一，主体的精神创伤经历会提高其对悲剧性体验的灵敏度。由于主体曾经亲历过类似的情境或面对类似的文本，曾经的心理体验会积淀在主体的心理深处，逐渐形成一种心理反应定式，当主体再次面对类似的或相关的悲剧性文本或悲剧性情境时，心理反应定式便会激活其曾经的心理体验，诱导主体产生相似或相近的情感反应。因而，同为家道中落的大家子弟，且是同胞兄弟，鲁迅比周作人对悲剧性更敏感一些，就因为鲁迅比周作人经历了更多的苦难、困厄和不济，积淀了更为丰富多样的创伤体验。此外，曾经的精神创伤经历也会提高主体悲剧性意识的深刻程度，开阔其悲剧性体验的视野。所谓"曾经沧海难为水，除却巫山不是云"可以算作对此的一种诗意解释。

第十二，主体的事业穷达状况会影响其对于悲剧性的体认。一般而言，一个人事业顺达时，他内心中想的更多的是如何建功立业，往往把历史进程中人们应对不幸、苦难、牺牲等困厄理解为实现历史进程目的的"手段"，认为它们是历史进程中无法避免的、必须付出的代价，服从并服务于"功业"这个唯一目的。此时，他把自己视为了历史的归宿和主人，而不是牺

---

① ［德］黑格尔：《美学》第三卷下册，朱光潜译，北京：商务印书馆1981年版，第288页。

牲者、苦难者和不幸者等历史的炮灰。这种有意无意将自己视为历史前进方向的代表者的自我中心主义历史观，视"一将功成万骨枯"为理所当然，必然不能正确地理解人既是手段也是目的这个马克思主义的基本观点，从而使得建功立业、功成名就的历史主义豪情完全覆盖乃至消除了悲剧性的存在。然而，当一个人事业遭遇挫折、人生处于低谷时，他往往会从自己的遭际出发，通过同情性联想，更多地体认到客体的悲剧性。可见，人们对于悲剧性的体认具有明显的主体性特点。

　　生命虽然有悲苦矛盾，但生命是复杂的，悲苦矛盾并不是生命的全部，生命还有欢乐、喜悦，以及其他种种体验。西班牙思想家奥特加（José Ortega y Gasset）就认为，"生命是包藏有千百名称的'真实'"——所以伴随着生命的空无与悲痛，生命也可以是一种无限的"嬉游的欢愉精神（sportive gaiety）"；正因为有欢愉精神，人才可以超越简单的悲情而有创造活动，才有各种"理论"和"哲学"。为此，他反对乌纳穆诺的"生命的悲剧意识"，而代之以"存在的嬉游欢愉意识（sportive and festive sense of existence）"。[①] 可见，喜剧性眼光也可以看到人生和社会的深刻之处。英国著名作家、政治家华波尔爵士（Horace Walpole，1717—1797）曾说："对于那些爱思考的人来说，这个世界是一幕喜剧，而对于那些使用感觉（重感情）的人来说，世界是一幕悲剧。"[②] 笔者认为，华波尔的说法有些绝对，只有那些既重感情又善于思考的人，才会发现人生的悲剧性和喜剧性，超越了肤浅的乐观主义和悲观主义，走向生命的更深、更广处。因而，人性、人情、人道主义和生命伦理才是悲剧意识不能偏离的那根红线。主体具有丰富、深刻、强烈、独特、持久的悲剧意识，才能产生悲剧性体验。

　　（三）众生平等、生命至上的社会历史文化语境

　　悲剧性的生成，除了文本的悲剧性召唤结构和主体的悲剧意识之外，还须有一定的社会历史文化语境，那就是以无等差的生命至上论为主导的社会历史文化语境。这三者相互契合、共同作用，才生成了悲剧性。苏珊·朗格曾说："只有在人们认识到个人的生命是自身目的、是衡量其他事物的尺度的地方，悲剧才能兴起、才能繁荣。"[③] 今天，笔者认为还应该再进一步说，只有在人们认识到生命是自身目的、是衡量一切事物的尺度的文化语

① 参见［西班牙］乌纳穆诺：《生命的悲剧意识》，上海：上海文学杂志社 1986 年版，"译者序"第 5 页。

② Richard B. Sewall: The Vision of Tragedy.In: Robert W. Corrigan, eds. Tragedy. New York: Harper & Row, 1981. p. 49.

③ ［美］苏珊·朗格：《情感与形式》，刘大基、傅志强、周发祥译，北京：中国社会科学出版社 1986 年版，第 410 页。

境里，悲剧性体验才会丰富、深刻、独特、强烈、普遍、持久。这就要求人类不仅要消除自己的各种阶级偏见、阶层成见，认识到个体与群体具有同等的生命价值，而且要消除自己的"人类中心主义"，以一颗平等心对待一切动物、植物乃至无生命的自然物，让生命在无价值等差的载体的相互运动、相互创造和相互毁灭中闪耀其幽幽的悲剧性光华。这就要求该文化追求民主、自由、平等、博爱、和谐、正义、法治、诚信，让人们拥有真正开放坦诚的心灵，去对答案阙如的人类基本存在问题进行探索。在此意义上，我们说悲剧性体现着一种文化的生命价值内涵。

社会历史文化语境是多维、多层的时间与空间融合体中的社会历史文化因素。在时间维度上，它既有悲剧性体验生成时的当下的社会历史文化因素，也有历史上的多重、多向度的时间因素中的社会历史文化因素，是这二者的互渗互融。在空间维度上，它既有悲剧性体验生成时的当下空间因素中的社会历史文化因素，也有历史上的多重、多向度的空间因素中的社会历史文化因素，是这二者的互渗互融，是小语境与大语境的贯通融合。至于当下因素和历史因素对悲剧性体验生成的影响程度，主要取决于该因素与具体文本（社会的、文学的）的召唤结构、主体（人、作者、受众）的情感认知结构、情感认知定式的耦合谐振程度。一般而言，两者呈正相关。

社会历史文化语境是包含创造与积淀的社会实践过程与社会实践结果。社会历史文化语境是此前人类的、种族的社会历史文化实践过程与实践结果的积淀；同时，它也是当下主体的情感认知体验的独特性创造，所谓"境由心生"。社会历史文化语境是这二者的互渗互融。主体的情感认知体验也是一种社会实践活动，而不是抽象的玄思。主体的情感认知体验必须要有创造性，否则，悲剧性就难以生成，因为"相由心生"。

社会历史文化语境是个体与群体的共同创造。社会历史文化语境是群体社会历史文化实践活动的创造，是集团的、种族的、人类的社会历史文化活动及其遗存。社会历史文化语境也是个体的社会历史文化实践活动的创造，是他的社会历史文化活动及其结果。离开了群体，个体无法生存和发展；离开了个体，群体无以形成，更无法通过"同声相应"或"精神复活"而存在于当下、参与当下社会历史文化活动进程。

因而，社会历史文化语境既是时间的，也是空间的；既是历史的，也是当下的；既是积淀的，也是创造的；既是群体的，也是个体的。简言之，社会历史文化语境是社会、历史、文化等要素在上述诸多向度上的复杂融合体。

社会历史文化语境往往会形成一种群体心理氛围和群体心理结构，对人的情感认知起到了一种激发、引导、规范、制约、强化或弱化作用，对人的情思体验的产生及其传播（交流、共享）也有直接影响。作为群体心理氛围，社会历史文化语境对个体心理活动往往有着强势影响作用，它使个体考虑到接受安全、传播安全、情感安全、精神安全、人身安全和周围关系安全等因素，从而不得不修饰、修改、掩饰、伪装、扭曲甚至封闭自己独特的内心体验及其表达，以同语境保持协调。其次，悲剧性往往与暴露、批判、否定、质疑、挑战、警示、呼吁等诉求相联系，因而，对悲剧性的体认往往与对现实社会各种秩序的判断关联在一起。最后，也是最根本的是，悲剧性体验归根结底是一种情感—认知体验，它是在具体的社会历史文化语境中产生的，因而，它的生成不可避免地要受到具体的社会历史文化语境的影响。作为一种群体心理结构，它是历史上和现在的社会历史文化因素积淀和凝结在群体心理中而形成的一种相对稳定的心理认知图式，包括意识的和无意识的，它直接影响着人们的心理活动。群体心理结构通过种族遗传、精神遗传与成员相互影响的方式而存在于个体心理结构中，参与个体心理活动。

前人已经认识到悲剧戏剧与文化的关系。黑格尔曾说："戏剧是一个已经开化的民族生活的产品。……这只有在一个民族的历史发展的中期和晚期才有可能。"[1] 这是讲，悲剧戏剧是民族文化成熟期的产物。当代英国悲剧理论家利奇认为，"没有悲剧的文明是有缺陷（不完全）的文明"。[2] 当代美国艺术评论家理查德·B.西华尔（Richard B. Sewall）也说："文学性悲剧普遍出现于一个文化的成熟期。"[3] 舍勒说："无力发现悲剧性的时代是渺小的。"[4] 总之，他们都认为，悲剧性的生成与体认是与一个文化的高度成熟和完善联系在一起的。可是，他们并未对文化语境如何影响人们的悲剧性体验进行具体分析。笔者认为，悲剧文学的繁荣程度是与一个民族的悲剧意识状况密切联系在一起的，而一个民族的强烈深厚的悲剧意识只有在一个比较成熟的文化语境中才有可能生成，因为一个成熟的文化对于生命和人生的目的、手段、自由及其内在矛盾的复杂情况有着自觉的深刻理解，不是简单的乐观主义和悲观主义可以概括的，它超越了它们，是一种平静清凉的苦涩，其本质规定性就是笔者前面论及的以无等差的生命至上论为主导的社会历史文化语境。

---

① [德]黑格尔：《美学》第三卷下册，朱光潜译，北京：商务印书馆1981年版，第243页。

② [英]克利福德·利奇：《悲剧》，尹鸿译，北京：昆仑出版社1993年版，第45页。

③ Richard B. Sewall: The Vision of Tragedy. New Haven and London: Yale University Press, 1959. p.7.

④ [德]舍勒：《舍勒选集》，刘小枫选编，上海：上海三联书店1999年版，第254页。

　　传播学中关于受众心理的"社会范畴说"和"社会关系说"，对于我们研究悲剧性的生成与社会历史文化语境的关系很有借鉴意义。"社会范畴说"认为，在社会结构中，性质、特质、地位相类似的人群，由于具有相同的"团体个性"，对于媒介所传过来的信息往往会有大致相同的反应。"社会关系说"认为，受众不但有着不同的个性特征，分属于不同的团体，而且，他们还处在一定的社会团体（社会关系）之中，受着团体成员或者说团体主导观念的影响。[①] 一个集团对于某一信息往往有着相同的反应，压制或抵制与自己相异的反应，久而久之，团体成员出于个人的精神安全乃至生命安全的考虑，往往与大多数成员在认知和情感上保持一致。总之，社会历史文化语境无孔不入、无处不在，直接或间接（通过人们的个性心理）地影响着人们的悲剧性体验状况。

　　悲剧性体验的发生，不论是在文学中还是在生活中，都是一次生命事件、文化事件、社会事件。研究每一次事件，必然要分析事件发生的具体社会历史文化语境。问题是，社会历史文化语境是一个包罗万象的复杂体系，有主要因素与次要因素，有显在因素与隐在因素，各种因素之间的关系及其在社会历史文化语境中的作用都处于变化发展之中。从理论上来说，我们只能就社会历史文化语境中相对稳定的、常见的、主要的因素进行系统性罗列与分析，以探讨其对人们产生悲剧性体验的影响。

　　第一，人们的社会地位、身份观念、性别观念、等级观念等因素影响人们感发和体认悲剧性。一般来说，在一个森严的等级制文化中，普通人的悲剧性是很难被人们体认到的；在一个种族主义盛行的文化中，弱小种族或者弱小族群的苦难、厄运、失败乃至死亡一般很难引起主流人群的悲剧性体验；在一个把人视为宇宙中心和宇宙主宰者的"人类中心主义"文化中，人们很难对除人之外的其他生命体以及无生命体的苦难和不幸产生悲剧性体认。

　　同样，在一个男女社会地位极不平等而又相当封闭的社会中，女性的悲惨遭遇和苦难命运较少引起人们的悲剧性体验。在人类历史一个很长的时段中，普遍地来说，男性一般居于社会主导地位，女性社会地位普遍低下，这不仅是一种事实，而且还有人为之进行理论辩护。最极端的要数叔本华，其女性观极其反动。他不但一般地轻视女性，认为"她们天生就不宜于在精神方面或体力方面从事重要的工作。……她们总是当她们丈夫的吃苦耐劳、寻欢作乐的陪伴。……她的生活，比男人更平静、更平和、更

---

① 参见程曼丽主编：《公关心理学》，北京：线装书局 2001 年版，第 147-148 页。

无足轻重。"① 女人们"充满孩子气、无所作为而又目光短浅"②，女人"推理能力羸弱""精神上近视"③。在他眼里女人"缺乏对正义的感受"④，缺乏艺术感受力或接受力，"女人的存在根本上只是为了种族的世代繁衍"⑤，因此他极力提倡一夫多妻制，认为这可避免大多数女子"漂泊无助"，或干粗重活、或干不光彩的事。⑥ 总之，在叔本华的思想中，"女人决非我们尊敬的对象，决不可在男人面前不可一世或与男人平起平坐"。⑦ 女人要"使自己归属于一个男人，听从他的领导，服从他的统治，因为她需要一个主人"。我之所以不厌其烦地引述叔本华诸多言论，只因为他的观点尖锐而明确，涉及女性的生理、心理、思维、意志、兴趣、性格、气质、能力、社会观、劳作、生育、恋爱、婚姻、信仰等广泛内容，非常富有代表性。从中我们可以看出，在这样男尊女卑的文化中，女性的悲惨命运很难引起人们的悲剧性体验。

中国传统的性别文化总体上也是男尊女卑的文化，这在中国古典小说的四大名著中就可以见出。《水浒传》中的女人"淫妇"多、"男人婆"多；《三国演义》中的女人"祸害"多、"累赘"多；《西游记》中的女人"妖精"多、"狐媚"多；虽然《红楼梦》中的女孩们痴情人多、才艺人多，男人们利禄人多、粗俗人多，但一个"宝哥哥"与"金陵十二钗"的数量悬殊对比也暗示出，大观园的"主人"以及整个小说的"中心人物"还是一个男人。四大家族的荣华富贵通过一个女子而投保于天庭，贾元春成了皇上与贵族之间利益交换和利益平衡的一颗小筹码。这种关系的脆弱性在小说的悲剧性结局中得到印证。看来，在当时整个社会中女子的地位一般还是比较低下的。而且更有历史意味的是，《红楼梦》的悲剧性蕴涵直到 20

① [德]叔本华：《论妇女》，见叔本华：《意欲与人生之间的痛苦——叔本华随笔和箴言集》，李小兵译，上海：上海三联书店 1988 年版，第 185 页。

② [德]叔本华：《论妇女》，见叔本华：《意欲与人生之间的痛苦——叔本华随笔和箴言集》，李小兵译，上海：上海三联书店 1988 年版，第 185 页。

③ [德]叔本华：《论妇女》，见叔本华：《意欲与人生之间的痛苦——叔本华随笔和箴言集》，李小兵译，上海：上海三联书店 1988 年版，第 187 页。

④ [德]叔本华：《论妇女》，见叔本华：《意欲与人生之间的痛苦——叔本华随笔和箴言集》，李小兵译，上海：上海三联书店 1988 年版，第 189—190 页。

⑤ [德]叔本华：《论妇女》，见叔本华：《意欲与人生之间的痛苦——叔本华随笔和箴言集》，李小兵译，上海：上海三联书店 1988 年版，第 191 页。

⑥ [德]叔本华：《论妇女》，见叔本华：《意欲与人生之间的痛苦——叔本华随笔和箴言集》，李小兵译，上海：上海三联书店 1988 年版，第 195—197 页。

⑦ [德]叔本华：《论妇女》，见叔本华：《意欲与人生之间的痛苦——叔本华随笔和箴言集》，李小兵译，上海：上海三联书店 1988 年版，第 195 页。

世纪初才被大多数学者所肯定。在中国古典小说四大名著中，只有《红楼梦》中女性的悲惨命运得到作者体认，因为在曹雪芹意识中，虽不能说绝对的男女平等，但在地位上女子至少不比男子低；而其余三本著作皆因其作者秉持的男尊女卑思想，女人的不幸遭际被表现为她们"不本分"的现实报应，因而人们很难体认其悲剧性。

在生态主义思想出现之前，除人类之外的其他生命体的悲惨遭遇也很少被人们体认出悲剧性。过去在文学作品例如童话中，虽然也出现了许多动物形象和植物形象，他们被人尊重，其悲剧性命运也被人体认。可是，这里的动物形象和植物形象是某一类人或者人的某一种品质、性格、精神、情感、观念等的象征，究其实，作家仍是借助动物或植物来传达自己对于人和人类社会的一种看法，而不是对自然界中的动物或植物本身所遭遇的苦难产生了悲剧性体验。因为，在非生态主义作家的思想中，人是动植物的主宰，动植物比人类低级，动植物的天职就是为人类生存服务的。于是，一头牛活着被人役使，其奶被人喝，被人屠杀后其皮被人穿、其肉被人吃、其血被人饮，其骨被人做药，其角被人刻印，其毛被人制刷。[①] 2016年《现代汉语词典》（第7版）对"牛"这个词条的释义依旧同前。[②] 一句话，一头牛从生到死全身全力都是为人服务的。可见，现在的人们依然持有一种生命等级制观念，认为牛比人绝对低级多了，牛为人服务是其存在的唯一意义和理由。身处这样的人类中心主义文化中，动植物的悲剧性是很难被人体认的。

可见，社会等级森严、物种等级森严的文化从根本上否定众生平等。在这样的文化中，人们很难体认到普遍、深刻的悲剧性。

第二，政治意识形态因素影响着悲剧性的生成。一般而言，如果文本主题倾向、人物情感倾向、事件意义倾向与主体所属集团或社会主流的政治意识形态相一致的话，其文本、人物或事件的悲剧性比较容易为主体或社会所体认；反之，其悲剧性蕴涵则较难被人们所体认。例如，阿瑟·米勒的《萨勒姆的女巫》（背景设在1692年萨勒姆逐巫时期）演出命运的巨变就证明了这一点。该剧在1954年首次公演时没有获得广大公众的赞赏，原因是舆论认为它"相当冷酷"，却没有悲剧感，是"一种特殊的

① 中国社会科学院语言研究所词典编辑室编：《现代汉语词典》（修订本），北京：商务印书馆1996年修订本第3版，第933页。

② 中国社会科学院语言研究所词典编辑室编：《现代汉语词典》（第7版），北京：商务印书馆2016年第7版，第959页。

抗辩——矫揉造作而且缺乏美感"①。当时，美国共和党参议员约瑟夫·麦卡锡（1908—1957）得势。整个 20 世纪 50 年代，以他为首的麦卡锡分子操纵美国参议院常设小组国会调查委员会及其他机构制造反共气氛，曾以对美国国家安全有威胁为由，对许多组织和个人进行了"调查"和非法逮捕、审讯、关押，形成了美国国内的文化恐怖主义，致使美国国内的民主和进步力量遭到残酷迫害与打击。正如苏珊·朗格所说："禁止诗人进行严肃的思考，就要割去一整块诗歌创作的领地——深刻的、不幸的感情的表现。"②麦卡锡死后，《萨勒姆的女巫》1960 年在外百老汇再次上演，并连续演出了两年。这时，该剧中关于人的良知与个性的悲剧命运被体认了，"它的人性浮现了并得以作为戏剧而受到欣赏。"③ 现在看来，麦卡锡时代变幻莫测的政治恐怖气氛类似于《萨勒姆的女巫》中神秘恐怖的气氛，它们一样残害无辜的人们，也都曾享有"神圣"的光环。这从反面告诫人们，把良知交给错误的官方意识形态的危险，荒谬的行为将瘫痪人们的思想，从此人没有了个性。这里面深刻的悲剧性只有在政治解禁的文化中才会被体认到。

又如，1949 年 10 月以后的近 30 年内，中国大陆处于对蒋介石、南京国民党政府及其军队基本否定的意识形态语境中。这一时期中国大陆不仅创作了大量反映解放战争的文艺作品，而且其主旨大都是歌颂共产党、歌颂解放军、歌颂人民群众，歌颂共产党进步、民主、和平、统一、爱国、爱民、公正、文明、清廉、奉献、顺天应人的社会实践与政治理想，批判国民党蒋介石及其军队的反动、专制、黩武、分裂、卖国、害民、偏私、野蛮、腐败、剥削、逆天背人的罪恶行径。这样的主旨设定是符合社会历史实际和历史发展大势的。然而，这一特定的意识形态语境也使这一时段里不少反映解放战争的文艺作品对于蒋介石国民党政府及其军队的具体人员不加区别地给以表现，这就既违背了中国共产党的相关政策和原则，也不符合历史实际。自然，这种艺术处理也在一定程度上限制了受众对于另外一些悲剧性的体认，比如一些人物因自身性格、人格理想、政治信仰、群体内成员关系、具体情势包括国民党顽固派死硬分子的控制等因素而被迫或被裹挟着成为蒋家王朝的殉葬者的悲剧性的体认。例如，小说《红日》

---

① [美]罗伯特·阿·马丁编：《阿瑟·米勒论剧散文》，陈瑞兰、杨淮生选译，北京：生活·读书·新知三联书店 1987 年版，第 204 页。

② [美]苏珊·朗格：《情感与形式》，刘大基、傅志强、周发祥译，北京：中国社会科学出版社 1986 年版，第 296 页。

③ [美]罗伯特·阿·马丁编：《阿瑟·米勒论剧散文》，陈瑞兰、杨淮生选译，北京：生活·读书·新知三联书店 1987 年版，第 204 页。

中的张灵甫，国民党王牌主力整编 74 师中将师长，一位以服从命令为天职的职业军人，便受到了不恰当的文学书写与审美判断。1946 年，蒋介石悍然撕毁和平协议，发动全面内战。张灵甫亲率国民党整编 74 师，从淮南攻到淮北，从苏北杀到鲁南，攻占中共苏北和鲁南根据地，并扬言三个月内解决山东问题，活捉陈毅和粟裕。在此敌强我弱的态势下，毛泽东主席在延安运筹帷幄，做出战略决策，指示解放军保存实力，主动北撤。但骄横猖狂至极的敌 74 师在周围几十万国民党军的"协同"下，孤军进犯山东沂蒙山区，妄图将解放军华东野战军主力击溃。然而，解放军士气旺盛、骁勇顽强，凭借正确的战略部署和战术安排、及时准确的情报尤其是根据地老百姓的大力支持，有效地利用了国民党军队之间的不和与保存自我实力的自私心理，在 1947 年冬爆发的莱芜战役中重创了敌方，并最终在孟良崮战役中击毙敌 74 师师长张灵甫，全歼敌 74 师，取得了最后胜利。小说中的张灵甫被作者吴强（也是被当时的意识形态语境）塑造成了一个阴险狡诈、心狠手辣、顽固反动、刚愎自用、贪功冒进、冷酷无情、不体恤士兵生命、不明察历史大势而愚忠于蒋家王朝的战争恶魔和彻底反共、反人民的铁杆敌人。这样的人物只能引起受众的憎恨，他的死亡引发的是人民的欢呼，没有丝毫的悲剧性。然而，当历史进入 20 世纪 80 年代以后，随着台湾海峡两岸敌对关系的结束，以及两岸"三通"、经贸关系的加强、民众往来频繁和相互了解的加深，中国大陆地区的文艺作品对解放战争中国民党的党政军人员有了区别性表现，肯定了他们部分人在抗日战争中所做出的历史贡献，这样我们才看到了《李宗仁归来》和《亮剑》等作品中一些别样的国民党军人形象。他们或以身殉职、或可杀不可辱，或虽军事斗争失败却仍铁骨铮铮，或军事素养超群却不幸遇到愚蠢自负的上级，或有情有义、人格魅力出众、令人肃然起敬。我们也才重新"发现"了"张灵甫"不是一个简单的"大坏蛋"，他曾就读于北京大学历史系，毕业于黄埔军校，可谓文武超群；在抗日战争中他浴血奋战，屡建奇功，成为抗日先锋和一代名将，令日本军队又恨又怕。然而就是这样一位有勇有谋、儒雅尚义的军事英才，却在"军人天职"的促使下，将自己的枪口对准了人民，并最终丧生于内战。我们也才体会到，"张灵甫"是一个真正的悲剧性人物，他的悲剧性是单纯强调"军事战术"而漠视"政治方向"的"无知"的悲剧性，是错误地把独裁政府等同于民族国家的"愚蠢"的悲剧性，是明珠暗投、将满腹才学白白浪费于剿杀同胞的不义战争的"糊涂"的悲剧性，是以己度人、不识人情世故的"天真"的悲剧性，是至死也不明白"战争"从来就不是单纯的军事问题的"懵懂"的悲剧性，是始于卫国安民却终于助纣为虐的"事与愿违"的悲剧性，是将独立人格交付于反动官僚机器的"错误"的悲剧性，是为一个已经失去历史存在合理性并且行将崩溃的反动集团甘当殉葬品的"冥顽不化"的悲剧性。这样的悲剧性不只张灵甫有，一切曾经精忠报国而又最后双手沾满了人民鲜血却未有机会反省的国民党精英们都有，任何一个业已失去历史存在合理性并走向穷途末路的集团的最后捍卫者们、殉葬者们也都有。这样的悲剧性也是所有充满纷争、动乱、歧路的新旧交替时期的时代悲剧性。这种"最后一个卫士""最后一个殉葬者"的悲剧性，超越了一人、一地、一时，而属于人类和历史。

因而，政治意识形态因素的负面作用，既可以遮蔽或扭曲历史的某些真相，也能遮蔽或扭曲人们的良知以及价值情感。显然，在单纯的军事之上还有政治，在狭隘的政治之上还有人性和人道，也即有尊严的生命和生活。因而，只有尊重最普泛的人性、人道、人权的政治才是正确的政治，也是我们所需要的政治。在中国人民看来，最基本的人权是生存权和发展权。正由于悲剧性是一种生命情感的判断，而不是一种政治立场的判断，所以，政治意识形态因素是一把双刃剑，它或者是引发和强化人们的悲剧性体认，或者是阻滞和弱化人们的悲剧性体认。

第三，哲学观念影响人们对悲剧性的体认。例如，中国文化中的"中庸"观念、《易》中循环转化的和谐观念在一定程度上淡化了中国人的悲剧意识。"中庸"的人很少走极端，很少狂热，当然也会缺乏明知山有虎、偏向虎山行的决绝和激情。循环转化就不会有"永久"和"绝对"，因而，否极泰来、乐极生悲是自然大法，人只需要顺应，无需反抗，无论"福"还是"祸"、无论"苦"还是"甜"，这些都是人生的必然内容，不必选择也无法选择，坦然接受便是安、便是顺。一句话，顺其自然便会得福远祸。人们还可以通过隐遁自然、醉酒、做梦、沉迷仙道等方式而使自己暂时忘记现实中的一切不顺遂。因此，这四者往往也成为不少中国古代知识分子穷困失意时暂时的避难所和休憩的港湾。正是基于这点，张法认为神仙、自然、酒和梦这四个因素使古代中国知识分子的悲剧意识淡化乃至消解。[①]黑格尔遵从客观唯心主义基础上的辩证法，因而事物的悲剧性被归结为抽象概念的逻辑运动。新黑格尔主义者布雷德利秉持黑格尔的哲学观念，所以相较于其他人他更容易地体认到了莎翁悲剧中的黑格尔式的悲剧性。

第四，宗教信仰影响人们对悲剧性的体认。本书前面已经论述过，世界主要宗教都普遍承认人生的悲剧性。但是，不同的宗教信仰也同时在另

---

① 张法：《中国文化与悲剧意识》，北京：中国人民大学出版社 1989 年版，第 169-203 页。

一方向上弱化甚至消解了悲剧精神。例如，基督教的上帝"拯救"承诺、伊斯兰教的"真主""拯救"天职、佛教的普度众生脱离苦海、道教的"化羽登仙"等思想，都让人们感到积极担当尤其是积极抗争没有必要，一切都在静心等待中。最终，悲剧都会结束。因而，宗教观念对于悲剧性体验的影响是双向的和复杂的。在面临相对的、微观的、个别的具体对象或事件时，宗教观念往往会激发人们的悲悯情怀、忧世心态和悲剧意识，促发悲剧性的生成；而在面临绝对的、宏观的、一般的乃至"三生""三世"中的对象或事件时，宗教观念往往会弱化乃至消解人们的悲剧精神。简言之，就具体对象而言，人们更多地倾向于遵从悲剧意识来主导情感和认知；就抽象的、一般的对象而言，人们更易超越简单的悲剧情怀，弱化乃至消解悲剧精神。同时，一个民族的宗教信仰也可能是多样的。例如，古代中国人的宗教信仰就很丰富多样，佛家的出世寡欲、道家的弃世归真和儒家的入世经济相互杂糅，围绕着让人内外生活幸福这个中心目标，共同指导着不少中国人的人生与精神生活。而每个人具体的人生和精神生活则都是从自己的实际出发，根据自己所处的时位而有选择地采纳不同宗教观念的某些方面。因而，传统社会里中国人的宗教生活，大多是一种极具实用主义和功利主义色彩的宗教生活。确切地说，过去中国大部分人并没有严格意义上的宗教生活。因而过去多数中国人一般比较缺乏悲剧意识和悲剧精神。而中国文学史上的那些悲剧性作品则大都出自那些人生多舛、生活失意、性情敏感、内心柔软、悲悯满怀的伟大灵魂之手，他们是往昔岁月里中华民族悲剧意识和悲剧精神的守护者和弘扬者；而那些人生安逸、生活富足、性情迟钝、内心坚硬、缺乏悲悯情怀的羸弱灵魂，永远无法承载痛苦的份量。

第五，社会习俗影响人们对悲剧性的体认。例如，过去许多中国人的包办婚姻，在"尽孝"的名义下，剥夺了一代又一代年轻人的情感、人格和婚姻的自由自主权，其中的悲剧性在那样的社会习俗中自然很难被人们体认到。更不用说，在旧中国社会中，寡妇守节不改嫁被人们普遍视为一种公序良俗，而且得到了统治阶级的嘉奖，过去遍布各地的节妇牌坊便是明证。因而胆敢萌生改嫁念头的寡妇则会遭到众人（包括她的亲生父母）的群起指责，她们人生的悲剧性自然很少被人体认到。

第六，时代精神风尚和审美观念影响人们体认悲剧性。例如，在那个"为有牺牲多壮志，敢教日月换新天"的时代里，人们普遍崇尚的是不怕牺牲、排除万难的革命英雄主义精神，而很少考虑到任何生命的失去都具有一定的悲剧性。在崇尚个性和生命尊严的今天，社会成员的悲剧性人生常常会被人们关注，这从"悲剧"或"悲剧性"在当今被广泛高频率使用的情况即可见出。此外，在享乐主义、消费主义、娱乐主义甚嚣尘上的 21世纪最初十来年里，要体认到人生的悲剧性也比较困难，因为那时的社会文化语境的基本逻辑就是削平价值、填平鸿沟、娱乐至上，一切事物的价值都被削平了，价值位势差不存在了，价值损失感觉不到，悲剧性体验自然就很难生成。

　　时代审美观念引领时代审美活动风尚及其趋向，自然也影响人们体认悲剧性。从时代审美观念主潮的变化角度来看，自 1942 年毛泽东的《在延安文艺座谈会上的讲话》发表到 20 世纪 70 年代末是一个时代，崇尚自然、朴素、明快、刚健之美，强调群体统一以及审美活动的伦理感情；20 世纪80 年代初开始了一个新时期，崇尚修饰、繁丰、变化、活力之美，强调个体自由以及审美活动的审美情感。这两个时期人们对于赵树理的小说《小二黑结婚》的解读明显不同。赵树理先生把一个农村恶霸破坏和落后家长阻挠农民自主婚姻，终至酿成一位当事人死亡的人间悲剧，提炼、加工、升华成了歌颂解放区民主政权的悲喜剧，恋爱自由、婚姻自主的婚恋观念成了新生的民主政权的一个标志。为了实现这个意图，神婆"三仙姑"和神汉"二诸葛"成了阻挠儿女们婚姻自由自主的"落后势力"的代表，他们身上集中体现了中国农村民间文化中不为新的时代所认可的消极文化因素。特别是被赵树理塑造成了一个"老来俏"的三仙姑，受到了人们的嘲笑，寄托了作者的讽刺和批判意图。赵树理的这种艺术安排，成功地实现了他为解放区广大翻身农民和新生的民主政权代言的目的。在当时，自然为美，本色为美。作家与农民受众和政府三者的审美旨趣在《小二黑结婚》这个文本里得到了空前的统一。然而，笔者想说的是，这种艺术效果的出现是以对三仙姑本身的"悲剧性"的审美压制为代价的。爱美之心人皆有之，爱美之心不受性别、年龄、种族、信仰等的限制。三仙姑何以要遭到作者"驴粪蛋"的讥讽呢？作者对三仙姑"老来俏"的这种审美批判暗合了广大农民的集体无意识审美心理，其深层是根深蒂固的审美等级观念：年轻人爱美那是锦上添花，天经地义，令人愉悦；老年人爱美那是驴粪蛋裹层霜，丑上加丑，令人厌恶。于是，人过中年的三仙姑就应顺天应时，以自然为美，否则，越打扮越虚假越不自然越丑。这一以自然为美的审美观念，在实践上遇到的最大问题就是何谓"自然"，年轻女孩打扮叫"自然"，中年妇女打扮就叫"不自然"，可见，这个"自然"背后也是有等级制的残余的。因而，三仙姑的悲剧是中国传统的等级制审美文化的悲剧；同时，它也表明了，民族深层心理的蜕变要比社会制度的革新艰难得多、缓慢得多，政治等级制的取消并不意味着审美文化等级制的根除。20 世纪 80 年代以来，三仙姑本身的"悲剧性"逐渐被人们充分体认到了，说明我们的社会越来越进步。笔者认为，赵树理当年如果能在此方向上多些思考的话，这部作品应该会有更深刻的蕴涵和较少的时代局限性。可是，在当年那样的审美观念主导的文化语境中很少有这样的写法和读法。肖洛霍夫的《一个人的遭遇》在我们那时的文化语境中的解读情况便是证明。

第七，种族的审美趣味和情感倾向影响人们体认悲剧性。种族的审美趣味是指某一种族在审美判断上的取向偏好，即对"美的事物""不美的事物""美的程度"和"不美的程度"等的情感判断尺度及倾向，包括对象的指向、范围大小、情感强度、持续时间等方面。当客体（触媒）的刺激量未达到或超出种族的审美情感判断阈限时，一般都不会产生审美体验。由于审美判断主要是一种情感判断，因而审美趣味其实也是情感倾向。不同的种族有相同的情感倾向，也有其独特的情感倾向。相同的情感倾向源于人类相同的人生基本问题和情感过程，独特的情感倾向源于种族独特的生存生活环境、现实问题、种族文化和精神遗传。例如，中华民族传统的主导情感倾向是内敛、自然、平和、大气，喜怒不形于色，崇尚儒家"哀而不伤""怨而不怒"的中庸之美、道家"和光""同尘"的自然无为之美①、佛家冤亲平等的忠恕之美。简言之，和谐适度之美是我们的审美追求和审美原则，这使得中国人尤其是古代中国人的"悲剧性"体验大都不是很强烈，反而"英雄性"体验较为强烈。同属亚洲，日本民族的情感倾向则比较矛盾和极端，一方面文质彬彬、礼仪周到，另一方面则冷漠残忍、狠毒好斗、自私自利，为达目的不择手段；一方面对于生命的短暂十分敏感，另一方面则无视乃至血腥践踏杀戮他人的生命；一方面自卑，另一方面又很自大；一方面重视个体的独处与孤独，另一方面又强调群体与纪律。这种极端、矛盾、复杂的民族性格使得日本民族具有极强的实用主义、机会主义和强力主义思想。当自己弱小时，他膜拜、学习、服从对方；当自己强大时，他傲慢，控制、侵略对方。日本人一味求"大"、求"全"、求"优势"的扩张心理使其总有一种生存空间"被挤压"的忧虑感或者自我不安全感的虚假想象，并由此制定其政策，采取其行动，反而给周边国家和地区的人民以及世界人民带来灾难、伤害和不安。因而，从文化心态的意义上讲，日本民族也许是世界上最孤立、最孤独、最不安分的民族，"菊"与"刀"真可谓是日本民族性的准确表征。这种民族心态形成了日本人对于

①　参见老聃：《老子》第四章，合肥：黄山书社 2005 年版，第 7 页。

幽冷凄艳、静默短暂之美的审美偏好，以及对于生命如昙花一现般之悲剧性的体认。因而，一片飘零的樱花就足以掀起日本人内心的悲剧性波澜。

第八，生产生活方式影响人们体认悲剧性。一般而言，稳定、规律的生活生产方式不易引发人们的悲剧性体验。比如古代中国总体上有广阔而适宜的生活生存环境，农耕生产比较发达，中国人又勤劳勇敢，因而生活自足，这一传统农业的自然生产方式养成了中国人靠天吃饭不违自然规律的农耕心态，一切都顺其自然，人们相信到时一切问题都会自然解决。于是，中国古人们尤其是底层民众较少体认到悲剧性。当然，这也与中国稳定的社会结构、多民族关系总体上和谐共存以及汇通天下的民族文化心态等方面密切相关。而不稳定、不规律的生活生产方式较易引发人们的悲剧性体验，因为人生无常，前途未卜，这里充斥着很多意外与挑战，故悲剧性极易被人体认，这从成熟的悲剧戏剧最先在古希腊而非其他地方出现即可见出。航海业、捕鱼业和商贸业是古希腊的支柱产业，其中的风险、意外、大起大落实非农业经济可比，这种生产生活方式养成了古希腊人积极挑战、敢于应战的民族心理；由于工作风险大，而且只有每个人紧密合作才能降低风险，于是，合作与契约精神便成为必要。在这一生产生活环境中，古希腊人逐渐养成了人的平等观念以及对个体人格的尊崇心理。这在自然农业生产社会中一般比较缺失。因此，相对来说，古希腊人更敏感地体认到了每一个遭遇厄运的个体生命的悲剧性。

第九，自然环境影响人们体认悲剧性。一般而言，在寒冷干燥和高纬度高海拔地区，人们一般对生命的悲剧性更敏感，因为那里的生命更脆弱一些，生命的周期变化更明显一些。而在温暖湿润、低纬度、低海拔的地区，人们一般对生命的悲剧性反应更迟钝一些，因为那里的生命更繁盛一些，生命的周期变化不太明显。因而，在文学作品中，寒冷干燥、高纬度、高海拔地区的自然环境被表现为更易引发人们的悲剧性体验。此外，农业社会相比工业社会以及后工业社会，自然环境对人们生产生活的影响要更大、更直接一些。因而，在表现农业社会的文学作品中，引发悲剧性体验的自然景色描写较多，而在表现工业社会以及后工业社会的文学作品中，引发悲剧性体验的自然景色的描写愈来愈少。在悲剧性生成过程中，自然环境对生活文本以及抒情性文学文本所起的影响作用相对较为明显。其他因素并未表现出比较明显的文本类型差异化影响。

第十，社会急剧变革期，往往是矛盾冲突多发期，极易出现各种悲剧事件。这一情势一般有助于主体在就近联想中产生悲剧性体验。在此意义上说，社会现代化是具有悲剧意味的社会变革，历史理性和人文情怀是面对这一进程时人们内心中最主要和最宏大的悲剧性冲突。同时，社会变革期也最需要悲剧性文学的鼓与呼，以增强人们对于社会变革的理解，进而积极参与到社会变革当中去。这使得悲剧文艺往往成为社会急剧变革前夜的"猫头鹰"，率先发出了变革的呼号；这使得悲剧文艺成为社会变革期的号角，吹响了披荆斩棘、排除万难、去争取更大胜利的奋进者之歌，悲壮、雄浑是其主旋律。顺此思路来看，战争有悲剧性，革命也具有悲剧性。此外，大变革时期个人生活的变故也极易形成一种悲剧性心境，这有助于主体从自身出发，将自己的情感投射到对象身上去，进而丰富其悲剧性体验。

第十一，文学艺术的出版、发行、评论、教育、新闻传媒、奖励等机构也会影响人们对于悲剧性的体认。文学文本被作者创作出来之后，首先要经过出版机构的文本制作和发行机构的发行销售才能抵达受众手中，成为其接受的对象。在此过程中，出版机构的文字编辑、排版、插图、装帧、前言（"提要"）或者"编辑的话"或者推介词，宣传和发行的机构、平台、时机和方式的选择，以及批评家、学者、新闻传媒机构、教育机构、奖励机构乃至周围人群的阅读习惯，等等，都会影响人们对此书的体验，包括悲剧性体验。例如，在那个歌颂劳动、强调公民责任的时代里，中文版《钢铁是怎样炼成的》"前言"讲作品歌颂共产主义青年团团员为建设社会主义国家而忘我劳动的美好精神品质，此书被确定为劳动者的赞歌、友谊的赞歌，散发着"英雄性"的审美旨趣。这些当然符合作品实际，但该书并不只有这些，它也可以引发人们的悲剧性体验。例如，在改造客观世界的同时改造人的主观世界，由于超越了人的自主认同或自主接受的程度、节奏，结果出现了个体生命被迫社会化的悲剧性。然而，当年的出版、发行、评论、新闻、教育机构却屏蔽了人们体验这一悲剧性的心理时空。因而，各类出版、发行、评论、新闻传媒、教育、奖励机构和周围人群的阅读提示和意见，都会作为文学艺术接受的社会文化语境的重要构成，对受众的接受活动发挥着独特的引导、暗示、启发和制约等影响作用，切不可小觑。同时，文学艺术的出版、发行、评论、新闻传媒、教育、奖励机构以及受众的阅读趣味和审美取向也会影响作者和人们对于社会生活中的悲剧性的体认和表现。由于作者需要被社会接受和认可，其中最基本的就是被出版机构、评论界、权威奖励机构、读者和教育机构接受与认可，这一心理需要作为作家创作心理的重要构成，必然影响其创作活动，包括其对社会生活中悲剧性的体验和表达。当今进入网络自媒体时代，许多文本的上线面世较传统纸质出版要更快捷、更方便，门槛更低甚至没有门槛，但受众与文本（作者）的互动也更直接、更同步，这对作者的应对能力和创作心态提出了较高要求。能否在芸芸众生的纷杂声音里，毅然决然地葆有自己独特、真切的生命体验，包括悲剧性体验，就成为一个写手在创作上是否真正成熟的标志。

第十二，主、客体相遇的具体小情境也会影响人们体认悲剧性。一个人的悲剧观念没有变化，大的社会文化语境也没变化，具体文本也没变化，但昨天他从该文本中体认到了悲剧性，而今天却没有体认到悲剧性。原因何在呢？笔者以为，这原因除了主体的心境，只能到具体小情境中去寻找了。因为，任何悲剧性体验都是在具体语境中产生的，这个具体语境包括宏观的社会历史文化大语境，也包括具体的小情境。社会历史文化大语境对于悲剧性体验的生成的影响是相对稳定的、宏观的、长期的，它是在经过主体的认知结构把握后才可以影响主体的心理体验活动；而具体小情境对于悲剧性体验的生成的影响是不稳定的、微观的、短期的，它直接作用于主体心理，影响其心理体验活动。例如，别离的情境容易让人体认悲剧性。《诗经·邶风·燕燕》有"之子于归，远送于野。瞻望弗及，泣涕如雨"①。这是一种旷野离别之悲。柳永《雨霖铃·寒蝉凄切》道："寒蝉凄切，对长亭晚，骤雨初歇。……多情自古伤离别，更那堪冷落清秋节！……杨柳岸，晓风残月……"这是一种清秋别离之悲。荆轲的"风萧萧兮易水寒，壮士一去兮不复还"则是一种悲壮而悲怆的死士别离之悲。于是，杨柳、春草、朔风、流水、夕阳、日暮、大雁等人们别离时在场的各种动植物及自然景象也都被寄寓了浓浓的离情别绪，极易让人感发生命的悲剧性，甚至成为一些民族乃至人类的离别式悲剧性体验的集体无意识和情感原型。

总之，社会历史文化语境包括但不限于上述因素，它们都会影响人们体认悲剧性。它们不是单独发挥作用的，而是综合在一起，或者作为一种具体文化逻辑，或者作为一种民族精神，规范、引导、制约、影响着人们的悲剧性体验。比如，印度文化中的悲剧意识和悲剧精神之所以比较缺乏，就在于其民族精神往往消解了悲剧性。印度民族精神的主要特点，恰如邱紫华先生所精要概括的，是"宽容性、容纳性和被动软弱性"②，这源于印度多民族长期融合渗透的历史，印度复杂多样的地理气候自然环境，广阔的生存环境和周旋空间，小王国分散自治的政体格局，以及独立宣教而互不干涉、充分地彼此容忍、相互尊重、和平共处的多元主义宗教格局。在这样的社会历史文化环境中，一切矛盾冲突最后都得到了调和，不是在现

---

① 《诗经·邶风·燕燕》，见余冠英选注：《诗经选》，北京：商务印书馆 2012 年版，第 26 页。
② 邱紫华：《悲剧精神与民族意识》，武汉：华中师范大学出版社 2000 年版，第 232 页。

实中就是在信仰中。① 当然，我们也承认古印度两大史诗《摩可婆罗多》和《罗摩衍那》的基调是悲剧性的，它们具有丰富的悲剧性思想，甚至在邱紫华先生看来，它们是"更具成熟形态的悲剧性作品，尤其是后者更是惊心动魄的大悲剧，较充分地显示出了悲剧的美学特征"②。邱紫华先生所理解的悲剧美学特征主要是指抗争精神，是悲剧主体缘于强烈的自我保存和维护独立人格的欲望而产生的对于现实的超越动机及其意志行动，其中显现出了敢于拼死抗争、九死不悔的超常的坚毅的悲剧抗争精神。③ 然而，这样的悲剧性作品在古印度文学中总体上仍是少数。因而，社会历史文化语境必然对人们的悲剧性体验产生影响。至于影响的程度、内容和方式等方面则各有其具体特点，需要做具体分析。另外，语境有微观与宏观之分，因而在不同时空范围内来感知、生成悲剧性，其具体过程和结果也都是丰富多样的，也需要具体分析。

（四）主体—对象—语境三者契合

悲剧性的生成有赖于文本的悲剧性召唤结构、主体的悲剧性意识和生命至上的社会历史文化语境这三者的相互契合。具体过程我们试着描述一下。在具体语境中主体与文本相遇，文本引起主体注视和观照，文本召唤主体情感反应，主体应答文本吁求并投射情感于文本，具体语境诱导、规约和维持主体、文本之间相关情感的往复感发。在此过程中，生活文本继续释放伦理情感吁求，具体语境应和并维持伦理情感场，吸引、诱发主体做出伦理情感的回应，强化或突显生活文本的伦理价值，主体继续回应生活文本以伦理情感，在主体、生活文本与语境三者主导的伦理价值情感的相互应答吸引下，终于主体、生活文本与具体语境三者耦合在了一起，悲剧性关系建立，主体体验到了悲剧性，此时，这个生活文本就成了一个悲剧。在悲剧性生成的过程中，主体、生活文本和语境三者任何一个元素或环节的否定性反应，都会使悲剧性关系不能建立，主体难以体验到悲剧性，自然，那个生活文本就不会被该主体体认为"悲剧"。同理，文学悲剧性的生成过程与此相同。文学文本释放审美情感吁求，具体语境应和并维持审美情感场，吸引、诱发主体做出审美情感的回应，强化或突显文学文本的审美价值，主体继续回应文学文本以审美情感，在主体、文学文本与具体语境三者主导的审美价值情感的相互应答吸引下，终于主体、文学文本与具体语境三者耦合在了一起，悲剧性关系建立，主体体验到了悲剧性，此

---

① 邱紫华：《悲剧精神与民族意识》，武汉：华中师范大学出版社 2000 年版，第 232-325 页。

② 邱紫华：《悲剧精神与民族意识》，武汉：华中师范大学出版社 2000 年版，第 297 页。

③ 邱紫华：《悲剧精神与民族意识》，武汉：华中师范大学出版社 2000 年版，第 312 页。

时，这个文学文本就是一部悲剧作品。在悲剧性生成的过程中，主体、文学文本和语境三者中任何一个元素或环节的否定性反应，都会使悲剧性关系无法建立，主体难以体验到悲剧性，自然，那个文学文本就不会被该主体体认为"悲剧"。总之，物由境生，境感情发，情与境和，感物生情，情应物和，和合情生。生活文本或文学文本在具体语境中与主体相遇，引起主体关注，文本与主体进行情感价值交流融通的契机出现，语境维持和不断强化这一契机，主体观照文本，文本应和主体，三者间的悲剧性关系开始构建，继而在价值情感的共鸣中，三者相互契合，悲剧性关系出现，悲剧性体验得以生成。因而，"悲剧性"是以文本、主体和语境为三元素所构成的生成系统的"格式塔质"。

悲剧性是一种心理体验，它以主体对文本的认知—情感把握为基础，在这里，认知是基础，情感体验是核心，有时也会有一定的行为倾向（行为冲动）。在具体语境中文本引发的主体情感反应是复杂的，既有伦理情感，也有审美情感；生活文本与文学文本所引发的主导情感是不同的，前者是伦理情感，后者是审美情感。依托此情感渠道，并在其驱导诱发下，主体再次发挥其认知功能，不断丰富、深化和升华情感体验，而情感体验反过来又会进一步驱动认知走向更深、更广处，最终成为一种情感认知体验。也就是说，在悲剧性体验的最终显现时刻，主体、文本与语境三者已经形成了一个统一体，主客交融、物我两忘、心与物化、心随境迁，主客境相谐相生，灌注和穿行其中的就是自然勃发的浩然生命之气。此时，悲剧性与悲剧是一体的，没有脱离开悲剧性的悲剧，也没有脱离开悲剧的悲剧性，悲剧性成就了悲剧。因而，悲剧性体验或者说悲剧性的生成是一次生命事件、一次社会事件、一次文学文化事件。而每个事件都有自己的具体性，因而在每次悲剧性的生成中，不同因素所起的作用会有差异；在不同的悲剧性的生成中，同一因素所发挥的作用大小以及各因素之间的具体关系也会有所不同。例如，在众人皆醉我独醒的楚国，是屈原率先发现了国家政治的悲剧性，因为他的生命悲剧意识更敏感、更强大、更深沉，在悲剧性的生成中它比当时的语境发挥了更大的作用。鲁迅也是这样的悲剧大师，他发现了中华民族底层民众中被损害、被侮辱的被示众者和麻木的看客们的悲剧性。他的刚直率真性格、悲悯情怀遇到黑暗包围的现实，自然会产生悲剧性体验。

总之，讨论悲剧性相关问题的一个更合适、更全面、更完整、更科学、更方便的系统平台现在已经初具形态了。

第二节 悲剧性的生成机制

悲剧性是人的一种不可弥补的生命的缺憾感。这一缺憾感的形成源于人内心期待中的完美心理定势的落空或者受挫。这一心理反应在人们长期的社会实践中逐渐固定了下来，也反映在人们的悲剧性文学艺术活动中。那么，这一心理活动中的机制规律是什么呢？为了方便研究，我们选择悲剧文学文本予以研究。其实，从上述对于悲剧性的描述可以看出，这一心理反应的出现，是比较的结果，而且还是整体比较的结果。因而，对比原则与整体性原则共同作用就成了悲剧性心理活动的内在机制。下面将对它们进行具体分析。

一、对比原则

比较是一种基本思维模式、一种逻辑方式，也是一种意义生成法则。比较既是区分（分裂）又是联系，意义就在比较（分立与联系）中产生。对比作为比较的一种极化形式，它在悲剧性文本中具体体现为历时性对比和共时性对比。

历时性对比指一个人曾有的辉煌与他最后的落魄、失败乃至毁灭之间的对比。它遵循的是因果—时间规律。悲剧性文学艺术主要是一种"过程性艺术"。因为悲剧性不是一个质点，而是过程性的。既然是过程，那就与时间相联系。历时性对比原则是以情节见长的戏剧性和叙事性文本建构悲剧性召唤结构的主要艺术机制，也是日常生活中悲剧性得以产生的对比形式之一。正是由于悲剧主人公命运的前后对比，导致了受众缺憾感的产生。历时性对比原则的关键是，作者要在开场与结局的巨大落差之间，安排好每一场景前后之间的因果联系，让受众对结局始终产生一种悬念和期待，使得每一场景既在意料之外而又在情理之中，以暗示手法维持情节发展方向。历时性对比的这一艺术机制，使得受众成了文本的隐含的读者而被置于了情节之中，内在地推动着情节的发展，于是受众的个人体验对于最终悲剧性的生成就具有直接意义了。历时性对比原则后面隐含的是直线型时间观；它也设定结局的逻辑意义或者语法意义对人而言是预知的，因为艺术家对人的命运的整体艺术把握已经暗示了这一点。也正因此，在情节淡化的文本中，历时性对比原则艺术机制的作用就大大减弱了。历时性对比原则之所以能够成为悲剧性生成的艺术机制之一，就源于这类悲剧性体验的产生过程与叙述在时间性上的一致性，因为叙述是叙事或故事的基本结构机制，叙述又是人类认识世界和把握世界的思维方式，是人类的文化方式和生存方式，叙述存在于过程中，也即叙述是一种时间化身。例如，苦难就因为通过它所发生于其中的事件的来龙去脉或因果关系而具有悲剧性，离开了这点，苦难只能是一个无法感知的抽象概念，更遑论其令人产生悲剧性体验了。

共时性对比指某一个体的现实存在状态与其本体状态或理想状态之间的对比。在文学艺术中，它通常主要表现为对人或物的本质设定与其现实显现之间的对比，也就是现实性与可能性的对比，"现实是"与"应该是"的对比。共时性对比原则是不以情节见长的抒情性文本与情节淡化的现当代戏剧性和叙事性文本建构悲剧性召唤结构的主要艺术机制。在现代艺术中，悲剧性主要缘于"人"本体与人的现实存在之间的对比。这一对比关系强调的是人的未完成性、现实人的不完善性，以及"完整的人""全人""自主的人"之实现的艰难性。此外，共时性对比原则还包括受众与剧中人物之间的对比关系，这种对比关系使受众与作品中的人物之间形成了参照互动关系和意义补充关系。由于每一位受众都是从自身出发去理解作品中的人物、与其"对话"的，因而这种具体的对话关系既影响了受众对作品中人物的认知和评价，也影响了作品中的人物在受众那里产生怜悯与恐惧的状况，进而影响了悲剧性的生成状况。

共时性对比和历时性对比有着共同的逻辑前提，那就是人们认同共同人性的存在，承认人们可以自主设定或者选择自己的本质，人们有着共同或共通的交往原则与对话机制，人们对人的未来、人的本质和人的理想有着大致相同或相似的认同，简言之，对"人"有一个基本的共识或者普世认同。此外，两者都是从价值位差的角度来建构对比关系的。当然，两者的不同也是显然的。历时性对比强调的是每一个体自身前后境遇的对比中所显现的价值损耗与价值位差。共时性对比，尤其是人物的本质设定与其现实显现之间的对比，强调的是人物与其理想状态或完美状态之间的价值缺乏与价值位差。

悲剧性生成的对比原则机制的具体表现形式在文学史中也发生着变化，其基本趋势是由以历时性对比为主导转向以共时性对比为主导。这一变化是与文学作品中的情节淡化趋势以及人们对于空间思维更加关注的状况相一致的。在一定意义上也可以说，这是与从古典艺术到现代艺术以及后现代艺术的变化相一致的。在现代艺术和后现代艺术中，"时间"在结构线索和意义生成逻辑中的作用逐渐减弱，而空间逻辑联系在文本结构和意义生成逻辑中的作用逐渐增强，表明现当代人思维的宏阔度相较纵深度有了更大幅度的提升。这是因为，"时间"在现当代人的生活中已经被高度精细分割与高密度使用，繁忙、快节奏已经成为一种生活常态，以至于人们对它的反应已经自动化而丧失了敏感，只有在空间的广泛联系中才可以确定一个人的地位、作用与价值。也就是说，在现当代社会中，一个"人"的价值、地位、个性不再仅仅由自身的历史来自证，而更多的是通过他与其他人的联系、比较来确证。这里隐含的是，人们已经没有足够的耐心来等待个体成长和发展以自证，而是更注重当下在与他者的联系和比较中来确证。因而，特色的鲜明性或者说区别性取代意义、作用和地位而成为人们快捷判断的价值量码。个体与群体、人与其预设本质或理想状态之间的联系更加密切。人成为自己或者说做好自己比过去更加急迫与困难。例如，爱尔兰小说大师詹姆斯·乔伊斯的小说《尤利西斯》，写了都柏林市的三个人物——对世界愤懑而又满脑子虚无主义的艺术家斯蒂文·达德路斯，能力不行而品质低下的广告业务员利奥普尔特·布罗姆及其纵欲享乐的妻子毛莱在某一天从早晨到夜间近 19 个小时中的活动，文本主要是在他们与相关人物的联系中而不是在各自人生的发展中显现了人性的丑恶，以及现代人的自己无法修正的悲剧性。美国作家唐纳德·巴塞尔姆的《白雪公主》（1967）反讽性地戏仿了格林童话《白雪公主》。小说的环境大变，格林童话《白雪公主》里是华丽梦幻的宫殿森林，而唐纳德的《白雪公主》里是以商业、汽车、喧嚣和吸毒等为特点的当代美国大都市。更重要的是，在格林童话里，白雪公主的纯洁善良是她被嫉妒、被迫害、被驱逐进而遭遇一段人生厄运的主要原因，而幸遇七个小矮人则让她走出了困境，童话的美好结尾减弱了作品带给孩子们心灵的残忍和伤感，但也掩盖了现实社会中真正的悲剧性——现实社会中没有适合孩子们健康成长的一方天地，这一意义的揭示是通过两种人生境遇的对接与对比也即白雪公主的成长史来完成的。而到了巴塞尔姆笔下，故事从开始到结束，人物活动在一个环境里——当代美国大都市，白雪公主与七个小矮人过着琐屑、庸俗甚至猥琐的生活，与格林童话中的美丽、纯洁、善良没有一点关系。她没有成长的历史，也很少有变化（仅有的变化是从对与七个小矮人乏味生活的厌倦到对王子出现的盼望），而其悲剧性意义的生成借助了一个跨文本的共时性比较，即与读者阅读经验中的格林童话《白雪公主》的共时性比较，也就是同一读者阅读两部《白雪公主》的不同体验的比较，表现了当代美国人生活的丑陋和精神的危机，也显示了"美国悲剧"的无情和恐怖。对于没有接触过格林童话《白雪公主》的读者来说，要体验巴塞尔姆笔下白雪公主的悲剧性自然是一件十分困难的事情。

　　对比原则遵循的是否定性辩证法哲学原理。对比原则强调最后结局或者现状与曾经的辉煌或者本体状况或者理想状况之间的反差，也即强调最终或现实状态的否定性，借助这一否定性，人们更深刻地体味到了美好价值的失去或者不可得而带给人内心的缺憾感，从而更加肯定失去者或者不得者或者未实现者之宝贵价值。这就是悲剧性人物尤其是悲剧性英雄人物虽死犹在、虽败犹荣的道理，他们个体的牺牲或者失败，却赢得了整个团队、组织、事业、观念、理想、信仰的胜利。因而，悲剧性的生成遵循的是一种通过否定而肯定的逻辑机制，也即否定性辩证法。英国学者德·昆西曾说："为了让一个新的世界到来，这个世界必须暂时消失。"[①] 立普斯也说："通过否定增强它的感人力。……失物的价值尤其令我感动。"[②] 吕西安·戈德曼甚至指出："反论是表达有充分根据事物的唯一方式。"[③] 因此，在这个意义上来说，让某人成为一个悲剧性人物其实是成就了他。当然，到底是现实享福还是青史留名，人和人是有不同的选择。那就是人生观、生命观的问题了，不是这里要探讨的问题。本处只是强调，否定性辩证法是悲剧性尤其是高悲剧性生成的基本逻辑和哲学原则之一，我们必须重视否定性辩证法对于悲剧性生成的意义，也要善于运用对比原则及其所体现的否定性辩证法来提高悲剧性的感人力量。否定性辩证法，通俗地来说，就是用"失"或者"舍"来表示"得"，暂时的、局部的"失去"或者"舍弃"赢得了永久的、全局的"得到"。可见，这个"得"不是简单的直接的"得"，而是受众通过主动参与才能得到的。显然，这对于受众就有较高的要求了。

　　从否定性辩证法角度，我们可以分析中西方古代悲剧作品不同的原因。我们知道，否定性辩证法在文学创作中主要表现为表达方式上的反向表达或者反论。西方不少古典悲剧作品结局上的"一悲到底"即如此，它是符合否定性辩证法的，具有哲学意蕴，因而流播更加广博久远。而中国古典悲剧作品中的一些"大团圆"结局的作品是不太符合否定性辩证法的。本应在作品与受众之间建立起一个否定的辩证法结构，即作品框架中人物被否定——受众接受时对在作品框架中人物的被否定来个再否定。结果不少中国古典悲剧作品却在受众之前横插一杠，在作品框架中自行否定了前

　　① 古典文艺理论译丛编辑委员会编：《古典文艺理论译丛》第六册，北京：人民文学出版社 1963 年版，第 152 页。

　　② 古典文艺理论译丛编辑委员会编：《古典文艺理论译丛》第六册，北京：人民文学出版社 1963 年版，第 117 页。

　　③ ［法］吕西安·戈德曼：《隐蔽的上帝》，蔡鸿滨译，天津：百花文艺出版社 1998 年版，第 79 页。

面的否定，结果受众的参与空间被作品"抢占"了，积极参与型受众失去了参与"对话"和"问答"的机会，他们的主体性被漠视，自然导致这些人接受兴趣的减弱，而这些积极参与型受众大多又是文学内行。于是，他们对中国古代以"大团圆"结局的悲剧作品的评价就不太高。但为何中国古代"大团圆"悲剧又流播久远呢？这里的主要原因不是因为作品的哲学意蕴而是因为作品的伦理蕴涵，符合了当时中国最主要的戏曲和小说受众——普通大众的伦理心理需要。这也能解释，中国古典文学中"大团圆"式的悲剧性作品的主要体裁是戏曲和小说。

此外，中国古代社会是农业社会，重群体轻个体，占人口绝大多数的农民大多不识字，看戏就是为了解闷娱乐，一般不喜欢复杂的情节，而乐于欣赏"大团圆"悲剧。西方古代的城邦社会以及后来的市民社会，商业发达，重视个体，民众文化素质整体上较高，一般喜欢复杂的情节安排，他们认为看戏是一种类似宗教的活动或高雅的艺术活动。因此，一般来说，对于文化素质较高的人群适合采用否定性辩证法的反向表达策略，而对于文化素质较低的人群则适合采用文本内自否定性的正面传播也即正向表达方式。所以，悲剧性生成的对比性原则在不同民族文学艺术中的体现也有各自的民族文化特点。

二、整体性原则

悲剧性生成的机制之二是整体性原则。整体性原则是说悲剧性体验的发生是建立在整体的情感体验基础上的一种缺憾性体验，它并不否定部分的满足性体验的存在，正如人生不仅有悲剧性，还有喜剧性。某一人物历经磨难，他最终还是达到了自己期望的目的，实现了自己的理想。也许不少人会说他不是一个悲剧人物，而笔者认为他也许具有某些悲剧性。这里判断的差异从根源上讲是人们关注点的不同，是情感产生的"近因效应"与"加权效应"的不同。近因效应是说人们往往以最新或最终"结果"来重新界定开始的动机、曾经的"苦难"以及整体的意义与价值。而加权效应强调的是人在整体中更看重某一部分的意义。据此，本例中的人物的悲剧性就显现出来了。因为人们情感的产生也往往遵循一种"加权"规律，那就是人们对某些东西特别看重，对此类情感赋予更大的加权价值，例如失败、毁灭、苦难等消极性因素。同等情况下，消极性因素更容易引起人的关注和情感共鸣。因此，只有将消极性因素置于整体之中才会更准确地认识其意义。这是因为，整体性"抓住了生活的最明显的特征，它能最生动、最深刻地反映现象"①。而悲剧性的核心情感是缺憾感，缺憾感也是在整体性中产生的。其实，整体性和对比性一样，都是人的最基本的思维方式，也是人们正确思维、有效思维的机制之一。

首先在悲剧性的生成中，整体性主要体现在两个方面，一方面是文本整体，另一方面是文本—社会（人、历史、文化、语言、价值观、信仰、立场、话语模式）的意义整体。文本整体性表现为生活文本整体性和文学人本整体性。

生活文本整体性是指日常生活中事件的相对完整性和相对独立性。文本整体性在日常生活中表现为事件的相对完整性和相对独立性。事件的起因、发展、结局等相对完备，可以把事件从生活之网中想象性地独立出来作为一个整体，继而在这个整体中把握局部意义以及整体自身的意义。同时，又要把日常生活事件完整还原回生活语境本身，以保证所观照对象的完整、真实。

文学文本整体性是指文学文本作为一个相对自足的人类创造物而具有有机整体性，它的不同体裁的文学文本中由不同的因素决定。一般来说，在戏剧作品中它是情节整体（古典悲剧中很常见）和叙事性主体（现代叙述性悲剧），在叙事作品中它是叙事者整体，在抒情类作品中它是抒情主人公的主观整体。换言之，就是由上述这些因素分别使一部作品成为一个有机整体。从而，也为文本中悲剧性生成的对比原则设定了基本的比较平台。

在古典悲剧中，文本的整体性源于情节整体，"合唱歌"对情节的整体性也起到了至关重要的作用。"合唱队"代表一个匿名的叙事者，是作者的代言人，如莎翁的《罗密欧与朱丽叶》和《亨利五世》中的"合唱队"，或者角色含混，一定意义上是代表公众的评论代言人，如马洛的《浮士德博士的悲剧》中的"合唱队"。大多数时候，合唱队成了观众和他们的记忆、恐惧、精神的群体代表。合唱歌的抒情性质既平衡调节了剧本情感强度和进程，也将作品织就成一个有机的整体。这种主观色彩较强的角色的进一步发展就是叙述者的出现。当代德国著名戏剧理论大师斯丛狄（Peter Szondi, 1929—1971）认为，现代戏剧具有极强的主观化色彩，而"主观戏剧艺术的结果还在于自我的统一取代情节的统一"②。自我与世界之间的透视式对立决定了自我式或主观式戏剧的场次的叙事化，各场次间不处于因果关系之中，不像在古典戏剧中那样前后相生，而是依照叙述自我的脉络

---

① ［匈牙利］阿诺德·豪泽尔：《艺术社会学》，居延安编译，上海：学林出版社 1987 年版，第 2 页。
② ［德］彼得·斯丛狄：《现代戏剧理论》，王建译，北京：北京大学出版社 2006 年版，第 39 页。

发展。① 因而，整个主观型现代戏剧艺术的整体性是由叙述主体的自我整体性来实现的。例如，美国剧作家怀尔德的《小城风光》中的"舞台监督者"或者说"表演组织者"就是该剧的叙述主体，由他的意识将整个剧情场景统一了起来。因而，"舞台监督者"或者说"表演组织者"就成了现代悲剧的叙事性主体的一个代表。在小说中，叙述者最终凭借自己的主体性将文本结构成了一个整体。可见，文学中的整体性归根结底是基于人的主体的整体性。

　　文学文本之所以具有整体性，一个重要原因是每一部文本作为人的一个独立的创造品都具有属人性和生命性，具有"生命节奏"，也即生命整体性导致了文本的整体性。具体来说，一方面，文学文本必然会表现作者本人的情绪情感节奏，这使文学文本的内外形式必然都具有生命节奏。另一方面，文学是反映社会生活和人们内心世界的，而社会生活与人的内心生活都是具有一定节奏的，这样，文学文本的内容自然就会显现出生命节奏。可见，像社会生活中真实的生命体一样，任何文学艺术都有节奏。文本中运用各种表现手段来表现社会生活、人物性格、人物命运以及人物内心的某种有规律的变化，从而进行不同方面、不同层次的比较和联系，以呈现生活的丰富性和复杂性。从文学是人的生命的表征或者寓言的角度来看，文本节奏与人的生命节奏必然相关，悲剧文本中的节奏是悲剧艺术的必要形式。早在 20 世纪 40 年代，美国学者勃克（Kenneth Burke）"在《文学形式的哲学》中首先提出过悲剧节奏的问题。认为悲剧动作包括目的、苦难（受难）和认识三个阶段，形成所谓悲剧节奏"②。他的这个悲剧节奏理论主要是针对悲剧主人公而言的，并不适合没有主人公的悲剧艺术，当然我们也可变通运用。比如，从单元主题变化的角度，我国许多悲剧性革命文学就是理想、挫折、斗争、受难和献身的整体组合。其实，更具有普适性的悲剧节奏就是悲剧文本内的情感节奏。悲剧艺术或者说一切文学艺术都是通过各自独特的表达媒介把人类情感进行了形式化，或者说赋予了人类情感以具体形式，从而使人类能够把其内在生命予以相对固定化，方便交流。从这个意义上来说，艺术形式与人的生命形式是异质同构的。美国学者苏珊·朗格（Susanne Langer，1895—1982）也说："艺术是人类情感的符号形式的创造。"③ 整部悲剧文本的情感节奏，大致经历了开场的不平

---

① [德]彼得·斯丛狄：《现代戏剧理论》，王建译，北京：北京大学出版社 2006 年版，第 39 页。
② 参见陈瘦竹、沈蔚德：《论悲剧与喜剧》，上海：上海文艺出版社 1983 年版，第 56 页。
③ [美]苏珊·朗格：《情感与形式》，刘大基、傅志强、周发祥译，北京：中国社会科学出版社 1986 年版，第 51 页。

静、发展部的紧张混乱、高潮的激越雄壮、矛盾解决后的突然舒张、尾部的平静，这种激情弧线类似于生命的整体节奏：开始、上升、顶峰、（转折）下降和结束。从艺术与人生的比较关系来看，一部部悲剧艺术完成了一个个人的生命历程，是生长—成熟—衰落的生命节奏的艺术再现。于是，悲剧文本的结构、人们生活生命的结构和人们的情感结构就同构了起来。同时，悲剧性文本的整体性界定了它的各个组成部分的位置、角色和意义，要求它们必须服务于悲剧整体性这个总目标。例如，在悲剧性戏剧中，要求情境与动作的统一，情境与人物的统一，人物与言辞的统一，普遍世界情况与场景的统一，人物与情节的统一，思想与人物的统一，歌曲（音乐）与情境的统一，等等。

文学文本之所以具有整体性，另一个重要原因是人具有格式塔心理定式。例如，任何行动在相对的意义上，都有开始、发展、高潮（或者统称中间）和结尾，每个部分既从属于整个行动，又包含各自独立的行动。观众心里期望有一个完整的行动，于是他们就乐于也甘于等待后面的行动，这使剧情不断向前发展。可见，剧情行动的完整性有赖于观众的完整性期待心理；而后者又要求剧情行动的连贯性和完整性。结果，两者相互印证、感发，维持着作品情节向前推动的心理张力。从思维和人类文化心理角度来看，这种情节的完整性建立于人的一种习惯思维——问题及其解决（目标及其实现），也应和于人类的一种基本欲望：听故事和讲故事。故事是我们人类的一种文化逻辑。它是我们认知世界的一种方式，也是我们表达世界的基本方式。故事的完整性是人的生命完整性的隐喻。因而，人们需要悲剧的完整性，其实就是在确证自己的生命完整性和独立性。此外，人们也在故事叙述中探索自己。

当然，悲剧文本的完整性是一种动态的完整性。正如艾亨鲍姆在《形式方法的理论》一文里所认为的："一件作品的统一性不是一种封闭的、匀称的统一性，而是一种逐渐展开的，因而也就是动力学的统一性。"[1] 这种整体性是随着文本内在节奏的前进而不断展开和产生的新的整体性。也就是说，既有整部文本的宏观的整体性，也有各部分的整体性，还有不断向前移动的部分与其前后之间所形成的一种动态的整体性。例如，中国古典小说《水浒传》中人物出场与滚筒圆结构的有机统一，使作品情节动力强劲。这种悲剧文本的动态的整体性能够增强文本内在的有机性，增强作品

---

① 转引自[俄]鲍里斯·艾亨鲍姆：《论悲剧和悲剧性》，见[俄]什克洛夫斯基等：《俄国形式主义文论选》，方珊等译，北京：生活·读书·新知三联书店1989年版，"前言"第22-23页。

内在的前进动力，使作品得以自生成。从悲剧效果角度看，悲剧文本作为刺激物，它要引发人们产生悲剧性体验，那这个刺激物如何最大程度地释放其刺激量呢？通常的做法是增大刺激强度、提高刺激频率、合理设定刺激间歇和延长刺激时间，这些都是一种动态的存在，而且这些都基于一个前提，那就是文本的整体设计和整体考虑。可见，悲剧性文本的整体性是一种动态的整体性。忽视动态性和整体性任何一个方面，悲剧性效果都要打折扣。

意义整体是指文本—社会（人、历史、文化、语言、价值观、信仰、立场、话语模式）的意义整体性。文学作品对于人物命运的反映总是抽象和概括的，因而不可避免是象征性的，时间的压缩（集中和概括）不可避免地强调了生存的某一要素，一个人的一生也以此种象征的方式被表现出来。而每一要素的获得理解基于人们把它与更大范围的世界意义联系在一起。因而，这普泛的世界意义是理解的前提。同样，悲剧性作品是人们之间的一种交流方式和沟通活动形式，而交流和沟通的前提是人们处于普遍价值共同体、文化共同体和认知共同体等意义整体中。其中，传统是意义整体的重要构成和载体。正如乌纳穆诺所说："传统是一个民族集体性格的基础。我们生活在记忆之中，并且也因为记忆才得以活下去。"① 换言之，离开了传统和文化共同体，我们就无法理解、交流，既没有过去，也没有现在，当然没有未来。因而，传统和文化共同体是我们任何一个种族和个体得以存在和发展的基本条件。普遍文化共同体拥有大致相同的意义整体，这使得大家可以相互理解，实现一种精神安全和群体团结。悲剧戏剧艺术是人类的集体精神仪式，它的产生和发展也是有赖于此。从古希腊悲剧开始，一切文学艺术内容的展开都基于文化统一体的作用这个前提下的受众与文本的合作，这使得结局的必然性才成为可能，作品才得以完成；否则，如果作者创作出的每一个细节、场景、人物及其行动等内容在受众那里得不到最起码的"合作"的话（假定其是真实的，基于文学艺术给人提供"真实的幻觉"这一文学文化基本成规，以及其他人类文化共识），作品便不可能得到理解。换言之，俄狄浦斯王的悲剧性建立在受众和剧情所承认的下面这个文化共识基础上：人伦道德对于"忤逆"和"乱伦"的禁止是合理合情合法文明的。否则，这个作品是不可理解的。相当一部分古希腊悲剧戏剧现在仍然能够得以理解的原因，就是古人和今人还存在某些意义整体性，比如，承认"命运"或类似命运的神秘力量的存在和作用。在基督教

---

① ［西班牙］乌纳穆诺：《生命的悲剧意识》，上海：上海文学杂志社 1986 年版，第 8 页。

文化中,上帝被一些人视为是悲剧得以理解的意义整体性。例如,吕西安·戈德曼认为:"悲剧观只看到一个前景,就是以上帝的存在打赌,上帝是各种对立物的综合,他使人的模棱两可的存在具有意义的悖谬性质。"① 所谓"打赌"是指"公设",也可说是"信仰"。在戈德曼看来,悲剧是以上帝的存在为先验基础的,即在假设上帝存在的情况下,人与世界的危机性关系以及人应对危机的解放之路才是有可能的,这样悲剧才是可以理解的。这是一种神学整体性。在他之前,圣奥古斯丁(Augustine,354—430)就曾认为"美"是"整一"或"和谐",所谓"整一"指上帝的整一,只有打上了上帝整一的烙印的事物才会是和谐,是美;寓杂多于整一才是世界的和谐。圣奥古斯丁的这一看法源于他对柏拉图"理式"论的接受,以及他通过柏拉图而受到的毕达哥拉斯学派的影响,"现实世界仿佛是由上帝按照数学原则创造出来的,所以才显出整一、和谐与秩序"②。上帝目光注视之下的世界才有希望。黑格尔认为悲剧性冲突的解决是"和解",是矛盾冲突双方克服各自的"片面孤立化",而恢复了更高层次的"伦理实体和统一的平静状态"。③ 这一整体性是一种先验理性整体性。在破坏型的后现代主义思潮(与建设型的后现代主义不同,在后现代主义思潮初期盛行,重"破"轻"立")的影响下,人们共同的精神秩序出现了不同程度的失范,共同的价值规则有不少也遭到了多样化的质疑和颠覆。此种形势下,传统悲剧作品所要求的意义整体性变成了一种"烩菜"式的整一性,整体的杂乱,杂乱的整体。质言之,怎么都行,一切都无法言说,一切又都可以言说,沉默具有了美学价值。它所表征的是人对驳杂人生的认同和接受,其中有人的无奈妥协,也有人的理解包容,当然还有人的一种生活和生存的勇气。因为人们现在依然能够言说这种无法言说的存在,表明人们面对空前的混乱和恐慌显现出了空前的生存的希望和信心。因而,这种悖论性的悲剧性存在于绝望和希望之间。其实,它所默认的依然是人的主体性的整体性,人有把杂多整一化的心理趋向。正因此,后现代主义作品中的悲剧性才可以理解。今天我们回望已经落潮的后现代主义思潮,我们人类对自己更加有信心,对人的主体性的整体性更加有信心。

人类的意义整体或者说文化共同体的基础和基本活动机制是推己及人、推己及物、由人推己这种人类的基本思维方式和生命存在方式。因而,

---

① [法]吕西安·戈德曼:《隐蔽的上帝》,蔡鸿滨译,天津:百花文艺出版社 1998 年版,第 455-456 页,参见第 47 页、第 48 页、第 68 页、第 89 页、第 444 页。

② 朱光潜:《朱光潜美学文集》第四卷,上海:上海文艺出版社 1984 年版,第 134 页。

③ [德]黑格尔:《美学》第三卷下册,朱光潜译,北京:商务印书馆 1981 年版,第 286-287 页。

这也是一种文化共识。例如，悲剧性人物的命运之所以能引起我们的深切关注，就是因为我们把他们看成了我们自己，他们的死亡成了我们死亡的一个象征，因为我们将来都会死亡。这时，死亡就成了我们生活环境中的一个必要组成部分。其中的崇高性东西，会使我们意志更加坚强、精神更加升华、认识更加深刻，领悟到的人生境界层次会更高，内容会更新。这是与我们对于剧情和世界的感知力和对于生命的感悟力联系在一起的。此刻，就是自我实现之时。

人类的意义整体或者说文化共识会发生变化。优秀的悲剧性作品因适应了变化而获得了文本与文化的意义整体性，进而该文本所表现的悲剧性得到了人们的长久理解。例如，在基督教文化中，基督牺牲为世人赎罪，拯救了大家，承担了大家的苦难，因而，基督是人类的替罪羊。在文学中，悲剧性人物特别是悲剧英雄的牺牲是为大家受难而死去的，因而英雄也是大家的替罪羊。俄瑞斯忒斯从埃斯库罗斯的《报仇神》到萨特（1905—1980）的《苍蝇》（1943）中的形象变化，就表明了悲剧性源于文本与文化共识的整体性。埃斯库罗斯的俄瑞斯忒斯不承认自己有罪（杀母为父报仇）。而萨特《苍蝇》中的俄瑞斯忒斯自愿接受了阿耳戈斯的罪行，将自己融化于民众的新的生活中，得到了永生。在《苍蝇》最后一幕最后一场中，"俄瑞斯忒斯：（挺起身来）我十分忠诚的百姓，你们来啦？我是俄瑞斯忒斯，你们的国王，阿伽门农的儿子。今天是我加冕的日子。……我的罪行确确实实由我承担。……哦，我的臣民们，我热爱你们，我为了你们才杀了人，……鲜血把我们连结在一起，我有资格当你们的国王。你们的过错，你们的悔恨，你们夜间的苦恼和忧虑，还有埃癸斯托斯的罪行，这一切都是属于我的，我把这一切都承担下来。别再害怕你们的亡人了，现在它们都是我名下的亡人了。你们看，忠于你们的苍蝇都离开了你们，朝我扑来。……永别了，我的臣民，设法好好生活下去，这儿一切都是崭新的，一切都有待于开始。……（苍蝇跟着俄瑞斯忒斯离去）一去不复返了。就像这样（俄瑞斯忒斯下场。复仇女神们在他身后吼叫着，紧追不舍。）"① 简言之，埃斯库罗斯的俄瑞斯忒斯认为自己"无罪"；索福克勒斯的俄狄浦斯认为自己有"罪"，但这"罪"是祖上的，他只是个继承者，他赎自己之"罪"，更是赎家族之"罪"，他是家族的替罪羊；而萨特的俄瑞斯忒斯是民众的替罪羊，一个存在主义者。这三者的不同，是各自时代"人"的命运主题的不

① ［法］让-保罗·萨特：《苍蝇》，见萨特：《萨特戏剧集》（上），沈志明等译，李喻青、凡人主编，合肥：安徽文艺出版社 1998 年版，第 91—92 页。译文为袁树仁译文，略有改动。

同。埃斯库罗斯剧作中，男人的社会中心地位在法律上得到了确认，古老的母系氏族习俗已经被基本颠覆，"罪"之有无以"个人"行为为追究对象，以父系法律为准绳。在索福克勒斯那里，血亲仇杀的合理性遭到了质疑，让一个无辜的人去承担祖上的命运合理吗？一方面是对命运先验决定的质疑，另一方面是对家族与社会关系的重新考量，人不仅是家族之人，更重要的是社会之人。到了萨特那里，每一个人都生活在一起，每个人都应该对自己也对别人负责，只有对自己负责，社会才不会走向混乱和暴虐，只有对别人负责，自己才会获得新生和安宁，因而自己选择自己的本质。显然，萨特的《苍蝇》呼吁人们抗争生活的勇气。作为一种政治寓言，不正是对法西斯的抨击吗？可见，"替罪羊"仪式在古代悲剧中和在现代悲剧性作品中的接受是不同的。在古代，它将受众与剧情同谋了起来，使得受众可能出现心理上的"卡塔西斯"（Catharsis）体验；而在责任明确化的今天，文学通过"替罪羊"仪式使人们更加清楚地意识到了自己的存在。因此，文本与社会的文化共识或意义整体的建立或存在，是文本得以被理解的前提。

　　其次，悲剧性生成的整体性原则源于人的应对世界的生命化本能。狄尔泰曾说："对各种人的理解过程、对于诗歌作品的理解过程，以及对于文学作品的理解过程，就会成为一种探讨生命的最大奥秘的方式。"[①] 这是说，人把整个世界的万事万物都看成是有生命的，人与不同事物之间的关系是具有生命性的关系。人把文学作品乃至整个世界都生命化了。于是，这个世界在生命化中成了一个整体，也就是说这个世界被理解了。如果离开了整体性原则，这个世界是无法认知的，单独的每一构成要素或者个体是无法认知的。悲剧性具有生命性特质，但若离开了整体性原则的支持，每一部悲剧性作品也因不能与更广泛的生命联系起来而无法理解，更遑论体验其中的悲剧性了。因而，悲剧性生成的整体性原则，归根结底是人的整体性、世界的整体性、人与世界关系的整体性。这种整体性观念也就是整一世界观。不同文化对于整一世界观的理解是不同的。古希腊社会理解的整一世界观是"命数"世界观，认为人、万事万物听命于奥林匹斯众神，众神听命于宙斯，而包括宙斯在内的一切人、物和神都有一定的"命数"，要依据"命数"而动。可见，古希腊的神是有限度的神，而且有意味的是，希腊诸神是人化之神，具有人的性情、欲望、心理和缺点，只不过比人受到的限制更少一些，比人能力更强大一些、更自由一些。在基督教文化中，

---

① [德]威廉·狄尔泰：《历史中的意义》，艾彦、逸飞译，北京：中国城市出版社 2002 年版，第69 页。

世界的整一性源于耶和华作为"神"的唯一性，世界由神创造，一切意义由神赋予。这两种整一世界观都遭遇了尼采的质疑和颠覆，影响渐趋式微。此后，一方面有人认为，神的隐退导致悲剧不复存在，因为意义之源消失。例如，本雅明在《德国悲剧的起源》中就持此种观点，他将此作为自己立论的起点，探寻在无神时代德国巴洛克悲剧艺术能否担当起重构人类尘世意义秩序的任务这个问题。而另一方面，从古希腊时期就已经潜行的人的主体性整一世界观开始突出历史地表，人作为意义之源被重新重视。但在破坏型的后现代主义思潮席卷全球思想文化艺术界的最初一个时期里，各种整一世界观纷纷被解构，片段或者碎片成为世界的别称。然而，颇为吊诡的是，在破坏型的后现代主义的解构思潮汹涌过后，人类精神海岸上高高的灯塔岿然不动，上面赫然书写着"人"。可见，在今天，人作为意义之源依然是可信的。退一步来讲，基督教把信耶和华这位独一真神作为神向以色列人订立的十条诫命中的第一条而反复强调，这里其实隐含着一个极具人性的命题：人要相信自己或者说人要首先相信自己，相信自己能信上帝。也就是说，人只有相信自己才能相信上帝，一个连自己都不相信的人他怎么能相信上帝？因而，整一世界观不是消失了，而是以新的形态和内容出现了，它就是人的主体性整一世界观，强调人为意义之源和秩序的维护者；同时人也有其限度，接受自己作为宇宙一分子的存在状态，服从并维护宇宙既定秩序，而非重新安排宇宙秩序，在此前提下发挥人的自主性和自由性。这样一来，由于悲剧性是人的悲剧性，而人的主体性整一世界观是当今整体性原则的基础，于是，悲剧性生成的整体性原则自然而然地可以以人的主体性整一世界观作为逻辑基石与合理性支持。

最后，整体性原则与对比原则二者相互循环支持。在"整体"框架之内"比较"，在"比较"中确证"整体"的价值。在后现代悲剧艺术中，"比较"还会质疑乃至颠覆"意义整体"，或者更准确的说法是，人们在混乱无序中正在探寻、建构着新的意义整体。这就要求作家们在对比性和整体性的相互作用中去努力开掘主题，塑造人物形象，真实、深刻、完整、准确地反映复杂的社会生活和人们的内心世界，表现出独特、深刻、感人、新颖的悲剧性体验来。

本章讨论了悲剧性的生成及其机制问题，认为悲剧性的生成取决于具有悲剧性召唤结构的文本、具有悲剧性意识的主体和生命至上的社会历史文化语境三者的契合，它们的契合源于价值情感的共鸣。此外，本章讨论了悲剧性的生成机制，它是对比原则与整体性原则的综合作用。对比包括历时性对比和共时性对比，整体性包括文本整体性和文本—社会（人、历史、文化、语言、价值观、信仰、立场、话语模式）的意义整体性两个方面。它们的具体形态多种多样，也不断变化。悲剧性是文本、主体和语境三者契合的系统生成的，而不是某个单一因素或某两个因素决定的。悲剧性的生成是一个"事件"，不可以"实体"待之。悲剧性的生成遵循一定的机制，主体可以认识它、运用它，但不能违背它。因为它是人类的基本思维方式和意义系统逻辑。悲剧性的属人性被再次证明。这样一来，悲剧性的特征、显现（物化）与功能就必须深入把握了。

第四章　悲剧性的特征

我们知道，悲剧性是人在一定语境中面对一定对象而产生的生命的不可弥补的缺憾性体验，不论这一体验是发生在社会生活语境中，还是发生在文学艺术语境中，它都是人、文本和语境三者契合时在人内心中所生成的一种生命的不可弥补的缺憾感。人们发现，不论生成语境和文本形态（生活形态或文学艺术形态）如何千变万化、丰富多样，悲剧性还是表现出了较为稳定的基本特征。正是因为具有这些基本特征，悲剧性才保持了基本稳定的性状，由古而今，由生活到艺术。由于悲剧性是存在于悲剧性的生成过程中的，因而悲剧性的基本特征就表现在它的生成过程之中。换言之，不论是在社会生活中人们体验到悲剧性，还是作家以文学艺术形态反映自己在生活中所感悟的悲剧性，或者受众在文学接受活动中体验到悲剧性，都是悲剧性不断生成的过程，它们都有同样的基本特征。

第一节　生命性

在现在的人类社会—地球—太阳系—银河系—宇宙的广大系统中，人类所生活的地球是目前我们人类所能够确认的唯一一个生命系统。以地球为中心或基地而延展的人类太空活动也是人的生命活动。因而，悲剧性只存在于人类生命活动中，而不是如舍勒所说的"宇宙"那样过于宏大。生命性是悲剧性的第一个特征，这是从悲剧性与人的生命共存也即本源属性的角度而看到的特征。生命性也是人直接感知到的悲剧性的特征，它表征着生命体的自在、自为、自省、自我完善与活力，是生命体存在的唯一理由与证据。

悲剧性是人的不可弥补的生命的缺憾感，因而悲剧性与人的生命密不可分。人生的第一声啼哭本是一种个体生命对于世界的不和谐性的生理适应性反应，却由于人的特别关注和阐释而"意义化""艺术化"了，成为音乐，即生命之歌的第一声。因而，我们说人的生命的最初显现是音乐，它是简单的生理性声音的人化或意义化，是人类童年尤其是各民族童年的一种悲剧性曲调的音乐。它在古希腊是酒神颂，在古代中华是悲曲。

古希腊酒神颂表达了古希腊人极其珍惜生命、庄严应对死亡与虔诚期盼复活的强烈愿望，其核心是对个体生命有限性的不甘心，但又不得不接受个体生命的最终死亡这一事实。于是，他们在群体性的狂欢中寄寓了个体对于死亡的恐惧、适应与超越，高扬了生命不朽的主题。当代英国著名的文艺理论家、美学家雷蒙·威廉斯也意识到了生命对于悲剧的决定意义。他在论述"悲剧"的主旨与核心时曾说："悲剧不在于死亡，而在于生命。"①

先秦时期中国人民已经初步认识到了悲剧性乐曲与喜剧性乐曲的不同。《楚辞·九歌·少司命》道："悲莫悲兮生别离，乐莫乐兮新相知。"②《列子·汤问》记载中国战国时代的歌手韩娥东去齐国经过旅店时，旅店里的人侮辱她，她感到痛苦于是便长声哀哭，结果一里（一本作十里）内乡里老幼都悲愁垂涕相对，一连三日都不吃饭。人们赶快去追赶她，她回来后换了一个调子，长声高唱，大家又笑逐颜开，鼓掌舞蹈，不能自禁，全忘了先前的悲愁。③ 这段记载表明战国时中国人不仅已经知道了悲剧性歌曲与喜剧性歌曲具有不同的艺术效果，而且在日常生活中还会有意识地合理运用它们。在《礼记·乐记》里，中国古人已经把"乱世之音怨以怒"的怨乐与"治世之音安以乐"的安乐作为不同的乐曲类型提出；而且看到了悲曲的多样性，除了乱世怨乐，还有所谓"哀以思"的"亡国之音"；还将音乐与政治形势联系在一起，认为声音与政治相通。④ 乱世时的怨乐表达了人民群众的怨恨和愤怒，说明政治混乱；治世时的安乐表达了人民群众的安祥喜乐之情，说明政治和谐；亡国之时的音乐悲哀而忧郁，说明人民群众生存艰难、生活困苦。在中国古代文艺文化中，诗、乐、舞同源，诗、乐、舞同题材同情调也很常见，例如有不少以哀怨悲伤名调的作品，像"怨诗行""怨歌行""伤歌行""悲歌行""哀歌行""悲哉行""伤哉行""冤妇行""悲苦行""怨诗""古怨诗""怨曲""悲歌""挽歌""怨歌曲朝时篇""玉阶怨""长门怨""长信怨""长相思""昭君怨""昭君叹""班婕妤""婕妤怨""明妃怨""楚妃怨""楚妃叹""湘妃怨""蛾眉怨""宫怨"

① [英]雷蒙·威廉斯：《现代悲剧》，丁尔苏译，南京：译林出版社 2007 年版，第 163 页。

② [战国]屈原、宋玉等著：《楚辞》，吴广平注译，长沙：岳麓书社 2001 年版，第 70 页。

③ 参见《列子》，[晋]张湛注、[唐]卢重玄解、[唐]殷敬顺、[宋]陈景元释文，陈明校点，上海：上海古籍出版社 2014 年版，第 154-155 页。

④ 胡平生、张萌译注：《礼记》，北京：中华书局 2017 年版，第 714 页。

"拟宫怨""吴宫怨""西宫怨""汉宫怨""邯郸宫人怨""闺怨""春闺怨"
"秋闺怨""杂怨""春怨""秋怨""秋风怨""秋弦怨""怨别""征人怨"
"征妇怨""织妇怨""宕妇怨""农臣怨""城上怨""妆楼怨""归舟怨"
"筑城怨""弄潮怨""湘弦怨""瑶瑟怨""青楼怨""离别难""去乡悲"
"悲陈陶""悲青坂""哀江头""哀王孙""哀陇民""怨王孙""春愁曲"
"后春愁曲""惜春词"等，这些显然都属于悲剧性的乐曲。古代中华的悲
曲的情思基调总体上是对理想的生命状态的肯定与对非理想的生命状态的
否定。可见，最晚从先秦时期开始，中国人就已经感知到悲剧性具有生命
性特点。

　　具体来说，悲剧性的生命性特点主要表现在以下几个方面。

一、属人性或人道主义

　　悲剧性的属人性是指悲剧性的感发是人的一种情感认知和价值判断。
第一，悲剧性情感认知判断只有人能做出，而且是从人的价值观角度做出
的。吕西安·戈德曼就认为："一切本体论的、普遍的和客观的现实也是从
人的角度考虑的。"① 例如，"死亡"虽然常常与悲剧性相联系，但是并非
所有的死亡都具有悲剧性，只有那些与人的生命价值的损失而非浪费联系
在一起的死亡才具有悲剧性。鲍列夫也认为："只有在人成为最高价值、人
为人们而活着、社会利益成为人的生活内容的时候，个人的死亡才具有悲
剧意义。"② 质言之，只有在人的存在和发展成为人和社会活动的目的和最
高价值之时，人才能成为完全自由的、真正的"人"，人才能意识到悲剧性
并不断超越悲剧性。

　　第二，悲剧性的"属人性"里的"人"是普遍的人、具体的人，是一
种无等差的个体生命。所有"人"在生命的天平上具有同等价值，没有任
何高低贵贱之分。于是，任何人的生命的失去在我们看来都可以是悲剧性
的。这是超越了现实功利关系的桎梏而获致的对于个体生命的公正对待。
由于任何人的生命都是唯一的，因而任何人的生命在其现实性上都有充分
表现的权利。正是在此意义上，每一个个体生命的任何一种生命状态，包
括死亡，都是整个人类某种生命状态的象征。因而，个体的人与人类群体
具有同等的价值。同样，任何唯一性的生命个体的消失对于整个人类来说
都是一种损失。于是，悲剧性的属人性提醒我们，要正确处理个体与群体

---

① ［法］吕西安·戈德曼：《隐蔽的上帝》，蔡鸿滨译，天津：百花文艺出版社 1998 年版，第 53 页。
② ［苏联］尤·鲍列夫：《美学》，冯申、高叔眉译，上海：上海译文出版社 1988 年版，第 77 页。

之间的关系。鲍列夫曾说:"人的存在的实质和目的既不能在只为自己的生活中找到,也不能在脱离自己的生活中找到;因为个人的发展不应当靠牺牲社会利益去达到,而应当为了社会,为了人类去实现个人的发展。从另一方面来看,整个社会应当在争取人的利益的斗争中得到发展和壮大,而不应当违背人的利益和牺牲人的利益来求得社会的发展。这就是最高的审美理想。"① 可见,为个体牺牲群体利益,或者为群体牺牲个体利益都是悲剧性的。前者主要是群体的悲剧性,但从个体发展的不完美结局(背离了自主、自由、自律、和合、健康、向上的生命状态)这个角度看也有个体的悲剧性;后者主要是个体的悲剧性,但从群体发展的不完美角度看也有群体的悲剧性。我们进一步讲,人类历史就是在个体利益与群体利益之间的互动关系中发展的,这种复杂关系孕育了历史性的悲剧性,因而这种悲剧性也就具有了历史的张力。肖洛霍夫的小说《一个人的遭遇》即是如此,它将个人与民族、人生与历史充分地联系了起来,显现了历史进程中的个体所担负的历史重荷以及历史车轮对于个体的无情碾压,它们之间最终以个体的一无所有与其付出一切、损失一切的反差性对比,凸显了战争中个体的人的悲剧性、战争的悲剧性。中国当代作家陈忠实的《白鹿原》也是如此,它通过白嘉轩、鹿子霖、鹿三、朱先生、白孝文、黑娃、田小娥、鹿兆鹏、白灵、"兆鹏媳妇"等众多人物在历史剧变中的命运沉浮和心灵煎熬,展现了 20 世纪上半叶中华民族在争取民族独立和人民解放的历史进程中的生存的痛苦、死亡的凄凉、抗争的悲壮、新生的艰难和生命力的顽强坚韧、雄健奇伟。他们的悲剧性命运给予我们的启发是:任何文化伦常和政治信仰都不能以漠视人性和践踏基本人权为基础。一个连人性、生命尊严和基本人权都不予充分尊重的所谓"伦常"或"信仰",它根本就不是"天伦"或"普世"的,而是一种披着"天伦"或"普世信仰"外衣的"谎言""迷信""利益私见""权力自辩"和"歪理邪说"。因而,悲剧性的"属人性"是一切历史发展与社会变革是否符合人性要求的试金石。

第三,所有的悲剧性都是属人性的,都是人道主义的一种表现,是从普泛人性的角度对于人的生命价值的不可弥补的损失的一种心理补偿,也是把一切非人的生物或事物予以拟人化观照的心理结果。世界是人的本质力量的对象。在人与世界的交往过程中,人的本质力量不断外化,人们与世界的关系不断深广化,世界在人们面前不断展示其新的样态和面貌,随之人性的眼光也会不断投射到一切对象身上和对象的一切层面上去,于是

---

① [苏联]尤·鲍列夫:《美学》,冯申、高叔眉译,上海:上海译文出版社 1988 年版,第 89—90 页。

整个世界就变成了属人性的世界，成了人的另一个生命体。这种拟人的思维方式也是人类把握世界的一种最基本的生命方式。正如尼采所说："人总是按照自身存在的类比，即用人格化的方式……来想象其他事物的存在。"① 因而，非人的生物或事物的悲剧性，从心理学来看是人的悲剧性的移情，从社会修辞学来看则是人的悲剧性的移就。质言之，只有人能对生命的不可弥补的损失予以反思。因而，只有人或者属人性的生物或事物才有悲剧性。因而，人对动植物的悲惨命运的态度折射出了人的悲剧意识的深度、广度和高度，也折射出了人性的深度、厚度与强度。鲁迅能从小兔被黑猫害死、鸽子被鹰吃掉、小狗被马轧死等一个个鲜活的生命白白"断送"而在"生物史上不着一些痕迹"的日常所见中感受到了生命的"凄凉"和人类大多数对于其他生命体生死的冷漠。② 这表明鲁迅比周围人具有更加深广的人道主义思想和更普遍、更彻底、更深刻、更强大、更敏感的悲剧意识。可见，离开了人性眼光的投射，一切非人的生物或事物都将不可能具有悲剧性。因而，悲剧性的属人性特点是生态文学具有生命力的一个重要根基。美国作家雷切尔·卡逊（Rachel Carson，1907—1964）的《寂静的春天》（*Silent Spring*）几十年来的持续热销和被广泛阅读就证明了这一点。因此，悲剧性的属人性，虽说是一种人道主义思想，但它永远也不会过时；因为没有一种主义能够由于自己对于人性、人道的盲视而获取生命力。

在当今的地球生命系统中，人类作为最高级的动物，是目前所有生命种类中能力最强因而也是责任最大、义务最大的种类，对地球生命系统乃至近地系统的影响也最大。因而，我们人类有义务、有责任去发现和表现我们地球生命系统中的"悲剧性"，有义务和责任行动起来避免地球生命系统遭遇悲剧性的威胁和毁灭。在这个意义上来说，悲剧性不仅是人类生命意识的表现，更是人类不同于其他种类的类意识的表现。

二、体验性

悲剧性的生命性特征的第二个表现是体验性。体验是人在经验中见出意义、思想和诗意的部分。人们往往是在经验之后回味时，才会对对象的意义和价值有更充分的理解。

第一，悲剧性体验具有情感特点。这是说悲剧性具有极强的情感性，在强度、深度和持续时间上往往超越了日常生活中的情绪情感。悲剧性体

① ［德］尼采：《希腊悲剧时代的哲学》，周国平译，北京：商务印书馆1994年版，第114页。
② 鲁迅：《兔和猫》，见《鲁迅小说集》，北京：人民文学出版社1990年版，第128页。

验的情感强度很大，常常让人在同情、担心、惊慌、恐惧、惋惜、怜悯、敬仰之后，有一种洞悉生命本质的豁然开朗般的心灵震撼，不似日常情绪情感那样柔弱无骨、平静如雪、拂颊无声、润心无痕、风过无迹。悲剧性体验也是一种深度情感，是人发自心灵深处的震撼和颤栗，它不等同于单纯的善感性。善感性主要是指内心的敏感性，是人的生理或心理上对事物反应的速度、强度，它一般不抵达事物的深层本质而停留于事物的表层。波斯彼洛夫认为，"善感性能由于人的神经的感应性和脆弱性产生"①。他正确地看到了善感性与心理敏感性之间的因果关系，但他将善感性与生理上神经的脆弱直接进行因果联系则是不正确的。悲剧性体验也不等同于单纯的感伤主义。《简明不列颠百科全书》（第一卷）的编者认为，19 世纪、20 世纪流行的戏剧不再关注"人以悲剧为探索自身在宇宙和社会中所处地位的媒介"这个"根本问题"，"结果使悲剧作品仅仅成为感伤主义之作"②。笔者认为，19 世纪、20 世纪文学中的悲剧性不等同于历史上作为文学思潮的感伤主义，而是对人类社会和人类命运、前途的感伤性认识。感伤性激情（情致）是在感伤主义文学中最早被认识并被赋予这一称呼的。感伤主义也叫"主情主义""前浪漫主义"，是 18 世纪中后叶在欧洲出现的一种带有启蒙主义特色的文学思潮，其代表名作是英国作家斯特恩的小说《在法国和意大利的感伤的旅行》，这类作品反对理性主义和古典主义教条，提倡真实的内心感受和自由的情感表达，强调独特个性，尊重个人精神生活，不满意当时社会。"感伤主义小说多用第一人称，采用日记、自白、书简、游记和回忆录等形式，着重刻画内心活动，也描写自然风景"。③ 需要强调指出的是，感伤性不等同于感伤主义。理论上，感伤性是对社会缺陷或矛盾的一种情感评价和认识社会的深刻感情；创作中，非感伤主义作品中不乏感伤性，感伤主义思潮前后的作品中也存在感伤性。感伤性也不等同于单纯的善感性。波斯彼洛夫认为："感伤性则主要是由于对人的社会性格中某种矛盾性的思想认识所引起的一种更为复杂的状态。善感性是个人心理现象，感伤性则具有概括性认识的意义。"④ 波斯彼洛夫没有看到感伤性的

---

① ［苏联］格·尼·波斯彼洛夫：《文学原理》，王忠琪、徐京安、张秉真译，北京：生活·读书·新知三联书店 1985 年版，第 266 页。

② 《简明不列颠百科全书》中美联合编审委员会、中国大百科全书出版社《简明不列颠百科全书》编辑部译编：《简明不列颠百科全书》第 1 卷，北京·上海：中国大百科全书出版社 1985 年版，第 575 页。

③ 参见辞海编辑委员会：《辞海》（文学分册），上海：上海辞书出版社 1981 年版，第 23 页。

④ ［苏联］格·尼·波斯彼洛夫：《文学原理》，王忠琪、徐京安、张秉真译，北京：生活·读书·新知三联书店 1985 年版，第 266 页。

个体差异特点，笔者是不能同意的，但他强调感伤性的社会认知意义则是正确的。他发现，"感伤性产生于这种时候：人能从他人或自己生活的外部细节中洞察到某种内在意味深长的东西，从这种生活的外部缺陷中洞察到代表最朴实无华的人生真谛的内在美质。这样的洞察力能唤起触动心灵的感情，深刻同情的感情"①。因而，一个人如果能对人生、社会、生命产生一种悲剧性的感伤性激情，就表明他已经洞察到了人生、社会和生命的某些真谛，表明他具有了较高的精神修养、美学素养和较强的深度内省能力。反之，则表明他要么心理内省能力较弱、情感深度较浅，不能感悟到人生、社会和生命的某些真谛；要么内心敏感性较差、心灵较为迟钝，还未产生浅层的情绪反应。悲剧性情感的持续时间较长，它对人的作用和影响是持久的，不是一瞬而过、转瞬即逝的，也不是直接随境而迁的，有些悲剧性体验对一个人的作用和影响持久到可伴其一生。尽管日常生活中的情感尤其情绪持续时间也较长，但相比悲剧性情感，它的持续时间则比较短，而且一旦引发该情绪情感的对象灭失、迁移或被重新赋义，则相应的情绪情感就会消失。由于悲剧性体验对所由感发的对象没有物理时空上的依附性，这使得某个对象即便在物理时空中脱离了人们而其影响却依然能够存留心间，继续发挥作用。此外，旧对象的具体作用尽管也会受到新情境和新对象的影响和制约，但它作为体验的前见因素之一也会叠加和参与到新的悲剧性情感体验的过程中。

第二，悲剧性体验具有认知性特点。体验不仅有情感性，它还包含认知因素，具有较强的认知功能。因为，悲剧性体验是一种情感或者情致，但是这种情感能够让我们发现或感悟到生活、人生和生命的深层意蕴或真谛。海德格尔说："被我们称之为情感（feelling）或情绪（mood）的东西或许是更为合理的，就是说，更具有深刻的感知力。因为与所有那些理智相比，它更向存在（Being）敞开。"② 在此意义上，悲剧性是人的一种心灵感悟或洞察，它是人在面对某一对象时，从其中发现、认识到了某些关于人、人性、人生、生活、社会、生命等的意义和价值，是对生命的形而上意义的自我问答。此外，不同主体在同一语境中面对同一对象，有的人体认到了它的悲剧性，有的人却没有体认到它的悲剧性。这种差异表现为主体的体验差异，而差异根源的一个重要方面却是主体的认知差异，例如认

---

① ［苏联］格·尼·波斯彼洛夫：《文学原理》，王忠琪、徐京安、张秉真译，北京：生活·读书·新知三联书店 1985 年版，第 266 页。

② ［德］海德格尔：《存在与时间》，陈嘉映、王庆节译，北京：生活·读书·新知三联书店 1987 年版，第 174 页。

知能力、认知水平的差异。可见，悲剧性体验具有认知性特点。当然，悲剧性体验的认知性特点不等同于纯粹的逻辑认知，它是蕴涵着深刻感情的社会评价和生命感悟。

体验性特点使悲剧性深度融合了情感和认知两个因素，因而悲剧性不是单纯的情感或认知，而是一种知情合一的实实在在的存在。情感真切则认知深刻，反过来，认知深刻则情感真切，两者相辅相成、相互作用、相互促进，使悲剧性体验不断走进人心和事物的更深处。体验性特点使悲剧性超越了单纯的善感性、敏感性、感伤主义、简单的说教和逻辑认知，走入了生命和生活的更深、更广处。

三、价值性

鲁迅在《再论雷峰塔的倒掉》（1925）中说："悲剧将人生的有价值的东西毁灭给人看。"[①] 舍勒说："一切可称为悲剧性的事件均在价值和价值关系的领域中活动。"[②] 本书前面说，悲剧性是生命的不可弥补的缺憾性体验或缺憾感。因而，从价值论角度来看，这种缺憾感就是人生的某种价值的不可弥补的损失感，因而悲剧性必然与价值相联系。

第一，悲剧性的价值性表现为悲剧性载体必然包含某种价值，而且是人的生命中某种积极价值或正向价值。在传统悲剧中，悲剧主人公必然具有某种高贵之处。传统的悲剧理论也认为，"如果悲剧作家要依赖一个主要人物的话，那么这个人物就必须具有一定的卓越性"[③]。这种卓越性的表现或借助尖锐的"突转"，或借助意外的"发现"，或借助特殊的苦难，或借助平凡生活中崇高的德行和尊严。总之，无论悲剧性人物显现其价值的方式如何多样，他都必须具有正向价值或优秀之处，例如谋略、勇气、智慧、意志、仁爱、力量、财富等的卓越超群，或者信仰笃定、出身高贵、地位显赫、能力超强和生命力强大等方面。《哈姆雷特》中，奥菲利娅在哈姆雷特装疯后悲叹赞颂哈姆雷特时说："啊，一颗多么高贵的心是这样陨落了！朝臣的眼睛、学者的喉舌、军人的利剑、国家所瞩目的一朵娇花；时流的明镜、人伦的雅范、举世注目的中心，这样无可挽回地陨落了！我是一切妇女中间最伤心而不幸的，我曾经从他音乐一般的盟誓中吮吸芬芳的甘蜜，现在却眼看着他的高贵无上的理智，像一串美妙的银铃失去了谐和的音调，无比的青春美貌，在疯狂中凋谢！啊！我好苦，谁料过去的繁华，变作今

---

① 鲁迅：《鲁迅全集》第1卷，北京：人民文学出版社1981年版，第297页。
② ［德］舍勒：《舍勒选集》，刘小枫选编，上海：上海三联书店1999年版，第254页。
③ ［英］克利福德·利奇：《悲剧》，尹鸿译，北京：昆仑出版社1993年版，第53页。

朝的泥土！"① 莎翁笔下的哈姆雷特达到了人文主义思潮兴盛的文艺复兴时期"人"的价值的最高峰。阿瑟·米勒的《推销员之死》（1949）中的洛曼的死亡，表面上是对自己虚假的人生信条（良好的人际关系是世界的通行证和成功的金钥匙）的孱弱捍卫，实质上却是在为自己儿子的美好未来奠定基础。可见，一无所有的洛曼的死并非因为他彻底绝望，而是因为他要以自己的死来点燃最后的希望之火——儿子的美好未来。因而，一个人心甘情愿舍弃自己的生命去捍卫或实现某些东西，即便那个东西是虚幻的，那他的死也是一种有"尊严"的绝唱。正因此，我们说，洛曼的死亡也是一种人性的存在，是有悲剧性意味的，值得我们关注。可见，在现当代文学中，悲剧性人物的高贵之处已经不再必然与社会地位、权力、财富、才华、美貌、美德、精神等优秀因素简单等同，而是集中于"人"作为生命一分子的独特存在所具有的唯一性和至高性价值。总之，凡是悲剧性均与价值相联系。

　　第二，悲剧性现象的发生源于不同价值载体之间的相互运动、相互作用。而且在这种运动中，较高的价值载体被较小的价值载体损伤，会产生相对价值的损失感、缺憾感。这种悲剧性是一种基于价值位势差的传统的悲剧性，如舍勒所说："唯独存在着高、低、贵、贱的地方才有悲剧性事件。"②但是，在悲剧文学作品中还存在一种情况，即任何价值载体之间的相互运动都会导致生命价值的损失，这是一种绝对价值的损失。例如，尽管战争双方对于我们许多具体的个体而言是有高下不同的价值，可是无论是谁的毁灭或牺牲，都是人的生命价值的损失，这是一种绝对损失，它所产生的悲剧性是生命整体的悲剧性。雨果的一些作品就表现了这种悲剧性。所谓在绝对的革命之上，还有绝对的人道。肖洛霍夫的《一个人的遭遇》也表现了生命被战争吞噬的悲剧性。刘伯承元帅在中华人民共和国成立后不愿再看战争片的原因也在这里，因为战争中的牺牲者或阵亡者，曾经都是一个个鲜活健壮的生命，他们理应有美满的家庭、贴心相伴的爱人、活泼可爱的孩子、舒心微笑的父母、安定幸福的生活和充满希望的美好未来等个体生命自由状态与天伦之乐，然而战争毁灭了这一切。因此，反战应该成为悲剧性文学的常见题旨之一。当然，我们也应该区分主动挑起战争者和被动参与战争者，武力镇压者与被迫反抗者，侵略者和反侵略者，穷根究底，以是否尊重、维护和发展最广大人民的生命价值与其日常利益、长远

---

① [英]莎士比亚：《莎士比亚全集》第九卷，朱生豪译，北京：人民文学出版社 1978 年版，第66 页。

② [德]舍勒：《舍勒选集》，刘小枫选编，上海：上海三联书店 1999 年版，第 254 页。

利益和根本利益作为评判是非的标准，从而开掘进战争文学的深处，让其迸射出悲剧性的人性之光、燃烧起生生不息的生命之火，提高战争文学现实关怀的温度、历史反思的深度和长久呵护的力度，而不是以"悲剧性"来抹平乃至无视现实世界中的善恶差异。质言之，战争悲剧文学是"清醒"的文学而不是"糊涂"的文学，战争悲剧文学应该深究的是：是谁把人不当人，是谁把人变成了非人，是谁让人不能成为人。

　　第三，人们对于价值的体认既有共同性，也有个体差异性。对于基本的普世的人生价值、生命价值的理解人们一般是相通的。但由于人们往往与他人存在着认知结构、认知能力与认知水平差异、情感活动特征差异、意志品质差异、个性心理特征（能力、气质和性格）差异、个性心理倾向性（兴趣、动机与需要）差异、生活经验差异、知识背景差异、价值观差异、功利关系差异、立场差异、宗教信仰差异、文化习俗差异、性别差异、年龄差异和当前目的任务差异、身体状况差异、精神状况差异等因素，导致大家对具体的人物和事件的情感体验与价值评判出现了个体性差异。一般而言，对于某对象有专业、充分、科学认识的人往往会客观公允地评价该对象，反之，则会低估或高估该对象的价值。从天而落的一块陨石，普通人视其为"丑石"而不屑一顾，天文工作者视其为难得的科研材料而倍加珍惜，迷信者视其为"通灵神石"而奉若神明。与自己价值取向或功利关系一致者的价值往往被充分估计或高估，而与自己价值取向或功利关系不一致者的价值往往不被充分估计或低估。情感需要强烈的人更易高评社会活动者以及社交达人的价值。亲历过无数人生永别场景的人面对生离死别的情景一般不易伤感动情。长期养过猫的人更易对流浪猫产生怜悯与同情。对于具有崇高人生理想、远大人生目标、良好意志品质的人而言，苦难往往是人生的必修课，他们以苦为乐，一般不易产生悲伤性体验。与人们当前目的任务有密切关系的对象，其价值往往被充分估价乃至高估，反之则被低估。身体健康的人更易看到"柳暗花明又一村"，而百病缠身的人更易感到"山重水复疑无路"。精神状态好的人更易看到积极的方面，精神状态不好的人更易看到消极的方面。夕阳西下，满天火烧云，年轻人多看到的是"明天又是一个艳阳天"，而老年人多看到的则是"盛年不再来"。年轻人敢闯敢拼，同辈人多赞扬其勇敢和魄力，而年长者多批评其鲁莽和草率。女性一般更看重共时比较价值和绝对公平，男性一般更看重历时比较价值和相对公平。上述这些方面直接影响了人们对于某一对象的同情感与怜悯感的产生，进而影响了人们的悲剧意识的敏感程度、强烈程度、稳定程度和思想倾向。最典型的例子是，在我们的不少"革命文学"中，"同志"的牺牲天然值得人们同情与怜悯，是悲剧性的，乃至英雄性的；而"敌人"的死亡则是自作自受、罪有应得、大快人心，不具有任何悲剧性，不能是悲剧，不配为悲剧，作品中罕见表现对"敌人"的悲剧性同情和怜悯，遑论"敌人"往往不宜于充当悲剧角色。① 然而，可恨者也有可怜之处。我们认为，生命至上是人的最基本的和最高的价值原则。一个连生命都不能公平宽容对待的人怎能期望他有博大的心胸承受生命的苦难、肩扛住命运的闸门呢？在我们的革命战争史上，曾经有过明确的纪律要求，要优待俘虏，不准虐待俘虏，不得侮辱俘虏的人格和尊严。这一点也是人民军队与非人民军队的一个本质区别。然而，这种正确要求并未在我们的一些革命文学中予以较好表现；相反，更多的是"胜王败寇"观念的现代书写。不过，2007 年的一部电视剧《亮剑》对此有所改变。该剧对于解放军军长李云龙的手下败将原国民党少将常乃超的表现是人性的、悲剧性的。常乃超的军事理论素养相当优秀，对于纯粹的军事问题的判断也是比较正确的。他的悲剧性在于他把自己的聪明才华和满腔热血奉献给了一个表面上代表全民族利益而实际上却压榨剥削全体人民的反动统治集团，这是一种明珠暗投的悲剧性；他的悲剧性在于他一方面对于军事理论问题十分精通，另一方面却对战争的理解相当幼稚，他根本不明白战争从来就不是单纯的军事较量这个事实，因而，他只有军事的知识，却缺乏战争的智慧和哲学，这是马克思所说的"无知"造成的悲剧性②；他的悲剧性在于他的政治实践是对他所崇奉的"三民主义"政治信仰的背弃，而他还误以为自己是在捍卫自己的政治信仰，这是一种事与愿违的悲剧性，是手段与目的悖逆的悲剧性。《亮剑》把悲剧性的同情给予了被俘的国民党少将常乃超，这是中国革命文学中的一个新突破，它超越了传统的简单的二元对立书写模式，以人民解放和人的解放升华了阶级解放，是历史书写模式的创新。于是，历史判断、审美判断与人性判断在有深度的悲剧性体验中高度融合在了一起。

　　第四，价值损失的不可弥补性是悲剧性生成的必要前件要素。正如舍勒所认为的，"价值毁灭的不容变更性和不可避免性"是悲剧性的要义之

————————

　　① 北京师范大学中文系文艺理论教研室编《文学概论》，北京：北京师范大学出版社 1984 年版，第 303 页、305 页、306 页、309 页。霍松林：《文学简论》，北京：中国社会科学出版社 1982 年版，第 315 页。以群主编：《文学的基本原理》（修订本），上海：上海文艺出版社 1984 年版，第 377 页。程孟辉：《西方悲剧学说史》，北京：中国人民大学出版社 1994 年版，第 405 页。祁志祥：《美学关怀》，上海：复旦大学出版社 1998 年版，第 103-108 页。

　　② 马克思：《第 179 号〈科伦日报〉社论》，中共中央马克思恩格斯列宁斯大林著作编译局编译：《马克思恩格斯全集》第 1 卷，北京：人民出版社 1956 年版，第 129 页。

一。① 当相当高的多元价值要素叠加于同一人、同一事、同一物之中，甚至可能叠加于同一能力、同一气质、同一性格、同一兴趣、同一动机、同一需要之中时，它们间的冲突就达到了悲剧性的极致。这种冲突既可成就人，也可毁灭人。于是，"悲剧性的位置——它出现的空间——既不仅仅在价值关系之中，也不在因果事件与负载它的诸力量之间的关系中，而是在价值关系和因果关系的特殊联系中"②。因为，价值关系和因果关系的高度交织，会让悲剧性的感发具有更加震撼人心的情感力量、发人深省的思想力量、让人信服的逻辑力量、令人赞叹的艺术力量。

总之，悲剧性的价值性使悲剧性与人类的生命相始终，悲剧性成了不断追寻人生意义和价值、不断探索人类生命生活新形态的人类历史中的一个不可逃避的方面。

四、强力性

悲剧性的生命性表现之一是强力性。所谓"强力性"是指悲剧性载体具有绵长强劲的非凡生命力。第一，悲剧性的强力性是指生命力的强大，尤其是精神力量的强大。例如，坚强不屈的精神，坚忍不拔的意志，坚毅刚强的性格，坚韧顽强的品格，坚持不懈的毅力，矢志不渝的信念，坚定不移的立场，坚决果断的态度，坚决果敢的行动，坚不可摧的信心，坚贞不屈的节操，艰苦卓绝的奋斗，自强不息上下求索的精神，不到黄河心不死的执着，永远充满斗志的激情，一旦心意已决则毫不退缩的勇毅，屡败屡战虽九死其犹未悔的坚毅，明知山有虎偏向虎山行的胆魄卓识，明知有去无回却仍一路豪歌的大无畏精神，明知实力悬殊却仍以鸡蛋碰石头的英雄气概，为了实现最终目标和最高目的而赴汤蹈火、粉身碎骨也在所不辞的牺牲精神，宁愿站着死也不愿坐着活的凛然气节，永不服输、永不向命运低头的硬汉精神，神圣不可侵犯的人格尊严，超乎常人的能力气魄，敢为天下先的创新意识，勇于肩扛命运闸门的自觉意识、担当意识和责任感，面对危险、挑战和突发事件的超常冷静沉着，面对各种诱惑的超常定力，面对成绩的超常清醒，面对欺侮的超常忍耐力，面对敌人的超常宽容心，以德报怨的超常博大胸怀，虽一文不名却仍心忧天下的济世情怀，虽饥肠辘辘却仍不苟且不媚俗的清高，虽身处绝境却仍不委身卑劣的骨气，虽一败涂地却仍保持生命尊严的傲骨，虽奄奄一息却仍不停止抗争的彻底的战

---

① ［德］舍勒：《舍勒选集》，刘小枫选编，上海：上海三联书店1999年版，第259页。
② ［德］舍勒：《舍勒选集》，刘小枫选编，上海：上海三联书店1999年版，第262页。

斗精神，虽身死骨销却仍化为激荡在山水天地之间的凛凛精魂，那就是大写的"人"的生命力。简言之，悲剧性载体的强力性表现在他们想人所不想，做人所不做，忍人所不忍，恕人所不恕，舍人所不舍，正因此，他们才能够成人所不能成，得人所不能得——充乎天地的生命浩然之精气神！这是担当精神的胜利！这是"人"的胜利！这是生命力的胜利！

第二，在古典叙事文学特别是西方古典叙事文学中，作家们更多地把强力性赋予了男性。因而，古典叙事文学中的男性悲剧人物比较多，女性悲剧人物的表现也比较男性化，例如美狄亚、克吕泰墨斯特拉。这种情况的出现，缘于男权文化的根本规约性。虽然东西方文化都强调了男人的担当意识，但是东西方文化对于"男人"的理解还是有不同的。西方文化更侧重于抗争精神，强调个体意志自由的捍卫；而东方文化除了抗争精神，还有韧忍精神，强调长远利益，这种韧忍精神在女性身上也有明显表现。因而，东方文学中的悲剧性相较西方文学中的悲剧性，除了刚烈雄壮的风格外，还有哀怨柔美的一路。由于西方人谈论悲剧精神时主要是讲抗争精神，因而他们多认为东方无悲剧、现代无悲剧。

第三，在诗歌、抒情散文等抒情文学中，悲剧性之强大的精神力量主要表现为独特、强大的生命力，表现为诗作关于生命、人生的深刻、浑厚、独特的情致思想。情致思想不是凭数量获胜的，而是凭其深刻、浑厚、独特程度获胜的。例如，中国现当代著名诗人曾卓先生的诗作《悬崖边的树》，简笔勾勒出了一棵"寂寞而又倔强"的"树"的伟岸形象，它凛然面对"奇异的风"，孤独地"站立"在"平原的尽头"、临近"深谷的悬崖上"，淡然"倾听"着"远处森林的喧哗和深谷中小溪的歌唱"，即便身体备受摧残变形、精神屡遭磨难打击，身陷绝境，危机四伏，但它仍旧时刻准备着"展翅飞翔"，这种对信仰的坚定、对革命的忠诚、对理想的执着、对自由的坚守、对未来的自信、对抗争的自觉等强大的精神力量，是任何丑恶势力也摧不垮、打不倒、禁不住的非凡生命力。整篇诗作在沉郁中透出了坚毅，在孤苦中依然高扬着积极上进的生命精神。这种生命力和生命精神不独出现在曾卓先生的"悬崖边的树"身上，也曾出现在茅盾先生笔下的中国抗日战争时期西北边区的"白杨树"身上、陶铸先生笔下岩石上的"松树"身上，那就是真正的中国共产党人的超强生命力；但又不仅仅是中国共产党人的生命力，而是中华民族乃至人类的生命力，是人类面临各种"悬崖"、走出各种"荒原"时信念坚定、理想执着、行动坚决的天地伟力。曾卓先生有别于茅盾先生和陶铸先生者，在于他发现并颂扬了个体生命和群体生命一样强大伟岸、一样顶天立地、一样彪炳史册。

第四，悲剧精神是悲剧性的强力性的主要表现。所谓悲剧精神是指悲剧性人物面对内外生存困境，在主动挑战或被动应战中所显现的担当精神，包括抗争精神和忍受（忍耐、韧忍）精神两个方面，或者说悲剧精神至少有两种形态，根本不是西方传统悲剧理论所说的单一的抗争精神。因为不论是悲剧人物自己主动引发冲突还是自己被迫卷入冲突，悲剧性人物之所以成为"悲剧性"人物，一个重要原因就是他具有悲剧精神——担当精神，或抗争，或忍耐，都显现出了一种强大的精神力量。悲剧性作品就是通过悲剧性人物的虽败犹荣、虽亡犹存的浩然长气，来捍卫人的生命尊严、人格和人权。《国殇》中说："身既死兮神以灵，子魂魄兮为鬼雄。"身体消亡了，英灵精神却永存。这种灵肉二分法为中国古人礼赞悲剧英雄精神不灭提供了思维空间和文化基础。把"悲剧精神"理解为"担当精神"，可以比较有力地解释历史上悲剧主人公的特点以及当代日常生活中的"非英雄化"悲剧性特点，还可以解释非西方古典悲剧特别是东方各民族的悲剧艺术特点。悲剧性中的忍耐至少有两种情况，一种是消极、被动的忍耐，忍受者不去主动承担自己的责任，因而这种忍受实质是逃避，这样的忍受是麻木者的忍受；另一种是主体积极承担自己的责任，主动地去忍受，其实质是隐形抗争，这样的忍受是无奈者的忍受，也是清醒者的忍受。由于前者麻木，后者清醒，因而后者自我意识到的悲剧性体验更强烈、更高远，而前者更令人感到悲哀、叹息乃至愤怒，其让人所感发的悲剧性体验则更为沉郁和压抑。两者貌似相同，实质不同。因而，尽管死亡有时也是一种抗争，但积极地苟活也未尝不是一种勇气和抗争，甚至是一种更大的勇气、抗争和担当。雷蒙·威廉斯曾说："在一个异化的社会里，最异化的人就是好人。"[①] 因为，在一个异化的社会里，好人还能存在下去，那他一定对自己所遭遇到的异化进行着难以想象的艰难忍耐，他一定对自己理应自由舒展的生命形态进行了情势所迫的收束、压制乃至损毁。这种理性的自我忍耐是该个体作为最高级生命形态的人所应具有的担当精神的体现。同样，逃避有时候也是一种反抗精神的表现。卢卡契（1885—1971）在《现代艺术的悲剧》（1948）中，比较分析歌德的诗剧《浮士德》和托马斯·曼的长篇小说《浮士德博士》。卢卡契认为，歌德和托马斯·曼两人分别塑造了两个悲剧性人物。歌德的浮士德表征的是人类积极求索、永不停息而又不可得的悲剧性，体现出一种渴求无限的浮士德精神。托马斯·曼笔下的音乐家阿得里安·雷沃奎恩是位被局限在书斋"小世界"里的"新浮士德"，在

---

① [英]雷蒙·威廉斯：《现代悲剧》，丁尔苏译，南京：译林出版社 2007 年版，第 203 页。

卢卡契看来，他照样有反抗精神，他的"逃避"是对各种反动思潮毫无抵抗能力者的反抗，因而"就其主观目的而论，逃避便是一种反抗。可是这个'小世界'把知识分子围得越紧，这个'小世界'在这种日益密闭的隔绝状况中越发变成他们唯一的生活现实，对这些知识分子提出问题及解决问题的办法、对他们表面变成纯内心活动的内容和形式所起的潜移默化的作用也就越来越强烈"①。因而，只要人物在其具体环境中表现出了生命的担当意识，他们就是值得敬仰的，他们的悲剧性就是值得同情和怜悯的。

第五，强力性尤其是强大的精神力量是悲剧性人物得以形成的重要条件。柏拉图在《理想国》中论述了精神力量的强大对于完成大事的必要性。他说："一个天性软弱的人永远不可能做成任何大事，无论是做好事还是做坏事。"② 他又说："这种最优秀的天赋在任何情况下都很难得，它适宜于从事最高尚的事业，但却会由于我们上述的原因而遭到毁坏和败坏。会给城邦和个体带来最大伤害的人也属于这种类型，他们作恶的势头若能转变为行善，就会给城邦和个人带来极大的好处，而那些天赋平庸的小人物绝不会为城邦或个人做出什么惊天动地的大事来。"③ 在这里，强大的精神力量超越了现实的善恶判断，指一种绝对的精神力量。即便作恶，也可以见出作恶者超乎常人的胆识和能力。我们认识到他的胆识和能力之超人，非常重视它们，虽然有所惊慌和恐惧，但还会佩服他，当然我们也清醒地知道他把它们用错了地方，可惜它们，为他遗憾。例如，在莎翁的悲剧《麦克白》中，麦克白在野心的怂恿下由卫国将军蜕变成了弑君的凶手，然而直到最终他仍旧像一个将军身佩铠甲迎战一样去面对危险，他说："就是死，我们也要捐躯沙场。"④ 他的超人的意志力和勇气再次为自己捍卫了人的尊严——堂堂正正而非唯唯诺诺的死的尊严。21 世纪初期 15 年里中国文艺中的汪伪 76 号特务头子丁默群（电视剧《旗袍》）、日军特务机关长武田（电影《风声》）等艺术形象也是这种"有能力的坏家伙"，他们虽死有余辜，却也令人感叹唏嘘。《推销员之死》中的主人公威廉·洛曼是一个被职业抛弃的大好人，他的死将为儿子换来一笔资金，助其走上成功之路，这是他最后的希望。因此，洛曼的死是对人的尊严和基本生活权利的捍卫，他的死是有价值的。正如雅斯贝尔斯所说："一个人只要他在某一关头冒着

---

① [匈牙利]卢卡契：《卢卡契文学论文选》第一卷，范大灿编选，北京：人民文学出版社 1986 年版，第 604 页。

② [古希腊]柏拉图：《柏拉图全集》第二卷，王晓朝译，北京：人民出版社 2003 年版，第 483 页。

③ [古希腊]柏拉图：《柏拉图全集》第二卷，王晓朝译，北京：人民出版社 2003 年版，第 488 页。

④ [英]莎士比亚：《莎士比亚全集》第八卷，朱生豪译，北京：人民文学出版社 1978 年版，第 387 页。

整个生命的危险持守什么，他就是具有人性的了。"① 在中国近现代革命、建设和改革的历史中，以及中国和苏联的社会主义文艺作品中，有许多人物就是为了争取正当权利、幸福生活而抗争、奉献和牺牲的，例如秋瑾、赵一曼、杨靖宇、李大钊、左权、刘胡兰、董存瑞、黄继光、邱少云、罗胜教等革命先烈们，王淦昌、邓稼先、赵九章、郭永怀、钱三强、姚桐斌、钱骥等"两弹一星"元勋们，雷锋、焦裕禄、蒋筑英、孔繁森、沈浩（安徽省凤阳县小岗村党支部原第一书记）等社会主义建设和改革的孺子牛们，以及许云峰、江姐（小说《红岩》）、巴维尔、尼洛夫娜（高尔基《母亲》）等革命悲剧英雄们，他们触及了个人、民族和人类的生存与命运等基本问题，思考和探索了人类精神的伟大历程，让人感觉到人类的生命境界是多么的崇高、理想是多么的远大、信念是多么的坚定、精神力量是多么的强大！在他们身上，我们看到了人类的未来和希望。

第六，强大的精神力量还可表征为精神对肉体的局限性的超越和弥补。这是因为，人们总想在精神与肉体之间寻求和谐、平衡。但在悲剧性体验中，两者往往却是不平衡的。例如，现代武侠小说表现的多是现代人的肉体萎缩（衰弱）与精神疯长之间的悲剧性并置关系。这一艺术安排，很好地表现了人的不甘心、不放弃、不气馁、不犹豫、不妥协、永远在行动的强大精神力量。同样，美国电影《人猿泰山》中的金刚的强力性并不是主要表现在他的体积硕大、力量巨大，而是主要表现在他对真诚、关爱、尊重、自由与平等的严正捍卫与不懈追求。在灵对肉的超越中，电影安排金刚最终消失在了无边的林海中，晃动的树梢似乎既表达了人、猿难以和平相处的无奈和悲凉，又艺术地表现了颇富哲学意味的"人"的主题：人永远"在路上"（on the way），永远在抗争，因为生命永在。

因而，诗人或者作家一定要努力感悟人生和生命，以其悲剧性体验的深刻、浑厚和独特而将大写的"人"书写在大海的波涛里、河流的灯塔上、高山的崖壁间、岁月的烟尘里、生命的丰碑上和思想的天空中。

第二节　必然性

悲剧性的第二个特征是必然性，这是从悲剧性的生成方式（或然，必然）也即引发生成过程并规定其发展趋势的根本原因而看到的特征。《辞海》

---

① [德]雅斯贝尔斯：《悲剧的超越》，亦春译，北京：工人出版社1988年版，第143页。

（哲学分册）对"必然性和偶然性"的解释是："必然性指由事物的本质规定的联系和发展趋势，……偶然性指由事物之间的非本质联系引起的现象。……在事物的发展过程中，必然性和偶然性相互联结、交互作用，并在一定条件下互相转化。必然性决定事物发展的基本方向，它通过偶然性为自己开辟道路。偶然性服从于现象内部蕴藏着的必然性，但它对事物的发展也起加速或延缓的作用。"① 只承认必然性，会导致神秘主义和宿命论，只承认偶然性，否认必然性，也会陷入神秘主义和唯意志论的泥淖。因而，我们首先要对"必然性"有正确的理解。本书所理解的必然性正是马克思主义所理解的必然性，即事物内在的本质联系及其发展趋势。20世纪以来，各种"偶然性"学说对马克思主义的"必然性—偶然性"哲学原理似乎构成了挑战。例如，海森堡的测不准原理、普里高津的耗散理论的"不平衡是有序之源"学说、混沌学等现代科学发现，自然界和人类社会中不仅存在大量的偶然性和随机性现象，而且它们的作用有些还很大。于是就有人认为，这些有关偶然性的科学发现为我们揭示出了自然界和人类社会发展的一般规律。其言外之意，就是认为马克思主义的"必然性—偶然性"哲学原理方法论是有问题的。此外，由于意外的偶然因素对于具体的某一个人的生活乃至人生命运的影响有时确实比较大这一事实，于是，更有人从自己有限的生活经验出发，认为决定人生命运的是偶然性而非必然性。那么，我们怎样做出自己的判断呢？笔者以为，既然是探讨"必然性"，那就要放在更广阔的自然界和人类生活领域中来探讨，而不能仅仅局限于自己有限的生活。尽管从个体生命的有限性和人类生命的相对无限性来看，每一个个体生命在人类生命和整个世界面前都是有限的，而人类生命和整个世界对他而言都是无限的，都是一个"谜"、都是一个永远无法猜透的谜，因而任何可能性都会出现。但是，这并不意味着层出不穷的各种"偶然性"从根本上规定了我们的本质。因为，如果偶然性已经规定了我们的本质的话，那我们存在的稳定性早就不存在了，或者说我们的存在就不是现在的样子了，那还谈什么必然呢？而且自然界和人类生活中有比支持偶然性的例子多得多的例子来支持必然性。在笔者看来，目前并没有任何证据能够推翻马克思主义的"必然性—偶然性"哲学原理。因为，马克思主义认为，必然性和偶然性都是在具体条件下来说的，离开具体条件谈论必然性和偶然性只会走向哲学思维的形而上学和科学方法论的庸俗化，此情形中的"偶然"因素在彼情形中是"必然"因素，反之亦然；各种"偶

---

① 辞海编辑委员会：《辞海》（哲学分册），上海：上海辞书出版社1980年版，第85-86页。

然性"现象本身中也有其"必然性"和"偶然性"因素；某些决定性因素因受具体主客观条件的限制一时未能发现而被错误归入了"偶然性"因素之中，等等。因而，模糊逻辑和测量不准定律非但没有否定事物发展中的规律的存在，反而是用现代科学方法证实了马克思主义的"必然性—偶然性"哲学原理。对于社会生活和文学艺术中的悲剧性而言，它所具有的必然性特点是与人类社会和人生中总存在缺陷这一客观状况联系在一起的。

一、历史上悲剧"必然性"的六种解释

历史上确有很多学者探讨过悲剧结局或悲剧现象的必然性问题。根据其具体内容的不同，大致可概括为六种解释，也即下面六种说法。

（一）逻辑因果联系说

该说认为悲剧结局的必然性是悲剧文本内部情节安排上的逻辑因果联系，这种因果关系逻辑推论的结果就是悲剧结局。例如，亚里士多德在《诗学》中认为，悲剧主人公遭受厄运是不可避免的，它缘于主人公不完全自取、确有几分自取的见事不明的"过失"，情节是悲剧的首要因素，悲剧之所以让人惊心动魄，就是因为情节有"突转"和"发现"，而"突转"和"发现"都是"按照可然律或必然律而发生的"①。他认为悲剧描述的是"有普遍性的事"，即"某一种人，按照可然律或必然律，会说的话，会行的事"。而且整个悲剧的所有事件"彼此之间又有因果关系"②。可见，在亚里士多德那里，悲剧的必然性表现在两个方面，一是悲剧所表现的事情是人类社会中必然发生的事情或可能发生的事情，二是悲剧文本中的必然性在于事件之间的因果联系，而因果联系是必然律或可然律的共同逻辑根由。17世纪法国古典主义悲剧大师高乃依把必然性看成悲剧作家创作悲剧的艺术技巧，他认为在诗歌内，"必然性不是别的，只是诗人为了达到他的目的或者使他的人物达到他的目的需要"③。高乃依看到了必然性在悲剧情节安排中的重要作用。总之，亚里士多德和高乃依深入地解释了悲剧文本内部情节关系安排必须遵循因果规律的原因，但他们并未解释艺术情节安排上的因果联系是纯粹的逻辑需要还是事件本身的真实反映，他们尚未解释文本内情节安排的这个因果联系为何必然会导致悲剧性的出现，也即他们未能说明逻辑必然性规律得以发挥作用的社会文化心理根源。

---

① 罗念生译：《罗念生全集》第一卷，上海：上海人民出版社2004年版，第50页。

② 罗念生译：《罗念生全集》第一卷，上海：上海人民出版社2004年版，第45-46页。

③ ［法］高乃依：《论悲剧——兼及按照可能性或者必然性处理悲剧的方法》，见古典文艺理论译丛编辑委员会编：《古典文艺理论译丛》第六册，北京：人民文学出版社1963年版，第51页。

（二）社会矛盾冲突说

这一说法把悲剧的必然性归结为社会矛盾冲突。例如，席勒认为："一个诗人为了自己真正的好处，不要把灾难写成旨在造成不幸的邪恶意志，更不要写成由于缺乏理智，而应该写成环境所迫，不得不然。"① 可见，在席勒的思想中，悲剧的必然性是指环境与行动之间的因果关系，这潜在地承认了环境决定着人，而人的主观意愿却对悲剧结局不产生影响。歌德在与温克尔曼的谈话中提出，"悲剧的关键在于有冲突而得不到解决，而悲剧人物可以由任何关系的矛盾而发生冲突，只要这种矛盾有自然基础"②。这里的"自然基础"是指客观的社会关系的必然性。这一说法看到了社会冲突是社会悲剧必然发生的原因，但它对非社会生活领域中的悲剧则比较缺乏解释力，而且也不能圆满解释为何同一社会现象在大的社会环境不变而具体小情境不同时，以及不同的人那里往往会有悲喜迥异的判断这个问题。

（三）绝对精神的辩证运动说

黑格尔把悲剧的必然性理解为"永恒正义"得胜的必要前提和普遍的伦理力量内在冲突的辩证运动，换言之，悲剧结局缘于辩证法。可见。黑格尔和亚里士多德一样，都把悲剧性出现的必然性归结为逻辑规律。同样，黑格尔也未解释这个逻辑规律为何会让人产生悲剧性体验。更根本的是，日常生活中的一些小悲剧或者偶然事件所导致的悲剧似乎与普遍的伦理力量关系不大，用黑格尔的理论来解释此类悲剧性现象有点牵强。因而，黑格尔理论对悲剧必然性的解释并不充分。

（四）历史发展规律说

这一说法把悲剧的必然性归结为社会历史发展规律。马克思主义创始人看到了阶级矛盾和阶级斗争、人民要求自由和解放、社会发展的历史必然性。当然，旧的制度垂死挣扎和对新生力量的压制、镇压也是必然的。因此，恩格斯说："这就构成了历史的必然要求和这个要求的实际上不可能实现之间的悲剧性的冲突。"③ 当然，"历史的必然要求"能否实现受到了可能性和现实性、必然性和偶然性多重因素的影响，但归根结底取决于现实的社会关系，这是有道理的。但对于非历史悲剧的悲剧性，该说的解释力就比较有限。普列汉诺夫（1856—1918）认为，悲剧"与必然性观念的

① ［德］席勒：《论悲剧艺术》，见古典文艺理论译丛编辑委员会编：《古典文艺理论译丛》第六册，北京：人民文学出版社 1963 年版，第 91 页。

② ［德］爱克曼辑录：《歌德谈话录》，朱光潜译，北京：人民文学出版社 1978 年版，第 122 页。

③ ［德］马克思、恩格斯：《马克思恩格斯选集》第四卷，北京：人民出版社 1995 年版，第 560 页。

联系却是毫无疑义。人生中的一切可怕的事物并不都是悲剧性的。真正的悲剧以历史必然性的观念作为基础"①。但他对"历史必然性"并没有做出进一步明确说明。我国当代学者董学文先生也力主悲剧的必然性特点，他把悲剧的必然性理解为"历史发展的一定规律"。他说："悲剧主人公的失败和毁灭是不可避免的。"但"并不是所有人的痛苦、不幸和死亡都是悲剧性的"。他举的例子是：一个酒鬼失手打死另一个酒鬼，或一个人因偶然车祸而丧命，或 1912 年 4 月 14 日午夜英国泰坦尼克号巨轮在纽芬兰大浅滩南沉没，1513 人淹死。其实，"在巨轮沉没前，人们惊叫着、奔突着……为了保持人心镇定，船上乐队人员坚持在甲板上奏乐，直至灭顶，这场面壮烈感人"②，被许多人视为"大悲剧"，然而董学文却认为它"也不具备严格的悲剧意义。因为，这类冲突，谈不上构成现象对历史必然性的关系"③。"悲剧人物这种可怕的死亡和不幸，只有作为历史发展的一定规律性的表现的时候，才构成悲剧，才具有美学特征"。④ 笔者认为，董学文先生并没有足够重视悲剧性的多样性，他以社会历史悲剧的特点作为标准来评价一切人类悲剧性现象，显然不妥。此外，在历史发展进程中，每一个个体都是从自己的立场、利益、意志、个性出发去行动的，这就是每一个个体行动的必然性，而不同个体的不同行动综合起来就是社会历史发展了。这样一来，"历史发展的一定规律"也只能是规律总结者从某一立场或角度所做的抽象而已。从最普泛的意义上来说，我们最多把它理解为"历史大势"。而对芸芸众生中每一个普通个体的具体行动在社会历史发展中的地位和作用，要做出精准的评价也是相当困难的，或者说将一个个体的人生轨迹与历史发展规律联系在一起是一件极具主观性、选择性的事情，尤其是对普通民众而言。此外，历史发展大势是无数人的意志行为合力作用的结果，而合力的分解不等同于力的算术平均数。还有，每一个个体都是具体的、有局限的，怎么能把自己从过去到今天的有限考察等同于包括未来的人类历史发展呢？最后，在文学艺术和现实生活中，任何悲剧现象都很具体、微观，而"历史发展的一定规律"则很抽象、宏观，这样一来，运用历史发展规律来解释社会历史悲剧之外的其他一切悲剧性现象的必然性就难免削足适履，过于宏观和空泛，有些大而无当。

---

①［俄］普列汉诺夫：《普列汉诺夫哲学著作选集》第四卷，汝信等译，北京：生活·读书·新知三联书店 1974 年版，第 66 页。

② 董学文：《马克思与美学问题》，北京：北京大学出版社 1983 年版，第 185 页。

③ 董学文：《马克思与美学问题》，北京：北京大学出版社 1983 年版，第 185 页。

④ 董学文：《马克思与美学问题》，北京：北京大学出版社 1983 年版，第 186 页。

（五）命运说

该说把悲剧的必然性理解为"命运"。例如，美国美学家 H.帕克（Dewitt Henry Parker，1885—1949）在《美学原理》（1920）中认为："冲突应该被认为是必然的，它的结局也是不可避免的，这也是悲剧的本质的一部分。在悲剧观念中，命运总是一个持久不变的因素，不管它采取什么形式。"[①] 帕克正确地看到了悲剧冲突及其结局的必然性对于悲剧的重要意义；但他把这种必然性错误地理解成了不可逃避、不可改变的命运，并把这种命运归结为人之外的神秘力量（尽管他也正确地意识到了希腊命运观、基督教命运观与自然主义命运观三者的不同）；他的观点不仅具有神秘主义色彩，而且根本没有解释清楚人物行动的主观动因、外在原因，尤其是社会因素与悲剧结局之间的关系，而全然归因于"命运"，显然缺乏说服力。人们不禁要问：悲剧既然是命运的显现，那人类创造和欣赏悲剧是为自己设置桎梏吗？

（六）"原罪"说

该说认为悲剧性的必然性源于人的"原罪"的无可逃脱。"原罪"是基督教文化的一个基本范畴和思想，指人类始祖亚当、夏娃在蛇的诱惑下偷吃了伊甸园里的禁果而始有智慧和羞耻伦理，这触怒了上帝的权威，于是把他们当作"罪人"逐出了伊甸园，不仅他们一生辛苦劳作受惩罚，他们的后代也代代受"罪"，于是人人有"罪"。这"原罪"是万罪之源、万祸之根。既然人人有"罪"，那存在即罪过，因为人人都遗传了祖宗之"罪"，这无可避免和逃脱。这种人的"内在的必然性"就是舍勒所说的悲剧性的必然性。[②] 显然，在舍勒看来，世界诸因素的本质及本质联系是上帝安排的，这不可避免、不可逃避，从而其悲剧性结果就是必然的，因为创造与毁灭同一于世界之中，而这一安排根源于人人有"罪"。也就是说，即便"每个人都尽可能地倾听了自己'义务'的要求，而灾祸仍然不可避免地降临"。"耶稣之死只有无论何时何地、也无论参与者多么'恪守义务'都会发生时，才称得上是悲剧性的"。[③] 换言之，悲剧的发生是必然的，与人的现实行为无关，因为这一切都是"原罪"先定的。这样，悲剧性的发生既与所有人无关，又与所有人有关，因为大家都是身负"原罪"的囚徒，失去了证明自我和检举他人的资格，既剥夺了自我的权利，也消解了自我的责任，自然就放弃了对现实中具体罪责的追究，"必然性"正是这一逃避行为的高

---

① ［美］H.帕克：《美学原理》，张今译，北京：商务印书馆1965年版，第95页。

② ［德］舍勒：《舍勒选集》，刘小枫选编，上海：上海三联书店1999年版，第263页。

③ ［德］舍勒：《舍勒选集》，刘小枫选编，上海：上海三联书店1999年版，第266—267页。

雅借口。

　　总之，历史上关于悲剧的必然性的六种说法，或者局限于文本技巧，或者专注于社会矛盾，或者归结于抽象概念的辩证运动，或者拘于宏大历史规律，或者囿于神秘命运，或者归因于"原罪"，对象范围不是过小就是过大，不是抽象就是神秘。虽然各自颇具灼见，但总体上却都存在三点不足。一是主要关注的仍是文本内部悲剧结局的必然性，而较少探讨悲剧文本引发人们悲剧性体验的必然性；二是抽象概括不足，难以有效涵盖悲剧性之各种必然性情况；三是比较抽象，多停留于哲学思辨层面，尚缺乏具体的文学美学理论分析予以支撑。

二、必然性的五层蕴涵

　　人类之所以专注于悲剧性的必然性研究，就是为了确认人类悲剧性体验的共通性、普遍性。因而，悲剧性的必然性自然不能缺失人类共同心理这一维度。笔者认为，悲剧性的必然性是指一种基于人类文化共同体和生命本能的普遍的情感—认知定势，它包含但不限于上述传统六种观点对于悲剧性"必然性"的理解。具体而言，悲剧性的"必然性"主要指五个层面上的必然性。

　　第一，人类社会生活和人类生命中总存在缺陷或者说不完美，这种客观存在状况不可能根本改变。或者说，这种状况可以改善，但不可能完全消除。曾经，人们简单地认为，随着现代科学技术的进步和社会的发展，我们的生活会越来越幸福，社会生活和人类生命中的不完美现象会越来越少。然而，事实上，随着科技进步和社会发展，我们过去认为的一些缺陷确实得到了弥补，过去的某些不完美后来确实完美了；但同时，人类社会生活和人类生命中又出现了新的缺陷，新的甚至更大的不完美。在知识学习中，我们知道得越多，我们越发现自己不知道得越多。因而，人类社会生活和人类生命中总存在着缺陷或者说不完美的客观状况是悲剧性具有必然性的根本原因。换言之，人的内外存在是一种有缺陷的存在。这种悲剧性的必然性是一种存在的必然性。

　　第二，人类对自己的生命缺陷或生活缺陷能够体认是必然的。人类在长期的生活实践和生命进程中，不断积淀了自己有效应对内外生存危机的悲剧性生命意识或生命的悲剧意识，它必然会在人的生活和生命中发挥作用。尽管人的悲剧性生命意识存在强弱的差异，个体间差异有些还很大，有些人根本意识不到自己生活、生命中的悲剧性，但是，人类整体或社会中总有人能够意识到人们生活、生命中的悲剧性。他们就是每个时代或社会的啄木鸟，是每个时代或社会清醒的灵魂。

第三，人保存自己、发展自己、创造自己、实现自我的必然性，人努力维护自己的存在、权利、尊严、人格、价值，实现自己意志等自主自为行为的本能必然性，自我充分表现的必然性；其他生命体保存、发展自己本性的本能必然性。这是一种生命哲学意义上的必然性，是任何生命体主动维持、保护和自由扩展自己生命力的必然性。这是生命力的必然性。这种主体必然性还包括各种非生命体保持其存在、完善其功能、符合其客观目的的必然性。比如，山的本性是启德固本，水的本性是滋养生命，森林的本性是涵养生命，城市乡村的本性是宜人宜居。如果我们违背了它们的本性，那我们只能自己咽下自己酿造的悲剧性苦酒。

第四，各种力量、环境等因素之间的相互关系状况及其一定结局是必然的，这是事理逻辑（客观规律）的必然性。

第五，悲剧性引发文化共同体（相对的，从较小的地域、种族到人类的相同或相似的文化历史心理认同）成员的大致相同或类似的情感反应是必然的，这是心理情感逻辑的必然性。例如，人类的同情心理（共同感受和共同情感）和移情心理，对于美好价值（尊严、人格、个性、权利、勇敢、反抗、坚强、善良、忠贞等积极价值）的坚守心理。正如帕克所说："欣赏悲剧需要确确实实地看出生活的基本不和谐，然而同时又能感受到它可能创造的道德价值。"① 席勒认为，"悲剧艺术是更多以道德为基础的"②。帕克和席勒的意思是说，对于悲剧性艺术的欣赏是不能完全脱离人类的某些共同精神文化观念，例如道德。因而，不断增进人类各种共识将有助于提高悲剧性体验的普世性。

总之，悲剧性是主体、文本、语境三者契合时生成于主体内心中的一种生命的不可弥补的缺憾性体验。在此过程中，主体的生命悲剧意识是必然的，文本所反映的人的内外存在的缺憾性是必然的，文本内部各因素的自我发展、自我实现的生命力冲动及其之间的相互作用及其结果是必然的，生命至上的社会历史文化语境对于人和文本的情感价值倾向产生一定的影响也是必然的。这诸多的必然性先后或同时叠加作用，促发了文本内部的悲剧性召唤结构的成功建构以及文本外悲剧性体验的生成或传递。

需要指出的是，悲剧性的"必然性"不等同于"决定论"。关于"决定论"，沈立岩先生曾归结为两种形式，一种是神学的，一种是自然的。神学

---

① ［美］H.帕克：《美学原理》，张今译，北京：商务印书馆1965年版，第96页。
② ［德］席勒：《论悲剧艺术》，见古典文艺理论译丛编辑委员会编：《古典文艺理论译丛》第六册，北京：人民文学出版社1963年版，第93页。

决定论认为，世间万事万物的发生都是上帝的意志，正如《圣经》所讲：
"若非上帝所愿，一雀之微也不会无因落地。""自然决定论则是相信宇宙
间的一切事物都处在无穷无尽的因果之链中。它的极端形式有时会与宿命
论混淆不清"。① 简言之，不论是神学决定论还是自然决定论，都是强调在
人的活动之外存在一种力量，它决定了人的活动及其结果，人的作用被完
全无视了。而悲剧性的必然性则强调人、文本（生活文本和文学文本）与
具体语境的客观存在状况及内在关系决定了悲剧性的生成。因而，我们要
重视决定论，但悲剧作品绝对不能以决定论为基础。否则，第一，悲剧作
品会显现出乐观主义风格，进而会使悲剧作品失去悲剧性独有的艺术震撼
力。第二，人们从一开始就知道了悲剧作品的结局，这会给人一种世界尽
在人类完全掌握之中的印象。这种印象要么是一种错觉和自我欺骗，要么
是一种无知和自我膨胀，要么是一种新的恐惧和自我矮化。

三、必然性的表现

矛盾对立到不可调和的程度进而引发冲突这一必然性是不少生活悲
剧的基本结构模式和特征，也是许多悲剧文学反映生活的基本方式和特征。
这一基本方式有不少具体表现情形。比较常见的一种情形，是悲剧性人物
（含抒情主人公）的内心矛盾或性格分裂。人物内心矛盾或性格分裂其实
是人性本身的善恶等基本价值分裂的表现，这种分裂与其后果之间具有一
定的必然性联系。而在叙事类和戏剧类文学中，悲剧性的必然性还可以由
悲剧性情境与悲剧性人物之间关系的规定性所决定，也就是说，悲剧人物
的性格、人格、情感、欲望、动机、目的、策略等主体因素与具体的情境
（包含人与人之间的关系）和大的一般世界情况之间的关系决定了人物的
悲剧性命运，这是一种建立在一般事理逻辑和情感逻辑基础上的必然性，
强调环境与人之间的辩证关系。文学中的这种必然性往往使得作品情节更
集中、情感更强烈、整体感更强、张力更大，更容易引起人们的接受兴趣。
它也为阅读期待、悬念、突转、发现等提供了可能。因而，强调揭示悲剧
性的必然性，有助于增强文学作品的艺术感染力和"较大的思想深度和自
觉的历史内容"②，有助于提高作品的思想水平和艺术水平。换言之，作家
要努力构建具有真实性、生动性、完整性和独特性的文本内在的情节关系
与情感价值关系，在情感逻辑与事理逻辑的共同作用中，二度生成自己的

---

① 沈立岩主编：《当代西方文学理论名著精读》，天津：南开大学出版社 2005 年版，第 28 页。
② ［德］恩格斯：《恩格斯致斐迪南·拉萨尔》，见中共中央马克思恩格斯列宁斯大林著作编译局编
译：《马克思恩格斯选集》第四卷，北京：人民出版社 2012 年版，第 440 页。

悲剧性体验。

把悲剧性的必然性当作人不可理解、不可控制、不可逃避的神秘力量来对待，在生活和文学中也有不同的表现。在古希腊及古希腊悲剧中，悲剧的必然性多体现为"命运"（Mora），它更多的是指已经发生、正在发生和将要发生的一切事情的总的整体性，尽管它仍然与人联系在一起，往往通过主人公的自由行动来实现，但它却被认为是可以独立于时间以外、独立于神以外的存在。换言之，神也受命运的驱使。古希腊斯多噶派哲学家克里希波斯（Chrysippus，约公元前 280—公元前 206）曾认为，"一切未来都蕴涵于现在，或者事实上也蕴涵于过去之中"[①]。这样一来，在不少将必然性表现为命运或类似神秘存在的悲剧中，时间因素几乎已经消失了。换言之，不论何时，命运总在。在中世纪的社会生活和悲剧性文学中，必然性的表现几乎全是神的率性而为，人失去了最基本的独立自主性，作为上帝的奴仆而被动地活着。因而，中世纪人们生活中的悲剧更接近悲剧的本意，而基督教悲剧文学虽说表达了修道的艰辛，但这仅有与传统悲剧外形上的近似，其骨子里论说的却是上帝之伟大、神圣不可违逆。文艺复兴后，不论日常生活中还是文学艺术中，悲剧的必然性多表现为人的内在个性冲突。到了现代，悲剧性的必然性又多表现为人对自己永远不可能臻于完美状态的无奈叹息。在戈德曼那里，悲剧性的必然性又表现为人在上帝离场后对于意义的苦苦追寻的痛苦。一些后现代主义作品中的开放式结局或者没有结局，真实地表现了生活的丰富性和真实原生态——生活既没有开始也没有结束，永远这样进行着。这种技巧本身是对传统的虚构艺术完整性的一种无声无息的颠覆。它们表达了那时不少人们心中的独特的悲剧性——任何个体的生命或历史在无边的生活之海里如同沧海一粟，其价值接近于零。这种虚无主义的存在观传达出的是生命的悲凉、生活的无奈，由此而贯通起了厌世者、弃世者、玩世者、苟活者的内心世界，使悲剧性体验的生成在这些人群以及因特定因缘而同感于上述人们的人群中具有了某种必然性。可见，许多后现代主义文学并不是从更宏阔的历史发展规律、社会矛盾冲突、命运、"原罪"、抽象的逻辑运动或人为的逻辑构造去解释悲剧性的必然性，而是在作为片段、瞬时、偶然的发生里，从悲剧性载体与个体受众所共通的生命存在感的联系中去说明必然性。这样，这种悲剧性的必然性就是一种生命的不完整性，也是生命体对生命不完美存在状态的自觉与认可。承认这种偶然现象中的必然性是对每一个个体生命存在价值的

---

① 转引自[英]克利福德·利奇：《悲剧》，尹鸿译，北京：昆仑出版社 1993 年版，第 58 页。

肯定，同时也是对整体压迫乃至淹没个体的宏大意义模式的一种反抗。

在中国古代的戏剧、叙事类作品中，悲剧性的必然性多表现为"天命"不济、"道义"不彰、皇帝受蒙蔽以及外敌的侵略、坏人的作恶，在中国古代的抒情类作品中，悲剧性的必然性多体现为人们同情弱者、失败者、被陷害者、被欺侮者、被贬谪者、被不公正对待者的心性相通、心理相通。在不少中国现当代革命、建设、改革文学中，悲剧性的必然性多表现为在敌强我弱的革命态势下敌人对革命干部群众的凶残杀戮，革命暂时处于低潮时期敌人的疯狂反扑，革命、建设和改革等宏大历史进程中的小失误、小波折、小危机对于真正的革命者、建设者、改革者、人民群众和同行者的意外伤害，形形色色的反革命者、假革命者、假建设者、假改革者对真正的革命者、建设者、改革者和人民群众的迫害，浩浩荡荡的革命洪流、建设形势和改革趋势等社会大趋势、时代大潮流对于各种反对者、阻挠者、观望者的毫不留情的涤荡，以及人们追求真善美的天性。

当然，我们讲悲剧性的必然性并不否定偶然性，偶然性是必然性的补充和表现形式，是对世界丰富性和多样性的说明。其实，生活本身就是由无数的必然与偶然共同构成的，偶然的背后有着必然的存在，偶然体现出了生活本身的无穷性和不可把握性，甚至神秘和恐怖的意味。简言之，偶然性印证了人类认知的有限性，进而确认了生活本身的不可完全把握的必然性。两者的有机融合，使悲剧性作品更加同构于真实的生活状态，从而也更容易引起人们的似真幻觉。海明威（1899—1961）的大多数作品就印证了这一点。他的小说的结局多是"偶然"因素所致，许多作品中频繁使用这一技巧让人感到这是他有意而为，暗含着他对生命、人生悲剧性的必然性的体认。在《乞力马扎罗的雪》中，去非洲打猎的作家哈里，战胜了凶猛动物，却被一个小小的荆棘刺夺取了生命。《太阳照样升起》中，从战场上全身而归的杰克，似乎即将享受美好生活，但战争却让他失去了性能力而不能与心爱的人幸福生活。《丧钟为谁而鸣》中，乔丹冒险炸桥没受伤，却在平安撤退中摔断了大腿。《弗朗西斯·麦康伯短促的幸福生活》中，弗朗西斯终于熬过了死亡的焦虑表现出勇敢时，却很快死去。《永别了，武器》中，亨利和凯瑟琳历经众多磨难终于逃离了战争，以为幸福在前，却不料难产夺走了凯瑟琳的生命。《老人与海》中，古巴老渔民桑提亚哥在茫茫大海中漂泊了 85 天，终于捕到了一条大马林鱼，然而在返航途中，却遭到了鲨鱼群的袭击，把马林鱼吃了个精光，只剩下一副空空的骨架在证明着老人曾经的辉煌。总之，海明威就是不让任何一个人都有幸福的结局或者人们一般乐意接受的结局。很明显，这种结局方式表明，在海明威看来，人生就是一出悲剧，人类的历史就是一部悲剧的历史，人类的文学艺术创造也应该传达出人类的悲剧意识，表达自己对人类命运的深刻反省和严正关注。于是，悲剧性也成了海明威小说的一个常见主题。因而，偶然性中有必然性，反复的、高频率的偶然性运用，就是在确证必然性。

然而，历史上也有人反对把悲剧性刻意与必然性的艺术安排联系在一起。例如，车尔尼雪夫斯基。他说："人的痛苦或者灭亡是悲剧的——仅是这点就很足以使我们激动、使我们震惊、使我们充满了畏惧和同情……至于痛苦与灭亡的原因是偶然的还是必然的呢，那反正是一样的。"① 这种只问结果不问原因的说法，虽然并没有从根本上否定悲剧性的必然性，但却强调，必然性只是实现悲剧性效果的一种手段而已。不过，我们从车尔尼雪夫斯基对艺术安排令我们"激动""震惊""畏惧""同情"的悲剧性效果的坚信里，看到了他对人类同情心理的存在及其有效活动的必然性的肯定。

此外，悲剧性体验阈限的不同并不能否定悲剧性的必然性特点。我们知道，不同个体、不同群体和不同时代的人们的悲剧性体验阈限是会有所不同的。过去大家都体认为悲剧性的，现在大家未必再体认为悲剧性。别人体认为悲剧性的，我们自己也未必体认为悲剧性。这些现象并不是在否定悲剧性的必然性，而是在证明前面的观点，社会语境的变化，主体悲剧意识的变化，会导致同一文本表现出截然相反的体验效果来。这再次表明，悲剧性的生成是一次生命事件。我们说悲剧性的必然性，就是讲当具有悲剧性意识的人、具有悲剧性召唤结构的文本和生命至上的社会历史文化语境三者契合时，悲剧性必然生成。换言之，文本未变，而主体的意识状况和语境状况发生改变，或者三者不能契合时，自然主体产生不了悲剧性体验。因而，我们要认识并尊重悲剧性生成的必然性规律，来为艺术效果服务，为我们的社会人生服务。

这里需要说明的是，必然性的艺术安排，既可以产生悲剧性效果，也可以寄寓作者包括意识形态在内的各种观念。这主要是通过把可能性变为现实来实现的。而特定的权力集团通过一定的话语策略，将某些可能性排除在外，就可以人为肢解事物的丰富的可能性，从而为其观念大行其道创造思维定势和话语空间。

总之，作者之所以关注悲剧性的必然性，根本原因就是为了通过逻辑、情感、人性与文化的共通而提高其悲剧性作品的感染力量和共鸣程度，进而实现悲剧性作品培育人心与改善社会的功用。受众关注悲剧性的必然性，

① ［俄］车尔尼雪夫斯基：《美学论文选》，缪灵珠译，北京：人民文学出版社1957年版，第108页。

是为了获得一种接受心理中的共鸣，形成一种情感共同体，进而通过这种情感共同体使自己产生一种与他人同属于同一个社会共同体的归属感、认同感、整体感、安全感、价值感，提高自己的满足感和幸福感。

第三节　悖论性

悲剧性的第三个特征是悖论性，这是从悲剧性生成的逻辑特点的角度而表现出来的特征。悖论最早是古希腊戏剧中的一种角色类型，其所说表面上似乎是假，但事实上为真。后来，悖论被作为一个逻辑学概念来使用，指两个相反或矛盾却同真的判断之间的关系。简言之，悖论就是矛盾并存。悲剧性就有这样的特点，绝对肯定或绝对否定都不成立。因为悲剧性绝不是简单的存在。它不是单一的情感或认知，而是情感和认知，是情感—认知统一的体验；它不是单一的悲痛，而是悲喜复合的情感；它不是简单的"是"或"不是"的认知判断，而是在"是"和"不是"之间的情感认知判断，是一种超越了简单的二元对立的价值判断。从此角度来看，悲剧性生成中有着内在的矛盾冲突。因而，悲剧性的悖论性是指，悲剧性本身同时包含着相互矛盾乃至相互对立的内在要素，悲剧性就存在于这一相互矛盾乃至相互对立的统一体关系之中。

一、悖论性的表现

宇宙和自然界是充满悖论性的。它们是矛盾的存在物或矛盾的统一体。例如，地球上既有白天也有黑夜，既有严冬也有酷夏，既有阳光也有风雨，既有阴也有阳，既有静也有动，既有热也有冷，既有大也有小，既有硬也有软，既有香也有臭，既有黑也有白，既有乐音也有噪音，既有高山也有大海，地有升沉，日有出落，月有圆缺，草木有荣枯，天气有阴晴，潮水有涨落，生命有生死。即便是单一物质，光有波粒二相性，水有液、气、固三态。整个宇宙，既有创造也有毁灭，既有混乱也有秩序，既有有限也有无限。因而，宇宙与自然界是一种悖论性存在。

人及人类社会也是充满矛盾的悖论性存在。人既是强大的又是虚弱的，人既是伟大又是渺小的，人既自私自利又大公无私，人既自信自强又自卑自弱，人既温情脉脉又冷酷无情，人既善良温和又凶恶残暴，人既英勇果敢又怯懦犹豫，人既智慧文明又愚蠢野蛮，人既谦虚谨慎又骄傲自大，人既开放宽容又封闭苛刻，人既高瞻远瞩又目光短浅，人既诚实守信又虚伪背诺，人既忠贞不渝又背叛失节，人既知恩图报又以怨报德，人既有理性又有感性，人既有欲望又有理智，人既有兽性又有神性，人既有荣光又有耻辱，人既有功利之心又有审美之心，人既有是非又无是无非，人既爱人又恨人，人既帮人又害人……人类社会，国有治乱战和，家有贫富兴衰，人有聚散祸福，事有成败顺逆，趣有雅俗文野。即便一个时代，它也不是简单的，而是具有一定的悖论性的。英国文学大师狄更斯在《双城记》第一章第一段一连用了"最为美好—最为糟糕""聪明睿智—愚昧蛮荒""拥有信仰—充满怀疑""光明璀璨—黑暗无垠""充满希望—饱含绝望""应有尽有——无所有""升入了天堂—奔向了地狱"7 对语义相反的极端形容词，采用了"那是……的时代，那是……的时代"7 个结构句式完全相同的排比句子，表达了法国大革命时代留给人们的印象。① 它是狄更斯对那个时代的悖论性的描述。在笔者看来，狄更斯其实就是在说，那是一个充满了悲剧性的时代。

我们人类的文化价值观念也是一种悖论性存在。例如，既有宁为玉碎不为瓦全，又有好死不如赖活着；既有敢为人先，又有枪打出头鸟；既有事不关己高高挂起，又有路见不平拔刀相助；既有法比天大，又有法不责众；既有人过留名雁过留声，又有一切都是浮云；既有春宵一刻值千金，又有及时行乐不枉生；既有望尽千帆皆不是，又有天涯处处是芳草……可以说，人类创造并使用的语义矛盾或相反的语言表达有多少，宇宙、人类社会、人生和人性的悖论性就有多少。

宇宙、社会、人生、人性和生命的自相矛盾的悖论性存在决定了悲剧性体验的悖论性存在，而悲剧性又是通过这个悖论性的存在才得以生成和发展的。因而，悲剧性具有了悖论性的特点。在这个意义上说，悲剧性是人类生活的常态。这就要求我们超越乐观主义和悲观主义的简单的二元对立，积极面对人生和人性中的悖论性、悲剧性。

悲剧性的悖论性特点最基本的表现形态是矛盾体。矛盾体是指相反相成，相互对立而又相互依存的关系体。例如，情感/理智，感性/理性，意识/无意识，现实/理想，肯定/否定，信仰（信念）/怀疑，继承/创新，传统/现代，绝望/希望，自由/禁锢，民主/专制，悲观/乐观，罪/非罪，中庸/极端，个体/群体等自相矛盾的要素同时并存。悲剧性就存在于这些悖论性关系中。

---

① [英]查尔斯•狄更斯：《双城记》，王旭川、王若愚译，北京：中央编译出版社 2011 年版，第 3 页。

悲剧性的悖论性在文学中的表现是多种多样的。例如，单一性格的人物之间的悖论性关系。在莎士比亚的悲剧《奥赛罗》中，伊阿古的嫉妒、奥赛罗的多疑和苔斯狄梦娜的忠贞组成了一组悖论性关系。伊阿古追求苔斯狄梦娜不成功，嫉妒心极强的他便利用奥赛罗的多疑心诬陷了忠贞的苔斯狄梦娜，致使奥赛罗错杀了自己的爱人，后又自杀于爱人身旁。《阿伽门农》中阿伽门农的城邦至上观念与妻子克吕泰墨斯特拉的家庭至上观念矛盾冲突，导致了一连串悲剧事件的发生。人物思想性格内部充满悖论是常见的悖论情形。例如，在古希腊悲剧大师欧里庇得斯的《美狄亚》中，美狄亚内心里是弃妇的怨恨与母亲的挚爱、复仇的激情与爱子的理智、母亲的善良与杀子的狠心的白热化的交织抗争。在《哈姆雷特》中，丹麦王子哈姆雷特内心里充斥着诸多矛盾：勇敢与犹豫，思考的清晰与行动的踌躇，崇尚理想与遵循现实，重整乾坤与为父复仇，家国使命与个人行动，个人爱情与王子义务。这种悖论性的思想性格不仅塑造了人物形象，而且使悲剧人物哈姆雷特内心矛盾痛苦，并使其具有一种不确定性和深刻性。同时，这也使承受苦难成为其主要生活内容和特征。在承受苦难中，更加彰显了他的杰出的意志和品质。

人物思想性格的悖论性存在，其实也是情节动力的悖论性存在，推动了情节的多向发展和多条悖论性情节交叉并进。《哈姆雷特》中有三条复仇线索，丹麦王子哈姆雷特为父复仇要杀叔父克劳狄斯是主线，奥菲利娅之兄雷欧提斯为父复仇要杀哈姆雷特是副线，挪威王子小福丁布拉斯为父复仇带兵准备进攻丹麦也是副线，中间又加入亲情线索、爱情线索和友情线索。这些情节线索的出发动机和目标并不一致，由此形成了一张关系网，把有关人物全部罗织了进去，反映了广阔的社会生活。人物内心中的悖论性冲突也推动了无情节的情感流、意识流前行，它为人物外在的行动或不行动提供各种动机性理由，同时也是在探索恰切的人类生活方式与可能性，这一点在无情节作品中相当明显。

人物实现目的的手段与其目的的悖论性关系有助于悲剧性的生成。2012年周申、刘露共同编剧导演的荒诞喜剧《驴得水》中，一群怀揣教育梦想的教师来到偏僻落后的山村创办学校，由于缺水，学校不得不养了一头驴来拉水，而养驴的钱没有着落，校长不得不虚报了一位名叫"吕得水"的老师来冒领经费。但即将到来的国民政府教育部特派员的检查却让这个问题浮出水面，三民小学民国三十一年上半学期期末总结大会的主题就成了对策商讨会。剧中人物声口各异，对白妙趣横生，既有动作性，又有思想含量，推动了情节发展。作品的深刻之处，是在喜谑表演中生发出了浓浓的悲剧性，而这一心理效果的出现主要依赖于作品中的悖论性存在：正确目的与错误手段，美好梦想与残酷现实，日常生活与理想信仰，解困妙策与更大麻烦，美好愿望与道德底线，个人利益与共同利益。在大家的共同坚持或者说忍受中，既显现出了他们的牺牲精神，令人动容；又显现出了在美好愿望的旗帜下大家是如何于无意识中一步步下滑了道德底线，失去了许多美好的东西，又令人感喟惊悚。而剧院的演出语境，让拥有生命悲剧意识的人们很容易进入作品所设定的情境中去，释放其审美情感。在与舞台上的作品相遇后，自然引发了悲剧性同情体验。于是，我们认为他们是具有悲剧性的人物。

人物心理中情感关系的悖论性，也有助于悲剧性体验的产生。奥菲利娅一方面爱慕哈姆雷特，一方面又怀疑哈姆雷特；一方面享受爱情苦恋的甜蜜，一方面承受父亲被杀的痛苦；前者让她靠近哈姆雷特，后者让她远离哈姆雷特。这使得奥菲利娅的内心遭受着折磨，观众体会到了她的悲剧性。

可以说，对于大多数古代悲剧性人物而言，我抗争（内在、外在），故我在；对于现当代作品中的一些悲剧性人物而言，我忍受，故我在。总之，对于悲剧性人物而言，我担当，故我在。

环境与人物心理之间的悖论性关系有助于悲剧性生成。例如，《诗经·小雅·采薇》中士兵出征时"杨柳依依"，战罢归来时"雨雪霏霏"①，乐景写哀情，哀景写乐情，五味杂陈，百感交集，突显了人物内心的伤悲与哀痛。环境的历时性悖论关系有助于悲剧性表达。《诗经·氓》中女子新婚前后生活环境的对比性描写，生发出了人们对于该女子婚后不幸生活的悲剧性同情以及对其被弃命运的忧虑性预感。《红楼梦》中，林黛玉去世时的冷清凄惨场景与贾宝玉薛宝钗完婚时的热闹喜乐场景的共时性悖论，让人从心底对人生和生命平生出了无尽的悲凉。

文学作品与时代氛围的悖论性存在，让人要么感受到作品的悲剧性命运，如林语堂的闲适作品在救亡图存的民族社会文化语境中所遭遇的被冷落的悲剧性命运；要么感受到所处时代文化的悲剧性，如岳飞的《满江红》、北朝民歌《木兰诗》在 21 世纪最初十多年里遭遇了戏仿性解构，这种无底线的娱乐化是对真正神圣和崇高的价值观的颠覆，是一种把民族精神、民族文化虚无主义化的悲剧性，令人痛心。

悲剧性的悖论性可以表现为一种文学文本结构。例如，臧克家的那首著名诗歌《有的人》，诗作的结构就是按照"生理已死—精神不死—生理不

---

① 《诗经·小雅·采薇》，见余冠英选注：《诗经选》，北京：商务印书馆 2012 年版，第 181 页。

死—精神已死"这样两两相反相成的悖论性语义关系建构起来的，这种辩证性结构形成了极大的张力，拓展了作品认识的深度、广度和厚度，提高了作品思想内涵的辩证性，增强了作品的说服力、逻辑力量和艺术感染力，产生了震撼人心的悲剧性效果。

悲剧性作品主旨倾向的悖论性，也是悲剧性的悖论性特点的表现之一。例如，悲剧性是悲观的、乐观的还是悲喜之间的；基督教文化背景中的悲剧是让人相信还是让人怀疑上帝救赎。这提高了作品思想蕴涵的复杂性和深刻性。

悲剧性的悖论性还可以表现为一个时期的文学主题。例如，20 世纪末中国文学的主题之一是人文情怀与历史理性之间的悖论性张力。人文情怀强调重视人的价值，尊重人的感情、个性、人格、尊严和各种权利；历史理性强调尊重历史发展自身的规律、价值和作用。两者同时存在于我们的社会以及人们的意识中。于是，在现实社会发展中，当出现我们被迫做出某些损失或牺牲某些已有利益的情形时，我们是倾向于历史理性还是人文情怀，就成了一个问题。王滋润的《鲁班的子孙》和张炜的《柏慧》更看重人文情怀；蒋子龙的《乔厂长上任记》更看重历史理性；刘醒龙的《分享艰难》、谈歌的《大厂》、何申的《年关》和关仁山的《大雪无乡》等作品则表现了人们在人文情怀与历史理性之间痛苦的煎熬。历史证明，人文情怀与历史理性并重兼取、相互作用的悖论性表现方式才是历史的厚爱。

悖论性同构了生活、存在本身的复杂性和多样性，使悲剧性具有了深刻性。因此，悲剧性文学也走进了生活和人性的更深、更广处。例如，莎士比亚在作品中表现了人类很多的善和恶，而且多把善和恶结合在一起去表现，并且让善和恶之间展开斗争，从而使人物的悲剧性命运的出现具有了坚实的根由。例如，《麦克白》第一幕第一场"荒原"中，三女巫合唱道："美即丑恶丑即美。"[①] 这是一个美丑共在的时代。第一幕第三场"荒原"中，麦克白在听了三个女巫的歌声与谈话后，说道："我从来没有见过这样阴郁而又光明的日子。"[②] 这是一个快乐和悲伤的日子，预示着他的野心即将实现以及恐惧犹豫的心情。后来作品中对此予以坐实。麦克白刺杀邓肯王前后，内心活动复杂，表现出犹豫、忧郁、矛盾、后悔、恐惧、惴惴不安、坚决、坚定等杂织在一起的悖论性精神状态，欲望野心与伦理之心在斗争。莎士比亚还借助班柯的鬼魂及其他幽灵表现了麦克白的神经错乱、

---

① [英]莎士比亚：《莎士比亚全集》第八卷，朱生豪译，北京：人民文学出版社 1978 年版，第 309 页。
② [英]莎士比亚：《莎士比亚全集》第八卷，朱生豪译，北京：人民文学出版社 1978 年版，第 313 页。

恍惚、猜疑与恐惧。莎士比亚也借助剧中人物之口表达自己对于人生悖论性的认识。在《哈姆雷特》第三幕第一场中，哈姆雷特那段"生存还是毁灭"的独白就道出了生存的悖论性痛苦。① 在第二幕第二场中，莎士比亚借波洛涅斯之口说："疯狂的人往往能够说出理智清明的人所说不出来的话。"② 表明人世间总是存在着疯狂与理智的悖论。正是由于莎士比亚对于人性和生存的悖论性的卓越表现，马克思肯定了莎士比亚戏剧在刻画人物精神的复杂性和深刻性上所取得的成就，他说："英国悲剧的特点之一就是崇高和卑贱、恐怖和滑稽、豪迈和诙谐离奇古怪地混合在一起。"③ 因而，笔者认为，完全有序的世界和完全混乱的世界没有悲剧性。悲剧性就在混乱与秩序之间。

二、悖论性的哲学基础

悲剧性的悖论性特征的哲学基础又是什么呢？笔者以为，其哲学基础是对话哲学，是悖论内在各方间的"对话"和"阐释"，而不是你死我活的简单的斗争。它外化在作品中，是不同的人物性格、情绪、激情、思想、目的、手段、环境、结构等因素的矛盾冲突，及其所导致的不同行动的矛盾冲突。在各种悖论性关系的内在各方的矛盾发展中，展现了各自存在的合理性，推动了作品内容的发展，由此，显现了世界的真实性、复杂性和深刻性。总之，包含矛盾对立因素的丰富复杂的现象整体才能显现真理，因而悖论性是表现真实的最有效、最有力的方法。

人类许多文化都对世界的"悖论性"存在进行了严肃的思考。例如，"悖论"思想在印度文化中体现为"双昧"思想，认为"悖论"是真理的存在形态。"双昧"思想在《奥义书》中有集中论述。所谓"双昧"是说，任何事物的存在形态都是"双昧"的即对立的存在，如黑白、生死、善恶、美丑、明暗、正反、多少等。人对客观事物只执着于一个方面那就是"无明"（错误的认识），因为真理存在于"双昧"的统一之中，即"全体"是真理，片面是谬误。印度文化中的所谓智者就是指能够超越并克服对立与片面，且能够从统一的整体角度来看待事物的人，即"梵"。④ 生殖与死亡、

---

① [英]莎士比亚：《莎士比亚全集》第九卷，朱生豪译，北京：人民文学出版社 1978 年版，第 63-64 页。

② [英]莎士比亚：《莎士比亚全集》第九卷，朱生豪译，北京：人民文学出版社 1978 年版，第 45 页。

③ 中共中央马克思恩格斯列宁斯大林著作编译局编译：《马克思恩格斯全集》第十卷，北京：人民出版社 1962 年版，第 188 页。

④ 邱紫华：《悲剧精神与民族意识》，武汉：华中师范大学出版社 2000 年版，第 319 页。

创造与毁灭本是水火不相容的，但印度文化中的"湿婆"神却把它们集于了一身。印度史诗《摩诃婆罗多》就表现了悲剧性的悖论性特点。它写持国国王的两个儿子——长子难敌与次子般度——为了争夺权力而率领各自子孙展开大战的事，其中，难敌是恶的毁灭性力量的象征，他无视王位继承法，无视亲情，不择手段，破坏了王国的和谐平静。剧终，善恶双方都升到了天国，那里没有矛盾、冲突与怨恨，世界和宇宙又恢复了和谐平静，这是"梵"的境界。可见，在印度文化中，善恶和谐并存的世界才是一个平静的世界、神圣的世界。

　　中国文化中儒、道、释三教合流的历史，表明世界的复杂性只有用悖论哲学思想予以阐释才能揭示其本质。例如，儒释道都看重自然，从对自然的解释上可以看出它们的不同关注点。儒家常以自然比德，所谓"知（智）者乐水，仁者乐山"（《论语·雍也》）。道家以自然作为道的标准，所谓"道法自然"，因而也以"自然"作为反对文化的理由，所谓只有绝圣弃智，才能达到与万物同化、与天同德的境界。魏晋玄学的出现，促发了山水诗的兴起。这样，在自然的问题上，儒道在魏晋时就逐渐融合了。南朝宋末创立的禅宗常用自然来解佛，所谓"青青翠竹，总是法身，郁郁黄花，无非般若"①。可见，在解释"自然"的问题上，儒家以自然比德，道家以自然为法，佛家以自然解佛，是有不同。"德"关乎的是人与社会的关系，旨在使人与社会和谐相处，在社会生活、经济致用上有为；"法"关乎的是人与自然的关系，旨在使人与自然和谐相处；"佛"关乎的是人与自我的关系，旨在使人处理好自己的意志、欲望，达到内心的平静，与自己和谐相处。因而，儒释道三家对"自然"的解释统一起来，才是中国文化对于"自然"的完整解释，也是每个人所需要和愿意接受的自然观。这种三教合流的思想逐渐被民众意识到。唐代初期时，儒释道三教还是鼎立的。但因皇家姓"李"，与老子同姓，于是唐代二百多年"道"被推崇。但其实，唐代统治阶级也很重视对佛教思想的学习和运用。最典型的事例就是唐玄奘西天（印度）取经是具有官方性质的佛事活动和佛教学术活动，得到了唐代统治阶级的大力支持。而儒家思想在历史上一直是一种重要的统治思想，几乎没有被真正地边缘化过。因而，儒道释在唐代时就自然融合了。至于宋代理学，梁启超认为它是"儒表佛理"之学。② 这说明，中华文化具有极强的自洽性和自适性，不论入世、出世、超世，得意还是失意，它都能自圆其

---

　　① 《大珠禅师语录卷下》，转引自张法：《中国文化与悲剧意识》，北京：中国人民大学出版社1989年版，第181页。

　　② 转引自王治心：《中国宗教思想史大纲》，北京：东方出版社1996年版，第179页。

说，给人以内心宁静。可见，儒、道、释的思想在相互对立中又相互补充、相互支持，共同激荡着滚滚向前的中华文化。

悖论性思想的后面，是一种包容、民主、平等、自由、责任、开放的文化心态和文化自信心，也表征着一个人和一个民族对于世界、社会、人生、生命和人性的本质及其相互关系的丰富性、复杂性的理解的深刻程度，标志着一个人、一个民族的文化的成熟程度。

悖论性的对话哲学基础启发我们，在文学中要生成深刻的有感染力的悲剧性，就要遵循悖论性的对话哲学思想规律，就要充分关注不同因素的矛盾关系，关注每一因素内在的矛盾关系，让作品呈现出极强的对话色彩、呈现出复调乃至多调特色，而不要让作品充斥一种声音。

三、悖论性的心理机制

对于悲剧性的悖论性特点背后的复杂矛盾心理，很多大师曾经多从悲剧作品接受的角度有过简单描述。例如，柏拉图说："在悲剧和喜剧里，不仅是在剧场里而且在人生中一切悲剧和喜剧里，……痛感都是和快感混合在一起的。"[①]他看到了悲剧性体验是痛感和快感混合的特点，虽限于现象描述，但在当时就很有创见了。谢林曾说，悲剧"斗争的结局，并不是此方或彼方被战胜，而是两方既成为战胜者，又成为被战胜者"[②]。他深刻地看到了真正的悲剧性结局所具有的悖论性特征，斗争双方同输同赢，这让人悲喜交加。显然，谢林比较乐观。席勒看到了理性与感性的斗争对于悲剧快感也即悲剧性产生的决定作用。他启发了人们，悖论性的矛盾痛苦心理源于两种乃至更多种力量的相互对抗。施克则说，欣赏悲剧时，人们"同时承认双方"，使人极度痛苦。[③] 他看到了悲剧性的悖论性是令人痛苦的根源。布雷德利也认为，在欣赏悲剧性作品时，观众内心产生的"这种同情和敬畏至少可以与想让主人公毁灭的那种愿望相抵"[④]。他看到了悲剧性接受过程中观众的矛盾心理特点，但尚未解释其原因。车尔尼雪夫斯基则说："由于每种倾向有它公正的一面，而由于它的片面性，也有不公正的一面，

---

① ［古希腊］柏拉图：《斐列布斯篇》，见伍蠡甫主编：《西方文论选》上卷，上海文艺出版社 1979 年版，第 43 页。

② ［德］谢林：《艺术哲学》，魏庆征译，北京：中国社会出版社 2005 年版，第 305 页。

③ 陈洪文、水建馥选编：《古希腊三大悲剧家研究》，北京：中国社会科学出版社 1986 年版，第 541 页。

④ ［英］A.C.布雷德利：《莎士比亚悲剧》，张国强、朱涌协、周祖炎译，上海：上海译文出版社 1992 年版，第 18 页。

于是互相矛盾的倾向就终于得到和解。"① 车尔尼雪夫斯基受到了黑格尔美学思想的影响，但他在一定程度上弱化了黑格尔的冲突力量的理念化特点，看到了悲剧冲突双方的互相矛盾关系对于悲剧结局及接受心理的决定作用，但对于"和解"的理解仍比较简单。维戈茨基认为，"悲剧仿佛迫使我们同时向右向左转"②。显然，他也看到了悲剧性的悖论性心理特点，但他把原因简单地归结为达尔文所说的人和动物共有的表情运动的"对立原理"，以生物适应性取代悲剧性本身的人学精神内涵就有些不妥了。恩斯特·卡西尔描述了人的悲剧艺术接受的心理过程。他说，我们在悲剧中"所感受到的是生命本身的动态过程，是在相反的两极——欢乐与悲伤、希望与恐惧、狂喜与绝望——之间的持续摆动过程"③。卡西尔对人的悲剧性心理活动过程的特点的描述是比较准确的（当然，"持续摆动"有待商榷，因为人的心理毕竟不是钟摆——引者），但他并未就原因做出进一步说明。

可见，历史上许多大师多从接受心理的角度，从不同侧重点，探讨了悲剧性的悖论性心理活动特点，颇具灼见，但都不完整，也不够深入和准确。那么，悲剧性之悖论性的心理活动特点到底是什么呢？笔者以为，它是一种"二难心理"，是当人的多种需求只能被有限满足时人无法做出取舍的矛盾心理，也是人两面兼得、尽善尽美的圆满心理，这种心理是一种动态心理。这种矛盾的痛苦心理在人们日常生活的悲剧性体验中和文学艺术的悲剧性体验中都存在，总让人内心有一种酸楚、一种痛苦、一种缺憾性体验。

那么，悖论性的矛盾心理产生的原因是什么呢？弗罗姆曾从人本主义哲学的角度简要论及了"人"的肉体—精神二重性是其产生"二难心理"的根源。④ 弗洛姆此说就其论题而言是比较深入的，但是，他的方法具有生物人本主义的固有不足，在人的肉体—精神的二元对立中来探讨悖论性原因，并不全面。其实，人的内心中悖论性体验的产生，除了对象本身的悖论性存在特点外，主要是源于人的多重需要的矛盾性，人不仅有物质需要与精神需要的矛盾，而且有物质需要内部的矛盾，还有精神需要内部的矛盾，而且诸多矛盾也是随语境、随主体、随对象而变化的。因而，悲剧性蕴涵着作品中人物或者受众的多重矛盾心理，这就使得悲剧性作品所引

① [俄] 车尔尼雪夫斯基：《论崇高与滑稽》（1854），见车尔尼雪夫斯基：《车尔尼雪夫斯基论文学》中卷，辛未艾译，上海：人民文学出版社上海分社 1965 年版，第 63 页。

② [苏联] Л.С.维戈茨基：《艺术心理学》，周新译，上海：上海文艺出版社 1985 年版，第 281 页。

③ [德] 恩斯特·卡西尔：《人论》，甘阳译，上海：上海译文出版社 1985 年版，第 189 页。

④ [美] 马斯洛等：《人的潜能和价值·人本主义心理学译文集》，林方主编，北京：华夏出版社 1987 年版，第 104 页。

发的"痛苦的甜蜜"或者"甜蜜的暴力"①处于一种动态的融合与平衡之中。在主体的情感价值里，各类冲突因素似乎相互"和解"起来了。这个"和解"其实就是承认各方的存在价值，然后在此基础上进一步探索。黑格尔从塑造人物复杂性格的要求出发谈及了悲剧的心理效果，认为悲剧人物内心陷入了"犹疑和抉择"里②。而这个犹疑和抉择下面，正好是引发人们产生悲剧性体验、推动文本内部情节发展的心理动机：给各种因素都公平地提供一个为其存在合理性进行自我辩护的平等机会，同时又试图在它们之间做出"抉择"。

　　悲剧性的悖论性特点的心理机制启发我们，悲剧性如果要得到比较成功的体验和表现，那人们和作者就必须充分关注世界、社会、人生、人性和生命中的复杂的悖论性因素，人们的内心和作家的创作心理中都必须有丰富、深刻的内容。例如，莎士比亚的剧作之所以能反映出人性的悲剧性，是与其创作心理中的许多悖论性因素相关的。莎士比亚的悲剧虽多取材于历史、传说和异国的故事等，但他所关注的焦点仍然是当时英国人民在那种新的生存状况中的痛苦和困难。莎士比亚认为，当时国家民族生存的基本方面是秩序与混乱的冲突。而混乱使民族走向灾难和毁灭，秩序则使国家繁荣。因而，在莎士比亚那里，悲剧性的别名就是混乱与苦难。在他看来，世界和人性充满复杂性和悖论性。例如，人既是宇宙的精华，人又在制造各种混乱和苦难，人又得忍受各种灾难和苦难，这是人的存在的基本状况。莎士比亚对于人的生存基本状况的悖论性的正视，使他发现了人性的真实性以及人的真实存在。莎士比亚之所以能做到这一点，是与他的思想资源分不开的。伊丽莎白时期，英国社会的主要思想文化有塞内加的道德哲学观、蒙田的怀疑观、马基雅维利的政治观、加尔文的宗教观和中世纪的宇宙观。这些形成了一种文化氛围，或强或弱地影响了莎士比亚。塞内加的斯多噶人生观是一种禁欲主义人生观，表现了人的骄傲和被动。他认为，人相较于动物具有优越性，人类社会中出现邪恶那是必然的、无法改变的，人应该冷静地忍耐、平静地等待，除此以外，别无良策。蒙田（Michel Eyquem de Moutaigne，1533—1592）持有怀疑主义，这启发人们去积极探索人生、人性和世界的真相。他不否认神的存在，但号召人们尊重自然规律，按照自然规律办事；他强调人的善良天性，反对人性本恶说，也反对基督教教义以"原罪"来规定人性。马基雅维利的政治观对莎士比亚的启

---

　　① 锡德尼语，转引自 Raymond Williams. *Modern Tragedy*. Stanford, California: Stanford University Press, 1966.p.24.

　　② ［德］黑格尔：《美学》第三卷下册，朱光潜译，北京：商务印书馆1981年版，第309页。

发是充满矛盾的：一方面，秩序对于一个社会至关重要；但另一方面，在个人生活上，玩世不恭的人生态度则更重要。加尔文（Jean Calvin，1509—1564）派建立了新教教会，废除了传统的主教制，建立了资产阶级共和式的长老制，并与世俗政权结合，成为一种政教合一的体制。他又宣布新的教义，认为人不论是在外做官、聚财发家、经商，还是放高利贷，和做教徒一样，都是为上帝工作的，大家的社会职业都是合乎上帝的旨意。他的这一思想，在一定程度上把宗教对人的束缚大大松绑了，为激进的资产阶级所大为欢迎。但同时，加尔文认为，我们人类所生活的宇宙是一个悲剧的宇宙，各种各样的疾病、瘟疫、火灾、天灾、战争及其所导致的死亡随时随地地威胁着人们的生存，于是，人们就不断地诅咒命运，厌恶降生人世、生活在人世，有时也会埋怨甚至指责上帝的残忍，以及对人的不仁慈、不公正。这样一来，人们就有可能产生异教思想。加尔文对此十分清楚。他的对策是，告诉那些萌生异教思想的人，我们所面临的各种危险、灾难、暴力和死亡都是上帝对人的考验，上帝主宰和裁判着每个凡人的命运。换言之，上帝是不会关照那些异教徒的，异教徒的悲剧当然也不会得到基督的天启，上帝也会惩罚那些违背自己意愿的教徒。因而，大家还是平心静气忍受苦难，放弃自己意愿，努力为上帝工作吧。可见，加尔文的新教宣教中，也有着宗教的恐吓在里面。关于加尔文的新教宗教观对莎士比亚的影响，在雨果看来并不明显，他说莎士比亚"有点像异教徒"[①]，在当代英国批评家阿兰·辛菲尔德看来，主要是"悲剧观念的基督教化"[②]。在笔者看来，莎士比亚更多的是遵从生活的法则，而非为了某种信仰，他从自己的生活实际和现实社会出发，体认到了社会中各种丑恶和不公。因而，对社会混乱的看法，更多的是他和加尔文各自的独立判断。伊丽莎白时期，英国人的宇宙观承袭的是中世纪的宇宙观，认为上帝创造的宇宙是和谐的、有秩序的、有严格等级的。在宇宙中，理性就是人的神性，理性使人超越了动物，摆脱了纯粹欲望的束缚。这种基督教的和谐宇宙观适应了当时英国社会对和谐、秩序的要求，因而在当时影响很大。总之，上述思想综合作用于莎士比亚，但莎士比亚是从自己的社会生活和英国现状出发进行理解和接受的。这就使得他的思想丰富而有特色，有着基督教和异教的双重印痕，根本上他超越了基督教和异教，深切关注一个个"人"所生存的这

---

① [法]维克多·雨果：《威廉·莎士比亚》，丁世忠译，北京：团结出版社2001年版，第256页。

② Alan Sinfield. *Faultlines, Cultural Materialism and the Politics of Dissident Reading*. Oxford: Clarendon Press, 1992.p.218. 转引自任生名：《西方现代悲剧论稿》，上海：上海外语教育出版社1998年版，第84页。

个世界和人的生命的悲剧性实质。于是，他在《威尼斯商人》中对异教徒夏洛克寄予了同情。

悲剧性的悖论性特征启示我们，文学艺术要表现高度的真实，要有震撼人心的情感力量和思想力量，就要强调悖论性内在各方的绝对性、鲜明性、坚定性和对话性，进而使冲突的张力增大，感染力增强。这自然成了悲剧性文学本身的内在要求。因为一方面，"集中"表现才更具有戏剧效果；另一方面，这种对立因素的并置和冲突过程，其实就是一种系统的、动态的比较过程，将各自的价值、优缺点、存在的理由充分地显现出来，增强观众对其评价的客观程度以及对各自的认同感。这样，在冲突的结局中，观众感同身受，更易感知到价值被损害的缺憾感。因而，文学中悲剧性的悖论性特征显现的过程，其实就是通过对立性价值、情感的渗透和培育，对受众进行正反向双向传播和对比性劝说的过程，这比单向传播更有效果。拉甫列涅夫的小说《第四十一》就是如此。这篇小说主要表现的是刚性的阶级使命与柔性的个人情感的悖论性冲突，它所否定的是阶级战争，讴歌的是远离了战争的纯粹爱情，进而呼唤和平的正常生活。因而，她的爱情愈真挚，她的阶级使命感愈强烈，这篇作品就愈感人。不过，对"悲剧性"体验而言，强烈的冲突不是必然的，特别是进入近现代后，悲剧题材生活化，悲剧人物平民化，对抗的激烈程度降低了，更接近于受众的生活和心理实际了，于是，日常生活中的悲剧性就更具有普遍性和认同感了。但同时，由于我们长期沉溺于日常生活而不自知，要发掘和表现那些我们习以为常的日常生活中所深藏着的、被掩盖的、被伪装的、被变形的、被熟视无睹的各种悖论性及其悲剧性，就对人们和作家提出了不小的挑战。

总之，悖论性是悲剧性能够成为反映各类真实的最好方式的根本原因。悲剧性文学因悲剧性的悖论性而提高了对生活反映的真实程度、复杂程度和深刻程度，从而使作品具有了震撼人心的情感力量、思想力量和艺术魅力。

第四节　和谐性

悲剧性的第四个特征是和谐性，这是从悲剧性体验的心理趋向的角度而表现出的特征。悲剧性文学艺术充分表现了这一特点。

悲剧性的和谐性是指，在悲剧性的生成过程中，各种矛盾对立因素被予以了平衡化的关注，形成了一种和谐化心理趋向，以及受众最终所产生的和谐心理体验。显然，这是一种过程性和谐，动态和谐而非静态固定。它主要包括文本内悲剧性冲突机制的和谐与受众悲剧性体验的心理和谐两个方面。文本内悲剧性冲突机制的和谐，保证了悲剧性冲突（无论内外）的持续推进和文本的完整性，有些文本还表现了悲剧人物对于自己苦难遭遇的"理解"，进而与自己所处的情境和解。受众悲剧性体验的心理和谐包括当下接受体验中的心理和谐与回味中的平衡化心理体验，或者说延后的和谐、回味中的和谐。正因此，阿瑟·米勒在《悲剧的特性》（1949）中说："悲剧是对人类为幸福而斗争的最精确地平衡着的描绘。"① 可见，悲剧性的心理和谐体验是悲剧性文本参与人心建设与社会文化建构的基础，是日常生活中，我们每一个悲剧性体验者得以自我建构的基础和方式，也是我们每一个人与自己最真切、最深入、最直接、最有效的沟通方式。因为，在悲剧性的心理和谐体验之时，我们与自己的心灵最近，我们与生命的本质、与存在的本质最近。那么，这种"和谐性"产生的原因是什么？下面予以探讨。

一、和谐性的心理文化基础

追求"和谐"是人内心的自然驱动力。文学中悲剧性的"和谐"感的产生就离不开人的这种内在的平衡化本能。英国学者 I.A.瑞恰兹（I.A.Richards，1893—1979）认为人的情感冲动有一种平衡化趋向。他在《文学批评原理》（1924）中说，一种力量如果超过了另一种力量，我们就不会有悲剧了，正因为如此，他认为："悲剧的特性是由怜悯和恐惧这两组冲动之间的关系所规定的，悲剧经验中特有的平衡状态也产生于这种关系。"② 悲剧性人物的苦难遭遇令人恐惧，但其作为受难者所显现的伟大崇高的精神却令人振奋。这两者之间其实就是一种平衡化的努力，是一种和谐化的建构。特别是作品中性质相反的情感的逆向同步发展，最终导致了作品中悲剧性情感的生成，和谐的悲剧文学艺术整体得以显现。对于这一文艺心理现象，苏联著名文艺理论家列夫·谢苗诺维奇·维戈茨基（1896—1934）在其《艺术心理学》（1925）中以其著名的"逆向情感短路"理论予以阐释。他认为，"任何艺术作品——寓言、短篇小说、悲剧——都包含有激情矛盾，引起互相对立的情感系列，并使这些对立的情感系列发生'短

---

① ［美］罗伯特·阿·马丁编：《阿瑟·米勒论剧散文》，陈瑞兰、杨淮生选译，北京：生活·读书·新知三联书店1987年版，第50页。

② 转引自［英］克利福德·利奇：《悲剧》，尹鸿译，北京：昆仑出版社1993年版，第80页。

路'而归于消灭"①。也就是说，文学作品的内容中，从一开始就包含有至少一对方向相反的情绪情感，随着作品的不断展开，这些情绪情感沿着各自的方向继续前进，但在作品即将结束之时，这些方向相反的情绪情感就逐渐地趋向了同一个地点，最后融汇于一处，产生了超越已有情感的新的情感，它是对已有情感的净化和升华，即对双方的理解与超越，心理实现了新的和谐。黑格尔认为悲剧性冲突的最终结局是"和解"，是矛盾冲突双方克服各自的"片面孤立化"，而恢复了更高层次的"伦理实体和统一的平静状态"。②黑格尔的伦理实体是统一的、处于平静状态的观点是一种典型的客观唯心主义的绝对理念论观点，缺乏客观现实支持；但若去除黑格尔观点的客观唯心主义色彩，他的论述还是趋近了悲剧性的真相的。因为，悲剧性冲突的结果，往往是冲突双方都对对方的合理之处给予了一定程度的认同，在此基础上达成了共处的共识，这个共识是真实的认识，可以被现实所验证。受众在冲突双方达成共识的那一瞬，体验到一种彻悟存在本相之后的华严之境的清平、清净、清静，已经没有了简单的"是"和"非"，或者说，双方已经不像刚开始那样水火不容、剑拔弩张了。此外，悲剧性人物经历苦难乃至毁灭的浴火后，领悟到了某种"真理"，在精神的意义上他以"真理"的化身重生了。于是，这种"真理"认知就成了悲剧性体验对于人们经历苦难的补偿，人们内心的情感与认知平衡了，人心自然和谐了。可见，人们心理中情感与认知的平衡化要求也是悲剧性具有和谐性特点的原因。总之，人们内心中具有一种折中求和、平衡持中的和谐化心理定势；同时，人们普遍追求内心的平静和安宁，人生的稳定与平安。

中国人的和谐化心理积淀为文化上的"中庸"观念。中庸（mesotes）的意思是不偏不倚与和谐相处。不偏不倚，就是说过不行，不及也不行，要全面考虑"不及"与"过"这两个极端，然后取中而用。孔子对于"中庸"的理解是"时中"。所谓"时中"是指"随时以处中"③。显然，孔子把"中庸"思想生活化、具体化了，便于落实。他把"中"与具体的"时"结合在一起，也就是说，"中"是取决于具体的"时"的，没有脱离开具体的"时"的抽象的"中"。因而，每个人的言行是否符合"中庸"的标准，那就要看他的所言所行与其具体语境是否和谐一致，如果符合，那就是中庸的言行。可见，孔子的"中庸"观更加强调一个人的言行与具体情境的和谐统一，而这个情境又多指日常生活伦理情境，于是，这个"中庸"就

---

① [苏联]Л.С.维戈茨基：《艺术心理学》，周新译，上海：上海文艺出版社 1985 年版，第 213 页。
② [德]黑格尔：《美学》第三卷下册，朱光潜译，北京：商务印书馆 1981 年版，第 286-287 页。
③ 徐复观：《中国人性论史·先秦篇》，上海：上海三联书店 2001 年版，第 99 页。

具有了伦理学的内涵，从做事到做人，都要做到"中庸"。因而，孔子的"中庸"观是灵活性与原则性的统一，也就是具体问题具体分析，他之"中庸"不是死板冰冷的人生戒律，而是温润和合的生命呵护；他之"中庸"不是神秘抽象的形而上，而是明晰具体的形而下。归根结底，孔子的"中庸"观强调的是和谐，不中庸当然就不会和谐。与孔子把"中庸"思想具体化、生活化一致，中国文化中"中庸"的通俗表述就是"和"，所谓人以和为贵，天下以和为美。中正平和、处事和顺，必能遇难呈祥，逢凶化吉，因而和气致祥。"和"就是相互沟通、相互理解、相互尊重，达致合和美美。《系辞传》上说："刚柔相摩，八卦相荡。"① 这是中国哲学文化在讲相反相成的和谐思想，其实，也就是中庸思想。这个中庸和谐既是结果，也是具体过程和趋向。

在西方文化中，既有对于"冲突""斗争""不平衡"等思想推崇的潮流，也有崇尚"平衡"的思想潮流，而且这两股大潮都从未消歇过，只不过在此消彼长中相互激荡、相互补充、相互平衡，从总的历史趋向来看，仍然是在崇奉"平衡"的思想。"平衡"的思想在西方人价值观中表现为"追求公平"，在美学中表现为"美在和谐"。

对于如何达致"和谐"的心境？中国文化和西方文化有着并不完全相同的认识。中国文化中，"和"的前提是"恕"。它建立在体验主体对于曾经的加害者的一种包容上，主体因其博大的心胸接受了"非己"乃至"反己"，这里彰显的是主体相对于曾经的加害者所具有的人格魅力和道德优势，倡扬的是一种以德报怨的德治思想，也即"恕道"。而且，这里主体的博大心胸是从悲剧开始之前就已经存在的，已完成了的，是主体的内在因素。它在中国古典文化中表现为主体的个人修养，即所谓"诚心、正意、修身、齐家、治国、平天下"的人格素养。这一点在西方古典文化中尤其是古希腊文化中也有所体现，只不过它更多地表现为主体所具有的显赫的家世、高贵的地位、令人瞩目的功绩以及由此而来的贵族气和英雄气。而中国文化与此却有不同，更加强调精神高贵而非身份高贵。于是，具有并且能够践行这种"恕道"思想的人，在中国传统社会往往会被视为社会的道德楷模和人格领袖而受到人们的尊崇，从而他们相对其他民众就拥有了一种道德上的优势，具有了相当强的道德示范力、道德引领力和道德控制力。这点在过去中国乡土社会中尤其明显和普遍。《白鹿原》虽然反映的是20世纪上半叶关中地区的社会生活，但由于中国社会结构具有超强的稳定

---

① 转引自廖名春：《〈周易〉经传十五讲》，北京：北京大学出版社 2004 年版，第 353 页。

性特点，因而《白鹿原》里的 20 世纪上半叶的关中地区也是中国传统社会的一个缩影。《白鹿原》里的白嘉轩便是中国农村传统道德理想的忠实践行者和典型体现者，对于曾经伤害过他的人，例如农协人员、黑娃等，他都给予了宽恕和救助。因而说，大多数中国古典悲剧和不少西方古典悲剧中的主人公是"已完成"的，悲剧情节的推展只不过是其高洁人格的展演。而在西方文化中，"和谐"心境的达成，主要是体验主体在认知上于更大的时空范围内对于冲突双方各自的诉求有了一种整体上的理解，超越了各自的局部性和暂时性，也就是超越了曾经的苦难感，因而是由认知的变化导致了情感的变化。这在西方近代（文化意义上的，从文艺复兴以后开始）以来的悲剧艺术中表现得比较突出，例如歌德（1749—1832）的《浮士德》、拜伦（1788—1824）的《恰尔德·哈洛尔德游记》、狄更斯（1812—1870）的《艰难时世》、卡夫卡（1883—1924）的《城堡》、普鲁斯特（1871—1922）的《追忆似水年华》、乔伊斯（1882—1941）的《青年艺术家的肖像》、威廉·萨摩赛特·毛姆（1874—1965）的《人生的枷锁》、弗拉迪米尔·纳博科夫（1899—1977）的《洛丽塔》等作品。这些悲剧艺术中的主人公多是成长型的或者说是不断生成的，整个悲剧情节的推展正好是其人格不断丰富发展的形成过程。于是，西方近代以来的不少悲剧作品往往就具有了成长（或者说社会化）的主题倾向。其中的悲剧主人公因此也成了成长中的受众的人生参照系（或正面或反面）。而受众对其的同情性接受，是在受众了解其成长经历之后才出现的。总之，不论悲剧性作品中的主人公或者人格化抒情主体是否完成，对其或其价值的同情性接受都会增强受众内心的丰富、理性、坚定、勇毅。恰如亚里士多德所讲的，悲剧性的效果是"净化"，也就是说，经历悲剧性情感后，人们的内心情感得到了净化，达致了平和坚强的心理境界。因此，悲剧性的和谐感、平衡感往往就成了我们人类有效应对苦难或痛苦的一种情感认知模式、一种心理定势。也就是说，一个人只有理解了苦难和不幸，他才会做出比较恰当的悲剧性反应。如果一个人没有理解悲剧人物所遭受的苦难的意义，或者说在遭受苦难这个问题上他没有与文本以及具体语境达成某种共识，那么，苦难和不幸对于他来说就毫无意义。质言之，只有经过认知把握了的苦难才会具有意义。也就是说，在悲剧性体验中，只有那些在苦难情感和真理认知之间达致了和谐境界的人们，才会有悲剧性体验，否则，将会是简单的悲观主义或者肤浅的乐观主义。

可见，和谐性是悲剧性的较高层次的特征，它与人对人生和生命的真谛的领悟相联系。需要指出的是，正确处理好认知、情感与意志的关系是正确对待悲剧性的和谐性的前提。此外，和谐化是一个过程，是一个不断调适、不断理解、不断接受、不断创新的过程。那么，悲剧性的和谐性是通过怎样的艺术形式的安排而使文学文本成了一个具有悲剧性召唤结构的文本呢？

二、和谐性的艺术形式

具有召唤结构的悲剧文本中，必然内构了悲剧性的和谐性。文本中的许多艺术形式或艺术安排，其实就是引发主体产生悲剧性的和谐性体验的情感认知结构基础。

第一，也是最基本的是让紧张的内容与轻松的内容交替出现。例如，悲剧性文学文本往往让紧张的情节与轻松的情节交替出现。在一张一弛之中，一方面受众的心理得到了满足，另一方面也在同步叙述中推动了情节的发展。因为双方冲突中，屈伸消长是自然的，于是"各表一枝"就成为"花开两朵"的自然选择。这在古典悲剧作品中很常见。古希腊悲剧采用的具体艺术技巧是"合唱歌"与情节的交替，合唱歌对悲剧情节的暂时中断造成观众心理的预备和缓冲。莎翁善于将悲、喜剧因素融合起来去产生一种和谐感。《哈姆雷特》第五幕第一场"墓地"中，莎翁安排了两个掘坟墓者——小丑甲、乙，通过他们谐谑的对话和唱词表演，表达了人生的短暂、珍贵以及生命的虚无，怅然若失中，暂时中断了剧情的紧张，使观众对生命和人生有了思考。在第四幕第五场中，奥菲利娅在哈姆雷特"发疯"后有许多真挚爱情的表白以及对于爱的失去的惋惜，这是由奥菲利娅"唱"出来的。第二幕第二场，哈姆雷特欢迎四五个伶人时，剧中有一大段以"野蛮的皮洛斯蹲伏在木马之中"开头的韵语剧词，增强了抒情性，显示了哈姆雷特的才华，也预示了后文的波洛涅斯藏于屏风后被哈姆雷特错杀的情节。法国古典主义悲剧常在情感与理智之间铺陈情节。高乃依的《熙德》表现了个人或家族的义务、荣誉与爱情之间的冲突。施曼娜的父亲与罗德利克的父亲为当太子师傅而起争执，前者侮辱了后者。罗德利克的父亲要求儿子为自己报仇。罗德利克经过一番思想斗争，认为自己应该尽家族义务，结果在决斗中杀死了施曼娜的父亲，而与罗德利克真心相爱的施曼娜也为了家族义务不得不请求国王判处罗德利克极刑。这时，施曼娜的内心中，感情和理智的冲突达到了极致。而观众的内心也十分紧张。正在大家都以为罗德利克性命难保、罗德利克和施曼娜的爱情也将不再时，敌人的入侵为解决冲突提供了契机。罗德利克率众击退了敌人，成为民族救星，获得"熙德"称号。在国王的调解和劝导下，两人结为夫妻，大团圆收场。

因而，这个作品的悲剧性是在敌人入侵前就达到了极致，末尾的喜剧性收场主要是为了实现歌颂开明君主和肯定国民责任的目的，当然，也满足了人们的大团圆心理。中国古典悲剧常用的艺术技巧是张弛交错、悲喜相间的情节安排。例如，元代高明（1305—1359）的《琵琶记》中，蔡伯喈与赵五娘两位主角从第二出上场，第三出牛府小姐出场。此后，一条线索是蔡伯喈进京赶考，考中状元，入丞相府为婿，享受荣华富贵；另一条线索是赵五娘在家奉养公婆，两位老人去世后又把他们安葬入土，灾荒之年自己苦苦煎熬。这两条线索分成若干段，交错发展，显现了底层人民的苦难生活与上层人士的富乐生活，两相对比中，引导人们深入理解情感、责任和人性。与此类似，洪昇的《长生殿》也有两条线索，一条是李隆基与杨玉环的爱情生活，一条是唐王朝的政治动荡与安史祸乱。全剧就在这一和一乱之中推展开来。于是，悲喜剧因素的融和、溶合的"平衡感"就使得悲剧性文本具有了和谐性的召唤结构。

第二，悲剧性文学文本让冲突双方你来我往地对等性较量。这在戏剧类和叙事类悲剧文学文本中很常见。这种平衡化的艺术安排，一方面是为了增强悲剧艺术本身情节发展的内在动力，让内在矛盾冲突成为情节发展的动力之源，而不是把悲剧艺术的情节发展归因于外在力量的强制干预，这自然也增强了作品反映生活的真实程度。另一方面是为了公平公正展示不同观点、立场、诉求、利益，让它们都有平等的自我展示机会，从而让受众在相互比较中，理性判断不同观点各自的优缺点，进而形成一种相对平和、理性、积极的心态，享受到一种和谐的体验。同时，这种安排也会增强悲剧艺术本身的内在张力，提高其思想力量，因为真理是在与不同思想的斗争中逐渐完善起来的，因而，冲突每一方都为人生真谛与生命真谛的获得做出了贡献。这比单一向度的主旨表达要更全面、更民主、更自由，更符合人的心理需要，也更符合传播规律。

第三，悲剧性文本的"大团圆"结局安排也多见出和谐性的追求。当然，不同文化、不同作家对此的艺术处理会有不同。前述中国十大古典悲剧全都以"大团圆"结局，例如刚才谈到的《琵琶记》的结局，牛丞相与牛小姐都是"明理大度"之人，于是，牛小姐与赵五娘共同相助蔡伯喈，和谐相处，皆大欢喜。中国古代一些悲剧的圆满结局满足了受众的大团圆需要，这种和谐感是人对自己心理的一种安慰或补偿。西方古典悲剧中也不乏"大团圆"结局。当代瑞士学者巴尔塔萨在其《神学美学导论》中罗列了常见的悲剧解决方法，诸如形而上学—神话式（如埃斯库罗斯的三部曲）、主人公受难改过自新式（如《俄狄浦斯在科罗诺斯》和《得伊阿尼拉》）、乌托邦或童话式（如《阿尔刻提斯》）、苦难束之高阁式（如欧里庇得斯的作品）、神来干预式。① 除了主人公受难改过自新式外，其余几乎都是大团圆形式。悲剧作品的"大团圆"结局，尽管形式各异，但其实都是为了让受众在经历痛苦悲哀后得到一定的心理安慰，达到中国哲人孔子所要求的"哀而不伤"的境界，也避免受众对生活、对人、对世界陷入彻底的绝望之中。

　　第四，悲剧文本中"思想"和"正义角色"的议论，使人享有了"出乎其外"的超越性旷达，进而使得悲剧性具有了一种和谐感。悲剧性文学中的"思想"多是一种格言，它往往通过把时间本身绝对化使得该格言永恒化、真理化。这种"思想"达致的和谐感，有剧本内和解与剧本外和解两种情况。剧本内和解是主人公最后理解了人生、生命，与自己的命运达成协议，接受自己的命运。例如，莎翁在《罗密欧与朱丽叶》中借凯普莱特夫人之口说："适当的悲哀可以表示感情的亲切，过度的伤心却可以证明智慧的欠缺。"② 于是，该剧最终以蒙太古和凯普莱特两个家族的和解收场。这就是文本内和解。文本内和解还如，《雅典的泰门》剧中有"弄人"的插科打诨，结尾以西巴第斯的"思想"议论结束，人与自己和解。剧本外和解是说观众理解了人生、生命的意涵，与主人公的命运达成了协议，接受了主人公的命运，获得了悲剧快感。引发剧本外和解的惯用艺术技巧是台前戏与台后戏的配合，既满足了观众的伦理需要，也满足了他们的审美需要，达致一种和谐感。《麦克白》中，麦克白手弑邓肯王是在幕后进行的，通过麦克白与麦克白夫人的对话告诉观众。经历了一番大起大落和内心的煎熬后，麦克白最终认识到："人生不过是一个行走的影子……它是一个愚人所讲的故事，充满着喧哗和骚动，却找不到一点意义。"③ 这种人生虚无的思想主题与"诗的正义"技巧在剧尾悖论性地结合了起来，麦克白夫人自杀、麦克白的首级被携至幕前告诉观众麦克白被麦克德夫杀死（杀戮场面在幕后），而马尔康（邓肯之子）被大家拥立为新王，并"论功行赏"是在前台。《李尔王》中，李尔王分土授国（给大女儿高纳里尔、二女儿里根，不给小女儿考狄利娅）与葛罗斯特伯爵偏爱私生子爱德蒙而冷待婚生子爱德伽的情节并行，表达了私心偏袒是罪恶之源的观点。康华尔挖出葛

---

　　① [瑞士]巴尔塔萨：《神学美学导论》，曹卫东、刁承俊译，北京：生活·读书·新知三联书店2002年版，第163页。
　　② [英]莎士比亚：《莎士比亚全集》（八），朱生豪译，北京：人民文学出版社1978年版，第79页。
　　③ [英]莎士比亚：《莎士比亚全集》（八），朱生豪译，北京：人民文学出版社1978年版，第386-387页。

罗斯特的双眼是残忍的，不宜直接呈现给观众，于是，作品分别以葛罗斯特的惨叫"啊，好惨！天啊！"和康华尔的斥责"出来，可恶的浆块！现在你还会发光吗？"来暗示表现。① 《李尔王》第四幕第一场"荒野"中，爱德伽假装汤姆，用许多"旁白"表达了对父亲的关心、对其悲惨遭遇的同情，以及对其尊严、自信心的维护，领着眼瞎的父亲行走于世。这种呵护背后是人心的和谐。遭遇磨难的葛罗斯特也领悟到了人生的一些真相，认为人生不过是上帝的恶作剧而已。虽然有些虚无，可也不再利欲熏天，是一种曾经磨难之后的平静。这有点类似于俄狄浦斯王眼瞎后，在女儿们的陪同下放逐荒野，而终悟得人生真谛。莎翁借助葛罗斯特之口对这个时代进行了抨击，他说："疯子带着瞎子走路，本来是这时代的一般病态。"② 这种失去了正常秩序的盲目的时代不正是李尔王统治下的不列颠国家的象征吗？这里可以见出莎翁创作悲剧以匡正社会秩序的动机。本剧中，高纳里尔的自杀、里根的被毒死都是在幕后发生，由"侍臣"告诉观众的。③ 爱德蒙临死前也突发善心，告诉人们去救李尔王与考狄利娅。④ 剧终，李尔、考狄利娅、爱德蒙、葛罗斯特也都死了，奥本尼公爵发表了"正义""思想"："一切朋友都要得到他们德行的报酬，一切仇敌都要尝到他们罪恶的苦杯。"⑤ 要求肯特伯爵和爱德伽帮他主持大政，全国为李尔王举哀。奥本尼发表了旷达性的总结："不幸的重担不能不肩负，感情是我们唯一的语言。年老的人已经忍受一切，后人只有抚陈迹而叹息。（同下，奏丧礼进行曲）"⑥ 历史的尘埃已经落定，世界由混乱恢复了秩序，一切又归于平静。《奥赛罗》中莎翁借助奥赛罗的副将凯西奥的口表达了基督教的救赎色彩："上帝在我们头上，有的灵魂必须得救，有的灵魂就不能得救。"⑦ 可见，在莎翁思想的深处仍旧是要重整人的精神秩序，修复和谐的社会秩序。莎翁认为，演戏是可以影响社会人心的，他借哈姆雷特之口说："演戏的目的始终是反映自然，显示善恶的本来面目，给它的时代看一看它自己演变发展的模型。"⑧ 哈姆雷特为了自己的名誉不受损伤，让人们明白一切事情的真相，临死前要求他的朋友霍拉旭传扬他的美德。本剧终，福丁布拉斯接受了王位，霍

① ［英］莎士比亚：《莎士比亚全集》（九），朱生豪译，北京：人民文学出版社 1978 年版，第 228 页。
② ［英］莎士比亚：《莎士比亚全集》（九），朱生豪译，北京：人民文学出版社 1978 年版，第 232 页。
③ ［英］莎士比亚：《莎士比亚全集》（九），朱生豪译，北京：人民文学出版社 1978 年版，第 269 页。
④ ［英］莎士比亚：《莎士比亚全集》（九），朱生豪译，北京：人民文学出版社 1978 年版，第 270 页。
⑤ ［英］莎士比亚：《莎士比亚全集》（九），朱生豪译，北京：人民文学出版社 1978 年版，第 272 页。
⑥ ［英］莎士比亚：《莎士比亚全集》（九），朱生豪译，北京：人民文学出版社 1978 年版，第 273 页。
⑦ ［英］莎士比亚：《莎士比亚全集》（九），朱生豪译，北京：人民文学出版社 1978 年版，第 318 页。
⑧ ［英］莎士比亚：《莎士比亚全集》（九），朱生豪译，北京：人民文学出版社 1978 年版，第 68 页。

拉旭传达哈姆雷特的意思，"免得引起更多的不幸、阴谋和错误来"，福丁布拉斯安排人们为哈姆雷特举行"军人"的葬礼，采用"军乐和战地的仪式向他致敬"，其他死者也分享了丧礼进行曲。① 世界又恢复了秩序。进行曲的安排，使得莎翁悲剧性戏剧的结尾都比较平和。受此感发，观众情思想象的空间骤然间开阔了起来，舞台和文本中的悲剧性人物已经化为了人类的代表，在观众那里得到了理解。换言之，观众之所以能与悲剧性人物"和解"，是因为他们把悲剧性人物作为人类的代表来理解。

"思想"虽最先出现于悲剧戏剧中，但它不独出现在戏剧类和叙事类悲剧文学中，它也出现于抒情类悲剧文学中。因为，诗歌等抒情类作品往往是不同声音的合唱，不同声音代表不同情志。而各种情志的抒发，自然会寻求受众内心平和、和谐的接受状态，以利于自己被客观、公正地对待，而不是直白的教导或浅白的宣泄，以避免引起受众的逆反心理。

最后，悲剧文本中叙事性语言与抒情性语言的交织也使得悲剧性显现出和谐性。叙事性语言一般比较平实，而抒情性语言则有较强的修饰色彩。这种平实与或典雅或华丽的语言风格交错出现，使整个文本在变化中显现出了和谐感。在悲剧戏剧中，叙事性语言一般交代不在舞台上直接表现的情节或场景，或者交待观众理解剧情需要知道的有关信息，由于不是为了抒情，因而一般较少运用修饰色彩，多用散句，这使得悲剧性戏剧中的对白语言一般比较平实。例如，在中国戏曲中，一般来说，描摹景物、表现心情、表现人物内心世界想法的用曲，具有极强的抒情色彩；而介绍人物、展开争论的用白，叙述色彩明显。中国古典戏曲中的悲剧性场子大都以悲愤或感伤的词曲来打动观众的心，悲剧性主人公内心的悲愤哀怨也多通过具有修饰色彩的诗一般的语言来表达，中华诗词文化的优秀基因被继承和发扬，好唱好听好记。相较曲，不论在抒情色彩还是语言修饰上，白都要淡很多，因为它主要承担叙事功能，充分继承了中国话本小说与说唱文学中的人物语言方面的成就，生动、简练、传神。于是，曲白相间，曲白相得益彰，使得悲剧性戏剧在语言上具有了一种和谐感。

在悲剧性抒情文学作品中，音乐性的语言、整齐舒缓的抒情节奏和总体上柔美的抒情风格是其产生和谐感的主要缘由。例如，中国现代诗人徐志摩的《再别康桥》（1928），全诗共 7 节，每节 4 行，每节第 2 行、第 4 行押韵，首尾两节采用了重章复唱手法，押 ai 韵，第 2、3、4、5、6 节分别押 ang、ao、ong、uo、ao 韵脚，"金柳""波光""青荇""榆荫""潭水"

---

① ［英］莎士比亚：《莎士比亚全集》（九），朱生豪译，北京：人民文学出版社 1978 年版，第 144 页。

"浮藻"等词语描绘了康桥旖旎秀美的风光，今晚康桥之沉默传达了诗人的忧郁、感伤、无奈和痛苦。全诗在对往昔美好岁月的留恋中表现出淡淡的哀怜与悲凉，营造出一种曼妙静默的美的境界，充分体现了"新月诗人"所提倡的"建筑美、音乐美、绘画美"的艺术追求。圆润、轻柔、整齐、押韵的艺术格调使全诗显现出和谐性。

总之，悲剧性文学文本中的各种艺术形式都合力于和谐性的生成。下面，我们以古希腊悲剧为例，来证实悲剧性的和谐性特征。

三、古希腊悲剧的和谐观念

关于古希腊悲剧戏剧的主导观念，一直是中外学者用力探讨的一个问题。此前主要有两种观点影响普遍，一是叔本华①、朱光潜②、谢柏梁③等人所持并被普遍接受的"命运说"，二是坎布兰④和汤姆逊⑤等人的"正义说"。然而，它们均与古希腊悲剧文本存有较大出入，实有重新探讨的必要。

（一）古希腊悲剧的内容和艺术特点

关于古希腊悲剧戏剧的主导观念，应该到古希腊悲剧文本本身中去探寻，而且应从"文艺观念"包含思想内容与艺术形式这一整体的角度去分析，而不是如"命运说"和"正义说"那样仅从思想内容特别是局部思想内容方面立论。

1. 古希腊悲剧的内容特点

古希腊悲剧文本的基本内容主要有以下几方面。首先，和谐社会观，即和而不同、和平共处的社会思想和谨慎适度的行为原则。古希腊悲剧构建了一个个"神—人"艺术世界。其中，在神与神的关系上，神们应和谐共处、适度用权行事。在《被缚的普罗米修斯》中，俄刻阿诺斯认为普罗米修斯的遭遇"就是太夸口的报应"⑥。"退场"中歌队长劝普罗米修斯"改掉顽固，采取明哲的谨慎"⑦。在神与人的关系中，人不可狂妄，人应信神、敬神、事神、祭神、不蔑神、不渎神、不疑神、不怠慢神、不冒犯神、不

---

　　① ［德］叔本华：《作为意志和表象的世界》，石冲白译，杨一之校，北京：商务印书馆1982年版，第352页。

　　② 朱光潜：《悲剧心理学》，合肥：安徽教育出版社1996年版，第277页。

　　③ 谢柏梁：《世界悲剧文学史》，上海：上海文艺出版社1995年版，第39页。

　　④ 参见朱光潜：《悲剧心理学》，合肥：安徽教育出版社1996年版，第278页。

　　⑤ 陈洪文、水建馥选编：《古希腊三大悲剧家研究》，北京：中国社会科学出版社1986年版，第252页。

　　⑥ 罗念生译：《罗念生全集》第二卷，上海：上海人民出版社2004年版，第106页。

　　⑦ 罗念生译：《罗念生全集》第二卷，上海：上海人民出版社2004年版，第124页。

僭越神。《俄狄浦斯王》中，诗人将拉伊俄斯终为儿子所杀归因于其祖先曾经的不敬神。《波斯人》中，大流士认为，"一个凡人，却妄想征服海神，征服一切天神"是"发疯了"。① 在处理人与社会、人与人以及人与自己的关系上，古希腊悲剧所显现的是"谨慎"原则，不夸口，不说过头话，不狂妄，适度，守本分，不走极端，谨言慎行，保持内心的和谐。《波斯人》中，大流士教育儿子应"聪明谨慎"、要"善于用才智来驾驭心灵"。②《阿伽门农》中歌队说人应"小心谨慎"③。第一场"歌队长"赞颂克吕泰墨斯特拉"像个又聪明又谨慎的男人"，④ 因此她可以成功。《安提戈涅》中歌队说："人们的过度行为会引起灾祸。"⑤ 家破人亡的克瑞翁最终也承认祸事皆因自己"太不谨慎"。⑥ 终场歌队道："谨慎的人最有福。"⑦ 因此，别林斯基说，人民从《安提戈涅》中的亲属法和国家法之间的冲突及其悲惨结局中"吸取到的智慧，就作了两个极端之间的调和"⑧。可见，古希腊悲剧赞同的是和谐相处、谨慎言行。

其次，政治上的"民主"思想。《俄狄浦斯王》中，先知对俄狄浦斯说："你是国王，可是我们双方的发言权无论如何应该平等，因为我也享有这样的权利。"⑨《安提戈涅》中海蒙认为："只属于一个人的城邦不算城邦。"⑩《俄狄浦斯在科罗诺斯》中的雅典国王说，雅典是"凡事按法律办理的城邦"⑪。埃斯库罗斯在《奥瑞斯特斯》三部曲中借复仇女神之口说："不要不受管束，也不要受专制统治，这样的生活是值得称赞的。"⑫该三部曲结尾定奥瑞斯特斯无罪，采用的是民主投票的决定。可见，古希腊悲剧强调的是国家法律、民主、公民和有限权力。

---

① 罗念生译：《罗念生全集》第二卷，上海：上海人民出版社 2004 年版，第 43 页。
② 罗念生译：《罗念生全集》第二卷，上海：上海人民出版社 2004 年版，第 43 页。
③ 罗念生译：《罗念生全集》第二卷，上海：上海人民出版社 2004 年版，第 213 页。
④ 罗念生译：《罗念生全集》第二卷，上海：上海人民出版社 2004 年版，第 217 页。
⑤ 罗念生译：《罗念生全集》第二卷，上海：上海人民出版社 2004 年版，第 312 页。
⑥ 罗念生译：《罗念生全集》第二卷，上海：上海人民出版社 2004 年版，第 328 页。
⑦ 罗念生译：《罗念生全集》第二卷，上海：上海人民出版社 2004 年版，第 330 页。
⑧ 陈洪文、水建馥选编：《古希腊三大悲剧家研究》，北京：中国社会科学出版社 1986 年版，第 176 页。
⑨ 罗念生译：《罗念生全集》第二卷，上海：上海人民出版社 2004 年版，第 356-357 页。
⑩ 罗念生译：《罗念生全集》第二卷，上海：上海人民出版社 2004 年版，第 315 页。
⑪ 罗念生译：《罗念生全集》第二卷，上海：上海人民出版社 2004 年版，第 522 页。
⑫ [古希腊]埃斯库罗斯：《奥瑞斯提亚三部曲》，灵珠译，上海：上海文艺出版社 1983 年版，第 214 页。

最后，哲学上的"中庸"思想，即不偏不倚、适度、不走极端。古希腊悲剧中的歌队往往是公众舆论的化身。《福灵》中歌队说："在一切事物中，天神使中庸之道独具权威。"① 雅典娜也说："不要专横，不要放肆，而取中庸。"②《阿伽门农》第一合唱歌道："当人们因为家里有过多的、超过了最好限度的财富而骄傲的时候，很明显，那不可容忍的罪恶所得到的报应就是死亡。"③《俄狄浦斯王》第二合唱歌道："人爬上最高的墙顶，就会落到最不幸的命运中。"④《美狄亚》第二合唱歌说："爱情没有节制，便不能给人以光荣和名誉。"⑤ 可见，古希腊悲剧告诫人们千万不要走极端，万事绝对不可过分。

2. 古希腊悲剧的艺术特点

古希腊悲剧是如何表达上述思想呢？首先，古希腊悲剧的结构形式严谨、和谐。"开场"简介剧情，接着歌队唱"进场歌"，每场之后有"合唱歌"，剧情紧张时加入"抒情歌"或"哀歌"，最后以宁静的"退场"结束。情感强度上的这种一张一弛的节奏性变化，给人以平衡感。例如，《俄狄浦斯王在科罗诺斯》的第四场结尾暗示，下面的剧情是俄狄浦斯王的去世，观众的心紧张起来了，他是否真的去世了？他如何去世的？而诗人在其后的"退场"中安排了一个很长的"哀歌"，哀悼他的死亡、肯定他的价值、称颂他的善终。这就缓解了观众的悲伤之情。古希腊悲剧的情节各自是一个有机整体，场与场之间、场与合唱歌之间密切联系，体现出简单、完整、和谐的特点。如《俄狄浦斯王》第三场中，伊俄卡斯忒发现俄狄浦斯"不像一个清醒的人，不会凭旧事推断新事"⑥。退场中"哀歌"说，俄狄浦斯的自我刺瞎双眼是"疯狂缠绕着"他所致。⑦ 美狄亚杀子前有一大段内心独白，弃妇的"恨"与贤母的"爱"展开了激烈的冲突，观众渐渐在一定程度上对她表示了理解和同情，也为接受下面的血腥行为做了心理准备。古希腊部分悲剧如《普罗米修斯》《奥瑞斯提亚》《伊菲格涅亚》和《俄狄浦斯王在科罗诺斯》等都以"和解"结束。

---

① ［古希腊］埃斯库罗斯：《奥瑞斯提亚三部曲》，灵珠译，上海：上海文艺出版社 1983 年版，第214 页。

② ［古希腊］埃斯库罗斯：《奥瑞斯提亚三部曲》，灵珠译，上海：上海文艺出版社 1983 年版，第221-222 页。

③ 罗念生译：《罗念生全集》第二卷，上海：上海人民出版社 2004 年版，第 217 页。

④ 罗念生译：《罗念生全集》第二卷，上海：上海人民出版社 2004 年版，第 369 页。

⑤ 罗念生译：《罗念生全集》第二卷，上海：上海人民出版社 2004 年版，第 106 页。

⑥ 罗念生译：《罗念生全集》第二卷，上海：上海人民出版社 2004 年版，第 370 页。

⑦ 罗念生译：《罗念生全集》第二卷，上海：上海人民出版社 2004 年版，第 381 页。

其次，古希腊悲剧的六个成分相互配合，共谱和谐篇章。悲剧中合唱歌的精神是抒情性。歌队位于观众和剧中人物之间，将他们联系了起来。歌队的作用有：推动剧情的发展，解释剧情，安慰剧中的人物，预先引起观众的情感，预示剧情的发展，缓和剧中的紧张气氛，同剧中人对话，代表诗人发表政治、哲学、宗教和道德观念，装饰剧场，换幕等。合唱歌与戏剧情节在古希腊悲剧中相互支持、相互印证、相互配合，高度统一，十分和谐，如《俄狄浦斯王》。第一场结束时，先知暗示俄狄浦斯就是杀害拉伊俄斯的凶手，并预言他将变成瞎子、乞丐、被驱逐而流浪外邦。第一合唱歌就表达了"非常烦恼""心里忧虑"之情。① 第二场，俄狄浦斯道出他继承拉伊俄斯王位的情况，第二合唱歌就唱道："它若是富有金钱——得来不是时候，没有益处——它若是爬上最高的墙顶，就会落到最不幸的命运中。"② 暗示了俄狄浦斯的命运。第三场，科任托斯的报信人告知俄狄浦斯出身于喀泰戎山。第三合唱歌就歌唱喀泰戎山是俄狄浦斯的故乡、母亲和保姆。第四场真相大白后，第四合唱歌对凡人不幸命运发出慨叹："凡人的子孙啊，我把你们的生命当作一场空！谁的幸福不是表面现象，一会儿就消失了？"③ "退场"中"歌队长"对俄狄浦斯的命运做了结论："他道破了那著名的谜语，成为最伟大的人；哪一位公民不带着羡慕的眼光注视他的好运？他现在却落到可怕的灾难的波浪中了！因此，当我们等着瞧那最末的日子的时候，不要说一个凡人是幸福的，在他还没有跨过生命的界限，还没有得到痛苦的解脱之前。"④ 这段"思想"，使观众超越了前面的悲哀、毁灭、死亡和耻辱等灾难，而获得一种对人生的领悟。真理来自苦难，是对苦难的补偿。与此类似，《俄狄浦斯王在科罗诺斯》的结尾，俄狄浦斯王无病无痛而终后，女儿相当悲伤，"歌队"就安慰她们说："亲爱的孩子们，既然他愉快地结束了他的生命，你们就不要再悲伤了！人人都有难以避免的灾难。"⑤ 于是，一种超越了具体的俄狄浦斯王这个人类替罪羊的去世的体验出现了，人们对"苦难""死亡""人生"有了新的理解，附着于具体、个别事实上的情感强度被减弱了。正如埃斯库罗斯在《阿伽门农》中借"歌队"之口所说的，"智慧自苦难中得来"⑥。因此，古希腊悲剧中的"思想"

---

① 罗念生译：《罗念生全集》第二卷，上海：上海人民出版社 2004 年版，第 358 页。
② 罗念生译：《罗念生全集》第二卷，上海：上海人民出版社 2004 年版，第 369 页。
③ 罗念生译：《罗念生全集》第二卷，上海：上海人民出版社 2004 年版，第 378 页。
④ 罗念生译：《罗念生全集》第二卷，上海：上海人民出版社 2004 年版，第 387 页。
⑤ 罗念生译：《罗念生全集》第二卷，上海：上海人民出版社 2004 年版，第 542-543 页。
⑥ 罗念生译：《罗念生全集》第二卷，上海：上海人民出版社 2004 年版，第 212 页。

成分往往会稀释人们的痛苦、悲哀之情，使观众内心出现平衡感与和谐感。

再次，古希腊悲剧人物语言的二重性，融合了许多对立因素。最典型的是以《俄底浦斯王》为代表的"索福克勒斯反语"：人物的台词对于观众来说不仅具有其本身的意义，而且带有进一步预兆剧情发展的含义，说话者本人并未察觉。俄狄浦斯的语言往往具有自我反指却不自知的特点。"开场"中，俄狄浦斯对祭司说，他的痛苦远远超过大家，"你们自己只为自己悲哀，不为旁人；我的悲痛却同时是为城邦、为自己、也为你们"①。这里既表现了他的富有同情心、责任心和伟大，也暗含了他为自己作为国王和"罪犯"的痛苦。神示他们城邦要得救，就必须清除"藏在这里的污染"（暗示罪犯就在此处），在如何清除城邦的"污染"时，克瑞翁建议俄狄浦斯王"下驱逐令，或者杀一个人抵偿先前的流血；就是那次的流血，使城邦遭了这番风险"②。这暗示了老王被杀之事，也为以后的惩罚提供了多种选择，或者驱逐凶手，或者杀掉凶手，或者随便杀掉一个"替罪羊"即可。期待成功追查凶手的喜悦与真相大白后的失望杂于一体。第一场，俄狄浦斯诅咒凶手时，说"假如他是我家里的人，我愿意忍受我刚才加在别人身上的诅咒"③。无意中言中了事实真相，真是大不幸。忒瑞西阿斯不愿告诉俄狄浦斯杀害老王的凶手秘密时，他说："我不暴露我的痛苦——也是免得暴露你的。""我不愿使自己烦恼，也不愿使你烦恼。"俄狄浦斯"你'自己的'同你住在一起"。④ 利己与利人同在。这类二重性语言所包含的不同意思是在剧情不断展开的历史中逐渐明晰的，因此它将欢乐与悲哀、希望与失望、利人与利己、现在与过去和未来融合在了一起，体现了复义和谐的美。

最后，古希腊悲剧中，那些残忍的血腥场面不是直接表演在观众眼前，而是通过"传报人"或"歌队"之口告诉观众。这种"温和"的艺术处理，既显现了"适度"的和谐审美观，也有着一定的伦理道德的考虑。如，《美狄亚》中公主及其父亲的惨死是由传报人告知观众的，美狄亚杀子是由歌队告诉观众的。伊俄卡斯忒"发了疯"悬颈"自杀"，俄狄浦斯自己刺瞎双眼，也是由歌队与传报人告诉观众的。

通过上述思想内容与艺术形式的完美融合，古希腊悲剧显现出了和谐、适度、中庸、静穆的审美风格，它的演出自然能够让观众体悟到一种适度、和谐的社会、人生思想，使其获得和谐的美感享受。因此，我们说

---

① 罗念生译：《罗念生全集》第二卷，上海：上海人民出版社 2004 年版，第 348 页。
② 罗念生译：《罗念生全集》第二卷，上海：上海人民出版社 2004 年版，第 349 页。
③ 罗念生译：《罗念生全集》第二卷，上海：上海人民出版社 2004 年版，第 352 页。
④ 罗念生译：《罗念生全集》第二卷，上海：上海人民出版社 2004 年版，第 354-355 页。

古希腊悲剧戏剧的主导观念应是"和谐"。

（二）和谐观与"命运说"和"正义说"的关系

笔者说古希腊悲剧的主导观念是"和谐"，这并不意味着笔者认为古希腊悲剧中不存在"命运"和"正义"成分。问题的关键是，这些成分只是在一定范围、一定程度上发挥了要素性功能，以"命运"和"正义"来阐释古希腊全部悲剧必然陷入以偏概全的困境。因为，古希腊悲剧的题材只有少部分涉及命运。古希腊悲剧英雄的不幸结局是其抗争精神与命运发生冲突的结果，进言之，即便有所谓的命运，它也只是预设了主人公遭遇厄运的可能性，而将这种可能性变为现实性的却恰恰是主人公的自由意志及其抗争精神。古希腊悲剧戏剧的主旨更多的是肯定"人"的力量和伟大，以及对于非人道的专制者和天神邪恶、残忍的批判。古希腊悲剧创作的指导原则和读者欣赏的思想基础也并非绝对的"命运观"，而是对人类生存困境的深切忧虑。"正义"也即善恶相报的思想确实是一部分古希腊悲剧的情节主线和主题，然而，"正义"本身具有主观性和不确定性，这就导致以"正义"论古希腊全部悲剧不仅必然陷入以偏概全的尴尬，而且也与悲剧本质不符，是以自己的理想主义遮蔽悲剧性现实的肤浅的乐观主义和庸俗的大团圆主义在作怪。因而，命运说和正义说是在局部作品以及较低的层次上具有一定的阐释力，而和谐观是在更广泛的作品、更高的层次上具有更强大的阐释力。质言之，它们三者并非完全对立。

《俄狄浦斯王》和《俄狄浦斯王在科罗诺斯》留给人们和谐印象。"命运"和俄狄浦斯王既两败俱伤，"命运"因其邪恶无理招致人们的批判、厌恶，俄狄浦斯王因其主动抗争招致苦难；又获得双赢，"命运"的不可避免性让人们认识到了人生的必然性、有限性和悲剧性，俄狄浦斯王的抗争让人认识到了人的命运其实就在自我书写的过程中，而不是结局。正如《俄狄浦斯王在科罗诺斯》中"歌队"所暗示的，人都难免一死，不同的是走向死亡的进程以及如何死。这种体验，已经超越了简单的是非善恶之辨，而进入了一种对人生、生命领悟之后的平静、和谐的精神世界。观众在悲剧性体验中的这种和谐心境，是悲剧性的魅力所在，也是悲剧性的效果之一。

悲剧文本是具有悲剧性召唤结构的文本，悲剧性的和谐性也内构于其中。情节冲突机制的和谐就是常见的一种艺术设置。悲剧戏剧情节的动力源于戏剧体裁的内在规定性：冲突，冲突双方由谁担任并不能改变悲剧性冲突双方合谋的张力结构。悲剧情节的推进就是冲突双方你来我往的合奏。成功的悲剧是奏出了和谐之音的悲剧。一方相较另一方所具有的绝对优势往往从一开始就减弱了悲剧的张力，失去了期待和忧虑，葬送了悲剧性艺术的生命。见于此，笔者认为，古希腊悲剧中的"命运"和"正义"都是"不在场"的"在场者"，它们分别担任了悲剧英雄的"敌手"和"助手"，都是一种功能性角色。既然如此，为何要将"命运"和"正义"从悲剧性的和谐功能结构中分裂出来呢？换言之，古希腊悲剧中的"命运"和"正义"均是古希腊悲剧诗人探究人之伟大、考究人性的一个情境、机缘和手段，犹如砺石之于宝剑，也如别林斯基所说，"命运"只是古希腊悲剧作家进行道德说教的一个"道具"而已。① 对"正义"，我们也可做类似理解。

　　"和谐"与以"抗争"精神为主要内涵的悲剧精神并不矛盾，而是统一的。和谐是理想，是抗争所要达到的目标，是悲剧艺术的最高心理效果。人不抗争就不知其"职"和"位"，社会就无法实现真正的和谐。悲剧艺术通过"人"的抗争来肯定"人"的伟大，进而建构和谐精神世界、和谐人生与和谐社会。

　　（三）古希腊悲剧和谐观探源

　　"和谐"为什么会成为古希腊悲剧艺术的主导观念呢？主要原因有三个方面。

　　古希腊人以和谐为美。它是古希腊人对声音、色彩、天体运动和人体构造等自然现象与人的审美活动关系的一种直观认识。毕达哥拉斯认为美是由数量关系导致的和谐，即"各部分之间的对称"和"适当的比例"②，"是许多混杂要素的统一，是不同要素的相互一致"③。赫拉克利特也主张美在和谐，是"对立造成和谐"④。德谟克利特认为，"适中是最完美的：我既不喜欢过分，也不喜欢不足"⑤。因而，古希腊的和谐主义美学思想作为一种时代审美主潮，必然影响了古希腊悲剧的创作和接受。

　　古希腊的多神主义宗教思想影响了古希腊悲剧作家。古希腊是一个众神云集的多神教时代。威尔·杜兰在《世界文明史·希腊的生活》中写道："部族和政治分离主义孕育了多神主义思想，而使一神主义无法实施。在早期每一个家庭都有家神……每一遗传因子，每一氏族，每一部族和每一

　　① 陈洪文、水建馥选编：《古希腊三大悲剧家研究》，北京：中国社会科学出版社1986年版，第177页。
　　② 北京大学哲学系美学教研室编：《西方美学家论美和美感》，北京：商务印书馆1980年版，第14页。
　　③ [波兰]塔塔科维兹：《古代美学》，杨力等译，北京：中国社会科学出版社1990年版，第106页。
　　④ 北京大学哲学系美学教研室编：《西方美学家论美和美感》，北京：商务印书馆1980年版，第15页。
　　⑤ [苏联]奥夫相尼科夫：《美学思想史》，吴安迪译，西安：陕西人民出版社1986年版，第14页。

城市都有了自己的神。"① 古希腊这种既有地方色彩、行业特点、家族个性和社会力量特点又有一致性的多神教特点,保证了希腊各城邦间的自由和统一,形成了多神云集、和谐共处的宗教思想。这自然会影响到古希腊悲剧的创作。在埃斯库罗斯的《报仇神》结局中,坚持奥瑞斯提亚有罪的报仇神和赞成奥瑞斯提亚无罪的雅典娜愉快地共享祭拜"一城人民"的"馨香顶礼"②,充满了和谐、平衡、静穆的福音。

充满矛盾斗争的古希腊社会现实也呼吁和谐社会的出现。古希腊悲剧从公元前 5 世纪中叶到公元前 3 世纪为其繁荣期,从公元前 3 世纪初年起,希腊的戏剧中心由雅典逐渐转移到了亚历山大里亚城,公元前 120 年雅典最后一次酒神节后,古希腊悲剧的历史宣告结束。就雅典来说,公元前 5 世纪是一个充满了战争和政治经济矛盾动荡的时期。先后爆发了希波战争和伯罗奔尼撒战争,分别持续 52 年和 28 年,造成了经济的崩溃,贫富分化严重,社会关系紧张对立,奴隶主与奴隶、自由民各阶层中的民主党与贵族党、两个同盟集团间、宗主国与宗属国等之间的一切矛盾都暴露出来了,即便是伯里克理执政的全盛时期,自由民与奴隶间的矛盾也很突出。朝为贵妇暮为侍妾,人生无常。《特洛亚妇女》对此有真实的反映。人们期望一个和谐社会的出现,希望保有心灵安宁。生活于此间的古希腊三大悲剧家对此也有切身感受。埃斯库罗斯时期,土地贵族寡头派与工商业界民主派斗争,他反对僭主专政,拥护民主制度,提倡民主精神,加入了民主派。索福克勒斯年轻时正值希波战争,中年时适逢雅典民主政治全盛时期,老年则在雅典和斯巴达的内战中度过,他提倡民主精神,反对僭主专制,鼓吹英雄主义思想,歌颂人的力量。欧里庇得斯时期,雅典同盟崩溃,民主制衰落,社会矛盾激化,他本人醉心于自然哲学研究,与苏格拉底及智者派交情甚笃,追求一种有节制的理性生活,他谴责雅典人入侵斯巴达的不义战争,批判不合理的家庭制度、男女地位的不平等。于是,古希腊三大悲剧家顺应民众心灵的呼唤,听从自己本真的内心要求,创作出了各具特色却都以"和谐"为其时代风格的悲剧作品。正因此,施莱格尔认为埃斯库罗斯诗作追求"规则、和谐"③,施克认为索福克勒斯的作品给

① [美]威尔·杜兰:《世界文明史·希腊的生活》,幼狮文化公司译,北京:东方出版社 1999 年版,第 225-226 页。

② [古希腊]埃斯库罗斯:《奥瑞斯提亚三部曲》,灵珠译,上海:上海文艺出版社 1983 年版,第 228 页。

③ 陈洪文、水建馥选编:《古希腊三大悲剧家研究》,北京:中国社会科学出版社 1986 年版,第 135 页。

人以"和谐完整的印象"①，尼柯尔说欧里庇得斯更善于把悲剧性因素与喜剧性因素统一起来，别林斯基说："精神和大自然的……协调和结合主要是表现在古希腊悲剧艺术中。"②可见，古希腊悲剧艺术的和谐性或者说和谐观念已经被一些人所感知。然而，他们仅仅停留于感知，而没有进行深入系统的研究。

因而，笔者现在郑重提出，古希腊悲剧的主导观念是"和谐"。穿着"神意"外衣的所谓"命运"和"正义"只是传统文化的遗痕、人生信念、诗人们的艺术技巧和作家论说"人"之伟大、探索"人"之"可能性"而假设的情境而已，它们更增强了"和谐"观的合理性与可信性。

第五节 多样性

从黑格尔以来，"悲剧在中国乃至东方戏剧中是否缺席"，成了一个不断地激动着中外文论和美学学者的问题。这里的"悲剧"专指悲剧戏剧（戏曲）。黑格尔说："戏剧是一个已经开化的民族生活的产品。"③ 而中国人缺乏"个人自由独立"的"意识"，这不利于悲剧艺术的"完备发展"，而只有悲剧的"萌芽"。④黑格尔的这一看法不断受到了一些中国学者的否定。王国维在《宋元戏曲考》（1912）中提出，元杂剧中"最有悲剧之性质者，则如关汉卿之《窦娥冤》，纪君祥之《赵氏孤儿》……列之于世界大悲剧中，亦无愧色也"。⑤ 他对中国悲剧的成熟有着坚定的自信。1982 年，上海文艺出版社出版了王季思主编的《中国十大古典悲剧集》，更以充分的证据明示世人"悲剧"在中国古代戏曲中并未缺席。然而，赞同"悲剧在中国乃至东方戏剧中缺席"的西方声音并未因此而消失。1993 年在美国出版的当今权威的《大英百科全书》中就有题为《悲剧在东方戏剧中的缺席》这样一篇短文，将悲剧在东方的缺席归因于两方面：一是佛教的涅槃说消解了中国、印度、日本三国人民的抗争意识，二是"专制政体"消灭了"个体

---

① 陈洪文、水建馥选编：《古希腊三大悲剧家研究》，北京：中国社会科学出版社 1986 年版，第 357 页。

② 陈洪文、水建馥选编：《古希腊三大悲剧家研究》，北京：中国社会科学出版社 1986 年版，第 174 页。

③ ［德］黑格尔：《美学》第三卷下册，朱光潜译，商务印书馆 1981 年版，第 243 页。

④ ［德］黑格尔：《美学》第三卷下册，朱光潜译，商务印书馆 1981 年版，第 297-298 页。

⑤ 王国维：《宋元戏曲史》，天津：百花文艺出版社 2002 年版，第 99 页。

自由独立"意识。① 该词条的作者显然以亚里士多德所提倡的"单一结局"的悲剧为西方悲剧的全部了，无视西方有不少"大团圆"结局的悲剧，如埃斯库罗斯的《被释的普罗米修斯》、索福克勒斯的《俄狄浦斯在科罗诺斯》、欧里庇得斯的《伊菲革涅亚在陶洛人里》、高乃依的《熙德》等。2003 年，著名文论家特雷·伊格尔顿的《甜蜜的暴力》出版，尽管他对黑格尔的"自由和个体自决原则是悲剧繁荣所必须的"观点表示质疑，但同时他又坚持"只有西方文化才需要运用这种形式（悲剧艺术——引者）。而且很大程度上可以正确地说，只有西方文化才有这种形式。悲剧艺术总的来说是一件西方的事情，尽管它在某些东方文化中也有共鸣。在中国，从表现尊贵个体之毁灭的意义来说，不存在完全等同于悲剧的东西"②。伊格尔顿的观点至少有两点不能成立，一是"尊贵个体之毁灭"并不能概括西方的全部"悲剧"；二是中国并不缺乏表现尊贵个体之毁灭的悲剧，如明传奇《精忠旗》（岳飞）、清传奇《长生殿》（杨玉环）、京剧《鞠躬尽瘁诸葛孔明》、豫剧《诸葛亮归天》、京剧《走麦城》（关羽）、话剧《屈原》等。而"悲剧"是否为西方专有也有待商榷。这种"例证法"固然直接方便，针锋相对，但却使"控辩"双方走入了太极式的周旋，陷入了以"部分"指称"整体"的思维误区，难有实质性的进步。于是，近年来，中国学者转变了"辩护"思路。张燕瑾主张用"风格学"而非"类型学"来研究中国戏剧，他说：对中国古代的戏曲，虽然也有学者持戏剧一般分为悲剧、喜剧和正剧三大类的观点，"进行过一些分类工作，但古代的戏曲悲则'哀而不伤'，喜则'乐而不淫'，悲喜互藏，折衷合度，类型化的美学特征并不明显。不同作家有不同的创作风格，风格学的特征倒比类型的特征鲜明得多"③。该说虽正确地指出了中国古代戏曲的特点之一，但并未说明中国古代戏曲之"悲""喜"凭何而分。邱紫华的《悲剧精神与民族意识》（1990）、张法的《中国文化与悲剧意识》（1989）等著作着力研究了中国悲剧的民族特色，这既暗含着对中西悲剧共通性的默认，却又未深究这个共通性是什么，似乎有绕过问题之嫌。总之，中西学界至今仍未从学理上彻底地讲清"悲剧在中国乃至东方戏剧中是否缺席"这个问题，让人剪不断，理还乱，按下葫芦浮起瓢。本书以为问题的根本不在于"悲剧戏剧"是否专与某一文化共生，而是在于，促使人们做出"悲剧"判断的"悲剧性"是单一形态还是多样

---

① Encyclopaedia Britannica, Inc. *The New Encyclopaedia Britannica*, Volume 23, Chicago: Encyclopaedia Britannica, 1993.p.167-168.

② Terry Eagleton. *Sweet Violence*. Malden: Blackwell, 2003: 71.

③ 张燕瑾主编：《中国古代戏曲专题》，北京：高等教育出版社 2002 年版，第 5 页。

态的。只有明确这个问题，"悲剧在中国乃至东方戏剧中是否缺席"的探讨才会彻底走出困境。为此，我们应从中西悲剧创作出发，以探寻"悲剧"之"悲剧性"，再从情感色谱学的角度来分析"悲剧性"的存在形态特点，挖掘"悲剧性"显现的理论选择后的文化立场与纯洁性诱惑，以比较完满地解答这个问题。

　　前面的研究已经告诉我们，"悲剧性"是一种情感，人的最基本、最持久、最浓厚的情绪情感之一，而人的情感中蕴涵着认知因素，"悲剧性"体验也含有信仰、价值、观念、爱好、理想等所制约的认知因素。古代中国虽然没有"悲剧"或"悲剧性"这些术语，但古代中国文人的笔下却充斥着大量吟哦哀、伤、怨、忧、愁、冤、怒、愤、苦、惨、悲的文学作品。"悲剧性"成了文化的连续性、人类基本情感及其表征的相对稳定性和相通性的一个例证。

一、悲剧性的多种形态

　　作为人的情感—认知的"悲剧性"，它是单质的、纯粹的还是多质的或者多重色调的？我们将从情感色谱学角度，进一步细化、秩序化和明确化"悲剧性"的存在样态及其表达地带。

　　狄德罗（1713—1784）说："一切精神事物都有中间和两极之分。一切戏剧活动都是精神事物，因此似乎也应该有个中间类型和两个极端类型。两极我们有了，就是喜剧和悲剧。但是人不至于永远不是痛苦便是快乐。因此喜剧和悲剧之间一定有个中间地带。"① 狄德罗将这个中间地带命名为"严肃剧"。他说："行动是生活中最普遍的行动，以这些行动为对象的剧种应该是最有益、最具普遍性的剧种。我把这种戏剧叫作严肃剧。"② 它"里面并没有使人发笑的字眼"③，不属于喜剧；"剧中并无恐惧、怜悯或其他强烈的感情的激发"④，不属于悲剧。狄德罗并没有把任何戏剧类型绝对单质化，他说："严格说来，一出戏从来就不会局限于一种类型。没有一部属于喜剧或悲剧的作品其中不包含放在严肃剧里也并不合适的若干章

---

　　① [法]狄德罗：《狄德罗美学论文选》，张冠尧、桂裕芳等译，北京：人民文学出版社 2008 年版，第 82-83 页。

　　② [法]狄德罗：《狄德罗美学论文选》，张冠尧、桂裕芳等译，北京：人民文学出版社 2008 年版，第 83 页。

　　③ [法]狄德罗：《狄德罗美学论文选》，张冠尧、桂裕芳等译，北京：人民文学出版社 2008 年版，第 83 页。

　　④ [法]狄德罗：《狄德罗美学论文选》，张冠尧、桂裕芳等译，北京：人民文学出版社 2008 年版，第 83 页。

节。同样，在严肃剧中也一定有若干篇章带有喜剧或悲剧的色彩。"① 狄德罗不仅完善了戏剧类型三分法，而且他还敏锐地意识到同一类型的戏剧有不同色调，他说："严肃剧处在其他两个剧种之间，左右逢源，可上可下，这就是它优越的地方。喜剧和悲剧就不是这样。喜剧的一切不同色调都可以包括在喜剧本身和严肃剧之间；悲剧的一切不同色调也可以包括在严肃剧和悲剧之间。滑稽和神奇都同样脱离自然，我们不可能从中吸取任何不曾走样的东西。"② 关于戏剧的题材，他说："喜剧和悲剧在任何等级里都会产生，所不同者只是痛苦和眼泪更经常地出现在臣仆的家庭，而快乐和欢笑则更经常地降临在帝王的宫殿。决定一出戏是喜剧、严肃剧还是悲剧的因素，往往并不在于主题而在于戏的格调、人物的感情、性格和戏的宗旨。爱情、嫉妒、赌博、秽行、野心、仇恨和欲望等的效果都能使人发笑、深思和发抖。"③ 狄德罗认为严肃剧包括严肃喜剧和家庭悲剧。家庭悲剧"距离我们比较近，它描写了我们周围的不幸"④。狄德罗还具体指出了不同剧种的表现对象："戏剧系统在它整个范围内是这样划分的：轻松的喜剧，以人的缺点和可笑之处为对象；严肃的喜剧，以人的美德和责任为对象；悲剧一向以大众的灾难和大人物的不幸为对象，但也会有以家庭的不幸事件为对象的。"⑤ 狄德罗虽正确地看到了"悲剧"有"不同色调"，但他并未具体说明它们，更未进一步去探讨形成"悲剧"不同色调之根本因素的"悲剧性"又具体呈现为哪些不同的情感色调，它们之间有何逻辑联系。

最新的神经科学实验研究认为，人类的大脑面对不同事物时，大脑的兴奋区域会发生改变，大脑中产生冲动的神经元的活动也不同，同一区域的神经元活动也有强弱程度的变化。英美两国的科学家分别在 2007 年和 2011 年的读心术实验中，证明现代的读心术对人的视觉和听觉反应的准确预测率已经达到了 90%。⑥ 因而，从色谱学角度分析人的情感是可行的。

悲剧性与其他情感体验一样，在深度、广度、强度和持续时间等方面

---

① [法]狄德罗：《狄德罗美学论文选》，张冠尧、桂裕芳等译，北京：人民文学出版社 2008 年版，第 84 页。

② [法]狄德罗：《狄德罗美学论文选》，张冠尧、桂裕芳等译，北京：人民文学出版社 2008 年版，第 84 页。

③ [法]狄德罗：《狄德罗美学论文选》，张冠尧、桂裕芳等译，北京：人民文学出版社 2008 年版，第 88-89 页。

④ [法]狄德罗：《狄德罗美学论文选》，张冠尧、桂裕芳等译，北京：人民文学出版社 2008 年版，第 95 页。

⑤ [法]狄德罗：《狄德罗美学论文选》，张冠尧、桂裕芳等译，北京：人民文学出版社 2008 年版，第 121 页。

⑥ 参见《读心术怎样看见你的秘密》，《渤海早报》2011 年 10 月 16 日。

存在着程度上的差别，在情感意蕴上具有不同的指向，由此导致了悲剧性具有不同的情感色调。

仅从体验的深度看，最直露的悲剧性是日常悲伤、悲惨、悲哀之情，较深层次的是对他人的同情、移情，更深层次的是对宇宙生命的同情感，大悲大同情，是一种与天同悲的超越性生命体验。

从情感深度、强度及意蕴等综合的角度看，悲剧性大概有下面五种色调：伤感［哀而不怒］——悲愤［怒而不争］——悲壮（哀痛与振奋）［争而不胜］（顶点）——崇高感［虽败犹胜，乐缘未来］——英雄感［苦争终胜，苦（难）尽终于喜悦］。这五者呈一种倒"U"字关系，从两端向中间递升，其缺憾感程度不断增强；越接近"伤感"悲剧性，越具有现实和日常色彩，越接近"英雄感"悲剧性，越具有理想和传奇色彩。伤感悲剧性这端近于悲观主义，前接表现日常生活的严肃色调艺术；英雄感悲剧性这端近于乐观主义，后接传奇色调的作品；悲壮感的高悲剧兼具乐观主义和悲观主义。悲剧性的这五种色调本身并不具有美学和艺术价值上的高下之分，只要是对其所关注对象的悲剧性给予了充分的挖掘和尽可能完美的艺术表现，它就是成功的。

"悲剧性"的多色调在文本中有普遍表现。"伤感"色调的悲剧性是普泛的基本的悲剧性，主要体现在苦难剧、哀感剧、哀情剧、悲惨剧和悲怆剧中，表现的是人生或生活总有不如意。这种悲剧性更多的是突出那些缺憾感在人内心中的情绪性反应：淡淡的哀愁和忧伤。这种色调的悲剧性在中国古典悲剧性文学中比较常见。例如，恋爱者聚不得的悲剧性、离别的悲剧性、乡愁的悲剧性、闺怨的悲剧性、怨弃的悲剧性、伤春的悲剧性、悲秋的悲剧性等。鲁迅笔下的孔乙己、闰土、祥林嫂等人的悲剧性大都属于此类。这种色调的悲剧性，在日常生活悲剧中也很常见。一位老者在居民楼旁遛弯时，突然一阵大风刮过，他被旁边楼房阳台上掉下的花盆砸伤了，这一意外事故带给人们的就是一种苦难或者哀情性的悲剧性体验。这种日常生活中的偶然的意外的非人为事故具有某种更可怕的恐惧感。

"悲愤感"色调的悲剧性表现为一种怒而不争的悲剧性，主人公内心强烈的情感还没有外化为现实的行动，主要体现在悲愤、怨愤、冤屈、愤怒型悲剧中，表现的是生活总难以忍受。中国古典悲剧性作品中的"冤"剧突出体现了这一色调。例如《窦娥冤》，本剧打动人心的主要力量在于窦娥的善良、孝顺、无私的美好品德和她的苦难遭遇及千古奇冤。剧中对窦娥的反抗精神虽也给予了十分突出的表现，但是，作为当时社会中普通妇女的窦娥只有对天地不公的"怨"，她还没有走向与社会的直接真正对抗。

"悲壮感"色调的悲剧性是哀感与振奋交织、哀痛大于振奋的悲剧性，多体现在高悲剧中，它主要通过结局的一悲到底来实现，主人公虽具有彻底的抗争精神，但争而不胜，以被毁灭或双方陈尸舞台而收场，引发人们强烈的悲伤以及发奋抗争之情，表现的是生活必须改善但总难改善。中、西方都不乏此种色调悲剧性主导的悲剧，如中国的《精卫填海》《夸父追日》《孔雀东南飞》《谭嗣同》，西方的《俄狄浦斯王》《哈姆雷特》等。哈姆雷特由思想转向行动，高悲剧的效果出现了，体现出一种刚烈悲壮之美。"我自横刀向天笑，去留肝胆两昆仑"是谭嗣同生命的绝唱，在凛然豪迈中显现出了悲壮之美。

"崇高感"色调的悲剧性，是主导"乐观悲剧"的悲剧性。先烈人物虽败犹荣，因为他理解并接受了自己牺牲的价值和意义，所谓"要奋斗必然有牺牲""革命就是流血流汗乃至献出生命"，于是以自己的牺牲为集体事业的胜利开辟了前进的道路，他在自己的牺牲中看到了事业胜利的曙光，对未来满怀信心和希望，在希望的未来中回望今朝，坦然笑对牺牲。牺牲者转为殉道者再转为拯救者，主人公成了时间和历史的化身，表达的是生活必须改善但需要时间。这一色调的悲剧性主导的悲剧作品在苏联和中国的"社会主义文学"中较常见。振奋、鼓舞的乐观主义激情超过了先烈人物的牺牲带给人们的悲伤，表现了事业必胜的乐观信念。同时，先烈也成了意识形态和道德教化的楷模。因而，这类悲剧性作品具有一种崇高感和集体英雄主义精神。

"英雄感"色调的悲剧性，是主导情节剧的悲剧性。正面主人公经过苦苦抗争获得了胜利，皆大欢喜，振奋和传奇取代了曾经的悲伤。海尔曼在《悲剧和情节剧：关于体裁形式的沉思》（1960）一文中认为，情节剧中的"人"是一个整体，具有不可分裂的性格，也就是单纯的善或恶、力量或软弱，而悲剧人物的性格是分裂的，他被视为力量和软弱，处于不同的力量或动机或价值观念，他的本性是双重或多重的，各部分间往往有着戏剧性的作用，"情节剧表达的是单一的情感，悲剧表达的是复杂的情感"。"在情节剧中，人的欲望被毁灭了，或者它成功了；在悲剧中，它在受难中被得来的真理（真谛）给调和（升华）了。"[1] 海尔曼对悲剧与情节剧的分析是精辟的，但他把"悲剧"等同于"高悲剧"了，忽视了其他色调悲剧性主导的悲剧，也把"情节剧"的主人公简单化了，还错误地抹杀了"情

---

① Robert Bechtold Heilman. *Tragedy and Melodrama: Speculations on Generic Form*. In: Robert W. Corrigan, eds. *Tragedy: Vision and Form*. New York: Harper & Row, 1981.p.214.

节剧"的悲剧性。笔者以为，在情节剧终，英雄胜利了，恶人失败了；而在高悲剧和乐观悲剧中，人或在失败中经验胜利，或在胜利中经验失败。例如，《李尔王》就表达了这样复杂的情感。出走荒原后的李尔激起了我们多重感情，既同情他的遭遇，同时又有些责备他，因为暴风雨的遭遇及他和小女儿的死都是由于他的过错招致的；其巧言令色的大女儿和二女儿为了满足自己的权力野心而走上忤逆之路，她们被短暂的"胜利"白光一闪而亮后便坠入了万劫不复的黑暗深渊，其疯狂追逐欲望的心一刻也没有停止对最终惩罚的恐惧，还要为自己的欲望在父亲曾经的专横和偏好谄媚里培育出的罪恶付出生命。这样一来，情节剧在善恶二元对立中传达自己的意志，表达的是生活能够改变，但需要超越常人的神性，因而极易实现意识形态和政治教化功能，极易被实用主义的政治所利用，经常倾向于对当下问题的思考，例如中国的《赵氏孤儿》，特别是美国好莱坞的大片；而高悲剧关注的是人的双重乃至多重性的复杂存在，所面临的是永久的基本存在问题，更具有宗教和哲学意味，表达的是生活总是个猜不透的谜。

　　总之，笔者讲悲剧性的多色调意在强调，首先，"悲剧性"不是纯粹单质的情感，"悲剧性"不是绝对同质的情感，悲剧性的情感色调是多种的，悲剧性的表现不止有一种形态。这就要求我们，不要以"高悲剧"的特点来绳墨一切悲剧性现象。唯此，悲剧性研究的跨文化沟通才会实现。同时，在悲剧性日常生活化的今天，我们才会顺利穿行于生活中的悲剧性与文学艺术中的悲剧性之间，达致对生活和文学的本质及其关系的更深刻、更全面理解。其次，悲剧性的多色调之间不是泾渭分明的，而是一种模糊性相对区分，遵循的是情感的模糊逻辑而非二元对立的形式逻辑。悲剧性的这五种色调不可能穷尽悲剧性的所有色调，它们只是对悲剧性多重色调的一种大致的理论抽绎，并在整体上形成了一种情感色谱，表达的是人生或生活总有缺憾。这使得"悲剧"作品既具有"家族相似性"，又呈现出不同样态，一部"悲剧"是上述诸色调悲剧性的单一主导或杂多的各种形式的综合显现。因而，我们不能把"悲剧"简单化，不能把悲剧精神偏解为抗争精神，其实，悲剧精神是一种担当精神，一个人物是否能成为悲剧人物，与其是否具有自由自决意识并不必然相关，主动挑战引发悲剧，被动应战也可产生悲剧。明乎此，将有助于提高我们的文学创作和接受水平。

二、悲剧性体认中的立场选择

　　"悲剧性"既然是多重色调的，呈现出情感的色谱性，那为什么不少西方悲剧理论家以悲壮感主导的高悲剧为"悲剧"的正宗而判定在中国乃至东方戏剧中没有"悲剧"呢？要辨清这个问题，还需正确理解下面几点。

第一，判定"悲剧在中国乃至东方戏剧中的缺席"，从"悲剧性"的情感色谱学视角来看，这是陷入了"中—西"及"唯名论—实在论"双重二元对立的思维窠臼，没有抓住"悲剧"之"悲剧性"的多色调、色谱性这一根本特点。中国古典悲剧的主题多围绕着"忠""孝""节""义"，散发着哀、伤、怨、忧、愁、冤、怒、愤、苦、惨、悲等气息，虽"风格"多样，却都腾挪闪转于"悲剧性"的广阔地带中，灵动着"悲剧"的气韵。于是，从"悲剧性"的情感色谱来看，"悲剧在中国乃至东方戏剧中是否缺席"就成了一个伪问题。

第二，在西方文化中，不同的悲剧理论家也有不同旨趣的选择。例如，柏拉图主张善有善报、恶有恶报的"双重结局"，结局直接显示正义，赞成的是英雄感色调的悲剧性主导的悲剧。但在西方古典悲剧中更多的是亚里士多德所提倡的间接预示正义的"单一结局"的悲剧，也即悲壮感色调的悲剧性主导的悲剧。他们理论选择的分歧，表面上看是直接表达与反向表达的艺术策略的不同；深层则是在正义境界问题上的分歧：柏拉图倾向理想主义，亚里士多德倾向现实主义。① 19 世纪初的黑格尔之所以提出中国只有"悲剧"的"萌芽"而没有"完备发展"的观点，至少有两方面的原因。一方面是他对中国历史把握得不准确。他以为，在中国只有皇帝一人是"普遍的意志"，其他人都只有"敬谨服从，相应地放弃了他的自省和独立"②。大家"都缺少独立的人格"③。皇帝"职权虽然大，但是他没有行使个人意志的余地；因为他的随时督查固然必要，全部行政却以国中许多古训为准则"④。简言之，黑格尔认为，中国人"只有一种顺从听命的意识"⑤。然而，中国历史上各种形式和层次的"起义"一再表明古代中国人并非都一直"顺从听命"。另一方面是他的历史哲学观不正确。黑格尔认为，"世界历史从'东方'到'西方'，因为欧洲绝对地是历史的终点，亚洲是起点"⑥。"历史"从中国、蒙古开始，中经印度、波斯、埃及，再到

---

① 万晓高：《悲剧性文学中"诗性正义"的特质探析》，《中国科教创新导刊》2010 年第 35 期，第80—81 页。

② ［德］黑格尔：《历史哲学》，王造时译，上海：上海书店出版社 2001 年版，第 121 页。

③ ［德］黑格尔：《历史哲学》，王造时译，上海：上海书店出版社 2001 年版，第 122 页。

④ ［德］黑格尔：《历史哲学》，王造时译，上海：上海书店出版社 2001 年版，第 124 页。

⑤ ［德］黑格尔：《历史哲学》，王造时译，上海：上海书店出版社 2001 年版，第 137 页。

⑥ ［德］黑格尔：《历史哲学》，王造时译，上海：上海书店出版社 2001 年版，第 106 页。

希腊、罗马，最后完成于日耳曼世界①，这同时，也是"个人"的独立自由自决意识从无到有、从弱到强的一个过程，是"精神"不断"成熟"的过程，也即从东方只有"'一个'是自由的"，中经希腊罗马世界的"'有些'是自由的"，到日耳曼世界的"'全体'是自由的"过程。② 显然，黑格尔的历史哲学观基于其欧洲中心主义历史观，否认世界历史的多元发展史实，把历史发展简单地等同于"精神"发展，用"理念"逻辑取代了社会历史发展规律。同样出于"理念"按照"正—反—合"运动的逻辑旨趣，黑格尔最欣赏显现"普遍伦理""冲突"与"和解"的悲剧，也即悲壮色调悲剧性主导的悲剧。也还是从"理念"论出发，他高度赞同"那种正面的有实体性因素的同情"。他说，人们的"哀怜"有两种对象。"一种就是对于旁人的灾祸和苦痛的同情，这是一种有限的消极的平凡感情。这种怜悯是小乡镇妇女们特别容易感觉到的。高尚伟大的人的同情和怜悯却不应该采取这种方式。因为就只突出灾祸的空虚的消极方式，其中就含有贬低受灾祸者的意味。另一种是真正的哀怜，这就是对受灾祸者所持的伦理理由的同情，也就是对他所必须显现的那种正面的有实体性因素的同情。……悲剧人物的灾祸如果要引起同情，他就必须本身具有丰富内容意蕴和美好品质，正如他的遭遇破坏的伦理理想的力量使我们感到恐惧一样，只有真实的内容意蕴才能打动高尚心灵的深处"。③ 显然，黑格尔认为基本的悲伤性哀怜不具有"悲剧性"意蕴，只有那些见出了正面的伦理实体因素的哀怜才具有"悲剧性"意蕴，也即悲壮色调的悲剧性。然而，黑格尔无法回避的是，如果因大多数人与他的旨趣不完全相同而就此否定了他们对于生命、人生的基本缺憾的悲伤感这一悲剧性体验，那么，他对于"悲剧性"的理解就必然失去生命的普遍基础。因而，西方的悲剧理论既不是铁板一块，"悲剧在中国乃至东方戏剧中缺席"这一误判也是出于西方某些理论家的旨趣成见。

第三，悲剧理论家要积极抗拒"理论纯洁性"的诱惑，将文学理论的创新点深深植根于人类的文学—社会现实之中，而非两端。④ 亚里士多德因力挺"单一结局"的悲剧而强化了悲壮感色调的悲剧性主导的高悲剧的正宗地位，把复杂的古希腊悲剧简单化了，致使其理论适用范围明显缩小。

---

① [德]黑格尔：《历史哲学》，王造时译，上海：上海书店出版社2001年版，第106-112页。

② [德]黑格尔：《历史哲学》，王造时译，上海：上海书店出版社2001年版，第106页。

③ [德]黑格尔：《美学》第三卷下册，朱光潜译，北京：商务印书馆1981年版，第288页。

④ 万晓高：《从"悲剧"诸问题看文学理论的社会特质》，《天津大学学报》（社会科学版）2012年第1期。

黑格尔理论上追求令人"振奋"的悲剧，但他所高度评价的古希腊悲剧《安提戈涅》则是"悲伤、怜悯"多于"振奋"，这个矛盾表明黑格尔由于受到了理论纯洁性的诱惑，不自觉地滑入了理论偏见的泥淖。伊格尔顿一方面认为"悲剧艺术总的来说是一件西方的事情，尽管它在某些东方文化中也有共鸣"，另一方面他又承认，"现实生活悲剧——这对于所有人类文化来说都司空见惯"。① 这里的矛盾表明伊格尔顿在摆脱理论纯洁性诱惑上的不彻底。

第四，历史上文论美学话语格局的不平衡性和世界文化秩序的非公正性，放大和固化了人们基于既有文化立场而做的"悲剧"标准选择的成见。19 世纪初西方资本主义国家开始了对东方一次又一次的侵略，促使东方国家一些先进分子的民族意识的觉醒和民族危机感的产生，于是对西方先进思想文化的被动或主动学习，成为从 19 世纪后半叶到今天一个多世纪里甘当"西方"的小学生的整个东方国家的"课业"，此态势下的"西学东渐"既满足了中国等东方国家急切的"图强救亡"的民族动机，又强化了东、西方文化的不平衡格局和不公正的世界文化秩序，进而成为一种思维定式，"照着西方说"一度成为我国理论界的时髦。西方学界也在文化自负中漠视了我国理论界的自我探索。西方悲剧理论在中国的选择性译介和接受即是上述的明证。② 结果，西方悲剧理论在中国的影响至今不衰，而中国学者的悲剧思想被西方学者了解得较少。1977 年苏联《远东文学研究的理论问题》论文集发表了波兹涅耶娃的论文《悲剧性及其在中国的理论理解的最初尝试》，比较研究了刘勰与孔子对"哀"和"伤"的不同理解。她指出："孔子对悲剧性的要求是'哀而不伤'，而刘勰在《哀吊》篇的'赞'中则肯定哀吊类作品的重要意义在于'千载可伤'。这样一来，刘勰就反驳了孔子，……恢复了'伤'的权利。"③ 这是外国学者专门研究中国的悲剧理论的较早论文。中国学者的悲剧理论被外国著名学者赞同的就更少，目前仅朱光潜的《悲剧心理学》（英文版，斯特拉斯堡大学出版社出版，1933 年）中关于"基督教在各种意义上都是反悲剧精神的"论断被伊格尔顿的《甜蜜的暴力》肯定性引用。④ 因而，中国学者欲使西方学者改变偏见，就须

---

① Terry Eagleton. *Sweet Violence*. Malden: Blackwell, 2003.p.71.

② 万晓高：《论悲剧性审美范式对于五四文学的意义》，《宁夏大学学报》（社会科学版）2008 年第 1 期。

③ ［苏］л.д.波兹涅耶娃：《悲剧性及其在中国的理论理解的最初尝试》，见《远东文学研究的理论问题》，莫斯科 1977 年，第 79 页，参见李逸津：《俄罗斯翻译阐释〈文心雕龙〉的成绩与不足》，"汉学研究网"，2005-10-29.

④ Terry Eagleton. *Sweet Violence*. Malden: Blackwell, 2003.p.39.

加强文献沟通、建立公正的世界文化新秩序。

三、超越唯名论、实在论及其二元对立

在 21 世纪的今天，任何一位学者如果还继续纠缠于何谓"悲剧"的正宗，那么他的研究要么是一种意见之争，要么是一种义气之争。令人可叹的是，并非所有人都明确地意识到这一点。本书抛砖引玉，以便更好地解决这个问题。

首先，我们必须超越唯名论和实在论，自觉走出"唯名论—实在论"二元对立的思维窠臼。因为思维方式的正确有效是正确思维的必要条件。"唯名论"和"实在论"最初都是指西欧中世纪经院哲学的一个派别，后来人们用它们指称两种哲学思维方式。《辞海》对两者做过精要的解释。"唯名论认为没有离开人的思想意识和个别事物而独立存在的'共相'（一般），只有个别事物才是真实存在的；'共相'不是先于个别事物而存在，而仅仅是人用来表示个别事物的名词或概念。唯名论者把客观个别事物看作真实存在的、第一性的、先于一切的东西，具有唯物主义的倾向"。① "实在论"也叫"唯实论"，"同唯名论相反，认为'共相'（一般）先于个别事物而存在，是独立于个别事物的客观'实在'；'共相'是个别事物的本质，个别事物不过是由'共相'派生出来的个别情形、偶然现象，并不真实存在。实在论把'共相'看作是独立存在的精神实体，并把它看作是第一性的东西，显然是一种客观唯心主义观点"②。本书认为，唯名论没有搞清楚"共相"为何能成为表示诸多个别事物的名词这个事实。某个名词第一次指称某一具体的个别事物是后于这个事物出现的，但这个名词后来又被用来指称类似的其他的个别事物，如"人"这个名词就指称无数的"人"个体，那这个名词或概念又先于许多具体个别事物而存在了。可见，唯名论者走向了机械唯物主义。实在论把"共相"看作精神实体并派生出个别事物的观点，是一种客观唯心主义的错误认识；它把"共相"看成个别事物的本质也曲解了"名称词语"与所指称事物的非完全对称关系，也就是说名称词语并不必然概括了所指称事物的所有特点，而只是抽象了某些特点而已；它认为某一概念先于某一个别事物的存在是有道理的，因为这个概念是一种"类概念"而非专门的"单体概念"，类概念先于某些个别事物而存在是有可能的。因此，对于"悲剧"这个词语或概念，我们就不能把它做唯名

---

① 辞海编辑委员会：《辞海》（哲学分册），上海：上海辞书出版社 1980 年版，第 287 页。

② 辞海编辑委员会：《辞海》（哲学分册），上海：上海辞书出版社 1980 年版，第 287 页。

论或实在论的解释，也不能在唯名论与实在论二者之间进行非此即彼的解释选择。此前的论述已经很清楚了，"悲剧"这个名词或概念，是个"类概念"而不是专门的"单体概念"，"悲剧"用来指称"一类事物"而不是专指"某一个别事物"，因而它就不是概括某一个别事物的本质的一个概念，而是概括某一类事物的某些"共通性"或者说"家族相似性"的一个概念，只要某一个别事物具有这个"家族相似性"的某些方面（不是全部），人们就可以用"悲剧"这个概念来指称它。这种类概念或词语很多，如"艺术""文学""美"等精神性事物的名称。而一个名称词语被用来指称不同的个别事物，往往是人们在类似情感体验共通性心理基础上的相沿成习的历史过程。在这个过程中，人们会在已经被纳入这个名称词语帐下的事物与即将被纳入的新事物之间不断进行可接受性调适，寻找这个新事物与已有事物的共通点，只要找到了，不论多少（当然越多越好），人们就可以用这个名称词语来指称这个新事物。同时，这个名称词语的指称范围会呈现出不规则性扩展，以至于有些所指事物与该词语的原始所指事物之间没有任何相似之处，只是由于历史上不同用法因这个共用名称词语而在当下的共时叠加，使得它们之间具有了某种联系。但这种联系绝不是一般意义上的"本质"相同，而只是由于"家族相似性"。例如一台多次修理仍旧不能正常使用的"悲剧性"计算机与古希腊一出"悲剧"戏剧。我们一旦超越了唯名论与实在论，并走出了它们二元对立的思维窠臼，就会坦然认清悲剧性的多色调、多样态这个事实。

其次，对于理论本身我们要有清醒、明晰的限度意识，对其适用范围、对象、使用程序和要求都要有科学、客观、正确、准确、完整的把握。因而，我们要不断提高自己把握理论限度的能力，不要为了提高所谓的理论普适性而一味地削足适履，人为裁剪繁复多变的事实或者武断地圈地划界都是不可取的。我们要增强理论本身的弹性，也就是要承认理论本身在把握现象时可以适度采用模糊逻辑。我们还应克服墨守成规的理论自卑意识与偏好高蹈的理论自恋心理。① 历史上的任何悲剧理论都是理论家针对具体的悲剧现象而抽绎出的具体论断，它们既具有真理性，又具有时代的、语境的、种族文化的、理论家个体的局限性。因而，对于历史上的任何悲剧理论我们在充分尊重的同时还应保持必要的审慎反思，承认自己也有理论发现和创造的自由，尊重和维护自己的理论创新自主权，不断提高自己的理论创新的自主意识和能力。同时，我们也要警惕完全脱离具体的悲剧

---

① 万晓高：《反面人物悲剧性探源》，《南开学报》（哲学社会科学版）2000 年第 6 期。

性现象而恣意理论推演、迷恋理论自我繁殖的理论自恋心理。真理，再前进一步也许就不是真理。任何理论都要不断接受实践的检验。悲剧理论是否有效归根结底取决于其是否正确地揭示了人类社会生活和文艺作品中的各种悲剧性现象的本质和规律，是否对于各种悲剧性现象具有充分的阐释力，而不仅仅是理论本身的自洽。因而，人们只有从文学—社会中的悲剧性现象出发，并聚焦于它们，才有可能探寻到悲剧理论创新的可靠路径。

再次，我们要超越自身文化的偏狭，以"全人类"乃至"生命"的身份和立场，从情感色谱学的角度，去体味瑰丽多姿的"悲剧性"，去消解各种悲剧理论成见。在此意义上，任何民族、国家、文化的过去、现在和未来都是我们人类共同的过去、现在和未来；我们从时间到空间都一直息息相关，惺惺相惜。这自然对每一位悲剧理论研究者、悲剧文艺作品的创作者和接受者都提出了解放思想、开阔视野、博大心胸的必然要求。

最后，对于开放式的集合范畴的比较研究要慎之又慎。人的情感—认知毕竟不是几个类型所能规定的，情感色谱学的考察也只不过是为我们提供了一种研究悲剧性、研究悲剧性作品的新思路。

本章分别从悲剧性的本源属性、生成方式（或然或必然，即引发悲剧性的生成过程并规定其发展趋势的根本原因的特点）、逻辑特点、体验心理趋向和情感风格类型五个角度概括、描述和分析了悲剧性的五个基本特征：生命性、必然性、悖论性、和谐性和多样性。但并没有穷尽悲剧性的特征，因为特征是相对区别性，是无法穷尽的。对于悲剧性特征的研究，有助于我们更好地理解日常生活悲剧性和文学艺术悲剧性，有助于作家创作出更多具有深厚情感、深刻思想和精湛艺术的优秀作品，有助于我们每个人不断完善自我，不断完善我们的社会、国家和人类。

第五章　悲剧性的文学显现

　　悲剧性既存在于社会生活中，也存在于文学艺术中。那么，它们有何相同和不同呢？对此，前文已有较详细的论述。① 为了更好地研究悲剧性体验在文学文本中的物化问题（或者说显现问题，确切地说是文学文本中悲剧性的召唤结构问题，也即作者的悲剧性体验是以何种样态物化在文学文本中而成为具有特殊意向的召唤结构的问题），本书愿意再强调以下内容。对受众而言，除了载体形态这个根本不同点外，生活中的悲剧性与文学中的悲剧性有如下不同：受众与对象的心理距离不同，前者是功利距离，后者是审美距离；受众期待心理的主导倾向不同，前者是伦理心理，后者是审美心理；人们心理提升（升华）的方向不同，生活中的悲剧性走向了当下的伦理关怀和生存关怀，而文学中的悲剧性超越了直接的伦理关怀，走向了更高远、更宏大的形而上关怀、基本存在的关怀。文学中的悲剧性一般会给予人心灵更集中、更全面的刺激，因为它经过了艺术安排，把一个悲剧性事件（人物）与一个更大的、终极的价值体系联系在了一起。至于这个终极价值体系也即意义之源是什么，各家理解有所不同，可以指上帝、正义、天道、规律、人类的信仰、希望、理想、信念等。这就使得这个事件的意义因其位于特定焦点而被放大。而日常生活中的悲剧性事件则往往未被特意加工，被局限在一个具体的小范围内，普通民众往往就事论事，很少有形而上意义的生发。之所以如此，这与人们的认知习惯和接受语境有关，文学中意义幽灵永在，但生活中人们未必总会或刻意去发现意义。当然，它们也有共同之处，那就是对人生命的不可弥补的缺憾性体验。

　　文学中的悲剧性的显现或者说存在具有双重意义。一方面，它是艺术家对社会生活和人生中的各种悲剧性现象的艺术反映。因而，它也就是艺术家的悲剧性体验的物质载体或者说物质文本，它凝结了艺术家的生命悲剧意识及其对宇宙、人类社会、人生、人性和生命的各种缺陷状态的严正

---

① 见本书第三章第一节第二小节"悲剧性生成的三维系统"的导语部分。

关注，凝结着特定社会历史文化语境和微观语境对于价值尤其是生命价值的基本取向。这样，悲剧性文学文本就成了悲剧性体验的固化形态，也是最稳定的、方便沟通的悲剧文本。另一方面，悲剧性文学文本也是引发读者或受众产生悲剧性体验的基本悲剧文本素材，从悲剧性体验的角度来看，它和社会生活中的悲剧文本素材并没有绝对的不同。因而，悲剧性的文学文本连接并贯通了"生活—作家—悲剧性的文学文本—受众—生活"这一文学—生活系统，是研究悲剧性体验的最稳定的具体对象。由此，我们可以发现，我们人类社会中的悲剧性体验的内容、形式是相当丰富的，也是与时俱进的。文学中悲剧性的显现打上了民族文化、时代文化和文学体裁的烙印。本章主要研究的正是悲剧性在不同民族文学和不同体裁文学之中显现或物化的情况，为探讨文学中悲剧性的功能打下文本基础。

第一节　不同民族文学作品中的悲剧性流变

马克思指出："历史不过是追求着自己目的的人的活动而已。"[①] 人是历史的主体和目的。"历史的必然要求"从历史来看，必然是人的本质的必然要求。文学是人学。随着历史的发展，不同时代的文学作品中"人"的观念也在发生着变化，古典主义侧重讲人的理性和情感，浪漫主义侧重讲人的情感、想象和天才，现代派侧重讲人的生命本能与无意识等。这表明人们认识"人"的本质的方式、角度、层次、方向和侧重点等都在发生着变化。但是，人们认识"人"的本质的活动的价值取向却一直未变，人们追求至真、至善、至美的完美化心理未变。在文学领域，这主要体现在悲剧性一直是文学艺术活动的基本情致。悲剧性是人在特定语境中面对特定对象而产生的生命的不可弥补的缺憾性体验，它是一种情感—认知范式，它既在解释世界，又在建构世界。随着历史的变迁和社会的发展，每个民族对于社会、人生、人性和生命的缺憾性体验都会发生变化，而民族文学就记载了这种变化。同时，不同民族文学作品中的悲剧性沿着时间维度也自然描绘出了本民族、本文化关于"人"的思考的精神族谱。

本节所要解决的具体问题是：悲剧性在不同民族文化的文学作品中是如何显现和流变的？由于悲剧性体验是人的一种情感—认知活动，因而，

---

① 中共中央马克思恩格斯列宁斯大林著作编译局编译：《马克思恩格斯全集》第 46 卷上，北京：人民出版社 1956 年版，第 46 页。

悲剧性体验的变化其实主要就表现在人的情感与认知的变化上。而人的情感与认知在悲剧性中又是相互渗透的，情感中有认知，认知中有情感，二者融为一体。于是，对于悲剧性的显现及其流变的描述就必须紧紧围绕悲剧性体验的情感—认知变化这一红线，而不必拘泥于具体文本的罗列分析，这在一定程度上也会避免与悲剧文学史的重复。当然，这也就决定了这种描述必然是概括性的。下面分别以西方文学和中国文学为例描述悲剧性的流变。

一、西方文学作品中的悲剧性流变

笔者将分古典文学、现代主义和后现代主义三个阶段进行描述。

（一）西方古典文学中的悲剧性流变

此处"古典"主要指 20 世纪之前，部分延至 20 世纪中叶。

西方文学中对于人的悲剧性体验进行大量的、完整的、集中的艺术化反映始于古希腊悲剧。古希腊悲剧中，悲剧性多表现为人与各种神、半神和力量远大于人的自然力、蛮荒神秘的大自然界以及某些神秘力量等的勇敢抗争及其失败结局。在古希腊悲剧中，人们坦然接受命运的挑战，虽败犹荣；"厄运"往往以"神谕"或"神"的形态预示或显现；作为人类代表的"英雄"有着自由意志的激情行动，于是，"英雄"与"厄运"的冲突自然而然地成了古希腊悲剧的基本题材主旨和情节结构。古希腊悲剧中，人是单纯的人，往往是普遍伦理（继承权、血脉、责任）实体力量的化身，而且多把人与其社会地位联系在一起，人的个性很少被关注。例如，《安提戈涅》中，安提戈涅是亲情伦理的化身，而克瑞翁是国家伦理的化身。

古罗马悲剧中，悲剧性多表现为人因违反道德理性而遭受的苦难和恐怖。在当时的罗马社会中，一方面，物质生活发达，社会生活尤其是上层统治阶级的生活骄奢淫逸、奢华无度，道德和理性遭到了践踏；另一方面，一些对国家命运和社会精神状况深感忧虑的有识之士，为了除弊纠偏，则大力提倡理性和道德，要求人们遵从理性、道德、社会规范和习俗。塞内加就是当时的有识之士之一，他的悲剧大都取材于古希腊悲剧，宣扬节制、理性、道德，崇尚受苦受难和禁欲，血性复仇是其常见主题，剧中的血腥场面使人感到异常恐怖，因此人们又称其为"流血悲剧"或"恐怖悲剧"。塞内加的悲剧就是通过显现这种人因违反理性和道德而遭受苦难和恐怖的悲剧性来警告人们要遵从理性、道德和社会规范。

中世纪的悲剧主要是基督教悲剧，其中，悲剧性往往表现为人因违反上帝的旨意而遭受的苦难，人在上帝面前的弱小，教人要谦卑、信仰上帝。

中世纪的基督教悲剧建立在人有"原罪"的信仰基础上，而且这种"原罪"往往通过魔力或者妖术出现在人的生活中，进而引发人们的悲剧性遭遇。总之，人成了上帝的奴婢，成了基督教论证人之"罪—罚—赎"教义的载体或媒介。"人"的代表在本时期往往是"圣徒"，这一时期的悲剧作品也多取材于"圣徒传"。悲剧中发生的事情多源于魔力，超自然性、神奇性成了其主要特点。这里的所谓"神奇""魔力""超自然性"只不过是我们凡人的认识，在上帝那里根本不存在什么神奇、魔力与超自然性，因为许多日常生活中匪夷所思的事情在上帝的世界里则是再平常不过的事。这一时期的悲剧作品中，悲剧英雄的苦难和牺牲都被赋予了"殉教"的意义，让受众感到慰藉。由于悲剧英雄是为大家受过，将自己作为"牺牲"献给了上帝，以自己的苦行来"救赎"人类，于是，整个作品就具有了极其浓厚的说教色彩。这也是西方悲剧作品史上，首次完成了悲剧主人公从英雄—牺牲—拯救者的一个转型。在中世纪的基督教悲剧中，"人"的自主自由几乎看不见。正如雅斯贝尔斯所说："基督教悲剧把世界纯粹看成是一个人类必须得到永恒救赎的演练场。"① 也许，真正的基督徒不承认有真正的悲剧，因为救赎必将发生，只是迟早的事。

　　但丁作为新旧过渡时期的作家，其作品特别是《神曲》也具有一定的过渡性或者说混合性，中世纪的殉教主题与新时代的现实主义意识被结合在了一起，在"欲望"冲动的鼓励下，"人"的独立意识、主体意识在悄悄觉醒。因而，《神曲》里的悲剧性就是一种新旧过渡时期的悲剧性，是"人"的主体意识未能完全显现的悲剧性。

　　文艺复兴时期的悲剧中，悲剧性多表现为人性的复杂多变及其内在的冲突，换言之，是人的内在混乱的悲剧性。当时，人本主义大张，莎士比亚借哈姆雷特之口高颂"人"的赞歌——"人类是一件多么了不得的杰作！……宇宙的精华！万物的灵长！"② 尽管人的内在和外在还受到社会环境的限制，但人的个性毕竟显现出来了，人的个性的丰富性、复杂性被充分关注。同时，人道主义悲剧成了文艺复兴时期主要的悲剧性形态。因而，文艺复兴时期的悲剧是把人从神或上帝那儿解放出来了，但人的本性以及社会现实的枷锁却更突显了。莎士比亚深刻地看到了人性的复杂多样，他的悲剧作品把人可能具有的善和恶的各种冲突关系进行了全面的展示，例如贪婪、欲望、骄傲、忠诚、叛逆、篡位、美德、邪恶、爱情、淫欲、嫉

---

① [德]雅斯贝尔斯：《悲剧的超越》，亦春译，北京：工人出版社1988年版，第84页。

② [英]莎士比亚：《莎士比亚全集》第九卷，朱生豪译，北京：人民文学出版社1978年版，第49页。

妒、复仇、野心、阴谋、谋杀、虚伪、犹豫、孝顺、不孝、悖逆伦理等。莎士比亚的悲剧既表现了人的复杂性，写出了人的本性上的优点与弱点、显著与隐秘、宏大与幽微，也展示出了人类世界的本来面目，权力与财富是人类社会斗争冲突的核心与焦点；悲剧性的存在及其成因完全在人类社会本身和人本身中，并不在其他地方；社会环境因素与人的因素（包括人的个性、性格、欲望、情感、意志、认识、人际关系）之间的关系成了人们对于"悲剧性"予以理论解读和文学表达的最为重要的逻辑范式。这样一来，在对"人"的理解上，莎士比亚的悲剧作品与历史上的古希腊悲剧、古罗马悲剧和中世纪的基督教悲剧相比发生了明显变化，具有独立、自主、自为、自由意识的，思想复杂的，现实的人成为了悲剧的主角。这一变化，是一种积极的变化，具有现代意味。因此，苏联美学家鲍列夫曾说："莎士比亚的传统——反映世界的状态，反映具有全世界意义的问题——是现代悲剧的原则。"[①] 同时，这一变化也表明，以莎士比亚悲剧为代表的文艺复兴时期的悲剧，其悲剧性相较此前作品中的悲剧性，更具有了人的生命的丰富性、复杂性，因而也更具情感力量、思想力量和艺术魅力。当然，莎翁悲剧过分强调了"个人"的自由，以致有些绝对化。

　　法国新古典主义悲剧中的悲剧性，多表现为人在情感与理智的冲突中的痛苦。那时，人们对"人"又有了新的理解，更加强调理性对于人的重要价值。悲剧大师高乃依和拉辛通过表现人的"情感（情欲）"与"理智（理性）"的冲突，确证了人是理性的；他们笔下的人是"公民"，是社会的一员，他们作为人的社会属性、责任、义务与道德确定了他们的存在及其价值。结果，"人"成了现实规范的仆役，人的最大理性往往表现为个人对于国家或家族的义务职责，而个人的自由意志、情欲、愿望和追求则被严格限制或忽略了。这一表现更多地体现出了作家或者说当时社会语境对于社会"秩序"的追求。于是，在高乃依的《熙德》中，我们看到了罗德利克为履行家族义务而杀了施曼娜的父亲，而与罗德利克真心相爱的施曼娜又是为了家族的义务不得不请求国王判处罗德利克极刑，最后，破解这对矛盾的关键事件是外族的入侵，这给了罗德利克一个转机，也给了国王一个教谕民众国家至上的契机。剧终，罗德利克打败了入侵者，在国王的劝导下，施曼娜与罗德利克喜结良缘。公民对国家的义务和责任要远远高于人们对家庭（家族）的义务和责任，这个观念实实在在地印在了人们的心里。

---

① ［苏联］尤·鲍列夫：《美学》，冯申、高叔眉译，上海：上海译文出版社 1988 年版，第 83 页。

　　与新古典主义悲剧作品对于现实生活规范和公民责任的强调不同，意大利剧作家卡尔得隆（P. Calderon de la Barca，1600—1681）的《萨拉梅亚镇长》和《人生如梦》等作品宣扬了天主教教义以及禁欲和忏悔的主题，又把人看成了上帝的奴仆。在他那里，悲剧性仍旧是人违背上帝的旨意而放纵个人欲望所导致的愧悔痛苦。

　　德国启蒙运动文学的悲剧性，多表现为人在感性与理性冲突中期望平衡的痛苦。莱辛的市民悲剧《萨拉·萨姆逊》就表现了普通人的日常生活中也有着感性与理性的冲突及其平衡问题。在莱辛戏剧里，人是自我负责的主体，人的自主性和独立性被充分肯定。歌德和席勒的作品，具有广阔、深厚的社会历史蕴涵和生活蕴涵。歌德的《浮士德》通过人的多元选择的历时性变化，表明人对完美的追求既是不可遏止的也是无法满足的，从而呈现出了人期望在感性与理性的冲突中求得平衡却不得的这种悲剧性痛苦。席勒的《阴谋与爱情》在反映上层的腐朽狡诈的同时，也表现了底层人民的朴实纯真，从而强调只有在感性与理性的冲突中求得平衡，这个人才是一个人，这个社会也才会变得美好起来。可见，席勒对人的自我完善和历史的不断进步是充满信心的。

　　19世纪欧洲文学中的悲剧性，多表现为既有社会文化制度及观念对于人的个性、本性和生命力无情扼杀的悲剧性。欧洲的19世纪，是托马斯·曼（1875—1955）在1933年为纪念瓦格纳逝世50周年而写的《多难而伟大的理查德·瓦格纳》中所说的"多难而伟大的19世纪"，"多难"是指该世纪人们经受过的苦难众多，"伟大"是指该世纪出现了伟大的巨人群体。悲剧文学创作在19世纪的繁荣，便是对托马斯·曼上述断语的最恰当注脚。雨果的作品表现了人道主义在政治理性、社会理性面前不可避免的悲剧性，是19世纪初期人道主义的一曲挽歌。普希金的作品里，悲剧性已经把个人命运、大众命运与国家民族命运紧紧地联系在一起了。因而，任何一个人的悲剧不再仅仅属于他个人，而是属于整个大众、属于这个民族和这个时代。这种悲剧性的表达方式，开启了俄国文学中把人与社会、历史交织在一起来表达的先河。与斯汤达、巴尔扎克、福楼拜、狄更斯、果戈理、屠格涅夫、陀思妥耶夫斯基等伟大名字联系在一起的一系列不朽作品，将悲剧性的人性关怀给予了那些在社会底层生活中苦苦挣扎、试图改变自身命运，而终被社会制度、文化习俗和传统势力无情吞噬了的各类年轻的灵魂们，铸就了19世纪中期西方文学中的人的悲剧性命题：人是社会制度和传统势力的傀儡或牺牲品。巴尔扎克写出了历史剧变中旧阶级不可避免地灭亡的悲剧性，人性中贪婪的悲剧性。狄更斯写出了那个时代的混乱的悲剧性。果戈理还写出了俄国农奴制度对于人的压迫的悲剧性，人被金钱、权力等腐蚀奴役的悲剧性。屠格涅夫温润细腻、疏朗清冽的笔端，还表达了旧贵族在悲悼落寞中不得不退出历史舞台的悲剧性，以及"新人"贵族青年在历史大任面前尚显脆弱的悲剧性。陀思妥耶夫斯基把人心的丰富性、人性的复杂性拓展和掘进到了历史的新的高度、深度、广度和强度，使人性的悲剧性那么触目惊心，令人战栗恐惧。哈代和托尔斯泰继续高举人道主义的大旗奋斗在 19 世纪后期西方批判现实主义文学的战场上，向非人道的旧的社会制度及其意识形态投出了一支支利箭，彻底撕掉了统治阶级赖以维持其腐朽统治的道德上的最后一层虚伪的温情脉脉的遮羞布，展现了一幅幅底层人民血淋淋的悲惨生活图景。他们既表现了底层人民艰难生存而不得的悲剧性，也表现了上层统治阶级道德沦丧、虚伪自私、贪婪残忍、腐朽专制的人性尽失的悲剧性，托尔斯泰还表现了战争对生命和人性残忍绞杀的悲剧性。19 世纪后期挪威戏剧家易卜生以其《玩偶之家》和《人民公敌》等社会问题剧为触媒，通过对现实的批判引起人们对相关问题的关注。他的剧作通常没有完美的结局，惩恶扬善的道德劝诫意味比较明显。他将个人、家庭、日常生活与一个比其更大的社会问题联系起来，从而进一步强调一个人作为各种现实社会关系的背负者所具有的特点，展现了社会理想主义者试图重建社会秩序而遭遇重重困难的悲剧性人生。透过他的悲剧性作品，我们感知到："人"是自由的，但难以避免与社会的冲突，于是，他之"人"的自由性就在与社会的矛盾冲突中显现出来。后期，他的作品逐渐走向了人的内心。对于这一转变，威廉斯曾指出："从反抗社会并渴望自由的个体解放者的英雄立场转向反抗自我的悲剧性立场。理想是个人内心的东西，罪恶也被内在化、个人化。个人内心成了唯一普遍的事实。人成了自己的受害者。"① 此判断极其准确，这是强调易卜生把人类种族、人本身的惨烈的内耗揭示出来了，把人性的悲剧性结构写出来了。易卜生是以社会问题剧而出名的，但到后期他才发现，其实造成人的悲剧的主要原因也许不在外在的社会制度环境，而在于内化了外在社会制度环境的人自己。简言之，制度是人创造的，也是人运行的，制度的问题其实是人的问题。如果人不从自己内在进行反省，那么人所创造的制度就不可能是更好的。19 世纪后期俄国作家契诃夫（1860—1904）的《万尼亚舅舅》《三姊妹》《樱桃园》等悲剧作品写了日常生活中小人物的平凡生活的悲剧。在今天看来，契诃夫的悲剧小说比其悲剧戏剧更深刻地表现了小人物的悲剧性。

① ［英］雷蒙·威廉斯：《现代悲剧》，丁尔苏译，南京：译林出版社 2007 年版，第 94 页。

他对人们琐碎卑微的日常生活中的悲剧性感知得既敏锐又透彻，因而表现得就非常真实。他在小说《变色龙》《套中人》《小公务员之死》《苦恼》等作品中，一方面揭示俄国社会的种种变态现象和沙皇专制制度所造成的人性扭曲，另一方面，关注下层劳动人民的生活与命运。小说《苦恼》就是一篇反映劳动人民内心痛苦的小说。这部小说描写了一位名叫姚纳的马车夫的悲惨生活，他一人独居多年，不幸老年又丧子，失去爱子的痛苦撕扯着他，他很想找个人诉说心中的悲痛，可周围没人愿意听他倾诉，反而还躲着他、讽刺他、冷慢他。无奈之下，他只好向自己所养的一匹老马倾诉内心的悲痛、哀伤和忧愁。这篇小说写得很感人，人与动物的被迫交流表明了人与人之间的隔膜，反映了当时俄国社会中的人情冷漠、自私自利，反映了底层人民的苦难悲惨的生活，无情揭露和深刻批判了旧俄社会的黑暗和非人性。作品的深刻之处还在于写出了底层群众之间相互隔膜、相互蔑视的令人伤心至极的悲哀和痛楚。在艺术上，他把幽默与悲剧性熔为一炉，使其作品中所蕴涵的悲剧性获得了更具弹性的心理接受空间和更多的体认可能性。

　　20世纪批判现实主义文学的悲剧性主要表现在三个方面。一是人与社会文化制度及观念的不和谐所导致的个体的悲剧性。例如，萧伯纳（1856—1950）的《圣女贞德》等悲剧性作品，多将虚伪的社会与个体解放对立起来，在两相冲突后，前者毁灭了后者，让人们真切地感到，社会的虚伪是制约社会进步和个体解放的主要绊脚石。托马斯·曼的长篇小说《浮士德博士》（1947）写出了在帝国主义时期德意志民族以及德意志知识分子的悲剧性命运。德莱塞（1871—1945）的《美国的悲剧》写出了美国政治制度的丑恶和司法制度的虚伪所导致的普通民众的悲剧性。二是现代西方工业文明对人类生活的残忍伤害所导致的人生悲剧性和人类欲望肆虐的悲剧性，例如劳伦斯（1885—1930）的作品《恰特里夫人的情人》。三是人与世界的不和谐使生活失去了意义，这是人的生活的悲剧性。例如，海明威的不少作品刻意以"悲剧"结局，表明他已经感悟到人生无常，人生如梦，人生无意义。

　　20世纪社会主义文学中的悲剧性，多表现为无产阶级在与阶级敌人的斗争中的暂时失败或牺牲。这些悲剧人物，有不少是肩负实现阶级奋斗目标、拯救人类的历史使命的阶级斗士和人民英雄，他们将人的无私精神、奉献精神、牺牲精神、反抗精神、革命精神、斗争精神发挥到极致，是一个个脱离了低级趣味的"纯粹的人"、有精神高度的人，乃至具有一定的神圣感。例如，维什聂夫斯基（1900—1951）的歌剧《乐观主义的悲剧》（1933）

中女政治委员虽然牺牲了，但她付出了生命的革命事业胜利了。法捷耶夫（1901—1956）的长篇小说《青年近卫军》中青年近卫军们牺牲了，但他们抗击德国法西斯侵略者的正义事业必将胜利。苏联社会主义文学中的悲剧性作品认同的便是这一价值取向：在作品结局安排上，悲剧英雄的精神永生是通过人民永在，即事业永在来实现的；在人物形象的核心性格的设定上，集体英雄主义取代个人英雄主义。于是，"人和历史""革命"等主题成为最富于悲剧性的主题。当然，具体作品是比较复杂的。高尔基的作品既写了底层人民为生存而苦苦挣扎的悲剧性，也写了资产阶级个人主义在革命历史的洪流中必然失败的悲剧性，更写了工人阶级在与地主、资产阶级的革命斗争中所表现出的不屈不挠、英勇无畏的革命精神，和为自由民主而奋斗到底的崇高精神及其神圣的使命感，还写了一些革命意志薄弱者在退缩犹疑乃至背叛中所显现的人性脆弱的悲剧性。马雅可夫斯基的诗篇写出了社会主义社会内部存在的歪风邪气、官僚主义、压制民主、醉心权力、势利卑鄙、消极怠工等社会"溃疡"带给人的悲剧性体验。帕斯捷尔纳克（1890—1960）的《日瓦戈医生》写出了十月革命前后即从 20 世纪初到第二次世界大战后之间几十年的俄苏社会的错综复杂和艰难曲折，写出了战乱所导致的悲剧性，写出了革命工作中的某些偏颇和失误所导致的悲剧性，写出了处于俄国革命知识分子与反对革命的知识分子中间的旧知识分子，在社会大变革时期由于不能正确理解社会革命与个人命运的关系而终成为时代的牺牲品的悲剧性。肖洛霍夫（1905—1984）的《静静的顿河》写出了动荡历史年代里普通人生活的悲剧性，写出了革命力量与反革命力量相互搏杀的斗争形势的错综复杂和严峻多变，更写出了人性复杂多变的悲剧性。

　　从古希腊到 20 世纪，西方文学中悲剧性的表现所发生的重要变化之一，就是"人"的主体意识不断增强。从古希腊时的伦理实体的人，古罗马时的理性道德桎梏下的人，中世纪上帝的奴仆，文艺复兴时期丰富个性内在冲突的人，新古典主义纠结于情感和理智的人，启蒙运动时摇摆在感性和理性之间的人，19 世纪的被传统社会文化制度和观念所迫害的人，到 20 世纪时不甘心在社会底层挣扎的觉醒的人，以及作为阶级战士、人民英雄和人类卫士的高尚的人、纯粹的人。悲剧性与人类成长以及历史变迁紧密地联系在了一起。同时，悲剧艺术内容不断日常化和世俗化，悲剧人物不断平民化，每个人的历史使命意识、责任感和民主意识在不断增强，个体主人意识和群体主人意识也在不断增强，社会的民主化和多元化发展动力进一步增强。悲剧性的驱动力由外在的神秘力量逐渐转化成了主体人的内在的自觉行动。与此相一致，悲剧艺术的构成要素的核心从情节逐渐转移到了性格。

（二）西方现代主义文学中的悲剧性

从 19 世纪 70 年代起到 20 世纪 20 年代左右，西方文学从浪漫主义、现实主义文学（19 世纪初到 19 世纪五六十年代）经过唯美主义、自然主义阶段（19 世纪 70 到 90 年代）向现代主义文学演变。它有不同的流派，形成了大致相似的主题取向。于是，西方现代主义文学中的悲剧性主要表现为当时资本主义社会中人与人、人与社会、人与物、人与自然、人与自我的异化关系，感性与理性间的扭曲关系，以及当时西方人精神世界里的极度混乱、极端苦闷和极度不安全。例如，波德莱尔（Charles Baudelaire，1821—1867）的《恶之花》（1857），表现了现代社会中的人性罪恶和都市生活中的罪恶现象，与当时歌颂神圣的爱情、天真的童年、美丽的大自然和人的善良的浪漫派迥然不同。艾略特（1888—1965）的《荒原》里讲道："黄昏向天边伸展，像手术台上服了麻药的病人。"① 写出了一个沉寂而空无意义的世界，也写出了生命的枯竭。街道"如令人厌烦的居心不良的辩论"②，写出了人内心的怯懦、纠结不安和猜疑。其作品中的人物最终认可了继续过着非人的生活，认可了世界的现状。因为人毕竟不是神。因而我们可以说，在艾略特的《荒原》里，没有真正的拯救，只有无奈的妥协。意大利未来主义者马利奈蒂提出"新的、未来的艺术"应该表现都市化、工业化、力量和高速度等所谓"现代精神"，但其彻底抛弃人类一切文化传统的荒谬主张，有着文化虚无主义者的悲哀，以及在摆脱各种羁绊、奔向模糊的未来中的迷乱和狂热。马雅可夫斯基（1893—1930）的《穿裤子的云》用未来主义表现革命主题，传达了作者对于革命的一些虚无感、孤独感和悲伤感。

瑞典作家斯特林堡（1849—1912）认为文学应该书写人的精神、直觉等内在真实，采用象征技巧，他在《鬼魂奏鸣曲》（1907）中让死尸、亡魂和活人同台演戏，揭露了当时社会中人与人之间的非人关系，开了表现主义文学先河。表现主义着力表现人的主观感受和精神世界，例如对于生活的恐惧感（卡夫卡［1883—1924］的《地洞》）、灾难感、孤独感（卡夫卡的《变形记》）、虚幻感、无能为力感（卡夫卡的《城堡》）、荒诞感（卡夫卡的《审判》）、无所归属感（奥尼尔［1888—1953］的《毛猿》）、迫害狂

---

① 袁可嘉译文，见袁可嘉：《象征派诗歌·意识流小说·荒诞派戏剧》，《文艺研究》1979 年第 1 期。

② 袁可嘉译文，见袁可嘉：《象征派诗歌·意识流小说·荒诞派戏剧》，《文艺研究》1979 年第 1 期。

心理（卡夫卡《在流放地》）和性变态心理（奥尼尔的《悲悼》，男女人物都有"恋母""恋父"情结）等精神活动。[①] 表现主义用象征手法表现了对于一些抽象问题的思考。例如，人异化为非人（卡夫卡的《变形记》、美国爱尔默·赖斯［1892—1967］的《加算机》），性意识的神秘莫测和无所不在（《悲悼》），人与人的相互隔膜和仇恨（《鬼魂奏鸣曲》），人性与暴力不能相容，个人与群众无法兼顾（德国恩斯特·托勒［1893—1939］的《群众与人》），物质对于精神的伤害（捷克作家卡莱尔·恰佩克［1890—1933］的《万能机器人》）、人的一生是与命运搏斗的一生（斯特林堡《走向大马士革》）等。表现主义的人物是抽象的，其基本特征是不确定性和共名性、无个性，如《城堡》中的"K"，《加算计》中的"老零"，《鬼魂奏鸣曲》中的"老人""死人""木乃伊""大学生""上校""贵族""挤奶姑娘""看门人的妻子"等。表现主义的情节有象征性，如《变形记》的主人公格里高尔由人变为甲虫的情节象征了人被异化为非人的悲惨人生。表现主义的环境是象征性的，例如卡夫卡的《城堡》就是官僚政治下的世界的象征，也是人生的不可把握的象征。而且，《城堡》中的"迷宫"遍布于我们的世界，任何人都像土地测量员 K 一样，都处在这样的世界中，又弄不清这个世界的门道。在米兰·昆德拉（1929—）看来，陀思妥耶夫斯基（1821—1881）《罪与罚》中的拉斯科尔尼科夫根本承受不了他的罪恶，而他为使自己获得安宁，便只好自愿同意惩罚；而《审判》中正好相反，受罚者不知道受罚的原因，为使自己忍受惩罚，需要给自己一个原因。因而，前者是"错误寻找惩罚"，后者是"惩罚寻找错误"。昆德拉认为，卡夫卡此举显示了他的小说的"喜剧性"特征。[②] 笔者认为，这正是卡夫卡作品深刻的悲剧性所在，他在貌似"喜剧性"的叙述中，裹挟着深广的悲愤、无奈、孤独、恐惧和忧虑。布莱希特的表现主义戏剧发现了一种独特的悲剧性：原本在正常的社会中本不会成为"震撼"人心的苦难遭遇却在一个冷漠的现实中"震撼"了人心。这种反应与条件的反差，表明了现实的可怕、不可理解，以及悲剧性的无限、不可预测。

　　"意识流"这个概念是由美国心理学家威廉·詹姆斯（William James，1842—1910）在《论内省心理学所忽略的几个问题》（1884）中提出来的，他用它来指称人的思维活动，认为人的思维活动仿佛一股流水。"意识流"

　　① 参见薛迪之：《表现主义文学》，见石昭贤、马家骏、卢永茂、谭绍凯编写：《欧美现代派文学三十讲》，贵阳：贵州人民出版社 1982 年版，第 64 页。
　　② ［捷克］米兰·昆德拉：《小说的艺术》，孟湄译，北京：生活·读书·新知三联书店 1992 年版，第 100-103 页。

也被他称为"思想流"或"主观生活之流"。从詹姆斯最初提出"意识流"的概念来看，他的"意识流"是不包括人的心理中的"无意识"内容的。这个概念一经提出，就受到了心理学界和文学艺术创作界的大力欢迎。尤其是一些作家，他们觉着这个概念比较形象准确地揭示了人的心理活动的存在状态，再加上人们此前或多或少地受到了柏格森生命哲学学说中的"生命意志"思想以及弗洛伊德精神分析学说中"无意识""本能"思想的影响，结合自己的心理活动体验，他们认为运用自由联想、自动写作等方法，可以比较准确、形象、真实地来表现人物的心理活动状态，于是创造了意识流小说。意识流小说可不是仅仅限于"意识"之流，而是包括了人的一切意识、潜意识与无意识的心理活动。意识流小说拓展了小说所表现的人的心理时间和心理空间，在深度、广度、细度和强度上都到达了一个新的程度。英国女作家维吉尼亚·沃尔夫（Virginia Woolf，1882—1941）的《达罗卫太太》写了女主人公一天之中 12 个小时的生活，但主要内容是她回忆自己 18 岁到 52 岁之间的生活，作品将共时与历时、一人与多人交叉叙写，通过丰富的心理世界的变化，写出了人和社会的复杂。爱尔兰小说大师詹姆斯·乔伊斯（James Joyce，1882—1941）的小说《尤利西斯》，着力挖掘了人物的无意识心理。小说写了都柏林市的三个人物——对社会充满愤恨和不满，又满脑子虚无的艺术家斯蒂文·达德路斯，能力、品质都差的广告员利奥普尔特·布罗姆及其没有贞洁操守、而又极度纵欲享乐的妻子毛莱，在 1904 年某日早晨 8 点到夜间 2 点 45 分，近 19 个小时中的活动，表现了现代人的内心世界已经糜烂到了不可救药的地步以及人性的丑恶污秽。乔伊斯在文体与意识流之间建立了某种关系。如第十四章用从最早的英雄史诗体到新近的新闻体间的变化来写妇女待产过程中的心理活动，第十五章在主客混乱中描写了醉汉昏天黑地的生活。最后一章则运用不加标点的朦胧式手法来表现毛莱熟睡中的无意识世界里的混乱不堪。这段内心对白长达四十余页，只分段落，没有一个标点符号，全是人的意识流动。当然，袁可嘉先生的中文译文还是比较好懂的。摘录一段，以见一斑："一两个晚间还做祷告的古怪牧师以外隔壁那个闹钟鸡一叫就会大闹起来试试看我还睡不睡得着一二三四五他们创造出来的像星星一样的花朵像什么花龙巴街上的糊墙纸要好看得多他给我的裙子也是那个样儿的。"① 美国作家威廉·福克纳（William Falkner，1897—1962）的《喧哗与骚动》表现了

---

① 袁可嘉译文，转引自袁可嘉：《象征派诗歌·意识流小说·荒诞派戏剧》，《文艺研究》1979 年第 1 期。

美国南方种植园主的历史性衰落，主要是旧有的精神道德的衰落。第一章写白痴班吉，颠倒混乱时序，把他三十多年的白痴生活放在了一天之内。于他而言，三十年和一天并无多大分别。第二章写奎恩顿的抱残守缺，为了表现他对社会变化的不适应以及反对变化，作品写了他打碎手表，误以为会使时间停止，或者自己没有了时间观念，但作者很巧妙地写了仍旧伴随着他的阳光下的身影，很是辛辣、冷峻、深刻。于是奎恩顿投水自尽了，以保全自己大脑中的既有观念。福克纳的这个写法很是残忍和夸张，但也很真实。这种对于失去的天堂（内心精神道德秩序）的超级惋惜和眷恋之情的写法，与巴尔扎克更重视社会历史理性的写法是不同的。

　　萨特（1905—1980）的《存在与虚无》（1943）表现了诸多存在主义思想："存在先于本质"，"世界是荒谬的，人生是痛苦的"，人是自己"自由选择"的结果，人应为自己的选择承担责任。因而，萨特的悲剧观是一种悲剧性承担。萨特的小说《墙》就形象地阐释了他的存在主义思想。该作品讲西班牙内战中革命者伊比塔与另两名战友在等待枪决的前一天夜里，内心在各种有形无形的"墙"之间痛苦地选择着。天亮后，他的两位战友被敌人枪毙了。敌人逼迫他说出领导人的住址。他本想通过胡诌戏弄敌人，却不料因领导人不愿连累他人而搬到了他顺口胡说的那个掘墓人的小屋里，被敌人逮捕杀害了。他被释放后弄清了事情原委，以狂笑来嘲笑这个荒谬的世界，嘲笑自己被这荒谬的世界戏弄，说明人的"自由"是多么局限和虚弱。因此，加缪认为："当代的悲剧性是集体性的。"① 阿尔贝·加缪（1913—1960）的小说《鼠疫》（1947）通过各种人在"鼠疫"面前通力合作战胜鼠疫的经过，表现了人在特定处境中的选择决定其本质。加缪的小说《局外人》（1942）通过主人公莫尔索在奔丧、恋爱和判刑三个特定情境中的心理和行为的表现，反映了独立于现实生活之外的"局外人"的自我安慰、自我欺骗的态度。加缪认识到世界的荒诞而绝望，但又反抗着，不同于艾略特的妥协，这就使加缪的作品贯穿着一种悲剧性人道主义——不愿绝望为的是救死扶伤。正如加缪所说："我反抗，所以我存在。"② 在威廉斯看来，加缪将反抗与革命区分开来，而萨特认为要反抗就须接受革命。因此，加缪是悲剧色彩的人道主义者，萨特是悲剧色彩的革命者。③ 威廉斯往往把革命与混乱、暴力相等同，他更多看到的是革命的破坏性而非其建设性。但威廉斯正确地意识到了我们所生活的这个世界是不圆满的，人

---

① 转引自［英］雷蒙·威廉斯：《现代悲剧》，丁尔苏译，南京：译林出版社 2007 年版，第 179 页。
② 转引自［英］雷蒙·威廉斯：《现代悲剧》，丁尔苏译，南京：译林出版社 2007 年版，第 187 页。
③ ［英］雷蒙·威廉斯：《现代悲剧》，丁尔苏译，南京：译林出版社 2007 年版，第 192-194 页。

自身也是充满矛盾的，人永远不满足，由此导致了 20 世纪的人类生活必然会产生大量悲剧艺术。威廉斯在 20 世纪 60 年代预言的悲剧作品在 20 世纪 80 年代以后终于大量出现。这表明，悲剧文艺的创作和接受还受制于具体的社会文化环境。

荒诞派戏剧自称反戏剧，以片段场景的组合代替了传统戏剧程式中的连贯情节，也没有矛盾产生、发展、解决的完整过程，以文学脚本和对白为基础的千百年戏剧传统也被打破，仅凭表演本身、舞台场面、人物形象和道具来达到戏剧效果，有些还推倒"第四堵墙"，打破了舞台与观众席的限制，演员、观众共同表演。其实，这种艺术真实幻景的不可得，正好表明了现代人的孤独、隔膜、无奈。荒诞派戏剧中的人物没有身份，场景也被抽象化，细节可以替换，这些在现实主义作品中都是不被允许的。有的作品的人物、环境和情节都抽象变形为某种哲理和情绪的象征，如法国剧作家欧仁·尤奈斯库（Eugène Lonesco，1909—1994）的《犀牛》（1958），出场人物只是某种观念的化身，整个情节是人的犀牛化过程，也就是人的"异化"，"人"丢掉了自己作为"人"不同于物的尊严和个性，反映了人的精神堕落，如自私、对他人漠不关心、盲目随众以保全自己，对他们而言活着就是一场梦。荒诞派强调用离奇夸张、荒诞的手法突出人的精神苦闷。尤奈斯库的《秃头歌女》（1949）表现了人生的非理性、不可理解和荒诞。尤奈斯库的《椅子》（1959）描写一对老年夫妇等待客人来参加聚会的场面，舞台摆满了椅子，而人却没有了活动空间，借此传达了物对于人的压制，物并不能拯救人的精神，反而挤得人无立足之地，这是人被物化的悲剧。尤奈斯库的《哑剧》（1957）中，连一句道白也没有，演说家什么也没说就飘然跳窗而去，这种表现形式相当真实地表现了现代人与社会环境的分裂而产生的孤独和苦恼。尤奈斯库对自己的戏剧观念做过明确的解释，他曾说："我试图通过物件把我的人物的局促不安表现出来，让舞台道具说话，把行动变成视觉形象"，把"思想知觉化"。[①] 确实，他的思想观念是高度理论化的，他的剧作是高度象征化的。不深思，难悟其真。法国作家萨谬尔·贝克特（Samuel Beckett，1906—1989）的《等待戈多》（1952）写出了人类处境的荒诞、无奈、无望中的守候，却不能确知希望何在，这正是 20 世纪五六十年代的西方社会中人们的悲凉心情，与 20 世纪 30 年代时西方人对未来满怀希望有天壤之别。美国荒诞派剧作家爱德华·阿尔比

---

① 北京师范大学中文系文艺理论教研室编：《文学理论学习参考资料》（下），沈阳：春风文艺出版社 1982 年版，第 692 页。

（Edward Ablee，1928—2016）的独幕剧《海景》（1975），其内容主要讲的是人类代表的查理夫妇与一对人形的蜥蜴夫妇巧遇后，首先向它们介绍了人类的优越之处，如人能制造工具、人能创造艺术等，然后问它们是否愿意来到陆地一起生活，与人类一块过着人类的幸福生活，结果出人意料，蜥蜴们一听此话，便赶快摇着尾巴回了大海，好像十分害怕人类的生活。该作品极具寓言色彩，它曲折地表明了人类社会的非人性之处、非快乐之处，人类生活的痛苦是难以改变的，连我们认为比我们低等得多的动物们也都不愿意忍受，唯恐避之不及。当然，荒诞的文学书写在不同作家那里是各有其特点的。例如，卡夫卡笔下的荒诞是平民式的荒诞，是人的合情合理的生存空间被社会历史观念、社会体制、文化观念和国家机器极度压缩之后的逼仄、悲愤和无奈，是当时布拉格社会生活的荒诞性的反映。马尔克斯（1927—2014）笔下的荒诞是当代拉美社会混乱动荡的寡头政治和社会生活的反映。在人类现代政治文明的视野里来看，当代拉美社会政治生活中充斥着许许多多扑朔迷离、神秘奇怪之处，简直令人匪夷所思。其实，荒诞派或者荒诞风格的作品的核心，可以简括为一句话：人之不人、社会之不社会。当然，这也是从我们所理解的"人"或"人类生活"应有的状态或本该有的状态这一理想的目标状态而看到的"荒诞"或者说"悲剧性"、生命的缺憾感。

　　20 世纪 60 年代繁荣于美国的"黑色幽默"（The Black Humour）表现了战争的创伤和社会动乱所引起的人们对于世界、生活的悲观主义和虚无感，信仰价值危机和人的个性危机。约瑟夫·海勒（1923—1999）的《第二十二条军规》（1961）是其代表性文本。它通过尤索林要求停止飞行以复员回国而不得的悲剧性遭遇，指出"第二十二条军规"是蛮不讲理的象征，是"难以逾越的障碍"或"无法摆脱的困境"的别名，是绝对理性主义与国家机器相互绑架的悲剧性。黑色幽默的哲学基础是萨特等人的存在主义，因而，黑色幽默是美国的存在主义文学。欧洲的存在主义强调恐惧与死亡，作品情绪阴郁沉闷，主张人勇敢地接受荒谬的生存条件，通过自由选择而获得自认为有价值的本质。黑色幽默强调了绝对的荒谬、绝对的绝望，人的自由选择的极其有限性甚至不可能性，以幽默的喜剧风格表现了绝对绝望的悲剧性主旨。从另一角度来看，美国的"黑色幽默"也是美国的荒诞派，是对美国社会之不合理、不合情之处的辛辣嘲讽、深刻批判和坚决否弃。

　　西方现代派在形式上的标新立异，源于作家们对现代社会本质的独特理解。他们认为，在现代社会中，人与人、人与社会、人与物、人与自然、人与自我等之间的分裂与对立是不可克服的，因为人总是处在一个被"物化"、被"异化"的社会中，人既然无法跳出既定关系来审视这个社会、他人、物质、自我和自然，那就只能带着被"异化"被"物化"的自身，试图从"内部"去打碎、去揭露这种"异化"和"物化"。于是，他们运用抽象、变形、破碎、矛盾的"形式"（包括语言）去否定现实的破碎和荒谬。于是，艺术形式本身就具有了一种颠覆的力量。

总之，西方现代派主要强调了人的非理性、世界的非理性，因而，西方现代派文学中的悲剧性主要是理性的悲剧性，或者说理性不可靠的悲剧性、理性无能为力的悲剧性。其背后，还有着在理性与非理性之间寻求平衡的那一点欲求，但当到了破坏性（非建设型）的后现代主义时，对理性的最后一丝耐心也失去了，简直就是绝望，理性对于世界的整一性、解释力都失去了支撑。

（三）后现代主义文学中的悲剧性

20 世纪 60 年代以后，西方文学整体上显现出了所谓的"后现代主义"色彩，它是西方现代派文学的质疑、颠覆、解构等思想倾向的进一步极端化发展。后现代主义文学中的悲剧性最核心的是人的不确定性（uncertainty，indeterminacy）。这种不确定性主要表现在以下几个方面。

首先，包括理性在内的人的既有经验和知识观念的失效或者说不确定，具体表现为各种边界模糊或者跨越边界。人的存在是依靠各种既有经验和知识观念的，但人类既有的经验和知识观念在后现代社会基本不适用了，或者说可靠性值得怀疑。曾经明晰的各种界限在后现代模糊了、跨越了。例如后现代主义文学打破了真实与虚构的界限。其最明显的标志是出现了所谓的"元小说"（metafiction），也有人翻译为"后设小说"，也就是在小说中讲述怎么做小说的小说，或者是以小说为对象的小说。该词原出于美国批评家、小说家威廉·盖斯（William Gass）的论文《小说与生活中的人物》，在此文中盖斯将博尔赫斯、约翰·巴思（《迷失在欢乐宫》）等人的作品看成一种"元小说"。"元小说"在西方于 20 世纪 60—70 年代达到鼎盛。元小说打破了虚构与真实的界限。例如，英国小说家约翰·福尔斯（Jhn Fowles，1926—2005）的小说《法国中尉的女人》（1969），故事进行到中间时，作品突然跳出情节之外，作者用第 13 章整章的篇幅发表自己关于小说写作的感想："我此刻讲的故事纯属想象，我所创造的这些人物都从未存在于我头脑之外的世界，……我正以一种我的故事发生时人们普遍接受的惯例进行写作。"① 作者与叙述者甚至故事中人物的时空关系不断变化，使得作品中的叙述视点游移不断，全知视点、客观外部视点和人物视点交替运用，甚至作者本人有时也会直接向读者说话，真实与虚构的界限被打破了，让人意识到小说虚构的不真实性。但是，这也丰富了小说表现的层次，增加了小说中的多种声音。他们的这一表现技巧极其类似于表现主义戏剧大师布莱希特在戏剧中创造并运用的"间离效果"技巧，产生了极强的"陌生化"效果，让人不要沉迷于小说虚构的艺术世界里而忘记了关注自己所处的真实世界，或者说，在真实世界与虚构世界的张力关系不断被提醒中，让我们生活得更真实、更有人性。同样，在阿根廷作家豪尔赫·路易斯·博尔赫斯（Jorge Luis Borges，1899—1986）的小说《交叉小径的花园》中，小说人物阿尔贝直接指出："《交叉小径的花园》是崔朋所设想的一幅宇宙的图画，它没有完成，然而并非虚构。"② 这里博而赫斯让人物叙述者直接自由跨越于文本内外，取消了现实与虚构的界限，结果作品就成了对于作品自身的自我言说。

后现代主义文学打破了艺术与生活的界限。这突出表现在后现代主义戏剧中，艺术与生活的界限消失了。在后现代主义戏剧编演人员那里，从来就没有什么固定的、专门用来表演戏剧艺术的舞台，现实生活场景就是舞台，戏剧表演就是随机表演、即兴表演和偶发表演，艺术高度生活化，艺术与生活的传统界限完全消失。美国贝壳剧团演出的《贩毒》（1959，杰克·盖尔伯编剧）就是一例。该剧的内容大致是：观众一走进演出的地方，就看到一群"吸毒者"，他们在聊天、听音乐、注射毒品，等待着毒贩的到来，同时，一位纪录片导演正在拍摄实况。该剧没有预先设定的情节结构，只有大致的主题导向，一旦确定好场景和人物后，就马上开始自然表演，跟现实生活一样，混乱无序。当然，他们认为，这一演出过程本身就是主题：世界已经迷失了方向。贝壳剧团演出的《禁闭室》（肯尼斯·H.布朗编剧）也是如此，内容大致是：美国海军陆战队士兵在美军位于日本富士山的禁闭营经历了一天特殊的视听折磨训练。他们要忍受的是看守官员的咆哮声、禁闭者尖利的呼叫声、垃圾桶相撞时的刺耳声，这些声音让人特别痛苦难耐。那这部戏剧想表达什么呢？当然，它不是无意义之作，编演人员通过戏剧表演是在抗议美国社会类似监狱一般的非人道管制。另外，德国戏剧家彼得·舒曼（1934— ）的"面包与傀儡剧团"的演出也是极具代

---

① 转引自罗钢编选：《后现代主义文学作品选》，北京：高等教育出版社 2002 年版，"前言"第 6 页。

② 罗钢编选：《后现代主义文学作品选》，北京：高等教育出版社 2002 年版，第 9 页。

表意义的。他们的演出地点多是美国纽约的街头、公园、体育馆或者贫民窟等普通老百姓经常去的地方，他们试图通过此举努力让艺术深入地融入人们的生活。该剧团演出的《洗衣妇的圣诞》便是一例。1982年圣诞节前夕的下班时分，雪花纷纷扬扬地飘洒着，在纽约格林尼治村的华盛顿广场，人声嘈杂、车流不息。突然，响起了一阵紧密的锣鼓声，然后是一个巨型的穿着红蓝白彩色服装的山姆大叔边拉提琴，边跳舞，引得行人纷纷围拢过来。紧随山姆大叔之后的是头戴洗衣妇面具的歌队、扮作圣母的演员和扮作亚瑟的演员，演员们戴着装饰有绵羊、野鹿和松树等饰物的面具，边舞边走，观众或停下来观看，或随节奏跳舞。此时，该剧和平常的彩装巡游表演并无不同，而它的不同之处就在于演出结束后，观众和演员们一起享用了作为"圣餐"的黑面包。这种意外给观众带来了极大的惊喜和震撼，他们发出了阵阵尖叫声。其实，回过头来看，该剧前面所有的演出都是铺垫，仅仅是为了最后的揭示主题，让人们普遍意识到我们需要粮食。这样一来，该演出的社会价值就远远高于其审美价值。但我们不得不说，这个"教育"很巧妙、很有创意，效果很好。这正是后现代主义戏剧所强调的地方，戏剧就是生活，生活场景就是舞台，群众就是演员，即兴表演就是内容，演出过程本身或最后行为就是题旨所在。因而，在后现代主义戏剧编演人员那里，文学艺术不再是人们静默观照的审美对象，而是一种身在其中的社会活动。所以，后现代主义戏剧，也是一种广泛的群众行为艺术，它更多的是一种社会姿态或者立场的表达，而不再强调艺术本身的审美价值。它的出现是在以美国为代表的西方社会中，许多有人类责任感和良知的人们对于人类所共同面临的许多重大挑战、危机和问题的积极回应，意在引起全社会、全人类重视该问题、解决该问题。这就使得后现代主义艺术具有明显的社会"参与性和政治性"①。或者说，后现代主义艺术是以艺术的名义从事着最直接的功利主义的社会政治活动。这既使它获得了独特的被关注的价值，同时也使它的存在陷入了一种新闻轰动效应式的尴尬中。笔者想说，这种以姿态为内容的艺术，恐怕很难长久。当人们都习惯化了之后，参与的热情又有几何？主题又怎么实现？今天看来，这个担心一点也不多余。

　　后现代主义文学打破了历史与想象的界限。在后现代主义文学中，历史具有了文本性，也就是被建构性和话语性。通过对历史进行重写，意在揭示历史背后的人为干预因素，消解了历史的所谓绝对唯一性、客观性和

① 参见田本相、宋宝珍：《后现代主义戏剧管窥》，《南开学报》（哲学社会科学版）1999年第5期。

连续性，在后现代主义作家们那里，那种认为历史是绝对客观的观点实在是一种错觉或者自欺欺人的幻觉。德国女作家克里斯塔·沃尔夫（Christa Wolf，1929—2011）的《卡珊德拉》（1983）就打破了历史与想象的边界，她重写了荷马史诗《伊利亚特》。荷马史诗中讲，特洛伊战争的爆发缘于特洛伊王子帕里斯诱拐了海伦，而且最终彻底毁灭了特洛伊城。但在沃尔夫笔下，卡珊德拉发现，海伦根本就没来过特洛伊城，对此特洛伊王宫人人心知肚明，帕里斯为了发动战争，于是就编造了海伦来了的假象。而战争的另一方对此也心知肚明，他们也在利用海伦事件来为自己投入战争制造合理性。那么，特洛伊战争爆发的真正原因是什么呢？据卡珊德拉研究发现，其实，就是希腊和特洛伊的利益之争，一是双方争夺达达尼尔海峡控制权，二是贸易矛盾。沃尔夫的这一重写或者说改写，不仅揭示出了荷马史诗中所存在的深厚的男权中心思想，而且暗示人们历史背后存在着极其复杂的因素，历史并不像历史书所写的那样明晰、清楚、一览无余、一看到底，最后还警醒了人们自己正处于美苏争霸军备竞赛所带来的核恐怖的阴影里。沃尔夫的这种重写历史其实是在历史与现实之间展开了一场特殊对话，有助于人们对历史书、对历史保持足够的清醒认识。美国作家罗伯特·库弗（Robert Lowell Coover，1932—）的《公众的怒火》（1977），它揭示了罗森堡间谍案背后不同时代的意识形态话语，《纽约时报》等权力话语对于历史的改写，从而表明历史不过是任人改写的一种文本，是人为的建构和选择的结果。英国作家萨尔曼·拉什迪（Salman Rushdie，出生于孟买，1947—）的《午夜的孩子》（1981），讲述了主人公萨利姆的多元身份，他的母亲是信奉印度教的流浪女艺人，父亲是信奉基督教的英国移民；他却被掉包成为穆斯林富商之子并长大成人；现在又要担当起历史重任。该作从而表明，人的历史、身份和记忆具有极大的不确定性。他的《撒旦的诗篇》（1988）就走得更远，书中认为"撒旦的诗篇"曾是《古兰经》中删除的两段所谓"伪书"，是商人马洪德（谐音穆罕默德）在贾西利亚（影射圣地麦加）创造了世界上"最为伟大"的宗教。显然，他的这种对于"最为伟大"的宗教史的自我建构带有极强的影射色彩。他对伊斯兰教的戏谑式的书写引发了穆斯林世界的不满。可见，随意打破历史与艺术的边界，在具体的社会历史文化语境中是会产生实际后果的。拉什迪的"撒旦的诗篇"事件再次提醒我们，文学艺术不是存在于人为虚拟的现实中，它就是我们现实生活的一部分。意大利作家昂贝托·艾柯（Umberto Eco，1932—）的《玫瑰之名》（1980）写的是凶杀案的侦破。故事的背景是，1327 年教皇约翰二十二世和德皇路易，两人为争夺最高权力而展开互相攻讦、拉拢势力，在此背景下，一家修道院里发生了系列凶杀案，案件侦破的过程是重点，被详写。作品在对案件侦破的戏仿中嘲讽和质疑了人类历史上主流侦探小说以及整个传统文学所赖以存在的理性基础，因为案件最终的侦破纯粹是偶然的误打误撞，根本不是传统侦探小说所讲的理性推理，因为自认为理性，大家也公认的人类理性的代表者威廉在侦破中完全失败了。该作是以侦探小说的形式反侦探小说，这极类似于塞万提斯的《堂吉诃德》以骑士小说的形式反骑士小说。此后人们便也对侦探小说，对人类的理性保持足够清醒了，这极具悖论色彩。

后现代主义文学打破了传统文学惯例。它打破了不同文学体裁之间的界限。特别是后现代主义戏剧更具异质混杂的特点。美国行为派画家阿伦·卡普罗（Allan Kaprow，1927—2006）的《分成六部分的十八个境遇剧》（1959）即是如此，它混合了舞蹈、电影、绘画、讲演、音乐、投影、音响、灯光等艺术，剧中穿冬大衣的人、赤裸的人、日常着装的人、玩洋铁罐的老人、正常观众、行为艺术家、不时摇晃柱子的小孩、刷白的裸女、土耳其宫廷女奴等杂融一体。后现代主义戏剧还打破了舞台与观众席之间的界限，演员与观众面对面交流，观众也是演员，演员也是观众；也根本不存在表演区与观赏区的分界，二区通用，现场场景与戏剧场景同一；戏剧随地演出，自然也打破了传统舞台为了创造真实幻觉而进行的许多人为设计和艺术规定。后现代主义文学还打破了传统的审美趣味之间的雅俗界限，在技巧、母题和形式等方面大量借鉴通俗文学，出现了传统精英文化吸纳并融合大众文化的特点。意大利作家艾柯的《玫瑰之名》、阿根廷作家博尔赫斯的《交叉小径的花园》、美国作家弗拉迪米尔·纳博科夫（Vladimir Nabokov，1899—1977）的《微暗的火》（1962）和美国作家托马斯·品钦（Thomas Pynchon，1937—）的《拍卖第四十九批》（1966）等作品都不同程度地利用了侦探小说的叙述模式。在《微暗的火》中，作品写了罪犯格拉杜斯暗杀诗人谢德的凶杀案，其实，读罢作品，我们才醒悟，我们读者是小说的侦探，而作者本人才是这一所谓凶杀案的"真凶"，是作者要让诗人谢德去死。托马斯·品钦的《拍卖第四十九批》里，写的是一位美国加州的家庭主妇，身为遗嘱执行人的她调查了一份遗嘱，发现背后有许多事情，而且扑朔迷离，历经苦苦追寻，似乎只要第49号邮票一拍卖，谜底马上就要揭开，然而作品却在拍卖将要开始的时候突然结束了，没有任何征兆和预示，令人十分意外和迷惑不解。它和传统的侦探小说不同，没有揭破谜底，而是把想象留给了读者，这是一种开放式的结尾，等待读者自己去解答。显然，后现代主义文学中使用侦探文学的模式，并不是要肯定理性主义，而是要怀疑理性主义，怀疑世界是可知的。美国作家库特·冯尼格特（Kurt Vonnegut，1922—2006）的《第五号屠场》（1969）使用了现代科幻小说的"时间旅行法"技巧。它通过战争的受害者毕利的悲惨遭遇控诉了战争，认为战争才是最大的"屠场"。作品中，在"时间旅行法"的帮助下，毕利在过去、现在和未来的任何时间之中自由来往，连他自己的出生和去世他都看到了。实际生活与他的讲述内容按照线性时间叠加在一起，小时候他生活在故乡美国纽约，他后来去了二战战场，他所在的部队被敌人击溃后他流浪在敌人后方，（他疲劳了，插入了他此前的生活场景），然后他被德国士兵俘虏，接着他在德国德累斯顿被迫服苦役，当盟军轰炸不设防的城市德累斯顿时他由于躲在第五号屠场下面而幸免（二战中盟军对德累斯顿的空袭造成 135000 人死亡），战后他回到美国，1968 年蒙特利尔国际配镜师会议召开在即他从美国前往赴会，因飞机途中失事他身负重伤住院治疗，（他昏迷了，插入了 541 之星上的见闻），康复后他担任了纽约广播电台主持人。与此同时，毕利的身份也发生了多次变化：单纯的小孩与学生、勇敢的战士、落魄的战俘、541 之星上的客人、有钱的配镜师、受人欢迎的广播电台主持人。与这些形式、手法、技巧和模式的简单借鉴不同，后现代主义文学对通俗文学的吸纳和融合，暗含的是传统文学中伟大与平凡、神圣与低俗、精致与粗鄙、深刻与浅薄等美学趣味中的二元对立被消解了。

后现代主义文学还消解了文本之间相对明晰的区别性，也即文本的相对独立性。法国结构主义思想家茱莉亚·克莉斯蒂娃（Julia Kristeva，1941—）的"互文性"（intertextuality）概念就解释了这一现象。我们也认为，世界上的文本没有一本是完全独创的，文本与文本之间都存在着千丝万缕的联系。这种联系是实实在在的，包括相互的派生、呼应、引发、吸收、扩展、指涉、改写和模仿等。因而，每个文本中都有其他文本，文本存在于文本间的关系中。不过，我们需要指出的是，在现代主义及其以前的文学活动中，作家们一般更加强调自己文本的相对独立性，刻意避免自己受到其他作家影响的焦虑；而只有到了后现代主义时期，才有比较多的作家们刻意地去强调文本间的互文性，并把这种互文性作为一种基本的文本结构手法乃至美学原则，通过或明或暗的线索以凸显自己的文本与人类文学传统的有机联系，并在这种联系中获得地位和价值。从另一方面来讲，这也表征了在后现代主义时代我们一些作家发现生活、开掘生活的能力以及想象力在一定程度上有所枯竭。后现代主义文学中常常使用的互文性技巧有戏仿、拼贴和引用等。其中戏仿最为常用。一是戏仿风格和样式，如

《法国中尉的女人》对于维多利亚时代小说全知视点的戏仿及其大气多样化风格的戏仿，《玫瑰之名》对于侦探小说推理模式的戏仿。二是戏仿整部作品。例如美国作家唐纳德·巴塞尔姆（Donald Barthelme，1931—1989）的中篇小说《白雪公主》（1967）就反讽性地戏仿了格林童话《白雪公主》。场景上，童话中是充满华丽梦幻气氛的宫殿森林，小说中是以商业、汽车和吸毒等为特点的喧嚣无聊的美国大都市；主人公外貌上，童话中美丽，小说中丑陋；主人公身份上，童话中是白雪公主，小说中是家庭主妇；主人公品格上，童话中纯洁，小说中欲望骚动；次要人物七个小矮人，童话中善良，小说中猥琐；小矮人与白雪公主的关系和生活，童话中纯洁有趣，小说中暧昧乏味；保罗的使命意识与能力，童话中自觉担当、能力强大，小说中逃避使命、无能为力。巴塞尔姆对童话《白雪公主》的反讽性戏仿，表现了当代美国人生活的丑陋不堪及其严重的精神危机。当然，这种反讽性戏仿有着极大的颠覆经典的危险性。

其次，人的整一性或者说人类的整一性价值是不确定的。后现代主义文学强调碎片、断裂、变易和混沌，颠覆整一性和恒定性。一切都是转瞬即变、转瞬即逝，没有稳定的本质，表现在文学艺术中就是题材、结构与风格等的拼贴和混杂。如纳博科夫的小说《微暗的火》就由"序言""诗篇""注释"和"索引"四部分组成，这是小说还是学术论文？无法断定。原民主德国后现代主义剧作家海诺·穆勒（1929—）的戏剧《哈姆雷特机器》无结构、无情节、无主题，全是片断的拼贴。

最后，人的主体性是不确定的。后现代主义文学基本上消解了人的完全、独立、恒定的主体性，如果说人还有主体性的话，那也是一种过程性主体，也就是说，人的主体性只存在于不断建构的暂时性过程中。奥地利剧作家彼得·汉特克（Peter Handke，1942—）的戏剧《卡斯帕尔》（1968）就探讨了语言在人的主体建构中的作用。多年来卡斯帕尔不会说话，但在"语言"的引导下，他学会了遵循社会规则，融入了社会秩序，也成了语言的傀儡。该剧表明，人以让渡主体性来获取社会资格，作者对人的主体性的失去深感悲痛。美国华裔女作家汤婷婷（英文名 Maxine Hong Kinston，1940—）的自传体小说《女勇士》（1976）共五章，前面四章各是一位女性传记，如第二章是花木兰传记，最后一章是作者自传。然而，作者全部采用了第一人称叙述，这就使得叙述主体很不确定，到底是传主还是作者？其实，这种传记写作的过程就是作者不断建构自我或者说建构主体的过程。后现代主义文学中的人物具有不确定性，它们多是一个叙述符号。例如，法国作家罗柏-格里耶（Alain Robbe-Grillet，1922—2008）的《在迷宫里》

（1959）的士兵，外貌、心理活动、姓名、来历和家庭全无。后现代主义文学试图在作者主体、叙述主体与读者主体或阅读主体之间求得一种平衡，从而以建构人的主体性。《法国中尉的女人》设计了三种结尾：维多利亚社会伦理式、浪漫主义破镜重圆式、为了真爱主动放弃式。这种开放式结局为读者提供了多种可能，同时也反映了生活的永远开放性和复杂性。正如作者在文末直接告诫读者的："生活的洪流滚滚向前，奔向那深不可测的、苦涩的、奥妙无穷的大海。"[①] 意大利小说家伊塔洛·卡尔维诺（Italo Calvino，1923—1985）的《寒冬夜行人》（1979）由两部分组成，一部分是框架故事，男女读者喜结良缘，可见人生是可把握的。另一部分是内部叙事故事，是十部风格不同的，每部都仅仅开了个头的小说。这种结构安排既肯定了读者或阅读主体的主体性，同时，也表明了生活的复杂混乱或人生的不可把握。后现代主义文学对于人的主体性的这种不确定性表达，表明当代人最大的不足是人的自我肯定能力的不足。

　　总之，西方后现代主义文学是二战后西方社会、政治、经济、文化等现实的产物。社会的混乱、精神信仰的危机、冷战的恐惧、物质对于人的异化、消费主义文化对于人的本质的多变性的加速、异质文化的碰撞加剧等等现实让人感到一切都是不可捉摸，都是不确定的，其中，最根本的不确定是人自己的不确定。因而，笔者认为，人的不确定性是西方后现代主义文学中悲剧性的最主要的特点。其中，真理与谬误、意义与无意义、美与丑、真与假、善与恶、理性与非理性、艺术与生活、真实与虚构等二元对立关系被消解。完整的、线性的、进化论的历史观和时间观被消解，认为它们只存在于抽象的因而是完全雷同的时间中。可事实上，时间和空间都不是同质、等质、等值的，时间与空间并置、延展、交叉。完整性、整体性、连续性成为虚构和想象，只有碎片和断裂是真实的，而各种精神碎片难以拼贴出一个"人"。本质被掏空，不可把握、不可界定。"人"之所以不可把握，因为曾经界定"人"的各种关系，例如人与自然的关系、人与物的关系、人与社会的关系、人与家庭的关系、人与自我的关系、人与语言媒介的关系等都是不可靠的。曾经用来正向或反向界定"人"的既有的各种规则、价值、观念、态度、意义、理性、思维模式乃至"语言""话语"等在一定程度上都失效了或者说不确定了。人不知自己"是什么"，只有混乱、无意义、无常、不可把握。在现实主义和浪漫主义等传统理论那里，人是理性（主导）的。这个是真、那个是假，人还有着理性的自信。

---

① 罗钢编选：《后现代主义文学作品选》，北京：高等教育出版社 2002 年版，第 338 页。

在现代主义那里，人是理性的还是非理性的？哪个是真？哪个是假？在迷惘、困惑乃至混乱背后还有明确的理性原则的支持。而到了后现代主义文学这里，一切都不确定，人更不确定。这是一种更大的恐惧，在以往人类社会中未曾出现过。因而，不确定性所表征的后现代主义文学的悲剧性从根本上讲，是"人本体悲剧性"，即人本身才是最大的问题。这是人的无能、无助、无奈的悲剧性。它是现实主义、现代派所难以名状的情绪、感情、意识，表现了人内在的深刻的矛盾性，表征了当代人自我肯定能力的严重不足。当然，人能意识到并言说它，这本身就既是妥协，也是抗争，表明人仍然没有放弃对于"人"的本真存在的思考和探索，表明人仍在坚守自己对于至真、至善、至美的追求和希望。这就是人。

西方悲剧性文学中的"人"从抗争—忍耐（受）—妥协，人的"担当"意识和"责任感"在走向深入和成熟。在数千年的发展中，人对自己有了更加深入的认识。人与世界、自然、物质、社会、他人乃至自我的至真、至善、至美的关系，不是动作性（行动性）、外向性极其明显的互不调和的绝对斗争和"抗争"，而是和谐、共存。这一生命真谛是悲剧性文学给予人类的最大启示。同样，它也是悲剧性文学必将继续存在的理由。因为，生活在继续。

二、中国文学作品中的悲剧性流变

上面我们描述了悲剧性在西方文学中的显现和流变情况。那么，悲剧性在中国文学中是如何显现、流变的呢？

对与"悲剧性"密切相关的"悲剧意识"，张法先生有过专门的论述。他在《中国文化与悲剧意识》一书中，具体描述和分析了中国文化中悲剧意识的类型。他将中国古典文学视为中国文化的重要表征，从中创造性地归纳出了中国文化中悲剧意识的四种模式，分别是日常悲剧意识、政治悲剧意识、历史悲剧意识和自然悲剧意识，前两者被称为人道悲剧意识，后两者被称为天道悲剧意识。① 显然，张法先生是根据悲剧意识所关注领域的不同分类的。他的概括对于我们研究中国文学中的悲剧性显现极有启发价值。然而，其论述也存在着有待完善之处。第一，张法先生忽略了日常悲剧与政治悲剧、政治悲剧与历史悲剧存在的交叉情况。第二，张法先生在论述日常悲剧意识时较少论及中国诗歌中所表现的民众日常生活中的悲剧意识。第三，张法先生的论述中对中国文学作品中所表现的人的生命悲

---

① 张法：《中国文化与悲剧意识》，北京：中国人民大学出版社 1989 年版，第 31-159 页。

剧意识和哲理悲剧意识关注较少。第四，张法先生全书据以立论的作品多为诗歌，较少关注其他体裁。第五，张法先生的论述对象基本都在中国古典文学范围内，而基本没有涉及中国现代文学中的悲剧意识。第六，张法先生没有从理论角度深入分析中国文学作品中的悲剧性类型，对其流变情况也未予以分析说明。本节将分古代文学和现代文学两个阶段，来论述中国文学中悲剧性的显现及其流变情况。

（一）古代文学中的悲剧性

中华文明，源远流长。迄今为止已有5000多年辉煌灿烂的发展历史，积淀了博大精深的中华智慧，形成了和合共美的中华价值观念，创造了光辉璀璨的中国文学艺术。在文字产生之前，我们的先民就已经开始了口头文学艺术的创造。由于当时还没有文字，我们无法判断其具体情况。但据科学推断，其形式上是歌乐舞一体的，神话故事多反映人与自然的关系，诗歌多反映先民们的生产生活。"最迟在殷商后期（约公元前14世纪）已有初步的定型文字"。① 随着文字使用的逐渐推广，当时广泛流传的、我们先民口头创作的诗歌和神话故事有不少就被记录了下来，写下了我们中国文学史上的第一页。从此以后，中国文学不断发展、繁荣，并在先秦时期形成了以《诗经》、楚辞和诸子散文为代表的第一个辉煌期，而后又创造了以汉赋、历史散文、乐府民歌、唐诗、宋词、元曲、明清戏曲和小说等为代表的中国古代文学的历史性成就。在这 3000 来年的中国古代文学作品中，蕴涵着我国人民丰富、深刻、独特的悲剧性体验。根据悲剧性体验所源发的领域不同，笔者把中国古代文学中的悲剧性大致分为以下六种类型。

第一，日常生活的悲剧性。这是中国古代文学中悲剧性体验最基本、最常见的类型，因为我们的诗人或作家大都有着最朴素、最本真的人生日常生活情怀，主要关注人们的衣、食、住、行、生、老、病、死、婚、丧、嫁、娶、羁、旅、劳、役、征、戍、功、名、利、禄、悲、喜、忧、乐、顺、逆、祸、福等日常生活。这诸多方面的日常生活悲剧性又可以概括为最主要的两类悲剧性，即聚散悲剧性和忍耐生存的悲剧性。

1. 聚散悲剧性。聚散悲剧性是说悲剧性的感发缘于主人公与对方之间的相聚和离散。它主要表现为下面五种情况。

一是恋爱中的求之不得、难以相聚或聚而不久等的悲剧性。《诗经》首篇《关雎》就提出了"窈窕淑女，君子好逑"的恋爱理想，自己"寤寐求之"，但多是"求之不得，寤寐思服。悠哉悠哉，辗转反侧"。写出了恋爱

---

① 游国恩等主编：《中国文学史》（一），北京：人民文学出版社 2004 年版，第 4 页。

中的痛苦心理，尤其是单相思的痛苦。《秦风·蒹葭》中"所谓伊人，在水一方"，道路险阻、漫长、艰险、迂回，写出了可望而不可即的追求者之悲剧性。后世李白的"美人如花隔云端"①，杜甫的"美人娟娟隔秋水"②，苏轼的"望美人兮天一方"③，都是写可望而不可即的求不得的悲剧性。当然，也有《诗经·郑风·将仲子》畏惧"父母之言""诸兄之言"和"人之多言"的、不敢如仲子一般大胆违礼追求爱情的被追求者的悲剧性，隐含的是个人之情服从于社会之礼的基本逻辑。这一现实必然导致恋爱主人公最终的悲愤、怨恨和悔恨。恰如陆游《钗头凤》中"错！错！错！"的愤慨和"莫！莫！莫！"的遗恨，是恨别人、恨自己，也恨当时的世界。在中国古代社会，普通民众的恋爱无果十分常见，而贵族阶级乃至皇帝的恋爱难以长久也不是个别现象，例如，唐明皇与杨贵妃的恋爱只有在天国才可重续。中国古代文学中的恋爱者聚不得、聚不久的悲剧性表明，社会的、他人的因素而非恋爱者个人因素是造成中国古代社会中恋爱悲剧性的主要原因。由此可见，中国古代社会是一个个人感情和人的个性、权利不受尊重乃至被严重桎梏的社会。

二是离别的悲剧性。离别总是伤人泪。《诗经·邶风·燕燕》有"燕燕于飞，差池其羽。之子于归，远送于野。瞻望弗及，泣涕如雨。……伫立以泣。……实劳我心。……"送别燕儿到郊野、归故里、往南行，看不见你了，我泪珠儿如雨倾泄，久久站立低声哭泣，我心劳瘁至极，写出了离别之悲戚、伤心、伤体。江淹《别赋》道"黯然销魂者，唯别而已矣！"写出了离别之伤情、伤神、销魂。孟浩然的《送杜十四之江南》道："日暮征帆何处泊，天涯一望断人肠。"④ 写出了离别之令人肝肠寸断。李商隐的"相见时难别亦难"，写出了离别之不易，因为情太重。柳永的《雨霖铃·寒蝉凄切》道："执手相看泪眼，竟无语凝噎。……多情自古伤离别，更那堪冷落清秋节！"写出了离别之不舍、不语、不忍、不易。于是，杨柳、春草、夕阳、日暮、残月、清秋、清风等都被寄寓了浓浓的离情别绪。与上述儿女情长式的离别不同，荆轲的离别是壮士之别、义士之别，独具空阔高远的境界，"风萧萧兮易水寒，壮士一去兮不复还"，除了悲壮之情外，还有

---

① 李白：《长相思·其一》，中国社会科学院文学研究所编：《唐诗选》（上），北京：人民文学出版社 1978 年版，第 148 页。

② 杜甫：《寄韩谏议注》，李寿松、李翼云编注：《全杜诗新释》，北京：中国书店 2002 年版，第 1260 页。

③ 苏轼：《前赤壁赋》，朱东润主编：《中国历代文学作品选》中编第二册，上海：上海古籍出版社 2002 年版，第 326 页。

④ 明铜活字本《唐五十家诗集》（三）影印本，上海：上海古籍出版社 1981 年版，第 1306 页。

着悲怆之意，这是与天地之别，又是回归天地之旅，由此，荆轲之别耸立在了宇宙之中、古今之间。

三是乡愁的悲剧性。思念故乡的愁苦也折磨着中国文人敏感的心灵。《诗经·豳风·东山》写出了参战士兵"我来自东……我心西悲"的乡愁。羁旅之苦，为客、为官异乡，也引发了游子的无尽乡愁。例如，崔颢的"日暮乡关何处是，烟波江上使人愁。"柳永的《八声甘州·对潇潇暮雨洒江天》道出了愁客的心曲："望故乡渺邈，归思难收。叹年来踪迹，何事苦淹留？"往事如烟，唯有对故乡的思念，可见人生之不济。原来，故乡是在我们最落魄失意最孤独无助的时候才上心来。这又是多么深刻的认识！元代马致远的小令《【越调】天净沙·秋思》写尽了人在旅途的思乡之苦与前途迷惘的忧愁伤悲。他心中的乡不只是一人之故乡，而是中国古代知识分子涵养人格的文化之乡、安身立命的价值之乡、为民为国的致用之乡。清代纳兰性德的词《长相思》写出了梦乡不得之悲："山一程，水一程，身向榆关那畔行，夜深千帐灯。/风一更，雪一更，聒碎乡心梦不成，故园无此声。"①这里的重愁深哀是那样地令人心碎，eng 韵落地，韵韵沉痛，韵韵心苦，韵韵含泪，韵韵欲哭。

四是闺怨的悲剧性。丈夫外出，孤居家中的妻子自然而然地有了闺怨之悲情。《诗经·君子于役》写了丈夫远行出征、妻子思念丈夫进而埋怨丈夫的复杂心情，所谓"君子于役，如之何勿思。……君子于役，苟无饥渴。"欧阳修的《蝶恋花·庭院深深深几许》下片道："……无计留春住。泪眼问花花不语，乱红飞过秋天去。"因春去难留而埋怨心上人离家，耽误了享受青春年华。双方互相思念或一方思念另一方的作品在中国文学中不少。王昌龄《闺怨》道："闺中少妇不知愁，春日凝妆上翠楼。忽见陌头杨柳色，悔教夫婿觅封侯。"写出了见春思夫的别样春怨，也是春天的勃勃生机启发了闺中少妇的人生愁意，她认为应该与夫君一起共享这美好春光，杨柳因春来而成翠，也将因春去而灰黄。杨柳有春天，人何尝不是如此呢？而与自己共享人生春天的夫君现在又在哪里呢？少妇不由得悔恨起自己曾经执念于功名利禄了。欧阳修的《踏莎行·候馆残梅》想象出了闺中人对于游子的思念："寸寸柔肠，盈盈粉泪。楼高莫近危栏倚。"写出了闺中人思念游子的悲伤，对游子的担心、牵挂，盼望游子早日归来的愿望。联系上面的第三点，可以看出，在中国古代社会，游子离家满怀乡愁，女子守家满心怨怼，总之，因各种原因不少夫妻多是聚少离多。而夫妻团聚、幸福恩

---

① 严迪昌编选：《金元明清词精选》，南京：江苏古籍出版社 2002 年版，第 155 页。

爱本是天经地义的事，但在中国古代社会里它却成为了奢望。可见，中国古代社会里一方面大力提倡仁义礼智信，理字当头，但另一方面却比较寡情，尤其是夫妻之间和恋人之间朝朝暮暮相聚相爱的情感比较缺失。也正因为现实中缺失，于是诗人或作家们就只好在文学中来弥补。

五是怨弃的悲剧性。古代中国社会中，社会的理想就是各种关系和谐和睦，君臣和睦、父子和睦、夫妻和睦、兄弟和睦。但是，往往会出现君臣不合、夫妻不合的现象。其基本表现是臣被君弃、妻被夫弃，另外还有不被社会世人所理解的痛苦。这三种怨弃的悲剧性是中国文学中的重要内容。第一种是弃妇（或夫弃）之怨。《诗经·卫风·氓》开了中国文学中弃妇之怨的先河。这位弃妇在对最初美好生活的回忆中独自哀悼。中国古代社会里的丈夫弃妻除了丈夫休妻，更多的是妻子被丈夫冷落嫌弃。这是中国古代社会中不少普通妇女的悲剧性。第二种是君弃之怨。皇帝后宫佳人不为皇帝宠幸，或者忠正臣子不为君王所用，在古代中国也比较常见，于是文学中就出现了对君弃之怨的表现。李白的《玉阶怨》、白居易的《上阳白发人》都反映了宫女年老色衰后被君王抛弃的悲剧性命运。元稹的《行宫》表现了青春生命在对君王的空等中默默消亡的残酷的悲剧性。总之，中国古代诗歌中的《怨歌行》《长门怨》《阿娇怨》《玉阶怨》《宫怨》《长信怨》《塘上行》《娥媚怨》等大都具有君弃之怨的主题。例如，裴交泰的《长门怨》（"自闭长门经几秋，罗衣湿尽泪还流。一种峨嵋明月夜，南宫歌管北宫愁。"）和王昌龄的《长信怨》（一作《长信秋词五首【其三】》，"奉帚平明金殿开，暂将团扇共徘徊。玉颜不及寒鸦色，犹带昭阳日影来。"）① 两诗都是托汉事写唐代宫女之悲苦生活与幽怨心情，都运用了对比手法，前者是南宫歌管之欢娱与北宫孤单之愁苦，后者是玉颜之白与寒鸦之黑对比，表现了人不如物，不及寒鸦犹能带日影（喻君恩），反映了长信宫之失宠悲凉与昭阳宫之得宠欢乐的天壤之别。前者中宫人罗衣湿尽泪还流，整夜流泪到天明，后者中宫人们只有把玩见秋而被弃的团扇来打磨这无聊的白日时光。两诗都弥漫着心有不甘、幽怨冷清、孤独凄凉、重愁深哀的气氛。第三种是世弃之怨。这是指不被世人所理解的怨愤的悲剧性。鲍照的《拟行路难》突出表现了这种世弃之怨。例如，《拟行路难·其五》道："对案不能食，拔剑击筑长叹息。丈夫生世能几时，安能蹀躞垂羽翼？……自古圣贤皆贫贱，何况我辈孤且直！"② 诗中抒发了徒有高才和抱负，却得不到

---

① [清]蘅塘退士编：《唐诗三百首》（新注本），北京：中华书局2006年版，第27页。
② 余冠英选注：《汉魏六朝诗选》，北京：中华书局2012年版，第293页。

施展的无可奈何的慨叹和愤懑。

2. 忍耐生存的悲剧性。这是说人们为了生活下去而不得不忍受统治阶级的剥削压迫，忍受战乱戍边的悲愁凄苦。《诗经》中的《豳风·七月》《秦风·冬衣》《魏风·硕鼠》和《小雅·北山》等诗作真切反映了底层人民生活的悲苦无奈。而《王风·兔爰》则直接道出了在沉重徭役下普通民众的痛苦呻吟。"我生之后""逢此百罹""逢此百忧""逢此百凶"，但求"无（毋）吪""无（毋）觉""无（毋）聪"①，也就是但求长眠不醒，口不开、眼不睁、耳不听，唯有一死才能解脱。这是多么沉痛绝望的生存悲剧性啊！柳宗元的《捕蛇者说》反映了古代人民为了生存不得不忍受统治阶级的苛政。在这篇散文中，柳宗元发出了"苛政猛于虎"的愤慨，但人民为了活下去，不得不冒着极大的生命危险去抓捕毒蛇。与此类似，在《聊斋志异》中有篇短篇小说《促织》，蒲松龄以荒诞的手法表现了劳动人民所遭受的压迫和痛苦。为了满足统治阶级斗蟋蟀的享乐需要，劳动人民不得不想方设法去捕捉能斗、善斗的蟋蟀。一户人家为了完成任务，法子用尽都没效果，最后其儿子变成了一只蟋蟀帮助父亲交了差。其中的辛酸、悲愤、无奈、荒诞和魔幻，一点也不输给卡夫卡的《变形记》和马尔克斯的《百年孤独》。《儒林外史》的现实主义色彩很浓厚，吴敬梓在作品中写出了各种各样的知识分子，但遍览儒林，我们看到的还是对生活现状的忍受，那些知识分子的所谓科举奋斗，无非是升入统治阶级变作上层人，如果科举不中，那也就继续混迹于市井阡陌，别无他想，别无他求，根本看不到一点新的思想，其骨子里仍是对现状的高度认可。一提及《水浒传》，人们往往想到的是"逼上梁山""官逼民反""被迫反抗""农民起义"等说法。然而，我们仔细想想，这些说法只对了一半。《水浒传》中很多人走上梁山是被逼迫的，这里的"逼"既有家事的逼人结仇、逼人离家、逼人越货、逼人杀人、逼人躲祸，也有梁山的逼人入伙，更有统治阶级的逼人有事、逼人出事、逼人为寇、逼上梁山。可见，很少有人心甘情愿、自觉主动地要上梁山。而且，那些逼上梁山的人在上山之前他们哪一个不是在忍受着统治阶级的腐朽残暴的统治呢？身为东京八十万禁军教头的林冲就是典型，他忍受着人格的被侮辱，忍受着妻子的被凌辱，忍受着个人的被陷害，忍受着友情的被背叛，这一切对他不公的总源头就是当朝奸臣高俅以及那昏君。我们设想，但凡统治阶级对林冲不是赶尽杀绝的话，还给他留有忍受的机会的话，依林冲的个性，他断然不会走上梁山公开与朝廷为敌。因为，他还想着过

---

① 余冠英选注：《诗经选》，北京：中华书局2012年版，第76页。

个普通人的平淡平安的稳定生活，继续忍受那些自己不得不忍受的东西。而有林冲这种想法的人，还很多。于是，当宋江决定接受朝廷招安时，坚决反对的也只有像李逵那样的为数极少的、个人自由至上的无政府主义者。《红楼梦》中刘姥姥说，贾府一顿饭所花的银子，足够她们庄户人家一年的生活费。这说明，在当时，底层劳动人民的生活是多么贫苦凄惨。然而，大家还都在忍受。这不是更普遍、更深广的悲剧性吗？

　　底层人民的征战戍边之苦在王昌龄的诗作中反映得非常深刻。驻守边关成了那个年代一部分人的日常生活。他的"黄沙百战穿金甲，不破楼兰终不还"（《从军行》）是一种建功立业的壮怀激烈，而他的"琵琶起舞换新声，总是关山别离情。撩乱边愁听不尽，高高秋月照长城"（《从军行》），却是一种不愿但不得不忍受的生离死别，是一种不愿但不得不忍受的边关悲愁，是一种不愿但不得不忍受的单调冷清，是一种不愿但不得不忍受的新调旧情。这些或激越慷慨或凄冷忧愁的情愫，在战乱的背景中都获得了深厚的历史底蕴和坚实的生命支撑，让生存的韧忍和生活的艰辛吟诵出了生命的悲壮之音。

　　第二，政治斗争的悲剧性。这是中国古代文学中的第二大类悲剧性。政治在中国古代社会中的地位是无可取代的。虽然，未必人人都直接参与了政治活动尤其是政治斗争，但人人都受到了政治的影响。而那些直接参与了政治斗争又在斗争中失败了的人物的悲剧性，则更易引发人们的悲剧性体验。这以屈原的《离骚》为诗歌上的典型。屈原虽美人迟暮，怀才不遇，遭遇昏君，被党人陷害，但政治理想仍未破灭，仍不放弃，仍然苦苦求索，虽九死不悔。当然，这里也有他壮志难酬的寂寞与悲凉。这一模式后来也分化出了忠奸之争的悲剧性模式，在后世文学中反复表现，尤以戏剧类作品居多。例如，明代王士贞的《鸣凤记》写了明代嘉靖时期杨继盛、邹应龙等忠臣与权奸严嵩及其党羽的忠奸之争，最后，忠臣还是取胜了。清代李玉的《清忠谱》写了明代天启年间东林党人周顺昌等人及市民同阉党魏忠贤斗争的事。明代冯梦龙的《精忠旗》写了忠臣岳飞及其后人与奸相秦桧及其走狗们斗争的事，将此斗争置于爱国忠君保民与叛国欺君害民的对立中。纪君祥的《赵氏孤儿》也是如此。此外，中国文学中的善恶之争也类似于此，忠臣是善的代表，奸臣是恶的化身，善恶之争的伦理主题往往被书写成了忠奸之争的政治主题。可见，伦理的政治化或者说政治的伦理化是中国古代社会里的常见现象。

　　第三，历史变迁中的悲剧性。这是中国古代文学中的第三大类悲剧性。它主要表现为国亡或国破之悲剧性、盛世悲剧性和战乱动荡悲剧性。《诗经·王风·黍离》被公认为中国文学中亡国之悲的原型。诗作发出了"知我者谓我心忧,不知我者谓我何求。悠悠苍天!此何人哉?"的感喟。① 周幽王乱后,平王东迁,举国满目疮痍、繁华失去、一派凄凉,唯有黍子(高粱)离离(低垂摇曳)。诗作把国家败落之悲融入了离离黍子之态,在自然的广袤里,道尽了历史败落中的无奈、不甘和悲愤。刘禹锡的《乌衣巷》("朱雀桥边野草花,乌衣巷口夕阳斜,旧时王谢堂前燕,飞入寻常百姓家。")和《石头城》("山围故国周遭在,潮打空城寂寞回。淮水东边旧时月,夜深还过女墙来。")在古今对比中写出了追思故国的沉郁之悲,表达了人生的凄凉之感。亡国之悲在南唐后主李煜那里写得犹为出彩。"无限江山,别时容易见时难。流水落花春去也,天上人间!"(《浪淘沙·窗外雨潺潺》)道尽了亡国之不可复、荣华之不可再的冷寂之悲和愧悔之恨,个人的小心情终究载不动历史的大趋势,惟有无可奈何随流水落花而去。"小楼昨夜又东风,故国不堪回首月明中。……问君能有几多愁,恰似一江春水向东流。"(《虞美人·春花秋月何时了》)写出了失国之后的忧愁恍惚之悲。"自是人生长恨水长东"(《乌夜啼·林花谢了春红,太匆匆》)发出了人生不可重来的顿足捶胸之悔恨,"剪不断,理还乱,是离愁,别是一番滋味在心头。"(《乌夜啼·无言独上西楼》)见出了亡国之悲的深沉、持久、绵延不绝。国破之悲在陆游那里表现为失土久久未能收复的悲壮和焦虑:"遗民泪尽胡尘里,南望王师又一年。"(《秋夜将晓出篱门迎凉有感之二》)

　　盛世悲剧性主要指在盛世里由于忧虑社会的阴暗面而引发的悲剧性。司马迁撰写《史记》时逢汉武帝盛世,但他在其"发愤著书"中仍然流露了对于盛世中的上层统治阶级的不满,以及对盛世人情淡薄的郁愤。高适的《燕歌行·汉家烟尘在西北》在为国杀敌的雄壮里喊出了"战士军前半死生,美人帐下犹歌舞"的盛世悲歌。盛世之悲在杜甫笔下便是"朱门酒肉臭,路有冻死骨"(《自京赴奉先县咏怀五百字》)。盛世之悲在李白笔下是边疆士兵及其家人的血和泪。他的《子夜吴歌四首·长安一片月》("长安一片月,万户捣衣声。秋风吹不尽,总是玉关情。何日平胡虏,良人罢远征。")写了妇女为玉门关征战的丈夫洗涤衣服缝制战袍时的心理活动,妇女盼望丈夫早平胡虏、罢兵归来,其中蕴涵着对于战争的批判态度,有着悲凉萧瑟的美感。

　　战乱动荡悲剧性是指在社会战乱动荡时期由老百姓的悲惨生活所引发的悲剧性。这种悲剧性在杜甫笔下就是"三吏""三别"的悲苦。王朝更

---

① 余冠英选注:《诗经选》,北京:中华书局 2012 年版,第 72 页。

迭往往是战乱动荡的结果，但有时也是战乱动荡的原因。因而，王朝更迭前后，往往也是一个战乱动荡期。战乱动荡的悲剧性在元代散曲家张养浩的《山坡羊·潼关怀古》里被表现为："兴，百姓苦；亡，百姓苦。"天下最"苦"者莫过于老百姓，因为王朝兴盛时，大兴土木，老百姓要承担繁重的劳役；王朝衰败时，战争爆发，老百姓被迫服兵役，又要在战乱中丧生或逃生。总之，老百姓只有受苦的份，这真是难以逃脱的人世的悲剧性，甚至是一种悲剧性命运。

中国古代文学里，历史变迁中的悲剧性更多显现出悲苦和凄凉的基调，而很少能看到马克思主义悲剧理论中的历史理性的乐观自信色彩。这是因为，中国奴隶社会和封建社会中的任何一次改朝换代，都是统治阶级内部不同统治集团间的"换庄"，是他们的又一次历史分红，最终受益的都是统治阶级，而老百姓从未在较长时期里真正享受过历史变迁的红利。这一点在具有人民性和人道主义的作家那里，自然会被更多地表现，而且是站在同情老百姓的立场上来表现的。由于久变未惠，老百姓对于历史变迁也就不抱任何新的希望。从这里，我们也可发现中国封建社会的超稳定结构的思想文化根基了。

第四，自然变化中的悲剧性。这是中国古代文学中的第四大类悲剧性，是由自然变化所引发的悲剧性，它主要表现为悲秋意象范式和伤春意象范式。自然变化中传达了抒情主人公对人生悲剧性的体验，是移情心理在文学创作中的表现。春秋二季容易让人感受到时间的变化，时间与生命、人生相连。因而，春秋极易引发中国作家对于生命、人生的思考。中国文学中写秋的作品不可胜数。屈原《九歌·湘夫人》中开篇写秋景，表现了对于情人的思念与盼望见面的愁绪："帝子降兮北渚，目眇眇兮愁予，袅袅兮秋风，洞庭波兮木叶下。"[①] 宋玉在《九辩》中提出了悲秋的思想，他说："悲哉！秋之为气也，萧瑟兮，草木摇落而变衰。"[②] 中国文化中，秋属阴，与兵器、战争、刑罚相关联，因此秋气肃杀。欧阳修在《秋声赋》中也说："商，伤也，物既老而悲伤。"[③] 这里欧阳修发现了自然之秋与人生之秋的相似性，从而悲秋伤神。中国古人将秋景秋意融为一体，蕴涵了他们关于宇宙、历史、人生的意识，表现了盛年不再、时光不可逆转的悲剧性。例如，孔子面对东逝江水说道："逝者如斯夫，不舍昼夜。"（《论语·子罕》）

① 朱东润主编：《中国历代文学作品选》（上编）第一册，上海：上海古籍出版社 2002 年版，第 251-252 页。

② 朱东润主编：《中国历代文学作品选》（上编）第一册，上海：上海古籍出版社 2002 年版，第 264 页。

③ 朱东润主编：《中国历代文学作品选》（中编）第二册，上海：上海古籍出版社 2002 年版，第 254 页。

李白的"君不见高堂明镜悲白发，朝如青丝暮成雪"（《将进酒》），是在岁月的飞逝中留恋人生韶光美景。杜甫的《登高》将中国文人的悲秋意识与人生的悲剧性凝结在一起，产生了极佳的艺术效果和美学效果。首联"风急天高猿啸哀，渚清沙白鸟飞回"写了悲凄苍凉的秋风、秋天、秋声、秋色、秋鸟。由鸟的"飞回"流露了自己异乡为客、思念故乡却不得归的悲凉心情，暗寓着对于自己遭遇贬谪、理想落空的悲愤和无奈。颔联两句"无边落木萧萧下，不尽长江滚滚来"写自己的悲愁充满了无尽的空间（"无边落木"）和无尽的时间（"不尽长江"）之流（"萧萧下""滚滚来"），想化解也没有可能，因为长江水不倒流，摇落的秋叶化作尘。颈联和尾联四句"万里悲秋常作客，百年多病独登台。艰难苦恨繁双鬓，潦倒新停浊酒杯"写出了自己的十一重悲伤：作客、常作客、万里作客、悲秋中作客、多病、常年多病、孤独登台、生活艰难、年事老迈、仕途潦倒、浊酒解愁。将满腔秋意写入无限秋景，真是绝妙好诗。

中国文化中，春夏属阳，春天人们四体舒泰。因而，陆机在《文赋》中说："悲落叶于劲秋，喜柔条于芳春。"然而，如果春天已到，春心已发，青春峥嵘，却未能得其心上人，未能实现其志向，那就转喜为悲了。《诗经·豳风·七月》里有"春日迟迟，采蘩祁祁。女心伤悲，殆及公子同归。"[①]写了女子的思春、伤春之悲。《毛诗传》曰："春，女悲，秋，士悲；感其物化也"。[②] 春天与青春相通，于是中国文人往往借春天表现青春和事业。暮春、春尽、春归、春逝、落花、流水等伤春之悲也就成了中国文人表达自己青春不再、爱情幻灭、理想破灭、事业不成、志向不遂以及惋惜怀念美好生活的意象范式。由于《诗经》及《毛诗传》一开始就将悲春归于女性，因而伤春意象范式往往有着阴柔的审美旨趣。《诗经·小雅·采薇》中写道："昔我往矣，杨柳依依。今我来斯，雨雪霏霏。"[③] 借温馨怡人的春景反衬战士出征时的别离之悲，借萧瑟冷寂的冬景来反衬战士活着回来时的庆幸喜乐之情，也烘托了战士们归来时的内心悲凉，或是由于自己因战致残，或是因为当年同行出征的战友已经天人永隔。"红豆生南国，春来发几枝？"（王维《相思》）写了爱情相思之悲。"春心莫共花争发，一寸相思一寸灰"（李商隐《无题·飒飒东风细雨来》）写了爱情相思之苦。"又觉春愁似草生，何人种在情田里"（秦韬玉《独坐吟》）写出了春愁撩人、随日而增的苦闷。而"离恨恰如春草，更行更远还生"（李煜《清平乐·别来春半》）

---

① 余冠英选注：《诗经选》，北京：中华书局 2012 年版，第 159 页。
② 转引自钱锺书：《管锥编》第一册，北京：中华书局 1986 年第 2 版，第 130 页。
③ 余冠英选注：《诗经选》，北京：中华书局 2012 年版，第 181 页。

写出了春日别离之悲伤如春草般绵绵不绝，是因为爱绵绵不绝，以恨反写爱实在是妙。"春风自是人间客，主张繁华得几时"（晏几道《与郑介夫》）写了盛世难久之悲。"春风似旧花仍笑，人生岂得长年少"（王安石《胡笳·春风似旧花仍笑》）写了人生苦短之悲。春的柔性与词的柔性相通，因而，一些词人也以春意命题。例如，苏轼《蝶恋花·花褪残红青杏小》以暮春景色感发了墙外行人的绵绵情思和旅途的惆怅。李清照的《一剪梅·红藕香残玉簟秋》下阙写道"花自飘零水自流。一种相思，两处闲愁。此情无计可消除，才下眉头，却上心头。"写出了无限别愁和思念。陆游的《卜算子·咏梅·驿外断桥边》以梅花在寒春里独自绽放表达了自己的志向气节，以及对于政治理想不能实现、人生频频受到打击而带来的悲苦的超然之情。辛弃疾《摸鱼儿·更能消几番风雨》（更能消几番风雨，匆匆春又归去。惜春长怕花开早，何况落红无数。……）中的哀怨表达了自己的政治失意以及对朝廷的不满。伤春之悲在晏殊《浣溪沙·一曲新词酒一杯》中随着时间的循环而加深："……/无可奈何花落去，似曾相识燕归来，小园香径独徘徊。"

见"春"而"愁"的心理活动在宋代词作中也比较普遍。例如辛弃疾有"清愁不断"（《汉宫春·立春·春已归来》）、"闲愁最苦"（《摸鱼儿·更能消几番风雨》）、"春带愁来……带将愁去。"（《祝英台近·晚春·宝钗分》）的说法。秦观有"自在飞花轻似梦，无边丝雨细如愁"（《浣溪沙·漠漠轻寒上小楼》）的佳句，范成大有"春慵恰似春塘水，一片縠纹愁"（《眼儿媚·酣酣日脚紫烟浮》）的绝妙比喻。南宋词人朱淑贞的《蝶恋花·楼外垂杨千万缕》抒发的是留春不住的满怀愁绪："楼外垂杨千万缕，欲系青春，少住春还去。……把酒送春春不语，黄昏却下潇潇雨。"南宋诗人陆游的"春愁抵草长"（《自来福州诗酒殆废北归始稍稍复饮至永嘉括苍》）写出了春愁之强烈，"抵春草"而非"如春草"，更显春愁之浓、之舒放不拘、之无涯，纵千觞绿酒也难解抵草春愁。这种将"春愁"与"草"联系在一起的写法，后人也有所继承。近代书法家沈尹默在《秋名室诗词·临江仙》中写道："……丽日和风游更好，朝来忘是清明。烟波湖畔踏青行。春草如愁，已向岸边生。"该词写了清明踏青时见草而怀念往昔美好生活的情景，更显内心之悲伤。见"春"而"愁"的创作现象，表明宋代文人心态中普遍具有的精神的苦闷、抑郁、不得志、不顺遂、生命力不得自由舒展的无奈和压抑。这与两宋社会文化生活有关。两宋319年间，虽短时间内部分地区商贸发达，但总体上来说，积弱难返，边事频仍，战事不断，民生艰难，社会动乱，吏治腐败，官商勾结，上层统治阶级昏聩，苟且享乐，统治集团内斗严重。尽管间有慷慨悲歌的爱国情怀涌动，但整体上社会文化显现出一种羸弱、慵散、沉暮、晦暗之气。因而，我们说，两宋既没有汉代的朴实雄壮、慷慨激越的锐利精进之气，也缺乏唐代的自信开放、豪迈雄视的盛大气象，总体上自信心不足，文人们普遍缺乏一种安全感、舒心感和对未来的美好而稳定的预期。

第五，生命的悲剧性。中国古人较早就具有了比较明确的生命意识。《诗经·召南·小星》写普通民众在早晚忙碌中，在将自己与别人的比较中，发现了人与人"实（寔）命不同""实（寔）命不犹"。① 也就是人人有命，人人不同，人人比我强。虽说鸣不平，但也透露出了人之"命"是悲剧的思想。屈原在《天问》中一连向天问了一百七十多个问题，这些问题包括天地万物、古往今来。这种向天提问的勇气和探索精神，表明作为主体的提问者具有很高的自觉性，这是人作为宇宙中独立存在的生命体的自觉。在人与天的对话中，我们既感到人的伟大，同时又感到人的渺小，平生一种悲剧性体验。曹操的《短歌行》道："对酒当歌，人生几何？譬如朝露，去日苦多。……"人们往往看到的是慷慨悲歌，看到的是曹操建功立业的自信。其实，这首诗又何尝不是表达了曹操对于人生苦短的悲剧性体认呢？陈子昂的《登幽州台歌》是一首大孤独者的悲剧性体验，在整个宇宙中显现出了人的生命的孤独和冷清。李白《月下独酌四首（其一）》："举杯邀明月，对影成三人。"月亮、自己身影与自己同在，虽说花开是生命绽放，但却"无相亲"，月、影不能饮，又无言，可见人之生命的孤独。李白的《独坐敬亭山》"众鸟高飞尽，孤云独去闲。相看两不厌，只有敬亭山。"在"静"中写出了人之孤独。柳宗元的《江雪》"千山鸟飞绝，万径人踪灭。孤舟蓑笠翁，独钓寒江雪"写出了人之孤独和超越孤独的勇气、自信与淡定，是凄冷和崇高同在的生命悲剧性。

第六，哲理的悲剧性。我们的古人在文学中也有自己的哲理思考。《诗经·秦风·蒹葭》中"所谓伊人，在水一方"，不仅仅是写可望而不可即的爱情的悲剧性。其实，也是讲哲理，某一目标，不论你怎样迂回以克服道路的阻碍、漫长和艰险，你可以趋近它，但你最终仍然不能靠近它；你知道它在，但你不知道它如何在。这种超越了在与不在的在、知与不知的知，是一种关于存在的更为深刻的悲剧性思想。陶渊明的《饮酒（其五）》中，对于一个人如何能做到"结庐在人境，而无车马喧"这点，诗人的回答是"心远地自偏"，这表明人对自己的认知能力很自信；但对"采菊东篱下，

---

① 余冠英选注：《诗经选》，北京：中华书局 2012 年版，第 17-18 页。

悠然见南山"等的"真意"，诗人却"欲辨已忘言"，这种失语表明言语或语言的局限性，言难追意；而语言是人创造的，又是人运用的，这就说明人的能力也有局限性。这样一来，人的能力既强大，又弱小，这是一种悖论，恰是人的一种悲剧性。贾岛的《寻隐者不遇》短短四句："松下问童子，言师采药去。只在此山中，云深不知处。"答语是一种明晰与模糊同在的悖论性语言，表明了人之认知能力的悲剧性存在。苏轼的《题西林壁》写庐山："横看成岭侧成峰，远近高低各不同。不识庐山真面目，只缘身在此山中。"看前两句，诗人视点在庐山外，认知力很强；看后两句，诗人视点在庐山内，认知力很弱。那诗人到底何在？人的认知力到底是强还是弱？这些都是一种悖论性存在，表明了人的认知力的不完善、人的局限性，这是一种悲剧性体验。

总之，悲剧性在中国古代文学中的表现是多种多样的。如果进一步从更抽象的哲学意义上来说，其中，较多作品运用了"离合范式"或者说"聚散范式"。合则两美，离则两伤。但总是聚少离多。暂时的欢聚引起别离后更深沉、更强烈的思念、回味的痛苦。因此，聚散两依依，一个字："离"或者"悲"！屈原将自己的作品取名为"离骚"应该是有此深意的吧。例如，上述的忠奸之争的悲剧性其实也可以看成是由于君王与忠臣的"离"所导致的。因为，君王与忠臣、与人民、与理智、与圣明的"离"导致了政治黑暗、社会腐败、冤狱遍地、怨声载道、民不聊生。其实，失去人际关系，失去已有（应有）的联系，都可能是悲剧性的。民众英雄成为悲剧性人物源于他与大众的分裂和联系。不少古希腊悲剧英雄之所以具有悲剧性就在于人与神的分裂和联系。被他人孤立、被人类孤立、自己孤立自己等都是悲剧性的。孤独、孤单、孤立、对立、分裂和分离等都是悲剧性的。当把一个人从人类、社会中独立出来的时候，他的命运必然是悲剧性的。自然的变化引发人的悲剧性体验其实也是人对于自己逝去的美好本质的惋惜。因而，也是人的美好本质与人的分离所导致的悲剧性。可见，"离合范式"或者说"聚散范式"是对悲剧性的一种更抽象的哲学概括，它基于人们普遍认为的人在本质上都是"善"的这一伦理观念。在中国古代文学文化中，大多数冲突从根本上来讲是一种非对抗性的冲突，因而最终都有化解的可能。"恶"只是一个外因、条件，但不是根本的决定因素。这表明了中国人的旷达和超然，也使中国古代文学中的悲剧性多带凄婉之美。

从上面也可看出，中国古代文学中有以悲为美的传统。如钱锺书先生在《管锥编》"全汉文卷四二""好音以悲哀为主"中所充分论述的①，先秦、汉魏六朝有以悲为美的风尚。他说："奏乐以生悲为善音，听乐以能悲为知音，汉魏六朝，风尚如斯。"② 此后，唐宋文学中的悲剧性愈来愈浓厚。元明清三代，中国文学体裁的主体由抒情性的诗词转为戏剧性的杂剧、南戏、传奇和叙事性的小说，其中的优秀作品大都具有悲剧性基调。例如，《水浒传》表现了自发的农民起义必然失败的悲剧性；《三国演义》表现了历史更替中大量生命被吞噬的悲剧性；《西游记》表现了人生终难完美的悲剧性；《红楼梦》表现了人生不过是一场梦的虚无的悲剧性，同时告诉受众，只有最朴实的生命才是最强大的生命。

　　不可忽略的是，中国古代文学中的悲剧性题材的主旨及风格也会发生变化。关汉卿的《窦娥冤》是一部悲剧，但是，同样的题材，到了明代以后的《金锁记》《六月雪》，又成了悲喜剧，窦娥的性格也由强烈变成了温婉。③ 又如，王实甫的《西厢记》原出于唐代元稹的传奇小说《莺莺传》，写的是书生张珙与莺莺的爱情悲剧。宋代时这一故事在民间广为流传。直到金代董解元的《西厢记诸宫调》，故事才发生了质的变化。张生由一个负心汉变成了用情专一的情种；莺莺也由一个懦弱的女子变成了具有强烈叛逆精神的勇敢女性。他们的爱情终于有了美满团圆的结局。全剧既显现出了人性的复杂、丰富，也揭示了人性本身的悲剧性和人生悲剧性。

　　从上面所述还可看出，中国古代文学中的悲剧性的各种类型大都在先秦作品中就已经出现，后世作品只是对其的具体化、丰富化表现。先秦作品处于中国古代文学的发端期，光芒四射，具有"原型"和"母题"的意义。中国古代文学中的悲剧性多凄婉风格，较少雄健风格。相对而言，西方古典文学中的悲剧性的流变比较明显，而中国古代文学中的悲剧性的流变不是特别明显，这与中国古代社会文化的超稳定结构等因素有关。

　　（二）现当代文学中的悲剧性

　　进入 19 世纪中后叶以来，中国社会既经历了大战乱、大动荡、大灾难，也实现了民族的大觉醒、大独立、大解放和国家的大建设、大发展、大进步，现在正在为实现中华民族的伟大复兴而努力奋斗着。这一特殊的社会历史文化语境，使与人民同呼吸共命运的中国现代作家既悲痛着祖国和人民所遭受的苦难，也欢呼着祖国和人民的浴火重生；从而使中国现代

---

① 钱锺书：《管锥编》第三册，北京：中华书局 1986 年版，"目次"第 2 页。
② 钱锺书：《管锥编》第三册，北京：中华书局 1986 年版，第 946 页。
③ 黎之彦：《田汉杂谈观察生活和戏剧技巧——戏剧创作漫谈之一》，《剧本》1959 年 7 月号，第 38 页。

文学既有对人民苦难生活的悲剧性书写，又有对民族抗争的史诗式记载。当然，中国现代文学中除了上述与时代同进步的作品外，还有一些与时代保持不同距离的作品，它们中也有悲剧性的书写。总之，中国文学在继承传统、自我革新和接受外来文学文化影响的基础上，走上了一条具有中国特色的现代化之路。文学体裁更加多样，除了传统的诗歌、戏曲、小说、散文外，话剧、电影文学、电视文学等也被引入中国文坛。文学题材也更加广泛多样，普通人的生活被给予了严肃而真诚的表现。

悲剧性在中国现代文学中的表现更加自觉、丰富、复杂了。

相比中国古代作家，中国现代作家整体上实现了不同程度的悲剧意识的自觉。这既要归功于中国现代作家直面中国现实、忠实于自己内心良知和生命体验的真诚而又有责任感的创作态度及其自觉的文学追求，也要归功于王国维等人引入西方悲剧观念以及王国维、胡适和鲁迅等人对中国文学"大团圆"结局的批判，更要归因于多灾多难的中国近现代社会现实对于悲剧性文学的吁求。故此，中国现代文学中的悲剧性表现总体上来讲还是比较突出的。

悲剧性在中国现代文学中的表现更加丰富多样。从悲剧产生的原因和领域来看，有社会悲剧、历史悲剧、文化悲剧、观念悲剧、制度悲剧、礼教悲剧、习俗悲剧、环境悲剧、民族心理悲剧、国民性悲剧、性格悲剧、人格悲剧、精神悲剧、心理悲剧、无意识悲剧、欲望悲剧、非理性悲剧、超自然悲剧（孔捷生《大林莽》）、命运悲剧（余华《活着》《许三观卖血记》）、理性悲剧、人性悲剧、生命悲剧、革命悲剧（《阿Q正传》辛亥革命的悲剧性）、宗教悲剧（张承志《穆斯林的葬礼》）、哲学悲剧（鲁迅《过客》）、爱情悲剧、婚姻悲剧、个性解放的悲剧，群体解放的悲剧等。从悲剧主体来看，有国家悲剧、民族悲剧、阶级悲剧、集团悲剧、家族悲剧、家庭悲剧、个人悲剧。悲剧主人公的职业或身份，有农民（《故乡》中的闰土、《社戏》中的六一公公、《春蚕》中的老通宝、《红旗谱》中的朱老忠、《李顺大造屋》中的李顺大）、佣人（祥林嫂、《家》中的鸣凤、《雷雨》中的四凤、鲁贵）、长工（《白鹿原》中的鹿三）、奶妈（柔石《为奴隶的母亲》中的"母亲"）、市民（《药》中的华老栓、老舍《离婚》中的张大哥、《四世同堂》中的祁家老太爷、老舍《抱孙》中的王老太太）、人力车夫（祥子）、无业者（阿Q、《白鹿原》中黑娃离家后的田小娥）、土匪（《白鹿原》中革命前的黑娃）、族长（《白鹿原》中的白嘉轩）、乡约（《白鹿原》中的鹿子霖）、小业主（《林家铺子》中的林老板、《茶馆》中的王利发）、民族资本家（《子夜》中的吴荪甫、《雷雨》中的周朴园）、舞女（《日出》中的陈白露）、资本家太太（《雷雨》中的繁漪）、资本家少爷（《雷雨》中的周萍、周冲）、工人（《雷雨》中的鲁大海、《包身工》中的"芦柴棒"等包身工群体）、镖师（老舍《断魂枪》中沙子龙）、军人（《红日》中的张灵甫、《亮剑》中的常乃超）、封建大家庭的太太（《金锁记》中的曹七巧）、封建大家庭的小姐（《家》中的梅芬）、普通人家女孩或妇女（鲁迅《离婚》中的爱姑、《骆驼祥子》中的小福子、《边城》中的翠翠）、知识分子（四铭、高尔础、孔乙己、魏连殳、吕纬甫、子君、涓生，茅盾《蚀》三部曲《幻灭》中的章静、《追求》中的张满青、章丘柳、史循等病态和迷惘的知识分子群体、巴金《寒夜》中的汪文宣、《围城》中的方鸿渐、《白鹿原》中的乡土贤达知识分子朱先生、《红旗谱》中的革命知识分子贾湘农）、国民党党务工作者（茅盾《蚀》三部曲《动摇》中的方罗兰、《白鹿原》中的国民党县党部书记岳维山）、革命者（茅盾《蚀》三部曲《动摇》中的李克，《红旗谱》中的严运涛、严江涛，《红岩》中的江姐、彭松涛、许云峰、成岗、刘思扬、华子良，《白鹿原》中的卢兆鹏、白灵）、革命后代（《红岩》中的小萝卜头）、公务员（《组织部新来的青年人》中的刘世吾）、高级官员（郭沫若《屈原》中的屈原）等。《屈原》中的屈原是古人，但其所从事的职业在现当代社会仍存在。郭沫若并未塑造出现代社会里一个悲剧性命运的高级官员，原因很复杂，其中一个原因是他当时身处国统区，具体情势限制了他把为取得民族独立而英勇抗日、不幸牺牲了的中国共产党高级将领作为悲剧主人公来表现。于是，他只好在古人中来寻找忠烈之士，像屈原、高渐离、荆轲等人物。因而，我们可以说，当时中国几乎大部分职业，其从业人员的人生都是悲剧性的。这表明，中国现代社会的悲剧性是一种全面的悲剧性、整体的悲剧性；同时，它也表明，相比中国古代文学，中国现代文学在悲剧性的平民化、日常化、生活化上走得更普遍、更深入。

中国现代文学很少关注反革命者等反面形象的悲剧性。例如，茅盾《蚀》三部曲《动摇》中老奸巨猾、投机钻营、表面积极革命、骨子里却反对革命的反革命者胡国光，《红旗谱》中反对农民革命的恶霸地主冯兰池，《红岩》中心狠手辣、骄横自大、痴迷权力、死心塌地的反革命死硬分子大特务徐鹏飞，《红岩》中自私自利、缺乏革命信仰、不守革命纪律、怯懦钻营的叛徒甫志高。这些人物形象虽然比较鲜明，但作品都没有给予他们悲剧性观照，没有或极少显现其身上一星半点或曾经有过的一星半点的正向价值，导致人物内涵维度较少。

悲剧性在中国现代文学中表现得更复杂。不仅不同作家有不同的表现，而且同一作家的不同作品甚至同一部作品，其悲剧性表现往往也是复杂的。例如，曹禺的悲剧《雷雨》既有社会悲剧、政治悲剧、爱情悲剧、阶级斗争的悲剧，也有人的性格悲剧、心理悲剧、家庭伦理悲剧、欲望悲剧、人性悲剧乃至命运悲剧的色彩等。因而，对此应该进行全面的具体的专门研究。可是，由于主要研究目标和篇幅所限，本书确实很难对中国现代文学中的悲剧性做到巨细无遗地完全呈现，只好采取以"点"带"面"、"点面结合"的方式来比较完整地呈现。其实，这也是文学史或作品史的一种常见写法，有的专著也采用此方式构建全书。① 本小节将主要根据中国现代文学史上对悲剧性的体验和表现比较突出的一些作家的悲剧作品，来概括描述悲剧性在中国现代文学中的显现及流变情况。

　　鲁迅的创作直面当时中国的黑暗现实，塑造了众多的悲剧性人物形象。例如，底层麻木的、不觉醒的民众，像阿Q、祥林嫂、杨二嫂、闰土、爱姑、华老栓等形象。对于这些人物而言，活着就是一切，至于如何活着，那倒不是最重要的或者不是他们必须首先考虑的问题。于是，阿Q就有了无原则的"革命"的想象和行动，不惜欺负与自己处于同样悲惨境遇的小尼姑来获得"革命"成功的快感。这是底层麻木的民众之间互相伤害的悲剧性，也是辛亥革命被人解构、被人利用的悲剧性。华老栓用辛辛苦苦攒下的钱换取蘸了革命者夏瑜鲜血的馒头来医治自己儿子的病，既显现出了为人父母出于本能的爱，也证明了华老栓的愚昧，更表明了底层民众对革命者的隔膜、对革命的不理解和不支持，而革命者的初衷却是要解救这些麻木的民众。双方之间的悲剧性关系是如此扎心锥肺。杨二嫂一方面不屑于别人家的旧物，另一方面又趁人不注意顺手拿走别人的东西，虚弱的自信与坚实的自卑既矛盾又并存，使其悲剧性十分醒目。爱姑似乎有抗争，但其最高目的不过是一个虚假的面子。她的悲哀弥漫了纸面和人心。又如，知识分子形象。破落到连自己的生活都无以为继的孔乙己，却要在咬文嚼字里来捍卫读书人的最后那一点斯文，实在令人心酸，他在读书人"窃书"不算"偷"的自我辩护里，显现出的尊严感是他活下去的唯一支柱，但是这个社会，不论是幼稚小孩，还是世故店家，却在有意或无意中把它给连根拔起了，社会的残忍和冷酷莫过于此。杀人者莫过于诛心。孔乙己最后的死也是死于心被杀，这就是鲁迅的深刻。吕纬甫开始是积极抗争、意气风发的热血青年，但投身实际生活后，他的思想渐渐地没了棱角，他也慢慢地向生活投降，虽不甘于颓废，却也不能切实地振作起来，终而被自己

_____

① 例如马晖：《民族悲剧意识与个体艺术表现：中国现代重要作家悲剧创作研究》，北京：民族出版社，2006 年版。

开始所反对的生活同化。生活"杀"人的精神是如此无声无息，青年人的斗志是如此脆弱不堪。吕纬甫的悲剧性是那个年代部分青年人的悲剧性，但又不限于那个年代。魏连殳的孤独、与生活的隔膜是精神的，也是生命的。他的存在，与周围是那样的不协调，愈发表明他们和民众之间的隔膜，是两个世界的隔膜。擦肩而过的一瞬，是关注与拯救，也是不解与退缩，是希望，也是绝望，是肉体的生与精神的死的并存。鲁迅笔下的四铭、高尔础们，是打着卫道士幌子的失道者、缺德者。他们的悲剧性在于他们活在以为别人不识其本相的虚假想象中不能自拔。因而，鲁迅笔下的知识分子，要么无能，要么既无能又缺德。看来要他们来启蒙民众、拯救社会的希望要落空了。鲁迅笔下的革命者也是悲剧性的。革命者夏瑜脱离了民众，结果革命未成身先死。看来，他也没有掌握正确的革命之道。鲁迅还能依靠谁来启蒙民众呢？人是隔膜的，世界是混乱的。这是鲁迅内心的痛苦，说明他不甘心于绝望，于是又有了新的希望。因而，鲁迅对于人的悲剧性的思考，是放在个体与群体、生存与死亡、希望与绝望等的对立情境中展开的。他的伟大之处，在于他不仅看到了诸多二元对立冲突，而且他超越了诸多二元对立，他站在它们之间而不是两端，这是反抗与自觉的生命力的显现。因而，鲁迅是清醒的，也是深刻的。他强调主体的自觉，强调个体与群体的融合，强调希望与绝望的对话，强调生与死的互相拷问。这就使得人的生命的悲剧性不仅是其存在本质，也是其存在形态。因此，鲁迅丰富和深化了中国文学中的悲剧性思想。鲁迅创作中的悲剧性思想及其悲剧理论思考影响了萧红。她在其《生死场》中，深刻挖掘了旧中国北方民众麻木生存中的顽强与挣扎、病态与生命活力。在这种二元并置中，来探索那混乱的生死场中的新的可能。饱经苦难生活的路翎，对人的生命力、反抗意识和生存意志的感知是鲜活的、坚实的。因而，当他遇到鲁迅的作品时，他们在人的生命的悲剧意识上已经是知音。于是，路翎在其《财主底儿女们》里，倾情抒写了人物们的超强生命力，他们敢爱敢恨，既有欲望，也有意志力。但路翎在后来的《洼地上的战斗》中，似乎有点走偏了，欲望满溢，忘记了鲁迅的"站在中间"的体悟。

　　郭沫若和郁达夫，对社会的悲剧性现象的感知是沉痛切肤的。他们在对"自我"的书写中，坦诚表现自己的悲剧性体验。这使得郭沫若先生的悲剧性作品弥漫着强烈的抒情色彩。他最为有名的历史剧《屈原》（1942），是针对当时国统区对抗日形势的错误认识这一现状有感而发的。剧中的"屈原"是坚持正义、毫不妥协、毫不气馁、抗争到底的中华民族抗日精神的隐喻，也是人类斗争精神的象征。充满激情的斗争精神使郭沫若的悲剧性具有震撼人心的情感力量。这在《屈原》的"雷电颂"中体现得十分充分。当然，由于郭沫若十分忠实于内心体悟，因而，他的悲剧性体验也有穷困愁苦（如《漂流三部曲》）、欲望郁积（如小说《残春》）和孤独感（如诗集《星空》）等方面。郁达夫特别强调真实情绪对于艺术的价值，而抒发真实情绪就是"表现自我"，"表现自我"就要真诚，就要追求"个性解放"，进而表现自己对于国家强盛的热切愿望。在郁达夫的《沉沦》《薄奠》《春风沉醉的晚上》等作品中，悲剧性表现为旧有的伦理道德观念和社会制度对于人的天然个性的压迫和桎梏。作品中的人物真诚地充分释放自己的个性，冲溃了已有道德伦理和社会制度的堤坝。当然，郁达夫的作品中，因为个性真诚释放后，有时也会产生一定程度的失望迷茫，这使得他的有些作品弥漫上一层淡淡的忧郁色彩。不过，我们要指出，郁达夫是真诚的，也是积极的，不是一般人所理解的不负责任的放纵自我。

　　茅盾把文学创作看成对社会问题的分析解决。因而，社会分析的方法与形象思维的有机结合，也就是"历史（社会环境）—人"的互动关系叙述模式，使他的作品真实地反映了当时的社会现实。在他的《子夜》《春蚕》《林家铺子》和《蚀》等作品里，悲剧性表现为，在腐败、专制、虚弱的政府所掌控的落后国家里，面对外国资本主义的经济侵略，中国民族工业资本家的不可避免的失败，实业救国的不可能，中国商业小业主的不可避免的破产，中国农村及其传统经济不可避免的凋敝，大革命失败后小资产阶级知识分子不可避免地陷入幻灭和动摇。当然，茅盾也看到了人的性格是复杂的，人的性格内部也会存在矛盾冲突。但是，人物性格内部的矛盾冲突以及不同人物性格之间的矛盾冲突也都是外在社会矛盾的反映。因而，归根结底，人的悲剧性结局也主要是由社会矛盾冲突决定的。于是，茅盾往往将人与社会环境联系起来，通过社会环境表现人的性格的形成，又通过人的性格及其关系来表现社会，通过个人悲剧性来表现时代和社会的悲剧性。

　　巴金正视社会中的黑暗和问题。在他笔下，悲剧性表现为外在的社会环境（制度、礼制、习俗、观念）与人物内在的某些不足所共同导致的人物的悲剧性结局。因而，他既重视社会因素的表现，也重视人物自身缺点的把握。他笔下的《家》就是20世纪二三十年代中国黑暗社会的写照，是封建大家庭之专制、冷酷、暴虐、腐烂、沉闷的集中表现。《家》中的鸣凤是一个丫鬟，她刚烈、单纯、热情、善良，敢于与觉慧相爱，但当爱情受阻遭到破坏时，她一人无力对抗整个有形无形的敌对力量。于是，她的想法很简单也很刚烈，你们既然不让我成为我自己，那你们也休想让我成为你们所希望的。她最后的自尽是对自我存在的一种殊死捍卫，更是对那个黑暗世界的强烈控诉。梅芬是大家闺秀，知书明理、温顺单纯、善良软弱、性格悒郁，她不会察言观色，虽与觉新青梅竹马，真心相爱，但终究因不合家长意愿而被拆散，在郁郁寡欢中死去。巴金把如坟墓一般的封建大家庭对于年轻生命的无情吞噬表现得很沉郁，那种毛骨悚然的恐怖让人浑身颤栗。在《寒夜》中巴金表现了知识分子汪文宣内心的悲剧性冲突及痛苦。

老舍的平民情怀、独立的人格精神、儒家文化养成的心忧天下的士大夫心态，使他把文学创作看成呵护人的生命、传承优秀文化的义举。这使他在日常的平凡生活、平凡人物、平凡事件中发现了那些损害人们自然生命的悲剧性。因而，他给了这些平凡的小人物以无限的同情，他对他们悲惨生活的书写是充满温情的，也是细心呵护的。祥子再正常不过的卑微的人生梦想在那个社会里却迭遭打击，他顽强地生存，恢复梦想，又遭遇梦想破灭，三起三落。最终命运把祥子对生活的信心挤压得一点都不剩了，才把他像一堆垃圾一样扔了出去，致使他最后流落街头而死。同样，善良、本分、聪明、勤快、能干的小福子为生活所迫不得不流落风尘，最后也是在对生活的最后一点希望破灭后自绝人世。《骆驼祥子》以这两个被侮辱被损害的小人物的悲剧性命运展示了社会的悲剧性：那个罪恶的社会、不公的社会，不论你怎样努力，你都不可能像一个人一样活着！这是对那个把人逼死的旧社会的沉痛控诉！老舍从茶馆老板王利发的一生里，看出了不论你怎样努力，在那样的时代，你都不可能实现自己的梦想。因而，在老舍笔下，悲剧性常常被表现为黑暗的社会或时代把人逼成非人、把人逼死的不可避免性。此外，在老舍笔下，悲剧性还被表现为民族优秀文化的消失和民族糟粕文化的顽强生存，前者如《断魂枪》中沙子龙的侠义精神，后者如《离婚》中的张大哥执着于家庭生活就该凑合着过这种观念、《四世同堂》中的祁家老太爷满足于苟且偷安的生活、《抱孙》中的王老太太有关小孩接生和出生后"洗三"的愚昧观念。总之，老舍笔下的悲剧性，不论是日常生活中小人物生命的悲剧性，还是民族文化的悲剧性，其内核是一样的，那就是人们认为有价值的该存在的消失了，而人们认为没价值的该消失的反倒存在了下来。

沈从文有着敏感的心理和清醒的生命悲剧意识。他之生命悲剧意识主要是从他自己青少年时的苦难流浪生活、后来的人生经历、以及独特的湘楚地域文化中得来的。可以说，沈从文的生命悲剧意识是血液里的。然而，他笔下的湘西世界却少见丑恶，一切都是那么古风盎然，淳朴厚道，和谐静美，全不见邻省的蹇先艾《水葬》中所写的乡间习俗的冷酷。沈从文为何要这样写呢？其实，因为他见过了无数的血和泪，他知道封闭的湘西山民的生活是多么不易，但他们依然顽强地生存着，这种生命精神是他们生生不息的生命力。沈从文太激赏这种生命力了。于是，他笔下就出现了湘西人民充满人性光辉的真诚、善良、淳朴、热情、自然、安宁、平和等美好价值被毁灭的悲剧性，湘西人民乐天安命却被无以把握的命运毁灭的悲剧性。正因为他太呵护湘西山民的顽强生命力了，他不忍心再次拉开他们结痂的伤口。于是，沈从文笔下那些具有美好品质的人的消失（远去），被表现得很节制、很平静，《萧萧》中淳朴善良的老船夫带着未了的心愿在一晚暴风雨中离世了，《边城》中为了成全弟弟与翠翠的爱情，天保远走他乡并在意外中死去，疼爱翠翠的唯一的亲人外公老船夫也在风雨之夜去世，因哥哥意外去世而自责的傩送也离开渡口杳无音讯，空留翠翠一人摆渡，等待着傩送的归来。沈从文的这种冷处理令人浑身寒栗震颤，增强了作品的悲剧性效果。沈从文笔下还出现了人性、道德和生命力被现代都市生活损毁了的悲剧性，这主要表现在《长河》《绅士的太太》《都市一夫人》和《八骏图》等作品中。

　　曹禺具有独特而深刻的生命悲剧性体验。他小时富足、孤独而缺少快乐的生活让他有了最鲜活的生命的冷清孤苦体验，也开始让他对人与自我、人与人、人与物、人与家庭、人与社会、人与自然，乃至人与宇宙的关系进行了思考。渐渐地，他觉得，"人"这个动物在世界上乃至宇宙中是最孤独的，也是最可怜的，于是，他渐渐地萌生了一种对人乃至对一切生命的博大的悲悯情怀。中国古典戏曲的滋养，既让他修习了一定的戏曲知识和专业技巧，也让他对人在各种舞台上的命运有了新的思考。他发现，无论现实社会中一个人怎样，一旦他登上舞台扮成角色，那他就身不由己了。人的这种身不由己的存在状态让他更对人的生命和命运倍生了悲悯之心。而任何戏都有大幕落下的时刻，坚持到最后的任何角色也都会被大幕吞噬于舞台。这种不可抗拒的力量在戏曲舞台上是可见的，更是不可见的。这种力量才是全局的设局者和终结者，人不过是个"棋子"。这一体验让曹禺不寒而栗。悲悯情怀又再次得以加深、加重。但戏曲的魅力、角色的意义就在于在大幕落下之前尽情燃烧自己的激情，尽情释放自己的生命力，尽情发挥自己的心智手段，以使自己在舞台上光彩熠熠，以对抗那不可抗拒的落幕后的死寂和悲凉。戏曲艺术舞台是这样，人生舞台又何尝不是如此呢？于是，曹禺笔下就出现了这样的悲剧性：各种各样的人不论你怎样费尽心机、用尽手段，使尽浑身解数，最终都必然是竹篮打水一场空。这是一种最彻底的悲剧性。《雷雨》中的周朴园、梅侍萍、繁漪、周萍、周冲、四凤、鲁贵、鲁大海谁不是如此呢？《雷雨》剧作原稿中的结尾，空空的大厅唯有周朴园一人孤零零地枯坐着，品尝着人生的无尽悲凉。《日出》中的潘月亭、李石清、金八、陈白露、小东西、黄省三，《北京人》中的曾皓、曾文清、曾思懿、江泰，《原野》中的焦阎王、焦母、焦大星、仇虎、金子等人又何尝不是如此呢？曹禺这四部作品风格各异，《雷雨》是现实主义精神与高度戏剧性的有机结合，《日出》是现实主义的，《北京人》是生活化的，《原野》是象征主义的。曹禺独特而深刻的生命悲剧性体验及其完美的艺术表现，丰富和深化了中国文学中的悲剧性蕴涵。

张爱玲在古今中外文化的交汇点上，把世事变迁与婚姻家庭天然地熔铸在了一起，着力发掘在各种变动不居中人性的复杂诡谲，小天地里写出了大世界。一间阁楼、一道楼梯、一面镜子、一把团扇、一方手帕、一管唇膏、一瓶香水、一把胡琴、一段矮墙、一挂窗帘、一抹余晖、一弯月亮、数点星儿、滴滴雨声、一片海滩、斑驳日影，都承载着她笔下人物的复杂的悲剧人生体验。张爱玲笔下的悲剧性，是一种生命存在的悲剧性体验，其核心是因缺乏安全感而带来的恐惧和焦虑，以及为克服这种恐惧和焦虑而产生的新的更大的恐惧和焦虑，这是人的一种宿命。她笔下的曹七巧（《金锁记》）、白流苏（《倾城之恋》）、曼帧和世钧（《半生缘》）、佟振保（《红玫瑰与黄玫瑰》）、姚先生（《琉璃瓦》）、郑先生郑太太（《花凋》）等人哪个不是在为自己生存的安全感而费尽周折呢？在此过程中，人性的丑陋、残忍、无耻、狠毒、虚伪、无情、自私、自大、蛮横、粗俗、卑劣、做作、贪婪、霸道、多疑、怯懦、迷信、无理等暴露无遗。人们会感到，生存是无趣的，生存是可怕的。于是，生命的悲凉感、苍凉感浮上了读者心头。

除了上述作家们的作品表现了丰富的悲剧性体验外，中国现代文学中还有不少作品也表现了悲剧性。例如，现代诗歌中，闻一多的《死水》、蒋光赤的《哀中国》等作品表现了"五四"落潮后，青年知识分子的忧郁苦闷之情。李金发的《弃妇》写了人生的不幸、悲凉和悲哀。冯至的《河上》等作品表达了人生的孤独感。田间的诗歌《给战斗者》《义勇军》等作品写出了我们民族抗日的苦难和悲壮。七月诗派的艾青的《土地》《雪落在中国的土地上》等作品抒写了我们民族抗日中的苦难、悲愤和坚决抗争到底的雄壮豪迈之情，他的《大堰河——我的保姆》用平实的手法抒写了大堰河的苦难及其伟大温暖的母性情怀。戴望舒的《雨巷》写出了大革命落潮后青年人的忧郁、孤独，而他后来的《我用残损的手掌》则写出了民族不屈不挠的抗争精神。卞之琳的《断章》在空间扩展中写出了人生的孤独感。九叶诗派的穆旦在《春》《活下去》等作品中通过人的精神与肉体的分裂搏

斗表现了生命的悲剧性

　　1949 年以后，社会悲剧及其变体革命英雄悲剧成为一种主要的悲剧性艺术形态。社会主义文学不仅保留了西方文学中传统"悲剧性"的特点——主人公的反抗性（叛逆性格），还将这种反抗性或叛逆性格赋予了被压迫阶级、觉醒了的革命阶级，例如梁斌《红旗谱》中的朱老忠、梁信《红色娘子军》中的吴琼花，都通过主人公革命斗争意识的觉醒、发展、成熟的过程来展现中国共产党领导人民得解放的历史进程。将个人与阶级、社会与历史结合了起来，将情节发展与人物性格的发展结合了起来，将个人的血海深仇引向阶级斗争和阶级同情心。电影文学剧本《红色娘子军》中，吴琼花一开始便已经历了痛苦遭遇，她爱憎分明，性格倔强，怀有叛逆复仇的决心。经过革命队伍的熏陶，她逐渐放弃了狭隘的个人主义复仇，走向了阶级的集体抗争，这说明个人抗争是没有出路的，只有献身于革命，阶级抗争才是出路，原因很简单，因为敌强我弱，人们要面对的不是一个"南霸天"。整部作品以地主丫头（女奴）到娘子军战士的身份变化作为贯穿敌我斗争的线索，以克服自我非无产阶级意识的自我斗争为另一条线索，在内外斗争中，呈现了从女奴（不屈的女奴、怨气）到女战士（朴素的复仇心理）到共产主义先锋战士的"三级跳"人生轨迹和心路历程。此类作品中不成功的作品往往出现的问题是，集体共性（阶级性）淹没了人物个性。

　　与上述主旋律的作品不同，邓友梅的《在悬崖上》、宗璞的《红豆》、郭小川的《望星空》等作品怀着干预生活的良好动机，表现了 20 世纪 50 年代一些人在进入和平年代后思想作风上出现的问题、大变革中人的思想的矛盾、历史洪流面前个人情感的矛盾痛苦与最终汇入历史大潮的理智选择。

　　20 世纪 70 年代末到 80 年代初，"新时期"文学的主导审美风格也是"悲剧性"的，仍以社会悲剧为主导艺术形态，刘心武的《班主任》、卢新华的《伤痕》、张弦的《被爱情遗忘的角落》、古华的《芙蓉镇》、鲁彦周的《天云山传奇》、从维熙的《大墙下的红玉兰》、高晓声的《李顺达造屋》等作品就表现了人们在特殊历史时期里的悲剧性生活，哀、苦、惨、伤、怨、冤、怒是其表现风格。诗歌领域中，曾卓、雷抒雁、北岛等人的作品抒写了对特殊历史时期里人们所遭受的不公正对待的愤慨和崇高的人格追求。

　　20 世纪 80 年代前中期，莫言的小说《红高粱家族》表现了抗日战争时期，中国农民在自发的抗日斗争中所显现的牺牲的壮烈和追求自由、永不屈服的生命活力。

20 世纪 80 年代后期，路遥的小说《平凡的世界》表现了社会底层青年不甘于生活现状而努力改变自身命运的奋斗的悲壮，唱出了一曲感人至深、催人奋进的不屈不挠的生命之歌。霍达的小说《穆斯林的葬礼》通过书写主人公们的爱情悲剧、婚姻悲剧以及民族悲剧，探讨了这些现象背后的宗教悲剧原因。

20 世纪 90 年代，史铁生在散文《我与地坛》等作品中表现了自己对生死、生命的意义和人生命运的严肃思考。刘震云的小说《一地鸡毛》、池莉的小说《烦恼人生》等作品揭示了平民日常生活背后的辛酸与无奈，展示了普通民众忍受生活煎熬的勇气和旷达，以及为改善忍受生活的"姿态"而付出的可怜心计与收获的可悲失败。陈忠实的长篇小说《白鹿原》表现了 20 世纪上半叶关中地区人民在历史大动荡、大纷争、大战乱中的生的艰难和死的恓惶，有主动抗争而失败的悲壮，也有被动反抗而遇难的惨烈；有挣扎的痛苦，有裹挟的无奈；有奋争的崇高，有苟且的卑劣；有理想的神圣，有现实的邪恶；有理智的清醒，有欲望的迷惑；有善有恶，亦正亦邪；有国有家，有公有私。20 世纪 90 年代后期，刘醒龙的《分享艰难》、谈歌的《大厂》、何申的《年关》和关仁山的《大雪无乡》等"现实主义冲击波"作品表现了在企业改革和市场经济发展初期所出现的一些问题以及老百姓所承受的生活苦难，为 20 世纪末的中国文学添上了一道冷峻的悲剧性亮光。

21 世纪初，贾平凹的长篇小说《秦腔》，既表现了父辈们生活的艰辛，也表现了民族传统艺术不断衰落的凄凉与作者的忧虑，这是一种生活与文化的双重悲剧性。随后，他的《古炉》表现了在 20 世纪六七十年代那段特殊历史时期里，底层群众的人生百态，及其善、恶并存的人性展示，走进了历史和人性的深处。

总之，从 19 世纪末至今的一百多年，是中国历史上不多见的历史剧变时期之一，它蕴涵着丰富的悲剧性题旨。孕生于这一特定历史阶段的中国现当代文学，反映了这一历史时期的丰富多样的悲剧性，也表达了中国现当代作家们对于中国现代社会生活的深刻体验和对中国人民命运的深入思考。其中，悲剧性在中国现当代文学中的表现也是与时俱变的。

悲剧性在中国文学中的显现，是与中国人民的生产生活、精神文化、审美观念等民族基本情况密切联系在一起的，也随着它们的变化而变化。由此，中国文学中表现的悲剧性具有了独特的中国风格。

三、中西方文学中的悲剧性比较

悲剧性在中西方文学作品中的显现有什么不同呢？对它们的比较本书将主要集中在古代。因为，民族特性在过去相对封闭的时代更易保持和传承。近现代以来特别是在全球化的今天，民族性成了一种危机性存在。中西方文学中的悲剧性主要有以下不同。

（一）体裁形式方面

中国古代多悲剧性诗歌（包括诗歌、乐府、赋、词、散曲、小令，虽然还有其他体裁，相比西方更杂一些），西方多悲剧性戏剧（虽然主要是诗剧）。即便就悲剧性戏剧而言，中国具有代表性的有杂剧、南戏、传奇等古典戏曲，西方主要是诗剧和话剧（较晚）。就其文本形式方面，中国悲剧性戏剧（杂剧、南戏、传奇）以乐为本位，诗、歌（唱）、乐、舞（形体动作）、文（白）五者熔为一炉，靠演员的唱、念（对白）、做（身段、扮相）、打（动作）、舞来演示剧情，其中的"打"都比较夸张和程式化，便于表达人物内心情感。中国悲剧具有极强的抒情性。这主要通过"曲词"（歌唱）体现出来。杂剧要求一人主唱、一唱到底。例如，元代孔文卿的《东窗事发》是一出表现英雄岳飞的悲剧戏曲，作品没有把其抗金功绩作为重点展示，而是用大段曲词来抒发他对民族国家的挚爱和对投降派的愤恨，从而表达了爱国保民的主题。中国戏文或台词中有诗歌（定场诗、引用名人诗、结尾诗等）。洪升的《长生殿》结尾引用了八句诗："谁令醉舞拂宾筵，（张说）上界群仙待谪仙。（方干）一曲霓裳听不尽，（吴融）香风引到大罗天。（韦绚）看修水殿号长生，（王建）天路悠悠接上清。（曹唐）从此玉皇须破例，（司空图）神仙有分不关情。（李商隐）"① 这使得中国戏剧语言既凝炼精粹，满含哲理，又富有抒情色彩。西方悲剧性戏剧有诗体与散文体之别。但中西悲剧的念白均用散体语言。中国悲剧的舞台说明（唱、念、做、打）精细准确，不像西方只有简单的"上""下"等动作提示。扮相上，中国戏剧的行当角色及其程式化表演，例如脸谱，有别于西方戏剧的人物个性化扮相，虽然古希腊悲剧中有"传报人"或"报信人"，还有"面具"，莎士比亚悲剧中有"小丑"或"弄人"，日本戏剧也有面具，但从主体上看，中国戏剧中的行当角色（生、旦、净、末、丑等程式化的、类型化的人物造型）综合规定了每一个人物的扮相（脸谱、妆饰）、年龄、性别、社会身份、性格、对白语言、唱腔特点以及舞台上手、眼、身、法、步（"五法"）等

---

① 王季思主编：《中国十大古典悲剧集》，上海：上海文艺出版社 1982 年版，第 764 页。

体态语。鲁迅就曾说："绍兴戏文中，一向是官员秀才用官话，堂倌狱卒用土话的，也就是生，旦，净大抵用官话，丑用土话。"① 语言的个性化与人物身份、地位等同了起来。但是，近代话剧人物高度个性化，很难纳入"行当"。可见，"行当"是戏剧人物非高度个性化的时代的产物。中国戏剧无布景（近世始有布景，那是借鉴了西洋话剧），而西方戏剧有布景，因而中国戏剧只能依靠程式化动作进出戏剧情境，而且曲词中有不少的抒情性景物描写。总之，中国戏剧有叙事抒情化、抒情叙事化的特点。西方戏剧总体上叙事性强于中国戏剧。中国戏剧有写意性，重神似轻形似。这些不仅是中国戏剧的特点，同属于东方文化的印度戏剧也多少有类似特点。董健先生曾论述过印度梵剧与中国古典戏剧的几点相似：（一）梵剧有的剧本规模很大，要演 14 天甚至一月有余，类似于中国传奇剧。（二）中国戏剧的表演不外唱、念、做、打，诗、歌、舞综合贯穿始终，角色分行当，梵剧亦如此。（三）二者都偏爱大团圆结局。（四）梵剧中上等人、正面人物说梵语（雅语），下层人物或小丑则说俗语，此与中国戏剧类似。（五）中国戏剧（如南戏）开端有"开场"，结尾有"下场诗"，梵剧亦有"前文"作开头，"尾诗"作结束。② 当然，中国古典戏剧有自己的特点，规模适中，大多不及印度梵剧大；主题上，中国古典戏剧多伦理教化，而不像印度梵剧之多宗教教义的阐扬。总之，文化背景影响着悲剧戏剧（戏曲）的艺术形态。

不少中国古典悲剧作品的基本结构大多可以用始于仇恨而终于大团圆来概括。中国古典悲剧性文学中的悲剧性冲突，在现实社会中根本不可能得到解决，但剧作家或是同情悲剧主角，或是为了满足普通民众朴素的善有善报恶有恶报的正义感心理需要，往往采用了圆满结局。而且导致圆满结局的力量多是故事外部的，比如圣君、清官、子孙、阴间、宗教、自然、梦或酒。《窦娥冤》中窦天章为女儿报仇伸冤，但认为自己此举是"与天子分忧，为民除害"。并说"今日将文卷重行改正，方显的王家法不使民冤"③。悲剧的解决也要证明统治阶级的合法性、伟大性，这是中国传统。中国古典戏剧对于既有秩序的维护可见一斑。马致远的《汉宫秋》着力写皇帝对于昭君被远嫁的反悔和思念，而把画师毛延寿写成了一位"叛国败盟，致此祸衅"（昭君已死）的罪魁祸首，皇帝下令"将毛延寿斩首，祭献

① 鲁迅：《答〈戏〉周刊编者信》（1934 年 11 月 14 日），见鲁迅：《鲁迅全集》第 6 卷，北京：人民文学出版社 1981 年版，第 114-115 页。

② 董健、马俊山：《戏剧艺术十五讲》，北京：北京大学出版社 2004 年版，第 337 页。

③ 王季思主编：《中国十大古典悲剧集》，上海：上海文艺出版社 1982 年版，第 29-30 页。

明妃。"① 纪君祥在《赵氏孤儿》第四折中写程婴借画在手卷上的故事启发赵氏孤儿后，第五折就写"赵氏孤儿大报仇"，杀死奸贼屠岸贾。结尾，还是赞颂皇恩浩荡。正末程婴用［黄钟尾］唱道："谢君恩普国多沾降，把奸贼全家尽灭亡。赐孤儿改名望，袭父祖拜卿相；忠义士名褒奖，是军官还职掌，是穷民与收养；已死丧给封葬，现生存受爵赏。这恩临似天广，端为谁敢虚让。"② 惩恶扬善的活是下面人干的，但功劳一定要归于皇帝，这是中国传统戏剧的特色；权奸屠安贾收赵氏孤儿为义子，教其习武，自己最后却被赵氏孤儿杀了，这也是中国传统戏剧的特色。明代高则诚的《琵琶记》剧终也是夫妻团圆，"一门旌奖"。③ 明代冯梦龙《精忠旗》写忠臣岳飞与奸相秦桧之间的斗争，岳飞死狱，冤杀宪云，后面第三十三折是"奸臣病笃"，第三十六折"阴府讯奸"写天堂地狱审讯秦桧等人。第三十七折即最后一折"存殁恩光"，写皇帝为岳飞等人平反昭雪。老百姓欢呼［节节高］，词道："恩光诏旨优，把愁收，都城喜气连童叟。""却喜忠臣有贤孙。"④ 这回应了本剧开头由副末所念的四句诗："岳少保赤心迎二圣，秦丞相辣手杀三忠。慢天公到头狠报应，好皇帝翻案大褒封。"⑤ 显然，在不少中国古代悲剧性文学中，臣子有忠奸，要反奸臣；皇帝大都是好皇帝，皇帝即便犯错那也是受坏人蒙蔽，因此皇帝不能反。中国古典悲剧很少从既有秩序之外来反对既有秩序的。《精忠旗》中作者借助天神、阎王、鬼魂等写因果报应，特别是秦桧病重之时，内心恍惚，回顾一生，罪过难安，于是通过鬼魂与秦桧的对话写出了他临死前的认罪和悔罪。这类似于《麦克白》中麦克白弑君后的内心活动的写法——幻觉出鬼魂。人物化鸟化蝶化鸳鸯等寄寓自然的方式表明，中国古人有一种自然正义观，认为大自然是"正义"与"善"的护卫者与执行者。于是，现实中不团圆的在大自然的怀抱中就都团圆了。明代孟称舜的《娇红记》(《节义鸳鸯娇红记》)中，申纯、王娇娘的自由爱情受到富豪帅公子的从中破坏，为争取婚姻自由，王娇娘和申纯双双殉情，被人们"合冢"而葬，最后一出便是两人归仙道，精魂化鸳鸯。这点上继承了焦刘化鸳鸯、梁祝化蝶的结局。此剧不同于此前的《西厢记》《牡丹亭》之处，是男女主人公的恋爱自主意识提高了，强调"同心子"而非"郎才女貌"。申纯视婚姻恋爱第一，高于科举功名，而《西厢

---

① 王季思主编：《中国十大古典悲剧集》，上海：上海文艺出版社 1982 年版，第 56 页。
② 王季思主编：《中国十大古典悲剧集》，上海：上海文艺出版社 1982 年版，第 94 页。
③ 王季思主编：《中国十大古典悲剧集》，上海：上海文艺出版社 1982 年版，第 226 页。
④ 王季思主编：《中国十大古典悲剧集》，上海：上海文艺出版社 1982 年版，第 336-337 页。
⑤ 王季思主编：《中国十大古典悲剧集》，上海：上海文艺出版社 1982 年版，第 243 页。

记》《牡丹亭》中的主人公虽在婚姻上背叛封建礼教，但仍热衷功名，而申纯把被迫应考作为获得爱情的手段，当自己的爱情受到摧残时，他毅然放弃了科举，为情而死。这里的申纯已经有了《红楼梦》中贾宝玉的影子了。这与明代中晚期资本主义生产关系的萌芽，以及个性解放、市民阶层壮大、反封建要求高涨的现实有关。清代李玉的《清忠谱》第二十折《魂遇》中，写了东林五英杰与市民周顺昌之六魂相遇，分别受封为五方功曹和应天府城隍的事，第二十一到二十五折中，描写魏党倒台、东林再起，周顺昌家和颜佩韦等人得到表彰，人心大快而结束。清代洪升在《长生殿》的最后一折《重圆》中，写了李隆基和杨玉环在月宫相会，并奉天帝之命到仙境天宫永为夫妻之事。可见，封建王朝内的真正爱情属于在天国而不属于人间。清代孔尚任的《桃花扇》写了李香君、侯方域与权奸马士英、阮大铖之间的斗争。最终，侯、李二人断了儿女情长转而"入道"。① 清代方成培的《雷峰塔》写了白娘子、许仙、小青与法海之间的斗争，最后以"佛圆"收场。许仙出家，白娘子被镇于雷峰塔下，但其子许士麟高中状元，祭塔探母，与表姐"结婚"，皇帝封赠许士麟父母，他们同呼"愿吾皇万岁、万岁、万万岁。"法海奉佛旨赦放白娘子，原因是白娘子被镇塔底廿余年，灾限已满；儿子祭塔，孺慕之诚，数年不懈，我佛慈悲。于是作结道："一切众生，皆有佛性，能忏罪则见晛俱消。士有百行，以孝为先。"白娘子成仙升天。清明节许士麟夫妻塔前祭扫母子团圆。② 剧中，佛、圣（皇帝）共英明，佛恩、佛旨，圣恩、圣旨齐光辉，灵肉二界均被管束。这就是古代中国人的生活空间和精神空间。可见，中国古典悲剧里的大团圆结局寄托了人们的美好愿望。

当然，这种结局圆满的悲剧，在西方古典文学中也不少见。例如，埃斯库罗斯的《被释的普罗米修斯》中普罗米修斯与宙斯和解，埃斯库罗斯的《带火的普罗米修斯》中人与神和解，莎士比亚的《罗密欧与朱丽叶》中家族和解。文艺复兴时期的意大利批评家和法国早期理论家一般也都赞同悲剧可以有圆满结局。这种大团圆结局技巧为喜剧性情节在悲剧作品中找到了存在的位置。当然，西方悲剧作品的结局更多的是亚里士多德所提倡的"单一结局"而非显示"正义"的双重结局。

中西方悲剧结局安排上总体的不同倾向性，除了与中西方各自的哲学观念、时间观念、宗教观念、民族文化心理因素的不同有关外（后面将对

---

① 王季思主编：《中国十大古典悲剧集》，上海：上海文艺出版社 1982 年版，第 930-931 页。

② 王季思主编：《中国十大古典悲剧集》，上海：上海文艺出版社 1982 年版，第 1036-1039 页。

此有专门论述），还与中西方的文艺功能观不同有关。在中国，文艺作品的创作和接受是重要的社会生活，历代统治阶级和老百姓都很看重文艺，而且多认同文艺与社会生活之间存在着密切乃至对应的关系。因此，文艺在中国从来就不单单是纯粹的语言艺术，而是蕴涵着极为丰富的现实社会指涉、伦理教化导向乃至政治意蕴，功利色彩较浓。而在近代以来的西方，文艺相对社会具有较大的独立性，因此，文艺与社会之间的张力关系就比较强劲，文艺对社会有其相对独立的叙述立场。中西方悲剧在结局的安排上总体的相对倾向性不同，但两者的叙述旨归是相同的，都追求真、善、美，反对假、恶、丑。

（二）思想内容方面

从上面所引述的中国十大古典悲剧的情况来看，其基本主题是"忠""孝""节""义"。这投射出的是个体对于群体、对于社会、对于等级、对于秩序的服从。反观西方古典悲剧性作品，我们看到的更多是对既有秩序的怀疑和解构。同时，中国古典悲剧性作品中的主人公多为忍受者和被动反抗者，很少有主动挑战者。因而，中国作品中悲剧性的和解往往借助于外力或美好愿望。而且，为了"戏"味足，中国古典悲剧性作品往往集众美（丑）于一身，扮相与人物品格（性格）高度一致，使得中国古典悲剧性作品一般具有较强的符号化和象征化色彩。当然，就中国古典戏剧而言，杂剧和南戏在题材主旨的侧重点上还是有所不同的。杂剧主要揭露社会黑暗、贪官污吏的罪恶，追求爱情自由。南戏多是家庭伦理与婚姻变故的悲剧。中国十大古典悲剧多取材于现实生活，只有《雷峰塔》以神话故事为题材。这表明，中国古典悲剧性文艺更多关注现实问题的解决。

根据前面的研究，"悲剧性"兼具批判和歌颂、揭露和弥合等多对双重功能，它们在中西方古典文学中的具体表现是有侧重性和细微差异的，不是绝对的对比。概言之，西方文学中的悲剧性在暴露和弥合的张力结构中更突出暴露，它是为了暴露而弥合，是为了建设新的秩序，批判揭露旧的秩序，因而矛盾冲突尖锐激烈，人物的抗争精神明显，结局也多一悲到底。而中国古典悲剧性文学中的悲剧性是在揭露和弥合之间寻找一个平衡点，倾向于弥合，是为了弥合而暴露，不是要在根本上跳出既有秩序之外，而是要在旧有秩序根本不变的前提下对旧有秩序进行改良和小修小补，因而多美刺之作，也就是"哀而不伤""怨而不怒"，小讽刺，大肯定。这自然使得中国古典文学中悲剧性冲突的张力较弱，结局也多"大团圆"，人物也比较缺少水火不容的抗争精神。中国古典文学中的悲剧性多有伦理关怀，思考多指向社会生活空间，较少出现形而上的思索，也少有人对宇宙和社会中的位置、地位、作用、价值和意义等基本存在问题进行思考。中国古典悲剧性作品所要宣扬的伦理教化价值多通过忠奸、善恶、真假、美丑等二元对立思维来构建故事，相信善必胜恶。这种民族文化精神在当代文学中也有所表现。例如古华的《芙蓉镇》中的胡玉音（善、美）与李国香（恶、丑），鲁彦周的《天云山传奇》中的罗群（善、美）与吴遥（恶、丑）间的对立关系，成为这两部作品的基本结构原则和情节发展的逻辑动力。中国古典文学中的悲剧性从引发原因上看，多社会悲剧，少性格悲剧、心理悲剧、人性悲剧、私人生活悲剧和人本体悲剧。不少西方悲剧作品从伦理关怀导向了形而上关怀，较多思考的是关于人在宇宙和社会中的位置、地位、作用、价值和意义等基本存在问题。中国古典悲剧中多为普通人悲剧，有相当一部分是普通妇女的悲剧，当然也有英雄悲剧、帝王悲剧。西方古典悲剧多帝王悲剧、英雄悲剧，少普通人悲剧。这表明，中国古典悲剧文学相比西方古典悲剧文学更具民主意识和平民色彩；中国古典文学中的悲剧性作品较少贵族气息和宫廷色彩，而西方悲剧性作品则与之相反。

中西方古典文学中常见的四个母题充分表现了在思想内容方面悲剧性显现的民族文化特色。

弃妇母题。《诗经·卫风·氓》中的弃妇回忆了两人真心相爱、喜结连理的美好过去，想到了自己婚后辛劳操持使家庭富裕了起来，也怨恨丈夫见她年老色衰而抛弃她，然而在她看来，丈夫忘记了当年的承诺、不自我反思，也无可奈何（"反是不思，亦已焉哉"），她只能自己哀悼自己。她没有任何过激的想法，更别提行动了。中国《诗经》中的这位弃妇与古希腊悲剧《美狄亚》里的美狄亚两人虽然都有由被爱到被弃的共同经历，但美狄亚会奋起反抗乃至惩罚对方，而中国《诗经》中的这位弃妇却只有独自哀怨和接受事实。不过，到了明代冯梦龙《警世通言》中的"杜十娘怒沉百宝箱"中情况就不同了。官宦之子、燕京太学生李甲对教坊名姬杜十娘先爱后弃，将杜十娘卖给孙富，作品将原因归结为李父的反对和富商孙富的慕色离间。李甲抛弃杜十娘使她的生活理想和信念全部坍塌，但她也没有报复李甲的想法，而是催促孙富付与李甲金钱。就在大家以为她懦弱地接受此事时，她在船头将自己的贵重珍宝取出投到江中，怒斥李、孙二人后自尽。这也就是中国文学中弃妇的最激烈的抗争。故事最后用了鬼魂报应的写法安慰杜十娘。讲李甲"终日愧悔，郁成狂疾，终身不痊。孙富自那日受惊，得病卧床月余，终日见杜十娘在旁诟骂，奄奄而逝"①。这种结局或许可以从精神刺激的角度得到一点解释，但很明显，这是作者在警醒

———————————
① [明]冯梦龙编，严敦易校注：《警世通言》，北京：人民文学出版社1956年版，第475页。

世人、教化社会。京剧《秦香莲》和秦腔《铡美案》中的弃妇秦香莲的怨恨，因包公主持正义斩了陈世美而得以化解。这是典型的清官解脱模式。可见，中国文学中的弃妇母题多表现弃妇的悲惨遭遇，较少表现弃妇的报复式抗争，多以伦理感化规劝或者官府施压弃妇，使其回心转意，进而改变弃妇的悲惨命运。总之，在古代中国，妇女的命运大多还是掌握在男人手中，许多作品及其作者对此也是认同的。而西方文学中的弃妇母题多表现弃妇的主动抗争，表达的是妇女的命运要自己掌握。可见，女权意识和女性意识，在萌芽时间上西方要早于中国；在普及程度上，古代西方也比古代中国要高。

殉情母题。中国的《孔雀东南飞》、"梁祝"传说故事与莎士比亚的悲剧《罗密欧与朱丽叶》三部作品都表现了殉情这一母题。《孔雀东南飞》故事发生于汉末建安中，庐江府小吏焦仲卿妻刘兰芝遭到焦仲卿母亲的休弃，发誓不再改嫁，焦仲卿也不愿再娶，刘兰芝的父母和弟兄逼迫她嫁给太守家的公子，刘兰芝遵守誓约，于是投水而死，焦仲卿闻讯后也自缢于庭树。焦仲卿和刘兰芝殉情后，"两家求合葬，合葬华山傍"。坟上植有梧桐树，枝繁叶茂，双双化为鸳鸯鸟，夜夜相向悲鸣。"行人驻足听，寡妇起彷徨。多谢［警告］后世人，戒之慎莫忘"。① 这是在直接点明伦理教化的创作意图。焦刘悲剧、梁祝悲剧和罗朱悲剧，表面上看，都直接缘于封建家长的强行干预，但是，深层原因是不同的，封建家长（焦母、刘母、刘兄，祝父）的强行干预及其根深蒂固的包办婚姻观念在《孔雀东南飞》以及"梁祝"传说故事中，都是一种朴素而自然的社会生活习俗，尽管其中也有着对"官位"和权势的集体无意识的崇拜心理存在，但从总体上来说它们与政治权力之争干系较少，这从中国两部作品中主人公的社会地位可见。而在《罗密欧与朱丽叶》中，悲剧发生的根本原因是两个家族的政治权力争斗，这从作品中两个家族的械斗即可见出。换言之，殉情的罗密欧与朱丽叶是家族争斗的牺牲品。可见，把人们从家庭和家族中解放出来，使其真正成为独立、自主、自由而又具有家庭观念和人类意识的个体，依然是一个比较漫长的历史过程。三部文本的结局都是"和解"。其中，焦刘化为鸳鸯、梁祝化为蝴蝶，这是一种想象中的和解，满足了人们的美好心愿，但缺乏现实的基础，更多的是文人的一种美好理想。由此可见，中国旧社会中封建包办婚姻观念之根深蒂固、短时难以改变。而罗密欧与朱丽叶的悲剧源于双方家族的反对，最后以两个家族的和解结束。它批判了封建家族

---

① 王守华、赵山、吴进仁选著：《汉魏六朝诗一百首》，上海：上海古籍出版社1981年版，第48页。

的内讧和封建家庭的包办婚姻。这一题旨源于当时英国混乱的社会现实，也表露了莎翁的政治理想，即贵族统治阶层的团结对于国家和社会之重要，因而这一和解结局更具现实针对性。当然，它也表明了纯粹爱情之难得，以及爱情与社会之间存在着复杂的关系。另外，上述中国爱情悲剧中的主人公不是贵族（祝英台是祝员外的独生女，祝员外是个乡绅，他们家族对于国家层面的政治和社会生活的影响几乎没有），而莎翁爱情悲剧的主人公是贵族青年男女，双方家族对于国家政治和社会影响较大。但是，它们都是通过爱情悲剧来阐释"爱情"的社会学、政治学和哲学命题的。因此，仅仅从认识的横阔和纵深角度来看，它们之间并无高下之别。从审美角度来看，也是各有千秋。《孔雀东南飞》和"梁祝"故事以优美的词曲见长，《罗密欧与朱丽叶》以深刻细致的人物性格刻画见长。可谓花开异域，各具风姿。

复仇母题。纪君祥的《赵氏孤儿》是中国文学中的复仇悲剧，它将个人家仇汇通于国家之仇，进而演化归结为忠奸之争。中国文学中的这种忠奸之争的政治悲剧往往形成了一个模式：皇帝受蒙蔽、奸臣当道——忠奸较量，忠臣暂时失败——皇帝清醒、奸臣失败、旌表忠臣。中国文学中的善恶之争也与此类似，都是通过彻底否定一方而肯定另一方。这些与西方文学中的忠奸之争和复仇模式不同。后者或显现了斗争双方的片面性，如《俄瑞斯忒斯》；或揭示了人性的弱点，如《奥赛罗》《哈姆雷特》和《麦克白》等；或揭露现存制度的缺陷，如《人民公敌》和《玩偶之家》等。简言之，在此类悲剧性作品中，西方作品往往将悲剧性与人性以及人类的制度联系在一起，而中国此类作品则多将悲剧性与人的道德品质特别是极少数坏人的道德品质联系在一起，这表现了中国人思想深处有着那种大多数人都是好人的直觉体认。

断案认子母题。《灰阑记》包含着断案认子的原型。布莱希特的剧作《高加索灰阑记》的写作受到了中国元代李行道的杂剧《灰阑记》的启发。后者写包公断案的故事。《灰阑记》在19世纪三四十年代传入欧洲，1925年布莱希特在柏林看到这个剧的演出，他在20世纪40年代写了《高加索灰阑记》。布莱希特改造了这个故事，在情节上使用了"反设计"（与原型相反的情节设计）。旧俄时期的总督夫人在革命时逃亡，抛弃了亲生幼子，后者由厨娘抚养。后来，总督夫人要认领有财产继承权的儿子，发生了孩子的归属问题。于是便在地上画了一个圆圈，两位妇人都伸手来拉孩子。与元杂剧《灰阑记》相反的是，这回孩子不是判给了亲娘（不事生产的剥削阶级）而是判给了厨娘（劳动阶级）。因为，两次都不愿看到孩子受伤的是厨娘而不是亲娘。这里我们发现，元杂剧《灰阑记》强调的是自然血缘，是天然人性，而《高加索灰阑记》强调的是阶级性，也即洪子诚所评论的"阶级的共同性比血缘更重要"①。与《高加索灰阑记》相似的是，我国"样板戏"《红灯记》中的李玉和、李奶奶、李铁梅之间并没有血缘关系，但深厚的阶级情谊建立起了更加牢固和崇高的家庭。其实，《灰阑记》和《高加索灰阑记》有一个共同的立足点：普遍善良的人性是至高无上的。在《灰阑记》中，人性体现在亲娘身上；在《高加索灰阑记》中，人性体现在厨娘身上。她们之所以值得同情均源于此。血缘和阶级成了功能性元素，都可高举人性大旗。布莱希特在《高加索灰阑记》中使用了"戏中戏"的技巧以创造"间离"（verfremdung，英文 alienation）效果。在他看来，戏剧的主要功能不是娱乐，而是劝导，激发观众的思考、选择和行动。剧情安排服务于现实问题的解决。剧作开头，两个农场为一块地争吵不断，上面来人调解，让大家看一部叫《灰阑记》的戏。显然，布莱希特是想告诉演员和观众，剧场中演出的不是"真实"的生活，要打破幻觉，也就是要打破现实主义所营造的"真实"幻觉，让人们保持清醒的态度，意识到舞台与生活的距离，不要把戏剧跟生活混淆了。这与"审美距离说"的沉醉于文学艺术而远离功利生活的旨归是不同的，在"间离"中（舞台与生活的对比中），人们被启发对现实问题进行思考和判断。可见，断案认子母题在李行道和布莱希特笔下的不同表现，既源自二者有不同的时代问题这一因素，也源自二者不同的社会理想因素，李行道是为了维持以家庭血缘为基础的社会结构和社会秩序，而布莱希特则是为了肯定以阶级利益为基础的社会革命之合法性、合理性，也劝告人们，既然同属劳动阶级，就没有必要在利益上彼此争夺，而应相互理解与合作。

（三）审美风格方面

中西方古典悲剧性文学的第三点不同体现在审美风格上。大体上看，中国古典悲剧性作品较多哀婉柔美的审美风格，西方古典悲剧性作品较多刚烈雄壮的审美风格。这种不同，与各自的社会历史文化传统乃至生存环境不同有关。

张法先生在《中国文化与悲剧精神》一书中，从家国同构、天人合一、伦理中心的文化精神角度论述了中国悲剧更多显现出的是韧忍苦熬的深切悲哀，以及柔性美的基调。② 邱紫华先生在《悲剧精神与民族意识》一书

---

① 洪子诚：《问题与方法——中国当代文学史研究讲稿》，北京：生活·读书·新知三联书店 2002 年版，第 272 页。

② 张法：《中国文化与悲剧意识》，北京：中国人民大学出版社 1989 年版，第 168-169 页。

中从生存环境、宗教信仰以及中国人乐观主义的人生态度等方面论述了中国悲剧多"大团圆"结局的原因。[①] 他们的论述给笔者很大启发。概言之，中西方古典悲剧性作品审美风格的差异是由多种原因造成的。

生存环境不同。中国先祖的生存环境比较恶劣，北边是一望无际、寒冷干燥的沙漠，南面是瘴气弥漫、人烟稀少的荒野，西边是无法逾越的青藏高原，东边是浩瀚无边却暗藏杀机的太平洋，内有黄河、长江的不断泛滥。这使中国先祖们为了生存不得不与自然展开悲壮的斗争。"女娲补天""大禹治水""精卫填海""后羿射日""夸父追日"等神话和传说正是这一抗争精神的写照。但随着生存环境的逐渐改善，特别是魏晋后南方大开发，唐宋后国家经济中心南移，物质生活条件得到明显改善，全民族的开拓意识逐渐淡化，保土守成成为了民族的主导心态，民族的斗争意志自然也随之松懈。而古代西方人的生存环境长期以来总体上要比中国人的恶劣，大陆、海岛与海洋是他们的生存空间，险象环生，自然灾害较多。这培养了他们勇于抗争、积极应对挑战的精神。

生产方式不同。中国古代有着较为稳定成熟的自然农业生产方式，顺乎而不违背天时的生产是先民朴素的理性认识，这养成了适应型、顺从性、依赖性、被动性、保守性、稳定性的民族心理，也养成了追求和谐、协调、宁静、平淡的审美心理与审美趣味。而西方人却没有中国那样稳定的农业生产方式，他们有游牧、农业，特别是捕鱼和海上贸易等生产方式，这养成了他们勇于冒险、积极抗争、不安于现状的精神特点。

社会结构不同。中国封建社会是家国同构的社会，家庭是国家的缩微，国家是家庭的扩大，个人与国家的关系实际上就是个人与家庭关系的合理外推。奠基其上的血缘伦理就是"法"，守"礼"就是"守法"。这使民族心理更多倾向于顺从、和谐、被动，淡化了民众的反抗意识。与此相联系，中国人的个体意识淡漠。而西方社会在很长一段时间里是城邦社会，更多强调"公民"的社会性，突出个体的价值，从利益关系调整人与人、人与社会的关系，个人决定自己的事情，个体的自主、自决意识较强。因而，古代西方人的个体意识总体上较古代中国人要更强烈。西方人为个体利益而主动抗争的举动自然也就很平常了。

宇宙观不同。张法曾认为："中国文化的宇宙模式是一个追求安、和、久的农业社会的宇宙模式。……中国宇宙观的最大特点就是整体性，它的具体的规定性可概括为三点：（1）时空合一；（2）自然与历史合一；（3）

---

① 邱紫华：《悲剧精神与民族意识》，武汉：华中师范大学出版社2000年版，第326页。

天人合一。"① 可见，中国古人是用大整体观、大宇宙观来看待一切的。西方文化中，希腊人认为时间是循环的；基督教认为时间是直线性前进的；在黑格尔看来，"历史绝不是重演它自己；它的运动不是在循环中而是在螺旋中前行的，表面上的重复总是由于获得了某些新东西而有不同"②。可见，在黑格尔那里，历史的螺旋前行兼具循环性和直线形。总体上，西方人多认为历史和时间是一条直线，而中国文化中的历史和时间则是一条循环之线。前者决定了西方悲剧冲突多是正反之冲突，较少有回旋的余地，因而其结局多是一方被杀或者双方横尸舞台，多悲壮、惨烈之感；后者决定了中国悲剧艺术缺乏西方悲剧那种尖锐、激化的矛盾冲突，也缺乏惊心动魄、大起大落的激情，更多的是缠绵悱恻、悲苦、哀愁的柔性美，不同于西方悲剧的刚烈美。循环论又孕育了乐观主义的人生态度，"否极泰来"是这一哲学思想的伦理化表述，中国悲剧艺术的"大团圆"结局正是这一思想的象征性显现。与此相协调，中国哲学是反二元对立的，这孕育了"对立而不对抗"的和谐思想。西方传统文化强调二元对立、矛盾冲突，这孕育了矛盾对立冲突的斗争思想。

　　宗教信仰状况不同。西方人大都有着浓厚的宗教传统，因而，其悲剧作品往往走向了形而上的关怀。而中国人的"终极关怀"多不是宗教的，而是道德的或人生哲学的，因此其悲剧性作品往往走向了形而下的伦理教化。李泽厚认为："中国哲学所追求的人生最高境界，是审美的而非宗教的。西方常常是由道德而宗教，这是它的最高境界。"③ 钱穆认为中国文化经历了"宗教而政治化，政治而人伦化，人伦而艺术化"④ 的过程。总之，李、钱两位先生准确地看到了中国文化重现世人伦而轻宗教关怀的特点。在中国，宗教是服从、服务于现实生存、现实政治的，被伦理化或政教化了的，不像西方宗教与现实政治平行乃至有时会凌驾于世俗政权之上，进而形成一种对于世俗生活的超越和信仰力量的绝对性。宗教意识的淡漠使得中国人在现实中的善恶之争缺乏了超越其上的形而上意义支持，"抗争"也是有底线的，而不是像西方文化中的"绝对命令"那样，导致两败俱伤或者一方的死亡。

　　当然，上述这些因素在中西方文化传统中是复杂的、变化的。这里只

① 张法：《中国文化与悲剧意识》，北京：中国人民大学出版社 1989 年版，第 16-17 页。
② [德]黑格尔：《自然辩证法》，于光远译，北京：人民出版社 1984 年版，第 15 页。
③ 李泽厚：《李泽厚美学哲学文选》，长沙：湖南人民出版社 1993 年版，第 454 页。
④ 钱穆：《中国文化史导论》，北京：商务印书馆 1993 年版，第 82 页。

是概而论之，而不是对中西方文化的专门的系统比较。

此外，中西方悲剧性作品各自的审美风格也是复杂多样的。中国古典悲剧性文学中也有刚烈崇高的作品，如《窦娥冤》《赵氏孤儿》等。中国文学史上也不乏屈原、嵇康和李贽等人对于现实的彻底否定。面对君王昏聩、奸臣当道、世人内心迷糊的黑暗现实，屈原的独自清醒暗示了他孤独者的大悲剧。嵇康面对虚伪恐怖、政治迫害的黑暗现实，以"非汤武而薄周孔"的立场、以"越名教而任自然"的主张反对司马氏集团言行不一的虚假的礼乐教化，显现出了勇毅果敢的抗争精神。李贽公开以"异端"自居，猛烈抨击孔孟之道，反对"以孔子之是非为是非"，大胆批判宋明理学，认为"存天理，灭人欲"是虚伪的说教，主张"穿衣吃饭，即是人伦物理"，支持经世致用，以"绝假纯真"的"童心"书写天地文章。① 李贽所言惊世骇俗，彻底否定中国封建统治阶级赖以维持其统治的精神支柱。嵇康、李贽的大胆叛逆的思想，实质性地威胁到了统治阶级的统治，因而他们遭到杀害也是必然。

西方古典悲剧性文学中也有哀婉柔美的作品，如《特洛伊妇女》《特拉喀斯少女》《少年维特之烦恼》等。而且，在西方文化圈内，各民族、各国家文学中的悲剧性显现也有所不同。仅从文学表达上来看，伏尔泰认为，"词藻的华丽、隐喻的运用、风格的庄严，通常标志着西班牙作家的特点。对于英国人来说，他们更加讲究作品的力量、活力和雄浑，他们爱讽喻和明喻甚于一切。法国人则具有明彻、严密和优雅的风格。他们既没有英国人的力量，也没有意大利人的柔和，前者在他们看来显得凶猛粗暴，后者在他们看来又未免缺乏须眉气概"。② 因而，西方文学也不是高度同质的，而是各有其特点。这样一来，上述对于中西方古典文学中的悲剧性的比较，也仅具有相对的、大致方向上的参考意义，而不是最终之具体结论。具体到某国、某位作家的某部悲剧性作品与中国某位作家的某部悲剧性作品的比较，那还需要更为具体的分析研究。

从上面的描述可见，文学中悲剧性的显现有着民族文化的色彩，也折射着人类社会历史发展的某些特点。

---

① 辞海编辑委员会编：《辞海》（文学分册），上海：上海辞书出版社1981年版，第83页。

② ［法］伏尔泰《论史诗》（1733），见伍蠡甫主编：《西方文论选》上卷，上海：上海译文出版社1979年版，第323页。

第二节　不同体裁文学中的悲剧性

悲剧性在文学中的显现是否会受到文学体裁的影响呢？如果有，它表现在哪些方面？本节将探讨这个问题。

体裁是表达作品内容的具体文学样式。体裁包含两层意思：第一层意思，体裁是作品的形式，是形式的最外层，是针对作品自身的形式与内容的关系而言。第二层意思，体裁是一种文学分类概念，不是纯形式的概念，是特定种类文学内容与形式的统一体。本书是在第二层意义上使用"体裁"这个概念的。关于文学体裁的分类，本节主要沿用"三分法"，即把文学体裁依据塑造形象的不同方式划分为叙事类、抒情类和戏剧类。我国"五四"以后流行的"四分法"把文学作品划分为诗歌、小说、散文和戏剧，基本上是根据文学发展的实际情况而划分的。散文是一种形式自由、题材自由、笔法灵活的文学形式。它可叙事而不求事件完整，它可写人而不求形象鲜活，它可抒情而不求合辙押韵，它可说明而有实用性，它可议论而事关百姓情怀但又不同于纯粹应用文，有用而不失文学艺术之美。散文重在表现作者的生活感受，所谓借景抒情、托物言志、因事明理，强调真实性。因此，悲剧性在散文中的显现就很灵活，点旨之语、情感基调、故事结局、人物命运、意象意境、题材意趣等方面都可能蕴涵着独特的悲剧性体验。对其的具体分析，可以根据散文作品的具体情况归并到相近的叙事类或抒情类作品中的悲剧性分析框架进行分析评价。下面，本节将分别探讨戏剧类、叙事类（小说）和抒情类（诗歌）作品中的悲剧性显现的特点。

一、戏剧与小说中的悲剧性

戏剧与小说是两种文学体裁，各有其特点；同样，戏剧与小说中悲剧性的显现也受其体裁形式的制约表现出各自的独特性，理应对它们分开论述。但由于传统的小说与戏剧都有人物、情节和环境这三大要素，现代和后现代的小说和戏剧大都呈现出人物符号化、情节淡化、环境象征化等特点，因而将小说与戏剧中的悲剧性显现情况进行比较分析不但是可行的，而且可以更加明晰地把握两者各自的特点。

戏剧文学是舞台戏剧艺术的构成与衍生。这使得戏剧文学是文学叙述性与舞台戏剧性的融合。因此，黑格尔认为："戏剧无论在内容上还是形式上都要形成最完美的整体，所以应该看作诗乃至一般艺术的最高层。"① 传统的舞台戏剧性的主要特点是它的物理时空的有限性、受众（观众）的当面性、戏剧人物的角色与演员的双重性、演示（表演，showing）而非讲述（telling）的呈现方式，这些使得戏剧文学与现实真实之间的关系较小说更为直接和复杂，虚拟似真，演员的言行不可违背生活逻辑，不能引起观众对于表现真实性的怀疑，否则，戏剧就难以演下去。戏剧演出物理时空的有限性以及观众观剧时注意力只能集中于一定时间的特点，要求戏剧文学须具备集中性、概括性、抽象性、象征性，如人物、事件、时间、场景应尽可能高度集中，避免不必要的枝蔓。情节紧凑集中但不可过于复杂。戏剧要有一定的冲突甚至尖锐的冲突，因为现实生活中的各种矛盾被强化和突出了，这使戏剧内容具有活力，情节得以展开推进，能够吸引人。冲突有外在冲突（人与人、人与各种力量之间的冲突）和内在冲突（人物心灵深处的冲突），两者往往相互关联。外在冲突可以直接感染和吸引观众，内在冲突则使戏剧作品具有了人性的深度。当代英国戏剧理论家尼柯尔曾说："（一个剧本）只有当它把外在冲突与内在冲突结合在一起时，它才会在舞台上与文学领域中获得成功。"② 因而，戏剧是一种相当复杂的艺术，它要同时考虑现场观众和不在现场的读者，要既能吸引人又能震撼人。

在情节上，戏剧与小说也有不同。戏剧的情节是显情节（幕前戏）与隐情节（幕后戏）的统一。戏剧必须想办法让观众知道、想到、理解幕后的人、事。古希腊悲剧用报信人或传报人来实现。也就是说，戏剧情节是冰山一角，更集中和概括。而小说特别是长篇小说的情节长度和容量都大于戏剧情节，一般都比较完整生动。董健甚至认为"小说的情节全是显在的"③。不过，这话有点绝对了，小说的情节不全是显情节，也有隐情节。在戏剧中，结构即情节布局。德国学者古斯塔夫·弗莱塔克（Gustav Freytag，1816—1895）在其《论戏剧情节》中提出了戏剧情节的"五段法"，将情节分为开端（导入）、上升、高潮（顶点）、下落或反复、结局五部分，即著名的"金字塔公式"④。悲剧性戏剧的结构近似于五段法，但喜剧和正剧大多不是如此。以主人公的婚礼或死亡来结局是长篇小说与悲剧性戏剧手法的相近之处，传记小说或游记小说在结构上更似古典悲剧戏剧五段结构形式，如英国作家亨利·菲尔丁（1702—1754）的《汤姆·琼斯》（1749）写了汤姆经历各种险

① ［德］黑格尔：《美学》三卷下册，朱光潜译，北京：商务印书馆1981年版，第240页。
② ［英］尼柯尔：《西欧戏剧理论》，徐士瑚译，北京：中国戏剧出版社1985年版，第118页。
③ 董健、马俊山：《戏剧艺术十五讲》，北京：北京大学出版社2004年版，第127页。
④ ［德］古斯塔夫·弗莱塔克：《论戏剧情节》，张玉书译，上海：上海译文出版社1981年版。

情终于得到爱情的故事，法国作家阿兰-列内·勒萨日（1668—1747）的《吉尔·布拉斯》（1715—1735）写平民主人公从底层爬升到宫廷的经历，普希金（1799—1837）的《上尉的女儿》（1837）以主人公格利涅夫的个人遭遇为线索，再现了普加乔夫暴动的悲剧性历史。到了 20 世纪，戏剧的分幕已有很大变化，出现了情节淡化、多场剧、无场次剧等新的结构特点。悲剧性小说也越来越抛弃过去悲剧戏剧的五段结构。另外，小说、史诗中的叙事性情节多是"渐变"；而戏剧中叙事性情节多是"突变"①，且多有"发现"。因而，悲剧性戏剧情节多"突转"与"发现"，以曲折胜；而悲剧性小说的情节则比较平实，以类似于生活流的平实感和厚重感吸引人。

悲剧性戏剧中人物不可过多且要有主人公。但到了悲剧性小说里，焦点发生分化，悲剧性重负由好几个人共同分担，而不像悲剧性戏剧中那样将悲剧重负集中在悲剧主人公身上。这就导致，悲剧性戏剧中最主要刻画的人物是主人公，而悲剧性小说中则要刻画更多具有个性的人物形象，每个人都必须为自己负责，也明确自己的限度，知道自己与别人在故事内的相互关系至关重要（否则，作品就无法推进或半道结束）。这样，小说中的人物就不像史诗中那样充满英雄气概，也不像悲剧中那样充满激情（这是就传统悲剧尤其是就古希腊悲剧而言——引者），而是饱尝着生活的痛苦，内心的矛盾，这是一种更加成熟的生命状态。因而，卢卡奇说："小说是成熟男子气概的形式。"② 同时，这也使得悲剧性戏剧围绕主人公展开情节、表现人物。而小说可以用更多的人物，设置更复杂的关系，来对生活进行更加广泛、深入、细致的表现。因此，戏剧是简笔速写，小说是工笔细描。戏剧文学中许多人物不能同时出现，唯恐一部分人无事可为，或妨碍别人的行动，但小说中就没有这些束缚了，人物的行动有充分的时间、空间，只要符合可能性。因而，悲剧性戏剧是热血青年男子的艺术。悲剧性戏剧主要通过行动（动作）与对白来刻画人物性格。人物语言有对话、独白、旁白（角色暂时离开对话情境而转向观众或自己说话，并假定观众能听到对话，这主要用于表现人物心理，或嘲弄另一个角色）。人物语言要个性化，要有动作性、文学性和潜台词（思想性），如《雷雨》中梅侍萍的台词："你是平——凭什么打我的儿子""我是你的——你的打的人的妈"。两句中的"平"到"凭"、"你的"到"你的打的人的"，是对相互关系点破的欲言又止，人物内心的矛盾冲突以及为对方考虑的母性表现了出来。焦菊隐

---

① 参见［英］威廉·阿契尔：《剧作法》，吴君燮等译，北京：中国戏剧出版社 1964 年版，第29-31 页。
② ［匈］卢卡奇：《小说理论》，燕宏远、李怀涛译，北京：商务印书馆 2012 年版，第 76 页。在中国学术界，多译为"卢卡契"，另有少数学者译为"卢卡奇"，特此说明。

曾说："能够集中概括地说明人物内心复杂细致思想活动的台词，才叫作有行动性；能够叫人听了一句台词，就懂得了很多句存在于他心里而未说出来的话，这才叫语言有行动性。"① 戏剧语言的动作性是为了表达其欲望、意志、内心冲突等。小说由于有叙述者，因而不受时空限制，自由度大。小说可以多方面、细致地刻画人物性格（形象），可以直接描写人的心理与性格，写出深刻细微的内心体验。奥地利作家茨威格在《一个女人一生中的二十四小时》中通过对手部动作的细致描写来表现赌徒们不同的性格与心理活动。内心独白和意识流手法主要用于刻画小说中人物的内心世界，很少在戏剧中使用，但是，也有例外，欧里庇得斯的悲剧《美狄亚》在美狄亚杀子之前有一大段的内心独白，慈母的爱和弃妇的恨在她内心展开了激烈的冲突。同样，在莎士比亚的悲剧《麦克白》中，借助"独白"的形式表现了麦克白复杂的内心世界。《哈姆雷特》中"生存还是死亡"的独白，《李尔王》中李尔在暴风雨中的独白，也是如此。此外，从所占比例看，内心独白在小说中所占比例一般多于在戏剧中。例外的是，奥尼尔的悲剧《奇异的插曲》（1927）中内心独白不少，他用这种方式不仅记录了八个主人公的谈话，而且连续记录了他们的内心思想，他们由于彼此过于陌生而无法相互祖露。② 人与人之间的隔阂与孤独只有用独白、旁白的技巧来显现，这使戏剧语言进入了人物深广的内心生活，但是，这也会延宕剧情的进展。内心独白主要是说给观众听的，不是说给剧中人物听的。还有，戏剧中的"舞台提示"也具有动作性。但小说中的语言不都具有动作性。这就使得悲剧性戏剧更易导向"行动"，而悲剧性小说更易导向"思考"。这可以解释下面的现象：悲剧性戏剧在人的主体意识比较淡薄的古典时代能成为悲剧性文学的主导体裁，而悲剧性小说在人的主体意识比较强烈的近现代成了悲剧性文学的主导体裁。

戏剧由于演出时有布景和道具，因而环境描写比较简单，多是简单的提示，而小说一般要有逼真生动、细致入微的环境描写。例如，近代以前的西方悲剧与中国元杂剧、宋元南戏及明清传奇类似，极少见独立的景物和人物描写，因为景物描写已融入曲词，人物有自报家门，又有行当和化妆管着，无须再描写。然而，近代以来，一些戏剧也开始使用环境描写和人物描写。例如，曹禺在《雷雨》开篇就进行了环境描写，营造了压抑沉

---

① 焦菊隐：《导演·作家·作品》，见焦菊隐：《焦菊隐戏剧论文集》，上海：上海文艺出版社 1979 年版，第 19 页。

② 参见廖可兑：《尤金·奥尼尔获普利策奖的四部名剧》，廖可兑等：《美国戏剧论辑》（二），北京：中国戏剧出版社 1985 年版，第 23 页。

闷的气氛，预示着雷雨的到来，人物冲突的爆发；《雷雨》中对周朴园、梅侍萍、繁漪等人的形象描写十分出色，刻画出了他们的灵魂。

上述因素就使得传统戏剧中的悲剧性主要依靠主人公前后遭遇的反差对比来显现，也就是说悲剧性人物和悲剧性情节是悲剧性戏剧的关键要素；而小说中悲剧性的显现除依靠悲剧性人物、人物内心活动和悲剧性情节外，还可以依靠有悲剧性环境氛围的营造。

戏剧文学也具有叙述性特点。现在人们都承认，任何文学形式都是人与人之间的一种沟通交流方式，戏剧文学也不例外，它是编剧、导演、演员与观众之间的交流，它的媒介是演员的语言、形体和舞台环境（布景、音响、灯光等）乃至包括观众席在内的整个剧场环境。其中最主要的是编剧或导演借助演员和环境等因素与观众所进行的交流。上述因素使得戏剧的交流比其他文学的交流更为复杂。当代文学理论家巴巴雅·戈沃德在《讲述悲剧：埃斯库罗斯、索福克勒斯和欧里庇得斯的叙述技巧》的"序言"中提出：20 世纪 70 年代中期叙述理论开始被引入悲剧性戏剧文学的分析研究之中。[①] 他在该书的第一章第一节充分地论述了叙述理论可以适用于戏剧。他认为，小说中，叙述者（隐含的作者）向受述者（隐含的读者）讲述故事，故事中的人物充当了功能性的内在叙述者或内在受述者。由此形成了叙述者与受述者之间的复杂关系。"戏剧中的叙述者通常隐蔽在人物背后，……戏剧是戏剧性与叙述性符码的意味深长的混杂，这点起源于口头诗歌中。很显然，相比叙述，戏剧与现实具有更复杂和自相矛盾的关系。"[②] 这是说，小说和戏剧都是在讲故事，但是它们两者又有不同。小说中，是叙述者向受述者讲故事，外在的受述者是不在现场的，而内在的受述者有可能与内在叙述者重合(不同叙述框架层次)，也有可能与人物重合，这样，内在的叙述就可以与最外在的现实生活中这个叙述语境发生某种偏离或者不直接相关，也就是关系松散，其实也就是叙述自由；这种叙述自由就包括叙述者对于"时间""空间"处理的自由；同时，叙述者所讲述的内容都是已经发生了的，这就使得小说主要是一种"过去"艺术 。但在戏剧中，是演员在给观众演故事，这个表演者是在现场的，观众这个受述者也是在现场的，而叙述者是隐藏在演员所扮演的人物和情境背后的，由此限制了叙述者的叙述自由，而有血有肉的演员以自己的衣着言行等真实生

① Barbar Goward: *Telling Tragedy: Narrative Technique in Aeschylus, Sophocles and Euripides*. London: Gerald Duckworth & Co. Ltd. 1999. "Introduction" p.4.

② Barbar Goward: *Telling Tragedy: Narrative Technique in Aeschylus, Sophocles and Euripides*. London: Gerald Duckworth & Co. Ltd. 1999. p.9.

命创造了舞台上的现实，这种现实感是实实在在的，是"正在"或"现在"进行的，观众与演员之间也存在着实时的同步交流互动，这种实时交流就规定了戏剧与现实具有密切的关系，这就使得戏剧主要是一种"现在"艺术。由此导致，戏剧对于表演时间与题材时间的关系的处理有较高的要求。古希腊悲剧中，"时间"通过合唱队显现出来，由于演员主要表现"现在"，"过去"与"将来"就只好由合唱队引入。这在以情节见长的古代悲剧作品中比较常见。但在现代悲剧中，情况就有所变化。例如，阿瑟·米勒（Arthur Miller, 1915—2005）的《推销员之死》（1949）用了倒叙技巧，这是因为《推销员之死》是由叙事性自我（威利）联结的现代悲剧，而不是情节联结的古典悲剧。

可见，悲剧性戏剧与悲剧性小说在叙述性上最根本的不同是，小说中叙述者具有几乎无限的时空自由和叙述自由，可以穿越不同的叙述层次，而戏剧中的叙述者由于隐蔽于人物与情境之后，因而其叙述时空和叙述自由就极其有限。狄德罗在《论戏剧艺术》（1758）中曾说："家庭小说和戏剧之间的主要区别之一就是小说对于人物的姿态和动作可以描写到一切细微末节；小说作家可以用主要力量来描绘动作和印象，而戏剧作家不过顺便投下一言半语而已。"[①] 可见，小说是工笔细描，而戏剧是简笔速写，各有其优势和难度。其实，狄德罗的看法是符合大部分古典悲剧和古典小说的实际的，而不符合大部分现代戏剧的实际。现代戏剧中，已经可以对人物和环境进行描写了。

小说与戏剧中的叙述者的叙述自由度差异较大。小说中可以有作者的直接叙述乃至叙述者跳出文本之外直接向读者说话，即"插话"。例如，路遥《平凡的世界》中的"亲爱的读者们"，马原《战争故事》中的"读者朋友"，这些极似于中国传统评书中"说书人"的"各位看官"，提醒读者或者受众注意，或者与读者直接交流。萨克雷的《名利场》中有作者评注与读者交流。当然，也有人认为作者的这种说话冲动是作者小说叙述意识不够成熟的表现。而在戏剧中，"剧本要求每个剧中人物用自己的语言和行动来表现自己的特征，而不用作者提示……"[②] 也就是说，戏剧作者自己不能站出来说明也不能叙述为什么主人公如此说话及其行为的意义。简言之，传统戏剧是代言体的，作者借剧中人物说话，而不像小说、诗歌中那样作

---

① 文艺理论译丛编辑委员会编：《文艺理论译丛》第 2 期，北京：人民文学出版社 1958 年版，第151 页。

② [苏联]高尔基：《论剧本》（1933），见高尔基：《文学论文选》，孟昌、曹葆华译，北京：人民文学出版社 1958 年版，第 243 页。

者可以直接站出来说话，也不可能像小说那样直接写人物形象、分析人物心理，读者只能通过台词与少量动作提示认识人物。当然，也有例外或者说变通表达的情形。古希腊悲剧中的"合唱队"或"歌队长"兼具演员、观众乃至社会集体意识和智者的多重身份，如埃斯库罗斯《阿伽门农》中的合唱队充当了道德法官，可以代表作者发表看法。后来，古希腊悲剧中的合唱歌逐渐淡出悲剧，但其抒情性质被保留，也即作者表达看法的机会被保留，以各种诙谐、幽默、正义的形象出现，或者是看门人、掘墓者、仆人（侍从、仕女、丫环）、保姆、朋友、小人物、群众代言人、故事讲述者、故事内部听众，这一形象在 20 世纪美国剧作家桑顿·怀尔德（Thornton Wilder，1897—1975）的悲剧《小城风光》（*Our Town*，1938）中就是"舞台监督者"。全剧开始于他的介绍，结束于他的最后结束语；演出中，他既更换道具，又直接向观众说话，叙述、解释一些抽象概念和超自然的事物，还不用更换服装就扮演好几个次要角色，与剧中主要人物交谈。[①] 因而，《小城风光》中的"舞台监督者"就是作者的代言人。

　　相比西方古典戏剧，西方现代戏剧的叙述主体意识有所增强。这一重大变化最先被当代德国著名文学理论家彼得·斯丛狄（Peter Szondi，1929—1971，犹太裔，出生于匈牙利布达佩斯）在其《现代戏剧理论（1880—1950）》（1956 年初版）中给予了充分论述。斯丛狄指出，现代戏剧类似于史诗、小说和其他体裁，具有一个共同结构特征，即人们称为"叙事形式的主体"或者"叙事的自我"的东西。[②] 其实，戏剧的叙事性主体在中国元杂剧、明清传奇中就已经出现，他就是交代创作意图、剧情大意的"末"（中年男子而非女子）与"副末"，他们穿针引线，是作者的代言人。例如，元代纪君祥《赵氏孤儿》中，赵氏孤儿除奸报仇后，全剧结束。正末程婴用 ［黄钟尾］唱道："谢君恩普国多沾降，把奸贼全家尽灭亡。……这恩临似天广，端为谁敢虚让。"[③] 这是讲他的戏剧是为了歌颂圣君治世。明代高则诚《琵琶记》的结尾作者用"尾声"告诉人们，该戏的目的是"显文明开圣治，说孝男并义女"。[④] 告诫人们，只有男孝女义，社会才会好。清代李玉的《清忠谱》最终由副末称颂明君。作者之所以要如此讲，就说明当时社会生活中并不全是明君圣治、孝男义女，而是相反，这自然是一种悲剧性体

---

① 参见沈培锱：《桑顿·怀尔德和他的戏剧》，见廖可兑等：《美国戏剧论辑》（二），北京：中国戏剧出版社 1985 年版，第 48 页。

② ［德］彼得·斯丛狄：《现代戏剧理论》，王建译，北京：北京大学出版社 2006 年版，第 5-6 页。

③ 王季思主编：《中国十大古典悲剧集》，上海：上海文艺出版社 1982 年版，第 94 页。

④ 王季思主编：《中国十大古典悲剧集》，上海：上海文艺出版社 1982 年版，第 229 页。

验。可见，戏剧与小说都可利用叙事性主体表达自己的悲剧性体验。除此之外，小说中的悲剧性显现的又一个途径是叙述语调和聚焦视角。而借助叙述语调和聚焦视角来显现悲剧性在戏剧中也具有一定的可行性，但总体上没有小说那么直接和简便，因为过于外显的叙述语调和聚焦视角往往会使观众极易从戏剧接受情境中分神，从而中断戏剧接受或质疑戏剧本身。因此，借助叙述语调和聚焦视角来表现悲剧性，戏剧比小说难度更大，作者自然要把更多的舞台时空留给演员的表演，而不是留给作者的"插话"。

现代悲剧性戏剧和现代悲剧性小说对生活的表现是有差异的。当代美国文艺理论家穆瑞·克里格尔在《悲剧和悲剧眼光》（选自《悲剧眼光》，1960 年出版）中谈到，在我们的时代，悲剧只有在小说中才能找到，因为戏剧形式妨碍了我们对灾难的充分感受。① 克瑞格尔的深意是，小说抛弃了戏剧外在的夸饰感，逐渐生活化起来了。家庭、私人、个人内心中的悲剧性逐渐得到了发掘和表现。因而，笔者认为，从古代到近现代，悲剧性作品在题材域重心上的变化拓展到了"小"（家庭、个人、内心）和"大"（阶级、民族、国家、历史力量的较量、社会进程）两个核心。这一变化是与历史上主导性文学体裁由戏剧体到叙事体的整体的发展趋势相适应的。小说是一种个体消费，戏剧是一种集体消费。因此，特雷·伊格尔顿说："小说比戏剧更民主，因为它允许我们控制自己的参与。"② 也就是说，小说相对戏剧给受众留下了更多的参与空间，留有更广阔的期待视野。例如，契诃夫的小说《小公务员之死》，写一个下等公务员在剧院看戏时，打了一个喷嚏，自己感到唾沫星子可能溅到了前座的将军的秃头上，于是惶惶不可终日，先后五次找将军赔礼道歉，连续的烦扰，终使将军呵斥，小公务员因此被吓死。沙俄社会的等级制度本质可见一斑。小公务员内心的复杂活动显现了当时俄国社会生活的深广处，在不动声色中发出了最深沉、最强烈的批判。这部作品的关键就是小公务员的内心活动，小说表现它有优势，戏剧表现它则就比较困难了。

可见，现代小说中的"悲剧性"着力表现的是丰富、多样的生活中那些微小却容易被人忽视的生活痼疾、悲哀和不幸；而现代戏剧由于时空限制性、受众限制性、叙述者的叙述自由限制性等原因，只能以更有限的具体来表达无限的一般。于是，生活的危机性就成为现代戏剧所主要关注的"悲剧性"对象，而且要对其进行集中表现，这就对艺术安排提出了更高

---

① Murray Krieger: Tragedy and the Tragic Vision. In: Robert W. Corrigan, eds. *Tragedy*. New York: Harper & Row, 1981. pp.30-41.

② Terry Eagleton: *Sweet Violence*. Malden：Blackwell，2003. p.188.

的要求。

戏剧文学是客观叙事与主观抒情的统一。但是，就叙述性而言，戏剧的叙述性更具主观抒情性，可转化为外在动作或直接抒情；就抒情性而言，在小说中是片断，但在戏剧中则更集中、更强烈，它适应剧情与舞台演出的需要会适时外化为动作。这对悲剧性在戏剧中的显现提出了较高要求。古希腊悲剧的合唱歌与戏剧情节的高度统一证明了这一点。中国古典戏曲的曲白相间、相得益彰也证明了这一点。不过，需要说明的是，在中国戏曲中，"谁"有"曲"或"白"的资格，这可不是由角色性格决定的，而是由角色身份决定的。例如，在初期的元杂剧中，身份对于"曲""白"的制约规则被严格遵守。主角（正末［才子］、正旦［佳人］）可白可唱（曲），而且唱的是个人的内心情感，而配角（副末）只能白不能唱（曲）。可见，中国古典戏曲中角色的身份也影响了戏曲抒情性特点的具体表现。而在古希腊悲剧作品中，"歌曲"的承担者主要是"合唱队"这一群众团体。古希腊悲剧中，演员较少，难以分担更多的工作，于是"歌曲"就交给了"合唱队"去承担，其所抒之情是群体的情感，这样一来，"合唱队"所唱的歌曲就有了多种功能，如换幕、预告情节、提醒观众、安慰观众、与剧中人物对话，说出"思想"哲理，等等。可见，中国古典悲剧性戏曲和古希腊悲剧性戏剧中的抒情成分虽然各有不同的表现内容和特点，但角色身份的决定性作用还是一致的，这既是戏曲（戏剧）艺术的时空限定性所要求的，也是戏曲（戏剧）相较小说比较缺乏叙述民主性的一个体现。

总之，戏剧和小说是两种文体，悲剧性在这两种文体中的成功表现都要从不同文体的特点出发，同时又要考虑到时代变化因素，旨在给受众以深刻的悲剧性体验。

二、诗歌（抒情作品）中的悲剧性

悲剧性在诗歌中是如何显现的？这是与诗歌的特点紧密联系的。我们知道，诗歌的核心是氛围。诗歌的氛围主要靠意境（意象体系）和声韵格律节奏来营造。诗歌中的悲剧性直接表现为一种凄苦、苍凉、悲怆的氛围，最后落实在文本上还是声韵格律节奏和意境。

诗歌把人生和生命的悲剧性烘托给人感受。声律或音律是一种基本手段。我国的格律诗典型地体现了诗歌的音乐美。近体诗中，音乐性主要体现在字数相等的分行及句子中有规律的停顿而产生的节奏感，由字音平仄起伏的声调变化、语调变化和有规律的韵脚形成的流动而整饬的旋律感，表达出了丰富深刻的心理内涵。悲剧性在声律的表现上，主要体现为去声、低沉、滞缓的语调。朱光潜曾说："音律的技巧就在于选择富有暗示性或象征性的调质。比如形容马跑时宜多用铿锵急促的字音，形容水流宜多用圆滑轻快的字音。表示哀感时宜多用阴暗低沉的字音，表示乐感时宜用响亮清脆的字音。"① 很显然，朱光潜先生清楚地知道语言节奏、声音调质与人的情感之间的密切关系。郭沫若从自己的艺术实践中也发现了诗歌韵律与人的情绪情感之间的关系。他在《论诗三札》（1921）中提出，"诗之精神在其内在的韵律，……内在的韵律便是'情绪的自然消涨'。……内在韵律诉诸心而不诉诸耳。"② 可见，诗歌的韵律不是简单的艺术形式，而是人内在情绪有节奏的变化。音律的基本类型有双声、叠韵、叠音和押韵等。"爱而不见，搔首踟蹰。"（《诗经·邶风·静女》）一句中的双声"踟蹰"，恰切地表达了坠入情网的情人思念对方时的焦急、急切、惶惑、犹豫的心理状态。"彷徨忽已久，白露沾我裳"（曹丕《杂诗》其一）一句里，叠韵"彷徨"传达了主人公内心的徘徊、苦闷、焦虑、犹豫、迟疑、孤单。"行行重行行，与君生别离。"（《古诗十九首》）连用两对叠音，在循环往复中表达了主人公别离时的痛苦、无奈、沉重的心情，以及对路途遥远、行路艰辛、各在天涯的忧虑。"寻寻觅觅冷冷清清凄凄惨惨戚戚。乍暖还寒时候，最难将息。……梧桐更兼细雨，到黄昏、点点滴滴。这次第，怎一个愁字了得！"（李清照《声声慢》）此篇慢词具备了赋的铺叙特点，词气沉郁豪瀚，连用九对叠音（兼双声和叠韵），表达了词人内心无限绵延的凄凉、冷清、孤寂、空虚、无着无落、百无聊赖、苦闷、忧伤、悲愁、凄厉、不安、犹豫、悲哀、凄苦、悲戚、徘徊、幽咽、冷涩、凝滞之情。汉语中，平声悠扬、绵长，而仄声低沉、有力。因而，恰当地运用声韵格律，就会产生理想的表达效果。

意境表现悲剧性在诗歌中很常见。李白的《将进酒》，"君不见黄河之水天上来，奔流到海不复回。……天生我材必有用，千金散尽还复来……"抒发了李白忧愤悒郁而又不甘沉默的动荡心绪。陈子昂的《登幽州台歌》表面上是表达作者不遇知音、壮志难酬的人生感慨，深层则是在开阔的宇宙时空里抒发了人生的渺小、孤寂、悲怆和凄凉之感。张若虚的《春江花月夜》描写了春江月夜的景物以及人们月下思念对方的心情。该诗意境优美、情思深切。"春江潮水连海平，海上明月共潮生。滟滟随波千万里，何处春江无月明。……人生代代无穷已，江月年年只相似。不知江月待何人，

---

① 朱光潜：《诗论》，合肥：安徽教育出版社 1997 年版，第 153 页。

② 北京师范大学中文系文艺理论教研室编：《文学理论学习参考资料》（下），沈阳：春风文艺出版社 1982 年版，第 11 页。

但见长江空流水。……"诗人在古往今来、无限延展的宇宙时空里，感慨人生、生命的孤寂与悲凄。可美好的景物空自绽放，无人欣赏，真如姜夔所感喟的"念桥边红药，年年知为谁生。"(《扬州慢·淮左名都》)更是表达了诗人内心的落寞与悲苦，借乐景写出了深哀重愁。马致远的《【越调】天净沙·秋思》写道："枯藤老树昏鸦，小桥流水人家，古道西风瘦马。/夕阳西下，断肠人在天涯。"这首小令写了秋原旅人的情怀。开首两句看似写景，六种景物蒙太奇般连续出现，一幅秋野黄昏行旅图跃然纸上。黄昏时分，枯藤攀老树，写出了萧瑟苍凉感。树上几点寒鸦，未写其鸣声，缄默不语，摹状了生活凄凉、令人黯然神伤。地上一曲清溪，小桥横卧其上，不远处数椽幽静的茅屋，似有温暖感、家园感，反衬出了诗人的失意落魄。古道西风瘦马貌似写景，实写情。古道苍凉寂寥，西风萧瑟悲凉，瘦马疲惫无力。可谓古道吹西风，瘦马伴旅人。由物思人，瘦骨嶙峋、孤苦伶仃的老马不正是人生劳顿、仕途失意、孤寂无依的抒情主人公的写照么？这是画面的主要部分。"夕阳西下"写时间，"断肠人在天涯"才写到旅人及其心情。镜头向远推，远景，把前面三句所写之景全然置于"夕阳西下，断肠人在天涯"的大背景中，更显其寂寥、迷惘、惆怅、彷徨、失意、苦闷、无奈、愤懑之感，写出了"人"的渺小。秋天本来就容易引发人们的悲凉之感。李商隐在《乐游原》中曾说："向晚意不适，驱车登古原；夕阳无限好，只是近黄昏。"全诗发出了人生苦短、好景不长的感喟。相形之下，人在秋原、人在旅途、"人在天涯"更是一种深具丰富意蕴的象征。因而，笔者认为，末句"断肠人在天涯"中的"在"字写出了哲学意味：风云卷舒间，何人不是客？漫漫人生路，孤寂终相随。掩卷沉思，羁旅天涯人的秋日情怀款款流过我们的心房，我们似乎感到，被生活的巨手揉搓得失去了生机与活力的老人，骑着一匹瘦骨嶙峋的老马，行在十三世纪的秋日荒原，穿越历史的风尘，走向人类情感的深广处……马蹄声声，声声叩问，芸芸众生，永在旅途，何处是归宿？何日是尽头？何处安顿我漂泊的灵魂？这是一位彷徨孤寂的探索者的无言悲歌，更是我们每一个旅人的惝惝哀曲，不愧为"秋思之祖"。

　　情、景在中外优秀文学中都是合一的。清代学者王夫之曾说："情景名为二，而实不可离。神于诗者，妙合无垠。"① 近人王国维也说："一切景语，皆情语也。"② 艾略特的《荒原》第五章中有一个片断："……/那个能

---

① 王夫之：《夕堂永日绪论内编》，见郭绍虞主编：《中国历代文论选》第三册，上海：上海古籍出版社1980年版，第301页。

② 胡经之主编：《中国古典文艺学丛编（二）》，北京：北京大学出版社2001年版，第315页。

吐沫的，张着一副坏牙的死去的山口/这里人不能站，不能躺，不能坐/山中甚至没有宁静/只有没雨的，干枯的雷霆/山中甚至没有孤寂，只是阴沉通红的脸庞在嘲笑嚎叫/……"① 这个似乎由怪异的想象构造出来的"荒原"曾经被看作 20 世纪初西方社会的一个象征，充斥着无穷的厌倦、无聊、枯竭、逼仄、死亡和绝望，到了连空虚的宁静和孤寂都不可得的地步，更难奢求一丝生机，自然也没有了人的存在。深切的感情与独特的意象紧密结合，使此诗具有相当高的悲剧性感染力。今天再读此诗，我们感到艾略特不只是为 20 世纪初的西方社会和文明忧虑，而是为人类社会和文明忧虑。

总之，诗歌（抒情作品）表现悲剧性主要靠氛围的营造。

上面的分析启示我们，文学中悲剧性的表现应适应不同体裁的特点。因为艺术体裁是一种具有历史、文化韵味的情感形式。悲剧性也是一种情感，它要借助具体的艺术形式、艺术体裁来显现，自然要适应具体体裁的特点，符合其要求。

第三节　作为艺术要素的悲剧性

苏联美学家鲍列夫认为，"在 19 世纪的批判现实主义中（狄更斯、巴尔扎克、斯汤达、果戈理等人），非悲剧性格成为悲剧情况的主人公。……所以，悲剧作为一种体裁在艺术中是消失了，但作为一种成分，悲剧却深入到艺术的一切样式和体裁之中，打上了人和社会无法容忍的不协调的烙印"②。鲍列夫这段话是评价 19 世纪批判现实主义文学的。他所讲的悲剧体裁在那个时期的艺术中消失了并不符合实际；但他指出悲剧作为一种成分深入到一切艺术形式之中则是正确的，这也印证了笔者的判断，即悲剧性作为一种艺术要素愈来愈引起了人们的注意。那么，悲剧性在文学中以哪些艺术要素形态出现呢？

概言之，作为艺术要素的悲剧性在文学中常常表现为悲剧性主旨（对于人的内外生存困境的深切关注，强调人生、人性和生命的缺憾性）、悲剧性结构（情节的开端、发展 [苦难]、高潮、下落、结局 [毁灭、失败]）、悲剧精神（人物的抗争精神、担当精神）、悲剧意识（人物、作者、受众的生命悲剧意识）、悲剧性人物（具有悲剧意识和悲剧精神的人物形象）、悲

---

① ［美］威廉斯·W.（Williams. W）等：《外国诗》第一册，袁绍奎等译，北京：外国文学出版社 1983 年版，第 101 页。

② ［苏联］尤·鲍列夫：《美学》，冯申、高叔眉译，上海：上海译文出版社 1988 年版，第 86 页。

剧风格（作品的审美风格：悲凉、冷峻、严肃、庄严、崇高、凝重、琐屑）等方面。本节将研究悲剧性主题、悲剧性情节和悲剧性抒情。为了使论述更集中，在概括地探讨这个问题的同时，本节比较关注喜剧性艺术中的悲剧性因素。这是因为，喜剧性艺术的主导情感基调是喜剧性，悲剧性在喜剧性艺术中是作为艺术要素而存在的，影响着作品整体效果。所谓"喜剧性"是指事物或人物内在的"反对性"关系（例如语言大行为小），也即《中国十大古典喜剧集·序言》中所讲的"喜剧的本源是事物或人物性格的矛盾性"[①]。这种反对性的关系并不会让人感觉是无可弥补的永恒损失。可见，"矛盾性"是悲剧性与喜剧性的共通之处，悲剧性指向无可弥补的永恒损失，喜剧性指向可以弥补的暂时损失。因而，悲剧性与喜剧性既有相通之处也有差异之处，可以并存，而非水火不容。苏珊·朗格也说："在每一个人类机体中，这两种节奏都是并存的。"[②] 于是，喜剧性艺术中出现的悲剧性因素就更加具有认识的、情感的、美学的、艺术的价值。在与作品其他因素的相互联系对比之中，作为艺术要素的悲剧性更易显出其特质。下面，我们具体分析作为艺术要素的悲剧性的显现及其作用。

一、悲剧性主题

悲剧性主题是指引发人们产生了悲剧性体验的文学主旨。悲剧性主题既可以是一个片段的，也可以是一部作品的。

作为一个片段主题的悲剧性，它虽然不一定完全与作品主题一致乃至主导整个作品，但它往往会把作品认识世界的深刻程度在某个问题上、某一角度上提升到更高的层次，给人们留下深刻的印象。例如，古希腊悲剧作家索福克勒斯的悲剧《俄狄浦斯王》的结尾，俄狄浦斯与众人退场，歌队长总结俄狄浦斯的一生时说了一段话，其中有"思想"片段："不要说一个凡人是幸福的，在他还没有跨过生命的界限，还没有得到痛苦的解脱之前。"[③] 换言之，在《俄狄浦斯王》中的歌队长看来，人生是痛苦不幸的。这一悲剧性主题片段，稀释了观众的痛苦，使观众理解、接受并超越了前面的悲惨情节，进而领悟了人生，明白真理来自苦难。这样，这个悲剧性主题片段就以悖逆的形式丰富和深化了该剧作的"和谐"主题蕴涵。

作为作品主题的悲剧性在文学艺术中有不同的显现方式。

---

① 王季思主编：《中国十大古典喜剧集》，上海：上海文艺出版社 1982 年版，"序言"第 15 页。

② [美]苏珊·朗格：《情感与形式》，刘大基、傅志强、周发祥译，北京：中国社会科学出版社 1986 年版，第 420 页。

③ 罗念生译：《罗念生全集》（第二卷），上海：上海人民出版社 2004 年版，第 387 页。

　　有些作品主题的悲剧性是融化在艺术形象中来显现的。这在抒情诗、哲理诗和杂文中比较多见。例如，柯岩的《周总理，你在哪里？》全诗运用呼唤句式"周总理，我们的好总理，/你在哪里呵，你在哪里？/"领起，分别对着"高山""大地""森林""大海"呼喊，得到的回答都是"他刚离去，他刚离去"，再现了周恩来总理为了中国人民能过上美好生活而日理万机的伟大形象。当抒情主人公把视线从整个世界移回到祖国的心脏北京并再次深情呼唤时，得到的回答是："呵，轻些呵，轻些，/他正在中南海会见外宾，/他正在政治局出席会议/……他就在这里呵，就在这里！/——在这里，在这里，/在这里……/你永远和我们在一起/——在一起，在一起，/在一起……"① 诗作在空间转换和时间停止的这一特定历史时空里，表达了包括中国人民在内的全世界人民对于周恩来总理逝去的无比悲痛、深切哀思和永远怀念，表现了周恩来总理为人民革命、建设与和平事业呕心沥血、鞠躬尽瘁、死而后已的伟大人格和崇高精神。全诗是在悲悼一位恩泽世界的历史伟人，同时也是在颂扬一种伟大的奉献牺牲精神永存天地人间。因此，诗作在深哀重悲里迸发出了坚强雄壮的磅礴力量和中国人民自强不息的民族精神。正因为蕴涵着这一独特的悲剧性主题，这首诗歌才超越了时代而成为永远的经典。苏轼的《题西林壁》写道："横看成岭侧成峰，远近高低各不同。不识庐山真面目，只缘身在此山中。"诗作以描叙庐山景色入手，从正面侧面、高低远近看到了庐山的不同景观，诗人的高妙之处在于他超越了一岭一峰、一丘一壑的局部所观，而阐发出了在庐山之外方识庐山真面目的哲理。在笔者看来，苏轼似乎还表达了另一层意思，局部真理的可得与整体真理的不可得，也即人类的认识能力既是无限的也是有限的。字里行间，隐隐升起一丝丝清冷气息。这一悲剧性主题是这首诗歌韵味悠长、成为哲理诗典范的主要原因。鲁迅的杂文《现代史》把从五四时期到 20 世纪 30 年代的中国现代史比喻为统治阶级"变戏法"和老百姓"呆头呆脑"地看"变戏法"，与人教猴子、狗熊玩戏法和人变戏法只是为了要钱一样，统治阶级为了自己的利益而不顾老百姓死活。鲁迅的深刻之处在于他发现，许多年间统治阶级总是搞"变戏法"行骗这一套，其间不过沉寂几日，而老百姓却也总是旁观，于是，几十年的中国社会就成了"不死不活"的东西。中国现代社会是统治阶级行骗和老百姓被骗的社会，这一独特、深刻的悲剧性主题深化了人们对于中国现代社会本质的理解。

　　有些作品主题的悲剧性是通过作品中人物语言、叙述人语言、人物命

---

　　① 柯岩：《周总理，你在哪里？》，《人民日报》，1977 年 1 月 8 日。

运和结局来显现的。这在叙事类和戏剧类作品中比较常见。例如，托尔斯泰的小说《复活》中的玛丝洛娃面对忏悔并再度求婚的聂赫留朵夫怒斥道："你今世利用我作乐，来世还想利用我来拯救你自己！"① 这段话表明了被侮辱被损害者在当时俄国社会里无可逃脱的悲惨命运以及旧俄上层社会的欺骗人、残害人的罪恶本质。曹雪芹的小说《红楼梦》第一回借叙述人之口道："浮生着甚苦奔忙，盛席华筵终散场。悲喜千般同幻泡，古今一梦尽荒唐。"② 小说表达了人生如梦空的悲剧性主题。这一主题为理解整部作品乃至整个封建社会提供了一盏明灯。鲁迅的小说《故乡》中，曾经聪明活泼的少年闰土变成了神情麻木、寡言少语的成年闰土，对"我"一声"老爷"的称呼里，饱含着作者对中国封建社会等级森严的批判，以及对于农民悲剧性命运的同情。陈忠实的小说《白鹿原》的结尾，白嘉轩腰弯了、眼瞎了，白灵牺牲了，朱先生去世了，黑娃被冤杀了，岳维山被枪杀了，鹿子霖疯了，白孝文被抓了等待人民审判……不同政治倾向和道德修养的人在历史巨变中纷纷远去。看来，历史的长亭是如此冷清凄凉，历史的进步的确是以血和火为代价的。

　　有些作品主题的悲剧性蕴藏在作品的喜剧性风格之后。例如，王蒙的《恋爱的季节》（1951—1953 年）、《失态的季节》（1958—1961 年）、《踟蹰的季节》（1962—1963 年）和《狂欢的季节》（1963—1976 年）等"季节四部"表现了 20 世纪中国革命知识分子的悲剧性人生。这组小说最主要的语言特色是杂体狂欢：白话、成语、怪话、古代诗词、现代诗歌、民间俚语、流行谚语、流行口号、政策条文、苏联歌曲等夹杂在一起，使得作品具有了一种喜剧性风格。在《失态的季节》中，有一个总务科长朱可发，一贯倚老卖老，爱发牢骚讲怪话。作品写道："这次没想到人们较了真，把他的'不打勤的不打懒的只打没眼的''不干不干二斤半''老革命不如新革命，新革命不如反革命'……也都严整揪出来摆在台面上当作右派言论来批。当群众问他认不认罪的时候，每次他总是回答：'我认了这壶酒钱了。'大家一听，不仅哗然。'什么态度，什么叫一壶酒钱？这是大是大非的问题敌我的问题，怎么成了一壶酒钱的事？什么意思？你是说谁谁喝了酒不交钱就让你交吗？'……"③ 朱可发当右派这一悲剧性事件被作者用杂体语言（牢骚话、北京土话、革命批判话、地方话等）处理成了喜剧。其实，在这一喜剧性形式后面，隐含了作者无尽的悲愤和控诉。人物悲剧性命运的

① ［俄］列夫·托尔斯泰：《复活》，草婴译，北京：外文出版社 1997 年版，第 214 页。
② 曹雪芹、高鹗：《红楼梦》，北京：人民文学出版社 2000 年版，第 1 页。
③ 王蒙：《失态的季节》，北京：人民文学出版社 2003 年版，第 65 页。

喜剧化表现，增强了悲剧性主题的批判力度，同时，也使喜剧性作品具有了深切的人性关怀。与此相类似，电视剧《刘老根》以喜剧的形式对中国当代农民在现代化进程中的悲剧性予以了严肃观照。如果去掉了该剧中这一悲剧性关怀，那么，本剧就将大大失去感染力。"黑色幽默"也可作类似观。可见，悲剧性主题使喜剧性艺术与悲剧性艺术具有同等的严肃品格。因而，喜剧艺术也可以有悲剧性主题。

有些作品主题的悲剧性是通过统驭喜剧人物而显现的。例如，莎士比亚的历史悲剧《亨利四世》上、下篇和《亨利五世》中都有个喜剧人物福斯塔夫，他是一个破落的封建贵族，也是一个军人，他的身上具有英国从封建社会向市民社会过渡时期的许多寄生虫的特点：酗酒成性、沉迷声色；怯懦胆小，毫无军人荣誉感；享受生活，不思进取。莎士比亚通过对福斯塔夫破落生活的展示，为历史变迁中封建贵族不可避免的衰落唱了一曲挽歌。

总之，悲剧性主题既可以是片段的，也可以是整体的，或支持或统率作品，深化了人们对人性、对社会的认识。

二、悲剧性情节

悲剧性情节是指引发人们产生了悲剧性体验的情节，它是叙事类和戏剧类悲剧性艺术的主体骨架，舍此，它们无以成为悲剧性艺术。对此，前面已有充分论述，此处不再赘述。这里主要分析非悲剧性艺术中的悲剧性情节的显现及其作用。

非悲剧性艺术如喜剧艺术中的悲剧性情节往往会使作品更加真实，显示出生活的丰富性和复杂性。例如，元代施君美的《幽闺记》中"抱恙离鸾""幽闺奔月"等悲剧性场景的出现，让人感到生活不是一味地花好月圆，而是有着困苦和不如意。这样一来，生活本身的真实性、丰富性和复杂性就显示出来了，而且，这还使作品最终喜剧性风格的形成有了坚实的基础。于是，这样的喜剧性是有严肃旨趣和生活蕴涵的喜乐，而不是浅薄、单调的傻乐和幼稚、幻想的愚乐。

非悲剧性艺术中的悲剧性情节往往会使作品更加深刻。例如，莎士比亚的喜剧《威尼斯商人》（1596）中的悲剧性情节即如此。该剧主要是讲威尼斯商人安东尼奥与犹太人高利贷者夏洛克之间因一磅肉的诉讼而展开的冲突，另外还讲了富家小姐鲍西娅选亲以及夏洛克的女儿杰西卡同罗伦佐的恋爱。冲突的最终结局是相对意义上的皆大欢喜，安东尼奥和夏洛克都毫发无损，两人都没有损失一点肉，也没有流一滴血，最关键的是夏洛克虽然败诉了但却保住了性命。这个喜剧结局的出现，之所以令人印象深刻，就因为作品在表现夏洛克的唯利是图、大肆盘剥等令人不齿的思想和行为的同时，在结局之前还写进了悲剧性的情节，即夏洛克因犹太人的身份在基督教社会里受到了欺凌和侮辱等不公平、不公正的对待。对此，作品是通过夏洛克之口予以充分表现的。这个角度本身就体现了作者对于夏洛克的同情和理解。最终，在法庭上夏洛克败诉了，他没有拿到自己想得到的利息；在家里女儿违背了他的意志与恋人携款私奔；在社会上大家都讥讽他、嘲弄他、批判他，认为他嗜钱如命。可很少有人去想，作为一个商人，在商言商，他的重利盘剥对他而言似乎也有某些可以理解之处。总之，夏洛克是一个彻底的失败者，作为商人、父亲和一个人的三重失败，因而他是一个悲剧性人物。他的悲剧性，是宗教歧视所导致的真理扭曲和捍卫尊严不可得的悲剧性。当然，也会有人不赞同这个判断。那我们请他换个角度想想，假如高利贷者夏洛克不是犹太人，他如何为自己辩护呢？法庭又会怎样判决呢？因而，这个作品对当时社会现实反映得相当真实和深刻，触及到了当时基督教的狭隘、霸权和歧视问题。莎士比亚剧作的悲喜融合的特点被马克思推衍到整个英国悲剧的特点的高度予以肯定。①

悲剧性情节在非悲剧性艺术如喜剧中可以起到对照和调节作用。例如，关汉卿的喜剧《救风尘》里，宋引章与安秀才订立婚约，不久她为恶少周舍的花言巧语所迷惑，在短暂的痛苦纠结之后，背弃了与安秀才的婚约而嫁给了周舍，但婚后饱受虐待，中间这一悲剧性情节反衬了此前安秀才对宋引章真情实意的好及其高洁品质，反照出了周舍的虚伪恶劣本性，促发了宋引章的回心转意，也预示了宋引章此后的弃暗投明。最终，在赵盼儿的帮助下，宋引章彻底摆脱了周舍而与安秀才结为夫妇，皆大欢喜。此前的悲剧性情节与最终的喜剧结局的对比表明，幸福生活来之不易，要倍加珍惜。就人物的情感历程来看，安秀才经历了喜—悲—大喜，宋引章经历了喜—小悲—中喜—大悲—大喜。可见，悲剧性情节与喜剧性情节可以相互对照，在悲喜互见中推动情节的发展；同时，也不断调节着作品的情感色调和节奏，使作品冷暖协调、张弛有度，作品情感强度不断推高，最终真爱赢得幸福花开，天人同乐。

悲剧性情节融入到喜剧艺术之中催生了"正剧"这一新的艺术形态。文艺复兴时期意大利剧作家瓜里尼（Battisa Guarini，1538—1612）在其《悲喜混杂剧体诗的纲领》中提出了"悲喜混杂"之说。18 世纪法国启蒙主义美学家狄德罗（Diderot，1713—1784）在其《论戏剧诗》（1757）中提出了

---

① [德]马克思：《议会的战争辩论》，《马克思恩格斯全集》第十卷，北京：人民出版社 1962 年版，第 188 页。

介于悲剧、喜剧之间的严肃剧种的理论。他认为严肃剧或者正剧，非悲非喜，亦悲亦喜。正剧是更加生活化的戏剧，人物更加个性化，题材更加广泛化。狄德罗在《关于〈私生子〉的谈话》中提出，"正剧犹如裸体素描，悲剧给人物穿上贵族、英雄的袍服，喜剧给人物穿上小丑、下人的衣衫，但重要的是，人永远不要在衣服下面消失。"① 狄德罗的话是有深意的。他是说，每一个人物都不能脱离生活，都要有自己的个性，都要表现出自己社会角色之外的那些尊严和人格，都要成为一个生气灌注的独特的生命体，而不是一个类型化的象征符号。

因而，悲剧性情节在非悲剧性艺术如喜剧艺术中的有机融合，使得喜剧艺术本身更具生机与活力，也把生活表现得更真实、更完整、更深刻，进而提高了喜剧作品的现实品格和思想深度。

三、悲剧性抒情

悲剧性抒情是指引发人们产生了悲剧性体验的抒情表现，可以是作品中的一个片段，也可以是作品整体；前者是本节所讲的作为艺术要素的悲剧性，而后者则是悲剧性抒情诗这类完整作品。本小节主要研究前者。

悲剧性抒情的方式多种多样。可以直接抒情，例如《王风·黍离》中有"知我者谓我心忧，不知我者谓我何求。悠悠苍天，此何人哉?"② 直率地抒发了诗人深广沉重的忧伤之情。可以因事抒情，例如白居易的《蓝桥驿见元九诗》中，先叙事："蓝桥春雪君归日，秦岭秋风我去时。"尔后抒情："每到驿亭先下马，循墙绕柱觅君诗。"③ 在平淡的征途记事里，抒发了诗人对人事变化的沉痛凄怆之情。可以借景抒情，例如杜甫的《绝句二首》（其二），先写景："江碧鸟逾白，山青花欲燃。"尔后抒情："今春看又过，何日是归年?"④ 诗人面对春末夏初的美景抒发了漂泊无归之感。可以托物抒情，例如王安石的《北陂杏花》中，先引出抒情所托之物"杏花"："一陂春水绕花身，花影妖娆各占春。"尔后抒情："纵被春风吹作雪，绝胜南陌碾作尘。"⑤ 抒写了诗人保全自己高洁人格的悲壮之情。可以咏史抒

---

① [法]狄德罗：《狄德罗美学论文选》，张冠尧等译，北京：人民文学出版社 1984 年版，第 93 页。

② 《王风·黍离》，余冠英选注：《诗经选》，北京：中华书局 2012 年版，第 72-73 页。

③ 白居易：《蓝桥驿见元九诗》，肖涤非等著：《唐诗鉴赏辞典》，上海：上海辞书出版社 2004 年版，第 898 页。

④ 杜甫：《绝句二首》（其二），肖涤非等著：《唐诗鉴赏辞典》，上海：上海辞书出版社 2004 年版，第 556 页。

⑤ 王安石：《北陂杏花》，管士光、杜贵晨选注：《唐宋诗选》，西安：太白文艺出版社 2004 年版，第 392 页。

情，例如刘禹锡的《乌衣巷》（朱雀桥边野草花）先写历史地点"朱雀桥""乌衣巷""王谢堂"，尔后写今日情形"野草花""夕阳斜""寻常百姓家"，单独讲哪一个，也谈不上悲剧性抒情，诗作的妙处就在于前后两者对比性的水乳交融，呈现出了一幅繁华落尽的荒凉历史图景，抒写了诗人的寂寥惨淡之情。

悲剧性抒情因素在非悲剧性艺术如喜剧艺术中能够增强作品的感染力和思想深度。例如，《西厢记》中"赖婚""长亭送别"等伤感的悲剧性场景。第四本第三折"长亭送别"，讲老夫人、长老、红娘和莺莺长亭设下宴席送别张生赴京取试。旦（莺莺）先云："今日送张生上朝取应，早是离人伤感，况值那暮秋天气，好烦恼也呵！悲欢聚散一杯酒，南北东西万里程。"后句是升华，也为后面的唱做了铺垫。紧接着莺莺唱道："【正宫·端正好】碧云天，黄花地，西风紧，北雁南飞。晓来谁染霜林醉？总是离人泪。"① 这段曲词色彩缤纷，天地风雁，动静结合，秋林染霜，景色如画。触景生情，情深景浓，情景融合，景悲情伤，实是绝妙好曲。这段抒情性曲词首先表现了崔莺莺丰富的内心活动，悲伤、不舍、担心、烦恼，增强了作品的艺术感染力。其次，进一步显示了她的才华，既与前文月下联诗相呼应，也为后文张生高中做了铺垫，貌美、心美、才美之人相结合，当是最美姻缘。因而，这里的悲剧性抒情具有了叙事化的情节功能特点。再次，它也使崔张纯洁爱情有了经受现实生活考验的根基，作品情节出现曲折的同时，情感表现也有了悲喜交替变化的旋律美，这时低沉、悲伤之情，才能显示出结局里崔张终成眷属的大喜、大乐、大美。最后，这种悲剧性抒情片断的进入，也使得喜剧作品更厚重，易于表达人生丰富复杂的深层体验，使整个喜剧作品具有了真实深刻的思想底蕴和深沉浑厚的审美旨趣，远离了"轻飘飘"的存在状态。

"悲剧性"或"喜剧性"艺术因素的重视，可以避免以"悲剧"或"喜剧"绳墨作品的尴尬。汤显祖的《牡丹亭》既未入选王季思先生主编的《中国十大古典悲剧集》，也未入选王季思先生主编的《中国十大古典喜剧集》，《牡丹亭》所主导的审美性质类型难以定位说明了以"悲剧"或"喜剧"解释不了丰富的文学现象，但如果以"悲剧性"或"喜剧性"来论述的话，则方便有效得多了。关于《牡丹亭》未能入选《中国十大古典悲剧集》和《中国十大古典喜剧集》的原因，有两种表述，原因大致相同。一是《中国十大古典悲剧集·序言》第 11 页中的说法："这个戏从杜丽娘死后的大

① 王季思主编：《中国十大古典喜剧集》，上海：上海文艺出版社 1982 年版，第 131-132 页。

部分剧情看，更接近于正剧，因此这集里没有选。"但在该序言第 10 页编者又说，该剧反映了"悲剧现实"。另一种说法是《中国十大古典喜剧集·编后记》中编者的观点："因有些同志对其的性质类型的归属持有不同看法，未予入选。"① 现在，我们就无须困扰于《牡丹亭》是"悲剧"还是"喜剧"的问题了，只要用心去体味作品中的悲剧性和喜剧性就行了。据笔者的体验，《牡丹亭》具有浓厚的悲剧性。杜丽娘的为情而死、为情复生，表明美好爱情在现实世界中根本就没有存身之处，这才导致人们寄幽情于鬼魂，才会幻想还魂，才会情统阴阳界。这是现实世界中纯真爱情与婚姻不可得的悲剧性。因而，这一悲剧艺术既具有独特的中国民族色彩（借鬼魂而实现了现实世界中根本不可能实现的纯真爱情，是一种"大团圆"式的悲剧艺术）；同时又以柔性的批判力量表达了作者对于不人道、非人性的中国封建社会悲剧现实的否定。其悲剧性是深沉而惨痛的，其喜剧性是泪水中短暂的强作欢颜。

总之，悲剧性作为艺术要素，在优秀或比较优秀的作品里，它是作品的有机构成，根本不存在鲍列夫所说的与作品整体"不协调"的情况。② 同时，它使作品整体上显现出了真实、深刻、丰富的生活内涵和人性意蕴，增强了作品的感染力和思想深度，提高了作品的认识价值、情感价值、审美价值和艺术价值。

本章，我们分别考察了悲剧性在不同民族文学、不同体裁文学中的显现情况，从中知道了悲剧性的显现受到了时代精神、民族文化特点和文学体裁特点的制约和影响。此外，我们还讨论了作为艺术要素的悲剧性在文学艺术作品中的表现问题。那么，文学中的悲剧性到底有哪些功能呢？下一章我们将专门研究这个问题。

---

① 王季思主编：《中国十大古典喜剧集》，上海：上海文艺出版社 1982 年版，第 633 页。

② [苏联]尤·鲍列夫：《美学》，冯申、高叔眉译，上海：上海译文出版社 1988 年版，第 86 页。

第六章　文学中悲剧性的功能

悲剧性是属人性的，是人类的一种普遍性的情感—认知范式，而情感又是文学的根，是其各种功能得以实现的基础。因而，文学中的悲剧性就必然具有两个方面的功能。一方面是文学内部功能，即悲剧性在具体的文学活动中所具有的功能。由于这主要是从文学批评视角所看到的悲剧性的功能，因而也是把悲剧性作为文学批评视角而显现的功能。另一方面是文学外部功能，即悲剧性在作为社会活动之一的文学活动中所具有的社会文化功能。下面，我们将具体论述。

第一节　文学批评视角

前面已经说过，悲剧性是人在特定语境中面对某一对象而产生的生命的不可弥补的缺憾性体验。因而，悲剧性就是主体生命的一种言说和体悟，也是主体生命对另一个生命或对象的生命式的温润观照，这种观照是人类一种独特的情感认知方式，是一种视角。由此视角去观照某一对象，我们才可感知到或浓或淡的悲剧性体验，也才可直接、深切地感知到生命的真实存在状况。而文学作品也是作家生命体验的物化，是作家对人类基本生存状况的一种生命性言说，具有诗意性和超越性。于是，文学中的悲剧性自然就成为人的生命力状况和人类基本生存状况的最真切的感性呈现，它贯通了"社会生活——作家——作品——读者——社会生活"这一完整的文学活动的全过程。而"社会生活"既是引发读者、作家等主体的悲剧性体验的悲剧文本（社会文本），同时，也是悲剧性得以生成的宏观的语境。作家和读者都是悲剧性得以生成的主体，也是悲剧性的体验者，他们的不同，仅在于作家的悲剧性体验主要或直接源于生活，而读者的悲剧性体验主要源于作者悲剧性体验的物化载体——文学文本，因而，读者的悲剧性体验从与生活的角度来看，也是一种二度体验或二度创作。这里之所以讲作家或读者的悲剧性体验"主要"源于社会生活或文学文本，是因为悲剧性体验是主体的体验，而主体的"前见"情况又是复杂的，最基本的就包括人们以往的生活经验、文学艺术接受经验、情感特点、认知特点、意志品质、道德情操、价值立场、审美经验、审美能力、直觉能力、接受水平、种族文化等个人和种族的元素，它们综合作用在一起形成了每一个人不同于别人的独特的精神心理结构。人的精神心理结构由于构成元素的数量、质量、类型、作用、特点及相互关系的不同，形成了不同的个性心理定势。而这个心理定势会影响人们的悲剧性体验的生成。因而，我们不能说，作家的悲剧性体验完全是他对外在的社会生活苦难这一刺激物的直接反应，也不能说读者的悲剧性体验只是他对文学文本这个刺激物的简单反应。但是，从主要方面来看，作者和读者的悲剧性体验还是其基于具体语境而分别感发于社会生活文本和文学文本的心理活动。因而，以悲剧性作为文学批评的一种视角，就可以将文学活动各个环节、各个要素全部纳入批评视野，进而促使我们更好地创造和解读文学作品。简言之，把悲剧性作为批评的视角，就是要用悲剧性来衡量主体（作者、读者）、文本（文艺作品、社会生活、社会事件）和社会历史文化语境。具体来说，是三个问题。一是受众面对文学文本时，其悲剧性体验对于文学文本意味着什么？二是悲剧性审美范式在不同社会历史文化语境中的不同命运，对文学文本意味着什么？三是作家的悲剧性意识对于文学文本意味着什么？

一、作为文学作品的批评尺度

生命的悲剧和悲剧人生本身就是天然的"悲剧性"作品。"生命"和"人性"是文学艺术与"悲剧性"共同的源泉、乳汁、旨归和最高法则。阿瑟·米勒曾说："一个作家之所以是作家，不在于他出了名和出了多大的名，而在于他在多大程度上真切地听到和看到他的时代的人类的基本状况。"① 尽管表现人类基本状况的方式除了悲剧还有史诗、喜剧、传奇、牧歌、讽刺诗等，但悲剧性作品更真切、更直接、更深入一些。因此，悲剧性作品往往更易得到作家们的青睐和社会的欢迎。唐代诗人白居易早就发现了这一现象，他曾明确地判断，悲剧性作品在他当时的文学史中占有十之八九。他在《序洛诗》中写道："予历览古今歌诗，自《风》、《骚》之后，苏、李以还，此及鲍、谢徒，迄于李、杜辈，其间词人，闻知者百，诗章流传着

---

① ［美］罗伯特·阿·马丁编：《阿瑟·米勒论剧散文》，陈瑞兰、杨淮生选译，北京：生活·读书·新知三联书店 1987 年版，第 221 页。

巨万。观其所自，多因谗冤遣逐，征戍行旅，冻馁病老，存殁别离，情发于中，文行于外，故愤忧怨伤之作，通计古今，计八九焉。"[1] 可见，悲剧性作品是情感深沉的生命之作，是人的真性情的表现。把时空范围再放大一些，我们发现，文学史从过去发展到今天，悲剧性作品仍然是文学史的主体。如果有人对此持有异议的话，他只要把通行的各种版本的"世界文学史"与"世界悲剧文学史"的入选作品进行对比，他就会发现两者的重合度相当高。[2] 可见，从古至今，人们更看重悲剧性作品。尽管我们不能说，凡是优秀的作品都一定是悲剧性作品。但是，不争的事实是，文学史上的优秀作品中的大部分都是悲剧性作品，或者悲剧性情感基调的作品，或者包含悲剧性因素的作品。这正如英国诗人雪莱所认为的，"最谐美之音乐必有忧郁与偕"[3]，也如克尔凯郭尔所认为的一部好的作品应该具备"悲剧性"[4]。那人们为什么如此青睐悲剧性呢？笔者以为，人们内心需要被感动，或者说，人有被感动的强烈心理需要。而感动就是情感上的共鸣。哪种情感更容易引起人们的共鸣呢？显然，它只能是人类的"一种普遍情感"[5]。那么，哪种情感是人类的普遍情感呢？前文已经论及，悲剧性与愉快、愤怒等都是人类的普遍情感。相比人类其他普遍情感，悲剧性是人对于人类内外生存困境（人与宇宙、自然、世界、社会、他人、自我、物质等关系的深刻危机和不和谐、不完美境遇）的深切体验和忧虑，与对人在社会、自然和宇宙中的地位与命运的思考相关，更具真切性、内省性和深刻性。因而，蕴涵悲剧性的作品更易引起人们的关注，而且是一种严肃的关注。关注就意味着意义开始萌生。因而，笔者认为，将"悲剧性"作为文学作品批评的一种尺度是具有人性的、美学的、生命哲学的、社会的、心理情感的和文学史的坚实支持的。

把悲剧性作为文学作品批评的尺度就是发挥悲剧性作为批评视角审视作品的功能，用悲剧性来衡量文学文本，就是要考察作品的悲剧性蕴涵情况，考察其对所表现的对象的悲剧性的思考情况、发掘情况、艺术显现情况。每一个对象都有其悲剧性，一个不能充分表现悲剧性的作品往往也缺乏深邃的情致，因而它也不会是深刻的作品。从更普遍的意义上讲，"悲

①　胡经之主编：《中国古典文艺学丛编（一）》，北京：北京大学出版社 2001 年版，第 390 页。

②　朱维之、赵澧、崔宝衡主编：《外国文学史》（欧美卷第三版），天津：南开大学出版社 2004 年第 3 版。谢柏梁《世界悲剧文学史》，上海：上海文艺出版社 1995 年版。

③　钱锺书：《管锥编》第三册，北京：中华书局 1986 年版，第 948 页。

④　王齐：《克尔凯郭尔关于悲剧的"理论"——兼论悲剧精神的现代意义》，见《外国美学》第十七辑，北京：商务印书馆 1999 年版，第 160 页。

⑤　[德]黑格尔：《美学》第一卷，朱光潜译，北京：商务印书馆 1979 年版，第 296 页。

剧性"作为文学批评的一种尺度，它主要考察该作品是否对人类的基本生存状况给予了直接或间接的忧虑性关怀，是否发掘出了社会本身、生活本身、生命本身、人生本身以及人性本身所具有的复杂多样的深层次的内在矛盾或悖论性，也即人生、生命、生活、人性本身的缺憾性，并且给予了尽可能充分、精细乃至完美的艺术表现。因而，优秀的作品应该表现每一个具体事件与人类的基本状况之间的深层关系，也即那种深层的悲剧性的联系，而不要停留于表面上的吸引人的戏剧性。以此为标准，我们就会看到，十月革命后苏联社会主义文学中的有些作品就不够深刻。例如，在考涅楚克的剧本《舰队的毁灭》（1934）中，分舰队革命委员会的委员奥克桑娜，与同为革委会成员的爱人盖达伊在是否炸船这个问题上发生了矛盾冲突，前者坚决执行党的命令要炸沉船只，而后者坚决反对炸船。当奥克桑娜把枪口对准盖达伊时，她被水手长的枪弹击中而牺牲了。这一偶发性的事件虽说也令人悲痛，但它在整个作品中是诸多戏剧性事件之一，这就使得整个作品呈现出极强的戏剧性，而非震撼人心的悲剧性，作品的思想深度和艺术高度马上打了折扣。我们设想，如果作者把这一悲剧性事件作为整个情节发展的必然结局的话，那么，这部作品的思想深度与艺术高度则会大大提升。换言之，在悲剧性文学作品中，作者所写的每一个人、每一件事、每一句话、每一个物件、每一个情境、每一种声音、每一种颜色、每一个动作、每一刻沉思、每一次怅惘，甚至大自然的各种千姿百态也是大有玄机的，都是有用的，有深意的、有所寄托的，甚至有所象征或有所隐喻的。比如，透过悲剧性的人物形象，我们可以更深入地认识自我、认识人自身、认识人类的命运。总之，文学中的所有元素被作者全部调动了起来，以实现悲剧性效果的最大化。

另外，我们要强调的是，文艺作品所具有的深厚的、令人印象深刻的悲剧性蕴涵，除了思想内容上的深刻独特的悲剧性这个因素外，艺术形式上的精致和恰切也是一个重要因素。悲剧性的艺术形式不唯求新，而唯求恰切、求合适。根据所要表现的内容的不同，所处的具体语境的不同，所面对的受众的不同，往往会在诸多因素之间寻找某种平衡，从而最大限度地把作者的悲剧性体验忠实地表现出来，最大限度地激发出受众的悲剧性体验。艺术形式呈现作者的悲剧性体验的过程，是作者的悲剧性体验不断物化、不断激化的过程。在此过程中，作者的悲剧性体验可能会被减损和浅化，也可能会被丰富和深化。两种不同的具体结果主要取决于作者是否保持了必要强度、必要韧性和足够时长的以悲剧性体验为主导的创作心态和强大的创造力。

人、作品和社会都是复杂的，不是纯粹的、简单的。因而，真正的完美是含有瑕疵的美，所谓瑕不掩瑜才是真正的美玉。一部作品的文学史意义或者说在文学史上被人们记忆，在很大程度上取决于其所蕴涵的悲剧性。因为，被历史铭记的多半是那些与失败、落魄、不幸、苦难和死亡等负面记忆相关的悲剧性体验。不完美才会被人们记住、常常想起来，这源于人们的心有不甘，同时心有所愿、总想补全的情感倾向和心理定势。

在文学文本、主体和语境三者中，文本是中心。因为，主体因素、语境因素最终都要或者表现在具体的文本中，或者借助具体文本而发挥作用。因而把悲剧性作为文学批评的一种视角，主要就是把悲剧性作为一种批评尺度来批评文学文本，考察其中的悲剧性蕴涵。

总之，作为文学作品批评尺度的悲剧性的基本要义是：作品直面和正视社会、人生、人性、生命、历史、文化和自然中存在着的各类各层次的矛盾和缺陷，蕴涵着理性反思的意识，知性批判的思维，查漏补缺的建设性动机，相信未来会更美好、更完善的乐观主义信念，真诚、独特、有创造性的、完美精致的艺术表达。

二、考察悲剧性审美范式的时代命运——以 20 世纪中国文学为例

用悲剧性来衡量文学作品得以创作的语境，就是要考察当时具体语境中的文化精神状况和社会物质生活状况之中的悲剧性情形是否在作品中得到了反映以及反映的充分程度。每一个时代都有其悲剧性，一个不能发现或无力发现悲剧性的时代不是一个伟大的时代。伟大并不因苦难而受贬损，反而会因苦难而增色。因而，我们必须时刻强调文学艺术与时代、与社会之间的密切关系，时刻牢记社会生活永远是悲剧性的源泉。因而，文艺要能发现和表现当下时代的悲剧性，文艺要能发现和表现过去时代的悲剧性。文艺要以当下时代的悲剧性眼光去审视和烛照人类从古到今的一切生活。一句话，文艺要发现和表现自身所反映、所表现的时代的悲剧性。

用悲剧性来衡量文学作品得以创作的语境，更主要的是要看作品与语境之间的关系是否是一种自觉的、深刻的、内在的、恰当的严肃关系，也即文艺是否与时代社会文化语境之间保持了一种悲剧性适应关系。如果时代精神崇尚悲剧性，以悲剧性作为时代风尚和主导的审美范式，那么文艺作品就要自觉、主动、积极地与之应和、与之共振；否则那就是作品自我放弃了悲剧性品格追求，取消或弱化了作品的悲剧性蕴涵。如果时代精神淡化、躲避、否定乃至拒斥悲剧性审美范式，那就要看文艺是否与时代社会文化语境之间保持了必要的张力关系，文艺是否对时代、社会采取了一

种悲剧性反思乃至批判态度，也即具体文本创作是否继续坚持使用悲剧性审美范式。如果不再坚持使用悲剧性审美范式，则表明作品自我妥协，与现实认同。而如果继续坚持使用悲剧性审美范式，那么对社会、文化和制度的反思就不能停留于现象本身，而要发掘社会、文化、制度背后的作为主体的人，具体点说，是制订和执行制度的人、被制度所约束的人，从而由对社会制度的反思转化为对人的反思，对人性、人道、人生乃至生命的反思。如果文艺作品始终没有批判性，始终没有反思社会现实，只是一味复写这个时代，那么还要具体区分是理解、宽容地记录现实，还是误解、曲解、刻意地逢迎现实。如果是前者，还要看所写事情是否真实、所抒感情是否真挚、所发议论是否贴切精警，而后再判断这种文学书写的价值。如果是后者，我们则要区分，是作者的认识错误或者是作者的自觉意愿，还是作者被环境所迫，三种情况有别，但作品没有或极少表现时代、社会和人生的悲剧性却是它们共同的不足，他们的作品是缺乏悲剧性蕴涵的，是既不深刻、也不合乎历史时宜的作品。不过，从另一个角度来看，他们的创作本身却是作家的悲剧性、也是时代悲剧性的一个缩影，更是人性的悲剧性的一个表征。因而，文化语境崇奉生命至上的价值观是多么地必要和重要。多方面的情况再次证明，一个时代对于悲剧性审美范式的态度及具体理解情况与该时代作品整体的悲剧性蕴涵情况成正相关。

20 世纪，对于中国人来说永远是一个言说不尽的时代。20 世纪特殊的社会历史文化语境，使悲剧性审美范式成了该时代精神文化状况的一个重要方面。下面，本书将以 20 世纪中国文学为例，来实证文学作品书写与时代精神文化语境之间的不同关系而导致的作品价值的不同。

关于 20 世纪中国文学，很多学者已经从文体、语言、题材、功能、文化等方面著述无数，似乎这个问题已经被谈完，没有再谈的必要了。然而，本书以为，上述角度及其论域仍多局限在 20 世纪中国文学与中国古典文学的简单对照当中，忽视了 20 世纪中国文学所受到的中国社会政治文化语境及其所主导的悲剧性审美范式的复杂影响，忽视了文学小语境中人们悲剧意识不同程度的自觉以及世界文学的复杂影响。

（一）悲剧性审美范式及其被偏狭化接受

20 世纪中国文学是在中国社会现代化和中国文学现代化的大背景下展开的。现代化粗略地可以分为社会现代化和审美现代化。人类社会的现代化作为一个多元展开的历史进程，很难确定其准确起点。有人认为，现代化始于中世纪结束，因为具有自由意志的"新人"出现了；有人认为，现代化始于英国产业革命的成功，因为机器代替了人，实现了人类生产方式和生活方式的历史性跃迁；也有人认为，现代化始于法国大革命，因为真正独立、自主意义上的"人"跃上了民主政治历史的地平线。此外，人类各民族国家的社会现代化的起点及其进程也更多样；广阔的社会生活领域决定了社会现代化起点的多样化和非同步性。其共同点是把"人"从社会政治、经济生产方式、意识形态、宗教观念、文化伦理观念等枷锁的奴役中解放出来。这是一个不断展开、不断丰富、永不停息、充斥着深广悲剧性的历史进程。而所有的历史都是人创造的。因此，从悲剧性角度解读人与社会、历史之间丰富、深刻的内在联系也就成为一种自然选择。

审美现代化更是一个聚讼纷纭的问题。在西方文学文化中，有着英美语境和法德语境的差异。在英美语境中，审美现代化更多强调的是对古典或者前现代审美规则和审美趣味的叛逆、颠覆，非秩序、不对称、非线性（变化）、不和谐、杂多、运动、不平衡、时空交错混乱等古典审美中的"丑"取代了秩序、对称、线性（固定）、和谐、确定性、整一、稳定、平衡、时空整饬等古典审美中的"美"而成为现代审美规则和审美趣味。"陌生化"成为审美现代化的主导动力。法德语境中的审美现代化更多强调的是"忧郁"和"厌烦"，其思想主要源于波德莱尔的《恶之花》和法兰克福学派的大众文化批判学说，这种审美现代化被称为"忧郁的现代性（化）"。审美现代化所蕴涵的悲剧性其实就是人的欲望悲剧性、心理悲剧性和人本体悲剧性。

可见，悲剧性本然就是贯穿人类内、外世界生活的一根红线，是表征人类应对内外生存困境挑战的张力尺度。而文学艺术本身也是人类应对内外生存困境挑战的一种生命言说。因而，我们从悲剧性审美范式的时代命运角度来探讨 20 世纪中国文学就是自然的选择。

这里的"范式"指普遍的情感—认知形式，"偏狭"是指"片面"。尽管中国"悲剧性"艺术源远流长，可是把"悲剧性"自觉地作为一种时代审美范式，在中国文学中却是 20 世纪的事。悲剧性审美范式在 20 世纪初被移植进中国文学，源于那时中国社会拯救民族危亡的政治文化诉求。当时，一些最先觉醒了的中国知识分子已经清醒地认识到，要改造中国积弱积贫的黑暗社会、拯救民族危亡，就必须有"新"的国民。梁启超 1902 年在《新民说》之叙论中就说："国也者，积民而成，国之有民，犹身之有四肢五脏筋脉血轮也。未有四肢已断，五脏已瘵，筋脉已伤，血轮已涸，而身犹能存者；则亦未有民愚陋怯弱涣散混浊而国犹能立者。故欲其身之长生久视，则摄生之求不可不明；欲其国之安富尊荣，则新民之道不可不讲。"① 鲁迅也认为，"人"是国之根本，所谓"角逐列国是务，其首在立人，人立而后凡事举"②。那么，何样的国民才是"新民"呢？梁启超认为他们应有新的民德、民智、民力，提倡进步和创新、反对保守落后。发表于 1903 年《浙江潮》第一期蒋方震的《国魂篇》指出："新国民"是有"国魂"之民，"夫国而无魂，乃以陈死之人而充国民之数矣！"可当时中国却净是一些为官、为财、为烟、为色、为鬼、为博、为游、为颤之梦魇般的病态的愚弱灵魂、奴隶之魂、仆妾之魂、囚虏之魂、倡优之魂、饿殍待毙之魂、摇尾乞食之魂，全然暮气沉冥、悲风无光奄奄一息之魂。对此，作者金天翮大呼"中国魂！中国魂！"③

什么原因致使旧国民皆为"愚陋怯弱涣散混浊的病态灵魂"呢？在佚名的《说国民》(《国民报》第二期，1901 年 6 月 10 日）看来，全由于专制制度的压迫，使得"中国国民之种子绝，即中国人求为国民之心死"，祖祖辈辈信守"安分""韬晦""柔顺""顺从""做官""发财"，"卒举国之人而无一人不为奴隶，即举国之人而无一可为国民"④。于是，一时间，对于专制制度的批判就成了当时知识分子唤醒国民的一条途径。几乎与此同时，鲁迅认识到，改造中国社会的关键是"改造国民精神"⑤。1907 年鲁迅撰写《摩罗诗力说》进一步指出，要改造中国社会和国民精神归根结底是要改造中国文化。他认为，对中国封建社会产生了深远影响的首推《道德经》，其要义在"不撄人心"，受其影响，"中国之治，理想在不撄"，于是，国人"必先自致槁木之心"，各种"撄人"之声被扑灭，"平和"之声充满社会。诗歌史上也多"顺世和乐"之音而少"争天抗俗"之声，即使偶有像屈原《离骚》这样的"放言无惮，为前人所不敢言"之作，虽无"反抗挑战"之心，居然也难有呼应者，结果是"孤伟自死，社会亦然"⑥。这种守成、无为、苟活的文化观念自然成了专制政体的天生同盟。因而，要在对封建政治制度实行社会批判、政治批判的同时，还须进行文化批判。

那么，如何进行社会、政治、文化批判呢？梁启超将目光投向了文学艺术。他在《论小说与群治之关系》(《新小说》第一号，1902 年）中提出，文学要担当起改造社会的救世使命，所谓"今日欲改良群治，必自小说界

① 林志钧编：《饮冰室合集》(6 专集之四)，北京：中华书局 1989 年版，第 1 页。

② 鲁迅：《鲁迅全集》第 1 卷，北京：人民文学出版社 1981 年版，第 57 页。

③ 壮游（金天翮）：《国民新灵魂》，《江苏》1903 年第 5 期，第 3 页。

④ 佚名：《说国民》，见丁守和主编：《中国近代启蒙思潮》(上卷)，北京：社会科学文献出版社 1999 年版，第 310 页。

⑤ 鲁迅：《鲁迅小说集》，北京：人民文学出版社 1990 年版，第 5 页。

⑥ 鲁迅：《坟》，北京：人民文学出版社 1980 年版，第 56—94 页。

革命始；欲新民，必自新小说始"①。如何改造国民精神呢？鲁迅把目光也投向了文艺，他在《呐喊·自序》中就说："善于改变精神的是，我那时以为当然要推文艺，于是想提倡文艺运动了"。②

那么，哪种文艺形态更具有"批判"功能呢？许多先驱在外国文艺中找到了答案。

1903 年，欧榘甲在旧金山《文兴日报》上撰文《观戏记》指出：身在美国的华人看戏时，眷恋的仍旧是"旧曲旧调、旧弦索、旧锣鼓"的"红粉佳人，风流才子，伤风之事，亡国之音"，令人"不忍卒观"，中国戏曲应以反映"哀惨艰难之状"的法国和日本戏剧为榜样"大加改革"。1870—1871 年普法战争失败后，法国戏剧写了现实悲惨事件，而使"众志成城……不三年而国基立焉，至今仍为欧洲一大强国"。日本明治维新初期也十分艰难，此时其戏剧写了"皆先辈烈士为国牺牲"之事，极快地"激发了国民爱国之精神"。在热情肯定悲惨之剧的强大社会功用的同时，他从汪笑侬撰写的关于戊戌六君子被害惨事的《党人碑》中看到了中国戏曲改革的曙光，欢呼道"意者其法国日本维新之悲剧，将见于亚洲大陆欤！"③ 此文是中国人较早使用"悲剧"一词的文章，也是中国较早专门阐发"悲剧"的重大社会功用的文章。

继欧榘甲之后，1904 年蒋智由在日本出版的《新民丛报》第三年第十七期发表了《中国之演剧界》一文，更明确地提出了悲剧问题。他从题材和功用两方面定义了悲剧："委曲百折，慷慨悱恻，写贞臣孝子仁人志士，困顿流离，泣风雨动鬼神之精诚者"为"悲剧"，悲剧能启发人"广远之理想，奥深之性灵"，能"鼓励人之精神，高尚人之性质"，能"使人学而为伟大之人物"，因为悲剧乃"君主及人民高等之学校也"。因而中国新剧界"必以有悲剧为主"。④ 显然，蒋先生的这番论述有着法、德启蒙主义的回声。具有历史意义的是，这是中国文学界首次明确提出以"悲剧"作为中国文学的主导形态。同年，王国维在《〈红楼梦〉评论》中将"悲剧"从戏剧体裁发展为审美范式，并用于对《红楼梦》的研究。"五四"前后，胡适和鲁迅都将"悲剧性"范式作为反思中国旧文学、建设中国新文学的有力审美武器。

---

①　梁启超：《论小说与群治之关系》，见陈平原、夏晓虹编：《二十世纪中国小说理论资料》（第一卷），北京：北京大学出版社 1997 年版，第 53-54 页。

②　鲁迅：《鲁迅小说集》，北京：人民文学出版社 1990 年版，第 5 页。

③　徐中玉主编《中国近代文学大系·文学理论集 2》，上海：上海书店 1995 年版，第 567-570 页。

④　徐中玉主编《中国近代文学大系·文学理论集 2》，上海：上海书店 1995 年版，第 571-573 页。

　　这样，悲剧性因其否定性功能契合了当时中国民众为了救亡图强而要对中国社会进行洗心革面、脱胎换骨的深刻变革的强烈诉求，被20世纪初中国文学选择为主导审美范式。很显然，此时先驱们所理解的"悲剧性"主要指"社会悲剧"。他们以为，所有悲剧都源于社会制度，特别是政治、文化制度，似乎只要社会政治制度、文化伦理制度等束缚人的外在力量被革命了，就不会有悲剧了；而一切悲剧性艺术都是代表反动、腐朽、落后、非正义、非人道的邪恶势力暂时压倒了代表革命、正义、进步、人道的善的力量之结果的艺术形态。这样，"社会悲剧"就成了批判社会、鼓舞人心的最主要乃至唯一的审美范式，被赋予了进步、革命、创造的内涵，寄寓了一种正义必胜的乐观信念；并且在后来马克思主义的社会历史悲剧观念（历史的必然要求和这个要求实际上不可能实现之间的悲剧性冲突）传入中国后，进一步强化了"社会悲剧"审美范式的革命化、政治化取向，同时，也进一步狭窄化和夸大化了"悲剧性"艺术的所指和功用。"狭窄化"是说"悲剧性"艺术形态是多种多样的，并非只有"社会悲剧"一种，还有心理悲剧、性格悲剧、欲望悲剧、人本体悲剧等艺术形态；说"夸大化"，是因为"社会悲剧"艺术并不可能给现实社会变革提供现成的方案，它也不是包治所有社会疾病的万能妙方。由于"在20世纪的大多数年代里，文学的政治化趋向几乎是文学发展的主要潮流"[①]，于是在审美心理定式的惯性作用下，偏狭化了的"悲剧性"就成了20世纪中国文学的主导审美范式，并随着20世纪中国社会政治文化语境的变化其命运也发生着变化。

　　（二）悲剧性审美范式促进了文学界悲剧性意识的自觉

　　20世纪中国文学作品是在20世纪中国特定的社会政治文化语境中创作的，也是在悲剧性意识不断自觉的中国文学小语境中创作的。当时，文学批评和文学观念的现代化、文学研究方法的自觉以及旧文学的重估等，既是文学小语境中悲剧意识自觉的表现，也是文学小语境的重要组成部分。

　　中国文学传统的批评方式主要是"评"，所谓诗"评"、文"评"和小说"评点"。"评"往往是"评"者随兴而发，不拘一格，其客观性、科学性、系统性较弱。传统的文学研究方法，也主要是社会历史研究方法和传记研究方法，着力考证文本与文本之外的社会现实或作者生活之间的各种对应关系。于是我们看到，在王国维之前，关于《红楼梦》内容的"纳兰性德家事说""清世祖与董鄂妃故事说""康熙朝政治状态说"和"作者自

---

　　① 朱晓进：《从政治文化的角度研究20世纪中国文学》，见朱晓进等：《非文学的世纪：20世纪中国文学与政治文化关系史论》，南京：南京师范大学出版社2004年版，第11页。

叙说"，哪一个越出了"对号入座"的陈年铁范？它们所暗含的文学本质观是文学是社会人生的复写，忽视了文学最为本质的特点，即它的审美创造特点。

悲剧性审美范式被王国维第一个引入了中国文学研究领域，他剖析了长篇小说《红楼梦》，"影响了对整个中国文学的研究"①。现在看来，其影响的最深刻方面并不是王国维所引述的"欲与生活、与苦痛，三者一而已矣"的叔本华悲剧观本身②，也不是他所提出的《红楼梦》乃"彻头彻尾之悲剧"的具体结论③，而是透过他对《红楼梦》的评论，人们认识到，文学可以有不同于以"认识论"为基础的"社会学"研究方法，即广义的审美研究，它把文学作品作为人的按照审美规律所创造出来的对象来研究，而不是作为社会人生的缩微模型来研究，从文本出发，回归于读者的审美体验；而且，不同的研究方法、研究视角会得出不同的却都能自圆其说的结论。这样，以"求唯一真实"为指导的一元论文学研究方法被消解了，多元化文学研究方法跃上了中国文学的地平线。正是自觉到这一点，王国维才把"文学"从"社会人生"中独立出来，把"文学"与"人生"并置起来，在文学与社会人生的张力关系中考察文学的价值。如他所说：文艺的价值在于"其材料取诸人生，其理想亦视人生之缺陷逼仄，而趋于其反对之方面"④。意思是，文学艺术的价值在于其对社会生活中缺陷和逼仄方面的否定。因此，以《〈红楼梦〉评论》（1904）为标志的对"悲剧性"审美范式的移植，催生了中国文学研究方法的自觉，开启了中国文学研究方法的现代化进程。

"悲剧性"审美范式进而被用来重估中国文学。王国维在《〈红楼梦〉评论》中说："吾国人之精神，世间的也，乐天的也，故代表其精神之戏曲、小说，无往而不著此乐天之色彩：始于悲者终于欢，始于离者终于合，始于困者终于享。"⑤ 作品中未"团圆"的，后人总要通过各种形式予以"团圆"，最典型的是"续书"和"改写"。例如，《西厢记》后有浅陋的《续西厢》，《水浒传》后有《荡寇志》，《桃花扇》后有《南桃花扇》，《红楼梦》后有《红楼复梦》《补红楼梦》《续红楼梦》等，还有"反对"《红楼梦》之

---

① 刘烜：《用现代科学方法研究中国文学的奠基人王国维》，见王瑶主编：《中国文学研究现代化进程》，北京：北京大学出版社 1996 年版，第 58 页。

② 王国维：《王国维文学论著三种》，北京：商务印书馆 2001 年版，第 3 页。

③ 王国维：《王国维文学论著三种》，北京：商务印书馆 2001 年版，第 13 页。

④ 王国维：《王国维文学论著三种》，北京：商务印书馆 2001 年版，第 20 页。

⑤ 王国维：《王国维文学论著三种》，北京：商务印书馆 2001 年版，第 12 页。

《儿女英雄传》。总之，中国的文学"往往说诗歌的正义，善人必令其终，而恶人必离其罚"①。在完成于1912年的《宋元戏曲考》中，王国维又以"悲剧性"为标准，在世界文学范围内肯定了元杂剧的美学价值，认为元杂剧中"最有悲剧之性质者，则如关汉卿之《窦娥冤》，纪君祥之《赵氏孤儿》。……列之于世界大悲剧中，亦无愧色也"②。

胡适于1918年发表的《文学进化观念与戏剧改良》一文也从悲剧性范式与作品的深刻思想和强烈感染力相统一的角度高度评价了《红楼梦》的艺术价值。他指出："《石头记》写林黛玉与贾宝玉一个死了，一个出家做和尚去了，这种不满意的结果方才可以使人伤心感叹，使人觉悟家庭专制的罪恶，使人对于人生问题和家族社会问题发生一种反省。"③胡适这里所说的"觉悟"和"反省"是指读者对人类生存现状有一种清醒的认识，而不要盲目乐观或麻木不仁。然而，"中国文学最缺乏的是悲剧观念，……这种'团圆的迷信'乃是中国人思想薄弱的铁证"。因而，应用悲剧观念医治中国文学"说谎作伪思想浅薄"的毛病。④

鲁迅对于旧文学的重估，是从悲剧性范式与他对中国专制礼教文化的批判以及新文化的建设相统一的角度进行的。1924年，鲁迅在《中国小说的历史变迁》中对中国古代小说的"曲终奏雅"的"大团圆"结局给予了批评："这因为中国人底心理，是很喜欢团圆的，……所以凡是历史上不团圆的，在小说里往往给他团圆；没有报应的，给他报应，互相骗骗——这实在是关于国民性的问题。"⑤因而中国文艺是"瞒和骗的文艺"⑥。在1925年的《再论雷峰塔的倒掉》一文中鲁迅又指出：只要崇奉"圆满"的"十景病"尚存，则中国不但不会产生对我们文化进行建设性批判、反思的卢梭式"疯子"，而且也决不会产生一个悲剧作家或喜剧作家或讽刺诗人。⑦因此，必须批判虚假的乐观主义和庸俗的大团圆主义。在鲁迅看来，《红楼梦》之所以独秀于中国文学中，主要因为它"敢于写真，并无讳饰"，叙述了社会人生的"悲凉"。⑧

虽然王国维、胡适和鲁迅对"悲剧性"认识的角度以及对《红楼梦》

① 王国维：《王国维文学论著三种》，北京：商务印书馆2001年版，第13页。
② 王国维：《宋元戏曲史》，天津：百花文艺出版社2002年版，第99页。
③ 胡适：《胡适文存》（一集），合肥：黄山书社1996年版，第113页。
④ 胡适：《胡适文存》（一集），合肥：黄山书社1996年版，第112-113页。
⑤ 鲁迅：《鲁迅全集》第9卷，北京：人民文学出版社1981年版，第316页。
⑥ 鲁迅：《鲁迅全集》第9卷，北京：人民文学出版社1981年版，第316页。
⑦ 鲁迅：《鲁迅全集》第9卷，北京：人民文学出版社1981年版，第192-193页。
⑧ 鲁迅：《中国小说史略》，北京：人民文学出版社1973年版，第208-306页。

的评价不尽相同（王国维着眼的是人生的"解脱"，胡适看重的是最深刻的人生体验的真实表达，鲁迅强调的是人生的价值和社会的改造），但他们都把文学悲剧性与社会、人生密切联系起来，都把悲剧性特别是"社会悲剧"作为自己批判和改造中国社会、文化和民族心理的审美武器。

总之，"悲剧性"意识的不同程度的集体自觉，既促进了中国文学研究方法的自觉、重估了中国文学和文化，同时又进一步强化了悲剧性审美范式在中国文学中的作用，深刻影响了 20 世纪中国文学的创作实践。

（三）悲剧性审美范式影响下的 20 世纪中国文学创作

悲剧性审美范式既是 20 世纪中国社会政治文化语境的选择，也是它的重要构成和表征，还受到了它的影响；同时，悲剧性审美范式也深刻影响了 20 世纪中国文学创作。总体上来讲，"五四"文学、三十年代左翼文学之外的新文学、抗战时期的国统区文学和"新时期"以来的文学中社会悲剧作品较多，认识也比较深刻。左翼文学、抗日民主根据地文学、解放区文学尤其是十七年文学中也有一定数量的英雄悲剧作品，艺术感染力相当强。"文化大革命"特殊历史时期的作品，从整体上来讲，比较缺乏悲剧性，比较缺乏艺术感染力。

"悲剧性"范式使"五四"文学相较此前的中国文学整体上具有了比较深广的悲剧性蕴涵和人性的张力。主要表现在以下四个方面。

首先，悲剧性冲突由传统的冲淡型转为尖锐的否定型，冲突的激烈程度提高了，导致作品主题取向上由过去的"美刺"现实甚至"粉饰"现实转变为否定现实，作品更具批判性。例如，魏连殳与周围环境的激烈冲突，子君、涓生对封建伦理的公然挑战，繁漪与周朴园"撕破脸"的反抗，吴荪甫与外国资本家和工人阶级的殊死冲突。通过这些冲突，深刻批判了中国的社会、政治和文化。鲁迅的《呐喊》和《彷徨》全面、深刻地揭露了中国社会的腐朽黑暗、国民十足的奴性，统治阶级的专制暴虐、农民生活的愚昧落后、市民生活的庸俗麻木，旧知识分子的悲惨命运，新知识分子的悲哀、苦闷、彷徨以及部分的堕落，旧民主主义革命者的不被理解，礼教文化的"吃人"本质，显现出强烈的社会批判和文化批判的理性光芒，有着"五四"一代精英知识分子文化启蒙的特点。

其次，人物形象上，传统被动承受型人物被积极主动挑战型人物取代，人物个性化和平民化。"五四"作家笔下的悲剧性人物，其思想上，对封建传统文化和礼教坚决否定，无情抨击；行为上，冲破封建礼教的种种束缚，敢于与封建家庭、习俗决裂，追求新的生活方式，如《伤逝》中的子君、涓生，《家》中的高觉慧。这些悲剧性人物是一个个有人格、有感情、有个

性、有尊严、能自主地独立的"人"，他们"为自己"争取幸福和权利而抗
争。令人叹服的是，"五四"作家清醒地看到了这些人物"反抗"的有限性。
例如，勇气十足、信心百倍、坚拒调解的爱姑居然在"七大人"的一个喷
嚏面前就"非常后悔"自己的"太放肆，太粗卤"，"不由得自己说：'我本
来是专听七大人吩咐'"①。这正是鲁迅先生所追求的文艺要深入发掘和切
实表现出生活中的彻底的悲剧性所在。另外，悲剧性人物平民化。他们多
为日常生活中的普通人，主要是底层劳动者和下层知识分子。正如陈平原
所说，"表现平民百姓的喜怒哀乐"是"五四"作家的"共同语言"②。叶
圣陶冷静地剖析了小人物的灰色生活，郁达夫细致描写了社会"零余者"
彷徨、迷茫的心态，鲁迅则展示了底层劳动者的麻木与知识分子痛苦的灵
魂。"五四"作家笔下的"平民"人物远离了古希腊时的"神性"人物和文
艺复兴、新古典主义时期的"非凡性"人物，顺应了世界文学的平民化、
"非英雄化"趋势。当然，这与"五四"作家平民意识的觉醒和启蒙民众
的政治诉求有密切关系。"五四"作家的选择表明了他们具有自觉的民族问
题意识。也正因此，"五四"文学成了 20 世纪中国文学中最具世界影响的
部分。

　　再次，情节日常生活化。"五四"作家以普通人的日常生活为表现对象，
他们着眼的是近乎无事的悲剧，写出了人的精神和斗志被日常生活在悄无
声息中所消磨的悲剧性，例如，鲁迅笔下的吕纬甫。显然，为了展示人生
真相，东西方古典悲剧中对情节所要求的"悬念""突转"和"发现"此时
已经失去了吸引力，没有了传奇和意外，有的只是令人"空虚""悲哀""无
奈"而"彷徨"的"阴暗"生活。实际上，从整体上来看，19 世纪中后期
西方英雄悲剧就让位于平民日常生活悲剧了。中国 18 世纪中期虽然出现
了叙写日常生活的人情悲剧小说《红楼梦》，但其主角仍出身于贵族之家。
"五四"文学的人物平民化、情节日常生活化表明了"五四"作家对于当
时中国社会现实悲剧普遍性的深刻认识。

　　最后，结局上，悲剧性人物或者陷入了深重的苦难或毁灭之中，表现
出了九死不悔的抗争精神，如繁漪对束缚自己、欺骗自己的封建礼教和男
权文化做了"困兽犹斗"式的绝望反抗；或者"事与愿违"地自己又开始
体认甚至亲手织就曾束缚自己的封建政治和伦理文化的罗网，例如，阿 Q
对于"革命"的想象也不过是自己成为另一个"赵太爷"，子君为"爱"而

①　鲁迅：《鲁迅小说集》，北京：人民文学出版社 1990 年版，第 286 页。
②　陈平原：《中国小说叙事模式的转变》，北京：北京大学出版社 2003 年版，第 120 页。

背叛了封建家庭，但富于悲剧性的是她自己最后又建立了新的封建小家庭，心满意足地过起了自己所曾坚决批判的庸俗小市民生活。鲁迅相比于同时代作家和此后许多作家更杰出的地方，在于他谙熟中国的人情世故、人心叵测和人性的复杂多变，具有彻底的生命悲剧意识，没有把"悲剧性"简单地理解为社会悲剧，例如"夏瑜"的被抓缘于他"亲叔父""夏三爷"为了自保而"告官"；在于他在对封建专制和礼教文化进行彻底的、不妥协的审美批判中，依然能遵从"人性"的将令，让一直顶着世俗的压力"真心爱我"的子君在"为了我"而离开"我"时，把"我们"所有的积蓄——几十枚铜元——"郑重地留给我一个人，在不言中，教我借此去维持较久的生活"。① 这些内容的安排，走进了人物灵魂的深处，展露了人性的峥嵘，显现了"五四"作品具有较彻底的悲剧性，进而增强了"五四"作品人性反思的深广度和艺术感染力。

由于上述各方面的共同作用，"五四"作品整体上显现出了激越沉实的审美风格。

当然，"五四"文学中也有"哀伤悲苦"审美风格的作品，它们表现了封建专制和礼教下的触目惊心的悲剧，揭示了国民生活的悲惨现状。柔石的《为奴隶的母亲》，鲁迅的《祝福》《明天》《故乡》，茅盾的《林家铺子》《春蚕》《秋收》，老舍的《月牙儿》《断魂枪》《骆驼祥子》，巴金的"激流三部曲"等作品都以深切的同情表现了民众不幸的人生悲剧。可以说，正是由于凭借"悲剧性"审美范式，"五四"文学才走进了生活和生命的更深、更广处。

因而，"五四"文学不仅"表现了中国艺术悲剧的日渐成熟和艺术形式的现代化"②，而且也表现了中国文学观念本身的现代化。文学被作为一种审美创造物来对待；在文学与现实的关系上，更强调文学的独立性和对现实的干预力，借此增大了文学与现实之间的张力。在此意义上，传统悲剧性作品是在既有文化、意识形态秩序之内，以不颠覆既有文化、意识形态秩序为前提的否定，根本上是对其的"完善"，而"五四"作家们的作品却通过"新的生活"的展现而对旧秩序本身的合理性提出了质疑、批判和否定。

十七年文学及其之前的解放区文学、民主根据地文学、左翼文学和革命文学中的悲剧性作品，大都强调革命英雄、人民英雄为了革命利益和人

---

① 鲁迅：《鲁迅小说集》，北京：人民文学出版社 1990 年版，第 261 页。

② 邱紫华：《悲剧精神与民族意识》，武汉：华中师范大学出版社 2000 年版，第 359 页。

民利益而付出的巨大损失乃至牺牲个人生命。作品多把英雄们的牺牲表现为革命的暂时失败或暂时处于革命低潮，而把原因也多归结为敌人的暂时强大和革命力量的暂时弱小（革命者的斗争经验不足、战术不当），寄望在未来的历史发展中去夺取最后的革命胜利。因而，此类作品总体上洋溢着革命英雄主义的豪迈激情。以崇高、昂奋、雄壮、乐观为主导审美风格，以战争和斗争文化意识形态（简单的二元对立思维方式）为主导逻辑。十七年文学时期的作品在质量上呈现出两极分化。一方面，许多"红色经典"作品，如"三红一创，青山保林"和京剧《智取威虎山》《红灯记》等作品，其思想水平和艺术水平都很高，是"红色中国"贡献给世界的重要文学文化精品，应该得到客观公正的评价。许多"红色经典"文学艺术，对"英雄性"审美范式的运用已经达到了一个很高的艺术水平，塑造了许云峰、少剑波、杨子荣、梁生宝等许多中国"新人"乃至世界"新人"形象，他们集中表现了人类已经表现出的一切美好品质和人类希望具有的美好品质。他们对旧有势力的斗争，是在为整个人类解放事业探路，是为人类探索新的生活方式和更好的生命状态。因而，他们是未来人类的先驱。此外，中国的"红色经典"作品在人性的集体性维度上做出了积极探索，应该说是在人性探索上和人物形象塑造上的重大突破。过去，我们讲人性，多讲的是个体的人性，对群体的种族的人性虽也讲，但讲得很不够。还有，许多"红色经典"作品思想与艺术高度融合，人、境、事高度融合，心与貌高度融合，抒情、议论与叙述高度融合，整体上显现出明快昂扬、纯朴乐观、真实真诚、自信大气的革命格调，具有很强的艺术感染力和对受众的强大凝聚力，思想认识也很深刻独特，在民众中产生了广泛深远的影响，是中国人民在实现政治翻身的同时实现了艺术翻身，形成了自己独特的中国革命文学话语体系，为英雄性审美范式增加了独特的中国无产阶级革命英雄的内涵，提升了英雄性审美范式的境界，从此，"英雄"不再与具体的个人恩怨或小团体利害相联系，而是与广大人类的命运和前途相联系。因而，20 世纪 50 年代中国的"英雄性"文艺创作使不少革命悲剧在一定程度上变成了革命史诗。尽管马克思曾说："革命是最适合于悲剧的题材。"①但我们多"革命史诗"而少"革命悲剧"。这里有一个重要原因，20 世纪50 年代中国的革命刚刚胜利，而以文学形式来书写波澜壮阔的革命斗争史

---

　　① ［英］希·萨·柏拉威尔：《马克思和世界文学》（1976），梅绍武、苏绍亭、傅惟慈、董乐山译，北京：生活·读书·新知三联书店 1982 年版，第 299 页注释①：里弗希兹在《卡尔·马克思和美学》（德累斯登 1967 年第 2 版，第 152 页）上说：在马克思阅读弗·泰·费舍的《美学》所作的札记中有这样的话："革命是最适合于悲剧的题材。"

是人之常情，它既告慰革命先烈，又激励革命后代继续奋斗，保护好来之不易的革命胜利果实。

同时，我们发现，中国一些"革命文学"把"革命"简单化地处理了。其实，"革命"包含着无序、混乱、斗争和秩序化的诉求。而消除异化的"革命"有时也会异化。一是革命远离乃至背离了革命的初衷，这是革命的最大的悲剧性。二是把社会发展中的一个环节"革命"单独提取出来，提升为一个普遍的价值之源、意义之源、生命之源和阐释范式，将整个社会、文化、经济等的发展史看成了另一种革命史。中国现当代文学的中国革命史式书写模式即是如此。三是对于"革命"的过度抽象化，会出现两种情况，或者是把人们真实的苦难看成是"革命"的策略，或者是在革命行动中将"革命"的对象"不当人"，以牙还牙，以血还血。四是"革命"与意识形态联系在一起时，"革命"往往成了分配历史资源的一种工具。

另一方面，十七年文学时期"红色经典"之外的一些作品，在思想性和艺术性上不少都比较不尽如人意。它们大多是将"个体"作为"阶级"而不是"自身"的象征符号"行军"在敌我意识形态态势图上，对个体命运较少给予深刻、理性、独到的表现。这一方面是由于在 20 世纪的较长时段里中国处于特殊的战争文化环境和斗争文化环境中，文学艺术的社会斗争功能被置于更加突出的位置，而且要求文学艺术助力民族战争与民族奋斗的社会效果要短、平、快。应该说，这一时段的中国文学创作较好地实现了上述文学社会意图。但此类作品中的不少作品艺术性和思想性大都较弱却也是事实。

在"文化大革命"那段特殊历史时期里，社会文化语境总体上呈现出对于悲剧性审美范式的疏离、拒斥和漠视。因而，此时的文学艺术理应与此语境保持一种紧张关系。但当时大多数作品却选择了与当时语境的妥协，甚至美化和歌颂现实，结果作品的悲剧性严重缺失。现在看来，这些作品是不真诚的文学。当然，也有一些"地下文学"与当时语境保持了一种紧张关系，表现了当时一些人的苦难生活及其悲剧性命运，但也多把悲剧原因归结为社会因素。

以社会悲剧为主导形态、以"悲剧性"作为审美范式的文学，仍旧是 20 世纪 70 年代末到 80 年代初"新时期"中国文学的主流。这一审美范式的运用既适应了当时中国社会要求"拨乱反正"的社会文化语境，也使得此时的许多"伤痕文学""反思文学"比较真实地反映了特殊历史时期里人们所遭遇的苦难和不公正的生活，具有一定的认识价值。但由于作品多把悲剧原因归结为错误的政治路线乃至个别坏人的使坏用恶，而没有触及到社会、政治之外的人性、生命本身的缺陷等问题，因而，以"激愤"为情感基调、以控诉和批判为运思方式的"伤痕文学"和进行政治反思的"反思文学"，其悲剧性是有限的。"寻根文学"虽在一定程度上反思了中华民族的文化之根，可惜这类作品里的人物形象大多为观念的载体，情节或意境的营造有些过于人工，甚至有猎奇斗怪之感，而很少展示中华文化嬗变中的激越斗争、融合新生，更极少展示人民为不断完善和升华自己的"人性"而收获的艰难、挫折与苍凉。

20 世纪 80 年代中期到 20 世纪末，中国文学中出现了《红高粱家族》《平凡的世界》《穆斯林的葬礼》《白鹿原》等具有丰富悲剧性蕴涵的作品。这些作品，不再把悲剧原因仅仅归结为社会、政治因素，而是走进了人性和生命本性的深处。

总体上来看，除了"文化大革命"那段特殊历史时期，20 世纪中国社会文化语境中大多数时段主导的审美范式是悲剧性范式。在此审美范式的影响下，中国作家创作了许多悲剧性作品，它们赞美个性解放、个体解放、阶级解放、民族独立和人民解放，反对封建思想，个体的悲剧性命运折射出了民族、民主、民权与民生的社会诉求。但从更深广的悲剧性视野来看，20 世纪中国文学中的悲剧性总体上又是残缺的，多数作品以社会悲剧为主导，人的心理悲剧、欲望悲剧尤其是人本体悲剧相对较少。当然，这也有现实原因。"社会悲剧"之所以在 20 世纪中国社会和文学中大受青睐，主要原因是社会大变革是 20 世纪中国社会的主题；我们的许多文学家和大多数社会管理者一样更加看重社会和制度对于人性、人生的影响乃至决定作用，于是人性和人生的改善也以社会革命和制度改革为前提。于是，20 世纪初，中国特殊的社会历史文化语境就有选择性地移植了西方的"悲剧"观念，将"悲剧"狭窄化为单一的社会悲剧之后，悲剧在当时的中国语境中就几乎等同于社会悲剧了。人们多把悲剧产生的原因归咎为人之外的社会因素、环境因素。例如，郭沫若把屈原的悲剧性命运归结为楚国的黑暗昏聩的社会政治。茅盾把民族资产阶级、小店主和农民的悲惨命运归结为当时的社会现实。即便是巴金，他在 20 世纪 40 年代创作的《寒夜》里，也把善良正直、忠厚老实的小职员汪文宣的悲剧归咎于当时的社会和制度。老舍的《骆驼祥子》把祥子、小福子的悲剧性命运归结为那万恶的旧社会。曹禺的《日出》把各类人物的悲剧性命运也归结为那个罪恶的社会。于是，这种偏狭化的悲剧观念就成了 20 世纪中国社会文化文学语境中的一种主流观点。人们很少反思，悲剧的出现，除了社会因素外，人性、文化乃至生命本身也是重要的原因。例如，因贪婪而导致的人生悲剧、社会悲剧何其多也，但这与具体的社会制度、政策、意识形态观念等有何关系呢？因而，过去那种认为十七年文学中的英雄悲剧与"五四"文学中的社会悲剧本质不同的观点是难以成立的，它们都把悲剧的主要原因或者根本原因归结为外在的社会、制度、文化因素。因而，十七年文学与"五四"文学是血脉相通的，十七年文学所代表的革命文学传统是对"五四"文学传统的继承和发展。

此外，我们也要承认，在20世纪里，我们一些作品还比较缺乏深广的悲剧性。这背后的一个重要原因就是我们当时正处在战争时期或者战争文化时期，而战争文化语境对一切生命一般很难做到平等珍视。例如，在《小二黑结婚》里，三仙姑真诚的"爱美"追求被叙述人给予了讽刺性否定，而且这一叙述立场还获得了暗含读者的欣赏性肯定。又如，1949年前后的一些作品主要彰显的是阶级、群体的革命胜利、翻身以及"合作化"后的喜悦与自豪，却很少表现为了革命胜利而付出惨重代价乃至牺牲生命的"个体同志"的哀戚与悲凉命运，更别说去表现"敌人"失败后的凄惨。把我们的这些作品与肖洛霍夫的《静静的顿河》和《一个人的遭遇》做个简单的对照，我们不难发现，整体上我们不少作品与世界优秀作品还存在着差距，其中一个很重要的方面就是"悲剧性"的残缺或不成熟。肖洛霍夫在《静静的顿河》中将人与历史、个人与群众、民族与国家、历史与现实、战争与和平、日常生活与战斗场景等艺术地结合了起来，惊心动魄的历史冲突具化为个人的悲剧性命运，人性的丰富性在复杂的社会变革中呈现。《一个人的遭遇》通过索科洛夫的不幸命运，不是简单地将人们引导向对非正义战争发动者的仇恨，而是引发人们对于一切战争的思考，战争摧毁了人的幸福、破坏人的家庭、带给人们身体特别是心灵的创伤，当然，也表现了经过战争考验的人们对新的生活的希望。这种悲剧性处理，是在生命悲剧性的天平上重估战争。其结果是使人们更加懂得只有生命才是最宝贵的，人们应更珍视生命与和平、远离战争，而不会是我国文艺界一些人所担心的悲剧性体验会引发人们对于革命战争正义性、必要性的怀疑，动摇人们的革命信念、涣散人们的革命意志，也不会是我国一些作品所表现的对本阶级同志的"无差等的友爱"和对敌对阶级（阵营）的"无差等的仇恨"这般简单和狭隘。

当然，我们也有相当一部分作品确实表现出了对于生命、生存的悲剧性和人性的丰富性、复杂性的深切关注，现在仍被我们反复阅读。如，包括鲁迅在内的许多"五四"作家的悲剧性作品，丁玲的《三八节有感》、郭小川的《星空》、50年代"干预生活"的小说，80年代后的《平凡的世界》

《穆斯林的葬礼》《白鹿原》等作品。而在世界上有影响的 20 世纪中国文学作品也正是那些蕴涵着浓郁、深沉的悲剧性的作品，如《阿 Q 正传》《雷雨》《茶馆》《子夜》《家》《屈原》《红高粱家族》《平凡的世界》《白鹿原》等作品。《茶馆》在各色人物复杂多样的命运变化中演绎了三个时代，写出了人的卑劣与伟大、可怜与可恨、被动与主动、无可奈何与勉力强为、昏睡不醒者的麻木与觉醒者的痛苦、沉湎于曾经辉煌的孱弱与找不到出路的苦闷。

悲剧性审美范式是 20 世纪中国社会文化语境的选择，也是它的重要构成和表征，又受到它的影响。悲剧性审美范式既促进了中国文学的现代化进程，激发了中国文学界人们悲剧意识的不同程度的自觉，使 20 世纪中国文学中较大部分作品具有一定的悲剧性蕴涵，其中部分作品具有比较丰富、比较深刻的悲剧性蕴涵，有少部分作品的悲剧性蕴涵还很独特；但由于是"偏狭接受"，作品更多关注的是社会悲剧性，而较少关注人的心理、欲望乃至人本体的悲剧性，加之"文化大革命"特殊历史时期社会文化语境对于悲剧性审美范式的疏离或拒斥，导致 20 世纪中国文学中一些作品的悲剧性缺失、残缺或不够丰富、不够深刻、不够成熟，一些作品成了时代的简单记事本，而不是民族灵魂嬗变的见证者与对话者。文学作品如果缺乏了对人灵魂深处的审视与省察，就失却了传诸久远所必需的人性的深刻广博。因而，悲剧性审美范式在一个时代被人们重视的程度、被理解的具体情况影响了该时代文学作品中悲剧性蕴涵的整体状况。

三、考察作家悲剧性意识的状况——以鲁迅的黑暗情结为例

用悲剧性来衡量主体，就是要考察主体的悲剧性意识状况。每一个人都有其悲剧性；一个无力发现对象及自身的悲剧性的主体是一个缺乏深刻情致的主体，缺乏自我反思意识的主体，也是一个不高明的主体。用悲剧性来衡量主体，就是要考察作者和受众是否坚持无等差的普遍的生命立场，聚焦对象时是否有普遍的悲悯情怀、严肃的认知取向、郑重的体验态度和勇于担当的精神。用悲剧性批评作家，主要是看作家的悲剧性意识的正确程度（符合现实真相、全面辩证、价值导向正确）、深度（深刻、深入、深邃）、广度（涉及面广、启发面大）、高度（形而上意义、旨意宏大高远）、强度（力度、狠劲、彻底、决绝）、温度（现实关怀、人民情怀、家国情怀、人类情怀）、精准度（精准、恰切）、稳定程度（持续发力，始终如一，不能忽强忽弱、时断时续、时有时无）、集中程度（不能零散）、独特程度（新鲜程度）、鲜明程度（突出而有代表性）。总之，悲剧性意识是一个人之所以能够体验到悲剧性的主体因素，也是作家能够创作出悲剧性作品的创作

动因和完成作品创造的创作动力，它具体落实在作家身上就是作家创作心理中的悲剧意识，简言之，就是作家的悲剧性创作意识。

　　作家的创作意识最主要的是外化在作品中的作家意识。它体现在作品的题材选择、主旨设定、情节安排、冲突的性质及结局的安排、结构安排、人物命运的安排、人物形象的塑造、环境氛围的营造、场景的设置、意境的营造、景物描写、叙述语调和抒情基调的确立、聚焦视角的选择、叙述时空的安排、句式的选用、音韵的选择、文字的安排等一切文学形式和内容上，也即作品本身。同时，作家的创作意识也有一部分体现于作家的有关传记材料和创作后记、创作谈以及关于创作过程的自述中。但归根结底，最主要的还是要看作品本身。因为，创作意识落实不到文本中，那对文本就没有任何意义。此外，还有一部分创作意识存在于作家大脑中未表达出来，人们自然无法知道，当然也就无法研究。另外，由于不同作家的创作意识不同、同一作家创作不同作品时的创作意识也有变化，因而，对作家创作意识的分析最终必然走向对作品的分析（包括对作家系列作品、某类作品或全部作品的分析）。

　　为了提高理论论说的具体性，充分利用个案分析所具有的独特说服力和强大启发力，下面我们以鲁迅的"黑暗情结"为例，来实证作家的悲剧性创作意识的存在状况、形成原因及其对作品悲剧性蕴涵的生成所发挥的统摄作用。这里，鲁迅创作意识中的"黑暗情结"分析基于其34篇小说创作和相关传记材料。

　　一个作家的作品感动了同道者，这并不令人意外；而一个作家的作品深深感动了异己者，其背后的原因则令人深思。在20世纪中国文学家中，其作品受到自己的政治观乃至人生观异己者特别钦佩的人，鲁迅应是最著名的一例。曹聚仁先生在《鲁迅评传》中曾说苏雪林女士"极仇视鲁迅的为人而又最钦佩鲁迅创作艺术"。① 这里的"鲁迅创作艺术"是专指"鲁迅的小说创作艺术"。鲁迅小说之所以能够征服异己者，最根本的原因是，鲁迅小说对当时中国民众的内外生存状况和整个中国文化做了深刻、独到、精辟的剖析，并以完美的艺术形式显现了出来。而这一切的背后，正是鲁迅创作意识中独特、浓厚的"黑暗情结"。

　　（一）文本艺术显现中蕴涵"黑暗情结"

　　鲁迅小说中的人物及其心理、生活环境、叙述语调和聚焦视角等都有其深意。

---

① 曹聚仁：《鲁迅评传》，上海：复旦大学出版社2006年版，第161页。

1. 人物的不确定性

鲁迅小说中的人物大都处于失名或无名状态。许多人物被用其官衔、职业、辈分或其家庭关系，甚至性别、年龄来单一或综合称呼。如"把总""七大人""举人老爷""赵太爷""地保""巡警""庙祝""小尼姑""车夫""掌柜""赵贵翁""陈老五""大哥""老女人""单四嫂""秀才娘子""鲁四老爷""夏四奶奶""赵七爷"等。上述称呼是社会命名，表征的是这些人物的社会角色而不是其独立人格和个性。《狂人日记》中的人名被叙述者"悉易去"，并认为这是"无关大体"的。① 这是在向读者表白，姓名的有无及其内涵如何既不会改变人物的社会地位，也不会变易那"活的死尸"所处的社会状况。而且，即使是社会命名，上层人物的名字多与社会属性相联系，或官衔或职业，"有势力"人物被冠以"赵""钱"两大姓；底层人物的名字则往往与生理或自然属性相联系，或者被用自然、生理借代格式来称呼，如"一个浑身黑色的人""花白胡子""满脸横肉的人""王胡""三角脸""方头"等，或者被用出生体重甚至生理缺陷来命名，如"九斤老太""七斤""六斤""红鼻子老拱""蓝皮阿五"等，或者干脆以外文字母称呼，如"小 D""N 先生"，群体底层人物或"众人""闲人们""看客"通用人称代词"他们"统称，或以借代修辞格来分类称呼，如"短衣帮"和"穿长衫的"。此外，不论是普通人家的妇女还是大宅中的贵妇，她们也没有自己的姓名，都随夫、随子而称呼。例如，赵太爷之妻"赵太太"、祥林之妻"祥林嫂"、华小栓之娘"华大妈"等，这反映了中国社会中女人处于男人附属品的不平等地位。人物的失名化折射出社会的黑暗、礼教文化的专制和等级的森严。

许多底层人物的姓名、行状都具有不确定性。孔乙己姓孔是确定的，但他的名字是"别人"从"描红纸上的'上大人孔乙己'这半懂不懂的话里""替他取下一个绰号"②，孔乙己死于何时、死在何地也不清楚。阿 Q 充满了很多不确定性。他姓什么"我并不知道"，有一回"似乎是姓赵"，这是他不安于被社会强行命名而自我命名的可贵努力，但可悲的是"第二日便模糊了"，因为赵太爷不许他姓赵。可见，封建专制势力对人的压制到了连姓名也没有的严重程度。更可悲和可怖的是，未庄的人们也认为他在赵太爷面前不该姓赵，民众的大脑里被灌满了统治阶级的思想，麻木的民众成了统治阶级的帮凶。这是阿 Q 的悲剧，更是中国国民性和中国文化的

① 鲁迅：《鲁迅小说集》，北京：人民文学出版社 1990 年版，第 9 页。
② 鲁迅：《鲁迅小说集》，北京：人民文学出版社 1990 年版，第 21 页。

悲剧。阿 Q 的名字怎么写"我又不知道"，阿 Q 的籍贯"有些渺茫"，他居无定所，也没有固定的职业，而且关于他的"文章的名目不好确定"①。至于祥林嫂，大家都如此叫她，但她姓什么也不知道，祥林嫂提出的"一个人死后，究竟有无魂灵的问题"我"说不清"，祥林嫂死亡的时间我"说不清"，祥林嫂死亡的确切原因"我"也不能断定。祥林嫂基本情况的不确定性正好衬托其命运的不确定性，而且是所有底层妇女命运的不确定性。她活着时，或者像一件东西一样被人买来卖去，或者像一头牲口一样被人吆来喝去，或者像一个丑角一样被人逗来逗去，或者像一个不洁之物一样被人嫌来嫌去，她那唯一一次的自主反抗即对被强行再嫁的反抗，也被村人们用作赞颂鲁四老爷这个读书人的"与众不同"的典型论据，自己却领受了"真出格"的责骂，头上撞破的伤痕也被大家看作"耻辱的记号"，夫亡子死连续打击着她，她却被扣上了"克夫"的恶名。祥林嫂在这无爱的世界里很少享受过自主、自由、自尊的快乐，只有没命地做工才可以麻木她对快乐的向往。然而，她的工钱不是被婆婆悉数拿去，就是尽数捐了门槛以图"阴间"家庭的平安。可是，以慈悲为怀的庙祝也嫌弃祥林嫂。她把自己的劳作、家庭、身体、情感、希望、生命乃至灵魂全部奉献给了她所深信着的人们，但不是被世人抛弃，就是被神权欺骗。她在人们的冷漠中死了，还要被鲁四老爷斥骂为"谬种"，这是何样的世界？统治中国妇女几千年的政权、族权、夫权、神权哪一个不是"谬种"呢？与祥林嫂不愿再嫁相类，在爱姑不愿被抛弃的坚持里，有着对自我尊严的捍卫，但是，为一个无爱的婚姻而持守能算是爱的真正觉醒吗？闰土虽然有确切的姓名，但"多子、饥荒、苛税、兵、匪、官、绅"都"苦得他像一个木偶人了"②。三十年前的"迅哥儿"今日被自己称作"老爷"，并说这是自己"长大成人""懂事""规矩"的成果。③ 试问：这样的社会成长起来的是何样的"人"？"人"的自主性被谁剥夺了？"人"还能使自己成为自己吗？

鲁迅小说中的许多知识分子虽有确切的姓名，但其人生也是不自主的。例如，教员兼官吏方玄绰，并未因其"无是非之心"而避免当局"欠薪"的作弄。金榜题名的诱惑让陈士成发疯、溺亡。吕纬甫和魏连殳都曾有变革现实、启蒙民众的激情和勇气，也都曾与污浊的社会做过激烈而坚韧的抗争，也最终都在无可奈何中偷生尘世。四铭、卜薇园、何道统和高尔础、万瑶圃等被封建礼教异化了，却还在"忠实"上演一幕幕卫道丑剧。

---

① 鲁迅：《鲁迅小说集》，北京：人民文学出版社 1990 年版，第 69 页。
② 鲁迅：《鲁迅小说集》，北京：人民文学出版社 1990 年版，第 66 页。
③ 鲁迅：《鲁迅小说集》，北京：人民文学出版社 1990 年版，第 65 页。

‎

子君、涓生为自主和真爱抗争过、享有过，但现实的黑暗势力很快就使他们完全退回到了自己曾经反抗的社会。

可见，鲁迅笔下人们的"生"是辛苦而辗转的生、辛苦麻木的生、辛苦恣睢的生，极少有生机、有尊严的生。他笔下人们的"死"不是病死、饿死就是穷死，肉体幸免于死的，其精神也被封建礼教文化杀死，成为"活死尸"，在旧中国这无边的刑场里煎熬着、忍受着、麻木着、痛苦着，挨到死亡。

总之，在鲁迅小说里，人的姓名、情感、人格、尊严、个性、婚姻、生活、事业等人生的独立自主权利被有形或无形的黑暗势力剥夺了，"人"成了非自主的非确定物。虽然一些人暂时享有了自主，甚至还决定了别人的命运，但在那奴隶和暴君轮回的黑暗土地上，在严密而残忍的社会之网里，在以消灭个性为主旨的专制文化里，谁都逃脱不了被作为玩偶和牺牲品的悲剧性命运。鲁迅通过人物的不确定性写出了中国封建社会把人不当人、使人不成为人的专制本质，彰显了这种社会制度及其意识形态的无孔不入的恐怖和专横，特写式地勾画出了充满悲剧性和罪孽的愚散贫弱、专制的黑暗社会，把读者引向了社会批判、政治批判和文化批判的时代诉求。

2. 人物的阴暗心理

鲁迅小说在着力描摹人物的不确定性的同时，还用大量笔墨来剖析人物心理，在灵魂的显微镜下展示出每个人心理深处的阴暗。

首先，鲁迅小说揭露了人们多样的阴暗心理和社会心理的阴暗面。例如，亲者相害的自保、自私里显露了家庭伦理的残忍和虚伪。《药》中的夏三爷为保全自身而向官府告发了亲侄子夏瑜；夏瑜被杀害后，亲戚本家也认为"不光彩"而断绝了与夏四奶奶的来往。《头发的故事》里"N先生"的一位本家因他戴了条假辫子就预备去报官。《长明灯》中的"四爷"为了使儿子永久霸占侄子的房屋而将亲侄子以"疯子"的名义关进了社庙里，还说自己此举是为了香火不绝，保住祖上的名声。

其次，社会心理的阴暗面。例如，残忍而怯懦的"狼兔"心理：《狂人日记》中，许多人"自己想吃人，又怕被人吃了，都用疑心极深的眼光，面面相觑"。① "吃人者"的心思也不一样，有的以为"从来如此，应该吃"，有的"知道不该吃，可是仍然要吃，又怕别人说破他"②。又如，保守自负的排外心理：阿Q对城里人的不满、寒石山村人视魏连殳为"异类"。再

‎① 鲁迅：《鲁迅小说集》，北京：人民文学出版社1990年版，第16页。
② 鲁迅：《鲁迅小说集》，北京：人民文学出版社1990年版，第17页。

如，欺软怕硬的卑怯心理和弱者在相轻、相斗、相较中取得心理优势和心
理平衡的可怜的自尊心和嫉妒心：平日里，阿Q欺负小尼姑却恭从于赵太
爷之流的奴役、敲诈、欺侮，但当阿Q"发达"时，赵太爷之流却对阿Q
恭敬得连称呼也改为"老Q""Q哥"。压迫者与被压迫者具有同样的卑怯
心理。阿Q与王胡比捉虱子、与瘦弱的小D比力气；华大妈为儿子坟头缺
少夏瑜坟头那一圈红白的花而"感到一种不足和空虚"；七斤嫂无力对抗"强
大"的赵七爷，就转而欺负起了比她更弱小的寡妇八一嫂。另如，阴险狠
毒、伺机报复的狭隘卑鄙心理：赵七爷总是在"于他有庆，于他的仇家有
殃"时穿上轻易不穿的竹布长衫。"村人们"对于"七斤"的"犯法"（没
有辫子）"也觉得有些畅快"，只因为平日他和大家谈论城里的新闻时含着
烟管显出骄傲的模样。① 此外还有幸灾乐祸、隔岸观火的麻木而残忍的心
理。未庄人听阿Q讲述城里杀革命党的头时"都悚然而且欣然了"②。阿
Q被枪毙而不是杀头、且未唱一句戏文竟使看客们"多半不满意"，因为"枪
毙不如杀头好看"、自己"白跟一趟"③；魏连殳同意祖母的丧葬仪式全部
照旧，这使"都咽着唾沫，新奇地听候"一场争斗的村人们"都快快地"
"很失望"④。再有冠冕堂皇的伦理道德下的虚伪、变态、龌龊的性心理：
阿Q对"男女之大防"持极端学说，"凡尼姑，一定与和尚私通；一个女人
在外面走，一定想引诱男人；一男一女在那里讲话，一定要有勾当了。"⑤
一句话，"女人真可恶"⑥。然而，阿Q曾公然在戏台下拧女人的大腿，飘
飘然于小尼姑脸上的滑腻，盼望自己能被女人引诱或干些"勾当"，他心目
中的"爱"就是"困觉"；当这一切未成现实时，他又大骂女人"假正经"。
阿Q当众调戏小尼姑竟然博得了大家的"赏识"，带给酒店里的人们"九
分得意的笑"。《肥皂》中，一位十八九岁的女乞丐当街乞讨，引来众人长
时间地围观"打趣"和两个光棍肆无忌惮地调笑。而以卫道士自居的四铭
也"从旁考察了好半天"，不曾给她一个钱，却买回了一块肥皂，两个光棍
的下流话居然被"四铭们"在6页文字里前后复述了11次之多，何道统在
不到10行的文字里将其反复了3遍。四铭太太虽然大骂"四铭们"和两个
光棍一样"不要脸"，但第二天早上肥皂就被她"录用"了，而且被放在了

---

① 鲁迅：《鲁迅小说集》，北京：人民文学出版社1990年版，第56页。
② 鲁迅：《鲁迅小说集》，北京：人民文学出版社1990年版，第91页。
③ 鲁迅：《鲁迅小说集》，北京：人民文学出版社1990年版，第109页。
④ 鲁迅：《鲁迅小说集》，北京：人民文学出版社1990年版，第223-224页。
⑤ 鲁迅：《鲁迅小说集》，北京：人民文学出版社1990年版，第82页。
⑥ 鲁迅：《鲁迅小说集》，北京：人民文学出版社1990年版，第82页。

洗脸台最高的一层，以免被秀儿使用，透露了她和"四铭们"一样的龌龊心理。提倡男女平等的高尔础上课前对自己形象的格外修饰流露出了他借机观看女生的龌龊动机。《补天》中的小丈夫"偏站在女娲的两腿之间向上看"，却说女娲"裸裎淫佚，失德灭礼败度，禽兽行"。① 是谁让中国国民无论男女老少都表现出了性的丑态？狂欢化的"革命"借阿Q之口回答了我们，他说："我要什么就是什么，我欢喜谁就是谁。"② 这在不经意间暗示出：统治阶级不仅掌控了整个社会物质财富的消费，而且也支配了整个社会的性生活和性观念，留给无权势却又以礼教标榜的"四铭们"以虚伪，留给无地位却有正常性需求的阿 Q 们以性玩笑和性幻想。鲁迅的精细之处，在于他看到了"阿Q们"更多的是赤裸裸的生理性需求，而"四铭们"却是在礼教遮羞布下的半推半就的性赏玩。还有恩将仇报、过河拆桥的卑鄙心理：《非攻》中的墨子是拯救宋国的英雄，但宋人对待他的却是在国境上的两次搜检、包袱在都城附近被强行募捐、在南关城门下被撵于大雨中。这和《补天》中女娲为人间补天却遭遇冷笑、痛骂、抢夺甚至咬手何其相似。《理水》《采薇》《铸剑》《出关》和《起死》等作品表现了知识分子和官吏们的浅陋、虚伪、自私、狭隘、庸俗和"自我高尚"心理。如《出关》中的老子一直以"无为"标榜，在孔子未学到他的"道"之精髓时"很高兴"，但当孔子明白了他的"道"之后他却"不大高兴"。《起死》中的庄子面对被他救活的汉子要衣服穿时，说那汉子"是一个澈底的利己主义者"③，不肯施舍他一件衣服，而他自己则既要衣又要袍，因为见楚王要体面。

　　最后，悖谬的社会价值观。例如，弱肉强食的强权价值观：咸亨酒店的人们对于"窃书"的孔乙己报以鄙夷的嘲笑，而对打断了孔乙己双腿的丁举人却十分敬畏；未庄的人们因阿Q在城里的偷窃而敬畏他，但获知他不过曾是一个接东西的、现在也"不敢再偷的偷儿"后，都不再畏惧他了。又如，盲目浅薄的从众价值观：赵七爷仅凭一番道听途说就使全村人喜庆而向往；未庄人在"革命"后仅凭"听说"邻村的七斤上城被剪了辫子就全都盘起了辫子。人们在把自我自主权交付"众人"的同时，也就卸调了本该对自己所负的责任，于是，"民"而不"主"的悲哀现实自然就成了专制主义肆虐的天堂。鲁迅之深刻者，还在于他看到了中国诸种社会价值观间的矛盾。例如，一方面是见利忘礼的"实用主义"价值观：在阿Q向吴妈求爱事件后，未庄的大姑娘、小媳妇甚至老太太忽然都"羞涩"起来，

① 鲁迅：《鲁迅小说集》，北京：人民文学出版社 1990 年版，第 299-300 页。

② 鲁迅：《鲁迅小说集》，北京：人民文学出版社 1990 年版，第 96 页。

③ 鲁迅：《鲁迅小说集》，北京：人民文学出版社 1990 年版，第 397 页。

躲避阿 Q 唯恐不远；但当阿 Q 贱价兜售赃物时，忽然"伊们都眼巴巴的
想见阿 Q"，有时阿 Q 已经走过去了，也还要追上去叫住他。赵太爷也自
毁前约，赵府晚上破例点油灯，全眷"都很焦急""打着呵欠"等待阿 Q
到来。《孤独者》中，满村文盲的乡亲虽不满魏连殳的"异类"，"但也很
妒羡"他，只因为"他挣得许多钱"。另一方面，又是讲究"面子"、爱慕
虚荣的形式主义价值观。《伤逝》中，子君为了与小官太太争面子，居然
把给涓生都舍不得吃的羊肉喂了小狗阿随。鲁迅之卓越者，在于他将这诸
多矛盾的价值观集中、形象地寄寓在了"阿 Q"这个文学典型里，阿 Q 那
种或盲目自大、或消极反抗、或"以丑傲人"的永远的"精神胜利法"揭露
了"中庸"价值观的虚弱，同时也深刻地暗示出强权价值观之所以根深蒂固、
横行无忌的根由了。

　　另一方面，鲁迅小说展示出了人们心理中善恶相间的复杂性。他在人
的"善"中抉细剔微出"恶"来，而这些"恶"往往又在无意识中流露。
鲁迅主要通过幻觉、梦境以及瞬间心理来表现这种人性的复杂性。如，《弟
兄》中的张沛君为医治弟弟的急病而主动请假、延聘名医、购买好药、尽
心照料，确实表现了他与弟弟手足怡怡。然而，鲁迅却在他焦急等待医生
的凌乱思绪里，发现了他将可能的上学机会优先给予儿子而非侄子的自私，
在他的梦里出现了掌批侄子脸的残忍。《伤逝》中的史涓生将子君放在了环
境和精神的双重冰冷里，意在促使她离开自己，"免得一同灭亡"，而"我
突然想到她的死"显露了他灵魂深处一瞬间的冷酷与自私。① 同样，鲁迅
在平凡如我们的"乘客"的习以为正常的心里发现了"下面藏着的'小'
来"。当然，鲁迅对人们心里的"善"也是烛隐索幽。他在写出人物内心深
处闪现的"恶"的同时，又不忘记他们自省的"善"。如，张沛君"忽而清
醒了，觉得很疲劳，背上似乎还有些冷。"② 涓生也"立刻自责、忏悔"③。
鲁迅在"不争"的人们心里，发现了还未被完全腐蚀掉的那点"善"。孔乙
己"窃书不算偷"的文字游戏里难掩其未泯的自尊心；他一般不欠酒账，
即便一时欠了，也会很快还上，可见他极讲信用；他很爱孩子们，给他们
分食自己的茴香豆，教小伙计识字。不过，鲁迅只是给予了那些被欺凌、
被侮辱、被压迫的底层人们以"善"的一面，而对那些上层人物，他竭
力揭露其灵魂深处的邪恶、狠毒、阴险和冷酷，一点也不放过，一个也
不宽容。

---

① 鲁迅：《鲁迅小说集》，北京：人民文学出版社 1990 年版，第 258-259 页。
② 鲁迅：《鲁迅小说集》，北京：人民文学出版社 1990 年版，第 274 页。
③ 鲁迅：《鲁迅小说集》，北京：人民文学出版社 1990 年版，第 259 页。

　　鲁迅小说通过对人物阴暗心理的深刻剖析揭露了中国人精神生活里的黑暗、腐朽、残忍和悖谬，如此的社会精神环境反过来又腐蚀、扭曲着人们的灵魂。例如，阿Q对于"革命"的想象也不过是自己成为另一个"赵太爷"；子君为"爱"而背叛了封建家庭，她又亲手建立了新的封建小家庭。这种"人最终却成了自己最初所反对的"状况，难道只是那时中国民众及其生活的悲剧性吗？

　　3. 环境的黑暗性、阴冷性

　　鲁迅小说的场景多在衙门、公堂、监狱、刑场，神庙、社庙、土地庙、土谷祠、寺院、尼姑庵，祠堂、客厅，街道、十字路口、酒店、茶馆、药铺、饭场、坟场等，它们分别与政权、神权、族权、夫（父）权相对应，而且它们之间互相交织，构成了一个冷酷的人吃人的社会。鲁迅小说情节展开的时节多在深秋、冬季和初春，《风波》和《示众》虽是在夏天，但前者是"晚饭时候"，后者是静得像死一般的正午。故事多发生在重要的传统节日（时间的转折点、关节点，也是人物命运的转折点，节日表达了停滞和流逝这种两重性。）——清明、端午、中秋、年关。时间多选在下午、黄昏特别是晚上；即使是上午，或少有太阳且刮着阴风，或太阳暴晒且寂静得出奇。总之，故事一定发生在阴冷、寂静、昏暗、黯淡、了无生气的死一般的环境气氛中。《狂人日记》共13则日记，明确注明时间是"晚上""今天全没月光""早上""黑漆漆的，不知是日是夜""月色""大清早，屋里面全是黑沉沉的""太阳不出，门也不开"的就有8则。孔乙己到酒店来多是下半天，华老栓是在后半夜走在黑沉沉的街上去向一个浑身黑色的人买"药"，华大妈和夏四奶奶是在"分外寒冷的这一年的清明"为儿子上坟，坟场周围是"死一般静"。单四嫂子家里是"黑沉沉的灯光"。"我"是在刮着大北风的一个冬日的早晨为了生计坐上了一辆人力车。"我"是在深冬里冒着严寒、阴晦的天气和劲吹的冷风回到我苍黄天色下萧索的、没有一些活气的荒村故乡，房屋瓦楞上枯草断茎、家里很是寂静，别离故乡是在黄昏。阿Q向吴妈求爱和被抓、丁举人向赵家转移财物以及赵家被抢是在晚上，阿Q的过堂、画押、游街、被枪毙是在上午。陈士成是在初冬的下午落榜、晚饭后发疯、夜里溺死。"我"与吕纬甫重逢在深冬雪后的一个下午，分别于满天雪花飞舞的黄昏。"四铭们"策划表彰孝女的诗文活动是在夜晚。《长明灯》里"疯子"在暮色中被关进昏暗、静寂的社庙；魏连殳祖母去世后，他感到"一切都罩在灰色中""一切死一般静"①；祥林嫂死在除夕夜。史涓生是在寂静和空虚的破屋里，在"昏暗的灯光"下写下了自己的悔恨和悲哀，发现那生路像一条灰白的蛇游移不定，最终"消失在

_____

　　① 鲁迅：《鲁迅小说集》，北京：人民文学出版社1990年版，第240-241页。

黑暗里了"①。

　　一句话，鲁迅小说中的旧中国已经是了无一丝生气的"非人间"。这样黑暗、阴冷、死寂的环境就是鲁迅小说中人物的日常生活环境，它们与不确定的人物及其阴暗心理天然地融合在了一起，形成了阴暗死寂的审美意象。

　　4. 叙述语调与聚焦视角的悲剧性

　　"聚焦是'视觉'（即观察的人）和被看对象之间的联系"。② 换言之，"聚焦"就是通过某人的感觉或立场把事件带进焦点并得以表述。聚焦者既可以是作为行动者参与到素材中去的人物，也可以是外在于素材的尤名的行为者，类似上帝那样的全知者。聚焦者既可以是叙述人，也可以不是叙述人。叙述者和聚焦者的感知、知识、经验、阅历、兴趣、态度、意图、情感、立场、价值观和信仰等主观个性因素决定了小说中的人物、事件及环境以何面貌呈现出来。因而，通过对叙述语调和聚焦视角的分析，我们可以更深入、更全面地把握鲁迅小说里的阴暗死寂的审美意象是如何做到有机统一的。

　　首先，鲁迅小说在展开情节的同时也在对叙述人的阴暗心理进行同步解剖。这一点主要见于鲁迅的 14 篇以第一人称"我"为叙述人的小说里。《狂人日记》的叙述人是"余"，聚焦者是故事内的"狂人"，由于是日记体，采用的是同步聚焦，因而增强了叙述的可靠性。"狂人"由别人的"被吃""吃人"、陌生人间的"交换吃"、亲属间的"互吃"，联想到了自己曾经"吃人"以及即将面临的"被吃"，发现了作为"人"中一分子的自己也有着野蛮、残忍的兽性，深刻揭露了礼教文化的"吃人"本质。《一件小事》中的叙述人是乘客"我"。叙述人给读者聚焦了自己目送车夫把自称被撞伤的老女人扶到巡警分所去的前后的心理活动，真实地写出了"我"自以为具有丰富的社会经验、自以为看透了"人"本性的浅薄、庸俗和世故，以及自私、缺乏同情心、缺乏责任感的可鄙、可悲。《孔乙己》由第一人称"我"叙述，采用了成年的"我"和少年酒店伙计的"我"两重聚焦，确证了人生的悲凉感。不仅表现了掌柜及酒客们一直讥笑孔乙己而毫不顾及其自尊的残忍、冷漠，而且也反省了当年自己与他们并无本质上的不同。《伤逝》表现了"我"面对挫折时的脆弱、首先保全自己的自私、对"子君"的冷酷，缺乏责任心、缺乏持守真爱的无私胸怀和奉献精神。叙述人阴暗心理的自我剖析，增强了作品的批判力度。

　　① 鲁迅：《鲁迅小说集》，北京：人民文学出版社 1990 年版，第 254-264 页。

　　② [荷] 米克·巴尔：《叙述学》（第二版），谭君强译，北京：中国社会科学出版社 2003 年版，第172 页。

其次，许多不确定性的叙述语调的使用，加深了鲁迅小说的悲剧性蕴涵。例如，《孔乙己》的结尾："我到现在终于没有见——大约孔乙己的确死了。"① "大约"是个不确定性断语，"终于没有见""的确死了"是确定判断，两者的矛盾组合流露了叙述人的复杂心情，"大约"又是弱化的断语，表明了叙述者的慈悲情怀，紧接其后的"的确死了"表明叙述者服从了理性的判断，认为孔乙己除了悲剧性的死亡不可能有第二种结局。《故乡》结尾写道："希望是无所谓有，无所谓无的。这正如地上的路；其实地上本没有路，走的人多了，也便成了路。"② "无所谓"是个不确定断语，流露出叙述人对"希望"的不确定，而紧接其后的句子以"地上的路"为譬，表明本就没有什么叫"希望"的东西，希望是人的梦想。这表明叙述人有着彻底的悲剧性意识和对生命的悲凉感。

再次，通过对聚焦视角的分析，我们也可以感知鲁迅的良苦用心。鲁迅小说中的聚焦者都怀着一颗悲天悯人的心、睁着一双悲剧性的眼睛，冷静而不失希望地审视着这日常灰色生活里的凄惨与悲凉。《孔乙己》的聚焦者"我"满眼悲凉："孔乙己是这样的使人快活，可是没有他，别人也便这么过。"③ 《头发的故事》中，青年人"都在社会的冷笑恶骂迫害倾陷里过了一生。"④ 《故乡》中"我"心"悲凉"，母亲和闰土都有着"凄凉的神情"。在《兔和猫》里，黑猫残食了小兔后，"我总觉得凄凉"，为"造物""将生命造得太滥，毁得太滥了"而凄凉。⑤ 在《鸭的喜剧》中，"我"也为鸭子吃了小蝌蚪、小鸡"积食、发痧，很难得长寿"而感到"生命悲剧"的普遍。⑥ 魏连殳被校长辞退后，他的客厅"满眼是凄凉和空空洞洞"，他"一个人悄悄地阴影似的进来了""我忽而感到一种淡漠的孤寂和悲哀。"⑦ 当魏连殳被收殓入棺后，"我"也像他当年收殓他的祖母入棺后一样"失声长嚎，像一匹受伤的狼，当深夜在旷野中嗥叫，惨伤里夹杂着愤怒和悲哀。"⑧ 是谁夺取了一个个有为青年的鲜活生命？《怀旧》从"我"一个私塾儿童的视角，摄取了一幅辛亥革命浪潮中的人情世态图：深谙权术、工于投机的土豪，静观形势、伺机而动的帮闲文人，盲目无知的民众。《祝福》

① 鲁迅：《鲁迅小说集》，北京：人民文学出版社1990年版，第24页。
② 鲁迅：《鲁迅小说集》，北京：人民文学出版社1990年版，第68页。
③ 鲁迅：《鲁迅小说集》，北京：人民文学出版社1990年版，第23页。
④ 鲁迅：《鲁迅小说集》，北京：人民文学出版社1990年版，第46页。
⑤ 鲁迅：《鲁迅小说集》，北京：人民文学出版社1990年版，第127-128页。
⑥ 鲁迅：《鲁迅小说集》，北京：人民文学出版社1990年版，第130-132页。
⑦ 鲁迅：《鲁迅小说集》，北京：人民文学出版社1990年版，第231-232页。
⑧ 鲁迅：《鲁迅小说集》，北京：人民文学出版社1990年版，第244页。

用了"我"和卫婆子、鲁四老爷、鲁四太太、鲁四家佣人、陈妈、村人等来聚焦祥林嫂的悲惨命运，深刻揭露并无情鞭挞了促发祥林嫂悲剧的封建专制制度和礼教文化。同样，透过鲁迅另外20篇小说的全知聚焦，我们依然可以清晰地感知到作者那颗"上帝般"博大的心，一切罪恶和不幸、凄凉和悲惨都被冷冷地彰显了出来。《药》中革命者夏瑜的鲜血既没有拯救华小栓的生命，也没能唤醒人们麻木的灵魂。求过签、许过愿、使过单方的单四嫂依然没能挽救宝儿的生命。与世无争的方玄绰一家在端午节来临时靠赊颗白菜过活。县考16回不中的陈士成在邻人们的冷漠中溺死在城外的泥塘里，连身上的衣服也被人剥去了。"城里的七大人"要出面调解爱姑的离婚，竟使她的6个兄弟不敢到场，平时沿海居民十分惧怕的她的父亲虽到场却噤若寒蝉，泼辣大胆的爱姑虽决定做一回最后的抗争，但"七大人"的一个喷嚏就彻底降伏了她。

《社戏》的叙述语调和聚焦视角似乎没有染上严肃、凝重的悲剧性色彩。然而，这只是对该小说后半部分而言。《社戏》由成年在都市戏园听京戏的压抑、郁闷和童年在乡下野外听社戏的欢快、自由两部分组成。即使是"社戏"部分，虽有着欢乐真诚的童心童趣、纯朴热情的古道民风、优美明快的抒情描写，然而，小说的结尾也是主旨之笔却别有一番辛酸。当晚看社戏回来时，"我"（迅哥儿）和小伙伴们偷食了六一公公家的罗汉豆，第二天下午他卖豆归来顺道责备双喜他们时，得到了双喜"我们请客"的解释。六一公公看见"我"，他思维定势中对"请客"对象的查问还没有展开就立刻止住了，马上说"这是应该的"。"我"对他家罗汉豆的"很好"的评价使"六一公公竟非常感激起来，将大拇指一翘，得意的说道，'这真是大市镇里出来的读过书的人才识货！'"而且向母亲"极口夸奖我，说'小小的年纪便有见识，将来一定要中状元。姑奶奶，你的福气是可以写包票的了。'"① 同样的豆，因不同地位的人吃了便有了不同的价值。乡民的纯朴、世故特别是其自然服膺于权势的愚昧是如此的可悲、揪人的心。这是只有鲁迅才有的深刻与"残忍"。

当然，鲁迅小说里的悲剧性眼光不是悲观性眼光，它充溢着对具有个性自由、人格独立、情感自主的"人"的有创造的、积极的人生价值的高度关爱。于是，夏瑜的坟头有了一圈红白的花整齐地显现在清明的寒冷里，单四嫂在孤寂的长夜里梦到了可爱的宝儿，张靖甫患的是"疹子"而非"猩红热"，子君在离开"我"时把我们所有的积蓄"郑重地留给我一个人"。

---

① 鲁迅：《鲁迅小说集》，北京：人民文学出版社1990年版，第143-144页。

总之，冷峻甚至有点冷酷的悲剧性叙述——聚焦基调使鲁迅小说显现出理性的批判光芒和严肃而热切的救世情怀。

从上面的分析可以看出，鲁迅34篇小说揭露了专制社会的黑暗，反映了当时中国人的黑暗人生；剖析了中国人多样而繁复的阴暗心理，画出了黑色精神生活中国民众的病态灵魂；展示了民众黑暗、死寂的生活环境；浸染着悲凉而凝重的悲剧性叙述语调和聚焦视角。这些均被鲁迅天才地结合了起来，呈现给读者一个个有机而颇具家族近似性的艺术世界，它们集中而明确地将自己的"族徽"指向"黑暗情结"。因为，"黑暗"能够最大限度地统摄鲁迅小说中的上述所有蕴涵：时间上的结束期和酝酿开端期，如一日里的黄昏、夜晚、黎明，一年的秋季、冬季、初春、节日；黯淡、封闭、逼仄、死寂的空间环境；无区别性、无名性、不确定性、非自主性的黑暗人生；隐蔽、秘密、诡秘、阴险、专制、反动、腐朽、残忍、恐惧、危险、保守、落后、愚昧、麻木、庸俗、隔膜、卑怯、从众、沉重、阴暗、缺乏生机的精神世界和精神生活；阴冷、焦虑、沉闷、空虚、无聊、孤独、寂静、死亡、压抑、迷惘、愤怒、绝望、无奈、凄惨、凄凉、苍凉、悲哀、悲凉的叙述语调和聚焦视角，其精神特质就是人生的悲剧性和生命的悲凉感。鲁迅小说里的上述情感体验又是深沉、强烈而一贯稳定的，完全吻合了"情结"的内涵。因而，笔者认为，"黑暗情结"是鲁迅小说最确切的主题词。它是鲁迅小说的人物、环境、叙述语调与聚焦视角的共同生成逻辑，体现了鲁迅小说意与境谐、情与理合、审美特质与艺术构成有机结合、形式与内容相互征服、融合为一的绝妙特点，体现了鲁迅小说题材、主旨与表达完美统一的特点。总之，鲁迅小说作品中蕴涵着丰富的悲剧性意蕴，它也是鲁迅创作时的悲剧意识的充分表现和完美外化。

（二）"黑暗情结"的根源

作品心理蕴涵是作家创作心理的迹化。鲁迅小说中蕴涵的"黑暗情结"表明鲁迅创作心理中必然有"黑暗情结"。那么，其形成的根源何在？笔者以为，主要有下面5个因素。

黑暗社会的人生体验。鲁迅生活在我国从封建社会向现代社会转型的动荡不安的历史时期里，先后经历了清政府、北洋政府和国民党政府的黑暗统治。它们的统治者虽然不同，但面对外国列强一样软弱无能，面对国内人民一样残酷剥削、血腥镇压，实行森严的军警特务统治。政治黑暗腐败、民族经济一片凋敝、帝国主义经济侵略长驱直入，对外守土连连失败、对内混战连年不断，统治阶级骄奢淫逸，民众生活困苦不堪，民族矛盾、阶级矛盾一触即发，神州大地风雨飘摇，整个中国社会被笼罩在黑色恐怖之中。就鲁迅自身而言，也亲历了人生、社会的诸多黑暗。作为仕宦之家的长房长孙的他，少年时就经历了家道的突然败落、族人的欺凌，父亲的病及其英年早逝让他过早担负起了家庭的重担，品尝了人情的淡薄，看透了世态的炎凉。日本学医的美好愿望因"幻灯片事件"草草收场。长子的义务迫使他奉母命违心完婚，兄长的责任使他牺牲在日本的研究回国做事。《新生》的"流产"、《新青年》的分化让他两次体味同志间疏离的痛苦；《莽原》的分裂、《狂飚》的攻击让他体味了被学生背叛的凄凉；与周作人关系的破裂让他体味了不被亲人理解的孤单与悲哀。他所供职的教育部也是一片黑暗，相互倾轧，14 年间就更换过 38 次教育总长、24 次教育次长。他努力工作却受到排挤打击，到 1926 年时，教育部就欠他薪金达两年半以上。① 为了一家人的生计，鲁迅除了公职、编刊、译书、写作、演讲外，曾经最多同时在 7 所大中学校里兼课。他在厦门看清了教育界的黑暗，在广州时"四·一五"反革命大屠杀让他对北伐革命抱有的最后一丝幻想彻底破灭。鲁迅熟识或者交往过的同志、朋友、学生，如刘和珍、杨德群、毕磊、上海"左联五烈士"、杨杏佛等人先后遭到清政府、北洋政府和国民党特务的屠杀、暗杀。从 1912 年 5 月北迁到 1936 年去世的 25 年间，鲁迅搬家至少 13 处，这还不包括他为躲避北洋政府和国民党政府 4 次通缉寄寓 7 处，以及多次暂居旅馆。这吞噬无辜生命的黑暗地狱和黯淡的人生体验怎能不在鲁迅心里打上深深的烙印呢？1935 年他就说他"更分明的看见了周围的无涯际的黑暗。"②

　　独特的个性心理。鲁迅极有个性，很敏感。他在给许广平的信中曾说："我的情形……大约受一点刺激，便心烦，事情过后，即平安些。"③ 他很仔细、多思、多疑，不论是对别人还是对自己。他曾对许广平说："我看事情太仔细，一仔细，即多疑虑。"④ 这与他的成长环境有很大关系。童年时自由广博的阅读，使他在熟读正统典籍的同时，杂览了许多被视为异端的野史、笔记、传奇、神话和小说，在与现实比较中，让他产生了独立思考、独立判断、不盲从轻信、重估一切的自主意识和怀疑精神。从小康人家坠入困顿的变故让他对人性、人心的细微变化有了真切的感触。加之王充、徐渭、张岱、吴敬梓等吴越先贤"异端"思想的影响，使他对中国旧文化和现实看得比较清楚、深刻。学医和校勘古书的经历养成了他求真的思维

---

① 陈漱渝：《民族魂——鲁迅的一生》，杭州：浙江文艺出版社 1983 年版，第 55 页。
② 鲁迅：《鲁迅全集》第 6 卷，北京：人民文学出版社 1981 年版，第 243 页。
③ 鲁迅：《鲁迅全集》第 11 卷，北京：人民文学出版社 1981 年版，第 156 页。
④ 鲁迅：《鲁迅全集》第 11 卷，北京：人民文学出版社 1981 年版，第 32 页。

习惯和仔细、认真、耐心、执着的性格，他像解剖身体一样解剖人的心灵。受绍兴刑名师爷文化的影响，他在小说里对人的灵魂进行无情的审问以及冷静、毫不客气的剖析，在剖析别人的同时也剖析自我。他有极强的正义感和责任感（民族的、社会的、家庭的），求真、求善、求美，性子刚，坦荡、率直，永远忠诚于自己的体验，怎么看、怎么想、怎么说，从不瞒和骗。他一生书生本色不变①，对社会现状永不满意，永远能发现社会和人心的黑暗。因此鲁迅说"我的思想太黑暗"②。有此心理，他自然能把中国社会和中国国民性看得透彻，把人性看得深刻，将主观的真情与客观的真实高度结合了起来。鲁迅在致许广平的信中说："我的作品太黑暗了，因为我觉得惟'黑暗与虚无'乃是'实有'，却偏要为向这些作绝望的抗战，所以很多着偏激的声音。"③

"为人生"的文艺观。鲁迅 1920 年 3 月 20 日在《域外小说集·序》中说，他在日本留学时就"以为文艺是可以转移性情，改造社会的"。④ 在 1922 年 12 月 3 日的《呐喊·自序》中也说，1906 年幻灯片事件后他认为文艺是"善于改变国民精神的"⑤。1932 年 12 月 14 日在《自选集·自序》中鲁迅又说，他创作小说是基于与革命前驱者的"同感"而为他们"呐喊""助威"，这"同感"指对中国社会黑暗现实的不满以及对改变这黑暗社会的热切希望。因而，他的小说中"夹杂些将旧社会的病根暴露出来，催人留心，设法加以治疗的希望"。⑥ 在 1933 年 3 月 5 日的《我怎么做起小说来》中，鲁迅又说，他写小说是"想利用他（指小说——引者）的力量，来改良社会"。"说到'为什么'做小说罢，我仍然抱着十多年前的'启蒙主义'，以为必须是'为人生'，而且要改良这人生。……所以我的取材，多采自病态社会的不幸的人们中，意思是在揭出痛苦，引起疗救的注意"。⑦ 鲁迅关于写小说的理由，前后 4 次表述略有不同，所指也有细微差异，但其核心思想是一贯的，那就是文艺要为人生，要有补于世，而且要改良人生、改革社会。但其前提是要找出病因，也就是须正视社会、文化、人生和人心的黑暗。

时代文化和文学主潮的吁求。鲁迅小说创作的时期，正是民主、科学

---

① 曹聚仁：《鲁迅评传》，上海：复旦大学出版社 2006 年版，第 376 页。
② 鲁迅：《鲁迅全集》第 11 卷，北京：人民文学出版社 1981 年版，第 79 页。
③ 鲁迅：《鲁迅全集》第 11 卷，北京：人民文学出版社 1981 年版，第 20-21 页。
④ 鲁迅：《鲁迅全集》第 10 卷，北京：人民文学出版社 1981 年版，第 161 页。
⑤ 鲁迅：《鲁迅小说集》，北京：人民文学出版社 1990 年版，第 5 页。
⑥ 鲁迅：《鲁迅全集》第 4 卷，北京：人民文学出版社 1981 年版，第 455-456 页。
⑦ 鲁迅：《鲁迅全集》第 4 卷，北京：人民文学出版社 1981 年版，第 511-512 页。

的启蒙主义思潮酝酿并风行于中国社会、彻底清理中国旧文化的时候。辛亥革命之前，梁启超、蒋方震等东渡扶桑的中国知识分子已经有意识地对中国文化、中国国民性进行探讨，他们都把中国现实的黑暗、落后归咎于中国旧文化。青年鲁迅的《人之历史》《摩罗诗力说》《科学史教篇》《文化偏至论》等一系列论文显示了他们思想的影响。同时，鲁迅与"光复会""兴中会"等革命团体的成员也交往密切。他先后受到了达尔文进化论、托尔斯泰的博爱哲学与平民精神、尼采的超人哲学及其重估一切的怀疑精神、无政府主义学说、个人主义学说、人道主义学说、民族主义学说、弗洛伊德主义乃至社会主义学说的影响，这些驳杂甚至矛盾的思想经过鲁迅的社会实践而程度不等地成为其思想的一部分，使他的视野更加广阔。辛亥革命的不彻底及袁世凯称帝、张勋复辟、北洋军阀的混战等动荡现实让中国知识分子意识到，没有深刻的社会文化的革命，单纯的政治制度的变革不会根本改变中国的黑暗现状。于是，"五四"前后中国文化的主潮就变成了对中国传统文化进行猛烈和深刻的抨击，陈独秀、吴虞、蔡元培、李大钊等人是他们的代表，他们当时的迫切任务是引导思想的革命而不是去做书斋里的学问，因此难免偏激。鲁迅和他们有同感。因而，他的小说和杂文里就自然有着对于中国旧文化的彻底清算。于是，他发现中国旧文化的本质"不过是安排给阔人享用的人肉的筵宴"①。他在以儒家"仁义道德"为主导的四千年来的中国历史里发现其"吃人"的本质，揭破了礼教文化的"黑幕"。他发现了道家的"不撄"学说有着麻痹民众、维护强权的罪恶本质。墨家虽然非攻、兼爱、尊贤，但也要求人民盲目服从统治阶级，所谓"上之所是，必皆是之"。（《墨子·尚同》）佛教的"轮回"只对贫穷信民有威慑作用，其"赎罪"说为一切权势者打开了天堂之门。因而，当时不论是儒家的入世、道家的出世、佛家的超世，其实都统统杂糅于毫无原则的卑怯文化里。另外，当时中国文学"都引那叫喊和反抗的作者为同调的"。② 这正好和鲁迅当年译介的东欧、俄国、波兰以及巴尔干诸小国作家作品的特点相契合，于是他的作品里必然取材于社会的黑暗和人心的阴暗。鲁迅不仅如同托尔斯泰、果戈理、陀思妥耶夫斯基和当时中国的其他乡土作家那样，深切悲哀、同情那些被欺凌与被损害的人们的不幸，而且超越了他们，他的同情是平等热诚的而不是居高临下的施舍或旁观的漠然，他的幽默是冷峻而非微笑，更深刻之处在于，他愤怒于他们的"不争"。可见，

---

① 鲁迅：《鲁迅全集》第 1 卷，北京：人民文学出版社 1981 年版，第 210 页。

② 鲁迅：《鲁迅全集》第 4 卷，北京：人民文学出版社 1981 年版，第 511 页。

鲁迅小说中之所以具有这深切、稳固的"黑暗情结"，就因为他对这民族、这人民、这人类爱得那样深沉、执着。

民族审美心理的影响。鲁迅是怀抱着启蒙中国民众的动机开始小说创作的，要实现这一目的，就必须考虑中国民众的审美心理特点。他认识到，中国文学多"瞒和骗"，粉饰了黑暗现实。因此，只有高扬悲剧性的审美风格，才可以正视社会的黑暗，启蒙民众的心理，疗救中国文学。同时，他发现中华民族有"以悲为美"的审美传统。两相契合，鲁迅小说中自然显现出了悲剧性的叙述语调和聚焦视角。

上述5点中，个性心理是内在认知结构，"为人生"的文学主张是其主观要求，时代文化和文学主潮是精神环境，民族审美风格是受众心理要求，黑暗社会的人生体验是外在刺激和认知情感基调。鲁迅创作小说的24年间，中国社会本质总体上并未发生根本改变，他的个性心理也没有发生根本变化，后来的社会体验只是加深了他此前的印象，因而上述5个因素的合力作用就贯穿了他小说创作心理的始终，使其必然充盈着"黑暗情结"，进而统摄了其小说中悲剧性蕴涵生成的全过程。

（三）"黑暗情结"的意义

"黑暗情结"是鲁迅小说创作意识的主要内容，它外化在作品中，使其小说蕴涵着丰富、深刻、独特的悲剧性意蕴，呈现出深刻、独特的悲剧性美学品质。从认识论来看，鲁迅所有的小说都围绕着"人"的觉醒与解放，以及"改革国民性"两大命题展开。他写"中国国民性"的劣根处，同时也是写"人性"的劣根处，写"人"在旧中国这个社会文化语境中的人生相。因为这样或类似这样的人生处境和人生相不独中国有、中国人有、过去有，别国也有、别国人也有，现在有，将来还会有。鲁迅通过小说中蕴涵的"黑暗情结"展示了中国民众的悲剧人生和人生的悲剧性；而内在的各种限定性与外在的桎梏一样也永远限制着人的自由延展度，这又是人性本身的悲剧；进一步，在自然法则面前，每个生命又何尝不是玩偶和牺牲品呢？这又显现了生命的悲剧性和苍凉感。因而，鲁迅用"黑暗情结"写了黑暗社会中不幸的中国人的病态灵魂，实现了他的社会批判、政治批判和文化批判的启蒙意图，同时他借此烛照到了全人类乃至生命本身的脆弱和悲凉之处，使他的小说获得了传诸久远所必具的生命的和人性的因素。这是他的深刻与伟大之处，是"黑暗情结"的伟大胜利。

从审美风格来看，鲁迅小说和古典悲剧性艺术一样，都以悲剧性为主导风格。但鲁迅小说中的人物多为底层平民人物，写了他们如我们般平常之道德、平常之人情、平常之心理、平常之境遇，是故其小说情节日常化或者淡化，完全不同于此前悲剧性艺术人物的神化或英雄化，也没有离奇曲折的情节、没有"突转"或"发现"，是将悲剧人物的悲剧生活自然而然地"显示"给我们看，而不是戏剧般地"表演"给我们看。鲁迅小说用的是平常语言，而不是传统悲剧艺术的夸饰性语言。叙述语言和人物语言都是那样的简洁朴素，特别生活化、本色化。其声口仿佛就是你我身边的某一位或某几位在我口说我心，在自然的真诚里，显现出了为我们日常所熟视无睹或自认为天经地义的现象背后的悲哀和悲剧性。《阿Q正传》中叙述人转述阿Q讲他在城里举人老爷家里帮忙的一节就是如此。"这一节，听的人都肃然了。这老爷本姓白，但因为合城里只有他一个举人，所以不必再冠姓，……人们几乎多以为他的姓名就叫举人老爷的了。在这人的府上帮忙，那当然是可敬的。但据阿Q又说，他却不高兴再帮忙了，因为这举人老爷实在太'妈妈的'了。这一节，听的人都叹息而且快意，因为阿Q本不配在举人老爷家里帮忙，而不帮忙是可惜的"。[①] 这段话里，普通民众称呼"举人老爷"是自觉自愿，举人应得也心甘情愿，双方都是那样自然而然、以至于有些天经地义的味道。可见，人们对"官"的尊崇以至于迷狂，官本位文化在国人中之根深蒂固乃至对人的异化都到了何等程度！阿Q的自我炫耀、底层民众的既嫉妒又羡慕的情态如在眼前。未庄民众说阿Q"本不配在举人老爷家里帮忙"简直与赵太爷骂阿Q"不配姓赵"是一样的口吻，可见专制制度对人的可怕压制，以及底层民众的可怜、可悲、可叹与可恨。散文体的平常语言对于揭示日常生活中的悲剧性所具有的独特作用，在中国现代文学中是鲁迅小说首先对其给予了鲜活的、有力的证明。

日常生活成为作品的主要内容。在中国文学中，日常生活写入文学在唐传奇、宋话本小说、元杂剧、南戏中已经出现；17世纪初中期开始大量出现，冯梦龙的"三言二拍"是其代表；18世纪曹雪芹的《红楼梦》是中国古代悲剧性小说的巅峰之作，但其主角仍出身于贵族之家，所用语言也多为夸饰性的诗意语言。在西方文学中，日常生活大量写入文学始于18世纪中后期，但是其叙述语调和聚焦视角整体上缺乏鲁迅那样的深刻、冷峻、精警和热切。鲁迅对中国民众爱得热切，因而他对中国社会、文化和人心等责求很严格。他的小说里是彻底之绝望与刚毅之希望同在，绝望之黑暗与希望之曙光相映。他怀着愤怒和绝望之情在黑暗中探索民族的光明未来。可见，鲁迅小说创作心理中的"黑暗情结"及其平民化人物、生活化情节、日常化环境、平常化语言、悲剧性的叙述语调与聚焦视角等艺术显现特点

① 鲁迅：《鲁迅小说集》，北京：人民文学出版社1990年版，第91页。

不仅顺应了世界悲剧性艺术的日常生活化大趋势，走进了人物灵魂的深处，显露了人性的峥嵘，揭露了现代人别无选择的灵魂痛苦，而且超越了他此前的世界悲剧性艺术，显现出了热切而刚烈的民族启蒙情怀与自觉的、彻底的悲剧性意识。因而，我们说鲁迅创造了中国悲剧小说艺术的现代形态，开创了中国"近乎无事的悲剧"时代，为中国乃至世界悲剧性艺术的发展做出了独创性贡献。

简言之，鲁迅以"黑暗情结"为内容和特点的独特的悲剧性创作意识决定了鲁迅小说的悲剧性蕴涵及其独特的悲剧艺术史价值和社会价值。

总之，悲剧性作为一种文学批评视角，其基本要义是：作者和受众坚持无等差的普遍的生命立场，聚焦对象时的严肃认知取向，郑重的体验态度和勇于担当的精神；作品直面和正视社会、人生、人性、生命、历史、文化和自然中存在着的各类、各层次的矛盾和缺陷，蕴涵着理性反思的意识，知性批判的思维，查漏补缺的建设性动机，相信未来会更美好、更完善的乐观主义信念，真诚、独特、有创造性的、完美的艺术表达；社会文化语境崇尚生命至上的价值观。由此，也确立了文学中悲剧性批评的基本模式和方法路径。

第二节　社会文化功能

悲剧性是人在具体语境中与特定对象所建立的一种具有缺憾意蕴的关系。因而，文学中的悲剧性不仅有其文学内部功能，也有其外部的社会文化功能。因为，文学中的悲剧性既可动人以情，又能晓人以理，在潜移默化中影响和改变着人，进而影响和改变着社会。正如同任何文学艺术的社会文化功能都必须通过其对人的心灵的影响而实现一样，文学中悲剧性的社会文化功能也是如此。那么，它表现在哪些方面？本节将从以下 4 个方面进行论述。

一、"自我"的发现与建构功能

文学中的悲剧性能够促使受众的自我发现。因为，受众在与悲剧性人物或悲剧性对象的神思"对话"中，逐渐地"了解""发现"了"自己"，这些"自己"在我们日常生活中被各种各样的观念或情思定势所遮蔽，以致我们不曾意识到它们的存在。而悲剧性文学则给我们提供了一个"发现"自我的机会。正如伽达默尔所说："悲剧性灾祸起了一种全面解放狭隘心胸的作用。"① 从而使"观看者在悲剧性事件中重新发现了自己本身"。② 因为，人在体验到悲剧性的那一瞬间，突然将对象与自己有机地联系在了一起，形成了一个独属于自己的情思世界，这是一个自由的心理时空，在其中，人无拘无束地把自己的本相表现了出来。通过对象这个触媒，人们发现，自己原来与对象有诸多相通或相关之处，进而意识到这诸多特点是自己此前还未曾意识到的。于是，在这一刻，人对自己有了新的发现和新的认识。在这个意义上说，悲剧性使人向自己本身复归。

同时，悲剧性艺术也给人们提供了一个自我建构的机会。因为悲剧性艺术给人们提供一个"幻觉"、一个虚拟世界、一个"情感—想象"的世界，使人进入假定性的情境，面对生活的各种厄运、风暴的袭击，进而坚强人的心灵，提高人应对现实生活（内在和外在生活）挑战的能力，即让人承认并接受现实生活的悲剧性以及生命的悲剧性的现实，进而去抗争或忍受，也即去应对。这就是人们要享受"甜蜜暴力"的原因。正如阿瑟·米勒所说的："我相信，悲剧的持久吸引力是由于我们需要面对死亡这一事实，以便加强我们要生活的力量。"③ 因而，人们对现实悲剧性的体验和表达本身就是对现实苦难的超越。如果悲剧性文学艺术所提供的没有人们（观众、读者）惯常生活中所亲历的"现实"更具震撼性，那谁还会寄希望于悲剧性文学呢？痛苦、悲哀、悲伤等是人被"感动""感染"之后的情绪体验。人有享受自己被感动的心理欲求或者心理本能。享受感动、体验感动是快乐的。因而，看完悲剧性文学艺术作品，我们在精神上更充实、更丰富。

悲剧性艺术给予人的自我建构功能源于悲剧性艺术对于人的心灵的净化功能。亚里士多德认为悲剧使人产生"卡塔西斯"作用，对此至少有3 种理解。一是伦理学解释，文艺复兴时期的美学家、达西埃和莱辛等人认为"卡塔西斯"即陶冶；二是医学解释，贝尔纳斯认为"卡塔西斯"即宣泄；三是宗教学解释，豪普特认为"卡塔西斯"就是净化或救赎，当代瑞士神学美学家巴尔塔萨认为："亚里士多德所说的净化（Katharsis）是观众一同参与体验悲剧过程，感受这种圣事以及隐藏在其中的恩宠，以求得

① ［德］汉斯-格奥尔格·伽达默尔：《真理与方法》上卷，洪汉鼎译，上海：上海译文出版社 2004 年版，第 171 页。

② ［德］汉斯-格奥尔格·伽达默尔：《真理与方法》上卷，洪汉鼎译，上海：上海译文出版社 2004 年版，第 173 页。

③ ［美］罗伯特·阿·马丁编：《阿瑟·米勒论剧散文》，陈瑞兰、杨淮生选译，北京：生活·读书·新知三联书店 1987 年版，第 166-167 页。

到升华。"① 笔者认为，悲剧性艺术给予人的心理作用是多样的，不必在上述三者之间做出取舍。其共同之处，是都认可悲剧性体验有助于人的自我建构，受众在悲剧性体验中，自己的心灵会变得更坚强，人会变得更审慎，人的精神生活会更丰富，精神境界会更高远，精神力量会更强大。需要提及的是，喜剧性与悲剧性一样，也具有净化人的心灵的功能。但悲剧性是靠受众与悲剧人物的认同来实现的，而在喜剧中，受众与喜剧人物的认同是暂时的，很快在笑声中分开。

因而，悲剧性体验是清醒剂，它让受众对自我认识得更清楚、更全面、更深刻；悲剧性体验是强心剂，它让受众把自我建设得更强大、更丰富、更完善。正因此，人们才会对悲剧性作品情有独钟，给予了它至高无上的地位。黑格尔曾说，包括悲剧的戏剧处于"一般艺术的最高层"②，叔本华说，悲剧是"文艺的最高峰"③。尼采也说："悲剧是一种最高的艺术"④。而别林斯基更以无以复加的热烈口吻评论道："戏剧诗歌是诗歌发展的最高阶段、艺术的皇冠，而悲剧则是戏剧诗歌的最高阶段和皇冠。"⑤ 因而。我们要善于发挥文学中的悲剧性的功能，更好地服务现实社会人生和艺术。

二、伦理教化功能

悲剧性对于个体心灵产生了实实在在的影响作用，它对人们正确处理人与人、人与社会之间的关系具有极其重要的指导意义。因而悲剧性具有伦理教化功能。崇高感和英雄精神往往是人们在谈及悲剧性的伦理教化功能时首先会想到的关键词。人们认为，受众为作品中悲剧性人物所显现的崇高感和英雄精神所感动，在人心向善、见贤思齐的人性作用下，受到了教育，自己不合社会规范的行为和心理得到了矫正。不过，崇高感能增强悲剧性，但它并不等同于悲剧性。英雄精神，也可以增强悲剧性的振奋效果，但它也不等同于悲剧性。然而，具有崇高感和英雄精神的人物及其思想更易感动人们，却也是事实。正因此，对于悲剧性作品有所寄寓的作家或者集团总是借此来实现自己的伦理教化意图。一般来说，悲剧性作品将受难者、牺牲者表现为殉教者、救赎者、拯救者、解放者，他们也就变为

---

① [瑞士]巴尔塔萨：《神学美学导论》，曹卫东、刁承俊译，北京：生活·读书·新知三联书店 2002 年版，第 163 页。

② [德]黑格尔：《美学》第三卷下册，朱光潜译，北京：商务印书馆 1981 年版，第 240 页。

③ [德]叔本华：《作为意志和表象的世界》，石冲白译，北京：商务印书馆 1982 年版，第 350 页。

④ [德]尼采：《悲剧的诞生》，刘崎译，台北：台湾志文出版社 1984 年第 3 版，第二四七页。

⑤ [俄]别林斯基：《别林斯基选集》第 3 卷，上海：上海译文出版社 1980 年版，第 76 页。

了英雄，获得了崇高感和正义感，同时也得到了受众的普遍认同，他们的理想、思想和追求自然也因此得到了人们的认同和肯定。正如英国诗人蒲伯所说："一个勇士在命运的风暴中奋斗，他与即将灭亡的国家一起英勇倒下。"① 借此，悲剧性作品将个人经验与集体经验统一了起来，实现了它的伦理教化或政治目的。最常见的情形是，受众在接受悲剧性艺术的过程中，由于人物结局的不同，那些拥有美好道德品质的人物往往失败或牺牲了，而那些恶行斑斑的人物居然达到了自己的目的或活了下来，于是，惋惜感和不平感等缺憾感产生了，这促使受众更加热爱道德，同时更加愤恨恶行。

（一）悲剧性同情

由上面可知，悲剧性同情是悲剧性的伦理教化功能实现的前提和途径。因而，要想实现悲剧性的伦理教化功能，就必须引发受众对对象产生悲剧性同情（也称"通情"），也即由悲剧性体认而产生的同情感。那么，文学艺术作品怎样才能使受众产生悲剧性同情感呢？

第一，悲剧性同情感的产生，最根本的基础和途径是构建共同的或共通的情感价值载体。这在同一阵营、同一集团内部，一般比较容易实现，因为毕竟是"大同"基础上的"小异"，那些小异比如性格、习惯、兴趣、爱好等多是非原则性的差异，一般不会对根本利益、立场等决定性因素也即"大同"构成威胁乃至背叛。于是，休戚与共就成为悲剧性伦理教化功能得以实现的情理定势。当然，也有一些个体因嗜好、习惯、性格等非原则性差异在特定环境中发生质变，结果导致了该个体对原生阵营、集团的背离和背叛，最常见的是对人民群众阵营、革命集团的背叛。这类个体的悲剧性在于，个体自身兴趣、需要的满足是以背离和背叛自身所属的阵营、集团的根本利益和远大前程为基本方式和基本代价的。在这种情况下，悲剧性作品就要着力表现个体与群体在兴趣、需要、观念和利益等方面的不一致，以及从小的不一致发展到大的不一致的过程。让人们体悟到，在社会发展中要避免出现那类背离和背叛人民群众和革命阵营的悲剧性事件，各民族、集团和个体就都要充分认识到，兼顾和平衡个体与群体的利益与愿望、当前与长远的利益与愿景是重中之重。不过，我们也不排除某些个体的需要超越了当时情境中的合理需要的最大上限，错误处理了当前与长远、个体与群体、本族群与他族群的关系，以满足个体当前需要为唯一诉求，结果导致悲剧性结局的出现。

第二，悲剧性人物最好是普通人物，或者是具有普通人特点或普通人

① 转引自［英］雷蒙·威廉斯：《现代悲剧》，丁尔苏译，南京：译林出版社 2007 年版，第 85 页。

情怀的人。悲剧性作品中的悲剧人物要作为一个"普通人"而非"英雄"或"神"来塑造，他们以"普通人"的命运而非"英雄"劫难或牺牲感动和净化了身为观众的"普通人"的心灵。古典主义和启蒙主义美学家大都认为人类普通个体之间容易相互同情。例如，狄德罗认为，剧院是劝人向善、改造坏人思想的地方。他说："只有在剧院的池座里，好人和坏人的眼泪才融会在一起。在这里，坏人会对自己可能犯过的恶行感到不安，会对自己曾给别人造成的痛苦产生同情，会对一个正是具有他那种品性的人表示气愤。……那个坏人走出包厢，已经比较不那么倾向作恶了，这比被一个严厉而生硬的说教痛斥一顿要有效得多。"① 德国启蒙美学家莱辛特别强调文学作品的道德伦理价值及其影响。他说："一切种类的诗都应使人变得较好些。"② 他认为，悲剧作品如果要引发人们的怜悯与恐惧感，那么，悲剧主角不应是过去认为的"只有君主和上层人物"，还应有"中产阶级"人物，"让他们穿上悲剧角色的高底鞋"③，这就是莱辛的"市民剧"中倾向悲剧的"市民悲剧"理论。"市民悲剧"在英国已有实践，莱辛将其与法国已经出现的"流泪戏剧"整合为一个新剧种"市民剧"。莱辛在这里提出了他关于"悲剧主角"和"悲剧情感"的看法。关于"悲剧情感"，法国古典主义悲剧大师高乃依认为悲剧引发的是"哀怜或恐惧之类的情感"④，这可以是一种或多种情感；因而可以同时运用怜悯和恐惧或单独运用怜悯、恐惧之一来净化情感。与高乃依关注"净化"的手段不同，莱辛认为悲剧能引发人的两种相互联系的情感即怜悯和恐惧，而且人不只是为自己怜悯和恐惧，而是在对作品人物悲剧命运的观看、理解、接受中，与自己的生活或人生联系起来了，进而推及整个人类，在对悲剧性的体悟中人们认识到，个体与人类的命运息息相通。他说："周围环境和我们环境里最接近的人的不幸，自然会最深地打动我们的灵魂。如果我们同情国王，那么我们不是把他当作国王，而是把他们当作一个人来同情。"⑤ 可见，莱

---

① [法]狄德罗：《狄德罗美学论文选》，张冠尧、桂裕芳等译，北京：人民文学出版社 2008 年第 2 版，第 125 页。

② [德]莱辛：《汉堡剧评》第七七篇，转引自朱光潜：《朱光潜美学文集》第四卷，上海：上海文艺出版社 1984 年版，第 336-337 页。

③ [德]莱辛：《汉堡剧评》，转引自朱光潜：《朱光潜美学文集》第四卷，上海：上海文艺出版社 1984 年版，第 334 页。

④ [法]高乃依：《论悲剧以及根据必然率与或然率处理悲剧的方法》，伍蠡甫主编：《西方文论选》上卷，上海：上海译文出版社 1979 年版，第 257 页。

⑤ [德]莱辛：《汉堡剧评》第十四篇，转引自朱光潜：《朱光潜美学文集》第四卷，上海：上海文艺出版社 1984 年版，第 335 页。

辛强调悲剧性的伦理教化功能的实现，关键是要聚焦观众与悲剧人物的共同之处。由同类人之间的悲剧性同情开始，进而扩展到个体对人类的同情，"小我"与"大我"统一起来了。这种伦理教化仿佛春风化雨，润物细无声，是受众自己体验、自己同情、自己发现、自己教育自己的主动同化过程，是悲剧性同情发挥作用的过程。比较而言，高乃依那种从善恶报应中见出道德教训的做法，则在不忽视悲剧性同情作用的同时更多地倚重理性，受众在一定程度上成了道德教训的被动接受者，受众的悲剧艺术接受体验则变得简单了，而且悲剧艺术接受体验的趣味也打折扣了。于是，莱辛对高乃依的做法持保留态度就是自然的了。因而，我们说，莱辛和高乃依的目的是相同的，只是做法不同罢了。相对而言，莱辛的做法对受众的主动性要求更高些，高乃依的做法更易为普通民众所体认。

第三，全面辩证地塑造人物，正视其身上的正向价值因素，从而悲剧性作品也可以唤起人们对与自己不同类的人的悲剧性同情。从亚里士多德至今，人们一般都认为，悲剧文艺应该选择"好人"做主人公。例如，中国著名的已故文学理论家、美学家蒋孔阳说："悲剧人物多是英雄、正面人物，或者至少是有价值的人，比一般人较好的人……如果一些恶人或坏人，遭到毁灭，只会令我们高兴，决不会构成悲剧。"[1] 蒋孔阳先生强调的是悲剧人物要显现出一种强大的、普遍的精神力量，然而，这种力量不仅只有英雄、正面人物或比一般人好的人所拥有。其实，反面人物也可以成为悲剧人物。[2] 因为作为悲剧人物的反面角色，他们或许曾经有过非凡的成就和贡献，即使作恶，他们也有超乎常人的意志、智慧和能力，而且他们为非作恶或许也有其在具体情境下某些迫不得已的原因和动机。他们的原因和动机人们未必都会赞同，但至少可以为多数人所理解。因为人无完人，我们理解别人也就是在理解自己，在接纳不完美的自己。

第四，战争悲剧性文艺把宏大的集团、阶级、国族等社会组织化身为具体的人物形象，以人性和人道的态度、大历史观的眼光予以表现，从而使受众对敌对势力产生悲剧性同情。

悲剧性伦理教化功能的实现，最极端的情形表现在对同一国族内部对立阶级之间的冲突和战争的悲剧性体认，以及对不同国族之间的冲突和战争的悲剧性体认。由于敌对双方当前共同利益很少，矛盾、纷争、冲突乃至战争的出现成为了可能。为了避免战争爆发，军备止战是一种被迫的无

---

[1] 蒋孔阳：《美学新论》，北京：人民文学出版社 1993 年版，第 396 页。
[2] 万晓高：《反面人物悲剧性探源》，《南开学报》（哲学社会科学版）2000 年第 6 期。

奈选择，然而效果也未见长久和彻底。与之不同，战争文学的悲剧性表达却可慢工见长效。因为，它在一定程度上可以唤醒敌对双方内心深处作为一个"人"的最自然、最朴素的情感和责任，从而不那么坚决地反对接触、理解、尊重对方，即使一时难以做到善待对方，但至少不会再加害对方。苏联作家拉甫列涅夫的《第四十一》便是对国族内阶级战争予以悲剧性表达的优秀文学作品。红军女战士玛琉特卡乘船押解白匪中尉戈沃鲁德·奥特洛克，因风浪之故，漂至荒无人烟的孤岛上，暂时远离并忘却了岛外的阶级厮杀。男女之情是人类最自然的情感，相依为命的极限生存处境使他们两情相悦，相互爱恋上了对方。故事的悲剧性在于，当奥特洛克向路过此岛的白匪船只奔去逃离时，红军女战士在踌躇中举起了枪，扣响了扳机，倒下去的是自己的第四十一个敌人，又是自己的第一个恋人。她悲痛欲绝，哀惋自己不幸的爱情。作品将阶级利益、阶级感情与个人利益、男女爱情予以张力性并置，拷问的是阶级战争和个体历史的局限性，从而告诫人们不应忘记战争，要珍惜和平，因为和平与和解的代价实在太大；同时，它也感发人们不要人为制造和固化阶级仇恨，而应在维护和发展本国族所有成员的共同利益中加强相互的接触、沟通，逐步消弭阶级仇恨，逐渐弥合民族裂痕，不断积累阶级互信，不断增加民族共识，为实现阶级和解与民族和平发展拉近人心距离、培育共同情感、夯实民意基础，从而逐步扩大协商、合作、共商、共建、共享的共同现实利益。《第四十一》中悲剧性的成功表达还源于作品创设了两个社会情境。一个是男女主人公逃到孤岛前与白匪中尉逃离孤岛之时的情境属于同一个社会，遵循现实功利原则；而孤岛相爱时又是另一个社会，依从纯粹情感原则。更重要的是，孤岛相爱时，男女双方都暂时卸下了外在社会加诸其身的阶级责任，两个自由个体的真诚爱情十分令人感动。由此，作品既表现了纯粹爱情之脆弱的悲剧性，又表现了爱情被战争戕害的悲剧性。战争让男女主人公相遇，暂时远离战争使两人相爱，再次进入战争使两人永别。可见，战争的挑起者才是真正的元凶。因而，正是通过完美的悲剧性表达，该作品才成功表现了远离国族内战的主旨。又如，古希腊悲剧《安蒂戈涅》通过兄弟二人互相残杀而导致的包括他们兄弟在内的许多国人失去生命的悲剧性启发人们，国族内部不同成员和集团的利益、立场的捍卫未必都要采取阶级战争或集团战争的极端形式。当然，国族内战的悲剧性表达，不是放弃而是加强了对国族内战挑起者的历史审判。这份历史判决书的主要思想是，记住战争是为了远离战争、不再有战争。

与国族内部阶级战争或集团战争的悲剧性表达相仿，国族间战争的悲剧性表达也可以拉近不同国族民众之间的心理距离，消弭国族仇恨，加强国族接触、沟通、和解与合作。文学艺术中常见的最成功的方式就是把人从战争状态还原到非战争状态，让其成为常态生活中的一个人，然后让人与人之间发生联系，而不是族群与族群之间发生联系。严歌苓的历史情感小说《小姨多鹤》就是这方面的成功之作。战争不是作品的焦点，而是退后为背景。作品创设了特定的情境，日本战败后日本开拓团逃回日本国，16 岁的日本遗孤多鹤被中国东北张俭一家人救护和收留；尔后为张家接续香火、养大孩子，他们一起演绎了苦难多舛、爱恨交织的悲剧性故事。作品凸显的是中国人的纯朴善良、仁义大爱、以德报怨，也表现了多鹤的勤劳坚韧、知恩图报、心性纯良。作品既没有凸显战争的惨烈，也没有正面声讨日本侵华战争的罪恶，而是集中表现在具体的生活境遇中，日本遗孤与普通中国人是如何在一个屋檐下相濡以沫地苦乐生活，是如何在真爱无法公开的尴尬中煎熬前行，是如何用"爱"维系着表面上正常的家庭关系而背后却是畸形的一夫两妻的尴尬纠葛。与《小姨多鹤》间接表现战争不同，苏联电影《斯大林格勒》正面表现了苏联军队抗击纳粹德军入侵的正义战争。作品中令人刻骨铭心的一段情节是，在当时战场上苏德两军各自最顶尖的狙击手相互瞄准对方，在漫长、艰难的煎熬过后，最终苏军狙击手得手了，当他走到德军狙击手遗体前看到其左胸口袋里的全家照片时，陷入了深深的沉默和痛苦。这里，又是暂时性地将作品主人公从其所属的国族群体中隔离了出来，从战争中隔离了出来，成为常态的和平环境中过着日常生活的一位普通民众，异态生活的责任暂时卸下了，于是，这个特定时空让两位主人公的角色及其关系恢复到了未有战争时的正常状态，他们间的共同情感的出现就成为了必然。

因而，悲剧性战争文艺要引导"敌""我""友"各方都从最普泛的常态生活中"人"的情感、价值观、伦理道德、人文精神和理性原则等常情常理的角度和立场上去反思自己、集团及其国族的历史行为，从人与人的关系上而非仅从狭隘的国族利益、集团利益、血亲利益的立场去反思国族的历史行为，这就是人类性原则。换言之，任何国族、集团和个体的利益与诉求都应该接受人性、人道的检视和审查。因为最基本的事实是，每个人首先是人，其次才是富人与穷人，不同集团、不同国族的人。这种在"人类"范围内对"个体"命运的关注是一种相较国族而言的更大范围和更高层次上的人类集体意识，是更具包容性的人性体现。也就是说，对于不同国族之间的各种冲突以及战争，我们应该放在人类命运共同体形成的历史进程中来审视。这样，既可以增加我们彼此的历史共识，从而加快历史和解，消除战争创伤；同时，也可以增进当今共识，以合作应对人类当前所共同面临的各种挑战。

另外，国族战争悲剧文艺也可以充分表现不同国族之间的复杂关系、不同国族个别集团之间的复杂关系、不同国族个别成员之间的复杂关系、同一国族内不同集团之间的复杂关系、同一国族内不同集团个别成员之间的复杂关系、同一集团内个别成员之间的复杂关系，将个体、集团与国族既联系又区分地加以表现。将"历史"还原到具体的"个人""集团"和"国族"当中去，既表明"历史"是各种因素合力作用的结果，又可以发掘"人性"在不同情境、不同国族、不同集团、不同个体身上的复杂多样的表现，以期证明，人本体的悲剧性是我们人类历史中最深广、最恒久的悲剧性，因而"敌""我""友"的不同抉择都可以在人本体的悲剧性里得以解释。进而推展开来，那就是把局部的历史还原到整体的人类历史中，在整体历史中认识和判断局部历史，在局部历史中体悟和反思整体历史，在循环比较中凸显具体的历史悲剧的复杂意味，这就是一种大历史观。

马克思主义认为，集团、阶级、民族和国家都是一种历史性存在，也最终会消亡。因而，集团、阶级、民族和国家都具有局限性。文艺作品里上述那种战争环境中的非敌对的临时性时空的创设，其实质就是跳出有局限性的具体的价值立场，抛弃具有现实利害关系的功利心理，在更广阔的价值视野里和更超然的价值立场上，去自由体验和判断。这是一种求大同存大异的情感认知方式。于是，国族间战争的悲剧性表达就必须聚焦各国族普通人的休戚与共的悲剧性命运，要自觉认同任何战争都是悲剧性的这个观点，因为它吞噬着无数无辜的生命。

要彻底平复国族冲突和战争所造成的精神创伤，最终要靠时间，但根本上要靠人类更积极的作为，其中的重要方面就包括发挥悲剧性文艺的功能，即充分发挥悲剧性文艺在揭露真相、增进共识、改变态度、亲和情感等方面的作用，以加强人类团结。创作和欣赏反映战争的悲剧性文艺作品，其实既是对曾经践踏人性的野蛮、疯狂、残忍、恐怖、非理性等暴虐行为的重新讲述和接受，也是将其纳入当今社会历史秩序的一种尝试。在此过程中，受害者及其继承者的反应是复杂的，有可能内心会重新燃烧起仇恨或复仇的火焰，也可能再次感受到那挥之不去的梦魇一般的恐怖，当然，也有可能对对方当年加害自己或自己的先辈有了更全面的了解，在更大时空范围的比较参照中，从文本的整体叙述中获得了一种回味中的、超越性的淡淡的内心的释然感。而当年的加害者及其后代也可能会在重新进入重构的"历史"现场中产生清醒、觉醒、认罪、悔罪、赎罪的心理。当然，也会有死不认罪、死不悔罪的"人类罪人""和平公敌""好战疯子"。不过随着历史的发展，这类人的空间会越来越小。

总之，文艺作品把宏大的集团、阶级、国族、社会和历史具化为独特的个别人或人群，采取"向后站"的人文精神立场和"向前看"的历史理性态度，通过特定个体的悲剧性命运来表达国族内战的悲剧性、国族间战争的悲剧性，用共同或共通的苦难和痛苦，不断化解双方间的仇恨和敌意，消弭对立，加强接触和沟通，增进了解和共识，让悲剧性的人性阳光照进被仇恨扭曲的心灵，恢复心底的大爱和温暖。

从这里，我们可以看出，优秀的战争悲剧文艺与低劣的战争悲剧文艺的分野，前者是涵养大爱和追求人性完善与人类和平发展的包容心理，后者则是培养仇恨和封闭自我、孤立自我的自我主义心理。

（二）"诗性正义"

文学中"悲剧性"的伦理教化功能的实现，除了悲剧性作品引发人们的悲剧性同情外，更普遍的情形是发挥作品"诗性正义"的功用。

1. "正义"与"诗性正义"

悲剧艺术往往通过"诗性正义"来实现悲剧性的伦理教化功能。正义是伦理学、政治学的一个基本范畴，是对政治、法律、道德等领域中的"是"和"善"的肯定、"非"和"恶"的否定，指具有公正性、合理性的观点、行为、活动、思想和制度等。正义是一个相对的概念，不同的社会、不同的阶级有不同的正义观。古希腊早期，人们多持宇宙论正义观，认为宇宙万物都有其规定地位与规定职责，彼此和谐合作，宇宙方得恒在。柏拉图认为，人们"各司其职，各守其位"即正义，"正义就是给每个人以适如其份的报答"①。他是从社会有秩序、有实效的运转角度来看待"正义"的。每个人社会角色不同，每个人也会有多种不同的社会角色，但都要各尽本分，每个人的所得与其付出或言行之间要有恰当的匹配性关系。简言之，"秩序"是"正义"的目的、结果与判断标准。色拉叙马霍斯说："正义不是别的，就是强者的利益。"②他看到了强者在"正义"的定义、命名、话语、运用上的垄断权这一社会现实的"非正义性"，看到了"正义"背后被遮蔽的强弱对立的残酷现实。简言之，"正义"具有利益诉求性和利益归属性，"正义"既不是天生的，也不是自然而然就可得到的，要实现"正义"就得奋斗乃至斗争。基督教伦理学家则认为，肉体归顺于灵魂是正义。法

---

① ［古希腊］柏拉图：《理想国》，郭斌和、张竹明译，北京：商务印书馆1986年版，第7-8页。

② ［古希腊］柏拉图：《理想国》，郭斌和、张竹明译，北京：商务印书馆1986年版，第18页。

国新古典主义时期，正义即理性，维护国家利益是最高正义。黑格尔认为，绝对的"普遍力量"的和谐统一即正义。在中国，"正义"思想源远流长。春秋时期，人们多持宇宙论正义观。例如，大思想家老子认为，"人法地，地法天，天法道，道法自然。"① 他将人、生命、万物的永恒存在、有序共处及运动不息的根本原因归结为正确效法宇宙自然，因而，遵守宇宙自然之规律就是"正义"的。到了春秋末期，大思想家孔子（公元前551年—公元前479年）认为，"义""正""直""中"是"正义"的内涵，是为人处世、治国安邦的原则和基础，"仁""义""礼""智""信""忠""勇""孝""廉""耻"是其具体化。显然，相比前人，孔子更多地聚焦于人性和社会中源于良性秩序诉求的"正义"呼应及其践行规范的制定。战国末期思想家荀子（约公元前313年—公元前238年）提出："故有俗人者，有俗儒者，有雅儒者，有大儒者。不学问，无正义，以富利为隆，是俗人者也。"② 他是说，一个不学习、没有正义感、特别看重富贵和利益的人必然是一个庸俗的人。包含"正义"观的儒家思想在汉朝、唐朝时期，是统治阶级统治思想的重要组成部分。儒家哲学思想在宋朝、明朝时期表现为"理学"，成了统治阶级的统治思想支柱，"理"（主要是封建伦理准则）被绝对崇奉，人的言行合乎"理"者则为"正义"，否则为"非正义"。元朝、清朝是少数民族执掌全国政权的朝代，包含正义观的儒家思想依旧在社会思想中占有重要地位，是统治阶级弥合民族裂痕、解决社会问题、维持社会有序运转的思想统驭工具，也是大多数民众有效参与社会运转的自觉思想认同。中华民国时期，"礼""义""廉""耻"等儒家观念继续被统治阶级宣称为"正义"思想，尽管实际上其不少言行不仅并未真正做到"正义"，反而与"正义"相悖。总之，儒家"正义"观在中国古代和近现代的社会思想中长期居于正义思想的主导地位。此外，中国道教之"正义"观上承黄老的自然无为思想，强调尊道贵德、天人合一、贵生济世。中国佛教之"正义"观强调"因果报应""积德行善"。"正义"思想在中国古代民间文化中多以"天""天道"的文化符号形式存在，不少人往往把人们惩恶扬善、除暴安良、扶危济困、救偏补弊、匡世济民等行为视为"替天行道"，把坏人恶行受到惩处视为"天道昭彰"。中华人民共和国成立以来，中国社会更加崇尚"正义"，"正义"思想被不断丰富和深化，动机正义、目的正义、程序（过程）正义、结果正义、机会正义等各种"正义"观被高度重视，"正义"得

① 老子：《老子》，饶尚宽译注，北京：中华书局2006年版，第63页。
② 荀子：《荀子·儒效第八》，参见张觉校注：《荀子校注》，长沙：岳麓书社2006年版，第77页。

到了切切实实的普遍实现。在马克思主义伦理学里，正义与否的客观标准主要在于这种正义的观点、行为、思想是否促进社会进步，是否符合社会发展的规律，是否满足社会中绝大多数人最大利益的需要。可见"正义"是与社会关系有关的东西，它与公平、公道、正直、正当、公正、合理、权利、合法等意思相当。当今，正义是人类社会普遍认可的崇高价值。美国当代思想家罗尔斯说："正义是社会制度的首要价值。"① 温家宝同志2010 年 3 月在回答新加坡《联合早报》记者提问时说："公平正义比太阳还要有光辉。"② 2012 年 11 月 8 日，胡锦涛同志在中国共产党第十八次全国代表大会上提出，"公平正义是中国特色社会主义的内在要求"，"倡导富强、民主、文明、和谐，倡导自由、平等、公正、法治，倡导爱国、敬业、诚信、友善，积极培育和践行社会主义核心价值观"。③ 因而，"正义"是社会主义核心价值观的重要内涵之一，是中国特色社会主义的必要构成。2017 年 10 月 18 日，习近平同志在中国共产党第十九次全国代表大会上提出：要"坚持社会主义核心价值体系"，要"坚持在发展中保障和改善民生。增进民生福祉是发展的根本目的。必须多谋民生之利、多解民生之忧，在发展中补齐民生短板、促进社会公平正义……保证全体人民在共建共享发展中有更多获得感，不断促进人的全面发展、全体人民共同富裕。"④ 习近平同志明确指出了社会主义"正义"观的目的旨归、受惠对象、实现方式和实践要求。总之，中国特色社会主义的"正义"观契合了中国特色社会主义的发展要求，承接了中华优秀传统文化和人类文明优秀成果，有效应对了世界范围内思想文化交流、交融、交锋形势下价值观较量的新态势，是当代马克思主义的正义观，也是当代人类社会中最具全人类性的正义观。

　　"诗性正义"是说文学艺术具有倡扬正义的功用，也即歌颂真善美、鞭挞假恶丑，倡导积极、健康、向上的人生态度，捍卫人性、人道、人情、人权，追求和促进人的自由、尊严、全面发展和社会的公平、正义、道德、和谐、民主、文明、科学、法治，反对不平等、不公正、不人道、不自由的非正义生存，为人类创造一种有尊严的、崇高的、充满正义感的理想主

---

① [美]约翰·罗尔斯：《正义论》，何怀宏等译，北京：中国社会科学出版社 1988 年版，第 1 页。

② 新华社：《温家宝总理答中外记者提问》，《渤海早报》2010 年 3 月 15 日。

③ 胡锦涛：《坚定不移沿着中国特色社会主义道路前进　为全面建成小康社会而奋斗——在中国共产党第十八次全国代表大会上的报告》，《中国共产党第十八次全国代表大会文件汇编》，北京：人民出版社 2012 年版，第 13 页，第 29 页。

④ 习近平：《决胜全面建成小康社会　夺取新时代中国特色社会主义伟大胜利——在中国共产党第十九次全国代表大会上的报告》，《中国共产党第十九次全国代表大会文件汇编》，北京：人民出版社 2017 年版，第 18 页，第 19 页。

义的生活图景，让正义的太阳照亮人们前行的道路。

　　将"正义"与文艺联系在一起并不始于近世。文艺复兴时期的钦提奥就认为诗的功用是奖善惩恶，瓦尔齐则明确提出"诗的公道"说。17 世纪后，法国作家拉辛、英国剧作家托马斯·赖默、德莱顿，18 世纪法国的狄德罗、德国的莱辛等都认为悲剧是表现"诗的正义"的文学样式。拉辛（Jean Racine，1639—1699）在《费德拉》（1672）的前言中就有"诗的正义"的思想，他说"……他们（悲剧诗人——引者注）的戏剧是一个课堂，在那里所受到的美德教育不会比在哲学家的课堂里少"。① 托马斯·赖默（Thomas Rymer）在《上一时代的悲剧》中说："他们（希腊悲剧诗人——引者注）用一种更严肃的方式同时又是非常'愉快'和'喜悦'的方式，通过'样板'来进行教诲。"② 德莱顿支持他的观点，但艾迪生（Addison）却反对"诗的正义"，他说："在生活中，在理性中，在前人的实践中，这（指诗的正义——引者注）都是毫无根据的。"③ 笔者认为，艾迪生的论断是不能成立的。因为，"诗的正义"是人们寄寓文学的一种功能，是人们的美好理想，这是一种"应然"判断，而不是对事实的归纳。正因为现实中存在着诸多不公正、不正义，悲剧文学才有了存在的理由。其次，艾迪生对他之前的西方悲剧创作实践的了解是不全面的。他只看到了以"正义"结局的悲剧很少，却没有看到更多的西方悲剧虽然没有以"正义"结束却通过"正义"主旨肯定了"正义"观念，从而进行了社会教化。例如，莎士比亚的《哈姆雷特》。剧终，冲突各方横尸舞台，似乎"正义"不彰。然而，哈姆雷特去世前却要求朋友霍拉旭活着，以便把他（指哈姆雷特）"行事的始末根由昭告世人"、揭露"真相"、避免他的"名誉"永远蒙受损伤，传述他的"故事"和美德。福定布拉斯登上王位后，又亲口向大家宣布，哈姆雷特如果活着的话，"他能够践登王位，一定会成为一个贤明的君主的；为了表示对他的哀悼，我们要用军乐和战地的仪式，向他致敬。"④ 莎士比亚为何要如此安排结局呢？很显然，莎士比亚相信"正义"在人间。其实，从总体上来看，主张悲剧性伦理教化功能的学者在悲剧理论界是大多数，而艾迪生那样否定悲剧性伦理教化功能的人毕竟是少数。在中国文学文化中，"正义"是许多作品的价值基石，表现为"正风俗，理人伦"的社会功

---

① 转引自[英]克利福德·利奇：《悲剧》，尹鸿译，北京：昆仑出版社 1993 年版，第 27-28 页。
② [英]克利福德·利奇：《悲剧》，尹鸿译，北京：昆仑出版社 1993 年版，"定义"辑录第 5 页。
③ [英]克利福德·利奇：《悲剧》，尹鸿译，北京：昆仑出版社 1993 年版，"定义"辑录第 6 页
④ [英]莎士比亚：《莎士比亚喜剧悲剧集》，朱生豪译，南京：译林出版社 2001 年版，第 489-491 页。

能、善恶报应的故事、"大团圆"的结局。

2. "诗性正义"在悲剧性文学中的显现方式

"诗性正义"在悲剧性文学中是如何显现的？其方式多种多样，主要有两种，一是作品主旨阐扬正义，二是作品结局显现正义或预示正义。

作品主旨阐扬正义主要是叙述者或抒情主体直接表达"正义"观点或隐含作者通过作品中的人物来间接表达"正义"观点。这在古希腊悲剧中主要体现为"思想"成分，多通过兼具合唱队员、观众乃至社会集体意识和智者、作者的多重身份的合唱队来实现。如埃斯库罗斯《阿伽门农》中的合唱队充当了道德法官，他们说："宙斯在位，恶人必有恶报，这是不变的法则。"① 在《奠酒人》中又假"仆人"之口说，克吕泰墨斯特拉的脑袋"也要在'正义'的斧头底下砸烂"②。后来，文学中出现了各种诙谐幽默的正义角色，多由看门人、掘墓者、仆人、保姆、朋友、小人物等人物担任。

中国明清传奇中的"末"与"副末"，往往点明"正义"主旨。例如，纪君祥《赵氏孤儿》的结局赵氏孤儿除奸报仇，正末程婴唱道："把奸贼全家尽灭亡。"③ 高则诚《琵琶记》的结尾"尾声"告诫人们"须知子孝与妻贤"④。冯梦龙的《精忠旗》尾声中说"须猛省子孝臣忠。"⑤ 洪昇的《长生殿》以"末"点破主旨"看臣忠子孝"⑥。孔尚任的《桃花扇》由副末老赞礼（作者化身）开场唱道"子孝臣忠万事妥，休思更吃人参果"⑦。方成培的《雷峰塔》尾声劝告人们不要执着于情念。中国古典悲剧的基本主题是"忠""孝""节""义"，投射出的是个体对于群体、社会、等级和秩序的绝对服从，表现了中国古代的正义观重点在群体。

悲剧戏剧中对"思想"或"正义角色"的议论往往是一种格言，使人有了出乎其外的超越性旷达，重新理解了人生、生命。悲剧性小说中"正义"主旨的显现可由隐含的作者、叙述者、叙述语调和聚焦视角来实现。

"诗性正义"的另一常见形式是善恶相报、"因果报应"的结局显现。例如，中国十大古典悲剧全以大团圆结束。其圆满结局主要有五种方式。一是圣君清官模式：如《窦娥冤》结尾窦天章凭女儿鬼魂的托梦、哭诉和

---

① 罗念生译：《罗念生全集》（第二卷），上海：上海人民出版社 2004 年版，第 246 页。

② ［古希腊］埃斯库罗斯：《奥瑞斯提亚三部曲》，灵珠译，上海：上海文艺出版社 1983 年版，第 176 页。

③ 王季思主编：《中国十大古典悲剧集》，上海：上海文艺出版社 1982 年版，第 94 页。

④ 王季思主编：《中国十大古典悲剧集》，上海：上海文艺出版社 1982 年版，第 229 页。

⑤ 王季思主编：《中国十大古典悲剧集》，上海：上海文艺出版社 1982 年版，第 338 页。

⑥ 王季思主编：《中国十大古典悲剧集》，上海：上海文艺出版社 1982 年版，第 613 页。

⑦ 王季思主编：《中国十大古典悲剧集》，上海：上海文艺出版社 1982 年版，第 779 页。

佐证而惩恶伸冤；马致远的《汉宫秋》剧终皇帝下令杀了毛延寿祭献明妃；高则诚的《琵琶记》剧终也是因丞相清明而夫妻团圆。二是子孙报仇模式：如纪君祥的《赵氏孤儿》。三是皈依宗教模式：如孔尚任的《桃花扇》，剧终侯、李二人断了儿女情长"入道"；方成培的《雷峰塔》最后以"佛圆"收场。四是梦境、仙境、醉境、阴间模式，以人物化鬼魂或神仙或醉者来写圆满结局：如《精忠旗》中冯梦龙借助天神、阎王、阴府、鬼魂等显因果报应，叙写了秦桧临死前的认罪和悔罪，天堂地狱审讯秦桧等人，皇帝为岳飞等人平反昭雪；李玉《清忠谱》结尾，通过颜佩韦等5人的鬼魂与周顺昌的鬼魂相遇，分别受封为五方功曹和应天府城隍，写了现实中魏党倒台、东林再起，周顺昌家和颜佩韦等人得到表彰，人心大快；洪昇《长生殿》的最后一折《重圆》写了李隆基和杨玉环在月宫相会，永为夫妻之事，可见封建王朝内的真正爱情只在天国而不在人间。五是象征性寄寓自然模式。这是一种宇宙论正义观：如孟称舜的《娇红记》，申纯、王娇娘为争取婚姻自由双双殉情归仙道，精魂化鸳鸯。申纯的归仙道已是《红楼梦》中贾宝玉遁入佛门的雏形了。

以圆满结局来彰显"正义"的西方古典悲剧也不少。如埃斯库罗斯的《被释的普罗米修斯》中普罗米修斯与宙斯和解；欧里庇得斯的《伊菲革涅亚在陶洛人里》主人公由逆境转入顺境；欧里庇得斯的《阿尔刻提斯》中赫拉克勒斯把死去的阿尔刻提斯从死神手里救了回来并交给了她的丈夫；埃斯库罗斯的《报仇神》由神来主持"正义"；索福克勒斯的《俄狄浦斯在科罗诺斯》通过悲剧人物历经苦难而后大彻大悟人生乃至世界正义真谛来结尾；莎士比亚的《罗密欧与朱丽叶》也以蒙太古和凯普莱特两个家族的和解收场，表达了和谐安定对于社会国家的重要。

与中国古典大团圆悲剧惯于将正义"思想"与正义"结局"结合一起表现类似，莎士比亚也善于将正义"思想"与正义"结局"巧妙地结合起来，如《李尔王》剧终，李尔、考狄利娅、爱德蒙和葛罗斯特都死了，奥本尼公爵发表了"正义思想"：朋友得报酬，仇敌尝苦杯。由此引导人们获致超越性的旷达。

这种直接显现正义的结局即柏拉图等人所主张的善有善报、恶有恶报的"双重结局"在西方悲剧性艺术中比较少见，而在世界尤其是西方古典悲剧中更多的是亚里士多德所提倡的预示正义的"单一结局"。所谓"单一结局"指比一般人好、比好人坏的人物由顺境转入逆境的结局，一悲到底。在亚里士多德看来，直接显现正义的双重结局虽迎合了观众心理，但善有善报是喜剧性的，恶有恶报是坏人罪有应得，都不能引起怜悯与恐惧之情，因而善恶相报的结局并不是完美的悲剧布局，而"一悲到底"的"单一结局"是悲剧中"诗性正义"最完美的显现方式，因为这种结局更易震撼人心，更易感发人的怜悯与恐惧之情，让受众更加强烈地感知到正义被蔑视、被践踏、被损毁的严重程度，继而产生匡扶正义的情感认知诉求，可见，他提倡的是一种间接的预示正义的结局方式。当然，亚里士多德并未完全否定直接显现正义的悲剧结局。

　　3. 形式意图与表达效果的悖逆

　　亚里士多德和柏拉图在悲剧结局问题上的分歧，表面上是直接表达与反向表达的艺术策略的不同；它体现在创作实践中则是形式意图与表达效果的悖逆，最常见的是直接显现正义的结局方式被指责弱化了悲剧性。例如，不少中国古典悲剧就以大团圆结局，这与中华民族生存环境的改善、稳定的农业生产方式、家国同构的宗法血缘伦理规范、"对立而不对抗"的"和谐"宇宙观以及宗教意识的缺失有着天然联系，由此决定了中国悲剧艺术的"柔"性美和为现实辩护及民族文化认同与保存的双重功能。[①] 也是在同一立场上，王国维、胡适、鲁迅等大师从民族心理、国民性和文化制度等角度力挺"大团圆"结局，认为不少中国古典大团圆文学作品以"正义"的形式放逐了"正义"的内容，正义成为反正义了。与此不同，近年来的一些中国文学作品则以贴近生活、贴近大众为借口，对现实日常生存高度认同和激赏，不断滑向了卑微、琐屑、颓废、粗俗、庸俗、低俗、媚俗、赏恶乃至黑幕的泥淖，迷失了正义方向。

　　可见，亚里士多德和柏拉图在悲剧结局问题上的分歧，其深层是在正义境界问题上的分歧：柏拉图倾向理想主义，亚里士多德倾向现实主义。柏拉图的正义观是其理式论思想在伦理和政治法律领域的运用。他认为，"理想国"是一种"原型"，现实的政治实践只是这种"原型"的影子而非"原型"本身，但这种"正义""乌托邦"为现实正义提供了"模型"。而亚里士多德并非旨在建构一个乌托邦式的正义国家，他是为解决城邦现实的政治问题提供一个理想的正义目标，因此，他的正义理论相对具有更强的现实性。当然，正义的理想性与现实性也是相对的。柏拉图的"理式"正义观有着现实的内容，亚里士多德的"每一个人分享或获得的利益应当等于他的应得"的自然正义观里也有着理想的性质。[②]

　　中外悲剧性文学在"诗性正义"创作实践中显现的形式意图与表达效

_____

① 万晓高：《中国悲剧"大团圆"结局的文化蕴涵》，《西北工业大学学报》(社会科学版)，2004 年第 1 期。

② 叶秀山、王树人总主编，姚介厚著：《西方哲学史·古希腊罗马哲学》第 2 卷下，南京：凤凰出版社、江苏人民出版社 2004 年版，第 779 页。

果的悖逆，以及悲剧理论中关于"诗性正义"显现方式的分歧，都要求我们正确地把握正义的边界问题，即正义的理想性与现实性的关系问题。过分强调正义的现实性，则往往会使正义失去自我反思的缘起及自我完善的目标，易使现实正义蜕变为现实的非正义乃至反正义，表现在创作上则是用利益法则压倒诗性法则和人性法则；而过分强调正义的理想性，则往往会使正义失去对现实的调控与改善作用，易使现实中的非正义华丽转身为空想的正义，表现在创作上就是以消极浪漫主义遮蔽现实主义。因而，我们只有充分汲取文学作品中"诗性正义"的经典显现方式的营养，又能正确处理好正义境界的理想性与现实性的关系，居间而行，则诗性正义的阳光必然普照我们的文学生存和现实生存。因此，我们要利用好文学中的悲剧性，科学进行伦理教化，大力促进社会公平正义。

三、想象的权力：意识形态功能

文学中的悲剧性是否具有意识形态功能呢？对此的回答基于人们对"意识形态"的理解。

（一）意识形态

"意识形态"是一个复杂多变的概念，人们对其的理解也极其多样化。根据齐泽克的研究，"'意识形态'概念史可以大致划分为五个阶段：特拉西阶段、马克思阶段、曼海姆阶段、列宁阶段、西方马克思主义阶段。'意识形态'是特拉西在 18 世纪末的首创，他用'意识形态'一词命名一个新学科——观念学。马克思采用了'意识形态'这一概念分析 19 世纪德国哲学，使'意识形态'概念史发生了革命性转折"。[①] 与此概括类似，当代美国学者杰姆逊（Fredric Jameson，1934—）在其《后现代主义与文化理论》中将"意识形态"归纳为七种模式："（1）错误意识；（2）领导权或阶级合法化；（3）物化；（4）日常生活的意识形态，文化工业（法兰克福学派）；（5）心理主体与意识形态的国家机器（阿尔图塞）；（6）支配权的意识形态；（7）语言上的异化。"[②] 在马克思恩格斯的早期思想中，"意识形态"主要是在"虚假意识"或"错误意识"的意义上使用的。1842 年，马克思在《关于林木盗窃法的辩论》中第一次使用了"意识形态"这个概念，指出莱茵省议会的《林木盗窃法》是仅仅为林木所有者的特殊利益服务的，

---

① [斯洛文尼亚]斯拉沃热·齐泽克：《意识形态的崇高客体》，季广茂译，北京：中央编译出版社 2002 年版，译者序言第 12-13 页。

② [美]杰姆逊：《后现代主义与文化理论》，唐小兵译，北京：北京大学出版社 1997 年版，第 257 页，具体分析见该书第 257-287 页。

剥夺了贫苦人民的利益，这样，这部法律作为一种社会意识就充满了虚假性和欺骗性，是"意识形态的这一突然造反的表现"①。从此，意识形态就与特定阶级的利益、特定物质利益密切相连，是对特定阶级利益、特定物质利益的表达和维护。陆梅林先生 1990 年在《何谓意识形态》一文中正确地指出：马克思之所以把"意识形态"放置在"虚假的意识"上来使用，就是为了揭示"这种资产阶级法律具有很大的欺骗性"②。马克思的"意识形态"概念也有变化，思想成熟后的马克思更加强调，意识形态是一个阶级关于世界和社会的系统看法，是上层建筑的一部分，在阶级社会中具有阶级性，是该阶级对自己利益合法化的一种解释和辩护。恩格斯在 1893 年给梅林的一封信里说到："意识形态是由所谓的思想家通过意识，但是通过虚假的意识完成的过程。推动他的真正动力始终是他所不知道的，否则这就不是意识形态的过程了。因此，他想象出虚假的或表面的动力。"③ 恩格斯此时也强调"意识形态"是资产阶级思想家为了自己阶级利益而"编造"的一套观念思想体系。现实社会中，阶级不是孤立存在的，阶级是通过相互对抗而自我定义的。因而，统治阶级必须依靠某种形式说服人们相信生活应该是如此，于是，代表统治阶级意志的思想形式就成了社会的主导意识形态，其主要任务就是领导权和合法化。这时的意识形态就成了统治阶级的阶级意识。物化意识形态把人与人之间的关系看成了经济关系、交易关系。进而，不同的时间、空间都被赋予了不同的文化、历史乃至权力蕴涵。例如，大庆之时、节日、凯旋门、纪念性建筑、国家广场等。因而，在物质的生产和消费背后其实是人与人之间关系的生产和再生产，有着意识形态的色彩。日常生活的意识形态是指，在传统社会里，传统、惯例、习俗、禁忌、祭祀、宗教等使人们认为，生活就是如此或者就该如此，它们发挥了意识形态的功能。马尔库塞等法兰克福学派的学者认为日常生活是一个异化了的对象，是被文化工业加工了的，因而，应用审美的新感性去对抗人的被单维化、片面化。阿尔都塞在他的《意识形态与国家》中论述了他的意识形态国家机器理论，认为意识形态机构即意识形态国家机器，是一系列非政治性的制约单元，如家庭、教育制度、宗教等，它们虽然不是我们一般意义上的国家机器，却影响着人们对自己与现实关系的想象。

---

① 中共中央马克思恩格斯列宁斯大林著作编译局编译：《马克思恩格斯全集》第一卷，北京：人民出版社 2002 年版，第 265 页。

② 参见陆梅林：《何谓意识形态》，《文艺研究》1990 年第 2 期。

③ 中共中央马克思恩格斯列宁斯大林著作编译局编译：《马克思恩格斯选集》第四卷，北京：人民出版社 2012 年版，第 642 页。

支配权意识形态理论的代表是法国理论家米歇尔·福柯（Michel Foucault），他认为知识、话语与权力三者具有同谋关系。在他看来，人连同其思想和活动，都产生于他们在其中生活的结构（社会、政治和文化结构），即使是"自由主体"（free subject）也是一个由文化创造出来并控制我们思想和行动的概念。① 福柯认为，人类的认识类型经过了几次变化。文艺复兴及其以前，理解世界的"知识"的合理性来源于神或者上帝，古典时期（始自公元 16 世纪末）理解世界的"知识"的合理性来源于"自然秩序"（自然规律），现代（公元 18 世纪以来），事物的秩序不再追溯到上帝或者自然，而是"人"②。福柯认为，话语运作在各种制度中；知识和真理产生于不同领域、学科和机构间的权力斗争，知识和真理使权力合法化。③ 神权时代，执政者将自己说成是"神意"的代表；民权时代，执政者又将自己打扮成"民意"的代表；现代社会中，掌权的是一个团体，他们通过"代替"人民，或者宣称替人民说话、代表人民而掌握权力。④ 福柯把权力看作一个无所不在、永远变化着的流动过程，即使一个词语的意义也取决于权力格局中不同利益群体的具体使用情况。⑤ 赛义德的《东方学》就是明证，西方人/东方人，文明的/野蛮的，积极的/消极的，进步的/落后的，知识的主体/知识的对象，个性化的/非个性化的⑥，这一系列的二元对立（binary opposition）是被西方强势话语建构起来的。因而，主导话语通过制造一个缺乏自己价值体系的"异者""他者"，在二元对立中来宣扬自己的价值。文学作品中"好的"人物形象也成了我们学习、效仿的榜样，在潜移默化中，我们被作者所塑造。可见，人是话语、机构和关系网的产物，总是随着环境的变化而变化。⑦ 包括艺术政策、话语体系、组织结构、

---

① 参见［澳］J. 丹纳赫，T. 斯其拉托，J. 韦伯：《理解福柯》，刘瑾译，天津：百花文艺出版社 2002 年版，第 9 页。

② 参见［澳］J. 丹纳赫，T. 斯其拉托，J. 韦伯：《理解福柯》，刘瑾译，天津：百花文艺出版社 2002 年版，第 23 页。

③ 参见［澳］J. 丹纳赫，T. 斯其拉托，J. 韦伯：《理解福柯》，刘瑾译，天津：百花文艺出版社 2002 年版，第 74 页。

④ 参见［澳］J. 丹纳赫，T. 斯其拉托，J. 韦伯：《理解福柯》，刘瑾译，天津：百花文艺出版社 2002 年版，第 83 页。

⑤ 参见［澳］J. 丹纳赫，T. 斯其拉托，J. 韦伯：《理解福柯》，刘瑾译，天津：百花文艺出版社 2002 年版，第 108 页。

⑥ 参见［美］爱德华·W. 萨义德：《东方学》，王宇根译，北京：生活·读书·新知三联书店 1999 年版，第 37-61 页。另参见［澳］J. 丹纳赫，T. 斯其拉托，J. 韦伯：《理解福柯》，刘瑾译，天津：百花文艺出版社 2002 年版，第 126 页。

⑦ 参见［澳］J. 丹纳赫，T. 斯其拉托，J. 韦伯：《理解福柯》，刘瑾译，天津：百花文艺出版社 2002 年版，第 141-142 页。

传播媒介等在内的宏大环境创造了不同的艺术形态、艺术风格以及具有不同审美、伦理和政治观念的人。因而，一切存在都是意识形态的。

伊格尔顿认为：文学乃至整个审美活动都受社会意识形态的影响和制约。文学是社会意识形态的一部分。意识形态极其复杂，它既包括人们已有的某些观念，也包括引导人们生活的社会实践话语体系，它在一定程度上赋予世界以特征，赋予人们的活动以意义，其中包括审美意义。由此，伊格尔顿认为，"关于审美与意识形态之间的关系的许多传统的争辩，如反映、生产、超越、陌生化等，都是多余的。从这个角度来看，审美等于意识形态"。① 进而，伊格尔顿将文学审美意识形态看作一种介入社会现实并与其维持一种紧张关系的思维方式。

可见，尽管"意识形态"语用复杂多样，但人们在理解和使用"意识形态"这一概念的实际过程中往往更多着眼的是它的政治倾向性和阶级倾向性。据此，笔者同意刘大枫先生对"意识形态（Ideologie）"所下的定义："意识形态是以政治倾向性、阶级倾向性为特征的社会意识形式（Bewu Btseinsformen），或者说，政治倾向性、阶级倾向性是意识形态这种社会意识形式重要的质的规定性。"② 按照此理解，历史上不少关于悲剧艺术的地位的认定中、悲剧人物的社会地位或社会出身的设定中，以及悲剧理论中，都可能存在着一定的意识形态色彩或意识形态利益的考量，当然有的意识形态色彩并不明显或很淡。同时，从意识形态是一种政治倾向性、阶级倾向性这个意义上来讲，每个人的言行都有一定的意识形态的色彩，而人们常常所说的"意识形态"主要还是指居于统治地位或主导地位的阶级的意识形态。

（二）"悲剧"的地位、悲剧人物与意识形态

在悲剧文学史上，悲剧与喜剧的不同地位，以及悲剧人物的社会地位变化情况，都证明了悲剧性与意识形态权力之间存在着复杂关系。亚里士多德与上层统治阶级关系密切，其父是马其顿王阿塔穆的宫廷医师，亚里士多德自己曾任马其顿王子亚历山大的老师，正因此，在公元前 323 年亚历山大大帝去世后，雅典发生反马其顿运动时，亚里士多德首当其冲，被控以"亵神罪"而成为政治打击对象，被迫去卡尔西斯避难，于次年病逝。亚里士多德作为一位贵族精英知识分子，他的"悲剧"理论不可避免地会受到自己阶级出身、政治理想、道德伦理观念与审美观念的影响。在悲剧

---

① ［英］特里·伊格尔顿：《美学意识形态》，王杰、傅德根、麦永雄译，桂林：广西师范大学出版社 1997 年版，第 89 页。

② 刘大枫：《新时期文学本体论思潮研究》，天津：天津社会科学院出版社 2000 年版，第 422 页。

与其他体裁的地位比较问题上，亚里士多德更看重悲剧。在他看来，喜剧和悲剧比讽刺诗和史诗"更高，也更受重视"，而悲剧是从酒神颂临时口占中发展出来的，喜剧却"是从下等表演的临时口占中发展出来的"①。可见，亚里士多德认为悲剧要比喜剧更高级一些。在《诗学》的最后一章，亚里士多德又明确指出："显而易见，悲剧比史诗优越。"② 亚里士多德之所以更崇尚悲剧，根本原因是悲剧在古希腊社会中拥有荣耀地位，史载战败的雅典士兵因会朗诵欧里庇得斯的诗句而保全性命。③ 同时，也不能排除亚里士多德的政治理想的作用，这在悲剧人物的资格上可以分明地看到。他认为悲剧的描写对象是"比我们今天的人好的人"，而喜剧则描写"比我们今天的人坏的人"④。悲剧表现的是"严肃"的动作，而喜剧则表现"丑"而不是"恶"。亚里士多德所谓的"好"指品质、地位、能力都比我们大多数人要好的人，但不是绝对的超人、神，亚里士多德不认为"神谕"或"命运"与悲剧结局之间具有直接因果联系。简言之，悲剧写上层高贵的人物，喜剧写下层低微的人物。从这里可以看出，亚里士多德的道德理想和政治理想所在。

由于战乱及其他原因，亚里士多德的《诗学》在西方埋没长达 1600 多年，直到文艺复兴时期才被发现。1498 年瓦拉（Giorgio Valla）出版了第一部影响很大的拉丁文本，10 年之后，第一部希腊文本问世，它们都是根据 10 世纪以来广为流行的阿拉伯文本转译的。这极大限制了《诗学》中崇尚悲剧、轻视喜剧的观念以及关于悲剧人物的资格的观点的传播。但是，希腊化运动毕竟给希腊化国家输入了希腊思想观念，其中就包括亚里士多德所代表的古希腊人崇尚悲剧的观念。这种观点经过贺拉斯（Horatius，公元前 65 年—公元前 8 年）在《诗艺》中的解释，进一步强化。《诗艺》分为三部分，一是文艺创作的一般理论原则；二是主要的文学体裁及其创作，重点探讨了悲剧戏剧；三是诗的社会作用、"天""人"关系和批评的重要性。由此可见贺拉斯对"悲剧"之看重程度。他从古典主义立场出发，认为古希腊悲剧诗充分表现了"普遍人性"的"理性"思想和"自然"观念，

---

① [古希腊]亚里士多德：《诗学》，罗念生译：《罗念生全集》第一卷，上海：上海人民出版社 2004 年版，第 30 页。

② [古希腊]亚里士多德：《诗学》，罗念生译：《罗念生全集》第一卷，上海：上海人民出版社 2004 年版，第 115 页。

③ [古希腊]修昔底德：《伯罗奔尼撒战争史》，谢德风译，北京：商务印书馆 1960 年版，第 564 页注①。

④ [古希腊]亚里士多德：《诗学》，罗念生译：《罗念生全集》第一卷，上海：上海人民出版社 2004 年版，第 25 页。

是艺术的永久典范。尽管他并不主张复古倒退，对罗马文艺也给予充分肯定，但其目的却是要利用文艺为罗马贵族的新现实服务。那么，怎样才能服务好呢？贺拉斯的回答是耐人寻味的。一方面，他认为文艺应"切近真实"，诗人应当"到生活中、到风俗习惯中去找模型，从那里汲取活生生的语言。"① 另一方面，他要罗马作家细心研磨古希腊悲剧诗的创作技巧和原则。贺拉斯把"光辉的思想"视为诗作备受人们欢迎的必备的首要条件②。而"悲剧"相比"喜剧"更易表达"光辉的思想"，因而悲剧更为他所青睐。当然，历史是丰富的。在贺拉斯之前，古罗马作家西塞罗（Marcus Tullius Cicero，前 106 年—前 43 年）却并不极力推崇悲剧，他曾说：喜剧是"人生的摹本，风俗的明镜，真理的反映"。③ 这与亚里士多德对"悲剧"的评价真是不相上下。喜剧之所以被西塞罗更看重，一方面是由于古罗马喜剧和讽刺诗比较发达，讽刺诗分担了悲剧的部分批判功能，另一方面与当时古罗马社会中的享乐之风有关。可见，在希腊化时期，悲剧相较喜剧的绝对优越地位并未完全凸显。

中世纪时，由于特有的基督教文化，社会对于"严肃""庄严""尊严""崇高"尤其"神圣"的悲剧戏剧的需要就不仅十分强烈而且持久了。与教皇在宗教信仰领域拥有至高无上的神圣地位一样，国王在世俗社会中也拥有绝对的权力和巨大的影响力，他们的个人命运往往与国家的命运息息相关，他们个人的不幸也成了国家的大不幸。进而，国王成了悲剧性人物的首选。于是，塞维利亚的伊西多尔（Isidore of Seville，公元 6—7 世纪）说："国家和国王的悲惨故事构成了悲剧。"④

进入文艺复兴时期后，批评家进一步发挥了亚里士多德重视悲剧的思想，形成了崇尚悲剧而轻视喜剧的观念。文艺复兴时期意大利批评家丹尼厄罗（Daniello）在《诗学》（1536）中说："喜剧作家所处理的题材，即使不是卑贱平凡的事，也都是极其普通而且日常发生的事，悲剧诗人则描写帝王的死亡和帝国的崩溃。"⑤ 可见，当时主流思想认为悲剧与喜剧严格区分，不能混杂在一起，而区分的主要标准就是悲剧人物高贵，喜剧人

---

① ［古罗马］贺拉斯：《诗艺》，杨周翰译，伍蠡甫、胡经之主编：《西方文艺理论名著选编》（上卷），北京：北京大学出版社 1985 年版，第 107 页。

② ［古罗马］贺拉斯：《诗艺》，杨周翰译，伍蠡甫、胡经之主编：《西方文艺理论名著选编》（上卷），北京：北京大学出版社 1985 年版，第 107-108 页。

③ 转引自陈瘦竹、沈蔚德：《论悲剧与喜剧》，上海：上海文艺出版社 1983 年版，第 88 页。

④ ［英］克利福德·利奇：《悲剧》，尹鸿译，北京：昆仑出版社 1993 年版，"定义"辑录第 2 页。

⑤ 转引自陈瘦竹：《喜剧简论》，见陈瘦竹、沈蔚德：《论悲剧与喜剧》，上海：上海文艺出版社 1983 年版，第 76 页。

物低贱。

　　亚里士多德最先确定了悲剧与喜剧严格区分而不应混合在一起的戏剧观念，到了 16 世纪时，意大利的剧作家瓜里尼（G. Guarini）主动挑战此定论。他写了部作品《牧羊人斐多》，两个不同阶层的人物同时出现在同一场面，这一点让传统派大为恼火。于是，瓜里尼便写了著名的理论文章《悲喜混杂剧体诗的纲领》来为自己同时也为悲喜混杂剧体诗的存在合理性辩护。[①] 他从现实社会政治里上层阶级与底层民众混合在一起的事实推论出，在艺术里上层阶级与底层民众出现在同一场面的这种悲喜混杂剧是合理的。他的这种悲喜混杂剧体诗与莎士比亚及其他伊丽莎白时期英国剧作家所建立的悲喜混杂剧体诗是同时的，而且是后来启蒙运动时期狄德罗和莱辛所提倡的严肃剧和市民剧的先驱。不过，瓜里尼虽然看到了悲喜混杂的合理性，却并没有质疑悲剧人物的地位和身份问题。直到启蒙运动时期才彻底打破了悲剧人物与喜剧人物在地位、身份上严格区别的森严壁垒。当然，莎士比亚的悲喜剧则另当别论，他的悲剧中融合着喜剧因素，其中小人物、底层人物的介入是一个常用技巧。

　　至此，西方悲剧人物的谱系大致发生了如下变化：神—半神、英雄—国王、王公贵族—杰出人物。而喜剧人物的谱系也大致发生了如下变化：卑劣之人、小人、恶棍—可笑之人、名实不符之人、好吹牛之人。我们可以发现，随着社会的发展，悲剧与喜剧所描写的人物愈来愈趋近了，凡人和平民是他们共同的出身。这说明，随着历史的变迁，人们的个人意识与自我价值意识的觉醒程度愈来愈高，英雄、贵族在社会中的影响力愈来愈小，而普通民众的影响力则愈来愈大。

　　但是，到了古典主义时期，在西方悲剧作家的笔下，悲剧主人公又重新回到了王宫豪宅。与古希腊悲剧中的前辈一样，他们往往地位高贵、品质高尚、功业煊赫。之所以如此，因为在古典主义悲剧诗人看来，地位高贵的人的活动对社会生活和社会发展具有决定意义。近人舍勒也认为，地位显赫的人拥有与众不同的影响力，他们命运的变化大起大落，相比普通人的命运具有更广泛、更深刻、更根本的人类、社会和历史的悲剧性况味，本身就具有普通民众所无法比拟的更大的价值情感，因而，也就更容易引发更广大民众的心灵震颤。确实，在各种等级社会中，国家民族的生活、命运往往与帝王将相、英雄豪杰等少数个人的生活命运更加息息相关。作为普通老百姓，不会有南唐后主李煜的失国之痛。然而，这种根据社会等

---

　　① 参见朱光潜：《朱光潜美学文集》第四卷，上海：上海文艺出版社 1984 年版，第 175 页。

级来定位人的情感价值的思路，除了英雄史观的弊端外，其更大的缺陷是它被桎梏于社会学模式之中，失去了悲剧性的人文精神及悲剧性生成的丰富性和复杂性。现实生活中，悲剧性的生成并不必然与作为观照对象的人物的社会地位成正相关。

普通人或社会底层人的人生遭际的悲剧性从十七、十八世纪开始，普遍引起了更多作家的关注。在中国文学作品中，悲剧人物最初多是英雄豪杰，到后来有了才子佳人、书生小姐、商贾妓女，再到后来出现了更普通的小人物；凡人悲剧艺术在唐传奇、宋话本小说以及元杂剧、南戏中就已出现，17 世纪初中期开始大量出现，冯梦龙的"三言二拍"是其代表，18 世纪曹雪芹的《红楼梦》是中国古代悲剧性小说的巅峰之作。西方文学中的凡人悲剧在 18 世纪中期后开始大量出现。西方第一部"普通人"悲剧是 1731 年英国乔治·李洛的《伦敦商人》五幕剧，以店员为主角，开创了家庭悲剧或市民悲剧的先河。19 世纪末和 20 世纪，日常凡人成了悲剧文学的主角。对于这一变化，雅斯贝尔斯分析道："在过去悲剧成为少数显贵人物的殊荣……悲剧不再是全体人类的特征，而成为人类贵族政治的专利。"① 在今天，悲剧性的载体已经变成了普通大众乃至任何生命体，或者富于生命价值的非生命体。这一变化表明了民主意识和个体生命意识愈来愈普及，愈来愈深入人心，愈来愈提高和完善。

另外，在悲剧人物的历史长廊中，更多的是男性，或者是具有男性气质和行事风格的女强人，而柔弱女子较少。这与历史上很长时段里男性社会地位普遍高于女性社会地位有关。

可见，在古代社会，较高的社会地位是一个人成为悲剧人物的必要条件。从此意义上说，一部古代人类悲剧文学史就是王公贵族压迫排挤普通民众和男人压迫歧视女人的偏见史、压迫史，王公贵族、男人不仅在物质生产生活中居于统治地位，而且在精神生产生活中也居于统治地位。从更广泛的意义上说，一部人类悲剧文学史就是人类社会阶级关系史、社会关系史、社会政治史、社会性别史、家庭关系史，也是意识形态对人与人之间的关系不断界定的历史。

（三）悲剧理论与意识形态

悲剧理论作为一种"知识"，它与意识形态"权力"之间存在一种"同谋"关系：权力生产知识，知识论证权力的合法性、神圣性。悲剧性作为一种意识形态权力话语，如果处于主导地位或者成为话语霸权，它会影响

---

① ［德］雅斯贝尔斯：《悲剧的超越》，亦春译，北京：工人出版社 1988 年版，第 107 页。

甚至决定悲剧性文本的创作，例如题材主旨、人物思想（人生理想、价值观、道德观、审美观、社会观、政治倾向等，表现在对人与人、人与社会、人与物、人与自然、人与宇宙以及人与自我等关系上的态度）、人物的社会状况（地位、出身、社会关系、立场）、人物基本情况（性别、年龄、婚姻、生活、工作、家庭）、情节结构（冲突构成、性质和特点、冲突过程和结局）、审美风格和语言特点等要素。悲剧性作品的意识形态功能主要是通过受众与作品中"正义"或"真理"化身的悲剧性人物或思想主体的自我认同来实现的。因而，悲剧理论知识还会影响甚至决定人们对于悲剧性作品的解读。

于是，历代各种权力集团都通过对悲剧性理论知识的制造来宣传自己的意识形态。悲剧性最先集中表现在悲剧戏剧中。由于古希腊的悲剧演出是一种公共文化活动，具有极强的宗教仪式膜拜色彩。因而，它自然参与了古希腊公共文化和公共话语的建构，这就使得"悲剧性"本身的艺术呈现和接受与意识形态特别是主导意识形态密切地联系了起来。例如，柏拉图就认为剧场具有"政体"功能，它取代了奴隶主的贵族政体，成为新的社会中心力量，这就是所谓的"剧场政体"。中世纪神学统治者利用戏剧宣扬宗教神学，开启了戏剧宗教工具化的先河。法国的宗教奇迹剧、英国的宗教道德剧多取材于宗教教义与《圣经》故事。法国新古典主义悲剧可以说是皇权戏剧。莱辛的启蒙运动把悲剧看作教育人民的手段。由于文学艺术是通过个别形象、个别人物而体现所有事物、社会现实生活和世界的，因此通常两种道德规律和社会规律要求的斗争就体现为两种人物的斗争。这一思想在俄国革命民主主义美学，以及 20 世纪的中国文学实践中走得更远。它突出表现在悲剧性主角（人物）的身份限制上。车尔尼雪夫斯基认为"悲剧是人的伟大的痛苦，或者是伟大人物的灭亡"①。马克思也曾说："革命是最适合于悲剧的题材。"② 后来各国的马克思主义者多强调"革命"中作为正义化身的"革命者"的悲剧性。20 世纪初中国启蒙学者视悲剧性作品为表达民族启蒙之志向、开创国家自新之道路的伟大事业。悲剧性人物就成了进步的社会力量的象征。悲剧性人物在我国当代文学实践中被赋予了"正面人物"的政治伦理内涵，并同时要求悲剧性的英雄化和崇高化风格。它的潜台词是，不是随便谁都有资格具有"悲剧性"蕴涵的，

---

① ［俄］车尔尼雪夫斯基：《论崇高与滑稽》，见车尔尼雪夫斯基：《车尔尼雪夫斯基论文学》中卷，辛未艾译，上海：人民文学出版社上海分社 1965 年版，第 86 页。

② ［英］希·萨·柏拉威尔：《马克思和世界文学》，梅绍武、苏绍亭、傅惟慈、董乐山译，北京：生活·读书·新知三联书店 1982 年版，第 299 页。

因为，被赋予了"正义"和"革命"蕴涵的"悲剧性"有着明显的意识形态功能，它确证的是理想、信念的合法化与合理化。这使得一些中国当代文学作品体现出了政治文化主导下的审美、伦理、政治趋向一致化的特点。当然，相对意义上的真善美高度统一，也是一种简单的纯洁性统一，但由于过于抽象，自然导致人物不食人间烟火和类型化、公式化、概念化、形而上化、虚假化、空洞化，语言上大话、空话连篇，特别是某些宣教色彩过浓的作品中既看不到人类共性也看不到人物个性，他们只有革命职业或"革命分工"的不同，其他方面差异不大，追求一种脱离了现实生活的极致化的乌托邦式的完美，其中一些人物仿佛是用"一片一片金页贴起来的大神"①。在此情势中，悲剧性的被放逐也是悲剧性的必然命运。

此外，各种权力集团往往通过自己认可的某种悲剧性表达范式来确证"真理"，这使得该讲述范式具有了某种真理性和神圣性，进而更确证了自己的意识形态的合法性、合理性、正义性。因为政治上的"合法"通过伦理上的"正义"更易得到大众的认可。这往往是通过鼓励某一类型的创作或某一类作家的创作而达到自己的目的。在中国当代文学中，革命历史与革命历史小说之间的支配与被支配的关系就是一个例证。在这种思想观念下，革命历史永远高于革命历史小说。于是，对于革命历史小说的评判，首先关注的是它是否正确反映了中国革命历史事实和中国革命历史发展的基本规律，而且是要从中国革命已经胜利这个最终结果出发去回溯历史，去表现历史，因而，这就使得不少当代革命历史小说作品中蒙上了一层超越性的诗性色彩、乐观主义色彩，减弱了革命斗争中革命者牺牲的悲伤色彩。此外，当时的文学界普遍认为，革命历史小说的主人公必须是共产党领导下的革命者和革命武装人员。而像《红高粱家族》中余占鳌那样的自发抗日的土匪被作为悲剧主人公来表现得极少。写革命群众的革命斗争，其斗争过程、革命动力、最终结局都要符合《中国革命史讲义》的精神。这种围绕革命历史的必然性的书写模式既确证了革命历史的合理性、革命成果的正当性，也确证了革命传统继承者的合法性。同时，也只有革命传统的继承者才有资格进行革命史诗的书写。

当然，某一集团或阶级的意识形态观念与该集团或阶级成员的自性定向之间的关系是复杂的，有完全一致的，也有部分一致部分不一致的。1957年前后王蒙的自性定向与主流意识形态观念相当一致，他认为，新社会为年轻人的健康成长提供了充分条件，年轻人一般都会有美好的未来，但也

---

① 巴金：《随想录》，北京：生活·读书·新知三联书店 1987 年版，第 811 页。

不排除一些人不积极追求进步，他更希望第一种情况发生，于是，他给林震（《组织部新来的青年人》，1956 年）没有安排明确的出路。而秦兆阳在新社会年轻人成长这个问题上的自性定向与主流意识形态观念并不完全一致。他认为，在新社会，年轻人可能会成长得顺利些；但在一个传统观念、落后观念仍大量存在的具体环境中，年轻人林震极有可能向传统观念、落后观念妥协，于是，他修改王蒙此作时，比较明确地强调，在当时，"革命知识分子内心精神历程提升与开阔的不可能与失败"。① 由此，加深了作品对生活、对人性认识的深度，提高了作品的悲剧性蕴涵。王蒙不赞同秦兆阳的修改，认为他的修改"让作品中有了更多的不健康因素"②。笔者认为，秦兆阳的修改是"点铜成金"，后来的社会发展证实：曾经不少的"林震"变成了后来不少的"刘世吾"。这是日常生活把人的青春热血、意气风发、纯真理想慢慢消磨的悲剧性，也是日常生活把人异化的悲剧性。这是生活深层超稳定结构的胜利，是生活的胜利，也是悲剧性审美范式的伟大胜利。历史，让人们再次看清了悲剧性具有多么深邃的洞察力！因而，在意识形态话语主导的文学文化氛围中，受众与悲剧性主人公的认同有时是一种自我欺骗。

悲剧理论的意识形态色彩无法根本消除。于是，我们只能通过包括悲剧性文学创作和批评研究等在内的各种人类实践活动去不断趋向更人性、更民主、更法治、更科学、更和谐、更文明、更进步、更真实、代表更广泛利益的意识形态，最终让"人学"代替"意识形态学"，悲剧性理论成为人的理论、生命的理论。

四、生态意识的涵养功能

20 世纪中叶开始，300 多年来的工业化所导致的生态危机日益显露，人类生存环境日益恶化，在继续关注自然生态和社会生态的同时，人们开始关注精神文化生态。至今，人与环境相互依存、和谐共生的观念已为一些人所认同，"生态哲学""生态伦理学""生态文化""生态美学""生态心理学""生态批评""生态文学"等成为哲学社会科学研究的新领域，以生态整体主义思想为指导，以人与自然、人与社会、人与人、人与自我的和谐共生和可持续发展为宗旨的生态文明建设逐渐展开。文学在生态文明建设中的作用，已成为文学研究的时代课题。目前，学界多以生态文学

---

① 参见秦兆阳：《关于〈组织部新来的青年人〉》，《人民日报》1957 年 5 月 8 日。

② 转引自洪子诚：《问题与方法——中国当代文学史研究讲稿》，北京：生活·读书·新知三联书店 2002 年版，第 203 页。

为例来立论，而极少涉及其他类型的文学，且当前生态文学主要表现人与自然的和谐关系，较少触及社会生态和精神生态，故其视野较窄，说服力自然也不足。本小节以与生态和谐貌似悖逆的悲剧文学为例，来研究文学中的悲剧性在涵养人的生态意识进而促进生态文明建设中的独特作用。

在许多人的意识中，悲剧性往往与"冲突""斗争""毁灭""苦难"相联系，与和谐共生相背离。然而在笔者看来，这种认识既误解了悲剧性，也忘记了生态文明建设的缘起——积极应对生态危机，使人类长久幸福生存。因而，既可用现实主义手法，形象地展现生态危机，呼吁人们尊重自然规律，如蕾切尔·卡逊的《寂静的春天》；也可以寄情思于山水、大自然、童年生活，以及民俗、民歌、民趣、民族语言和未被现代文明所扰攘的民间生活等人类的精神故乡或精神家园，陶醉或沉湎于其中的宁静、纯真、真诚、朴素、实在、自然、温馨与和谐[①]，从而为人们提供桃花源式的生态理想以启蒙生态意识和生态责任感。这种浪漫主义的生态关怀固然有用，然而，它毕竟与当下的生存关怀相隔较远，需要人慢慢体味才可获得。而且，作为一种正面感化的方式，用它来感化当今许多被现实物质利益和贪婪欲望蒙蔽了双眼、麻木了心灵的人们，其生态意识效果的产生相对还是比较慢的。悲剧文学是人类应对困境与危机的艺术形态，其感人最深、发人猛醒，因此可以更快更好地涵养人们的生态意识，促进生态和谐。

（一）悲剧文学可以暴露和反思生态危机

文学是塑造审美意象的艺术。和谐共生的生态观在文学作品中体现为自然生态之美、社会生态之美和精神生态之美。悲剧文学多以暴露生态之美的被毁灭来肯定生态之美，以反思各种非生态主义的思想文化观念而涵养人们的生态意识，进而达到生态启蒙的效果。

自然生态之美在生态文学作品中多表现为青山绿水、蓝天碧野、风调雨顺、月明星稀、空谷幽兰、鸟语花香、田园牧歌等一派自然、朴素、宁静、丰富、宜人的景象，形成了人与自然和谐共生的一幅美丽画卷。然而，悲剧文学却很少直接表现自然之美，其中的自然环境多呈现其恐怖、蛮荒、暴力、非理性、神秘、粗鄙等不宜人的一面，是悲剧主人公或悲剧人物的对手，如《老人与海》中的大海与鲨鱼。现实生活中，人类自工业化以来，尤其是近 40 多年以来，工业化、城镇化被快速推进，人类向大自然过度扩张，严重破坏了人与自然之间的生态和谐，土地沙化、海平面上升、冰山

---

① 李江梅：《论文学中的"精神原乡"对当代生态文学圈建设的意义》，《当代文坛》2009 年第 5 期。

融化、沙尘暴肆虐，干旱与洪水并发，物种数量持续减少，海喷、热岛效应、雾霾效应和垃圾效应常态化，各类"历史少见"的极端天气频发，20余种"新兴病毒"袭击人类。它们正是大自然对人类过度行为的无情地报复和警告。恶劣的生存环境迫使人们不得不反思自己的生产生活方式、发展方式以及文化价值观念。这样，悲剧文学中曾经是人所欲征服的对象——"自然"，现在却成了指控人破坏了人与自然之间生态和谐的铁证。例如，关于《老人与海》的主旨，从生态和谐观的角度来看，作品通过老人与大海和鲨鱼的殊死搏斗，最终仅收获一具空空的马林鱼骨架，批判了人类中心主义思想，指出人与自然的对立最终导致了两败俱伤，是人自己打败了自己。传统的人类中心主义者却认为，《老人与海》既表现了老人惊人的力量与勇气，又肯定了人"可以被消灭，但不可以被打败"的崇高伟大精神。我们认为，这两种观点都可以成立。问题是，生态和谐观的角度的出现，也让我们传统的基于人本中心主义所做的作品主旨的概括，已经不像此前那样理直气壮、唯我独尊了。这背后传统观念的松动，其实就是在悄悄地给人与大自然和谐相处的生态意识腾出了空间，和谐共处的生态意识已在人心里慢慢涵养。自然生态危机的表现是在自然界，但归根结底，人才是自然生态恶化、自然生态危机背后的罪魁祸首。从根本意义上说，自然生态危机其实是人类的社会生态危机和人的精神生态危机在自然界的自然延伸和必然表现。大自然界的许多力量是我们人类所无法把握的，但相对而言我们却可以把握我们人类自身。这就是说，我们人类必须积极有效地应对自然生态危机。而悲剧文学通过暴露自然生态的被破坏来呼吁人们采取行动，修复自然生态，因而也就等于反向地肯定了人与自然和谐共生的主题。其实，这种反向表达是悲剧性文学中的常见形式或技巧。

生态意识在社会生活中表现为人与人、人与社会的和谐共生与可持续发展，其核心要义就是平等与适度。生态意识在社会生活中外化为社会生态之美，体现为社会的公平、正义、平等、民主、自由、科学、诚信、友爱、和谐、文明、繁荣、安定。悲剧文学多通过暴露和批判人的贪婪、自私、冷酷、血腥、阴险、邪恶、阴谋、残忍、暴力、杀戮、强权、专制、狡诈、背叛、自大、盲目、短视、骄傲、蛮横、任性、愚昧、迷信、蠢笨、虚伪、欺骗等消极性的、极端性的欲望情感和言行所导致的社会动乱、混乱、黑暗、封闭和衰败，来呼唤平等、正义、民主、自由、科学、和谐、安定、包容、繁荣的良性社会生态。促发受众产生社会生态意识，主要是通过两种艺术表现方式来实现。① 一是悲剧性作品的主旨阐扬社会生态和谐之美。在社会生活中，正义、民主、自由就是美，正义就是深层次的、根本性的和谐。社会正义实现了，人心自然就和谐了。于是，悲剧作品中往往通过歌队、"思想"或"正义角色"之口来直接肯定或支持因社会的公平、正义、民主而导致的社会和谐与和谐之美。例如，莎士比亚的悲剧《李尔王》的剧终，奥本尼对整台戏上的人与事做了总结，他说："一切朋友都要得到他们德行的报酬，一切仇敌都要尝到他们罪恶的苦杯。"② 这就是说，善恶终报，说明人类社会还是一个公平的社会，有正义的社会。于是，他们的议论受众不仅赞同，而且在听闻后还会产生一种超越事外的旷达感，这种旷达感拉开了作品与受众之间的距离，而这种距离感又强化了剧中人物所表达的主旨或思想的真理性。从某种意义上说，这里的距离就是受众内心的社会生态意识所占据的空间。因而，我们说，悲剧作品中主人公所说的正义"思想"经过受众的社会生态意识加工后，就变得更具普适性了。因为，社会生态意识也表现为强调社会的公平、公正，也就是持中。又如，不少古希腊悲剧就直接颂扬了和平共处的和谐社会思想和谨慎适度的行为准则，强调在人与社会、人与人的关系上，要适度，持中，不走极端，不干过分事，不说过头话，不要有非分之想。③ 谨慎适度的行为准则是保障社会和谐的重要条件，否则，就会导致灾祸或社会灾难，那自然就不会有和谐社会了。《安提戈涅》第三曲中歌队就说："人们的过度行为会引起灾祸。"④ 只有平等、民主，人们才能和谐相处，社会才会有真正的、长久的和谐、和平。因而，平等、民主也是社会和谐的保障和表现，是社会生态美的重要方面。于是，古希腊有些悲剧就直接颂扬民主平等，反对专制。例如《俄狄浦斯王》里，先知忒瑞西阿斯郑重地告诉俄狄浦斯："你是国王，可是我们双方的发言权无论如何应该平等。"⑤ 命运被许多人视为古希腊悲剧情节发展的深层动因，但在笔者看来，命运也是人神关系和谐的理由。⑥ 促发人们产生社会生态意识的正义角色，在西方现代悲剧中多由"舞台监督者"来担任，在中国古典悲剧中多由"末"和"副末"来担任。二是许多"大团圆"悲剧通过作品结局来显现或预示社会生态的和谐之美。例如，

① 万晓高：《悲剧性文学中"诗性正义"的特质探析》，《中国科教创新导刊》2010 年第 35 期。

② ［英］莎士比亚：《莎士比亚全集》（第九卷），朱生豪译，北京：人民文学出版社 1978 年版，第 272 页。

③ 万晓高：《论古希腊悲剧的主导观念》，《西北工业大学学报》（社会科学版）2007 年第 2 期。

④ 罗念生译：《罗念生全集》（第二卷），上海：上海人民出版社 2004 年版，第 312 页。

⑤ 罗念生译：《罗念生全集》（第二卷），上海：上海人民出版社 2004 年版，第 356—357 页。

⑥ 万晓高：《古希腊悲剧的命运范式质疑》，《天津大学学报》（社会科学版）2009 年第 6 期。

莎士比亚的悲剧《罗密欧与朱丽叶》，双方主人公遇难后其曾经冲突的亲属以和解结束，这表明在莎士比亚那里，他还是认为社会的和谐安定才是社会生态之美。又如，古希腊悲剧《俄狄浦斯在科罗诺斯》，剧中主人公自己理解了自己苦难的意义，于是实现了自我超越和自我精神新生。这是一种内因式的和解结局。它表明，人与自我的和谐也是社会和谐的重要表现和内在要求，是社会生态美的重要方面。受众在对作品中主人公的理解性认同中，也受到了他的人与自我和谐相处的生态意识的潜移默化的影响。在古希腊一些悲剧作品中，主人公们因神的诏示而出现了和解。例如，埃斯库罗斯的《报仇神》。这种和解的动因是缘于外部力量的强制干预，因而显得说教色彩较浓。尽管方式不同，但都在直接或间接中让人们明白，在社会生活中，平等、民主、自由、协商、对话、妥协、宽容、差异、共赢等和谐共存思想是多么必要和重要。其实，这些就是社会生态思想的精髓。

精神生态之美主要体现为个体或群体心态上的理性、平和、积极、向上、正直、善良、真诚、宽容、大美、雅正、丰富、快乐、大爱、勇敢、节制等。它在悲剧艺术中的表达，往往有两种形式。一是直接表达。这多体现在悲剧作品中的正面人物身上。二是间接表达。这多表现为悲剧人物身上的否定性的方面，它后来在作品情节发展或内容推进中被克服掉了，从而肯定了去除不好的精神因素对于精神生态健康的重要性。例如，在古典悲剧中，被破坏的精神生态或恶化的精神生态往往人格化为悲剧人物的性格缺陷，例如，阿伽门农的固执，美狄亚的仇恨，奥赛罗的嫉妒，李尔的偏爱，哈姆雷特的懦弱，麦克白的贪婪等，这些因素导致了主人公的毁灭，从而反向肯定了精神生态健康之美。悲剧文学尤其是现代悲剧文学往往通过批判人的怨恨、冷漠、暴戾、荒诞、孤僻、绝望、空虚、无聊、乏味、苦闷、隔膜、焦虑、恐惧、虚无、无意义、非理性、狂热、暴躁、极端、任性、忧郁、卑怯等负面的、消极的精神生态这一面，表达了对理性、平和、积极、向上、丰富、幸福、快乐、崇高等良性精神生态的追求。21世纪初的10来年里，一些国人精神生态严重污染与失衡，消费主义、娱乐主义、享乐主义、功利主义甚嚣尘上，颠覆历史、躲避崇高、亵渎神圣、嘲讽伟大，解构严肃，娱乐苦难，信仰坍塌，道德缺失，法治意识淡漠，愚昧迷信风行，权力崇拜、金钱崇拜、物质崇拜市场广泛，浮躁暴戾，冷漠自私，亲情淡薄，趣味低俗、粗俗、庸俗、媚俗、畸形，追求感官刺激，迷恋血腥暴力，"黄、赌、毒、贪、腐、奢"等丑恶现象在一些地方和一些人那里表现得比较突出，老人跌倒无人搀扶，有人自杀不积极施救反而现拍直播以增加其作品点击量，某些抗日神剧中手榴弹炸落侵略者的飞机，既无理性，又无公德，更将民族抗战悲剧喜剧化，消解了艰苦卓绝、玉汝于成的抗战精神。这混乱失衡的精神生态，正需要悲剧文艺的匡正祛邪，积极修复。

因而，悲剧文学是侠骨柔肠式的生态文学。它不断涵养着受众的生态意识，让受众从心底切实认同，做一个与自然、社会、他人长期和谐共处的人是多么重要和必要。

（二）悲剧文学接受可促进受众心理和谐化

悲剧文学接受是受众在具体语境中对悲剧性文学的体验，大致经历了"冲突—妥协—和谐"这样的心理过程。这与人类的文明形态史相似，在农业社会时期，人与自然之间既有和谐的关系，例如中国古代的敬天遵时，也有不和谐的关系，如人对大自然的过度开发。到了工业社会时期，人与大自然的关系整体上更加紧张，大自然被人竭泽而渔式的超级开发搞得满目疮痍、伤痕累累；同时，人与他人、人与社会、人与自我、人与物质的关系也较以往更加紧张，各种冲突频现。因而，现在正需要人类的妥协与对话，努力达到和谐。第一，人类此时与自然的妥协，既是为了大自然美丽健康发展，更是为了人类自身的健康发展。因而，人与自然此时的妥协也是一种担当精神的表现。第二，人类社会中的对话而非对抗，合作而非冲突，团结而非分裂，尊重而非霸凌，多样而非单一等良性社会生态的出现，都需要我们相关方乃至人类共同努力。好在，现在已有一些人意识到了这个问题的重要性，并开始行动。而悲剧性文学的接受，则可以让我们在自己的内心里体验这种由冲突经妥协而达到和谐的全过程，从而不断丰富和增强人们的生态意识，不断增加人们从事生态修复活动的勇气和信心，不断提高人们从事生态修复活动的能力。

悲剧文学接受可以促进受众心理和谐化，这是一个长期的过程。因而，悲剧性文学或者文学中的悲剧性涵养人的生态意识也是一个长期的过程。同时，受众的和谐心理也是一种过程性和谐，而非静态的和谐。悲剧性体验是一种趋向和谐的体验。悲剧性体验不只有怜悯和恐惧，还有痛感与快感、哀伤与振奋、抗争与忍耐、乐观与悲观、个体意识与集体意识、审美情感与伦理情感、形而下关怀与形而上关怀、认知与情感和意志等心理内容，是这诸多心理因素平衡化的结果。为了产生最终的和谐效果，悲剧文艺往往都有一定的艺术安排。首先，悲剧性文本在内容内部、形式内部以及内容与形式之间往往都会按照辩证性原则来安排相关的要素，这样就建立起了文本内在的平衡和谐机制。这种平衡和谐机制就比较容易引发受众的平衡心理，也容易满足受众的平衡心理需求。比如，紧张激烈的内容与轻松平和的内容交替出现，紧张与松弛的节奏交错安排，悲剧情节与喜剧情节相间安排；或者，严肃沉重的悲剧风格与活泼明快的喜剧风格或交叉呈现或融合呈现，也极易产生和谐感；或者在形式上，"歌曲"与"情节"交错安排，这样就张弛有度，例如古希腊悲剧；或者悲剧冲突各方人物之间你来我往的对等性斗争，让不同观点和利益诉求既得到公平而充分的表达，又在交锋中相互理解，进而走向交融乃至更具包容性的和谐境界。这样，悲剧性文学文本内部由观念和利益的争执而产生的冲突，因为有了艺术安排上的平衡机制的保障，悲剧冲突就得以持续推进，进而保证了文本的完整性，又深化了主题，使悲剧性文学艺术成为最公平、公正的艺术。这些会使受众的生态意识变得实在、全面、辩证。另外，叙事语言与抒情语言的交织安排形成了一种丰富性和谐，让人进而感受到整个文本语言的丰富变化之美。这会使受众的生态意识变得丰富、包容。最后，受众当下接受时出乎事外的感悟与回味中的心理"和谐化定势"会形成一种超越性和谐，这是悲剧性文学涵养人的生态意识的重要契机，它会使受众的生态意识变得宏阔而深邃。在《哈姆雷特》结尾，冲突各方陈尸舞台，莎士比亚为死者们安排了丧礼进行曲，显现出平和的氛围，世界又恢复了秩序。感发于此，观众情思想象的空间骤然间开阔了起来，舞台中的悲剧人物已经化为了人类的代表，观众从其身上看到了自己的某些方面，于是理解了他们，人物与观众"和解"了。有些文本还表现出悲剧人物对自己厄运的"理解"，进而与所处情境和解，受众由此产生了同情性和谐感。有些悲剧甚至以冲突一方的幡然悔悟来表现双方和谐共处的合理之处，如《安提戈涅》结尾，克瑞翁终于痛苦地醒悟到，在国家治理上，法律和亲情不可或缺。这些都让受众的生态意识变得亲切而温暖。或者更常见的情形是，悲剧冲突双方的合理之处为受众所认同，冲突双方和平共处于受众意识中。这是彻悟存在本相之后的宁静与平和。这让受众的生态意识变得博爱而超越。有些悲剧人物经历苦难乃至毁灭的浴火后以"真理"的化身重生了。于是，这种"真理"认知就在精神的意义上"补偿"了悲剧人物所遭受的苦难，受众的内心由此就平衡了、和谐了。这让受众的生态意识变得崇高、神圣和无私。

（三）小结

当前，人类赖以生存的自然生态环境遭到严重破坏，自然生态极其脆弱，自然生态环境承载能力降至最小，已跌入崩溃的边缘；社会生态千疮百孔，各领域、各层次、各种性质的矛盾冲突频频爆发；人们精神生态严重失衡，享乐主义、消费主义、娱乐主义甚嚣尘上。三大生态危机已经把我们居住的地球变成了一座活火山，而人类还正坐在上面傻乐呢。这岂不是人类有史以来最大的"悲剧"？而归根结底，人类当前所面临的各种自然生态问题、社会生态问题和精神生态问题，都是人的问题，是人的思想文化观念和行为的问题。悲剧文学是感人最深、发人猛醒的文学，是人类应对困境和危机的艺术形态，它以感性的形式暴露和预警了人类的各种生态危机，反思和批判了导致生态破坏、不可持续发展的人类思想文化与行为，唤起了人的生态意识，为人类树立了生态理想，使人们清醒地认识到：人既然是地球和宇宙中的一员，人的存在和发展就必然依赖于人与其他生物和非生物的和谐共存、可持续发展，就是要从生态系统整体的角度来理性评估人的任何行为和观念，也即要有限度意识和自律意识；就是要摒弃人类中心主义，树立众生平等的生命意识，对自然、整个生态系统要有敬畏之心，而不能高高凌驾于其他成员之上任意妄为；就是要重建新的伦理观，即地球伦理观乃至宇宙伦理观；就是要重建遵循生态规律、保护自然生态的、人与自然和谐共生的、可持续发展的社会发展观；就是要摒弃那种肆意掠夺、侵害、毁灭大自然的败家子式的发展观，摒弃那种单纯追求速度、效益、眼前利益等唯经济指标的为发展而发展的片面发展观；就是要摒弃那种以物质财富占有和奢华的物质享受为目的的经济动物的人生观，树立追求平淡、简单、朴素、自然、本真、幸福的常态生活的人生观，诗意地栖居在大地上；就是要摒弃那种天人二分、主客对立的二元思维模式，形成天人合一、主客合一的整体思维模式；就是要彻底摆脱利欲的煎熬，让灵魂永沐和谐、安宁、平和、仁爱的自然雨露。总之，悲剧文学接受中有"和谐"化心理定势，文学中的悲剧性可以净化心灵，化育人才，涵养人们的生态意识，使大家自觉按照生态观行动，进而使人积极修复自然生态、社会生态和精神生态，为早日建成生态文明社会提供强大的精神动力和人力支持。为此，悲剧文学要主动担当起自己的生态责任。

因而，要问当今我们是否需要悲剧文学？笔者的回答是：太需要了。我们需要什么样的悲剧文学？笔者的回答是：生态悲剧文学。

如果说文学中悲剧性的伦理教化功能强调的是在人类社会中人要做一个好人，作品中不论是善恶终报，还是正义永在，都是要让人们相信，做一个好人永远是没有错的。那么，文学中悲剧性的生态意识的涵养功能所强调的则是，在地球上乃至宇宙间人要做一个与自然、社会、他人、自我和谐共生的人。文学悲剧性的伦理教化功能仍然属于人类社会的伦理活动范围以及人类社会的伦理观念的要求；而文学悲剧性的生态意识的涵养功能则属于地球乃至宇宙的伦理活动范围以及地球乃至宇宙的伦理观念的要求。离开了前者，后者的实现就比较困难，因为在这个地球上人对地球的影响是最直接、最明显的；但若仅仅强调前者而不兼顾后者，则会忽略或伤害了自然的利益。同样，如果仅仅强调后者而不兼顾前者，则会使人们遵循的生态伦理观的积极性、坚定性和持久性受到影响。因而，从长远的实际效果的角度综合考虑，我们还是要在悲剧性的伦理教化功能与生态意识的涵养功能之间取得一个平衡；当然，这个平衡点是变化的。随着人们的生态伦理观念的不断自觉和升级，以及人类的生态实践活动的不断深入发展，这两者会越来越接近，以至最终完全重合。到那时候，我们人类才可以自信地说：人是人类社会的一员，也是地球的一员、宇宙的一员。

　　总之，文学中悲剧性的功能及其实现，从根本上讲是文学中悲剧性生成的三要素——具有悲剧性召唤结构的文本、具有悲剧性意识的主体和生命至上的社会历史文化语境的有机联系的现实展开，是悲剧性各种特征的显现。文学中悲剧性功能的实现情况，分别表征了文本的悲剧性蕴涵的深度和广度，创作主体和接受主体的悲剧意识的丰富程度和成熟程度，该社会文化语境中生命的平等、博爱程度以及社会的自由、民主、包容、文明、科学、和谐、法治、进步等的成熟程度。在此意义上说，它也表明了人在何等程度上成为了"人"，"人"在何等程度上远离了血腥、杀戮、残忍、阴谋、专制、强权、压迫、欺凌、粗暴、邪恶、野心、贪婪、欲望、狡诈、自大、狂妄、恐惧、偏执、偏狭、自私、虚伪、虚荣、冷漠、卑怯、短视、愚昧、迷信、愚蠢、欺骗、背叛、怨恨、暴戾、荒诞、孤僻、绝望、空虚、无聊、乏味、苦闷、隔膜、焦虑、虚无、无意义、非理性、狂热、暴躁、极端、任性、忧郁、萎靡、耽迷享乐、腐化堕落和骄奢淫逸等人性的黑洞。在此意义上说，文学中悲剧性的功能为我们提供了反思文学与社会之间关系的新机会。

　　毛泽东在《在延安文艺座谈会上的讲话》（1942 年 5 月 23 日）中曾说：人类之所以不满足生动丰富的社会生活而需要文学艺术，就"因为虽然两者都是美，但是文艺作品中反映出来的生活却可以而且应该比普通的实际生活更高，更强烈，更有集中性，更典型，更理想，因此就更带普遍性。"[①] 显然，当时毛泽东是从文艺与生活的一般关系的角度来论述文艺存在的理由的，十分深刻。到了今天，他的思想依然启发我们：文学中的悲剧性或者说悲剧文学，其存在的理由就在于它们对社会、人生、人性、生命、历史、文化和自然中的各种悲剧性现象的发掘和表现比实际生活还要

---

① 毛泽东：《毛泽东选集》第三卷，北京：人民出版社 1991 年版，第 861 页。

深刻、丰富、复杂、新奇、荒诞、独特、集中、强烈、吸引人，至少不能弱于现实生活，或者说，悲剧文学不能丧失其独特的存在价值，即它作为人类精神的清醒剂和强心剂的价值。悲剧文学或者文学中的悲剧性如果失去了其作为人类精神清醒剂和强心剂的存在功能，不能为人类社会发展提供积极的能量，那么悲剧文学或者文学中的悲剧性存在的理由就要大打折扣了，甚至会被现实社会边缘化。当然，悲剧文学为人类社会发展提供积极的能量，是基于其对社会、人生、人性、生命、历史、文化和自然中的悲剧性现象的正视、改善的正向诉求，而不是热衷于简单的"暴露"动机。因此，文学艺术家要拥有积极健康的创作心态，不能让自己的负性情绪干扰乃至主导了自己的创作基调，不能把悲剧文学变异为简单的"暴露文学""黑幕文学"和"谴责文学"。总之，文学中悲剧性的文学批评功能与社会文化功能在作家那里应该很好地统一起来，以创造出直面现实、思想深邃、艺术精湛、民族风格突出的文艺精品。

结　语

　　总观本书的研究，笔者认为，现在的悲剧美学应该是"悲剧性美学"，其研究对象是"悲剧性"而非"悲剧"，"悲剧性"是悲剧性美学研究的逻辑起点和核心范畴。在悲剧美学研究的基本问题上，本书由传统的"悲剧是什么"，变化为现在的"悲剧性是怎样生成的"，这也是一种思维方式和思维重心的变化，由主要是封闭性、形而上性的下定义变化为主要是开放性、生成性的描述分析，由主要关注本质变化为主要关注生成而又兼顾本质。在描述和分析中，本书强调了"悲剧性"的生成性、多样性和层次性，从而纠正了传统的悲剧美学研究大多把"悲剧""悲剧性"现成化、静态化、同质化理解的认知错误。本书在以文本、社会历史文化语境和主体（人、作者、受众）为三元素所构成的系统、动态而具有整体性的坐标系之中，描述和分析了悲剧性的存在、范畴、生成、特征、文学中悲剧性的显现及功能等问题，从而超越了传统的悲剧美学研究大多在主客二分间归原"悲剧""悲剧性"的藩篱，确立了以"悲剧性"一以贯之的问题主线和解决问题的逻辑框架。本书把悲剧美学的研究重心从悲剧拓展到悲剧性，补充并发展了悲剧；研究内容涵括并融通了生活与文学（广义的），拓展了传统悲剧美学研究的视野。从而，本书在研究对象、研究视野、基本问题、研究方法、逻辑起点、核心范畴和解决问题的逻辑框架等七个方面有所突破和创新，实现了对传统悲剧美学研究范式的创新性发展。上述思想为我们研究文学的本质、文学创作心理和文学接受原理等问题以及美学、艺术等精神领域的基本问题提供了新的视野、思路和方法，形成了新的认识。本书确立了悲剧美学新的研究重心和研究维度，有助于理解文学悲剧与日常生活悲剧的共通性及其依存关系，可以为近代以来的悲剧艺术的日常生活化倾向提供更好的阐释和说明，也可以修补传统悲剧美学研究的某些盲区，例如抒情文体的悲剧性、作为艺术要素的悲剧性、日常生活中的悲剧性等方面。

　　通过对"悲剧"语用史的梳理，我们发现，从古至今，"悲剧"是一个复义概念，有戏剧体裁、美学范畴、审美风格类型、生命哲学观念和日常用语等五种基本义项。这表明，"悲剧性"确实是多样存在的。与"悲剧"概念的多义不同，"悲剧性"的指称是明确单一的，而且在当下的"文学—社会"语境中被广泛高频率使用。尽管理论史上关于悲剧衰亡的探讨至今未有终结的迹象，但"悲剧"具有与时俱进的强劲历史穿越力和随体（体裁/文化）附神的扩张力事实，却一再召唤人们研究其中的根由。

"悲剧性"问题难以深入研究的基本原因，是人们对"悲剧性"的性质和内涵认识比较模糊。通过梳理前人的相关研究，综合"文学—社会"语境中的"悲剧性"语用情况，笔者认为，悲剧性是一种人类现象，而不是一种自然现象；悲剧性是一种意向性存在，而不是一种实体性事物的存在；从"悲剧性"得以生成的基本条件的角度看，"悲剧性"是一种关系范畴或关系概念，而不是事物范畴，它联结的是处于具体语境中主体、客体之间的一种相互契合的关系。悲剧性具体表现为文本的一种属性或召唤结构，社会生活中以及文学创作和接受中主体的一种悲剧意识，以及一种悲剧性社会历史文化语境。从"悲剧性"作为人们理解世界、把握世界的一种方式的角度看，"悲剧性"是一种人类"情感—认知"范式或"情感—认知"原型，是人的一种本源性生命表现。对于"悲剧性"性质的这种界定，超越了文学与生活、审美与非审美的传统界限，在更普泛和更恰切的维度上具有更强大的阐释力，如"悲剧"之所以能够与时俱进、随体（体裁、文化）附神的根本原因就在于悲剧性。"悲剧性"指人在一定语境中面对一定对象而产生的关于生命的不可弥补的缺憾性体验或缺憾感，它具有双极化合性"情感—认知"特点，最核心的是缺憾感与弥补感同在，它基于人类的一种完美化的乐观主义信念。对于"悲剧性"的这一理解，得到了人类主要文化系统中相关思想的充分支持，因而，其明确性、普适性、普世性和完整性是可以相信的。"悲剧性"与"悲剧""崇高""英雄性""戏剧性"和"喜剧性"等周围范畴存在复杂的关系，厘清它们之间的关系有助于人们更好地把握"悲剧性"范畴。

悲剧性的生成不是传统的"客观说"和"主观说"那样简单，而是一种系统生成的结果。不论是日常生活中悲剧性的生成，还是文学中悲剧性的生成，都是在"文本（生活文本、文学文本）——主体（人、作者、受众）——社会历史文化语境"三者所构成的系统中展开的。文学系统内部主要有两个小系统，一个是创作系统，另一个是接受系统。文学中悲剧性的生成也有两个小系统，一个是以"生活文本、社会历史文化语境、作者"为三元素构成的创作系统，一个是以"文学文本、社会历史文化语境、受众"为三元素构成的接受系统。创作系统和接受系统在文学活动系统中同等重要，创作系统中生成的悲剧性首先是作者的悲剧性体验，即作者从现实社会生活中感发到一种悲剧性体验，然后作者再将之物化为文学作品，即具有悲剧性召唤结构的文学文本。这个悲剧性文学文本又成为文学接受系统中的一个对象要素，在具体的社会历史文化语境中，引发了受众的悲剧性体验。这两个小系统虽然在构成元素上有所不同，但悲剧性的生成原理却是一样的，那就是具有悲剧性召唤结构的文本、具有悲剧性意识的主体和生命至上的社会历史文化语境这三要素的有机契合所产生的"格式塔质"。它们三者的契合点在于情感价值的一致性和价值情感的共鸣中。文学创作系统和文学接受系统共同的元素是文学文本，因而文学文本是文学的中心。同时，文学文本是相对稳定的，比较容易把握，而社会生活文本是无边的，难以精准把握，因此，文学文本也是文本研究的主要对象。于是，我们可以说，悲剧性就是在以文本、社会历史文化语境和主体为三元素所构成的动态的系统中生成的。有了这个解决问题的框架或理论工具，人们对文学中的悲剧性现象的理解就变得十分方便和全面了。悲剧性的生成是一次生命事件、一次文学文化事件、一次社会事件。在悲剧性体验生成的时刻，主客交融、物我两忘、心随物化、心随境迁、主客境相谐相生，灌注和穿行其中的是自然勃发的勇于担当的浩然生命之气。悲剧性的生成机制是对比原则和整体性原则的相互作用。对比原则又分为历时性对比和共时性对比，前者主要显现在古典的戏剧类和叙事类文本中，后者主要显现在抒情类文本中，以及情节淡化的叙事类和戏剧类文本中。整体性包括文本整体性和文本—社会（人、历史、文化、语言、价值观、信仰、立场、话语模式）的整体性。文本整体性包括情节整体和人的主体性整体，它源于人的格式塔心理定式。文本—社会的整体性基于一种文化共识，源于人的应对世界的生命性本能。整体性原则和对比原则两者循环支持，生成悲剧性。这一认识对于我们进一步促进悲剧文学创作繁荣具有启发价值。

悲剧性的特征主要有生命性、必然性、悖论性、和谐性和多样性，它们分别是从本源属性、生成方式（或然或必然，即引发悲剧性体验并规定其发展趋势的根本原因的特点）、逻辑特点、心理趋向和情感风格类型等五个角度对悲剧性特征所做的分析。悲剧性与人的生命同在，它具体表现为属人性或人道主义、体验性、价值性和强力性。强力性主要表现为悲剧人物的悲剧精神，悲剧精神即担当精神而非传统悲剧理论所认为的抗争精神。这一理解对中西方文学中不同风格的悲剧性作品都具有充分的阐释力，必然性指一种基于人类文化共同体和生命传统的普遍性"情感—认知"定势，包括任何生命体保存和发展自己本性的必然性、任何力量之间相互关联的必然性和文化共同体内成员间产生共同情感的必然性等方面。因而，增进人类共识既有助于提高悲剧性的普世性，也有助于促进人类社会和谐。悖论性同构了生活与存在本身的复杂性、矛盾性和多样性，使悲剧性文学走进了生活和人性的更深、更广处。悖论性的哲学基础是对话哲学，其心理基础是"二难心理"，悖论性能够增强作品的深刻性和感染力。悲剧性的和谐性包括文本内悲剧性冲突机制的和谐与受众体验中的和谐心理定势。和谐性的生成艺术包括张弛交错的情节安排、和解结局、旷达性"思想"议论、叙事性语言与抒情性语言交织等方式。古希腊悲剧的主导观念是"和谐"，而不是此前普遍理解的"命运"和"正义"。多样性特征概括了悲剧性的情感风格类型的多样化，强调悲剧性是一个情感谱系而不是一个质点，具体表现为苦难剧或哀情剧、悲愤剧、高悲剧、情节剧、乐观悲剧等五种艺术形态，而不是传统理论认为的只有高悲剧一种。多样性特征的揭示细化和丰富了文学悲剧性的表现和体认空间。

悲剧性在文学中的显现受到了时代精神、民族文化和文体特点等因素的规范、制约和影响。从悲剧性是人认识自己的一种方式的角度来看，文学中悲剧性显现的历史就是"人"的观念的变迁史。从人对自身的界定来看，不少西方现代派作品中的悲剧性主要是理性的、不可靠的悲剧性，不少西方后现代主义作品中的悲剧性主要是人的不确定性。根据悲剧性体验所源发的领域不同，中国古代文学中的悲剧性主要有日常生活悲剧性、政治斗争悲剧性、历史变迁悲剧性、自然变化悲剧性、生命悲剧性和哲学悲剧性等类型，从更抽象的哲学意义上来讲其主要审美范式是离合范式。中西方古典悲剧性文学在体裁形式、思想内容和审美风格等方面存在差异，这源于中西方民族生存环境、生产方式、社会结构、宇宙观和宗教信仰状况等因素的不同。因而，"悲剧性"既是内容也是形式，是一种有"意味"的情感形式，所以它比形式化的"悲剧"戏剧体裁具有更强大、更持久的生命力和更广阔的生存空间。这也启发我们，越是具有生命本源性的存在越具有无限的未来，越是完美表现了人性和生命的繁复性的文本越有可能被经典化。不同民族文学中悲剧性显现的历史铸就了该民族的精神族谱，悲剧性是解读民族文学的一把钥匙。悲剧性在戏剧中主要表现在人物、情节和环境中，悲剧性在小说中主要表现在人物、情节、环境、叙述语调和聚焦视角中，悲剧性在诗歌或抒情作品中主要表现为氛围。这启发我们，应根据不同文体的特点，以更加多样化的艺术形式表达人类丰富多样的悲剧性体验。悲剧性作为艺术要素主要表现在悲剧性主题、悲剧性情节（结构)、悲剧性情感、悲剧性风格等方面，它使文学作品显现出了真实、深刻、丰富的生活内涵和人性意蕴，增强了作品的感染力和哲思深度。这样，以"悲剧性"品评作品就避免了以"悲剧"绳墨作品的简单和局限，更具普适性。

　　文学中悲剧性的功能主要有两方面，分别是文学内部功能和文学外部功能。前者讲悲剧性是一种文学批评视角，其基本要义是：作者和受众坚持无等差的和普遍的生命立场、聚焦对象时的严肃认知取向、郑重的体验态度和勇于担当的精神；作品直面和正视社会、人生、人性、生命、历史、文化和自然中存在着的各类、各层次的矛盾和缺陷，蕴涵着理性反思的意识、知性批判的思维、查漏补缺的建设性动机以及相信未来会更美好、更完善的乐观主义信念与真诚、独特、有创造性的、完美的艺术表达；社会文化语境崇奉生命至上的价值观。悲剧性作为批评视角，我们可以考察作品的悲剧性蕴涵；考察悲剧性审美范式的时代命运状况，以衡量文学作品得以创作的语境，主要是看作品与语境之间的关系是否是一种自觉的、深刻的、内在的、恰当的严肃关系，也即文艺是否与时代社会文化语境之间保持了一种悲剧性适应关系；考察作家的悲剧意识状况以判断作品的价值。因而，得以确立了文学中悲剧性批评的基本模式和方法路径。从悲剧性视野来看 20 世纪中国文学，悲剧性审美范式促进了中国文学的现代化，提高了中国文学人性审视的深度和广度，使 20 世纪中国文学中较多的作品具有一定的悲剧性蕴涵，少部分作品具有深刻丰富的悲剧性蕴涵，部分作品因缺失悲剧性而缺乏感染力，20 世纪中国文学中主要的悲剧类型是社会悲剧和英雄悲剧，心理悲剧、欲望悲剧尤其是人本体悲剧极少。20 世纪 50 年代的许多"红色经典"作品在艺术和思想上都达到了很高的水平，为世界文学史贡献了许多中国"新人"形象和世界"新人"形象，创造了新的艺术话语体系，丰富并更新了"英雄性"审美范式的内涵，提升了"英雄性"审美表现的境界层次。当然，整体上 20 世纪中国文学人性审视的深度和广度还是比较有限的，这源于 20 世纪中国文学对于"悲剧性"的偏狭化接受，过分强调社会悲剧的主导意义，以及特定历史时期对悲剧性审美范式的疏离和拒斥。鲁迅的创作意识具有一个鲜明特质，即浓厚的"黑暗情结"，基于此，鲁迅创造了中国悲剧小说艺术的现代形态。文学中悲剧性的外部功能指社会文化功能，它包括人的"自我"发现和"自我"建构功能、伦理教化功能、意识形态功能和生态意识涵养功能。悲剧性同情的产生，是悲剧性的社会文化功能得以实现的前提。通过将个人经验与集体经验统一起来的途径（主要是受众与作品中"正义"或"真理"化身的悲剧性人物或思想主体的自我认同）悲剧性文学实现了它的政治教育功能和伦理教化功能。悲剧性文学可为消弭阶级仇恨、国族仇恨，避免国内阶级战争、国族战争发挥独特的作用。悲剧性理论作为一种"知识"，它与意识形态"权力"之间存在一种同谋关系，居于主导权力地位的悲剧性理论，会影响甚至决定作家的悲剧文本创作活动，例如对题材主旨、人物思想（世界观、人生观、价值观、道德观、审美观、社会观、婚恋观、政治倾向等）、人物的社会状况（地位、出身、社会关系、立场）、人物基本情况（性别、年龄、婚姻、生活、工作、家庭）、情节结构（冲突的构成、性质和特点、冲突过程和结局）、审美风格和语言特点等因素的选择和运用。悲剧性理论知识还会影响甚至决定人们对悲剧性作品的解读。权力集团通过自己认可的悲剧性表达方式来确认"真理"，因而，在意识形态话语主导的文学接受语境中，受众与悲剧主人公的认同有时是一种自我欺骗。悲剧文学是人类应对困境和危机的艺术形态，它形象地暴露和预警了人类的各种自然生态、社会生态和精神生态危机，反思和批判了各种非生态主义思想文化和行为，涵养了人的生态意识，唤起了人的生态责任感，为人类树立了生态理想。悲剧文学接受可净化心灵、修复精神生态，为建设生态和谐社会夯实人们的思想认识基础。

这些结论，使我们更加清醒地认识到文学的属人性和被建构性。因而，在人的各种现实生存、生活关系的大系统中研究文学创作与文学接受乃是文学研究的正途。这样的研究不仅揭示了文学作品"如何写"的问题，而且也揭示了文学作品"为何写""为谁写""如何读"这类文学生态系统的根本问题，将文学艺术还原到其作为人类社会生活有机构成的天然生态中，进而会增强文学艺术为人生、为社会的自觉性，提高其为人生、为社会的有效性。

当今，文学与现实生活之间的关系比此前的时代更加密切，生活经验与文学艺术经验相互渗透、融合和转化的速度、深度、广度和强度等都要比以往提高了很多。这自然对于悲剧性文学创作提出了更高的要求。因为，悲剧性文学存在的理由，就在于它能比生活中的悲剧性现象给人们提供更安全、更集中、更典型、更理想、更强烈、更丰富、更独特、更深刻、更理性、更客观、更新颖、更有趣、更持久的悲剧性体验。因而，当文学艺术中的人生状况、人性状况和生命状况等各种状况中的悲剧性存在，如果在深刻程度、认识广度、情感强度、丰富程度、复杂程度、独特程度、新颖程度、集中程度等方面远远不及现实生活中的人生状况、人性状况和生命状况等各种状况中的悲剧性存在时，文学艺术至少悲剧文学存在的必要性就值得怀疑了。这就要求我们必须重视并切实关怀文学的悲剧性。

关怀文学的悲剧性的核心意蕴是从悲剧性视角来审视以文本为中心的文学活动。下面，以 21 世纪最初 10 来年的中国文艺活动为例说明。

在 21 世纪最初 10 来年里，中国文艺创作中出现了贾平凹的《秦腔》、阿来的《尘埃落定》、麦家的《风声》、莫言的《蛙》、孙惠芬的《歇马山庄》、刘慈欣的《三体》等不少优秀文学作品，以及《延安颂》《长征》《太行山上》《八路军》《亮剑》《大宅门》《小姨多鹤》《正者无敌》《战长沙》《旗袍》《悬崖》《中国地》《东北抗日联军》《东方主战场》《蜗居》《马向阳下乡记》等大量优秀影视作品。《秦腔》既是对父辈和故乡的纪念，也是对那一代人生命的纪念，作品极其精致而生活化地完美呈现了乡土、乡水、乡木、乡草、乡亲、乡音、乡事、乡风、乡俗、乡情、乡趣、乡乐、乡痛、乡伤、乡悲和乡望，丰富多样的人物形象描摹出了斑斓多彩的生活画卷，变幻不定的个人命运折射出了时代的变迁。作为民族艺术瑰宝的秦腔的不断衰落，激活了人们内心中的所有记忆和梦想、奋争与荣光、落魄与失意、尴尬与无奈，个人小天地里上演着时代风云的激荡流变，文化衰落与文化复兴的尖锐冲突撕裂着历史主体的敏感心灵，坚守梦想与面对现实的矛盾纠结拷问着历史过客的孤独灵魂。个人与民族、历史与现实、文化与生活等都密切地联系在了一起。作品把对父辈、对故乡的纪念变成了向父辈、向故乡的致敬，这幕向昨天的个人告别蝶化成了历史前进中的爱恨交织的悲剧性演出，产生了震撼人心的艺术效果。在娱乐至死、拒绝深刻、疏离悲剧的社会历史文化语境中，之所以能产生《秦腔》这样一部具有深厚悲剧性蕴涵的作品，就因为作家贾平凹有着清醒深刻的悲剧意识，正如《秦腔·后记》所表明的，他清楚地知道自己对故乡和乡亲所负有的责任和挚爱，他清楚地知道自己在干什么。正因为有这份清醒和大爱，有这份自主和自由，他才能在历史的浮躁中保持自我的卓尔不群，使自己的《秦腔》与当时的社会文化语境保持了最恰当的悲剧性适应关系，从而成了中国文学史中独特的"这一个"。《亮剑》《旗袍》《风声》等作品简直就是人性炼狱中的烛火，在各种极端状态下探寻人性的阴冷与温暖、真诚与虚伪、朴质与诡异、脆弱与强大、可靠与不可靠、复杂多变与单纯恒久等矛盾性存在，显示了人性的情境性和恒定性。《长征》《延安颂》《八路军》等作品真实再现了中国共产党及其领导的人民军队在为中国劳苦大众谋幸福、为中华民族谋独立、为中国人民谋解放的历史进程中的伟大的担当精神、牺牲精神、奉献精神、斗争精神、乐观精神、使命意识、家国情怀。作品既写大事，也抒小情，既发宏论，也谈小理，将战争与和平、个人与历史、民族与国家有机地结合在了一起。作品的深刻之处，就在于深入发掘并充分表现了各种性质、各种层次的各种各样的矛盾，例如敌我之间的矛盾，政党间矛盾，民族间矛盾，国家间矛盾，平级之间的矛盾，上下级之间的矛盾，政党内矛盾，军队内矛盾，军队与地方矛盾，干群矛盾，同事间矛盾，群众间矛盾，公事与家事矛盾，个人与组织矛盾，个人间矛盾，不同战略、战术间的矛盾，不同工作风格、工作方法之间的矛盾，不同生活习惯之间的矛盾，个人兴趣与组织兴趣之间的矛盾，个人欲望与社会现实间的矛盾，个人利益与革命利益之间的矛盾，等等，而且作品还把这些矛盾放在了不同的历史情境中去表现，这就使得作品具有了丰富深厚的悲剧性蕴涵。整部作品呈现出了大气磅礴、浑厚雄壮的革命史诗风格。即使是带有一定喜剧风格的《马向阳下乡记》，也写出了社会主义新农村建设中的保守与创新、传统与现代、利益与道义、个人与集体、当前与长远、公平与效率等矛盾冲突，写出了人的自私与无私、强悍与软弱、狠毒与友善、鲁钝与聪明、心胸狭窄与心胸宽广、心理阴暗与襟怀坦荡、胆小怕事与敢于担责等矛盾冲突，这是当下人们在社会主义新农村建设中的困惑与探索，写出了生活与人性中的悲剧性，作品因此而有了生活的深度和广度，从而显现出了现实主义的品质。上述优秀作品都具有比较深厚的悲剧性蕴涵，这与作者独特、深刻的悲剧性创作意识有关，与作者同娱乐化的时代社会文化语境保持了一种恰当的悲剧性适应关系有关。

　　同时，21 世纪最初 10 来年里中国文艺创作中也出现了三种情况，值得社会关注。其一，一些文艺创作停留于对生活表面繁华和谐、"形势一片大好"的肤浅描摹，而无视生活、人生、人性和生命中的复杂、深层、重大、独特的悲剧性存在，作品价值倾向娱乐主义、功利主义、消费主义和享乐主义，作品风格倾向搞笑、粗俗、低俗、庸俗和媚俗，部分作品充斥着一股股夸饰的俗气、炫耀的浮气、浅薄的金粉气、无是非的昏气，缺乏一种浩荡天地之间的正气、慧气、真气和精气神。

　　例如，电影《煎饼侠》，其最大的艺术价值是以电影的形式阐释了电影拍摄工作，可谓是中国的一部"元电影"，其社会价值是对当前中国影视界里银幕前后的种种内幕进行了戏仿性反映；但同时，其浮华、煊赫、恶搞、粗俗、矫情、伪饰之风也是毋庸讳言的，超高的票房收入难掩其内容上的浮泛、思想上的苍白、艺术上的粗糙，该作品与塞万提斯的《堂吉诃德》在外在形式上仅有的那点近似中所蕴涵的悲剧精神也被一连串的粗俗、乏味、无聊的"笑点"给冲到了九霄云外，根本没有表现出一位草根艺人为实现梦想而不懈奋斗的悲喜人生和人性的复杂。电视剧《女人村庄》的悲剧性蕴涵相对不足，把孙惠芬小说原作《歇马山庄》中所表现的中国在现代化、城市化历史进程中农村留守妇女的生产生活问题、情感问题、治安问题、儿童教育问题、家庭问题等社会现实问题给过于轻描淡写地处理了，忽视了对农村留守妇女的精神痛苦和生存困窘的表达，完全变成了"农村留守妇女勇闯市场大有作为"的浪漫赞歌，单一而浓郁的喜剧情感基调，在一定程度上，使得该作品对生活的概括广度稍显不足、深度较浅，厚重度和对人心灵的震撼力度也有所下降，作品整体稍显单薄，把本应是中国社会历史进程的雄壮交响曲中悲喜交集、喜中有悲的独特乐章，改编成了热情少女的青春梦幻曲。其实，优秀的喜剧作品也是要有一些悲剧性蕴涵的，或者说，喜剧作家也要有悲剧意识。一定的悲剧意识可以深化喜剧作品的内涵，增强其社会生活的底蕴和内在的艺术张力，增强其作品对人的感染力，而不是单纯的娱乐、解压、宣泄、抚慰。如果说喜剧作品是空中翩翩游动的风筝，那作家的悲剧意识则是牵着风筝的那根线。没有了那根线，风筝就飞不高。这就是世界文学史上那些经典的喜剧作品大都会被人们评价为"含泪的微笑"的原因，而不是 21 世纪最初 10 来年里中国一些喜剧作品夸张的浅笑、恶搞的坏笑。又如，21 世纪最初 10 来年里有些中国文艺作品纯粹是娱乐之作、游戏之作，根本没有任何艺术价值。例如，2012 年曾被网友吐槽和戏仿的"乌青体"诗歌。"乌青体"代表作是乌青的《假如你真的要给我钱》、《对白云的赞美》和《怎么办》，纯粹是口语化的絮叨，很少有艺术的提炼。例如《对白云的赞美》：

> 天上的白云真白啊/
> 真的，很白很白/
> 非常白/
> 非常非常十分白/
> 极其白/
> 贼白/
> 简直白死了/啊——①

这种所谓的"诗歌"不是无病呻吟是什么？无意义、无美感、无艺术、无技巧、无创造，纯粹是随手拈来的分行大白话。如果硬要读出点意思的话，可能它是在各种"极致性"言说方式的不断变换和穷尽式的并置中，

---

① http://wuqing.org/wp-content/uploads/2013/01/sxs228.jpg.

坦陈出了一种内心的空虚感。不过，这首"诗歌"缺失了对生命和人生的担当那还是确实的、明显的。

上述文艺作品与现实生活相当隔膜，"轻飘飘""甜腻腻""乐陶陶""闲悠悠"，其社会担当也十分有限，而真实的生活对其却是一种辛辣的讽刺。2014年2月26日山西省吕梁市下属的某县县委书记在全县第二批群众路线教育实践活动动员大会上的报告与一周前吕梁市委书记的报告的不同，仅是"我县"与"我市"的不同。几年前贵阳市两个相邻县的县政府向国务院安全生产百日督查组汇报工作时的汇报材料基本相同。开封市某位副市长讲话中出现了"构建和谐平安漯河"的字眼。① 这一桩桩咄咄怪事的背后，是形式主义、不实事求是、不深入实践的虚假作风和懒政习气，是当下中国部分地方社会政治生态中的一种悲剧性存在。四川成都的某位单身女士为了在城里照顾独居的父亲而荒唐地决定与父亲登记结婚，而且居然在民政部门拿到了结婚证，尽管后来其结婚证被民政部门收回。② 这种荒诞至极、匪夷所思的怪事后面，是个人孝道、责任与社会公平、伦常、秩序之间的悖逆，显示了中国当时医保、户籍、养老等民生问题中的"人性"关怀遭遇体制安排障碍时的无奈的悲剧性。2014年5月，执法人员在国家能源局煤炭司一副司长家中清点出了上亿现金，当场烧坏了4台点钞机。③ 贪官们之所以愿意把贪来的现金藏起来，一方面是怕被人发现，因为钱只要存入银行或者投资理财抑或消费都会被第三方或国家有关部门知晓；另一方面或许也是更根本的原因是对金钱变态的贪婪和无穷的攫取欲望，极似文艺复兴时期英国作家莎士比亚的《威尼斯商人》（1596）里的犹太高利贷者夏洛克，17世纪法国作家莫里哀的《悭吝人》（1668）里的高利贷商人阿巴贡，19世纪中期法国作家巴尔扎克的《人间喜剧》中《欧也妮·葛朗台》（1833）里的资产阶级葛朗台，或似19世纪中期俄国作家果戈理的《死魂灵》（1842）中的地主泼留希金和女地主科罗皤契加，更与中国历史上清代的大贪官和珅在"敛财"和"守财"上堪成伯仲。古今之异、中外之别的时空分野，以及艺术与生活的真幻界限等都在"人性"的透视灯前消弭于无形。可见，金钱是人性的一块试金石，而人类的贪婪恶性超越了社会制度、体制、职务、身份、地位、种族、宗教、意识形态和阶级立场等社会因素，超越了生存生活环境等自然因素，也超越了性别、年龄

---

① 毕晓哲：《抄袭讲话稿露出丑陋文风》，《渤海早报》2014年3月28日。

② 公共观点：《父女结婚》，《渤海早报》2014年2月17日。

③ 《国家能源局官员家中藏上亿现金　烧坏4台点钞机——贪官藏钱手法就像演谍战片》，《渤海早报》2014年5月17日。

等生理因素；此外，这种贪婪恶性不唯人类所独有，动物界中也普遍存在，但人类比动物更甚的是，人类的贪婪超越了其生理需要。因而，人才是最贪婪的动物；而人类远离贪婪的程度体现着人类脱离开动物的程度、人之为人的程度、人的神性程度。

然而，问题的复杂之处在于，人类社会既然是人类主宰的社会，那么，人们有理由憧憬和期盼一个比此前社会更进步、更文明、更公平、更正义、更民主、更自由、更人道、更法治、更合理、更宜人、更幸福、更和谐的社会。对理想社会的鼓与呼自然是文学的重要使命之一。正是在此意义上，我们说文学大有可为。其中就包括对背离人类美好愿景的丑恶现象的大胆揭露和深刻、理性、人性的批判，对在生存窘境中依然坚守美好人性的热情颂扬。然而，我们21世纪最初10来年的不少文学创作却对人成为环境、体制、欲望等的牺牲品的悲剧性现象，尤其是其中人物内心世界的复杂活动鲜有表现，也很少见到有作品对人性与体制和环境之关系的深层次思考，即使有个别作品表现了人性在不同境遇中的状况，但也较少有独特发现。其实，21世纪最初10多年中国一些社会现象本身就极富"悲剧性"蕴涵。例如，在"悲剧性"的程度上，一些老百姓为绕开房屋限购政策而采取的"假离婚"现象一点也不亚于欧·亨利的《麦琪的礼物》，不同单位之间互为条件的"开证明"循环怪圈现象的荒诞程度一点也不亚于美国作家约瑟夫·海勒的《第二十二条军规》。有些冤案的被告人从错判坐牢到彻底改判无罪，前后10多年乃至20多年，更有极个别人因错判而被错杀，这种司法悲剧是由于当年案件侦查条件、手段的限制，案件侦办人员的业务能力限制，当时的审判指导思想、法制环境、治安形势等的限制，以及其他因素的影响等多方面综合导致的，它的悲剧性、荒诞性和令人悲痛、令人无语的程度一点也不亚于卡夫卡的《诉讼》。当然，当代中国不同于资本主义国家的是，我们具有极强的自我纠错能力和比较完善的自我纠错机制。随着我国包括司法制度在内的社会制度的不断完善和改革的不断深化，上述这些悲剧性现象将会越来越少，到最后彻底消失。令人比较欣慰的是，当笔者写下这段文字时，曾经的一些社会悲剧性现象现在已经消除。

同时，我们也看到，21世纪最初10多年也有一些作品虽关注现实问题，可其表达却并不高雅甚至比较低俗。例如，一首曾经一夜之间在网络上蹿红并被疯狂转发的诗歌《穿过大半个中国去睡你》。该诗作者的诗歌是丰富多样的，一方面，其不少诗歌非常关注现实问题，对生命、人生和社会有着自己独特、本真、深刻的体验，作品直面当下，情感自然不做作，充满生活化的质朴表达，文字简洁有力度，想象丰富很接地气，不同意象的语义关系组织得比较有张力，旨趣雅正，诗味浓郁。但另一方面，其一部分诗作的表达却不高雅甚至说比较低俗，缺乏诗味，《穿过大半个中国去睡你》这首诗就是个例子。这首诗本意是在自然生态恶化、社会生态恶化背景上对于生命和爱情的思考，理应走进生命和人性的更深处，但诗人却把它写得非常吸引人的眼球，"睡你"二字有标题党的嫌疑，导致该诗题目不是很高雅，该诗的前两句也很直白、露骨："其实，睡你和被你睡是差不多的，无非是两具肉体碰撞的力。"①　该诗对当下一些人的"爱情观"做了最生物化的解读，颠覆了传统的圣洁爱情观。诗作后面又采用了大量不断上扬的主观抒情，凸显出了"睡你"的欲望化实质，导致该诗越来越背离了诗人关注现实生活中生命的严峻状况的初衷。因而，文字表达要有节制，不能放任欲望书写。否则，文字失去了控制，再深刻的体悟也会被消解。

　　在一些书写历史记忆的作品中，严肃的历史被不负责任地消费，历史被游戏化、娱乐化、虚无化。例如，我们的一些类似"手榴弹炸下敌机""手撕鬼子""裤裆藏雷"的抗日"神剧"和抗日"科幻剧"，把整个民族用生命和鲜血铸就的悲壮抗日战争史给轻松搞笑化了，在肤浅粗俗的所谓"喜剧化"（这是他们对"喜剧"的曲解与亵渎）表现中，历史被消费了，历史隐而不彰了，乃至被彻底娱乐化了，故事情节公式化、神奇化、科幻化、庸俗化、游戏化、儿戏化，人物塑造模式化、类型化、脸谱化、滑稽化，人物性格浅表化，革命英雄绿林化、痞子化，既没有表现出敌人作为强敌、顽敌、狡猾敌人、残忍敌人、邪恶敌人背后的个体的个性差异，也没有较好地表现中国抗日民众的个性心理与民族心理的复杂关系，更没有从更深层次上去挖掘人性中的丑陋和美丽。在一些作品中，敌人的失败是那么自然而然，自己的胜利是那么轻松，战争堪比儿童游戏，快意恩仇的自我臆想取代了人类常性、常情、常理、常识的客观书写；为了市场效益，便一味迎合受众趣味甚至是恶趣，怎么奇、怎么怪、怎么俗、怎么贱、怎么滑稽、怎么夸张、怎么恶搞、怎么娱乐、怎么轻松，就怎么写（编、导、演）。这种严肃的历史题材喜剧化书写模式始于"娱乐"，终于"愚乐"，背叛了民族的历史，糟蹋了民族的现在，毒害了民族的未来。这是多么可悲可怕啊！在这里，笔者强调指出我们要正确地认知历史、敬畏历史，弘扬民族精神和爱国主义，不是要纠结过去、延续民族仇恨、制造国家对抗，而是要给包括中国人民与历史上曾经侵略过中国的他国人民及其后人在内

---

① 转引自《湖北女农民诗人余秀华：穿过大半个中国去睡你》，中国日报网，http://www.chinadaily.com.cn/hqcj/xfly/2015-01-18/content_13065298.html。

的世界人民以正确严肃的历史认知和解读，共同引以为戒，给世界传递公正、和平、正义、人道的历史观和社会发展观，构建人类命运共同体，共同开创人类的美好未来。当然，前述不敬畏历史的诸种情况，似乎也在警醒我们，伟大的民族牢记教训而走向成功，羸弱的民族忘记教训而走向衰亡。由于人性、人情、人道和人权在普泛的人类意义上具有相通之处，同时，它们也是不同族群争夺生存空间和话语制高点的主要缘由与价值载体，因而，如果我们的文学创作能够将表现中华价值观的人物形象书写成人性、人情、人道、人权和人类美好愿景的捍卫者，或者书写成积极抗击各种反人性、反人情、反人道、反人权、反人类、反人类美好愿景的言行的勇士的话，我们的文学作品以及中华文化自然会获得更广泛、更持久、更深入、更强大的感召力和吸引力，以和平、发展、公平、正义、民主、自由、和谐为核心内容的中华价值观也会在全球获得更多国家和民族的认同，中华民族的精神生存空间自然会进一步扩大，同时，人类生存的美好空间也会随之扩大，生存质量会进一步提升。因而，包括悲剧文学在内的中华文学的繁荣对整个人类社会都是具有积极意义的。而现今我们的一些文学书写在一定程度上却与此有所背离，轻松、娱乐有余，使命意识不足，简单狭隘的黑白划界既简化了复杂的世界，也干枯了丰盈的人性，进而减弱了我们自己被世界接受尤其是被认可的程度。这也表明一些文学艺术家在一定程度上的失职。其实，悲剧文学依然具有记录历史、反映生活、干预社会、传达情感、喻世醒人的功能，我们切不可忘却或忽视悲剧文学的独特功能。

其二，21 世纪最初 10 来年中国一些文学创作尤其是一些网络文学创作停留于浅表化的、极端化的情绪宣泄，而较少有深层次的理性反思。20 世纪 70 年代末以降的 30 多年里，中国实行全面改革开放，使经济持续快速发展，中国社会和人民生活都发生了巨大变化，国强民富逐渐由梦想变为现实。但也不可否认的是，在此过程中，许多旧的矛盾和问题还未完全解决，却又产生了各种各样的新矛盾和新问题，并在 21 世纪最初 10 来年里不断凸显或集中爆发。对此，人们理应用全面的、发展的、辩证的、长远的、深入的和更具建设性的积极态度来对待，也就是要本着解决问题、化解矛盾的目的。然而，我们一些作家和网络写手对此却缺乏一种冷静、理性、客观、务实、成熟的创作心态，往往停留于现象表层，囿于片面理解，发泄怨气、怒气、火气、躁气、虐气、暴气、游气、贫气，乃至谩骂攻讦。鲁迅曾说："战斗的作者应该注重于'论争'；倘在诗人，则因为情不可遏而愤怒，而笑骂，自然也无不可。但必须止于嘲笑，止于热骂……

观者也不以为污秽，这才是战斗的作者的本领。"① 鲁迅这段话应该成为我们作家创作时坚持的一个重要原则，对于丑恶现象的挞伐和批判要坚持有理、有礼、有力、有节。否则，我们不仅于事无补，反而会在浅表化的、极端化的情绪的一味宣泄中掩盖或扭曲了事实的真相，导致问题更加复杂化，乃至人为制造了新的问题，或者被某些别有用心的人所误导和利用。浅表情绪的狂欢化并不意味着对自由和真理的切实追求，而往往是一种自我崇高化的虚假幻想。

某些作品情绪基调极其消极，对切实改变不合理现状不抱一点希望和信心。例如，21 世纪最初 10 多年的一些"反腐打黑"题材的网络文艺，其作者关注现实生活、暴露黑恶贪腐、匡正时弊的创作动机是应该得到肯定的，但问题是其作者对社会现实做了片面化的、绝对化的、形而上学的理解和表达，用少数代替多数，用局部代替整体，用暂时代替长远，我们的社会似乎一团漆黑，对惩治贪腐、打黑除恶根本不抱丝毫信心和希望。例如，2009 年发生了邓玉娇案，一时间网络上便出现了不少名称冠以"烈女""侠女"前缀的文学作品来赞美她，表达了仇官泄愤的情绪。听雨心动的网络小说《底层官场黑幕：权路迢迢》全程式地展现了底层官场之步步黑幕。韩殇的网络小说《揭官场黑幕险失贞：首席女记者》展现了贪官与司法腐败之间的黑幕关联。这些作品在表达上，叙述主体情感多过于直露，类似于晚清"谴责小说"之"辞气浮露，笔无藏锋"②，有些作品有愤恶之旨但文字不佳。文学史告诉我们，这类作品在相关社会情绪消失或时过境迁后往往很快就被人们遗忘，而且这种单纯宣泄怨气、怒气的文学书写在一定程度上还进一步加剧了人们精神生态严重失衡的程度。我们认为，"为情而造文"不等于"滥情"，因为，没有节制的情绪宣泄，即使是真诚的，也会遮蔽理性；如果任其泛滥，那就由真诚走向了任性和偏执，"情令智昏"，自然乏美可陈，既缺乏思想的深刻，也缺乏艺术的反思精神。有些网络小说和电视剧索性浮泛地展示社会生活中的诸多阴暗面，而不做任何批判，表露了一种厌世情绪。例如，浮千的《厌世系列》小说表现了对"黑暗肮脏的世界""堕落罪恶的世界"的"抑郁""心碎""厌世"情绪。③ "厌世"还成了 21 世纪最初 10 来年各大文学网站上网络小说的一种"标签"。电视

---

① 鲁迅：《辱骂和恐吓决不是战斗》，《鲁迅全集》第四卷，北京：人民文学出版社 2005 年版，第 466 页。

② 鲁迅：《中国小说史略》，北京：人民文学出版社 1973 年版，第 252 页。

③ 《厌世系列》浮千_【原创小说｜纯爱小说】_晋江文学城，http://www.jjwxc.net/onebook.php?novelid=1301497。

剧《璀璨人生》罗列了人生的一系列虐心情节：同学欺辱、闺蜜反目、栽赃陷害、养母虐待、怀孕流产、孩子掉包、车祸跳楼。这种表达缺乏艺术提炼，缺失了对各种悲剧性生命状态的社会的、人性的深度反思。自然，这样的作品很难让人维持比较长久的、正常的阅读状态。可见，生活高度表象化的展示，即使所说是确有其事的，也不会有长久的感染力。

其三，面对社会、人生中的各种挫折、灾难、不幸和不顺心的事，21世纪最初 10 来年的一些文学创作不是传达一种积极向上、豁达持中的人生态度和科学理性的价值导向，而是强调偶然、意外出现的"冥冥"之力或者个人"命运""命数"中的不可抗拒、不可躲避，痴迷非理性、盛行迷信风水，以至各种"阴术"大行其道，各路江湖"术士""大师"纷纷化身为"救世主"，"度"人过"坎"。例如，听叶的小说《都市风水师2》，把官场争斗、仕途升迁与现代风水秘术结合了起来，真是不信马列信鬼神，不问苍生问鬼神。这林林总总的表现，一方面说明我们一些人的心灵危机已经严重到了何等程度，失去了自信、自主、理性和科学的信仰却仍不自知，这是一种社会的悲剧性。作家表现它、反思它是很有必要的。但问题在于，不少作家对各种迷信文化的书写多不是从确有必要出发，而是从吸引眼球出发，以所谓"零度情感"乃至欣赏的态度美化它们、神化它们、诗化它们，或者以"民间文化""传统文化"的幌子来宣扬它们，根本没有去深入思考这类文化产生的原因，以及它们在文学书写中的合理程度及其限度，没有将其与作品主题揭示、人物形象塑造、情节结构安排、环境氛围营造等功能意义联系起来书写，更没有表达自己对此类现象所应该持有的清醒、明确、科学、理性的批判态度。结果，一部分作品中弥漫着一股股阴气、鬼气、妖气、邪气、冷气、魅气，既十分有害于人们的精神健康，也与现代文明社会普遍认同的科学、理性、自主、法治、文明、自由、民主的价值观背道而驰。

21 世纪最初 10 来年中国文艺创作中出现的上述三种情况，具体表现是在文本上，而问题的根源却是在创作文本的作者和文本创作得以发生的具体社会精神文化环境两个方面。

一是一些作者的悲剧意识淡薄甚至严重缺失。第一种情况中的作者是个"享乐至上主义者"，他们对现实的一切都很满意，在他们眼里，人间处处是天堂而且尽情享受这一切。他们既对自己没有更高的、更久远的期许和打算，也对社会、对他人没有更长远的、更美好的想象和向往；他们主要关心自己当下的莺歌燕舞，而从不或很少考虑与他们的生活大为不同的其他人的生活，尤其是繁华与衰败、富足与贫穷、强盛与危机、变革与保守、合作与冲突、团结与分裂、和谐与混乱、希望与绝望、安宁与恐惧等诸多矛盾交织共存的当代人类生活基本状况，以及人类社会发展中的不确定性、不稳定性因素持续增加的态势；自然，他们眼睛里的世界全是快乐大本营，耳朵里的声音全是欢乐颂，口中的味道全是甜蜜蜜；久而久之，他们也就忘记了自己作为文学艺术家的醒世责任，也慢慢地丧失了感知生活、发掘生活的能力。第二种情况中的作者是个"冷漠的旁观者"，他们没有回避问题，但他们却把自己从社会生活中完全独立出来了，似乎人世间的一切悲剧性现象都与他们没有任何道义的、人性的、情感的、价值的联系，都只是他们艺术观照的对象，而根本不是他们真实生活的一部分，于是，他们就既失去了切实改善不完美现实的热情、真诚、勇气和希望，也放逐了自己铁肩担道义的文学精神责任。第三种情况中的作者是个"欺世的江湖术士"，他们试图把自己领悟到的一种人生境界完全投射到人类生活乃至用以指导人类的全部生活，这是极端危险的。因为，局部不等于整体、形而下不等同于形而上。而且，他们对生活、对世界的理解大都是片面的乃至错误的，也大多是貌似深刻而实则肤浅的，他们既不愿也不能解决现实的问题，一旦遇到实际情况，其认识的虚假、玄空和无力的原形便毕露无遗，自然不会给人们的生活以切实的帮助。我们认为，真正的悲剧意识是入世而不迷醉，投入而不放纵，讽世而不丑世，理智而不寡情，超脱而不虚无，旷达而不消极。有真诚，少诳语；有真情，少矫饰；有洞悉，少虚妄。我们强调作者要有悲剧意识，就是强调作者要有严肃、认真、负责、担当的创作态度。理想的作者应该是对同胞和人类生存中的各种悲剧性现象始终抱有警惕之心的人，是对同胞和人类生存的现状负有改善责任的人，是对同胞和人类生存的美好未来怀有理性而真诚的希望的人。我们希望具有深厚的悲剧意识的作家颂世而不媚世，醒世而不仇世，劝世而不弃世。简言之，理想的作者应该是人类社会生活这片广袤森林中的"啄木鸟"。

二是当时社会精神文化语境疏离和拒斥悲剧性审美范式，形成了去悲剧感乃至反悲剧感的、娱乐化的、浮躁的社会精神文化环境。一些作者妥协或认同了此语境。21世纪最初10多年，中国人民物质生活需要得到极大满足，精神文化生活需要也在一定程度上得到了满足，精神文化领域呈现出蒸蒸日上的景象。然而，不容回避的是，当时的社会精神文化环境中不同程度地存在着各种享乐主义、娱乐主义、消费主义、恨世主义、虚无主义、非理性主义的观念和现象。这些现象和观念既感发和孕育了上述三种创作情况，满足了不同人群的各种精神需要、情感需要和欲望需要，又反过来被上述三种创作情况进一步强化和深化，得以持续、大范围、深层次、高密度传播。在这样的精神文化语境中，人类历史中被高度敬畏的生命尊严被无视，人格被践踏、信念被软化、理想被淡化、崇高被躲避、伟大被嘲讽、神圣被解构、悲剧被疏离、正义被歪曲、真理被阉割、是非被放逐、主流被颠覆、传统被消解、正典被戏仿、深度被填平、严肃被戏谑、英雄被矮化、先贤被亵渎、奉献被嘲笑、真诚被矫饰、高雅被俗化、人民被轻视、人生被游戏、历史被戏说、娱乐排挤教育、煊赫代替艺术、诱惑代替美感。简言之，在一些人那里，一切皆虚妄，唯有乐在当下才是真。而在信息之海中如何引人注意就成为不少艺术家思考的主要问题，而艺术本身则成了标签乃至一些人为名、为利、为欲、为权而做的遮羞布。这种浮躁喧嚣的文化语境自然催生出了作家个人主义极度膨胀的浮躁的创作心态，把美的享受等同于感官享受，快餐主义、一次性消费之风大长，作家和受众的悲剧意识被严重稀释，几近于无，现实生活中的悲剧性现象被屏蔽或被娱乐格式化，导致文艺创作中的悲剧性意识相当薄弱。然而，"杂多"不等同于"繁荣"，"多元"不等同于"多样"，"放纵"不等同于"快乐"，"娱乐"不等同于"愚乐"，"任性"不等同于"自由"。简言之，娱乐也要有底线，文艺更要有担当。

因此，面对当前自然生态危机、社会生态危机和精神生态危机持续严峻的现状，面对"应悲不悲之悲"与"应喜不喜之悲"的荒诞生活，我们呼吁悲剧文学创作要担当起自己修复生态危机的历史责任，呼吁作家要履行好自己作为社会良心的职责，忠实于自己鲜活本真的生命体验，坚持正确的世界观、人生观、价值观、社会观、道德观、历史观、审美观和文学观，大胆探索新的艺术形式、语言、题材和风格，高扬人性、人情、人道、人权、科学、民主、自由、文明、法治、理性、包容、乐观的旗帜，为人们创造出更好、更多、更有品位的"精神清醒剂"和"强心剂"，对人们的精神生活和社会生活予以积极的价值引导和情感渗透，使我们的社会、人生、人性和生命更加健康和完美。因而，悲剧性是打开文学作品和文学理论的一把钥匙。由于生活比文学更丰富，因而文学只有比生活更精彩、更深刻、更真实、更集中、更自然、更独特、更有趣，它才会更有生机、更有吸引力和感召力。

放眼世界文学，悲剧文学或者文学中悲剧性表现的"风格"追求，已经从全球化之前的"民族风格"主导逐渐转换为全球化进程加速发展以来的"代际风格"主导。在全球化之前，悲剧文学作为民族文学的重要组成部分，能够十分显豁地表现出一个民族在精神、性格、心理、文化、语言、历史、自然、生产和生活等主、客观领域中的诸多"独特性"。但全球化进程加速发展以来，民族文化、民族生活的"独特性"愈来愈变得稀少，而人类不同文化间的共性尤其是相同或相近年龄段的人们在心理上的"共通性"却愈来愈多。例如，在许多大城市，20世纪90年代出生的中国青年与美国青年对许多问题的看法，其相互认同程度要远远高于他们各自与其父辈对相同问题的看法的认同程度。这一巨变在人类历史上是具有里程碑意义的变化，它表明"地球村"不再是一种想象；同时更加重要的是，如何保持各民族悲剧文学的独特性将会变得比过去更加具有全人类意义。道理很简单，有特色才会存在，有差异才会发展，具体的人类文学归根结底还是在各民族文学的相互对话与创造中而存在的。在人类文学的创造中，每一民族都应该做出自己的贡献，因为"和而不同"乃是文学文化存在、发展和繁荣的唯一铁律。由于"和而不同"是中国文化的重要价值传统和当代中国的自觉价值追求，因而，中国作家应该抓住历史契机，积极适应这一变化，创作出中国老百姓喜闻乐见、有中国作风和中国气派，同时又面向世界的悲剧文学，在世界文学的殿堂里唱响中国声音，在世界悲剧文学的历史上，书写下中国人的梦想、忧虑和探索。

善待文学中的悲剧性或者悲剧文学吧，因为文学中的悲剧性书写就是为了促进人类社会不断进步、和谐、宽容、文明、民主、法治、自由、幸福的普世愿景的早日实现而产生与发展的，就是为了让人们有一个宜居的、美好的生活生存环境。因而，善待文学中的悲剧性或者悲剧文学也就是善待人类自身，善待人类的过去、现在和未来。

此外，从本书所提出的新的悲剧美学思想来看，20世纪中国的悲剧理论研究也有不少值得汲取的教训。在19世纪末20世纪初的中国，救亡图强的历史使命，急迫地召唤当时觉醒了的中国文艺界知识分子以自己的悲剧创作和悲剧理论为民族复兴而戮力奋斗。这一特殊的历史境遇，使得包括王国维、胡适、朱光潜等在内的学者们先后将目光投向了西方悲剧理论界，移植西方"悲剧"观念，并以此为标准来重估中国文学与文化。鲁迅则从他所译介的俄国、波兰以及巴尔干诸小国等东欧国家的作品里寻找到了强壮民族文化的精神方剂——悲剧精神。从20世纪30年代初起，马克思主义文艺思想在中国广泛传播，并最终成为国家的文艺指导思想，同时，确立并不断巩固了马克思主义悲剧观在中国悲剧理论中的统率地位，以及"社会悲剧"在中国文艺创作和欣赏中的主导审美范式地位。进入20世纪80年代以后，中国悲剧理论界又开始大量引进西方悲剧理论。可以说，在20世纪，中国悲剧理论界的大部分工作基本上就是对国外悲剧理论的引进和阐释，在一定程度上，不少人既忽视了中国古代悲剧思想中的精华，又无视了现代中国的各种悲剧性现象对于悲剧理论创新所具有的根源作用和启示作用，还漠视了中国理论家个体独特的悲剧性体验及其理论思考，导致 20 世纪中国的悲剧理论研究大多停留于从外国到中国的理论旅行，而源于各种悲剧性现象的原创悲剧理论则比较少。因而，悲剧理论研究者乃至所有文学理论研究者都要有清醒的主体意识、理论自觉和文化自觉；悲剧理论研究者要坦然承认，人类社会生活和文艺作品中的一切悲剧性现象都是悲剧理论的"源"，而已有的任何悲剧理论和悲剧观念归根结底都只是悲剧理论的"流"；悲剧理论研究者要从包括民族的悲剧思想传统在内的人类一切悲剧思想传统和现实的悲剧性现象中吸取营养，树立理论创新的自信，而不能亦步亦趋于外国的悲剧理论。

　　本书自然的推论是，文学是一种生命体验事件，每一次文学的感发和表达都是一次文学事件、文化事件和社会事件，都会在文本、主体和语境三元素所构成的生成系统中得到具体、充分的解释。文学理论的研究既可以是探寻这些重复事件背后的"规律"的宏观性研究，也可以是探讨具体事件的原委及其影响的微观个案研究。借此，文学和社会、文学理论和社会理论获得了更广泛的共通区域，文学的社会文化参与功能得以最大限度地实现。换言之，一个重视文学的社会文化功能的政党、集团、国家和民族，就应该在民众的悲剧意识、具有悲剧性召唤结构的文学（社会）文本和生命至上的社会历史文化语境中三管齐下，尊重悲剧性生成的客观规律，充分利用悲剧性的多种功能，以实现其丰富多样的社会诉求，最大限度地减少现实中各种悲剧事件的发生，或者减轻各种悲剧事件对人们心理以及社会文化心理的消极影响，积极建设和谐文明宜人的自然生态、社会生态和精神生态。这就要求文学家、艺术家以及其他精神文化工作者在大众消费文化语境中，高扬悲剧精神，要让其所创造的文学艺术文本与当下的社会精神文化语境保持一种恰当的悲剧性适应关系，为人类提供适应时代特点的"精神清醒剂"和普遍有效的"强心剂"。

　　作为一部专门研究"悲剧性"的美学理论著作，本书的研究任务已经完成。唯愿其对悲剧美学理论研究以及人类的文学艺术活动有所助益。本选题如进一步拓展和延伸，还会有下面一些论题值得研究。例如，悲剧文学在中华民族伟大复兴历史进程中的作用与方式研究，悲剧文学在人类命运共同体建构中的作用与方式研究，悲剧文学的繁荣程度与国民精神状况之关系研究，阶级悲剧乃至阶层悲剧的意识形态性和人类共同性特质研究，少数民族文学中的悲剧观念研究，性别文化视域中的悲剧文学史研究，等等。由于这些论题已经超出了本书的研究范围，只好留在以后的其他著作中来研究了。

参考文献

一、文学美学理论、评论与研究

[1] [比利时]莫里斯·梅特林克著《日常生活中的悲剧性》，见：中国社会科学院外国文学研究所外国文学研究资料丛刊编辑委员会编《外国现代剧作家论剧作》，北京：中国社会科学出版社 1982 年版，第 35-42 页。

[2] [波兰]塔塔科维兹著《古代美学》，杨力等译，北京：中国社会科学出版社 1990 年版。

[3] [德]爱克曼辑录《歌德谈话录》，朱光潜译，北京：人民文学出版社 1978 年版。

[4] [德]本雅明著《德国悲剧的起源》，陈永国译，北京：文化艺术出版社 2001 年版。

[5] [德]彼得·斯丛狄著《现代戏剧理论》，王建译，北京：北京大学出版社 2006 年版。

[6] [德]弗·威·约·封·谢林著《艺术哲学》，魏庆征译，北京：中国社会科学出版社 1997 年版。

[7] [德]汉斯-格奥尔格·伽达默尔著《真理与方法》上卷，洪汉鼎译，上海：上海译文出版社 2004 年版。

[8] [德]黑格尔著《美学》第二卷，朱光潜译，北京：商务印书馆 1979 年版。

[9] [德]黑格尔著《美学》第三卷，（上册、下册），朱光潜译，北京：商务印书馆 1981 年版。

[10] [德]黑格尔著《美学》第一卷，朱光潜译，北京：商务印书馆 1979 年版。

[11] [德]马克思著《1844 年经济学哲学手稿》，中共中央马克思恩格斯列宁斯大林著作编译局编译，北京：人民出版社 2000 年版。

[12] [德]尼采著《悲剧的诞生》，周国平译，北京：生活·读书·新知三联

书店 1986 年版。

[13][德]舍勒著《舍勒选集》，刘小枫选编，上海：上海三联书店 1999 年版。

[14][德]叔本华著《作为意志和表象的世界》，石冲白译，北京：商务印书馆 1982 年版。

[15][德]雅斯贝尔斯著《悲剧的超越》，亦春译，北京：工人出版社 1988 年版。

[16][俄]别林斯基著《诗的分类和分型》（1841），见：别林斯基著《别林斯基论文学》，梁真译，上海：新文艺出版社 1958 年版，第 187-191 页。

[17][俄]车尔尼雪夫斯基著《论崇高与滑稽》（1854），见：车尔尼雪夫斯基著《车尔尼雪夫斯基论文学》中卷，辛未艾译，上海：人民文学出版社上海分社 1965 年版，第 58-88 页。

[18][俄]车尔尼雪夫斯基著《美学论文选》，缪灵珠译，北京：人民文学出版社 1957 年版。

[19][俄]列夫·托尔斯泰著《艺术论》，丰陈宝译，北京：人民文学出版社 1958 年版。

[20][俄]普列汉诺夫著《普列汉诺夫哲学著作选集》第四卷，汝信等译，北京：生活·读书·新知三联书店 1974 年版。

[21][俄]什克洛夫斯基等著《俄国形式主义文论选》，方珊等译，北京：生活·读书·新知三联书店 1989 年版。

[22][俄]屠格涅夫著《屠格涅夫回忆录》，蒋路译，北京：人民文学出版社 1962 年版。

[23][法]狄德罗著《狄德罗美学论文选》，张冠尧、桂裕芳等译，北京：人民文学出版社 2008 年第 2 版。

[24][法]狄德罗著《论戏剧艺术》，文艺理论译丛编辑委员会编《文艺理论译丛》第 1 期，北京：人民文学出版社 1957 年版。

[25][法]吕西安·戈德曼著《隐蔽的上帝》，蔡鸿滨译，天津：百花文艺出版社 1998 年版。

[26][法]维克多·雨果著《威廉·莎士比亚》，丁世忠译，北京：团结出版社 2001 年版。

[27][古希腊]柏拉图著《柏拉图全集》第二卷，王晓朝译，北京：人民出版社 2003 年版。

[28][古希腊]亚理士多德著《诗学》，陈中梅译注，北京：商务印书馆 1996

年版。

[29][荷]米克·巴尔著《叙述学》（第二版），谭君强译，北京：中国社会科学出版社 2003 年版。

[30][荷兰]D. 佛克马、E. 蚁布思著《文学研究与文化参与》，俞国强译，北京：北京大学出版社 1996 年版。

[31][加拿大]诺思罗普·弗莱著《批评的剖析》，陈慧、袁宪军、吴伟仁译，天津：百花文艺出版社 1998 年版。

[32][捷克]米兰·昆德拉著《小说的艺术》，孟湄译，北京：生活·读书·新知三联书店 1992 年版。

[33][联邦德国]汉斯·罗伯特·姚斯、[美]R. C. 霍拉勃著《接受美学与接受理论》，周宁、金元浦译，沈阳：辽宁人民出版社 1987 年版。

[34][美]H. 帕克著《美学原理》，张今译，北京：商务印书馆 1965 年版。

[35][美]杰姆逊著《后现代主义与文化理论》，唐小兵译，北京：北京大学出版社 1997 年版。

[36][美]罗伯特·阿·马丁编《阿瑟·米勒论剧散文》，陈瑞兰、杨淮生选译，北京：生活·读书·新知三联书店 1987 年版。

[37][美]乔纳森·卡勒著《当代学术入门：文学理论》（1997），李平译，沈阳：辽宁教育出版社、牛津大学出版社 1998 年版。

[38][美]苏珊·朗格著《情感与形式》，刘大基、傅志强、周发祥译，北京：中国社会科学出版社 1986 年版。

[39][瑞士]巴尔塔萨著《神学美学导论》，曹卫东、刁承俊译，北京：生活·读书·新知三联书店 2002 年版。

[40][苏联]л·д·波兹涅耶娃著《悲剧性及其在中国的理论理解的最初尝试》，见《远东文学研究的理论问题》，莫斯科 1977 年，第 79 页，参见：李逸津《俄罗斯翻译阐释〈文心雕龙〉的成绩与不足》，天津师范大学当代俄罗斯汉学研究所"汉学研究网"，2005-10-29.

[41][苏联]Л·С.维戈茨基著《艺术心理学》，周新译，上海：上海文艺出版社 1985 年版。

[42][苏联]阿·托尔斯泰著《拖拉机代替了月亮》（1931），见：阿·托尔斯泰著《论文学》，程代熙译，北京：人民文学出版社 1980 年版，第 30-33 页。

[43][苏联]奥夫相尼科夫著《美学思想史》，吴安迪译，西安：陕西人民出版社 1986 年版。

[44][苏联]奥夫相尼科夫、拉祖姆内依主编《简明美学词典》，冯申译，北

京：知识出版社 1981 年版。

[45] [苏联]高尔基著《给拉普剧院》（1932），见：高尔基著《文学书简》
下卷，曹葆华、渠建明译，北京：人民文学出版社 1965 年版，第 262-
263 页。

[46] [苏联]高尔基著《论剧本》（1933），见：高尔基著《文学论文选》，孟
昌、曹葆华译，北京：人民文学出版社 1958 年版，第 243-258 页。

[47] [苏联]格·尼·波斯彼洛夫著《文学原理》（1978），王忠琪、徐京安、
张秉真译，北京：生活·读书·新知三联书店 1985 年版。

[48] [苏联]季摩菲耶夫著《文学概论》，查良铮译，上海：平明出版社 1953
年版。

[49] [苏联]舍斯塔科夫著《美学范畴论——系统研究和历史研究尝试》，理
然译、涂途校，长沙：湖南文艺出版社 1990 年版。

[50] [苏联]依·萨·毕达可夫著《文艺学引论》，北京大学中文系文艺理论
教研室译，北京：高等教育出版社 1958 年版。

[51] [苏联]尤·鲍列夫著《美学》，冯申、高叔眉译，上海：上海译文出版
社 1988 年版。

[52] [西班牙]乌纳穆诺著《生命的悲剧意识》，段继承译，广州：花城出版
社 2007 年版。

[53] [匈牙利]阿诺德·豪泽尔著《艺术社会学》，居延安编译，上海：学林
出版社 1987 年版。

[54] [匈牙利]乔治·卢卡契著《卢卡契文学论文选》第一卷，范大灿编选，
北京：人民文学出版社 1986 年版。

[55] [匈牙利]乔治·卢卡契著《小说理论》，燕宏远、李怀涛译，北京：商
务印书馆 2012 年版。

[56] [英]A.C.布雷德利著《莎士比亚悲剧》，张国强、朱涌协、周祖炎译，
上海：上海译文出版社 1992 年版。

[57] [英]克利福德·利奇著《悲剧》，尹鸿译，北京：昆仑出版社 1993 年
版。

[58] [英]雷蒙·威廉斯著《现代悲剧》，丁尔苏译，南京：译林出版社 2007
年版。

[59] [英]尼柯尔著《西欧戏剧理论》，徐士瑚译，北京：中国戏剧出版社 1985
年版。

[60] [英]特里·伊格尔顿著《美学意识形态》（1990），王杰、傅德根、麦
永雄译，桂林：广西师范大学出版社 1997 年版。

[61][英]威廉·阿契尔著《剧作法》，吴君燮等译，北京：中国戏剧出版社
　　1964年版。

[62][英]希·萨·柏拉威尔著《马克思和世界文学》(1976)，梅绍武、苏
　　绍亭、傅惟慈、董乐山译，北京：生活·读书·新知三联书店1982年
　　版。

[63]北京大学哲学系美学教研室编《西方美学家论美和美感》，北京：商务
　　印书馆1980年版。

[64]北京师范大学中文系文艺理论教研室编《文学理论学习参考资料》(下)，
　　沈阳：春风文艺出版社1982年版。

[65]蔡仪著《新美学》，上海：群益出版社1949年版。

[66]曹聚仁著《鲁迅评传》，上海：复旦大学出版社2006年版。

[67]曹禺著《论戏剧》，成都：四川文艺出版社1985年版。

[68]陈洪文、水建馥选编《古希腊三大悲剧家研究》，北京：中国社会科学
　　出版社1986年版。

[69]陈平原、夏晓虹编《二十世纪中国小说理论资料》(第一卷)，北京：
　　北京大学出版社1997年版。

[70]陈平原著《中国小说叙事模式的转变》，北京：北京大学出版社2003
　　年版。

[71]陈瘦竹、沈蔚德著《论悲剧与喜剧》，上海：上海文艺出版社1983年
　　版。

[72]陈漱渝著《民族魂——鲁迅的一生》，杭州：浙江文艺出版社1983年
　　版。

[73]程孟辉著《西方悲剧学说史》，北京：中国人民大学出版社1994年版。

[74]程亚林著《悲剧意识》，长春：吉林教育出版社2001年版。

[75]程正民著《俄国作家创作心理研究》，天津：百花文艺出版社1990年
　　版。

[76]辞海编辑委员会编《辞海》(文学分册)，上海：上海辞书出版社1981
　　年版。

[77]董衡巽编选《海明威研究》，北京：中国社会科学出版社1980年版。

[78]董健、马俊山著《戏剧艺术十五讲》，北京：北京大学出版社2004年
　　版。

[79]董学文著《马克思与美学问题》，北京：北京大学出版社1983年版。

[80]佴荣本著《悲剧美学》，南京：江苏文艺出版社1994年版。

[81]佴荣本著《文艺美学范畴研究——论悲剧与喜剧》，南京：南京大学出

版社 2002 年版。

[82]伏涤修著《中国戏曲悲剧性内涵的充盈及其被消解》，《戏曲艺术》2003
年第 1 期。

[83]古典文艺理论译丛编辑委员会编《古典文艺理论译丛》第八册，北京：
人民文学出版社 1964 年版。

[84]古典文艺理论译丛编辑委员会编《古典文艺理论译丛》第六册，北京：
人民文学出版社 1963 年版。

[85]古典文艺理论译丛编辑委员会编《古典文艺理论译丛》第三册，北京：
人民文学出版社 1962 年版。

[86]古远清著《中国当代文学理论批评史（1949－1989 大陆部分）》，济南：
山东文艺出版社 2005 年版。

[87]顾仲彝著《漫谈悲剧问题》，《光明日报》1961 年 5 月 13 日。

[88]郭富民著《插图中国话剧史》，济南：济南出版社 2003 年版。

[89]郭绍虞主编《中国历代文论选》第二册，上海：上海古籍出版社 1980
年版。

[90]郭绍虞主编《中国历代文论选》第三册，上海：上海古籍出版社 1980
年版。

[91]郭绍虞主编《中国历代文论选》第一册，上海：上海古籍出版社 1980
年版。

[92]郭绍虞著《中国文学批评史（全二册）》，北京：商务印书馆 2010 年版。

[93]郭玉生著《悲剧美学：历史考察与当代阐释》，北京：社会科学文献出
版社 2006 年版。

[94]洪子诚著《问题与方法——中国当代文学史研究讲稿》，北京：生活·读
书·新知三联书店 2002 年版。

[95]胡经之主编《中国古典文艺学丛编（二）》，北京：北京大学出版社 2001
年版。

[96]胡经之主编《中国古典文艺学丛编（三）》，北京：北京大学出版社 2001
年版。

[97]胡经之主编《中国古典文艺学丛编（一）》，北京：北京大学出版社 2001
年版。

[98]胡适著《胡适文存（一集）》，合肥：黄山书社 1996 年版。

[99]蒋孔阳著《美学新论》，北京：人民文学出版社 2006 年版。

[100]蒋守谦著《也谈悲剧》，《文汇报》1961 年 4 月 15 日。

[101]焦菊隐著《导演·作家·作品》，见：焦菊隐著《焦菊隐戏剧论文集》，

　　　　上海：上海文艺出版社 1979 年版，第 6-30 页。

[102]焦尚志著《论悲剧性》，《天津社会科学》2003 年第 1 期。

[103]黎之彦著《田汉杂谈观察生活和戏剧技巧——戏剧创作漫谈之一》，
　　　　《剧本》1959 年 7 月号，第 37－39 页。

[104]李泽厚著《李泽厚美学哲学文选》，长沙：湖南人民出版社 1993 年版。

[105]廖可兑等著《美国戏剧论辑》（二），北京：中国戏剧出版社 1985 年
　　　　版。

[106]刘崇义著《社会主义悲剧概念的确立是我国文学理论的重大突破》，
　　　　《上海社会科学院学术季刊》1986 年第 4 期。

[107]刘大枫著《新时期文学本体论思潮研究》，天津：天津社会科学院出
　　　　版社 2000 年版。

[108]刘俐俐著《外国经典短篇小说文本分析》，北京：北京大学出版社 2004
　　　　年版。

[109]刘俐俐著《新时期小说人物论》，兰州：敦煌文艺出版社 1993 年版。

[110]刘俐俐著《隐秘的历史河流》，天津：天津人民出版社 2002 年版。

[111]刘俐俐著《中国现代经典短篇小说文本分析》，北京：北京大学出版
　　　　社 2006 年版。

[112]刘小枫著《悲剧性今解》，中国社会科学院哲学研究所美学研究室编
　　　　《美学》第六辑，上海：上海人民出版社 1984 年版。

[113]刘烜著《用现代科学方法研究中国文学的奠基人王国维》，见：王瑶
　　　　主编《中国文学研究现代化进程》，北京：北京大学出版社 1996 年版，
　　　　第 58-79 页。

[114]鲁迅著《中国小说史略》，北京：人民文学出版社 1973 年版。

[115]陆梅林编《西方马克思主义美学文选》，桂林：漓江出版社 1988 年版。

[116]陆梅林著《何谓意识形态》，《文艺研究》1990 年第 2 期。

[117]罗念生译《罗念生全集》第一卷，上海：上海人民出版社 2004 年版。

[118]罗念生著《论古希腊戏剧》，北京：中国戏剧出版社 1985 年版。

[119]马晖著《民族悲剧意识与个体艺术表现：中国现代重要作家悲剧创作
　　　　研究》，北京：民族出版社，2006 年版。

[120]马奇主编《西方美学史资料选编》下卷，上海：上海人民出版社 1987
　　　　年版。

[121]毛泽东著《在延安文艺座谈会上的讲话》，见：毛泽东著《毛泽东选
　　　　集》第三卷，北京：人民出版社 1991 年版，第 847-879 页。

[122]木心讲述、陈丹青笔录《1989—1994 文学回忆录》，桂林：广西师范

大学出版社 2013 年版。

[123] 彭公亮著《存在的超越：审美无限性时间意识的生成》，《学术论坛》2002 年第 11 期。

[124] 彭吉象著《论悲剧性和喜剧性》，《北京大学学报》（哲学社会科学版）2004 年第 4 期。

[125] 钱锺书著《管锥编》，北京：中华书局 1986 年版。

[126] 秦兆阳著《关于〈组织部新来的青年人〉》，《人民日报》1957 年 5 月 8 日。

[127] 邱紫华著《悲剧精神与民族意识》，武汉：华中师范大学出版社 2000 年第 2 版。

[128] 任生名著《西方现代悲剧论稿》，上海：上海外语教育出版社 1998 年版。

[129] 沈立岩主编《当代西方文学理论名著精读》，天津：南开大学出版社 2005 年版。

[130] 沈立岩著《先秦语言活动之形态、观念及其文学意义》，北京：人民出版社 2005 年版。

[131] 石昭贤、马家骏、卢永茂、谭绍凯编写《欧美现代派文学三十讲》，贵阳：贵州人民出版社 1982 年版。

[132] 唐岫敏著《悲剧与现代社会——读伊格尔顿新著〈甜蜜的暴力〉》，《外国文学研究》2003 年第 3 期。

[133] 田本相、宋宝珍著《后现代主义戏剧管窥》，《南开学报》（哲学社会科学版）1999 年第 5 期。

[134] 童庆炳著《历史-人文之间的张力》，《文艺报》1999 年 7 月 15 日。

[135] 童庆炳主编《文学概论》，武汉：武汉大学出版社 1995 年修订版。

[136] 万晓高著《反面人物悲剧性探源》，《南开学报》（哲学社会科学版），2000 年第 6 期

[137] 王富仁著《悲剧意识与悲剧精神》（上篇、下篇），《江苏社会科学》2001 年第 1 期、第 2 期。

[138] 王国维著《宋元戏曲史》，天津：百花文艺出版社 2002 年版。

[139] 王国维著《王国维文学论著三种》，北京：商务印书馆 2001 年版。

[140] 王齐著《克尔凯郭尔关于悲剧的"理论"——兼论悲剧精神的现代意义》，《外国美学》第十七辑，北京：商务印书馆 1999 年版。

[141] 文艺理论译丛编辑委员会编《文艺理论译丛》第 2 期，北京：人民文学出版社 1958 年版。

[142]伍蠡甫主编《西方文论选》（上卷、下卷），上海：上海译文出版社 1979
    年版。

[143]吴晓东著《记忆的神话》，北京：新世界出版社 2001 年版。

[144]细言著《关于悲剧》，《文汇报》1961 年 1 月 31 日。

[145]谢柏梁著《世界悲剧文学史》，上海：上海文艺出版社 1995 年版。

[146]熊元义著《中国悲剧引论》，北京：解放军文艺出版社，2007 年版。

[147]徐中玉主编《中国近代文学大系·文学理论集 2》，上海：上海书店
    1995 年版。

[148]薛湑著《1981 年文艺理论与美学若干学术问题讨论综述》，《学术月
    刊》1982 年第 1 期。

[149]杨周翰编选《莎士比亚评论汇编》上卷，北京：中国社会科学出版社
    1979 年版。

[150]叶朗著《美学原理》，北京：北京大学出版社 2009 年版。

[151]叶朗著《中国美学史大纲》，上海：上海人民出版社 1985 年版。

[152]俞吾金著《意识形态论》，上海：上海人民出版社 1993 年版。

[153]袁可嘉著《象征派诗歌·意识流小说·荒诞派戏剧》，《文艺研究》1979
    年第 1 期。

[154]张法著《中国文化与悲剧意识》，北京：中国人民大学出版社 1989 年
    版。

[155]张少康、刘三富著《中国文学理论批评发展史》（上卷、下卷），北京：
    北京大学出版社 1995 年版。

[156]中共中央书记处研究室文化组编《党和国家领导人论文艺》，北京：
    文化艺术出版社 1982 年版。

[157]朱东润撰《中国文学批评史大纲》，上海：上海古籍出版社 2001 年版。

[158]朱光潜著《悲剧心理学》，合肥：安徽教育出版社 1996 年版。

[159]朱光潜著《诗论》，合肥：安徽教育出版社 1997 年版。

[160]朱光潜著《朱光潜美学文集》第四卷，上海：上海文艺出版社 1984
    年版。

[161]朱立元主编《西方美学范畴史》，太原：山西教育出版社 2006 年版.

[162]朱维之、赵澧、崔宝衡主编《外国文学史》（欧美卷第三版），天津：
    南开大学出版社 2004 年版。

[163]朱晓进著《从政治文化的角度研究 20 世纪中国文学》，见：朱晓进等
    著《非文学的世纪：20 世纪中国文学与政治文化关系史论》，南京：
    南京师范大学出版社 2004 年版，第 2-12 页。

［164］朱一玄编《金瓶梅资料汇编》，天津：南开大学出版社 1985 年版。

［165］壮游（金天翮）著《国民新灵魂》，《江苏》1903 年第 5 期，第 1-9 页。

［166］Barbar Goward: Telling Tragedy: Narrative Technique in Aeschylus, Sophocles and Euripides. London: Gerald Duckworth & Co. Ltd. 1999. "Introduction" p.4, p.9

［167］Bernard Grebanier: Playwriting. Barnes & Noble Books,New York, 1979. p. 276

［168］Encyclopædia Britannica, Inc. The New Encyclopædia Britannica, Volume 23, Chicago: Encyclopædia Britannica, Inc. , 1993. pp. 167-168

［169］Geoffrey Brerton: Princles of Tragedy. University of Miami Press, Coral Gables, Florida, 1970. pp. 56-58

［170］George Steiner: The Death of Tragedy. Faber, London, 1961.

［171］John Gassner: The Possibilities And Perils of Modern Tragedy. In: Robert W. Corrigan, eds. Tragedy. Harper & Row, New York, 1981. p. 297

［172］Kenneth Burke: On Tragedy. In: Robert W. Corrigan, eds. Tragedy. Harper & Row, New York, 1981. p. 238

［173］Murray Krieger: Tragedy and the Tragic Vision. In: Robert W. Corrigan, eds. Tragedy.   Harper & Row, New York, 1981. pp. 30-41

［174］Orrin E. Klapp: Tragedy and the American Climate of Opinion. In: Robert W. Corrigan, eds.Tragedy. Harper & Row, New York, 1981. p. 252

［175］Raymond Williams: Modern Tragedy. Stanford University Press: Stanford, California, 1966.

［176］Richard B. Sewall. The Vision of Tragedy. New haven and London: Yale University Press, 1959. p. 7

［177］Richard B. Sewall: The Tragic Form. In: Stanley A. Clayes, eds. Drama and Discussion.   Prentice-Hall, New York, 1978. p. 642

［178］Richard B. Sewall: The Vision of Tragedy. In: Robert W. Corrigan, eds. Tragedy. Harper & Row, New York, 1981. pp. 47-50

［179］Robert Bechtold Heilman: Tragedy and Melodrama: Speculations on Generic Form. In: Robert W. Corrigan, eds. Tragedy: vision and form. Harper & Row, New York, 1981. pp. 205-215

［180］Terry Eagleton: Sweet Violence. Malden: Blackwell, 2003.

二、文学作品

[181]［法］让-保罗·萨特著《苍蝇》，见：萨特《萨特戏剧集》（上），沈志明等译，李喻青、凡人主编，合肥：安徽文艺出版社1998年版。

[182]［古希腊］埃斯库罗斯著《奥瑞斯提亚三部曲》，灵珠译，上海：上海文艺出版社1983年版。

[183]［美］威廉斯.W（Williams. W）等著《外国诗》第一册，袁绍奎等译，北京：外国文学出版社1983年版。

[184]［英］莎士比亚著《莎士比亚全集》（八），朱生豪译，吴兴华等校，北京：人民文学出版社1978年版。

[185]［英］莎士比亚著《莎士比亚全集》（九），朱生豪译，吴兴华等校，北京：人民文学出版社1978年版。

[186]［英］莎士比亚著《莎士比亚全集》（三），朱生豪译，吴兴华等校，北京：人民文学出版社1978年版。

[187]巴金著《巴金全集》第1卷、第2卷、第3卷，北京：人民文学出版社1986年版。

[188]巴金著《随想录》，北京：生活·读书·新知三联书店1987年版。

[189]曹禺著《曹禺戏剧全集》（全5卷），北京：人民文学出版社2014年版。

[190]杜甫著《寄韩谏议注》，见：李寿松、李翼云编注《全杜诗新释》，北京：中国书店2002年版，第1260页。

[191]冯梦龙编，严敦易校注《警世通言》，北京：人民文学出版社1956年版，2007年印。

[192]龚自珍著《龚定庵全集类编》，夏天蓝编，北京：中国书店出版社1991年版，根据世界书局1937年版影印，第388页。

[193]郭沫若著《郭沫若全集》文学编第六卷，北京：人民文学出版社1986年版。

[194]蘅塘退士编《唐诗三百首》（新注本），于雯雪注，北京：中华书局2006年版。

[195]胡云翼选注《宋词选》，上海：上海古籍出版社2007年版。

[196]李白著《长相思·其一》，见：中国社会科学院文学研究所编《唐诗选》（上），北京：人民文学出版社1978年版，第148页。

[197]老舍著《龙须沟》《茶馆》，北京：人民文学出版社1985年版。

[198]老舍著《骆驼祥子》（丁聪插图本），北京：人民文学出版社2012年版。

[199]鲁迅著《坟》，北京：人民文学出版社 1980 年版。

[200]鲁迅著《鲁迅全集》第 10 卷，北京：人民文学出版社 1981 年版。

[201]鲁迅著《鲁迅全集》第 11 卷，北京：人民文学出版社 1981 年版。

[202]鲁迅著《鲁迅全集》第 1 卷，北京：人民文学出版社 1981 年版。

[203]鲁迅著《鲁迅全集》第 4 卷，北京：人民文学出版社 1981 年版。

[204]鲁迅著《鲁迅全集》第 6 卷，北京：人民文学出版社 1981 年版。

[205]鲁迅著《鲁迅小说集》，北京：人民文学出版社 1990 年版。

[206]罗钢编选《后现代主义文学作品选》，北京：高等教育出版社 2002 年版。

[207]罗念生译《罗念生全集》第二卷，上海：上海人民出版社 2004 年版。

[208]罗念生译《罗念生全集》第三卷，上海：上海人民出版社 2004 年版。

[209]茅盾著《茅盾全集》第三卷，北京：人民文学出版社 1984 年版。

[210]明铜活字本《唐五十家诗集》（三）影印本，上海：上海古籍出版社 1981 年版。

[211]司马迁著《史记》，北京：中华书局 2006 年版。

[212]王季思主编《中国十大古典悲剧集》，上海：上海文艺出版社 1982 年版。

[213]王季思主编《中国十大古典喜剧集》，上海：上海文艺出版社 1982 年版。

[214]王蒙著《失态的季节》，北京：人民文学出版社 2003 年版。

[215]王守华、赵山、吴进仁选注《汉魏六朝诗一百首》，上海：上海古籍出版社 1981 年版。

[216]严迪昌编选《金元明清词精选》，南京：江苏古籍出版社 2002 年版。

[217]游国恩、王起、萧涤非、季镇淮、费振刚主编《中国文学史（修订本）》（一—四），北京：人民文学出版社 2004 年版

[218]余冠英选注《汉魏六朝诗选》，北京：中华书局 2012 年版。

[219]余冠英选注《三曹诗选》，北京：中华书局 2012 年版。

[220]余冠英选注《诗经选》，北京：中华书局 2012 年版。

[221]朱东润主编《中国历代文学作品选》上编第一册，上海：上海古籍出版社 2002 年版。

[222]朱东润主编《中国历代文学作品选》中编第二册，上海：上海古籍出版社 2002 年版。

三、相关学科文献

[223] [澳]J. 丹纳赫，T. 斯其拉托，J. 韦伯著《理解福柯》，刘瑾译，天津：百花文艺出版社 2002 年版。

[224] [德]彼得·昆兹曼、[德]法兰兹-彼得·布卡特、[德]法兰兹·魏德曼著，[德]阿克瑟·维斯绘，《哲学百科》，黄添盛译，南宁：广西人民出版社 2011 年版。

[225] [德]H. 李凯尔特著《文化科学和自然科学》，涂纪亮译，杜任之校，北京：商务印书馆 1986 年版。

[226] [德]恩斯特·卡西尔著《人论》，甘阳译，上海：上海译文出版社 1985 年版。

[227] [德]费迪南·费尔曼著《生命哲学》，李健鸣译，北京：华夏出版社 2000 年版。

[228] [德]海德格尔著《存在与时间》，陈嘉映、王庆节译，北京：生活·读书·新知三联书店 1987 年版。

[229] [德]黑格尔著《历史哲学》，王造时译，上海：上海书店出版社 2001 年版。

[230] [德]黑格尔著《自然辩证法》，于光远译，北京：人民出版社 1984 年版。

[231] [德]尼采著《快乐的知识》，黄明嘉译，北京：中央编译出版社 2001 年版。

[232] [德]尼采著《希腊悲剧时代的哲学》，周国平译，北京：商务印书馆 1994 年版。

[233] [德]叔本华著《爱与生的苦恼》，金玲译，北京：华龄出版社 1996 年版。

[234] [德]叔本华著《意欲与人生之间的痛苦——叔本华随笔和箴言集》，李小兵译，上海：上海三联书店 1988 年版。

[235] [德]威廉·狄尔泰著《历史中的意义》，艾彦、逸飞译，北京：中国城市出版社 2002 年版。

[236] [法]卢梭著《论人类不平等的起源和基础》，李常灿译，北京：商务印书馆 1985 年版。

[237] [美]爱德华·W. 萨义德著《文化与帝国主义》，李琨译，北京：生活·读书·新知三联书店 2003 年版。

[238] [美]马斯洛等著《人的潜能和价值·人本主义心理学译文集》，林方

主编，北京：华夏出版社 1987 年版。

[239] [美]威尔·杜兰著《世界文明史·希腊的生活》，幼狮文化公司译，北京：东方出版社 1999 年版。

[240] [美]薇思瓦纳珊（Gauri Viswanathan）编《权力、政治与文化——萨义德访谈录》，单德兴译，北京：生活·读书·新知三联书店 2006 年版。

[241] [斯洛文尼亚]斯拉沃热·齐泽克著《意识形态的崇高客体》，季广茂译，北京：中央编译出版社 2002 年版。

[242] [苏联]科恩著《自我论》，佟景韩、范国恩、许宏治译，北京：生活·读书·新知三联书店 1986 年版。

[243] [匈]接尔吉·卢卡奇著《卢卡奇文选》，李鹏程编，北京：人民出版社 2008 年版

[244] [意大利]托马斯·阿奎那著《论存在者与本质》，段德智译，北京：商务印书馆 2013 年版。

[245] [英]以赛亚·柏林著《自由论》，胡传胜译，南京：译林出版社 2003 年版。

[246] 《简明不列颠百科全书》中美联合编审委员会、中国大百科全书出版社《简明不列颠百科全书》编辑部译编，《简明不列颠百科全书》第 1 卷，北京·上海：中国大百科全书出版社 1985 年版。

[247] 程曼丽主编《公关心理学》，北京：线装书局 2001 年版。

[248] 辞海编辑委员会编《辞海》（哲学分册），上海：上海辞书出版社 1980 年版。

[249] 方立天著《佛教哲学》，北京：中国人民大学出版社 1986 年版。

[250] 方立天著《中国佛教与传统文化》，上海：上海人民出版社 1988 年版。

[251] 廖名春著《〈周易〉经传十五讲》，北京：北京大学出版社 2004 年版。

[252] 林志钧编《饮冰室合集》（六专集之四），北京：中华书局 1989 年版。

[253] 刘放桐著《现代西方哲学》（修订本）（上册、下册），北京：人民出版社 1990 年 2 版。

[254] 罗竹风主编《宗教经籍选编》，上海：华东师范大学出版社 1992 年版。

[255] 孟昭兰主编《情绪心理学》，北京：北京大学出版社 2005 年版。

[256] 钱穆著《中国文化史导论》，北京：商务印书馆 1993 年版。

[257] 任继愈主编《中国佛教史》第一卷，北京：中国社会科学出版社 1981 年版。

[258] 世阶著《本世纪全球十大技术悲剧》，《城市技术监督》，1999 年第 10 期。

[259]王治河著《后现代哲学思潮研究（增订本）》，北京：北京大学出版社 2006 年版。

[260]王治心著《中国宗教思想史大纲》，北京：东方出版社 1996 年版。

[261]谢立中著《走向多元话语分析》，北京：中国人民大学出版社 2009 年版。

[262]徐复观著《中国人性论史·先秦篇》，上海：上海三联书店 2001 年版。

[263]许慎撰、徐铉校定《说文解字》，北京：中华书局 2013 年版。

[264]佚名著《说国民》，见：丁守和主编《中国近代启蒙思潮》上卷，北京：社会科学文献出版社 1999 年版，第 310-315 页。

[265]中共中央马克思恩格斯列宁斯大林著作编译局译，《马克思恩格斯全集》第十卷，北京：人民出版社 1962 年版。

[266]中共中央马克思恩格斯列宁斯大林著作编译局编译，《马克思恩格斯全集》第 46 卷上，北京：人民出版社 1956 年版。

[267]中共中央马克思恩格斯列宁斯大林著作编译局编译，《马克思恩格斯全集》第 47 卷，北京：人民出版社 1979 年版。

[268]中共中央马克思恩格斯列宁斯大林著作编译局编译，《马克思恩格斯选集》第二卷，北京：人民出版社 1972 年版。

[269]中共中央马克思恩格斯列宁斯大林著作编译局编译，《马克思恩格斯选集》第四卷，北京：人民出版社 1972 年版。

[270]中共中央马克思恩格斯列宁斯大林著作编译局编译，《马克思恩格斯选集》第一卷，北京：人民出版社 2012 年版。

四、网络文献

[271]《俄罗斯坠机分析：恐怖袭击还是悲剧性的巧合》，http://www.huaxia. com，2004-8-27.

[272]《关于"苏联解体原因及教训"一些流行观点的检讨》，http://news.163.com，2005-08-05.

[273]《解放日报》记者杨立群、林环、刘旻、郭泉真《悲剧性里程碑：美军半天丢条命 萨达姆一语成谶》，转引自 http://www.sina.com.cn，2004-09-09.

[274]《罗纳尔多——悲剧性足球天才》，http://www.wyao.com.cn，2005-10-29.

[275]《新闻背景资料：美国五架航天飞机的悲壮事业》，http://jxnews.jxcn.cn，2005-08-01.

[276]《学校贴"符"驱鬼的悲剧性解读》，http://www/ai358.com，2005-10-29.

[277]ajun《悲剧性的主板和我》，http://junhere.Blogchina.com，2005-10-29.

[278]柴可夫斯基《第六交响曲（悲怆）》赏析，http://www.duolaimi.com，2005-10-29.

[279]蒋小波《小说与喜剧性——评〈颠覆的喜剧：20世纪80-90年代中国小说转型研究〉》，http://www.csspw.com.cn，2005-10-29.

[280]金元浦《价值危机：时尚文化与艺术本性的悖离》，http://life.bbs.bokee.com/Thread. 1. 132726. 175. 10……2007-6-14

[281]李寒秋《无本之木，失水之鱼——评阿拉法特悲剧性的政治命运》，http://www.cat898.com，2005-10-29.

[282]林贤治《巴金，一个悲剧性的存在》，http://bbs.people.com.cn，2005-10-28.

[283]路透社记者 Steve Holland：Clinton Regrets China Embassy Hit, NATO To Persist Reuters Photo Full Coverage NATO-Serbia War，转载自月光软件站 http://www.moon-soft.com，1999-05-28.

[284]秦晓鹰《俄罗斯人的悲剧性命运——评介波里亚科夫的长篇小说〈无望的逃离〉》，http://www.STUDYTIMES.com.cn，2005-10-28.

[285]天天议论《余秋雨打官司的悲剧性解读》，深圳新闻网，2003-09-21.

[286]王莹、叶伟民《当代作家王跃文：文学要挖出人生的悲剧性》，http://www.dzwww.com，2005-07-24.

[287]肖雪慧《为了和平》，http://www.liuwei.cn，2005-10-29.

[288]佚名《评文艺理论研究中的"文化主义"与"审美主义"（1）》，http://www.sxhbao.com/Lunwen/Yslw/Meix/57556.html，2007-5-7.

[289]张亮《本雅明和他的〈德国悲剧的起源〉》，http://forum.sociology.org.cn/ShowThread.aspx，2006-5-29.

[290]朱四倍《防止公共政策陷入悲剧性抉择》，http://www.chinacourt.org，2005-10-29.

[291]朱也旷《先脱掉这件现实主义的外套——纪念契诃夫诞辰150周年》，http://www.whxf.net，2004-07-21. .

后　记

　　本书是国家社会科学基金后期资助项目的最终成果，是一部专门研究"悲剧性"的美学理论著作，是本人近十几年来对"悲剧性"相关问题的思考在"悲剧性美学"这个焦点上的进一步拓展、凝练和深化。本书无意把人类文学艺术和社会生活里各种"悲剧性"现象中的一切问题一网打尽，而只是就"悲剧性"的相关基本问题进行思考和表达。于是，就有了对"悲剧性"范畴的性质、内涵的研究、对"悲剧性"周围范畴的辨析、对悲剧性的生成系统及其生成机制的研究、对悲剧性的特征的探讨、对中外文学作品中悲剧性的具体显现情况的纵向概括描述以及横向比较分析、对悲剧性在不同体裁文学中的表现以及作为艺术要素的悲剧性的研究、对文学中悲剧性的功能的分析。所有这些工作整合在一起，也就是探索构建悲剧性美学理论或新的悲剧性美学研究范式。之所以做这样的研究，是因为，以"悲剧"为逻辑起点和核心范畴、以"悲剧戏剧"为主要研究对象的传统的悲剧美学理论，在"悲剧戏剧衰亡"而"悲剧性"现象频现的当代现实语境中，往往很难对许多悲剧性现象给予有力的解释。究其主要原因，乃新的社会文学文化语境使传统的悲剧美学的研究对象、研究视野、基本问题、研究方法、逻辑起点、核心范畴乃至解决问题的逻辑框架等方面都成为问题。从历史上悲剧理论创新的时机来看，现在正当其时，现实呼唤新的悲剧性美学理论的应运而生。

　　笔者历经确定选题、搜集材料、分析文献、研究探索、谋篇布局、思考写作、完善认识、修改文字，今天终于完成了本课题的研究和这部书的写作，前后长达 10 多年时间。这 10 多年来，笔者是在紧张忙碌中度过的。由于平常教学任务本就相当繁重，还要疲于应对各种各样的评估、检查、考核、活动，常常忙得喘不过气来。人到中年，诸事一大堆。笔者只能在教事之余、家事之间、杂事之隙、深夜里、寒暑假中，忙里偷闲，进行研究和写作。这个过程相当艰辛，有痛苦，也有甜蜜，有焦虑，也有舒心，个中百味，唯有曾经有过类似经历的人才会真切感知。除了要搜集、阅读、研究大量的文献资料和文学作品，思维不断穿行于文学文本与社会文本之间，尽力去发掘事物的深层次联系、区别、变化过程及结果，还要努力从纷繁复杂的现象中进行理论的抽绎，并尽力用简明质朴的语言来表达。更艰巨的任务是，从始至终本人一直坚持在悲剧性美学的基本问题、每个具体的理论问题乃至每个小点上都有自己的思考，而又不抹煞前人的灼见，这是我的心愿。至于实际做得怎么样，那只有留给读者们去评判了。当然，研究过程本身也有求真、求善、求美的乐趣，也正是这种乐趣支撑着笔者把研究进行到底。

在本课题研究结束和本书完稿的今天，我要衷心地感谢给予我大力支持和珍贵帮助的有关人员和机构。

任何科学研究都是在前人研究的基础上继续进行的，本研究也不例外。以笔者极其狭窄的眼界来看，在文学理论和文艺美学乃至文学艺术研究中，人类对"悲剧"及其相关领域的研究大概要算用力较大、用时较久的一项事业。中外先哲们用自己的智慧和胆识创造的有关"悲剧"的研究文献，数量巨大，用"浩如烟海"来形容一点也不夸张。在这个领域中要进行创新性研究，难度可想而知。此外，这类基本理论问题的研究现在普遍遇冷，关注的人比较少，课题立项和文章发表都比较困难。这种种情形有时会让我对自己的研究产生一种"出力不讨好"的感觉。然而，那么多人薪火相传、经久不息的事业，本身就说明了该研究的价值。而且，一个时代有一个时代对于"悲剧"问题的思考，一个民族有一个民族对于"悲剧"问题的思考。那么，在进入 21 世纪新时代的今天，我们又有哪些思考？正是这种历史责任感使我不再动摇、不再懈怠。当然，仅有这种意识是远远不够的。本人在观察社会中，在对人们的悲剧体验的二度体验以及自我省察中，在研究文献中，逐渐找到了自己的突破点和研究思路。那就是以最具生命力的"悲剧性"作为研究对象、逻辑起点和核心范畴，根据人们的情感认知规律，不断完善研究内容，而不再执着于"悲剧是什么"或"悲剧的本质是什么"的探寻。这一思路明晰后，我感到自己有许多话要说。其中，一些话题是前人谈过的，而更多的话题是前人没有谈过的。无论何种情况，这种"对话"和"问答"式的运思过程都令我信心百倍。因而，我要感谢在悲剧领域辛勤耕耘的中外前辈理论家们和作家们。另外，本书参考和引用了不少学术文献与相关资料，在此对其作者深表敬意和谢忱。

我要感谢多年来一直不弃愚笨、不倦教诲我的母校南开大学里为人宽厚、学识渊博、造诣很高的刘大枫先生、刘俐俐先生、沈立岩先生、张圣康先生、郎保东先生、乔以钢先生、王立新先生、王志耕先生、陈宏先生、刘运峰先生、孙克强先生。正是他们的智慧之光照亮了我的求索之路，也是他们的科学精神养成了我尊重事实、大胆创新的研究旨趣。

多年来，天津社会科学院的王之望先生、中国人民大学的陆贵山先生和陕西理工大学的雷勇先生等恩题一直鼓励我深入研究学问、积极拓展论题。在此，我对他们表示衷心的感谢。

我要感谢参与本课题国家社科基金后期资助立项匿名评审的专家们。他们在百忙之中，牺牲自己大量的时间，在规定的期限内，从头至尾，认真、严肃地审读了本书初稿，提出了不少中肯的、具体的修改意见。他们高超的专业水平、实事求是的科学精神、无私无畏的真理情怀、不计名利的奉献精神、甘为人梯的牺牲精神、为国为民的使命担当、认真严肃的工作态度、公正务实的工作作风、平和亲切的工作风格、精益求精的工作精神，都让我无比敬佩。专家们宝贵的反馈意见，给我指明了完善书稿的具体方向，丰富和深化了本课题的研究内容，提高了书稿的学术质量，提升了我的科研能力和思维能力。同时，我也以同样的诚心敬意感谢本书终稿的匿名鉴定专家们。他们肩负千钧，辛劳工作，无私奉献，严把书稿最后质量关。

我要感谢全国哲学社会科学工作办公室给予我的鼎力支持。本课题研究，得到了国家社会科学基金立项支持，让我倍感荣幸。这种支持不仅仅限于资金支持，更重要的是精神鼓励；它不仅让我能够安心地完成本课题后期的研究任务，而且也为我进一步完善书稿、提高书稿学术质量提供了机会和帮助。全国哲学社会科学工作办公室的工作人员为本课题的研究与结项做了许多细致有效的指导工作，在此深表谢意。

《高等学校文科学术文摘》《中国人民大学复印报刊资料》《光明网》《中国社会科学网》《社会科学报》《社会科学报》网站、《文学学报》《南开学报》（哲学社会科学版）和《天津市学术文库》等学术杂志、学术报纸、理论网站的编辑们，他们或者对于笔者的几篇文章提出了宝贵的完善意见，或者郑重转载拙文几篇，对于他们的嘉言懿行，我要深致谢忱。

天津市哲学社会科学规划办公室、天津大学社科处和本人所在学院、系领导及工作人员为本课题研究工作的顺利进行做了许多组织协调工作，在此深表谢意。

我要感谢为本书顺利付梓而勤勉工作的全国哲学社会科学工作办公室和南开大学出版社的张彤老师、夏冰媛老师等专家及工作人员。正是由于他们的认真负责、无私奉献、专业编审、细心校对、精良制作，才使本书得以精美示人。

我要感谢我的家人。他们的默默守望和殷殷叮嘱，给了我持久的温暖、力量、信心、勇气和责任，让我坚持不懈、奋力前行，努力把研究工作做到问心无愧，不浪费国家和人民的每一分血汗钱。

上述所有的感谢，最后都要归结为感谢中国共产党、中国人民和中国。伟大的中国人民创造了博大精深的中华文化、求真务实的民族精神，滋养了一代又一代中国学人。中国人民与中国历史选择了伟大的中国共产党。中国共产党领导中国人民建成了伟大的中华人民共和国，创造了伟大的时代，建立了科学、完善的国家科研制度，营造了民主、自由、宽松、求是的学术研究氛围，这使笔者能够专心致志地做好教育教学工作和科学研究工作。

科学研究永远在路上，在逐步完善、不断深化的求索之路上。科学研究的路很长，也并不平坦，永远不能懈怠，要以蜗牛的精神不断前行。本课题在国家社科基金后期资助立项之前，书稿有过一次较大的修改，主要是增加了"悲剧性"周围范畴辨析，重新评价了20世纪中国文学中的"红色经典"作品，完善了悲剧性生成机制中的"整体性原则"，并通改一遍书稿。后来，笔者花了近一年时间，又通改了一遍全书，把研究对象的范围从文学艺术拓展至人类社会一切领域，并进一步提高了全书内容的系统性。国家社科基金后期资助立项后，笔者重新写了"引言"，明确提出了传统的悲剧美学研究所面临的系统性挑战，详细叙述分析了其表现，提出了初步的思考意见，使本书的基本思路更明晰，创新性更突出。第一章，充实了悲剧从戏剧类型演绎为美学概念的历史梳理的内容。第二章，完善了"悲剧性"周围范畴的辨析。第三章，在悲剧性的生成及其机制中，进一步充实了悲剧性的三维生成系统。第四章，悲剧性的特征得到进一步完善。第五章，在文学悲剧性的显现（物化）中，充实了西方文学和中国文学中的悲剧性显现内容。第六章，充实了悲剧性作为文学批评视角和文学中悲剧性的伦理教化功能的内容；增加了"悲剧性同情"一小节，论述了国族内不同阶级、集团之间的战争所引发的悲剧性同情，国族之间的战争所引发的悲剧性同情，以期为实现阶级和解、国族和解，进而对人类命运共同体的建构有所帮助；修改了悲剧性的意识形态功能和涵养生态意识的功能的部分表述，删减了部分内容。结语部分，充实了从悲剧性视角批评21世纪最初10多年间中国文学的内容。后期研究中，全书文字表述又做了修改，尽量使语言平实明快。

敝帚自珍，人之常情。本书是笔者在悲剧性美学理论研究上的一个阶段性成果。虽然只是个小收获，可笔者仍然十分珍视这本书。同时，尽管笔者在本课题研究写作中不惜用力用时，但由于水平有限，书中难免会存在不深刻、不准确、不完善乃至错误之处。因而，笔者真诚地欢迎各位读者批评指正。笔者定会虚心接受，认真思考，不断求索，不断完善。

万晓高

2020 年 8 月 20 日